**ISAAC ASIMOV
FOUNDATION EDITION**

Herausgegeben
von Wolfgang Jeschke

Band 2

DIE
STAHLHÖHLEN

Zwei Romane

Limitierte Sonderausgabe

WILHELM HEYNE VERLAG
MÜNCHEN

HEYNE SCIENCE FICTION & FANTASY
Band 0608102

Titel der amerikanischen Originalausgaben
THE CAVES OF STEEL & THE NAKED SUN
Deutsche Übersetzungen von Heinz Nagel
Das Umschlagbild malte Thomas Thiemeyer
Die Illustrationen zeichneten
Zoltán Boros & Gábor Szikszai

Diese Romane erschienen in abweichender
Textfassung erstmals unter den Titeln
Der Mann von drüben
im Awa Verlag, München
und 1961 als Heyne-Buch unter
der Nummer 90, später 06/3004;
Die nackte Sonne
1962 als Heyne-Buch unter der Nummer 177,
später 06/3009 bzw. 06/3517;
in ungekürzten Neuübersetzungen
unter den Titeln
**Die Stahlhöhlen
& Die nackte Sonne**
und 1988 als Heyne-Bücher
unter den Nummern 06/71 & 06/72

Umwelthinweis:
Dieses Buch wurde auf
chlor- und säurefreiem Papier gedruckt.

Redaktion: Wolfgang Jeschke
Copyright © 1953/54 by Isaac Asimov
(in ›GALAXY‹, Okt. 1953 bis Jan. 1954)
(Buchausgabe by Doubleday, New York)

Copyright ©) 1956 by Street & Smith Publications, Inc.
(in ›ASTOUNDING SCIENCE FICTION‹, Okt. 1956 bis Jan. 1957)
Copyright © 1957 by Isaac Asimov
(Buchausgabe by Doubleday, New York)
Mit freundlicher Genehmigung der Erben des Autors,
dem Verlag Doubleday, New York,
sowie der Liepman AG, Literarische Agentur, Zürich
Copyright © 1988 der deutschen Übersetzungen
by Wilhelm Heyne Verlag GmbH & Co. KG, München
Printed in Germany 1997
Umschlaggestaltung: Atelier Ingrid Schütz, München
Technische Betreuung: M. Spinola
Satz: Schaber Satz- und Datentechnik, Wels
Druck und Bindung: Ebner Ulm

ISBN 3-453-12767-6

INHALT

ERSTES BUCH
DIE STAHLHÖHLEN
(THE CAVES OF STEEL)
Seite 7

1. Gespräch mit einem Kommissar 9
2. Auf den Expreßways 23
3. Zwischenfall in einem Schuhgeschäft 39
4. Einführung in eine Familie 50
5. Analyse eines Mordes 66
6. Flüstern im Schlafzimmer 81
7. Ausflug nach Spacetown 90
8. Diskussion über einen Roboter 107
9. Belehrung durch einen Spacer 121
10. Der Nachmittag eines Ermittlungsbeamten . 137
11. Flucht über die Streifen 154
12. Die Auskunft eines Fachmanns 170
13. Die Maschine ergreift die Initiative 187
14. Die Verschwörer 205
15. Verhaftung eines Verschwörers 221
16. Fragen nach dem Motiv 235
17. Abschluß eines Projekts 252
18. Ende einer Ermittlung 265

INHALT

Zweites Buch
DIE NACKTE SONNE
(THE NAKED SUN)
Seite 285

1. Eine Frage wird gestellt 287
2. Begegnung mit einem Freund 304
3. Ein Opfer wird benannt 321
4. Eine Frau wird gesichtet 336
5. Ein Verbrechen wird besprochen 348
6. Eine Theorie wird widerlegt 360
7. Ein Arzt wird bedrängt 377
8. Widerstand gegen einen Spacer 391
9. Ein Roboter wird blockiert 407
10. Die Ursprünge einer Zivilisation 419
11. Eine Farm wird inspiziert 434
12. Ein Ziel wird verfehlt 449
13. Konfrontation mit einem Robotiker 466
14. Ein Motiv wird aufgedeckt 478
15. Ein Porträt wird koloriert 491
16. Eine Lösung bietet sich an 507
17. Eine Besprechung findet statt 521
18. Eine Frage wird beantwortet 536

ERSTES BUCH

Die Stahlhöhlen

I
GESPRÄCH MIT EINEM KOMMISSAR

Lije Baley hatte gerade seinen Schreibtisch erreicht, als ihm auffiel, daß R. Sammy ihn erwartungsvoll ansah.

Die mürrisch wirkenden Linien in seinem langen Gesicht verhärteten sich. »Was willst du?«

»Der Chef will Sie sprechen, Lije. Gleich wenn Sie hereinkommen.«

»In Ordnung.«

R. Sammy blieb unbewegt stehen.

»In Ordnung, hab' ich gesagt«, sagte Baley. »Geh jetzt!«

R. Sammy machte kehrt und entfernte sich, um seinen Pflichten nachzugehen. Baley fragte sich gereizt, warum diese Pflichten nicht auch von einem Menschen erfüllt werden konnten.

Er holte seinen Tabaksbeutel heraus, öffnete ihn und überlegte. Wenn er sich auf zwei Pfeifen pro Tag beschränkte, würde es bis zur nächsten Zuteilung reichen.

Dann trat er hinter seiner Trennwand hervor (sein Rang verlieh ihm seit zwei Jahren Anspruch auf eine Trennwand) und ging durch den Gemeinschaftsraum.

Simpson blickte von seinem Bildschirm auf, als er an ihm vorbeiging. »Der Chef will Sie sprechen, Lije.«

»Ich weiß. R. Sammy hat es mir gesagt.«

Ein Codeband quoll seitlich aus dem Bildschirm heraus, während das kleine Gerät sein Gedächtnis nach den gewünschten Informationen absuchte, die in winzigen Schwingungsmustern der glänzenden Quecksilberfläche im unteren Teil des Gerätes enthalten waren.

»Ich würde R. Sammy gerne in den Hintern treten, wenn ich nicht Angst hätte, mir dabei ein Bein zu brechen«, sagte Simpson. »Neulich habe ich Vince Barrett gesehen.«

»Oh?«

»Er hat sich nach seinem Job umgesehen, den er gern wiederhätte. Oder irgendeinen anderen Job hier bei uns.

Der arme Teufel ist verzweifelt. Aber was hätte *ich* ihm denn sagen sollen? R. Sammy macht seine Arbeit, mehr gibt es da nicht zu sagen. Der Junge bedient jetzt irgendeinen Apparat in den Hefefarmen. Ein intelligenter Bursche war das übrigens. Und alle haben ihn gemocht.«

Baley zuckte die Achseln und meinte, wesentlich steifer als er das vorgehabt hatte oder als es seinen Empfindungen entsprach: »Das ist etwas, mit dem wir alle fertig werden müssen.«

Der Chef hatte Anspruch auf ein Einzelbüro. Auf der Milchglasscheibe stand:

JULIUS ENDERBY

Schöne, hübsche Buchstaben, sorgfältig in das Glas eingeritzt. Und darunter stand:

COMMISSIONER OF POLICE,
CITY OF NEW YORK

Baley trat ein und sagte: »Sie wollten mich sprechen, Commissioner?«

Enderby blickte auf. Er trug eine Brille, weil er empfindliche Augen hatte und die üblichen Kontaktlinsen nicht vertrug. Es dauerte eine Weile, bis man sich an den Anblick gewöhnte, und erst anschließend kam man dann dazu, den Rest des Gesichts auf sich einwirken zu lassen; ein Gesicht, das nicht besonders auffällig war. Baley war davon überzeugt, daß der Commissioner seine Brille deshalb besonders schätzte, weil sie ihm Persönlichkeit verlieh. Und dann konnte er sich des Verdachts nicht erwehren, daß seine Augen vielleicht gar nicht so empfindlich waren.

Der Commissioner wirkte ausgesprochen nervös. Er schob sich die Manschetten zurecht, lehnte sich zurück und sagte mit viel zu herzlicher Stimme: »Setzen Sie sich, Lije. Setzen Sie sich doch!«

Baley nahm steif Platz und wartete.

»Wie geht's Jessie?« wollte Enderby wissen. »Und dem Jungen?«

»Gut«, sagte Baley ausdruckslos. »Gut, danke. Und Ihrer Familie?«

»Gut«, kam es wie ein Echo von Enderby. »Danke, gut.«

Es war ein schlechter Anfang gewesen.

Und Baley dachte: Irgend etwas mit seinem Gesicht stimmt nicht.

Und sagte: »Commissioner, es wäre mir recht, wenn Sie nicht R. Sammy schicken würden, wenn Sie mich sprechen wollen.«

»Nun, Sie wissen ja, wie ich über diese Dinge denke, Lije. Aber man hat ihn uns nun einmal geschickt, und ich muß ihn ja für irgend etwas einsetzen.«

»Es macht mich irgendwie unbehaglich, Commissioner. Er sagt mir, daß Sie mich sprechen wollen, und dann steht er einfach da. Sie wissen schon, wie ich das meine. Ich muß ihm sagen, daß er weggehen soll, sonst bleibt er einfach stehen.«

»Oh, das ist meine Schuld, Lije. Ich hab' ihm den Auftrag gegeben und vergessen, ihm ausdrücklich zu sagen, daß er anschließend wieder an seine Arbeit gehen soll, wenn er fertig ist.«

Baley seufzte. Die feinen Runzeln um seine auffällig braunen Augen traten deutlicher hervor. »Nun, Sie wollten mich jedenfalls sprechen.«

»Ja, Lije«, sagte der Commissioner, »aber das ist eine recht schwierige Angelegenheit.«

Er stand auf, wandte sich ab und ging an die Wand hinter seinem Schreibtisch. Er berührte einen unauffälligen Schalter, worauf ein Teil der Wand durchsichtig wurde.

Bei dem unerwartet grellen, grau wirkenden Licht kniff Baley unwillkürlich die Augen zusammen.

Der Commissioner lächelte. »Ich habe mir das letztes Jahr einrichten lassen, Lije. Ich glaube nicht, daß ich es Ihnen schon einmal gezeigt habe. Kommen Sie her und sehen Sie sich das an. Früher hatten alle Zimmer so etwas. Man nannte das ›Fenster‹. Haben Sie das gewußt?«

Baley wußte das sehr wohl; schließlich hatte er viele historische Romane gesichtet.

»Ich habe davon gehört«, sagte er.

»Kommen Sie her!«

Baley zögerte etwas, tat dann aber, was der andere wollte. An dem Vorgang, das Privatleben eines Zimmers der Außenwelt offenzulegen, war irgendwie etwas Ungehöriges. Manchmal ging der Commissioner mit seiner Vorliebe für das Mittelalterliche etwas weit, und dann wurde es peinlich – um nicht zu sagen albern.

So wie seine Brille, dachte Baley.

Das war es! Das hatte ihn an seinem Gesicht gestört!

Und dann meinte er: »Entschuldigen Sie, Commissioner, aber Sie tragen eine neue Brille, nicht wahr?«

Der Commissioner starrte ihn etwas überrascht an, nahm die Brille ab und sah zuerst sie und dann Baley an. Ohne Brille wirkte sein rundes Gesicht noch runder, und sein Kinn ein wenig auffälliger. Und irgendwie wirkte er auch vage, weil seine Augen offenbar nicht richtig fokussierten.

»Ja«, sagte er.

Er setzte sich die Brille wieder auf und fügte mit echtem Zorn hinzu: »Ich hab' die alte vor drei Tagen zerbrochen. Und dann war ich die ganze Zeit irgendwie beschäftigt und konnte mir erst heute morgen eine neue besorgen. Lije, diese drei Tage waren scheußlich.«

»Wegen der Brille?«

»Und auch wegen anderer Dinge. Darauf komm' ich gleich.«

Er wandte sich wieder zum Fenster, und Baley tat es ihm gleich. Baley erkannte mit einem leichten Schock, daß es regnete. Einen Augenblick lang nahm ihn das Schauspiel vom Himmel fallenden Wassers völlig gefangen, während der Commissioner sichtlich stolz wirkte, ganz so, als hätte er das Phänomen arrangiert, um es seinem Besucher vorzuführen.

»Das ist jetzt das dritte Mal in diesem Monat, daß ich es regnen sehe. Ein interessanter Anblick, finden Sie nicht?«

Baley mußte sich widerwillig eingestehen, daß es ein eindrucksvolles Bild war. In seinen zweiundvierzig Jahren hatte er selten Regen gesehen oder, was das betraf, irgendwelche anderen Naturphänomene.

Er meinte: »Mir kommt es immer wie Verschwendung vor, daß soviel Wasser auf die Stadt herunterfällt. Es sollte sich auf die Reservoirs beschränken.«

»Lije«, sagte der Commissioner, »Sie sehen die Dinge nur von der modernen Warte. Das ist ja unser Problem. Im Mittelalter haben die Leute im Freien gelebt. Ich meine nicht nur auf den Farmen, ich meine auch in den Städten. Selbst in New York. Wenn es damals regnete, empfanden die das nicht als Verschwendung. Sie haben es genossen. Sie haben in enger Beziehung zur Natur gelebt. Das ist gesünder, besser. Die meisten Probleme des modernen Lebens kommen daher, daß wir uns von der Natur abgekapselt haben. Sie sollten einmal über das Kohle-Jahrhundert nachlesen.«

Das hatte Baley. Er hatte viele Leute über die Erfindung der Atomkraftwerke klagen hören. Er klagte selbst darüber, wenn etwas schiefging oder wenn er müde wurde. Solche Klagen gehörten mit zur Natur des Menschen. Im Kohle-Jahrhundert hatten sich die Menschen über die Erfindung der Dampfmaschine beklagt. In einem der Stücke Shakespeares hatte sich eine der Personen über die Erfindung des Schießpulvers beklagt. Und tausend Jahre später würde man sich wahrscheinlich über die Erfindung des Positronengehirns beklagen.

Zum Teufel damit!

Er meinte verstimmt: »Schauen Sie, Julius.« (Es war nicht seine Art, sich während der Bürozeit anzubiedern, und wenn der Commissioner ihm auch noch so viele ›Lijes‹ an den Kopf warf; aber jetzt schien die Zeit für etwas Besonderes gekommen zu sein.) »Schauen Sie, Julius, Sie reden hier von allem und jedem, nur nicht von dem, weshalb Sie mich zu sich gerufen haben, und das beunruhigt mich. Um was geht es denn?«

»Darauf komme ich gleich, Lije«, sagte der Commissioner. »Lassen Sie es mich auf meine Art tun. Es ... es ist unangenehm.«

»Sicher. Was wäre das nicht auf diesem Planeten? Wieder Ärger mit den Rs?«

»In gewisser Weise, ja, Lije. Ich stehe hier und frage mich, wieviel Ärger die alte Welt noch ertragen kann. Als ich dieses Fenster einbauen ließ, wollte ich damit nicht nur hin und wieder den Himmel hereinlassen. Ich wollte die Stadt hereinlassen. Ich sehe sie mir an und frage mich, was in weiteren hundert Jahren aus ihr geworden sein wird.«

Die Sentimentalität des anderen stieß Baley irgendwie ab, aber trotzdem ertappte er sich dabei, wie er fasziniert nach draußen starrte. Selbst jetzt, wo das Wetter die Konturen etwas verdeckte, war die City doch ein grandioser Anblick. Und das Polizeipräsidium befand sich in den oberen Etagen der City Hall, und die City Hall war ein ausgesprochen hoher Bau. Vom Fenster des Commissioners aus konnte man auf die benachbarten Türme hintersehen. Sie waren wie Finger, die nach oben tasteten. Ihre Mauern waren glatt und ausdruckslos. Sie waren wie die Außenschalen menschlicher Waben.

»In gewisser Weise«, meinte der Commissioner, »bedaure ich, daß es regnet. So können wir Spacetown nicht sehen.«

Baley blickte nach Westen, aber es war so, wie der Commissioner gesagt hatte. Der Horizont versperrte den Blick. Die Türme von New York wurden neblig und endeten vor einer ausdruckslosen, weißen Wand.

»Ich weiß, wie Spacetown aussieht«, sagte Baley.

»Mir gefällt das Bild von hier aus«, sagte der Commissioner. »Man kann es in der Lücke zwischen den beiden Brunswick-Sektoren deutlich sehen. Niedrige, verstreute Kuppeln. Das ist der Unterschied zwischen uns und den Spacern. Wir greifen nach oben und drängen uns dicht aneinander. Bei ihnen hat jede Familie ihre eigene Kuppel. Eine Familie – ein Haus. Und Land zwischen jeder Kuppel.

Haben Sie schon einmal mit einem Spacer gesprochen, Lije?«

»Ein paarmal. Vor etwa einem Monat habe ich hier an Ihrem Intercom mit einem gesprochen«, sagte Baley geduldig.

»Ja, ich erinnere mich. Aber ich fange wohl an zu philosophieren. Wir und die. Unterschiedliche Lebensweisen.«

Baleys Magen verkrampfte sich ein wenig. Je umständlicher der Commissioner an die Sache heranging, desto unangenehmer würde der Schluß sein.

»Nun gut«, sagte er. »Aber was ist daran so überraschend? Schließlich kann man nicht mehr als acht Milliarden Menschen in kleinen Kuppeln über die Erde verteilen. Die haben auf ihren Welten genügend Platz, lassen Sie sie also doch auf ihre Art leben.«

Der Commissioner ging zu seinem Sessel und setzte sich. Seine Augen sahen Baley unverwandt an; die Konkavlinsen seiner Brille ließen sie etwas kleiner erscheinen. Er sagte: »Nicht jedermann ist in bezug auf die Unterschiede in der Zivilisation so tolerant. Bei uns nicht, und auch bei den Spacern nicht.«

»Nun gut. Und?«

»Vor drei Tagen ist ein Spacer gestorben.«

Jetzt kam es. Baleys schmale Lippen schoben sich in den Mundwinkeln etwas nach oben, aber das veränderte an seinem langen, traurigen Gesicht noch nichts. »Das ist schade«, sagte er. »Etwas Ansteckendes? Ein Virus? Eine Erkältung vielleicht? Hoffe ich.«

Der Commissioner sah ihn verblüfft an. »Wovon reden Sie denn?«

Baley verzichtete auf eine Erklärung. Die Präzision, mit der die Spacer alle Krankheiten aus ihrer Gemeinschaft verdrängt hatten, war wohlbekannt. Die Sorgfalt, mit der sie, soweit das möglich war, jeden Kontakt mit den von Krankheiten geplagten Erdbewohnern vermieden, war sogar noch besser bekannt. Aber Sarkasmus war an den Commissioner vergeudet.

»Ich rede nur so«, sagte Baley. »Woran ist er gestorben?« Er wandte sich wieder dem Fenster zu.

»Daran, daß er keine Brust mehr hatte«, sagte der Commissioner. »Jemand hat mit einem Blaster auf ihn geschossen.«

Baleys Haltung wurde starr. Er sagte, ohne sich umzudrehen: »Wovon reden Sie denn?«

»Ich rede von Mord«, sagte der Commissioner leise. »Sie sind Polizeibeamter. Sie wissen, was Mord ist.«

Jetzt drehte Baley sich um. »Aber ein Spacer! Vor drei Tagen?«

»Ja.«

»Aber wer ist der Täter? Wie ist es geschehen?«

»Die Spacer sagen, es sei ein Erdenmensch gewesen.«

»Das kann nicht sein.«

»Warum nicht? Sie mögen die Spacer nicht. Ich auch nicht. Ich hasse sie. Gibt es auf der Erde überhaupt jemanden, der sie mag? Jemand hat seine Abneigung etwas zu deutlich gezeigt, das ist alles.«

»Sicher. Aber ...«

»Da war die Brandstiftung in den Fabriken in Los Angeles, die R-Demonstrationen in Berlin, die Krawalle in Shanghai.«

»Richtig.«

»Das alles deutet auf wachsende Unzufriedenheit hin. Vielleicht auf irgendeine Organisation.«

»Ich verstehe das nicht, Commissioner«, sagte Baley. »Stellen Sie mich hier aus irgendeinem Grund auf die Probe?«

»Was?« Der Commissioner wirkte ehrlich verblüfft.

Baley musterte ihn scharf. »Vor drei Tagen ist ein Spacer ermordet worden, und die Spacer glauben, daß ein Erdenmensch der Täter ist. Bis zu diesem Augenblick«, und dabei tippte sein Finger auf den Schreibtisch, »ist davon nichts bekannt geworden. Stimmt das? Commissioner, das ist unglaublich. Jehoshaphat, Commissioner, wenn das wirklich passiert wäre, dann hätten die inzwischen ganz New York in die Luft gejagt.«

Der Commissioner schüttelte den Kopf. »So einfach ist das nicht. Schauen Sie, Lije. Ich bin jetzt in dieser Sache seit drei Tagen auf den Beinen. Ich habe mit dem Bürgermeister verhandelt. Ich war draußen in Spacetown. Ich war in Washington und habe mit dem Terrestrial Bureau of Investigation gesprochen.«

»Oh. Und was haben die Terries dazu zu sagen?«

»Die sagen, das sei unsere Sache. Innerhalb der Stadtgrenzen. Spacetown untersteht New Yorker Gerichtsbarkeit.«

»Aber *mit* extraterritorialen Rechten.«

»Ich weiß. Darauf komme ich gleich.« Die Augen des Commissioners wichen Baleys Blick aus. Sein Verhalten erweckte im Augenblick den Eindruck, als wäre er ein Untergebener Baleys. Und Baley verhielt sich so, als akzeptierte er die Tatsache.

»Die Spacer könnten das doch selbst erledigen«, sagte Baley.

»Augenblick, Lije!« bat der Commissioner. »Sie sollten mich nicht drängen. Ich versuche das mit Ihnen zu bereden, sozusagen unter Freunden. Ich möchte, daß Sie meine Position begreifen. Ich war dort, als die Sache bekannt wurde. Ich war mit ihm verabredet – mit Roj Nemennuh Sarton.«

»Dem Opfer?«

»Dem Opfer.« Der Commissioner stöhnte. »Fünf Minuten später, und ich selbst hätte die Leiche entdeckt. *Das* wäre ein Schock gewesen! Es war brutal, wirklich brutal. Sie haben mich abgeholt und es mir gesagt. Und damit fing ein Alptraum an, der jetzt seit drei Tagen andauert, Lije. Und ich die ganze Zeit fast blind, weil ich keine Zeit hatte, mir eine neue Brille zu besorgen. *Das* zumindest wird mir nicht noch einmal passieren. Ich habe mir gleich drei bestellt.«

Baley ließ vor seinem geistigen Auge das Bild ablaufen,

das er sich von dem Vorfall machte. Er sah die hochgewachsenen, blonden Spacer, wie sie auf den Commissioner zugingen und ihm in ihrer völlig emotionslosen Art die Nachricht übermittelten. Und dann sah er Julius, wie er die Brille abnahm und sie polierte. Und dann hatte er sie natürlich unter dem Eindruck der Ereignisse fallen gelassen und mit einem Zittern seiner weichen, vollen Lippen auf die Fragmente hinuntergestarrt. Baley war ganz sicher, daß den Commissioner wenigstens fünf Minuten lang der Verlust seiner Brille mehr beunruhigt hatte als der Mord.

»Eine scheußliche Situation«, sagte der Commissioner. »Wie Sie richtig sagen, die Spacer haben extraterritoriale Rechte. Sie *können* darauf bestehen, selbst die Ermittlungen zu übernehmen, und können ihren Regierungen zu Hause berichten, was sie wollen. Die Äußeren Welten könnten das als Vorwand benutzen, eine Entschädigung zu verlangen. Sie wissen selbst, was *das* bei der Bevölkerung auslösen würde.«

»Für das Weiße Haus wäre das politischer Selbstmord, einer solchen Zahlung zuzustimmen.«

»Und eine andere Art von Selbstmord, es nicht zu tun.«

»Sie brauchen es mir nicht auszumalen«, sagte Baley. Er war ein kleiner Junge gewesen, als die glänzenden Raumschiffe aus dem Weltraum ihre Soldaten in Washington, New York und Moskau abgesetzt hatten, um sich das zu nehmen, was – wie sie behaupteten – ihnen gehörte.

»Dann begreifen Sie das auch. Ob wir nun zahlen oder nicht – Ärger gibt es in jedem Fall. Die einzige Chance, die wir haben, ist, selbst den Mörder zu finden und ihn den Spacern zu übergeben. Das liegt jetzt bei uns.«

»Warum übergeben wir den Fall nicht dem TBI? Selbst wenn die Angelegenheit formell unserer Gerichtsbarkeit untersteht, geht es hier doch um interstellare Beziehungen ...«

»Das TBI will nichts damit zu tun haben. Die Sache ist heiß, und wir haben sie im Nacken.« Er hob einen Augenblick lang den Kopf und sah seinen Untergebenen an.

»Und sie ist unangenehm, Lije. Jeder von uns läuft Gefahr, dabei seine Stellung zu verlieren.«

»Die sollten uns alle ersetzen?« sagte Baley. »Quatsch! Dazu haben die gar nicht genug ausgebildete Leute.«

»Rs«, sagte der Commissioner. »*Die* gibt es.«

»Was?«

»R. Sammy ist erst ein Anfang. Er wird für Botendienste eingesetzt. Andere könnte man als Streifen auf den Expreßways einsetzen. Verdammt noch mal, Mann, ich kenne die Spacers besser als Sie, und ich weiß, was die tun. Es gibt Rs, die Ihre Arbeit tun können und die meine. Man kann uns zurückstufen. Bilden Sie sich ja nichts ein! Und in unserem Alter zum Arbeitsamt zu gehen ...«

»Also gut«, sagte Baley mürrisch.

Der Commissioner wirkte niedergeschlagen. »Es tut mir leid, Lije.«

Baley nickte und versuchte, nicht an seinen Vater zu denken. Der Commissioner kannte die Geschichte natürlich.

»Wann ist denn diese Geschichte mit dem Arbeitsamt und so zur Sprache gekommen?« fragte Baley.

»Jetzt sind Sie naiv, Lije. Das läuft doch schon die ganze Zeit. Seit fünfundzwanzig Jahren läuft das. Seit die Spacer gekommen sind. Das wissen Sie ganz genau. Es reicht jetzt nur weiter nach oben hinauf, das ist alles. Wenn wir diesen Fall verpatzen, dann ist das ein weiterer Schritt auf den Punkt zu, wo wir uns langsam mit dem Gedanken vertraut machen müssen, daß wir unsere Heftchen mit den Pensionsabschnitten nicht mehr bekommen. Andrerseits, Lije, wenn wir die Sache gut zu Ende führen, dann kann es sein, daß damit dieser Punkt weit in die Zukunft geschoben wird. Und für Sie wäre es eine besondere Chance.«

»Für mich?« fragte Baley.

»Sie werden die Ermittlungen leiten, Lije.«

»Das entspricht nicht meinem Rang, Commissioner. Ich bin ein C-5.«

»Sie wollen doch C-6 werden, oder?«

Wollte er das? Baley kannte die Privilegien, die einem die Einstufung als C-6 einbrachte. Ein Sitzplatz auf den Expreßways während der Stoßzeit, nicht nur zwischen zehn und vier. Eine größere Auswahl in den Sektionsküchen. Vielleicht sogar eine bessere Wohnung und für Jessie ein Ticket für die Etagen mit den Solarien.

»Natürlich will ich das«, sagte er. »Warum auch nicht? Aber was ist, wenn ich es nicht schaffe?«

»Warum sollten Sie es nicht schaffen, Lije?« bettelte der Commissioner. »Sie sind ein guter Mann. Einer der besten, die wir haben.«

»Aber in meiner Abteilung gibt es ein halbes Dutzend Männer mit höherer Einstufung. Warum sollten die übergangen werden?«

Baley sprach es nicht aus, ließ es aber durch seine Haltung erkennen, daß der Commissioner sich nie über das Protokoll hinwegsetzte, nur in Fällen äußerster Not.

Der Commissioner faltete die Hände. »Aus zwei Gründen. Für mich sind Sie nicht einfach nur irgendein Detektiv, Lije. Schließlich sind wir auch Freunde. Ich habe nicht vergessen, daß wir gemeinsam auf dem College waren. Manchmal sieht es vielleicht so aus, als hätte ich das vergessen. Aber das liegt am Rangunterschied. Ich bin Commissioner, und Sie wissen, was das bedeutet. Aber trotzdem bin ich auch noch Ihr Freund, und das ist eine ungeheure Chance für den richtigen Mann. Ich möchte, daß Sie diese Chance bekommen.«

»Das ist ein Grund«, sagte Baley ohne besondere Wärme.

»Der zweite Grund ist, daß ich glaube, Sie sind mein Freund. Und als solcher sollten Sie mir einen Gefallen tun.«

»Was für einen Gefallen?«

»Ich möchte, daß Sie sich in dieser Geschichte einen Spacer zum Partner nehmen. Das war die Bedingung, die die Spacer gestellt haben. Sie haben sich bereit erklärt, den Mord nicht zu melden. Sie haben zugestimmt, daß wir die Ermittlungen übernehmen. Und als Gegenleistung dafür bestehen sie darauf, daß einer ihrer eigenen Leute eingeschaltet wird, in sämtliche Ermittlungen.«

»Das klingt, als würden sie uns doch nicht völlig vertrauen.«

»Sie müssen doch ihren Standpunkt verstehen. Wenn die Sache schiefgeht, werden einige von ihnen Schwierigkeiten mit ihren eigenen Regierungen bekommen. Ich will denen zunächst keine schlechten Absichten unterstellen, Lije. Ich will davon ausgehen, daß sie es gut meinen.«

»Sicher tun sie das, Commissioner. Das ist ja das Ärgerliche mit denen.«

Der Commissioner sah ihn ausdruckslos an und schien nicht zu verstehen, was er meinte, und fuhr fort: »Sind Sie bereit, einen Spacer als Partner zu akzeptieren, Lije?«

»Ist das die Gefälligkeit, um die Sie mich bitten?«

»Ja. Ich bitte Sie, den Auftrag zu übernehmen, und zwar mit allen Bedingungen, die die Spacer gestellt haben.«

»Ich akzeptiere den Spacer als Partner, Commissioner.«

»Danke, Lije. Er wird bei Ihnen wohnen müssen.«

»Oh, Augenblick! Jetzt aber mal langsam!«

»Ich weiß! Ich weiß! Aber Sie haben eine große Wohnung, Lije. Drei Zimmer. Nur ein Kind. Sie können ihn unterbringen. Er wird Ihnen nicht lästig fallen. Überhaupt nicht. Und es ist notwendig.«

»Jessie wird das nicht gefallen, das weiß ich.«

»Sagen Sie Jessie«, und der Commissioner war ganz ernst, als er das sagte; so ernst, daß seine Augen durch die Glasscheiben, die ihm den Blick versperrten, Löcher zu bohren schienen, »sagen Sie Jessie, wenn Sie das für mich tun, werde ich, wenn das alles vorbei ist, alles in meiner Macht Stehende tun, daß Sie eine Stufe höher rücken. C-7, Lije. C-7!«

»Also gut, Commissioner. Einverstanden.«

Baley stand halb aus seinem Stuhl auf, bemerkte Enderbys Blick und setzte sich wieder.

»Ist noch etwas?«

Der Commissioner nickte langsam. »Eins noch.«

»Und das wäre?«

»Der Name Ihres Partners.«

»Welchen Unterschied macht der denn?«

»Die Spacer sind manchmal sehr eigenartig«, sagte der Commissioner. »Der Partner, den sie Ihnen stellen, ist nicht ... ah ... ist nicht ...«

Baleys Augen weiteten sich. »Augenblick!«

»Sie müssen, Lije. Sie *müssen!* Es gibt keinen Ausweg.«

»Und der soll in *meiner* Wohnung wohnen? Ein solches Ding?«

»Als Ihr Freund bitte ich Sie darum!«

»Nein. *Nein!*«

»Lije, ich kann in dieser Sache sonst niemandem vertrauen. Muß ich denn noch deutlicher werden? Wir *müssen* mit den Spacern zusammenarbeiten. Wir müssen Erfolg haben, wenn wir vermeiden wollen, daß die wieder eine Flotte schicken. Aber wir können nicht auf irgendeine beliebige Art Erfolg haben. Sie werden einen ihrer Rs als Partner bekommen. Wenn *er* den Fall löst, wenn er berichten kann, daß wir unfähig sind, sind wir ohnehin erledigt. Wir als Polizeiverwaltung. Das sehen Sie doch ein, oder? Sie haben da eine höchst diffizile Geschichte zu lösen. Sie müssen mit ihm zusammenarbeiten, aber sorgen Sie dafür, daß *Sie* den Fall lösen und nicht er. Verstehen Sie?«

»Sie meinen, ich soll mit ihm hundertprozentig zusammenarbeiten, nur um ihm dabei die Kehle durchzuschneiden? Ihm mit einem Messer in der Hand auf den Rücken klopfen?«

»Was bleibt uns denn sonst für eine Wahl? Es gibt keinen anderen Ausweg.«

Lije Baley stand unschlüssig da. »Ich weiß nicht, was Jessie sagen wird.«

»Wenn Sie wollen, rede ich mit ihr.«

»Nein, Commissioner.« Er holte tief Luft, es klang wie ein Seufzer. »Wie ist denn der Name meines Partners?«

»R. Daneel Olivaw.«

»Das ist jetzt nicht die Zeit für Beschönigungen«, sagte

Baley traurig. »Ich übernehme den Fall, Commissioner, also wollen wir auch seinen vollen Namen benutzen. *Roboter Daneel Olivaw.*«

2
AUF DEN EXPRESSWAYS

Die Expreßways waren überfüllt, wie das üblich war: die Steher auf der unteren Etage und die mit Sitzprivilegien oben. Ein beständiger Menschenstrom ergoß sich vom Expreßway herunter, quer über die Langsamer-Streifen, zu den Localways oder unter Bögen oder über Brücken in das endlose Labyrinth der Stadtteile. Ein weiterer Fluß, ebenso gleichmäßig, arbeitete sich von der anderen Seite nach innen über die Schneller-Streifen auf den eigentlichen Expreßway zu.

Überall waren Lichter: die leuchtenden Wände und Decken, von denen ein kühles, gleichmäßiges Phosphoreszieren ausging, die blitzenden Wärmetafeln, die Aufmerksamkeit forderten, und das harte, gleichmäßige Glühen der ›Lichtwürmer‹, die verkündeten:

NACH JERSEY,
FOLGEN SIE DEN PFEILEN ZUR EAST-RIVER-
PENDELBAHN,
OBERE ETAGEN NACH LONG ISLAND.

Aber am auffälligsten war das Geräusch, ohne das man sich Leben nicht denken konnte: das Geräusch von Millionen, die redeten, lachten, husteten, riefen, atmeten.

Keine Hinweisschilder nach Spacetown, dachte Baley.

Mit der Leichtigkeit, die man sich in einem ganzen Leben in dieser Stadt erwarb, arbeitete er sich von Streifen zu Streifen. Kinder lernten es, die ›Streifen zu hüpfen‹, wenn sie gehen lernten. Baley spürte den Ruck der Beschleunigung gar nicht, obwohl seine Geschwindigkeit mit jedem Schritt zunahm. Er war sich nicht einmal bewußt, daß er sich nach vorne beugte. In dreißig Sekunden hatte er den letzten Streifen mit hundert Stundenkilometern erreicht und konnte jetzt die von einem Geländer und mit Glasscheiben geschützte Plattform betreten, die der eigentliche Expreßway war.

Keine Hinweisschilder für Spacetown, dachte er.

Doch die brauchte es auch nicht. Wenn man dort zu tun hat, kennt man den Weg. Wenn man den Weg nicht kennt, hat man dort auch nichts zu schaffen. Als Spacetown vor reichlich fünfundzwanzig Jahren gegründet worden war, hatte es starke Tendenzen gegeben, so etwas wie eine Sehenswürdigkeit daraus zu machen. Die Horden der Stadt drängten hin.

Dem machten die Spacer ein Ende. Höflich (höflich waren sie immer), aber kompromißlos und ohne auch nur einen Hauch von so etwas wie Taktgefühl, legten sie eine Kraftfeld-Sperre zwischen sich und die City. Sie errichteten eine Art Einwanderungs- und Zoll-Inspektion. Wenn man in Spacetown zu tun hatte, wies man sich aus, ließ sich durchsuchen und unterzog sich einer medizinischen Untersuchung sowie einer routinemäßigen Desinfektion.

Das erzeugte Unzufriedenheit. Natürlich. Mehr Unzufriedenheit, als die Maßnahme verdiente. Aber genug Unzufriedenheit, um das Modernisierungsprogramm ernsthaft zu behindern. Baley erinnerte sich an die Kraftfeld-Krawalle. Er selbst hatte sich dem Mob angeschlossen, der sich an die Schienen der Expreßways hängte, sich ohne Rücksicht auf Rang in die Sitze zwängte, rücksichtslos über die Streifen rannte, selbst auf das Risiko ernsthafter Unfälle hin, und sich zwei Tage lang vor der Kraftfeld-Sperre von Spacetown aufhielt, Parolen schrie und aus schierer Verärgerung City-Eigentum zerstörte.

Wenn er sich Mühe gab, konnte er sich immer noch an die Gesänge erinnern, die sie damals gegrölt hatten. Da war zum Beispiel ›Der Mensch kommt von der Mutter Erde, hört ihr?‹, das sie damals nach der Melodie eines alten Volksliedes gesungen hatten.

›Der Mensch kommt von der Mutter Erde,
hört ihr?
Die Erde ist die Welt, die ihn gebar,
hört ihr?
Spacer, verschwindet von Mutter Erde!
Spacer, Spacer, haut doch ab!
Dreckige Spacer, haut doch ab!‹

Es gab Hunderte von Versen. Ein paar davon waren sogar witzig, die meisten dumm und viele recht obszön. Aber jeder Vers hatte zum Refrain ›dreckige Spacer, haut doch ab!‹ Dreckig, dreckig. Ein vergeblicher Versuch, den Spacern die empfindlichste Beleidigung zurückzugeben, mit der sie sich auf der Erde unbeliebt gemacht hatten: die Beharrlichkeit, mit der sie die Eingeborenen der Erde als ekelhaft, krank und unsauber betrachteten.

Natürlich zogen die Spacer nicht ab. Sie brauchten nicht einmal ihre Offensiv-Waffen einzusetzen. Die veraltete Flotte der Erde hatte schon vor langer Zeit lernen müssen, daß es Selbstmord war, einem Schiff der Äußeren Welten auch nur nahezukommen. Flugzeuge der Erde, die sich ganz zu Anfang, als Spacetown noch im Bau gewesen war, dorthin gewagt hatten, waren einfach verschwunden. Bestenfalls hatte man im einen oder anderen Fall zerfetzte Tragflächenstücke gefunden.

Und kein Mob konnte sich so aufputschen, um die Wirkung der auf Subäther-Prinzip funktionierenden Hand-Disruptoren zu vergessen, die man in den jetzt hundert Jahre zurückliegenden Kriegen gegen die Erdenmenschen eingesetzt hatte.

Und so waren die Spacer hinter ihrem Kraftfeld gesessen, das selbst ein Produkt ihrer fortgeschrittenen Wissenschaft war und das mit keiner auf der Erde bekannten Methode geöffnet werden konnte. Sie warteten einfach mit stoischer Ruhe auf der anderen Seite der Sperre, bis die City den Mob mit Würgegas und Schlafdämpfen beruhigt hatte. Anschließend füllten sich die Strafanstalten in den unteren Etagen mit Rädelsführern, Unzufriedenen und Leuten, die man einfach festgenommen hatte, weil sie am leichtesten zu greifen waren. Nach einer Weile wurden sie alle wieder freigelassen.

Die Spacer milderten nach angemessener Zeit ihre Restriktionen. Das Kraftfeld wurde entfernt, und man betraute die City-Polizei mit dem Schutz von Spacetown. Und was das Wichtigste war: die medizinische Untersuchung wurde unauffälliger durchgeführt.

Baley hielt es durchaus für möglich, daß die Dinge sich jetzt in umgekehrter Richtung entwickelten. Wenn die Spacer ernsthaft glaubten, ein Erdenmensch hätte Spacetown betreten und einen Mord begangen, würden sie das Kraftfeld vielleicht wieder aufbauen. Das wäre nicht gut.

Er bestieg die Expreßway-Plattform, arbeitete sich zwischen den Stehenden hindurch zur Wendelrampe, die zur oberen Etage führte, und nahm dort Platz. Er steckte sich die Rangmarke erst ins Hutband, als sie die Hudson-Bezirke verließen. Ein C-5 hatte östlich des Hudson und westlich von Long Island keine Sitzberechtigung. Und obwohl im Augenblick reichlich Sitzplätze zur Verfügung standen, hätte ihn einer der Fahrtbegleiter automatisch aufgefordert, den Platz freizumachen. Die Leute waren in bezug auf Rangprivilegien recht kleinlich, und Baley fühlte sich in dieser Beziehung ganz den ›Leuten‹ zugehörig.

Über den gekrümmten Windschutzscheiben vor jedem Sitz war das charakteristische Pfeifen der Luft zu hören. Das machte es ziemlich schwierig, sich zu unterhalten; aber das Denken behinderte es nicht, wenn man es gewöhnt war.

In der einen oder anderen Hinsicht waren die meisten Erdenmenschen Traditionalisten. Das fiel nicht schwer, wo man doch nur an eine Zeit zurückzudenken brauchte, da die Erde *die* Welt war, nicht nur eine von fünfzig. Die am gründlichsten mißratene von diesen fünfzig freilich. Baleys Kopf zuckte nach rechts, als er eine Frau aufkreischen hörte. Sie hatte die Handtasche fallenlassen; er sah sie einen Augenblick lang, einen pastellrosa Flecken vor dem stumpfen Grau der Streifen. Ein Passagier, der den Expreßway verlassen hatte, mußte sie versehentlich angestoßen haben, und jetzt entfernte sich die Handtasche in Windeseile auf dem Langsamer-Streifen von ihrer Besitzerin.

Um Baleys Mundwinkel zuckte es. Wenn sie geschickt war, konnte sie sie zurückbekommen; sie brauchte nur den Expreßway zu verlassen und selber auf dem Langsamer-Streifen davoneilen, immer vorausgesetzt, daß nicht jemand die Tasche anstieß. Ob sie das tun würde oder nicht, würde er nie erfahren. Das Ganze spielte sich inzwischen bereits einen Kilometer hinter ihm ab.

Wahrscheinlich würde sie es nicht schaffen. Man hatte einmal ausgerechnet, daß im Durchschnitt alle drei Minuten irgendwo in der Stadt etwas auf den Streifen herunterfiel und von seinem Besitzer nicht mehr zurückgeholt wurde. Das Fundamt war eine umfangreiche Behörde. Das war eine der Komplikationen des modernen Lebens.

Früher war es einmal einfacher gewesen, dachte Baley. Alles war einfacher gewesen. Das war es, was die Traditionalisten so bewegte.

Dieser Traditionalismus nahm verschiedene Ausprägungen an. Für den phantasielosen Julius Enderby bedeutete es, daß er sich mit Antiquitäten umgab. Brillen! Fenster!

Für Baley bedeutete es das Studium der Geschichte. Insbesondere das Studium der Menschen früherer Epochen.

Die City zum Beispiel! New York City, die City, in der er lebte und seinen Lebensunterhalt verdiente. Größer als jede andere City, außer Los Angeles. Mit mehr Einwohnern als jede andere, außer Shanghai. Dabei war sie erst dreihundert Jahre alt.

Natürlich hatte vorher am selben geographischen Ort schon etwas existiert, das man damals New York City *genannt* hatte. Jene primitive Bevölkerungsansammlung hatte dreitausend Jahre existiert, nicht dreihundert; aber es war keine *City* gewesen.

Damals hatte es keine Cities gegeben, nur Ansammlungen von Behausungen, groß und klein, und der Luft ausgesetzt. So etwas Ähnliches wie die Kuppeln der Spacer, nur ganz anders natürlich. Diese Ansammlungen (die größte davon hatte die Bevölkerungszahl von knapp zehn Millionen erreicht, und die meisten nicht einmal eine Million) waren zu Tausenden über die ganze Erde verstreut gewesen. Nach modernen Vorstellungen waren sie in ökonomischer Hinsicht völlig uneffizient gewesen.

Die wachsende Bevölkerung hatte die Erde zur Effizienz gezwungen. Der Planet konnte zwei Milliarden, drei Milliarden, ja sogar fünf Milliarden ernähren, indem der Lebensstandard zunehmend herabgesetzt wurde. Aber als die Bevölkerungszahl einmal die acht Milliardengrenze überschritten hatte, mußte man die Lebensweise der Menschen radikal verändern, um den Hungertod aller abzuwenden; insbesondere, als sich herausstellte, daß die Äußeren Welten (die vor tausend Jahren einfach Kolonien der Erde gewesen waren) ihre Einwanderungsrestriktionen ungemein streng handhabten.

Diese radikale Veränderung hatte im Laufe von tausend Jahren zum Entstehen der Cities geführt. Effizienz setzte Größe voraus. Selbst im Mittelalter hatte man das erkannt, vielleicht unbewußt. Die Heimarbeit wich den Fabriken, und die Fabriken den Kontinente umspannenden Industrieunternehmen.

Man stelle sich nur die geringe Effizienz von hunderttausend Häusern für hunderttausend Familien vor und vergleiche sie mit einer Hunderttausend-Einheiten-Sektion; eine Buchfilm-Sammlung in jedem Haus, verglichen mit einem Film-Kombinat pro Sektion; unabhängiges Video für jede Familie, im Vergleich mit verkabelten Video-Systemen.

Und was das betrifft, so brauchte man ja nur an die Unsinnigkeit der endlosen Vervielfältigung von Küchen und Badezimmern zu denken, im Vergleich mit den durch und durch effizienten Speisesälen und Personals*, wie sie die City-Zivilisation mit sich gebracht hatte.

Mehr und mehr starben die Dörfer, Ortschaften und ›Städte‹ der Erde und wurden von den Cities verschluckt. Selbst die Befürchtungen, es könne zu einem Atomkrieg kommen, konnten den Trend nur verlangsamen. Und als dann der Energieschirm erfunden wurde, beschleunigte sich der Trend zu einem wahren Rennen.

Die City-Zivilisation bedeutete eine optimale Verteilung von Lebensmitteln unter wachsender Nutzung von Hefe- und Hydroponik-Kulturen. New York City breitete sich über fünftausend Quadratkilometer aus, und bei der letzten Zählung betrug ihre Bevölkerung über zwanzig Millionen. Es gab etwa achthundert Cities auf der Erde mit einer durchschnittlichen Bevölkerung von zehn Millionen.

Jede City wurde zu einer semi-autonomen Einheit, die im wirtschaftlichen Sinne praktisch autark war. Sie konnte sich ein eigenes Dach errichten, sich mit Wällen umgeben und sich unter der Erde Platz schaffen. Sie wurde zu einer ›Stahlhöhle‹, einer ungeheuren, autarken Höhle aus Stahl und Beton.

Die räumliche Anordnung der Cities konnte nach wissenschaftlichen Grundsätzen erfolgen: in der Mitte die riesigen Verwaltungskomplexe, und an der Peripherie dann, sorgfältig aufeinander und auf das Ganze abgestimmt, die großen Wohnsektionen, die vermittels der Expreßways und der Localways miteinander verbunden und verknüpft waren. Am Rand der City lagen die Fabriken, die Hydroponik-Anlagen, die Hefekultur-Tanks, die Kraftwerke. Das ganze Gemisch durchzogen die Wasserleitungen und Abwasserkanäle, Schulen, Gefängnisse und Läden, Stromleitungen und Breitbandkabel.

An einem bestand kein Zweifel: Die City war der Höhepunkt der menschlichen Herrschaft über seine Umwelt –

---

* Personal (mit Betonung auf der ersten Silbe): Öffentliche Bäder, Duschen und Toiletten. – *Anm. d. Übers.*

nicht der Weltraumflug, nicht die fünfzig kolonisierten Welten, die jetzt auf so hochmütige Art unabhängig waren, sondern die City.

Praktisch lebte von sämtlichen Bewohnern der Erde keiner außerhalb der Cities. Draußen war die Wildnis, der offene Himmel, den nur wenige Menschen mit Gleichmut ertragen konnten. Nicht, daß der freie Raum nicht notwendig gewesen wäre; er enthielt das Wasser, das die Menschen brauchten, die Kohle und das Holz, die als letztes Rohmaterial für Kunststoffe und die ewig wachsenden Hefekulturen übriggeblieben waren. (Das Erdöl war schon lange von der Erde verschwunden, aber dafür gab es ölreiche Hefearten, die dafür als Ersatz dienten.) Das Land zwischen den Cities enthielt immer noch die Bergwerke und wurde immer noch in viel größerem Ausmaß, als das den meisten Menschen bekannt war, für Ackerbau und Viehzucht benutzt; eine sehr uneffiziente Art der Nahrungsgewinnung; aber Rindfleisch, Schweinefleisch und Getreide fanden immer noch einen Luxusmarkt und konnten exportiert werden.

Aber es bedurfte nur weniger Menschen, um die Bergwerke und Rinderzucht-Anlagen zu betreiben, um auf den Ackerbau-Kombinaten zu arbeiten und das Wasser zu pumpen. Und außerdem konnten diese Menschen ihre Arbeit auf Distanz verrichten. Roboter leisteten die Arbeit besser und stellten geringere Anforderungen an ihre Umgebung.

Roboter! Das war die eine, riesige Ironie des Ganzen. Auf der Erde war das Positronen-Gehirn erfunden worden. Und auf der Erde hatte man zum ersten Mal Roboter produktiv eingesetzt.

Nicht auf den Äußeren Welten. Natürlich taten die Äußeren Welten immer so, als wären die Roboter ein Produkt ihrer Zivilisation gewesen.

In gewisser Weise hatte freilich die Robot-Wirtschaft auf den Äußeren Welten ihren Kulminationspunkt erreicht. Hier, auf der Erde, war der Einsatz der Roboter stets auf die

Bergwerke und die Ackerbaugebiete beschränkt gewesen. Erst im letzten Vierteljahrhundert hatten die Roboter langsam den Weg in die Cities gefunden – auf Drängen der Spacer.

Die Cities waren gut. Alle, außer den Traditionalisten, wußten, daß es für sie keinen Ersatz, zumindest keinen vernünftigen Ersatz gab. Das einzige Problem lag darin, daß sie nicht gut bleiben würden. Die Bevölkerung der Erde war immer noch im Wachsen begriffen. Eines Tages würden trotz allem, wozu die Cities imstande waren – die pro Kopf verfügbaren Kalorien einfach unter das Existenzminimum fallen.

Das war wegen der Existenz der Spacer um so schlimmer, den Abkömmlingen der frühen Auswanderer von der Erde, die heute in Luxus und Wohlstand auf ihren extrem dünnbesiedelten und von Robotern bewirtschafteten Welten draußen im Weltraum lebten. Sie waren kühl und fest entschlossen, den Komfort, der aus der Leere ihrer Welten erwuchs, für sich zu behalten, und aus diesem Grund sorgten sie für niedrige Geburtenziffern und hielten sich Einwanderer von der übervölkerten Erde vom Hals. Und dies ...

Spacetown nahte!

Eine unbewußte Regung warnte Baley, daß er sich der Sektion Newark näherte. Wenn er noch viel länger blieb, wo er jetzt war, würde er in südwestlicher Richtung zur Abzweigung Trenton weiterrasen, durch das Herz des warmen Hefe-Landes.

Das Ganze war eine Frage der richtigen Zeiteinteilung. Es nahm eine gewisse Zeit in Anspruch, die Rampe hinunterzueilen. Dann eine gewisse Zeit, um sich den Weg durch die murrenden Stehenden zu bahnen, gewisse Zeit am Geländer entlangzuhasten, bis man eine Öffnung fand, und dann noch gewisse Zeit, um sich über die Langsamer-Streifen an den Rand zu arbeiten.

Als er alles das hinter sich gebracht hatte, befand er sich genau an dem betreffenden Stationär-Streifen. Dabei hatte er die ganze Zeit überhaupt nicht auf die Uhr geachtet. Wenn er das getan hätte, hätte er wahrscheinlich die Abzweigung verfehlt.

Und dann war Baley plötzlich von ungewohnt wenigen Menschen umgeben. Nur ein Polizist befand sich mit ihm auf dem Stationär-Streifen. Und abgesehen vom Summen des Expreßway herrschte fast unbehagliche Stille.

Der Polizist kam auf ihn zu, und Baley zeigte ihm ungeduldig seine Plakette. Der Polizist hob die Hand und ließ ihn passieren.

Der Gang wurde enger und beschrieb drei oder vier Biegungen. Das war offenbar absichtlich so eingerichtet; auf die Weise konnten sich dort keine Menschenmassen sammeln und sich zu irgendwelchen Krawallen formieren.

Baley war dankbar, daß er sich mit seinem Partner auf dieser Seite von Spacetown treffen sollte. Er war wirklich nicht auf die ärztliche Untersuchung erpicht, obwohl sie angeblich jetzt mit einiger Höflichkeit durchgeführt wurde.

Ein Spacer stand an der Stelle, wo eine Anzahl Türen den Ausgang nach draußen und zu den Kuppeln von Spacetown markierten. Er war nach Art der Erde gekleidet, mit eng an den Hüften anliegenden und an den Knöcheln weiten Hosen mit einem Farbstreifen am Saum. Er trug ein gewöhnliches Textron-Hemd mit offenem Kragen, Reißverschlüssen am Saum und am Handgelenk etwas gebauscht; aber er war ein Spacer. Man sah es an der Art und Weise, wie er dastand, wie er den Kopf bewegte, seine ruhige Miene, das breite Gesicht mit den hohen Wangenknochen, das kurzgeschnittene, bronzefarbene Haar, das glatt und ohne Scheitel nach hinten gekämmt war – alles Dinge, die ihn von den Eingeborenen der Erde unterschieden.

Baley ging steif auf ihn zu und sagte mit monotoner Stimme: »Mein Name ist Elijah Baley, Polizei von New York City, Rangstufe C-5.«

Er zeigte seinen Ausweis und fuhr dann fort: »Ich habe Anweisung, mich hier am Spacetown-Zugang mit R. Daneel Olivaw zu treffen.« Er sah auf die Uhr. »Ich bin etwas zu früh dran. Darf ich bitten, daß Sie Bescheid geben?«

Ihm war etwas unbehaglich. Die Roboter vom Erdtyp war er einigermaßen gewöhnt. Die Spacer-Modelle würden anders sein. Er hatte nie eines zu Gesicht bekommen; aber auf der Erde erzählte man sich Schauermärchen über die schrecklichen Roboter, die auf den weit entfernten glänzenden Äußeren Welten Übermenschliches leisteten. Er ertappte sich dabei, wie er mit den Zähnen knirschte.

Der Spacer, der ihm höflich zugehört hatte, sagte: »Das wird nicht notwendig sein. Ich habe Sie erwartet.«

Baley hob automatisch die Hand und ließ sie dann wieder sinken. Seinem langen Kinn, das dabei noch länger wirkte, ging es genauso. Er brachte kein Wort heraus. Es wäre ihm auf den Lippen gefroren.

»Ich möchte mich vorstellen«, sagte der Spacer. »Ich bin R. Daneel Olivaw.«

»Ja? Mache ich einen Fehler? Ich dachte, der erste Anfangsbuchstabe würde ...«

»Ganz richtig. Ich bin ein Roboter. Hat man Ihnen das nicht gesagt?«

»Das hat man mir gesagt.« Baley griff sich mit der Hand ins Haar und glättete es unnötigerweise. Dann streckte er sie aus. »Es tut mir leid, Mr. Olivaw. Ich wußte nicht, was ich eigentlich gedacht habe. Guten Tag. Ich bin Elijah Baley, Ihr Partner.«

»Gut.« Die Hand des Roboters schloß sich mit leicht zunehmendem Druck, der schließlich einen freundlichen Höhepunkt erreichte, und ließ sie dann wieder los. »Und dennoch entdecke ich da so etwas wie eine Störung. Darf ich Sie bitten, ganz offen zu mir zu sein? In einer Beziehung wie der unseren ist es am besten, so viele relevante Fakten wie möglich zu haben. Und auf meiner Welt ist es üblich, daß Partner einander mit den Vornamen ansprechen. Ich nehme an, das entspricht auch Ihren Gepflogenheiten.«

»Ja, doch. Nur, wissen Sie, Sie sehen nicht wie ein Roboter aus«, sagte Baley verzweifelt.

»Und das beunruhigt Sie?«

»Das sollte es wohl nicht, Da – Daneel. Sind die auf Ihrer Welt alle wie Sie?«

»Es gibt da ganz individuelle Unterschiede, Elijah, so wie bei den Menschen auch.«

»Unsere Roboter ... Nun, bei denen sieht man auf den ersten Blick, daß es Roboter sind, verstehen Sie? Sie sehen wie ein Spacer aus.«

»Oh, ich verstehe. Sie haben ein recht primitives Modell erwartet, und sind nun überrascht. Und doch ist es nur logisch, daß unsere Leute in diesem Fall einen Roboter mit ausgeprägt humanoiden Charakteristika einsetzen, um Unannehmlichkeiten aus dem Wege zu gehen. Ist das nicht so?«

Ganz sicher war es so. Ein auffälliger Roboter, der sich in der City herumtrieb, würde schnell Ärger bekommen.

Baley sagte: »Ja.«

»Dann wollen wir jetzt gehen, Elijah.«

Sie gingen zum Expreßway zurück. R. Daneel begriff sofort, welchen Zweck die einzelnen Streifen hatten, und bewegte sich mit verblüffendem Geschick auf ihnen. Baley, der zunächst sein Tempo etwas reduziert hatte, wurde am Ende verärgert immer schneller.

Der Roboter hielt Schritt. Jedenfalls ließ er es sich nicht anmerken, wenn er Probleme hatte. Baley fragte sich, ob R. Daneel sich nicht vielleicht bewußt langsamer bewegte, als ihm das möglich gewesen wäre. Schließlich hatte er die endlose Reihe der Expreßway-Wagen erreicht und schob sich mit fast brutaler Rücksichtslosigkeit an Bord. Der Roboter folgte ihm mühelos.

Baleys Gesicht war gerötet. Er mußte zweimal schlucken und sagte dann: »Ich bleibe hier unten bei Ihnen.«

»Hier unten?« Der Roboter schien weder den Lärm noch das rhythmische Schwanken der Plattform zu bemerken und sagte: »Hat man mich falsch informiert? Man hat mir gesagt, daß man mit Rangstufe C-5 unter bestimmten Umständen Anspruch auf einen Sitz in der oberen Etage hätte.«

»Das ist richtig. Ich kann hinaufgehen, aber Sie nicht.«

»Warum kann ich nicht mitkommen?«

»Das erfordert die Stufe 5, Daneel.«

»Das weiß ich.«

»Sie sind kein C-5.« Das Sprechen bereitete Schwierigkeiten. Das Windgeräusch war auf der weniger gut abgeschirmten unteren Etage lauter, und Baley war verständlicherweise bemüht, nicht zu laut zu sprechen.

R. Daneel sagte: »Warum sollte ich nicht ein C-5 sein? Ich bin Ihr Partner und daher mit demselben Rang eingestuft. Man hat mir dies hier gegeben.«

Er holte aus einer Innentasche eine rechteckige Ausweiskarte, die absolut echt wirkte. Der Name darauf lautete Daneel Olivaw – ohne die ungemein wichtige Initiale. Als Rang war C-5 eingetragen.

»Kommen Sie herauf!« sagte Baley hölzern.

Baley blickte gerade vor sich auf den Boden, sobald er Platz genommen hatte. Er ärgerte sich über sich selbst, wobei ihm die Anwesenheit des Roboters, der neben ihm saß, sehr bewußt war. Das war jetzt die zweite Panne. Zuerst hatte er R. Daneel nicht als Roboter erkannt, und dann hatte er die Logik nicht überblickt, die für R. Daneel notwendigerweise die C-5 Einstufung forderte.

Das Problem war natürlich, daß er alles andere als der typische Polizeidetektiv war, wie die Öffentlichkeit ihn aus den populären Videofilmen zu kennen glaubte. Er war weder unfähig, Überraschung zu empfinden, noch verfügte er über unendliche Anpassungsfähigkeit und blitzschnelle Auffassungsgabe oder ein undurchdringliches Pokergesicht. Das hatte er auch nie angenommen, hatte aber auch bislang nie bedauert, daß es nicht so war.

Was ihn jetzt zu diesem Bedauern veranlaßte, war, daß allem Anschein nach R. Daneel Olivaw eben dieses Idealbild, diesen Mythos verkörperte.

Das mußte er schließlich. Er war ein Roboter.

Baley begann für sich selbst Ausreden zu erfinden. Er war Roboter wie R. Sammy im Büro gewöhnt. Er hatte ein Geschöpf mit einer Haut aus hartem, glänzendem Kunststoff erwartet, von stumpfweißer Farbe. Er hatte einen Gesichtsausdruck erwartet, der die ganze Zeit dümmlich-freundlichen Humor ausstrahlte. Er hatte ruckartige, ein wenig unsichere Bewegungen erwartet.

Doch R. Daneel zeigte nichts von alledem.

Baley riskierte einen schnellen Seitenblick auf den Roboter. R. Daneel wandte sich gleichzeitig ihm zu, sah ihn an und nickte würdig. Seine Lippen hatten sich beim Sprechen ganz natürlich bewegt und blieben nicht einfach offen, wie die von Erd-Robotern. Baley bildete sich ein, er hätte ein paarmal eine artikulierende Zunge gesehen.

Warum muß er so ruhig hiersitzen? dachte er. Für ihn muß das etwas völlig Neues sein. Lärm, Lichter, so viele Menschen!

Baley stand auf, schob sich an R. Daneel vorbei und sagte: »Folgen Sie mir!«

Herunter vom Expreßway, die Langsamer-Streifen hinunter.

Lieber Gott, was werd' ich Jessie sagen? dachte Baley.

Das Auftauchen des Roboters hatte jenen Gedanken aus seinem Kopf verdrängt; aber jetzt, wo sie sich auf dem Localway befanden, der sie in die Sektion Lower Bronx führte, war das nicht länger möglich.

Und ein weiterer Gedanke beschäftigte ihn: Erdenmenschen pflegten Roboter zu duzen. Freilich, bei der ersten Begegnung hatte er ihn für einen Spacer gehalten und ihn naturgemäß mit Sie angesprochen. Aber weshalb hatte er das nicht sofort geändert, als der andere sich als Roboter zu erkennen gegeben hatte? Doch jetzt war es zu spät. Nun, sagte er sich – und der Gedanke beruhigte ihn, weil er ihm die nötige Ausrede lieferte – es ist vielleicht besser so, denn schließlich sieht R. Daneel wie ein Mensch aus, und wenn er ihn duzte und sich andrerseits nicht auch von ihm duzen ließ, würde das auffallen. Und der Gedanke, sich von einem Roboter duzen zu lassen ... Er schauderte innerlich.

»Das hier ist alles ein Gebäude, müssen Sie wissen, Daneel«, sagte er, wie um den Gedanken aus seinem Bewußtsein zu verdrängen. »Alles, was Sie hier sehen, die ganze City. Zwanzig Millionen Menschen leben in ihr. Die Expreßways sind rund um die Uhr in Betrieb, sie laufen Tag und Nacht mit hundert Stundenkilometern. Insgesamt sind es vierhundert Kilometer, und dazu kommen Hunderte von Kilometern von Localways.«

Jetzt werde ich gleich für ihn ausrechnen, wie viele Tonnen Hefeprodukte New York pro Tag ißt, und wieviel Kubikmeter Wasser wir trinken, und wie viele Megawatt Energie die Atomkraftwerke pro Stunde liefern, dachte Baley.

»Man hat mich während meiner Vorbereitung mit diesen und anderen Einzelheiten vertraut gemacht«, sagte Daneel.

Baley dachte: Nun, das umfaßt dann wohl auch die Themen Nahrung, Trinkwasser und Energie. Warum auch versuchen, auf einen Roboter Eindruck zu machen?

Sie befanden sich an der östlichen 182. Straße und wurden nach zweihundert Metern die Aufzüge erreichen, die jene Schichten aus Stahl und Beton versorgten, in denen sich unter anderem auch seine Wohnung befand.

Er war gerade im Begriff ›Hier entlang!‹ zu sagen, als ihn eine Ansammlung von Menschen aufhielt, die sich um die hellbeleuchtete Energietür einer der vielen Kaufhallen angesammelt hatten, die in dieser Sektion in den unteren Etagen reichlich vorhanden waren.

Er fragte einen der Umstehenden, und verfiel dabei in einen dienstlich-autoritären Tonfall: »Was geht hier vor?«

Der Mann, den er angesprochen hatte, stand auf Zehenspitzen und sagte: »Verdammt will ich sein, wenn ich das weiß. Ich bin gerade hergekommen.«

Ein anderer sagte erregt: »Die beschäftigen da drin ein paar von diesen lausigen Rs. Ich denke, die werden bald hier rausgeflogen kommen. Junge, würde ich die gern auseinandernehmen.«

Baley sah nervös zu Daneel hinüber; aber wenn der begriffen hatte, was die Worte bedeuteten, oder sie auch nur gehört hatte, ließ er sich davon jedenfalls nichts anmerken.

Baley schob sich in die Menschenmenge hinein. »Lassen Sie mich durch! Durchlassen, bitte! Polizei!«

Sie machten ihm Platz. Baley hörte hinter sich Stimmen. »... auseinandernehmen. Schraube für Schraube. Langsam an den Nähten aufbrechen ...« Und jemand lachte.

Baley wurde kalt. Die City war der Gipfel an Effizienz, aber sie stellte auch Anforderungen an ihre Bewohner. Sie verlangte von ihnen, daß sie sich in eine recht eng umrissene Routine einordneten und ihr Leben einer strikten, fast wissenschaftlichen Kontrolle unterwarfen. Gelegentlich führte so etwas zu Ausbrüchen aufgestauter Emotionen.

Er erinnerte sich an die Kraftfeld-Krawalle.

Gründe für Anti-Roboter-Krawalle gab es sicherlich genug. Menschen, die sich nach einem halben Leben der Arbeit plötzlich mit Zurückstufung abfinden mußten, waren außerstande, kaltblütig zu entscheiden, daß dafür keineswegs einzelne Roboter die Schuld traf. Nach einzelnen Robotern konnte man zumindest schlagen.

Nicht schlagen konnte man dagegen etwas, das sich ›Regierungspolitik‹ nannte oder auch Slogans wie ›höhere Produktivität durch Einsatz von Robotern‹.

Die Regierung bezeichnete das als ›Wachstumsschmerzen‹. Sie schüttelte besorgt ihren kollektiven Kopf und versicherte jedem, daß nach der notwendigen Anpassungszeit für alle ein neues und besseres Leben bevorstünde.

Aber die Traditionalisten-Bewegung wuchs in dem gleichen Maß wie die Zahl der Rückstufungen zunahm. Je verzweifelter die Menschen wurden, desto leichter schien es ihnen, die Grenze zwischen bitterer Enttäuschung und wilder Zerstörungswut zu überschreiten.

In diesem Augenblick würde es vielleicht nur noch wenige Minuten dauern, bis die aufgestaute Feindseligkeit der Menge zu einer Orgie aus Blut und Vernichtung führte.

Baley arbeitete sich verbissen zu der Kraftfeldtür vor.

3
ZWISCHENFALL IN EINEM SCHUHGESCHÄFT

Im Innern des Geschäftes herrschte weniger Gedränge als draußen. Der Geschäftsführer hatte in lobenswerter Umsicht bereits ziemlich früh die Kraftfeldtür eingeschaltet und daher potentielle Unruhestifter am Betreten des Ladens gehindert. Außerdem konnten die Hauptbeteiligten die Szene nicht verlassen; aber das war weniger von Belang.

Baley trat durch die Feldtür, indem er den Neutralisator gebrauchte, den er als Polizeibeamter besaß. Zu seinem Erstaunen kam R. Daneel mit. Als er sich nach ihm umsah, war der Roboter gerade damit beschäftigt, einen eigenen Neutralisator einzustecken, der kleiner und eleganter war, als die Polizei sie üblicherweise einsetzte.

Der Geschäftsführer kam auf sie zugeeilt und beklagte sich laut: »Die City hat mir meine Verkäufer zugewiesen. Ich bin völlig im Recht.«

Hinten im Laden standen drei Roboter wie Statuen. Sechs Menschen hielten sich in der Nähe der Kraftfeldtür auf. Alles Frauen.

»Also«, sagte Baley schroff, »was geht hier vor? Warum all die Aufregung?«

Eine der Frauen sagte mit schriller Stimme: »Ich bin hierhergekommen, um Schuhe zu kaufen. Warum bedient mich kein richtiger Verkäufer? Bin ich dafür vielleicht nicht gut genug?« Ihre Kleidung, insbesondere ihr Hut, waren auffällig genug, um die Frage als etwas mehr als nur eine rhetorische erscheinen zu lassen. Der Zorn hatte ihr Gesicht gerötet, so daß man ihr übertriebenes Make-up bewundern konnte.

»Wenn es sein muß, bediene ich sie selbst«, sagte der Geschäftsführer, »aber ich kann sie nicht alle bedienen. An meinen Leuten ist alles in Ordnung. Es sind lizenzierte Schuhverkäufer. Ich habe ihre Spezifikationen und Garantiescheine ...«

»Spezifikationen!« schrie die Frau. Sie lachte schrill und wandte sich den anderen zu. »Hör sich den einer an! *Leute* nennt er sie! Was ist denn los mit euch! Das sind keine *Leute. Ro-bo-ter* sind das!« Sie sprach das Wort voll Haß aus. »Und ich sage Ihnen, was die tun, falls Sie das noch nicht wissen. Die nehmen Menschen die Arbeit weg. Sie arbeiten nämlich umsonst, deshalb beschützt sie die Regierung, und deswegen müssen Familien in Notunterkünften leben und rohen Hefebrei essen. Anständige Familien, die hart arbeiten. Wenn *ich* was zu sagen hätte, würden wir diese Roboter alle in Stücke schlagen, das kann ich Ihnen sagen!«

Die anderen redeten durcheinander, und im Hintergrund war das wachsende Murren der Menge jenseits der Feldtür zu hören.

Baley war sich bewußt, und zwar mit der ganzen Tragweite bewußt, daß R. Daneel Olivaw neben ihm stand. Er sah die Verkäufer an. Es waren ganz normale Modelle, und zwar relativ einfache. Roboter, die für ein paar primitive Verrichtungen gebaut waren. Sie konnten die Modellbezeichnungen, die Preise der einzelnen Schuhe und die von jedem Modell verfügbaren Größen erkennen. Außerdem konnten sie die Lagerbewegungen überwachen, und das wahrscheinlich besser als Menschen, weil sie ja schließlich keine anderen Interessen hatten. Auf die Weise würden sie die Nachbestellungen für die nächste Woche errechnen können. Und selbstverständlich konnten sie die Füße der Kunden ausmessen.

Für sich alleine betrachtet, harmlos; als Gruppe unglaublich gefährlich.

Baley stellte plötzlich fest, daß er sich sehr viel besser in die Frau hineindenken konnte, als er das noch am Tag zuvor für möglich gehalten hätte. Nein, sogar noch vor zwei Stunden. Er fühlte R. Daneels Nähe und fragte sich, ob R. Daneel nicht etwa einen Ermittlungsbeamten der Rangstufe C-5 würde ersetzen können. Bei dem Gedanken sah er vor seinem geistigen Auge bereits die Notunterkünfte und spürte den Geschmack des Hefebreis im Mund. Und dann erinnerte er sich an seinen Vater.

Sein Vater war Atomphysiker gewesen, mit einer Einstufung in einem der obersten Ränge der City. Es hatte einen Unfall in dem Kraftwerk gegeben, und sein Vater hatte die Verantwortung dafür übernehmen müssen. Man hatte ihn degradiert. Baley kannte die Einzelheiten nicht; er war damals erst etwa ein Jahr alt gewesen.

Aber an die Notunterkünfte erinnerte er sich, in denen er seine Kindheit verbracht hatte; an das Leben in den trostlosen Gemeinschaftssälen, das manchmal unerträglich gewesen war. An seine Mutter konnte er sich überhaupt nicht erinnern; sie hatte nicht mehr lange gelebt. Sehr gut erinnerte er sich dagegen an seinen Vater, ein menschliches Wrack, mürrisch und verloren, der gelegentlich in heiseren Satzfetzen von der Vergangenheit redete.

Sein Vater starb, immer noch ohne Rang, als Lije acht Jahre alt war. Der junge Baley und seine zwei älteren Schwestern wurden in das Sektions-Waisenhaus umquartiert. ›Kinder-Etage‹ nannte man das. Der Bruder seiner Mutter, Onkel Boris, war selbst zu arm, um das verhindern zu können.

Also ging es hart weiter. Und es war auch hart, die Schule zu absolvieren, ohne vom Vater überkommene Rangprivilegien, die den Weg etwas hätten ebnen können.

Und jetzt mußte er mitten in einem wachsenden Krawall stehen und Männer und Frauen zur Ordnung weisen, die schließlich nur die Degradierung für sich selbst und die, die sie liebten, fürchteten, so wie er das selbst auch tat.

Mit ausdrucksloser Stimme sagte er zu der Frau, die sich

zur Wortführerin der anderen gemacht hatte: »Wir wollen doch keine Schwierigkeiten machen, Lady. Die Verkäufer tun Ihnen nicht weh.«

»Sicher haben die mir nicht weh getan«, tönte die Frau im schrillen Diskant. »Das werden die auch nicht. Glauben Sie etwa, ich lasse zu, daß die mich mit ihren kalten, schmierigen Fingern anfassen? Als ich hier hereinkam, habe ich erwartet, daß man mich wie einen Menschen behandelt. Ich bin Bürgerin dieser City. Ich habe das Recht, von Menschen bedient zu werden. Und, hören Sie, ich habe zwei Kinder, die auf das Abendessen warten, und die können ohne mich nicht in die Sektions-Küche gehen – als wären sie Waisen. Ich muß hier raus.«

»Nun«, sagte Baley, der spürte, daß sein Temperament im Begriff war, mit ihm durchzugehen, »wenn Sie sich hätten bedienen lassen, wären Sie inzwischen schon draußen. Sie machen hier für nichts und wieder nichts Ärger. Kommen Sie schon!«

»Ich muß schon sagen!« Die Frau schien sichtlich erschüttert. »Sie glauben wohl, Sie können mit mir reden wie mit Dreck. Es wird wirklich Zeit, daß die Regierung mal kapiert, daß Roboter nicht alles sind. Ich muß hart arbeiten und habe meine Rechte.« Und so ging es immer weiter.

Baley hatte das Gefühl, nicht mehr weiter zu wissen. Die Situation war außer Kontrolle. Selbst wenn die Frauen sich doch noch damit einverstanden erklärten, sich bedienen zu lassen, würde das das Problem der murrenden Menge draußen nicht lösen.

Inzwischen drängten sich ganz bestimmt hundert Menschen vor dem Eingang. In den wenigen Minuten, seit die Polizeibeamten den Laden betreten hatten, hatte sich die Menge verdoppelt.

»Wie geht man in einem solchen Fall gewöhnlich vor?« fragte R. Daneel plötzlich.

Baley zuckte zusammen. »Das ist kein gewöhnlicher Fall.«

»Was sagt das Gesetz?«

»Die Rs sind diesem Schuhgeschäft ordnungsgemäß zugewiesen worden. Es sind lizenzierte Verkäufer. Daran ist nichts Illegales.«

Sie sprachen im Flüsterton. Baley versuchte eine etwas drohende Amtsmiene aufzusetzen. Olivaws Gesichtsausdruck war wie immer unergründlich.

»In dem Fall«, sagte R. Daneel, »sollten Sie der Frau befehlen, sich bedienen zu lassen oder hinauszugehen.«

Baleys Mundwinkel hoben sich leicht. »Wir haben es hier mit einem Mob zu tun, nicht mit einer Frau. Es bleibt uns nichts anderes übrig, als Verstärkung zu rufen.«

»Es sollte nicht nötig sein, daß Bürger mehr als einen Beamten des Gesetzes benötigen, der anweist, was zu geschehen hat«, sagte Daneel.

Er wandte sein breites Gesicht dem Geschäftsführer zu. »Öffnen Sie das Kraftfeld!«

Baleys Arm zuckte vor, um R. Daneel an der Schulter zu packen und ihn herumzureißen. Doch dann hielt er inne. Wenn in diesem Augenblick zwei Beamte eine offene Auseinandersetzung austrugen, dann würde damit jede Chance dahin sein, daß das Problem noch friedlich gelöst wurde.

Der Geschäftsführer protestierte und sah Baley unterstützungheischend an. Der wich seinem Blick aus.

»Ich befehle es im Namen des Gesetzes«, sagte R. Daneel unbewegt.

Und der Geschäftsführer jammerte: »Ich werde die City für alle Schäden an Waren und Einrichtung verantwortlich machen. Ich erkläre hiermit, daß ich unter Protest handle.«

Das Kraftfeld verschwand; Männer und Frauen drängten in den Laden. Ihre Stimmen klangen jetzt vergnügt. Sie fühlten den Vorgeschmack des Sieges.

Baley hatte von ähnlichen Krawallen gehört. Einen hatte er sogar miterlebt. Er hatte gesehen, wie Roboter von einem Dutzend Händen hochgehoben wurden und ihre schweren Körper, die keinen Widerstand leisteten, von einem Arm zum anderen wanderten. Und dann zerrten und zogen Menschen an diesen metallischen Imitaten von Menschen. Sie gebrauchten Hämmer, Taschenmesser, Nadelpistolen. Schließlich blieben von den armen Robotern nur noch Schrott und Draht übrig; teure Positronengehirne, die bislang komplizierteste Schöpfung des menschlichen Geistes, wurden wie Fußbälle herumgeworfen und schließlich zu Klump geschlagen.

Und anschließend, wo der Geist der Zerstörung einmal losgelassen war, wandte sich der Mob gegen alles, was man in Stücke reißen konnte.

Die Robot-Verkäufer konnten davon nichts wissen; aber sie winselten, als die Menge in den Laden flutete, und hoben die Arme vors Gesicht, als könnten sie sich dahinter verstecken. Die Frau, mit der das Ganze angefangen hatte und die jetzt die Angst erfaßte, stöhnte: »Aber, aber!«

Der Hut wurde ihr ins Gesicht gedrückt, und aus ihrem Mund waren nur noch unartikulierte Schreie zu hören.

Und der Geschäftsführer kreischte: »Halten Sie sie doch auf, Officer! Halten Sie sie auf!«

Und jetzt sprach R. Daneel. Ohne daß ihn dies anscheinend Mühe kostete, war seine Stimme plötzlich ein paar Dezibel lauter, als eine menschliche Stimme eigentlich sein dürfte. Natürlich, dachte Baley zum zehnten Mal, er ist ja kein ...

R. Daneel sagte: »Der nächste, der sich bewegt, wird erschossen.«

Jemand ganz hinten schrie: »Schnappt ihn euch!«

Einen Augenblick lang bewegte sich niemand.

R. Daneel stieg behende auf einen Stuhl und von dort aus auf einen Schaukasten. Das farbige Fluoreszenzlicht, das durch den polarisierten Molekularfilm drang, verwandelte sein kühles, glattes Gesicht in etwas Unirdisches.

Unirdisch, dachte Baley.

Die Szene erstarrte, und R. Daneel wartete, eine auf ruhige Art drohend wirkende Gestalt.

Dann sagte er schroff: »Sie sagen sich wahrscheinlich, dieser Mann hat nur eine Neuronen-Peitsche bei sich, oder

einen Nervenkitzler. Wenn wir uns alle auf ihn stürzen, dann können wir ihn überwältigen, und es werden höchstens ein oder zwei von uns verletzt. Und selbst die erholen sich wieder. Unterdessen tun wir, was wir wollen, und in den Weltraum mit Gesetz und Ordnung!«

Seine Stimme klang weder zornig noch scharf, aber sie hatte den Unterton von Autorität, den Tonfall, mit dem Befehle erteilt werden. Er fuhr fort: »Sie irren. Das hier ist keine Neuronen-Peitsche, und es ist auch kein Nervenkitzler. Es ist ein Blaster und tödlich. Ich werde ihn benutzen und werde auch nicht über Ihre Köpfe zielen. Ich werde viele von Ihnen töten, ehe Sie mich packen können. Vielleicht die meisten von Ihnen. Ich meine es ernst. Ich sehe doch so aus, oder?«

Am Rande der Menge bewegte sich etwas, aber sie wuchs jetzt nicht mehr. Wenn Neuankömmlinge aus Neugierde stehenblieben, so entfernten sich andere bereits. Diejenigen, die R. Daneel am nächsten standen, hielten den Atem an und versuchten verzweifelt, sich nicht vom Druck der Masse dahinter weiter nach vorn schieben zu lassen.

Die Frau mit dem Hut war es, die schließlich die Starre brach. Schluchzend schrie sie: »Der bringt uns um. Ich hab' nichts getan. Laßt mich hier raus!«

Sie drehte sich um, sah sich aber einer unbeweglichen Mauer aus Männern und Frauen gegenüber. Sie sank auf die Knie. Die Tendenz der stummen Menge, sich aufzulösen, wurde deutlicher.

R. Daneel sprang von dem Schaukasten herunter und sagte: »Ich gehe jetzt zur Tür. Wenn mich jemand anfaßt, schieße ich. Sobald ich die Tür erreicht habe, werde ich auf jeden Mann oder jede Frau schießen, der hier den Frieden stört. Diese Frau hier ...«

»Nein, nein!« schrie die Frau mit dem Hut. »Ich hab' Ihnen doch gesagt, daß ich nichts getan habe. Ich hab' nichts Unrechtes getan. Ich will keine Schuhe. Ich will nur nach Hause.«

»Diese Frau hier«, fuhr Daneel fort, »wird im Geschäft bleiben. Sie wird sich bedienen lassen.«

Er trat vor.

Der Mob starrte ihn dumm an. Baley schloß die Augen. Seine Schuld war es nicht, dachte er verzweifelt. Hier wird es jetzt gleich Mord und Totschlag geben. Aber schließlich haben *die* mir ja einen Roboter als Partner aufgezwungen. *Die* haben ihm den gleichen Rang gegeben.

Aber so würde das nicht gehen. Er glaubte es selbst nicht. Er hätte R. Daneel gleich zu Anfang aufhalten können. Er hätte jederzeit eine Streife rufen können. Statt dessen hatte er zugelassen, daß R. Daneel die Verantwortung übernahm, und hatte darüber feige Erleichterung empfunden.

Als er sich einzureden versucht hatte, daß R. Daneels Persönlichkeit einfach die Situation beherrschte, hatte ihn so etwas wie Abscheu über die eigene Person erfüllt. Ein *Roboter* ...

Aber es erhob sich kein ungewöhnlicher Lärm: keine Schreie, keine Flüche, kein Stöhnen. Er schlug die Augen auf.

Der Mob war im Begriff, sich zu zerstreuen.

Der Geschäftsführer begann sich zu beruhigen, zog sich das Jackett zurecht, glättete sich das Haar und murmelte dem sich auflösenden Mob Unverständliches nach.

Mit leiser werdendem Pfeifen fuhr ein Streifenwagen vor. Und Baley dachte: Natürlich, wenn alles vorbei ist.

Der Geschäftsführer zupfte an seinem Ärmel. »Bitte, nicht noch mehr Ärger, Officer.«

Und Baley sagte: »Es wird keinen Ärger geben.«

Den Streifenwagen wegzuschicken, war leicht. Die Menschenansammlung war gemeldet worden, und irgend jemand hatte Alarm geschlagen. Sie kannten keine Einzelheiten und konnten sich selbst davon überzeugen, daß die Straße frei war. R. Daneel trat zur Seite und ließ sich nichts anmerken, als Baley den Streifenbeamten erklärte, was geschehen war, wobei er alles herunterspielte und R. Daneels Rolle völlig unterschlug.

Nachher zog er R. Daneel zur Seite, hinter einen der mächtigen Stützpfeiler aus Eisenbeton.

»Hören Sie«, sagte er, »ich versuche nicht etwa Ihnen die Schau zu stehlen, das verstehen Sie doch.«

»Mir die Schau zu stehlen? Ist das eine Redensart hier auf der Erde?«

»Ich habe Ihren Teil an dem Vorgefallenen nicht gemeldet.«

»Ich kenne nicht alle Ihre Gebräuche. Auf meiner Welt ist ein vollständiger Bericht üblich. Aber vielleicht ist das auf Ihrer Welt nicht so. Jedenfalls ist eine Bürger-Rebellion abgewendet worden. Das ist das, worauf es ankommt, nicht wahr?«

»So, ist es das? Jetzt hören Sie einmal zu!« Baley gab sich Mühe, seine Stimme so nachdrücklich klingen zu lassen, wie dies angesichts der Notwendigkeit, im Flüsterton zu sprechen, möglich war. »Tun Sie das nie wieder!«

»Ich soll nie wieder darauf bestehen, daß das Gesetz eingehalten wird? Wenn ich das nicht tun soll, welchen Zweck erfülle ich dann?«

»Bedrohen Sie nie wieder ein menschliches Wesen mit einem Blaster.«

»Ich hätte unter keinen Umständen geschossen, Elijah, wie Sie sehr wohl wissen. Ich bin unfähig, einen Menschen zu verletzen. Aber wie Sie sehen, brauchte ich ja nicht zu schießen. Ich habe auch nicht erwartet, daß ich das müßte.«

»Das war schieres Glück, daß Sie nicht schießen mußten. Gehen Sie dieses Risiko nie wieder ein. Die Schau hätte ich auch abziehen können ...«

»Schau abziehen? Was ist das?«

»Schon gut. Sie werden gleich verstehen. Ich hätte selbst auch einen Blaster ziehen können. Ich hatte einen bei mir. Aber ich fühle mich nicht befugt, ein solches Risiko einzugehen, und Sie sind das auch nicht. Es war sicherer, Streifenwagen zu rufen, als hier den Helden zu spielen.«

R. Daneel überlegte. Dann schüttelte er den Kopf. »Ich

glaube, Sie haben unrecht, Partner Elijah. Als man mich über die menschlichen Eigenarten der Bewohner der Erde informierte, hat man mich auch drauf hingewiesen, daß Erdenmenschen im Gegensatz zu den Menschen der Äußeren Welten von Geburt an dazu erzogen sind, Autorität anzuerkennen. Offenbar ist dies eine Folge Ihrer Lebensweise. Ein Mann, der die Autorität genügend deutlich vertrat, reichte völlig aus, wie ich ja bewiesen habe. Ihr eigener Wunsch nach einem Streifenwagen war in Wirklichkeit nur ein Ausdruck des beinahe instinktiven Wunsches nach einer höheren Autorität, die Ihnen die Verantwortung abnehmen sollte. Ich gebe zu, daß das, was ich getan habe, auf meiner Heimatwelt völlig ungerechtfertigt gewesen wäre.«

Baleys langes Gesicht war vor Zorn gerötet. »Wenn man Sie als Roboter erkannt hätte ...«

»Ich war sicher, daß das nicht geschehen würde.«

»Merken Sie sich jedenfalls, daß Sie ein Roboter *sind*! Nichts anderes als ein Roboter! Einfach ein Roboter! Wie diese Verkäufer in dem Schuhgeschäft.«

»Aber daran gibt es doch keinen Zweifel.«

»Und Sie sind *kein* Mensch!« Baley fühlte sich gegen seinen Willen dazu getrieben, grausam zu sein.

R. Daneel schien darüber nachzudenken. Dann sagte er: »Die Trennungslinie zwischen Mensch und Roboter ist vielleicht nicht so bedeutsam wie die zwischen Intelligenz und Nicht-Intelligenz.«

»Auf Ihrer Welt vielleicht«, sagte Baley, »aber nicht auf der Erde.«

Er blickte auf die Uhr und stellte fest, daß er sich eineinviertel Stunden verspätet hatte. Seine Kehle war trocken, und der Gedanke, daß R. Daneel die erste Runde gewonnen hatte – sie gewonnen hatte, während er hilflos danebengestanden war –, verstimmte ihn.

Er dachte an den jungen Mann, Vince Barrett, den Teenager, der durch R. Sammy ersetzt worden war. Und dann dachte er an sich, an Elijah Baley, den R. Daneel ersetzen *könnte*. Jehoshaphat, sein Vater, war wenigstens wegen eines Unfalls gefeuert worden, durch den Schaden angerichtet worden war, Schaden, bei dem Menschen ums Leben gekommen waren. Vielleicht *war* es seine Schuld gewesen; Baley wußte das nicht. Was, wenn man ihn einfach aus seiner Stellung verdrängt hatte, um einem mechanischen Physiker Platz zu machen? Einfach so. Aus keinem anderen Grund. Nichts hätte er dagegen tun können.

Er meinte kurzangebunden: »Gehen wir jetzt! Ich muß Sie nach Hause bringen.«

R. Daneel sagte: »Ich finde, es ist nicht richtig, Unterscheidungen zu treffen, die von geringerer Bedeutung sind als die Tatsache der Intelligenz und ...«

Baleys Stimme wurde lauter. »Schluß jetzt! Ich rede nicht mehr über dieses Thema. Jessie erwartet uns.« Er ging auf die nächste Sektions-Sprechstelle zu. »Ich rufe besser an und sage ihr, daß wir gleich hinaufkommen.«

»Jessie?«

»Meine Frau.«

Jehoshaphat, dachte Baley, jetzt bin ich gerade in der richtigen Stimmung für Jessie.

4
EINFÜHRUNG IN EINE FAMILIE

Ursprünglich war Elijah Baley auf Jessie wegen ihres Namens aufmerksam geworden. Er hatte sie bei der Sektions-Weihnachtsparty kennengelernt, beim Punsch. Er war gerade mit der Ausbildung fertig geworden und hatte seine erste Stellung bei der City angetreten, war gerade in die Sektion gezogen. Er wohnte in einer der Junggesellennischen des Gemeinschaftsraums 122A. Für eine Junggesellennische gar nicht schlecht.

Sie stand an der Punschbowle und schenkte aus. »Ich

heiße Jessie«, sagte sie. »Jessie Navodny. Sie kenne ich noch nicht.«

»Baley«, sagte er. »Lije Baley. Ich bin gerade erst in der Sektion eingezogen.«

Er nahm sein Glas Punsch und lächelte mechanisch. Sie machte auf ihn den Eindruck einer freundlichen, heiteren Person, und deshalb blieb er in ihrer Nähe. Er war neu, und man kommt sich sehr einsam vor, wenn man auf einer Party Leute in Cliquen herumstehen sieht und selbst zu keiner gehört. Später, wenn sie genügend Alkohol intus hatten, würde es vielleicht besser werden.

Und unterdessen blieb er bei der Punschbowle stehen und sah den Leuten beim Kommen und Gehen zu und nippte dabei immer wieder nachdenklich an seinem Glas.

»Ich habe mitgeholfen, den Punsch zu machen«, riß ihn die Stimme des Mädchens aus seinen Gedanken. »Ich kann die Garantie dafür übernehmen. Wollen Sie noch?«

Baley bemerkte, daß sein kleines Glas leer war. Er lächelte und sagte: »Ja.«

Das Gesicht des Mädchens war oval und genaugenommen nicht besonders hübsch, was hauptsächlich an der etwas zu großen Nase lag. Ihr Kleid war bescheiden, eher unauffällig. Das hellbraune Haar trug sie in kleinen Löckchen, die ihr in die Stirn fielen.

Sie schloß sich ihm beim nächsten Glas Punsch an, und er fühlte sich gleich besser.

»Jessie«, sagte er und kostete ihren Namen mit der Zunge. »Das ist hübsch. Macht es Ihnen etwas aus, wenn ich Sie mit Jessie anspreche?«

»Natürlich nicht. Wenn Sie wollen. Wissen Sie, wofür das die Abkürzung ist?«

»Jessica?«

»Sie erraten es nie.«

»Sonst fällt mir nichts ein.«

Sie lachte und meinte dann mit einer Mischung aus Koketterie und Verlegenheit: »Jezebel.«

Das war der Punkt, an dem sein Interesse aufflammte. Er

stellte sein Punschglas hin und sagte ernsthaft: »Nein, wirklich?«

»Ehrlich. Ich mache da keine Witze. Jezebel. So steht es im Geburtsregister und in allen meinen Papieren. Meinen Eltern hat es gefallen, wie das klingt.«

Sie war ganz stolz darauf, obwohl es bestimmt auf der ganzen Welt keine unwahrscheinlichere Jezebel gab.

Baley sagte ernst: »Ich heiße Elijah, wissen Sie. Mein voller Name, meine ich. Wie Elias in der Bibel.«

Das schien ihr nichts zu sagen.

Deshalb meinte er: »Elias war Isebels großer Feind.« Er sprach ihren Namen so aus, wie man ihn in der Bibel lesen konnte.

»War er das?«

»Aber sicher. In der Bibel.«

»Oh? Das hab' ich nicht gewußt. Ist das nicht *komisch?* Ich hoffe, das heißt nicht, daß Sie auch im wirklichen Leben mein Feind sein müssen.«

Doch die Frage stellte sich von Anfang an nicht. Anfangs war es wohl der Zufall mit den Namen, der aus ihr mehr als nur ein freundliches Mädchen an der Punschbowle machte.

Aber später fand er sie freundlich, zartfühlend und am Ende sogar hübsch. Besonders ihre stetige Fröhlichkeit wußte er zu schätzen. Bei seiner eigenen, eher düsteren Lebensanschauung brauchte er das als Gegengewicht.

Aber Jessie schien sein langes, stets ernst blickendes Gesicht nie etwas auszumachen.

»Du liebe Güte!« sagte sie. »Was ist denn schon dabei, wenn du aussiehst, als hättest du in eine Zitrone gebissen? Ich weiß, daß du in Wirklichkeit anders bist. Und ich denke, wenn du dauernd bloß grinsen würdest, so wie ich, dann würden wir explodieren, wenn wir zusammenkommen. Bleib nur so, wie du bist, Lije, und sorg dafür, daß ich nicht davonschwebe.«

Und sie bewahrte Lije Baley davor, unterzugehen. Er beantragte ein kleines Apartment für Paare und bekam eine

Zuteilung, unter der Voraussetzung der Eheschließung. Er zeigte ihr den Bescheid und sagte: »Hilfst du mir, daß ich aus dem Junggesellensaal herauskomme, Jessie? Mir gefällt es dort nicht.«

Das war vielleicht nicht gerade der romantischste Heiratsantrag in der Welt, aber Jessie gefiel er.

Baley konnte sich nur an eine Gelegenheit erinnern, wo Jessie ihre übliche Freundlichkeit völlig verließ, und auch das hatte in Beziehung zu ihrem Namen gestanden. Es war im ersten Jahr ihrer Ehe, und ihr Baby hatten sie noch nicht. Tatsächlich war es sogar der Monat gewesen, in dem sie Bentley empfangen hatte (bei ihrer IQ-Einstufung, ihrem Gen-Wert-Status und seiner Stellung bei der Polizeibehörde hatte er Anspruch auf zwei Kinder; davon das erste während des ersten Jahres.) Vielleicht, dachte Baley, wenn er sich daran zurückerinnerte, erklärte Bentley ihre gelegentliche Zimperlichkeit.

Jessie war wegen Baleys ständiger Überstunden etwas ungehalten gewesen.

»Es ist peinlich, jeden Abend allein in der Küche essen zu müssen«, hatte sie gesagt.

Baley war müde und ein wenig übellaunig. So meinte er: »Warum denn? Dort kannst du nette, alleinstehende Männer kennenlernen.«

Und sie ging natürlich sofort hoch. »Du meinst wohl, ich kann auf sie nicht Eindruck machen, Lije Baley?«

Vielleicht kam es nur daher, daß er müde war. Vielleicht auch, weil Julius Enderby, einer seiner Klassenkollegen, eine weitere C-Stufe befördert worden war und er nicht. Und vielleicht war es einfach deshalb, weil er es ein wenig müde geworden war, daß sie dauernd versuchte, sich ihrem Namen gemäß zu verhalten, wo sie doch alles andere als eine Isebel war und es auch nie sein würde.

Jedenfalls sagte er etwas scharf: »Doch, das kannst du wahrscheinlich schon, aber ich glaube nicht, daß du es versuchen wirst. Ich wünschte, du würdest deinen Namen vergessen und nur du selbst sein.«

»Ich bin das, wozu ich Lust habe.«

»Wenn du versuchst, Isebel zu sein, dann kommst du damit nicht weiter. Wenn du es schon wissen mußt, der Name bedeutet gar nicht das, was du meinst. Die Isebel in der Bibel war nach ihren Begriffen eine treue und gute Frau. Nach allem, was bekannt ist, hatte sie keine Liebhaber und hat sich in moralischer Hinsicht überhaupt keine Freiheiten genommen.«

Jessie starrte ihn zornig an. »Das stimmt nicht. Ich habe die Bezeichnung ›eine bemalte Isebel‹ gehört, ich weiß, was das bedeutet.«

»Das bildest du dir vielleicht ein. Aber hör zu! Nachdem Isebels Mann, König Ahab, gestorben war, wurde ihr Sohn Jehoram König. Einer der Hauptleute seines Heers, Jehu, erhob sich gegen ihn und ermordete ihn. Dann ritt Jehu nach Isreel, wo die alte Königinmutter ihre Residenz hatte. Isebel hörte von seinem Kommen und wußte, daß dies nur bedeuten konnte, daß er sie töten wollte. In ihrem Stolz und ihrem Mut bemalte sie sich das Gesicht und zog ihre besten Kleider an, um ihm als hochmütige, stolze Königin gegenüberzutreten zu können. Er ließ sie aus dem Palastfenster werfen und töten. Aber ich finde, das war ein stolzes Ende. Und das ist es, was die Leute meinen, wenn sie von einer ›bemalten Isebel‹ sprechen, ob sie es nun wissen oder nicht.«

Am nächsten Abend sagte Jessie kleinlaut: »Ich habe in der Bibel gelesen, Lije.«

»Was?« Einen Augenblick lang war Baley ehrlich verwirrt.

»Die Stelle über Isebel.«

»Oh! Jessie, es tut mir leid, wenn ich dich verletzt habe. Das war kindisch von mir.«

»Nein, nein.« Sie schob ihn weg und saß kühl und mit deutlichem Abstand zwischen ihm und ihr auf der Couch. »Es ist gut, die Wahrheit zu kennen. Ich möchte nicht durch meine Unwissenheit getäuscht werden. Also habe ich über sie nachgelesen. Sie *war* eine böse Frau, Lije.«

»Nun, dieses Kapitel haben ihre Feinde geschrieben. Ihre Darstellung kennen wir nicht.«

»Sie hat alle Propheten des Herrn getötet, die sie erwischen konnte.«

»So heißt es.« Baley suchte in der Tasche nach einem Stück Kaugummi. (Später hatte er sich den Kaugummi abgewöhnt, weil Jessie gesagt hatte, bei seinem langen Gesicht und mit seinen traurigen braunen Augen würde er damit wie eine alte Kuh aussehen, die etwas im Maul hatte, das zu groß war, um es zu verschlucken, es aber auch nicht ausspucken wollte.) Er meinte: »Wenn du ihre Seite hören willst, könnte ich mir da einige Argumente ausdenken. Die Religion ihrer Vorfahren war ihr wichtig, und die waren schon lange vor der Ankunft der Hebräer im Land gewesen. Die Hebräer hatten ihren eigenen Gott, und, was noch viel wichtiger ist, einen Gott, der keinen anderen neben sich duldete. Sie waren damit nicht zufrieden, ihn selbst anzubeten; sie wollten auch, daß alle anderen ringsum das taten.

Isebel war eine Konservative und hielt am alten Glauben fest. Schließlich hatte der neue Glauben vielleicht höhere moralische Werte, dafür war der alte emotionell befriedigender. Die Tatsache, daß sie Priester tötete, kennzeichnet sie nur als ein Kind ihrer Zeit. Das war in jenen Tagen die übliche Methode der Missionierung. Wenn du das Buch der Könige liest, darfst du nicht vergessen, daß Elias (diesmal *mein* Namenspatron) einen Wettstreit mit achthundertfünfzig Propheten des Baal hatte, um zu sehen, wer Feuer vom Himmel holen konnte. Elias gewann und befahl den Zuschauern prompt, die achthundertfünfzig Baal-Priester zu töten. Was sie daraufhin taten.«

Jessie biß sich auf die Unterlippe. »Und was ist mit Naboths Weingarten, Lije? Dieser Naboth hat niemandem etwas zuleide getan. Er weigerte sich nur, dem König seinen Weinberg zu verkaufen. Also sorgte Isebel dafür, daß einige Leute meineidig wurden und sagten, Naboth hätte Blasphemie begangen oder irgend so etwas.«

»Es hieß, er habe ›Blasphemie gegen Gott und den König‹ begangen«, sagte Baley.

»Ja. Und daraufhin haben sie seinen Besitz konfisziert, nachdem sie ihn getötet hatten.«

»Das war Unrecht. In modernen Zeiten wäre man ganz einfach mit Naboth zurande gekommen. Wenn die City seinen Besitz gewollt hätte oder auch nur eine der mittelalterlichen Nationen, hätten die Gerichte ein Enteignungsverfahren gegen ihn angestrengt und ihn, wenn nötig, gewaltsam von seinem Besitz entfernt und ihm das bezahlt, was sie für einen fairen Preis gehalten hätten. Der Ausweg stand König Ahab nicht zur Verfügung. Trotzdem war Isebels Lösung Unrecht. Die einzige Entschuldigung, die man für sie vorbringen kann, ist, daß Ahab über die Lage unglücklich war und sie der Ansicht war, ihre Liebe, die sie für ihren Mann empfand, sei wichtiger als Naboths Wohlergehen. Ich sage dir doch, sie war geradezu das Urbild einer getreuen Ehe ...«

Jessie sprang mit gerötetem Gesicht und zornig auf. »Ich finde, du bist gemein und häßlich.«

Er sah sie verständnislos an. »Was hab' ich denn getan? Was ist denn mit dir?«

Sie verließ die Wohnung, ohne ihm zu antworten, und verbrachte den Abend und die halbe Nacht in den Subäther-Video-Etagen, wobei sie verstimmt von einer Schau zur anderen eilte und die Zuteilung von zwei Monaten (und die ihres Mannes obendrein) aufbrauchte.

Als sie zurückkam und Lije Baley immer noch wach war, hatte sie ihm nichts mehr zu sagen.

Später – viel später – kam es Baley in den Sinn, daß er einen wesentlichen Bestandteil von Jessies Leben völlig zerschmettert hatte. Ihr Name hatte für sie etwas Geheimnisvoll-Verruchtes an sich gehabt. Das war ein köstliches Gegengewicht für ihre brave, überaus respektable Vergangenheit. Der Name verlieh ihr eine Aura der Verworfenheit, und das hatte sie stets genossen.

Das war nun vorbei. Sie erwähnte ihren vollen Namen nie wieder; nicht Lije gegenüber, nicht ihren Freunden gegenüber und vielleicht – was wußte Baley schon – nicht einmal sich selbst gegenüber. Sie war einfach Jessie und gewöhnte sich daran, auch so zu unterschreiben.

Nach ein paar Tagen begann sie wieder mit ihm zu reden. Und nach etwa einer Woche war ihre Beziehung wieder wie früher. Aber bei allen künftigen Streitigkeiten erreichte keiner jemals wieder dieses Maß an Intensität.

Nur ein einziges Mal gab es einen indirekten Hinweis auf die Sache. Das war im achten Monat ihrer Schwangerschaft. Sie hatte ihre Stellung als Diätassistentin in Sektionsküche A-23 aufgegeben und vergnügte sich jetzt, wo sie über ungewohnt viel Zeit verfügte, mit Spekulationen und Vorbereitungen auf die Geburt des Babys.

Eines Abends sagte sie: »Was hältst du von Bentley?«

»Wie bitte, meine Liebe?« fragte Baley und blickte von ein paar Papieren auf, die er sich mit nach Hause gebracht hatte. (Bald galt es einen weiteren hungrigen Mund zu füttern. Und Jessies Gehaltszahlungen hatten aufgehört, und eine nächste Beförderung schien so weit entfernt wie eh und je. Zusätzliche Arbeit war daher notwendig.)

»Ich meine, wenn das Baby ein Junge ist. Was hältst du von Bentley als Name?«

Baley zog seine Mundwinkel herunter. »Bentley Baley? Findest du nicht, daß sich die Namen zu ähnlich sind?«

»Ich weiß nicht. Ich finde, es klingt gut. Außerdem kann das Kind sich ja immer noch später einen Mittelnamen aussuchen, der ihm gefällt.«

»Nun, mir ist es recht.«

»Bist du auch ganz sicher? Ich meine ... Vielleicht hättest du lieber gehabt, daß wir ihn Elijah nennen?«

»Damit ihn dann alle Junior nennen? Ich glaube nicht, daß das eine gute Idee wäre. Er kann ja seinen Sohn dann Elijah nennen, wenn er das will.«

Und Jessie meinte: »Da ist nur eins«, und sie hielt inne.

Nach ein paar Augenblicken sah er auf. »Was denn?«

Sie wich seinem Blick zwar aus, meinte aber entschieden: »Bentley ist doch kein Name aus der Bibel, oder?«

»Nein«, sagte Baley. »Ganz sicher nicht.«

»Also gut dann. Ich will keine Namen aus der Bibel.«

Und das war das einzige Mal, daß er sich daran erinnerte, von damals bis zu dem Tag, an dem Elijah Baley mit dem Roboter Daneel Olivaw nach Hause kam, an dem er mehr als achtzehn Jahre verheiratet war und sein Sohn Bentley Baley (immer noch ohne Mittelnamen) inzwischen sechzehn.

Baley blieb vor der großen Doppeltür stehen, auf der in großen Buchstaben:

PERSONAL – MÄNNER

stand. In kleineren Lettern stand darunter:

UNTERSEKTIONEN 1A – 1E

Und in noch kleineren Buchstaben, dicht über dem Schlüsselschlitz, war zu lesen:

IM FALLE EINES SCHLÜSSELVERLUSTS
bitte sofort mit 27-101-51 Verbindung aufnehmen

Ein Mann drängte sich an ihnen vorbei, steckte einen Aluminiumstreifen in den Schlüsselschlitz und trat ein. Er schloß die Tür hinter sich, ohne Anstalten zu machen, sie Baley aufzuhalten. Wenn er das getan hätte, wäre Baley ernsthaft beleidigt gewesen. Sitte und Gewohnheit verlangten, daß Männer einander innerhalb oder außerhalb der Personals völlig ignorierten. Baley erinnerte sich daran, daß eine der interessantesten ehelichen Vertraulichkeiten, die Jessie ihm erzählt hatte, gewesen war, daß die Situation im Frauen-Personal völlig anders war.

Man hörte von ihr die ganze Zeit: »Ich bin Josephine Greely im Personal begegnet, und sie sagte ...«

Eine der Strafen des sozialen Aufstiegs, die die Baleys

dulden mußten, bestand darin, daß Jessies gesellschaftliches Leben darunter litt, weil ihnen genehmigt worden war, das kleine Waschbecken in ihrem Schlafzimmer in Betrieb zu nehmen.

Baley sagte, ohne die Verlegenheit, die er empfand, völlig zu verhehlen: »Bitte, warten Sie hier draußen, Daneel.«

»Haben Sie vor, sich zu waschen?« fragte R. Daneel.

Baley senkte den Blick und dachte: Verdammter Roboter! Wenn die ihn schon über alles aufgeklärt haben, warum haben sie ihm dann keine Manieren beigebracht? Wenn er so etwas je zu jemand anderem sagen sollte, trage ich dafür die Verantwortung.

»Ich will duschen«, sagte er. »Abends ist es ziemlich voll. Ich würde dann nur Zeit verlieren. Wenn ich es jetzt hinter mich bringe, haben wir den ganzen Abend für uns.«

R. Daneels Gesicht wirkte ungerührt. »Ist es Teil der gesellschaftlichen Gepflogenheiten, daß ich draußen warte?«

Baleys Verlegenheit wuchs. »Warum müssen Sie denn hineingehen – ohne Grund.«

»Oh, ich verstehe. Ja, natürlich. Trotzdem, Elijah, meine Hände werden auch schmutzig, und ich würde sie gern waschen.«

Er zeigte seine Handflächen; sie waren rosafarben und fleischig, mit den entsprechenden Falten. Sie legten Zeugnis ab für hervorragende Arbeit und waren so sauber, wie das nur möglich war.

»Wir haben ein Waschbecken in der Wohnung, wissen Sie«, sagte Baley. Er sagte das ganz beiläufig. Snobismus war an einen Roboter ohnehin vergeudet.

»Danke, das ist sehr freundlich. Ich bin aber der Meinung, daß es besser wäre, wenn ich diese Institution benutze. Wenn ich mit euch Menschen der Erde leben soll, ist es besser, wenn ich soviel wie möglich von Ihren Sitten und Gebräuchen annehme.«

»Dann kommen Sie rein.«

Die helle Freundlichkeit des Innenraums bildete einen scharfen Kontrast zur geschäftigen Zweckmäßigkeit, die draußen in der City herrschte; aber diesmal war die Wirkung an Baley vergeudet.

Er flüsterte Daneel zu: »Es kann bis zu einer halben Stunde dauern. Warten Sie auf mich!« Er machte Anstalten zum Gehen, kehrte dann aber um und fügte hinzu: »Und, hören Sie: Sprechen Sie zu niemandem und sehen Sie niemanden an. Kein Wort, nicht einmal ein Blick! Das ist so Sitte.«

Er wandte gehetzt den Kopf, um sich zu vergewissern, daß niemand das kurze Gespräch bemerkt hatte und mit entsetztem Blick darauf reagierte. Zum Glück war niemand im Vorraum; und schließlich war es ja auch nur der Vorraum.

Er eilte weiter, wobei er ein unbestimmtes Gefühl, schmutzig zu sein, empfand, vorbei an den Gemeinschaftsräumen zu den Einzelkabinen. Es war jetzt fünf Jahre her, daß man ihm eine zugeteilt hatte – groß genug für eine Dusche, eine kleine Waschzelle und die anderen Notwendigkeiten. Selbst einen kleinen Projektor enthielt die Zelle, den man auf neue Filme einstellen konnte.

»Ein zweites Zuhause«, hatte er gescherzt, als man ihm die Zelle zugeteilt hatte. Aber jetzt fragte er sich häufig, wie er wohl je die Anpassung an die spartanischere Existenz der Gemeinschaftsräume ertragen würde, wenn man ihm je das Privileg der Einzelzelle streichen sollte.

Er drückte den Knopf, der die Waschzelle aktivierte, und der Bildschirm leuchtete auf.

R. Daneel wartete geduldig, bis Baley frisch geschrubbt, mit sauberer Wäsche, einem frischen Hemd und ganz allgemein mit dem Gefühl größeren Wohlbehagens zurückkehrte.

»Keine Probleme?« fragte Baley, als sie die Tür hinter sich gelassen hatten und wieder reden konnten.

»Überhaupt nicht, Elijah«, sagte R. Daneel.

Jessie stand an der Tür und lächelte nervös. Baley gab ihr einen Kuß.

»Jessie«, murmelte er, »das ist mein neuer Partner, Daneel Olivaw.«

Jessie streckte die Hand aus, die R. Daneel ergriff und wieder losließ. Sie wandte sich zu ihrem Mann und sah dann R. Daneel scheu an.

»Wollen Sie sich nicht setzen, Mr. Olivaw?« sagte sie. »Ich muß mit meinem Mann über eine Familienangelegenheit sprechen. Es dauert nur einen Augenblick. Es macht Ihnen doch hoffentlich nichts aus.«

Ihre Hand lag auf Baleys Arm. Er folgte ihr ins Nebenzimmer.

Dort flüsterte sie hastig: »Du bist doch nicht verletzt, oder? Ich hab' mir seit den Nachrichten solche Sorgen gemacht.«

»Was für Nachrichten?«

»Vor fast einer Stunde. Der Krawall in diesem Schuhgeschäft. Die sagten, zwei Polizisten in Zivil hätten die Menge beruhigt. Ich wußte, daß du mit einem Partner nach Hause kommen würdest, und das Schuhgeschäft war in unserer Sektion, und gerade, als du heimkommen solltest, und ich dachte, die würden das vielleicht nur beschönigen, und du wärst vielleicht ...«

»*Bitte*, Jessie. Du siehst ja, mir fehlt gar nichts.«

Jessie riß sich zusammen, aber ihre Stimme klang immer noch etwas zitternd. »Dein Partner ist nicht aus deiner Abteilung, oder?«

»Nein«, erwiderte Baley elend. »Er ... er ist ein ... ein Fremder.«

»Wie soll ich ihm gegenüber sein?«

»So, wie du zu allen Menschen bist. Er ist einfach mein Partner, sonst gar nichts.«

Er sagte das so wenig überzeugend, daß Jessies Augen sich verengten. »Was ist denn?«

»Gar nichts. Komm, wir gehen ins Wohnzimmer zurück! Das sieht jetzt schon seltsam aus.«

Lije Baley war plötzlich wegen seiner Wohnung etwas unsicher. Bis zu diesem Augenblick war sie ihm immer ganz normal vorgekommen. Er war sogar immer stolz auf sie gewesen. Die Wohnung hatte drei große Zimmer; das Wohnzimmer beispielsweise war fünf mal sechs Meter groß. Jeder Raum hatte einen Einbauschrank. Einer der Hauptentlüftungsschächte führte direkt an der Wohnung vorbei. Das bedeutete gelegentlich eine kleine Geräuschbelästigung, andererseits garantierte es hervorragende Klimatisierung. Es war auch von den beiden Personals nicht zu weit entfernt, und das war sehr bequem.

Aber jetzt, wo das Geschöpf aus dem Weltraum mitten in der Wohnung saß, empfand Baley ein Gefühl der Unsicherheit. Die Wohnung kam ihm auf einmal primitiv und beengend vor.

Jessie meinte mit einer Fröhlichkeit, die ein wenig gekünstelt wirkte: »Habt ihr schon gegessen, Lije, du und Mr. Olivaw?«

»Daneel wird nicht mit uns essen«, sagte Baley schnell. »Aber ich werde essen.«

Jessie akzeptierte das ohne Kommentar. Wo die Lebensmittelversorgung so streng rationiert war, war es durchaus höflich, die Gastfreundschaft anderer Leute abzulehnen.

»Ich hoffe, es macht Ihnen nichts aus, wenn wir essen, Mr. Olivaw«, sagte sie. »Lije, Bentley und ich essen gewöhnlich in der Gemeinschaftsküche. Das ist viel bequemer, und die Abwechslung dort ist größer, verstehen Sie? Und, nur zu Ihnen gesagt, die Portionen sind auch größer. Aber Lije und ich *haben* die Erlaubnis, dreimal die Woche in unserer Wohnung zu essen, wenn wir das wollen – Lije ist sehr erfolgreich im Büro, und wir haben einen guten Status – und ich hatte gedacht, wenn Sie sich uns anschließen wollen, könnten wir ja ein kleines privates Fest arrangieren, auch wenn ich der Meinung bin, daß es ein wenig unsozial ist, seine Privatheitsprivilegien zu überziehen.«

R. Daneel hörte höflich zu.

Und Baley machte verstohlen eine beschwichtigende Handbewegung und sagte: »Jessie, ich habe Hunger.«

R. Daneel fragte: »Würde ich gegen die guten Sitten verstoßen, Mrs. Baley, wenn ich Sie mit Vornamen anspreche?«

»Aber nein, sicher nicht.« Jessie klappte einen Tisch aus der Wand und steckte den Tellerwärmer in die Steckdose. »Sie können mich jederzeit Jessie nennen ... ah ... Daneel.« Sie kicherte.

Baley war wütend. Die Situation wurde immer unbehaglicher. Jessie sah in R. Daneel einen Mann. Das würde etwas sein, worüber man im Frauen-Personal reden und prahlen konnte. Auf etwas hölzerne Art war Daneel sogar ein gutaussehender Mann, und Jessie genoß seine Unterwürfigkeit. Das spürte man.

Baley fragte sich, welchen Eindruck R. Daneel wohl von Jessie haben mochte. Sie hatte sich in den achtzehn Jahren nicht sehr verändert, wenigstens für Lije Baley nicht. Natürlich hatte sie zugenommen, und ihre Figur hatte viel von ihrem jugendlichen Reiz verloren. In ihren Mundwinkeln waren Falten zu sehen, und ihre Wangen waren etwas runder geworden. Ihr Haar trug sie jetzt konservativer und in etwas hellerem Braun, als es einmal gewesen war.

Aber das ist alles ohne Belang, dachte Baley. Auf den Äußeren Welten waren die Frauen so groß, so schlank und so eindrucksvoll wie die Männer. Oder die Buchfilme zeigten sie zumindest so. Und an die Art von Frau war R. Daneel ohne Zweifel gewohnt.

Aber Jessies Worte, ihr Aussehen oder der Gebrauch seines Namens schien R. Daneel nicht aus der Fassung zu bringen. Er fragte: »Sind Sie sicher, daß das nicht ungehörig ist? Der Name Jessie scheint mir eine Abkürzung zu sein. Vielleicht kommt es nur Ihrem unmittelbaren Kreis zu, ihn zu benutzen, und es wäre passender, wenn ich Ihren vollen Vornamen gebrauchte.«

Jessie, die damit beschäftigt war, die Isolierfolie abzureißen, die ihre Abendessenration einhüllte, beugte sich plötzlich in voller Konzentration über ihre Arbeit.

»Einfach Jessie«, sagte sie etwas angespannt. »Jeder nennt mich so. Das ist schon gut so.«

»Wie Sie meinen, Jessie.«

Die Tür ging auf, und ein Junge trat vorsichtig ein. Seine Augen fanden R. Daneel.

»Dad?« sagte der Junge etwas verlegen.

»Das ist mein Sohn Bentley«, sagte Baley mit leiser Stimme. »Das ist Mr. Olivaw, Bentley.«

»Er ist wohl dein Partner, hm, Dad? Tag, Mr. Olivaw.« Bens Augen wurden groß und leuchteten. »Sag mal, Dad, was ist denn in dem Schuhladen passiert? In den Nachrichten haben die ...«

»Stell jetzt keine Fragen, Ben!« unterbrach ihn Baley scharf.

Bentley fiel das Gesicht herunter, und er sah seine Mutter an, die ihm mit einer Handbewegung bedeutete, Platz zu nehmen.

»Hast du getan, um was ich dich gebeten habe, Bentley?« fragte sie, als er sich setzte. Ihre Hände strichen liebkosend über sein Haar. Es war so dunkel wie das seines Vaters, und er würde einmal genauso groß werden wie sein Vater; aber alles andere stammte von ihr. Er hatte Jessies ovales Gesicht, ihre nußbraunen Augen und ihre leichte Art, mit den Dingen des Lebens fertig zu werden.

»Sicher, Mom«, sagte Bentley und beugte sich etwas vor, um in die Schüssel zu spähen, der bereits ein angenehmer Duft entstieg. »Was gibt's denn zu essen? Hoffentlich nicht wieder Syntho-Kalbfleisch, Mom? Hm, Mom?«

»An Syntho-Kalbfleisch ist nichts auszusetzen«, sagte Jessie und preßte die Lippen aufeinander. »Du wirst jetzt essen, was man dir hinstellt, also spar dir deinen Kommentar.«

Es war offenkundig, daß es Syntho-Kalbfleisch gab.

Baley setzte sich ebenfalls. Er hätte auch lieber etwas anderes als Syntho-Kalb mit seinem scharfen Geruch und dem ausgeprägten Nachgeschmack gehabt; aber Jessie hatte ihm schon des öfteren erklärt, wo das Problem lag.

»Nun, es geht einfach nicht, Lije«, hatte sie gesagt. »Ich lebe den ganzen Tag hier und kann mir nicht dauernd Feinde machen, sonst wäre mein Leben unerträglich. Die wissen, daß ich einmal Diätassistentin war. Und wenn ich jede Woche Steak oder Huhn mitnehme, wo sonst fast keiner auf der ganzen Etage wohnt, der privat essen darf, nicht einmal am Sonntag, dann würden die sagen, das seien Beziehungen. Die würden nicht aufhören zu reden, und ich könnte nie mehr die Nase aus der Tür stecken oder in Frieden das Personal besuchen. Und davon abgesehen, Syntho-Kalb und Proto-Gemüse sind sehr gesund. Das ist ausgewogene Nahrung, ohne zuviel Abfallprodukte, und reich an Vitaminen und Mineralien und allem, was der Mensch braucht. Und Huhn können wir genug essen, wenn wir an den Hühner-Dienstagen in der Gemeinschaftsküche essen.«

Baley gab nach. Es war so, wie Jessie sagte: Das Hauptproblem des Lebens besteht darin, die Reibung mit den vielen Menschen, die einen überall umgeben, auf das Mindestmaß zu reduzieren. Bentley zu überzeugen, war etwas schwieriger.

Bei der Gelegenheit hatte er gesagt: »Sag mal Mom, warum kann ich denn nicht Dads Karte benutzen und selbst in der Gemeinschaftsküche essen? Das würde ich gern.«

Jessie schüttelte verstimmt den Kopf und sagte: »Jetzt bin ich aber wirklich überrascht, Bentley. Was würden denn die Leute sagen, wenn die dich ganz alleine essen sähen, als wäre deine Familie nicht gut genug für dich oder als hätte sie dich aus der Wohnung geworfen?«

»Aber, Mom, das geht doch die Leute nichts an.«

Jetzt schaltete Baley sich mit etwas gereizter Stimme ein: »Tu, was deine Mutter sagt, Bentley!«

Und Bentley zuckte unglücklich die Achseln.

Plötzlich sagte R. Daneel von der anderen Seite des Zimmers: »Erlauben Sie mir, daß ich während Ihrer Mahlzeit diese Buchfilme sichte?«

»Aber sicher«, sagte Bentley und stand auf. Sein Gesicht wirkte plötzlich wieder interessiert. »Die gehören mir. Ich habe sie mit einer Sondergenehmigung der Schule aus der Bücherei mitgebracht. Ich hol' Ihnen meinen Betrachter.

Der ist sehr gut. Ich hab' ihn dieses Jahr zu meinem Geburtstag von Dad bekommen.«

Er brachte ihn R. Daneel und sagte: »Interessieren Sie sich für Roboter, Mr. Olivaw?«

Baley ließ den Löffel fallen und bückte sich, um ihn aufzuheben.

»Ja, Bentley«, sagte R. Daneel. »Sehr.«

»Dann werden Ihnen die gefallen. Die handeln alle von Robotern. Ich muß für die Schule eine Arbeit über Roboter schreiben, deshalb informiere ich mich. Das ist ein sehr kompliziertes Thema«, sagte er wichtigtuerisch. »Ich selbst mag sie nicht.«

»Setz dich, Bentley!« sagte Baley mit einem Anflug von Verzweiflung. »Und störe Mr. Olivaw nicht!«

»Er stört mich nicht, Elijah. Ich würde mich gern mit dir über dieses Problem unterhalten, Bentley, ein andermal. Dein Vater und ich werden heute abend noch viel zu tun haben.«

»Danke, Mr. Olivaw.« Bentley setzte sich wieder, warf seiner Mutter einen angewiderten Blick zu und brach sich mit der Gabel ein Stück von dem etwas krümeligen, rosafarbenen Syntho-Kalbfleisch ab.

Baley dachte: Heute abend viel zu tun?

Und dann erinnerte er sich plötzlich an den Auftrag, den er erhalten hatte. Er dachte an einen Spacer, der tot in Spacetown lag, und erinnerte sich daran, daß er die letzten Stunden so mit seinem eigenen Dilemma beschäftigt gewesen war, daß er das kalte Faktum dieses Mordes völlig verdrängt hatte.

5

ANALYSE EINES MORDES

Jessie verabschiedete sich von ihnen. Sie trug einen etwas förmlichen Hut und ein kleines Jäckchen aus Kerato-Faser, und sie sagte: »Ich hoffe, Sie werden mich entschuldigen, Mr. Olivaw. Sie haben sicher mit Lije viel zu besprechen.«

Sie schob ihren Sohn vor sich her, während sie die Tür öffnete.

»Wann kommst du zurück, Jessie?« fragte Baley.

Sie blieb stehen und sah ihn an. »Wann soll ich denn zurückkommen?«

»Nun ... du brauchst ja nicht die ganze Nacht wegzubleiben. Warum kommst du nicht um deine übliche Zeit? So gegen Mitternacht?« Er sah R. Daneel zweifelnd an.

Der nickte. »Es tut mir leid, daß ich Sie aus Ihrer Wohnung vertreibe.«

»Machen Sie sich *darüber* keine Gedanken, Mr. Olivaw. Sie vertreiben mich überhaupt nicht. Heute ist ohnehin mein Frauenabend. Komm mit, Ben!«

Der Junge nahm es nicht so leicht. »Verflixt, warum soll ich denn mitkommen? Ich stör' die doch nicht, oder? Quatsch!«

»Tu, was ich sage!«

»Nun, warum kann ich dann nicht mit dir ins Subäther-Video gehen?«

»Weil ich mit ein paar Freundinnen hingehe, und du andere Dinge ...« Die Tür schloß sich hinter ihnen.

Und jetzt war der Augenblick gekommen. Baley hatte das immer wieder von sich geschoben. Er hatte gedacht: Zuerst will ich einmal den Roboter kennenlernen und sehen, wie er ist. Und dann: Jetzt nehm' ich ihn mit nach Hause. Und dann: Jetzt essen wir erst.

Aber jetzt war das alles vorbei, und für weitere Verzögerungen war keine Zeit mehr. Jetzt endlich mußte er sich mit dem Thema Mord, mit interstellaren Komplikationen, mit möglichen Beförderungen, aber auch der Gefahr, in Ungnade zu fallen, auseinandersetzen. Und er wußte nicht einmal, wie er anfangen sollte und wie er den Roboter bitten konnte, ihm zu helfen.

Seine Fingernägel trommelten ziellos auf der Tischplatte herum, die noch nicht in die Wand zurückgeklappt worden war.

»Sind wir sicher, daß man uns hier nicht belauschen kann?« fragte R. Daneel.

Baley blickte überrascht auf. »Niemand würde das belauschen, was in der Wohnung eines anderen vor sich geht.«

»Es ist also hier nicht Sitte zu lauschen?«

»Man tut das einfach nicht, Daneel. Ebensogut könnten Sie glauben, man würde – ich weiß nicht – man würde Ihnen beim Essen auf den Teller sehen.«

»Oder einen Mord begehen?«

»Was?«

»Es ist doch hier nicht Sitte, jemanden zu töten, oder, Elijah?«

Baley spürte, wie der Zorn in ihm aufstieg. »Jetzt hören Sie mir einmal zu – wenn wir Partner sein sollen, dann sollten Sie nicht versuchen, hier mit Spacer-Arroganz aufzutreten. Sie nicht, R. Daneel.« Er konnte dem Drang nicht widerstehen, das ›R‹ zu betonen.

»Es tut mir leid, wenn ich Ihre Gefühle verletzt haben sollte, Elijah. Ich wollte damit nur andeuten, daß menschliche Wesen, die ja gelegentlich imstande sind, ganz im Gegensatz zu ihren Sitten einen Mord zu begehen, auch imstande sein könnten, die kleinere Ungehörigkeit des Lauschens zu begehen.«

»Die Wohnung ist hinreichend gut isoliert«, sagte Baley mit immer noch gerunzelter Stirn. »Sie haben doch von den Wohnungen zu beiden Seiten hier nichts gehört, oder? Nun, dann werden die uns auch nicht hören. Außerdem, warum sollte eigentlich jemand glauben, daß hier etwas Wichtiges vor sich geht?«

»Lassen Sie uns den Feind nicht unterschätzen.«

Baley zuckte die Achseln. »Lassen Sie uns anfangen. Die Informationen, über die ich verfüge, sind lückenhaft. Ich will Ihnen also sagen, was ich weiß, und Sie können das ja dann ergänzen. Ich weiß, daß ein Mann namens Roj Nemennuh Sarton, ein Bürger des Planeten Aurora und Bewohner von Spacetown, von unbekannter Hand ermordet worden ist. Soweit man mich informiert hat, ist man bei Ihnen der Meinung, daß es sich dabei nicht um einen isolierten Vorgang handelt. Habe ich recht?«

»Sie haben ganz recht, Elijah.«

»Man bringt den Mord mit den kürzlichen Versuchen in Verbindung, das von den Spacern geförderte Projekt zu sabotieren, uns in eine integrierte Mensch/Roboter-Gesellschaft nach dem Modell der Äußeren Welten umzuwandeln, und vermutet, der Mord wäre von einer organisierten Terroristengruppe begangen worden.«

»Ja.«

»Also gut. Dann sollten wir zunächst einmal überlegen, ob diese Annahme stimmt. Warum kann der Mord nicht von einem isolierten Fanatiker verübt worden sein? Auf der Erde gibt es starke Ressentiments gegen Roboter, aber es gibt keine organisierten Gruppen oder Parteien, die Gewalttätigkeiten dieser Art fordern.«

»Nicht offen vielleicht. Nein.«

»Selbst eine geheime Organisation, die Roboter und Roboter-Fabriken zerstören wollte, wäre doch so vernünftig, um zu wissen, daß der Mord an einem Spacer das Unvernünftigste sein würde, was sie tun kann. Mir kommt es viel wahrscheinlicher vor, daß hier ein einzelner am Werk war.«

R. Daneel hörte bedächtig zu und meinte dann: »Ich glaube, die Wahrscheinlichkeit spricht gegen die ›Fanatiker‹-Theorie. Dazu sind das Opfer und die Mordzeit zu gut gewählt.«

»Nun, dann haben Sie mehr Informationen als ich. Heraus damit!«

»Ihre Formulierung ist ein wenig obskur, aber ich glaube, ich verstehe. Ich werde Ihnen einiges von den Hintergründen erklären müssen. Aus der Sicht von Spacetown, Elijah, sind die Beziehungen zur Erde unbefriedigend.«

»Schlimm«, murmelte Baley.

»Man hat mir gesagt, daß man bei der Errichtung von Spacetown bei uns allgemein der Ansicht war, die Erde würde bereit sein, die integrierte Gesellschaft zu akzeptieren, die auf den Äußeren Welten so gut funktioniert. Selbst nach den ersten Krawallen dachten wir noch, daß die nur auf den ersten Schock des Neuen zurückzuführen wären.

Doch es ist anders gekommen. Obwohl die irdische Regierung und die meisten City-Regierungen unsere Absichten unterstützt haben, wurden nur sehr langsame Fortschritte gemacht, und wir mußten uns dauernd mit Widerständen auseinandersetzen. Das hat unsere Leute natürlich sehr beunruhigt.«

»Aus reiner Nächstenliebe, nehme ich an«, sagte Baley.

»Nicht ganz«, meinte R. Daneel, »obwohl es gut ist, daß Sie uns ehrenwerte Motive unterstellen. Wir sind allgemein der Ansicht, daß eine gesunde und modernisierte Erde der ganzen Galaxis von großem Nutzen sein würde. Zumindest ist das die allgemeine Ansicht in Spacetown. Ich muß zugeben, daß es auf den Äußeren Welten starke Kräfte gibt, die dem widersprechen.«

»Was? Meinungsverschiedenheiten unter den Spacern?«

»Sicherlich. Viele glauben, eine modernisierte Erde würde auch eine gefährliche und imperialistische Erde sein. Das gilt ganz besonders für die Bewohner jener älteren Welten, die der Erde enger benachbart sind und Anlaß haben, sich an die ersten Jahrhunderte der interstellaren Raumfahrt zu erinnern, als ihre Welten politisch und wirtschaftlich von der Erde kontrolliert wurden.«

Baley stöhnte. »Das ist doch alles Geschichte. Machen Sie sich wirklich Sorgen? Verübeln Sie uns immer noch Dinge, die vor tausend Jahren geschehen sind?«

»Menschen haben da ihre eigene Art«, sagte R. Daneel. »Sie sind in vieler Hinsicht nicht so vernünftig wie wir Roboter, weil ihre Denkbahnen nicht so vorausgeplant sind. Wie man mir sagte, hat das aber auch seine Vorteile.«

»Vielleicht«, sagte Baley trocken.

»Sie müssen das besser wissen«, sagte R. Daneel. »Jedenfalls haben die anhaltenden Mißerfolge auf der Erde die Nationalisten-Parteien auf den Äußeren Welten gestärkt. Sie behaupten, es sei offensichtlich, daß Erdenmenschen ganz anders sind als Spacer und sich nicht denselben Traditionen anpassen können. Sie sagen, wenn wir die Erde mit Waffengewalt zur Einführung von mehr Robotern zwingen würden, dann würden wir damit die ganze Galaxis in tödliche Gefahr bringen. Eines darf man nämlich nicht vergessen, müssen Sie wissen – die Bevölkerung der Erde beträgt acht Milliarden, während die gesamte Bevölkerung der fünfzig Äußeren Welten zusammengenommen nicht einmal fünfeinhalb Milliarden ausmacht. Unsere Leute hier, ganz besonders Dr. Sarton ...«

»Er war Arzt?«

»Nein, Doktor der Soziologie, spezialisiert auf Robotik. Ein ungemein brillanter Mann.«

»Ich verstehe. Fahren Sie fort!«

»Wie ich schon sagte, Dr. Sarton und die anderen erkannten, daß Spacetown und die Pläne, die dahinterstanden, nicht viel länger existieren würden, wenn weitere Mißerfolge hier diese Gefühle auf den Äußeren Welten noch weiter förderten. Dr. Sarton war der Ansicht, die Zeit sei gekommen, eine besondere Anstrengung zu unternehmen, um die Psychologie des Erdenmenschen zu verstehen. Es sagt sich leicht, daß die Leute der Erde vom Wesen her konservativ sind. Und dann gibt es abgedroschene Phrasen, wie ›die unveränderliche Erde‹ und ›das unergründliche terrestrische Wesen‹, aber damit weicht man dem Problem nur aus.

Dr. Sarton meinte, das sei die Stimme der Ignoranz, und wir dürften einfach das Problem Erde nicht mit Redensarten und Phrasen abtun. Er sagte, die Spacer, die versuchten, die Erde neu zu gestalten, müßten die Isoliertheit von Spacetown aufgeben und sich unter die Erdenmenschen mischen. Sie müßten leben wie sie, denken wie sie und sein wie sie.«

»Die Spacer?« sagte Baley. »Unmöglich!«

»Da haben Sie völlig recht«, sagte R. Daneel. »Trotz seiner Ansichten hätten Dr. Sarton sich nie dazu überwinden können, eine der Cities zu betreten, und das wußte er auch. Er wäre außerstande gewesen, die Menschenmassen oder die dichte Bebauung zu ertragen. Selbst wenn man ihn mit Waffengewalt dazu gezwungen hätte, hätten ihn doch die äußeren Umstände erdrückt, und er hätte so nie die inneren Wahrheiten durchdringen können, nach denen er suchte.«

»Was ist denn mit dieser dauernden Furcht vor Ansteckung und Krankheit?« wollte Baley wissen. »Das sollten Sie nicht vergessen. Ich glaube, allein schon deshalb würde keiner riskieren, eine City zu betreten.«

»Das kommt noch dazu. Krankheiten im Sinne der Erde sind auf den Äußeren Welten unbekannt. Und die Furcht vor dem Unbekannten ist immer eine besonders quälende Furcht. Dr. Sarton hat alles das natürlich gewußt; trotzdem bestand er darauf, daß es notwendig sei, den Erdenmenschen und seine Lebensart intim kennenzulernen.«

»Damit scheint er sich in die Ecke manövriert zu haben.«

»Nicht ganz. Die Widerstände gegen das Betreten der Cities gelten für menschliche Spacer. Robotische Spacer sind eine ganz andere Sache.«

Und Baley dachte: Das vergeß ich immer wieder, verdammt! Laut aber sagte er: »Oh?«

»Ja«, sagte R. Daneel. »Wir sind natürlich flexibler. Wenigstens in dieser Hinsicht. Man kann uns so konstruieren und bauen, daß wir dem irdischen Leben angepaßt sind. Indem wir äußerlich besonders menschenähnlich gebaut werden, könnten die Erdenmenschen uns akzeptieren und uns eine Beobachtung ihres täglichen Lebens aus der Nähe gestatten.«

»Und Sie ... Sie persönlich ...«, begann Baley, der plötzlich zu begreifen begann.

»Ich bin ein solcher Roboter. Dr. Sarton hat ein Jahr lang an der Konstruktion dieser Art Roboter gearbeitet. Ich bin der erste seiner Roboter und bislang auch der einzige. Bedauerlicherweise sind meine Ausbildung und Erziehung noch nicht ganz abgeschlossen. Ich bin infolge des Mordes etwas übereilt in meine Rolle hineingedrängt worden.«

»Dann sind nicht alle Space-Roboter wie Sie? Ich meine, einige sehen mehr wie Roboter und weniger wie Menschen aus. Stimmt das?«

»Aber natürlich. Das äußere Erscheinungsbild hängt von der Funktion eines Roboters ab. Meine Funktion erfordert natürlich ein sehr menschenähnliches Aussehen, und das habe ich. Andere unterscheiden sich da von mir, obwohl alle humanoid sind. Sie sind ganz sicher humanoider als die erschütternd primitiven Modelle, die ich in dem Schuhgeschäft sah. Sind alle Ihre Roboter so?«

»Mehr oder weniger«, sagte Baley. »Sie billigen das nicht?«

»Natürlich nicht. Es ist schwer, eine so armselige Parodie der menschlichen Gestalt als intellektuell ebenbürtig zu akzeptieren. Können Ihre Fabriken das nicht besser?«

»Sicher können sie das, Daneel. Ich glaube, es ist nur so, daß wir es vorziehen zu wissen, wann wir es mit einem Roboter zu tun haben und wann nicht.« Als er das sagte, starrte er dem Roboter geradewegs in die Augen. Sie waren hell und feucht, wie die eines Menschen gewesen wären; aber Baley schien es, daß ihr Blick stetig war und nicht von einem Punkt zum anderen wanderte, so wie der eines Menschen das getan hätte.

R. Daneel antwortete: »Ich bin voll Hoffnung, daß ich mit der Zeit diesen Standpunkt verstehen werde.«

Einen Augenblick lang dachte Baley, daß das sarkastisch gemeint war; aber dann tat er den Gedanken ab.

»Jedenfalls«, fuhr R. Daneel fort, »hat Dr. Sarton klar erkannt, daß hier C/Fe geboten war.«

»Zeh Feh? Was ist das?«

»Nur die chemischen Symbole für die Elemente Kohle und Eisen, Elijah. Kohle ist die Grundlage des menschlichen und Eisen die des robotischen Lebens. Es bietet sich an, von C/Fe zu sprechen, wenn man damit eine Zivilisation verdeutlichen möchte, die die besten Aspekte beider auf gleicher, aber paralleler Basis vereint.«

»Also Ceh Feh. Schreiben Sie das mit einem Bindestrich? Oder wie?«

»Nein, Elijah. Mit Schrägstrich zwischen den beiden Symbolen. Das symbolisiert weder das eine noch das andere, sondern eine Mischung der beiden, ohne Priorität.«

Baley spürte, ohne dies zu wollen, Interesse. Das Erziehungssystem der Erde lieferte praktisch keine Informationen über die Geschichte oder die gesellschaftliche Entwicklung der Äußeren Welten nach der Großen Rebellion, die sie vom Mutterplaneten unabhängig machten. Natürlich gab es in den populären Buchfilmen die stereotypen Figuren von den Äußeren Welten: Wirtschaftsmagnaten, die gewöhnlich cholerisch und exzentrisch waren; schöne Erbinnen, die ausnahmslos vom Charme eines Erdmannes bezaubert wurden und ihren Ekel in Liebe ertränkten; dazu gehörte dann der arrogante Rivale, der unabänderlich ein Spacer war, böse und gemein, und der jedesmal unterlag. Dies waren wertlose Bilder, da sie selbst die elementarsten und wohlbekannten Wahrheiten leugneten: daß Spacer nämlich nie Cities betraten und Spacer-Frauen praktisch niemals die Erde besuchten.

Zum ersten Mal in seinem Leben regte sich eine seltsame Neugierde in Baley. Wie war das Spacer-Leben wirklich?

Mit einiger Mühe zwang er sich, wieder auf das vorliegende Thema zurückzukommen. Er sagte: »Ich glaube, ich ahne, worauf Sie hinauswollen. Ihr Dr. Sarton war im Begriff, das Problem der Umwandlung der Erde in C/Fe aus einem neuen, vielversprechenden Blickwinkel aus anzugehen. Unsere konservativen Gruppen, die Traditionalisten, wie sie sich nennen, beunruhigte das. Sie hatten Sorge, er könnte Erfolg haben. Also haben sie ihn getötet. Das ist die Motivation, die Ihnen die Tat als organisiertes Komplott erscheinen läßt, anstelle der isolierten Tat eines Verrückten. Stimmt das?«

»Etwa so würde ich es formulieren, Elijah. Ja.«

Baley pfiff tonlos vor sich hin. Seine langen Finger trommelten leise auf die Tischplatte. Dann schüttelte er den Kopf. »Das klappt nicht. Nein, das klappt überhaupt nicht.«

»Verzeihen Sie. Ich verstehe nicht, was Sie sagen.«

»Ich versuche mir das Bild irgendwie auszumalen: Ein Erdenmensch betritt Spacetown, geht auf Dr. Sarton zu, schießt ihn nieder und geht wieder hinaus. Ich sehe das einfach nicht. Der Zugang zu Spacetown ist doch bewacht.«

R. Daneel nickte. »Man kann, glaube ich, sagen, daß kein Erdenmensch illegal durch unsere Eingangskontrolle gegangen ist.«

»Und was folgern Sie daraus?«

»Wenn dieser Eingang die einzige Möglichkeit wäre, Spacetown von New York City aus zu erreichen, würde uns das in eine verwirrende Lage bringen, Elijah.«

Baley sah seinen Partner nachdenklich an. »Jetzt verstehe ich Sie nicht. Das ist doch die einzige Verbindung.«

»Die einzige unmittelbare Verbindung, ja.« R. Daneel wartete einen Augenblick lang und sagte dann: »Sie können mir jetzt nicht folgen, stimmt das?«

»Das stimmt. Ich kann Ihnen überhaupt nicht folgen.«

»Nun, dann will ich es selbst erklären, wenn Sie das nicht beleidigt. Kann ich ein Stück Papier und einen Schreiber haben? Danke. So, jetzt sehen Sie her, Partner Elijah. Ich mache hier jetzt einen großen Kreis und schreibe ›New York City‹ hinein. Und jetzt, so daß er den großen Kreis berührt, einen kleinen Kreis, in den ich ›Spacetown‹ schreibe. Hier, wo die beiden Kreise sich berühren, mache ich einen Pfeil und schreibe ›Sperre‹ darunter. Sehen Sie jetzt keine andere Verbindung?«

»Natürlich nicht«, sagte Baley. »Es gibt keine andere Verbindung.«

»In gewisser Weise bin ich froh, das aus Ihrem Munde zu hören«, sagte der Roboter. »Das stimmt mit dem überein, was man mich bezüglich der terrestrischen Denkweise gelehrt hat. Die Sperre ist die einzige *direkte* Verbindung. Aber sowohl die City als auch Spacetown sind in allen Richtungen zum Land hin offen. Es ist einem Erdenmenschen möglich, die Stadt durch jeden beliebigen der zahlreichen Ausgänge zu verlassen und über Land nach Spacetown zu gehen, wo ihn keine Sperren aufhalten können.«

Baleys Zungenspitze schob sich etwas vor, berührte seine Oberlippe und blieb dort einen Augenblick haften. Dann sagte er: »Über Land?«

»Ja.«

»Über *Land? Allein?*«

»Warum nicht?«

»Zu Fuß?«

»Ohne Zweifel zu Fuß. Das wäre die beste Möglichkeit, unentdeckt zu bleiben. Der Mord wurde am frühen Morgen eines Werktages verübt, und der Täter ist daher ohne Zweifel in den Stunden vor der Morgendämmerung nach Spacetown gekommen.«

»Unmöglich! In der ganzen City gibt es keinen Menschen, der das tun würde. Diese City verlassen? – Allein? – Niemals!«

»Unter normalen Umständen wäre das unwahrscheinlich. Ja. Wir Spacer wissen das. Deshalb bewachen wir auch nur den Zugang. Selbst während der großen Krawalle haben Ihre Leute nur an der Sperre angegriffen, die damals den Zugang schützte. Kein einziger hat die City verlassen.«

»Nun?«

»Aber jetzt haben wir es mit einer ungewöhnlichen Situation zu tun. Hier geht es nicht um den blinden Angriff eines Mobs, der den Weg des geringsten Widerstandes geht, sondern um den organisierten Versuch einer kleinen Gruppe, ganz bewußt an einer unbewachten Stelle zuzuschlagen. Das erklärt es, weshalb, wie Sie sagen, ein Erdenmensch sich Zugang zu Spacetown verschaffen, auf sein Opfer zugehen, es töten und wieder weggehen könnte. Der Mann hat an einer Stelle angegriffen, für die wir blind waren.«

Baley schüttelte den Kopf. »Das ist zu unwahrscheinlich. Hat man auf Ihrer Seite etwas getan, um diese Theorie zu überprüfen?«

»Ja, das haben wir. Ihr Polizei-Commissioner war etwa zur Zeit des Mordes anwesend ...«

»Ich weiß. Das hat er mir gesagt.«

»Das, Elijah, ist ein weiteres Beispiel dafür, daß der Mord zu einem idealen Zeitpunkt – aus der Sicht des Mörders – stattfand. Ihr Commissioner hat in der Vergangenheit mit Dr. Sarton kooperiert, und mit ihm hatte Dr. Sarton auch vor, Vorkehrungen für die Infiltration Ihrer Stadt durch Rs wie mich zu treffen. Dies war der Anlaß der Besprechung an jenem Morgen. Der Mord hat diese Pläne natürlich für den Augenblick behindert, und die Tatsache, daß er zu dem Zeitpunkt geschah, als Ihr Polizeichef sich persönlich in Spacetown aufhielt, machte die ganze Situation natürlich für die Erde schwieriger und peinlicher – und für uns auch.

Aber darauf wollte ich nicht hinaus. Ihr Commissioner war anwesend. Wir sagten zu ihm: ›Der Mann muß über Land gekommen sein.‹ Und er hat wie Sie darauf geantwortet: ›Unmöglich.‹ Oder vielleicht auch ›undenkbar‹. Er war natürlich sehr beunruhigt, und vielleicht war er aus diesem Grund nicht imstande, den wesentlichen Punkt zu erkennen. Dennoch zwangen wir ihn, jene Möglichkeit sofort zu überprüfen.«

Baley dachte an die zerbrochene Brille des Commissioners, und dabei fingen seine Mundwinkel wieder zu zucken an. Der arme Julius! Ja, ganz bestimmt war er beunruhigt gewesen. Natürlich hätte er den überspannten Spacers die Situation nicht erklären können. Schließlich sehen sie doch körperliche Gebrechen als ein ganz besonders ekelerregendes Attribut der nicht nach genetischen Grundsätzen ausgewählten Erdenmenschen an. Zumindest konnte er das nicht tun, ohne das Gesicht zu verlieren. Und das Gesicht war für Julius Enderby etwas von ganz besonders hohem Wert. Nun, in mancher Hinsicht mußten Erdenmenschen eben zusammenhalten. Von Baley würde der Roboter nie etwas über Enderbys Kurzsichtigkeit hören.

R. Daneel fuhr fort: »Die verschiedenen Ausgänge der

City wurden einer nach dem anderen überprüft. Wissen Sie, wie viele es gibt, Elijah?«

Baley schüttelte den Kopf und riet dann: »Zwanzig?«

»Fünfhundertzwei.«

»*Was?*«

»Ursprünglich waren es viel mehr. Fünfhundertzwei sind noch in Funktion. Ihre City wächst langsam, Elijah. Früher war sie zum Himmel hin offen, und die Leute bewegten sich frei zwischen der City und dem freien Land.«

»Natürlich. Das weiß ich.«

»Nun, als sie ursprünglich umschlossen wurde, gab es sehr viele Ausgänge. Fünfhundertzwei davon sind übriggeblieben. Der Rest ist zugebaut oder versperrt. Dabei zählen wir natürlich die Zugänge für Luftfracht nicht mit.«

»Nun, und was war mit den Ausgängen?«

»Hoffnungslos. Sie sind unbewacht. Wir konnten keine Behörde und keinen Beamten finden, der für sie zuständig war. Es war gerade, als hätte niemand gewußt, daß sie existierten. Jeder Beliebige hätte jederzeit durch einen dieser Ausgänge hinaus- und beliebig wieder durch ihn oder einen anderen hereinkommen können. Man hätte ihn nie entdeckt.«

»Sonst noch etwas? Die Waffe war ja wohl verschwunden, wie ich vermute.«

»O ja.«

»Irgendwelche Hinweise?«

»Keine. Wir haben das Gelände in der Umgebung von Spacetown gründlich abgesucht. Die Roboter auf den umliegenden Gemüseplantagen waren als Zeugen ungeeignet. Bei ihnen handelt es sich ja um wenig mehr als automatische Ackerbaumaschinen. Sie sind kaum humanoid. Und Menschen waren da keine.«

»Mhm. Und was sonst?«

»Nachdem wir auf der einen Seite – in Spacetown – keinen Erfolg hatten, werden wir jetzt auf der anderen Seite weiterarbeiten, in New York City. Es wird unsere Aufgabe sein, alle möglichen subversiven Gruppen zu überprüfen, sämtliche Organisationen von Dissidenten unter die Lupe zu nehmen ...«

»Wieviel Zeit haben Sie dafür eingeplant?« unterbrach Baley.

»So wenig wie möglich, so viel wie nötig.«

»Nun«, sagte Baley nachdenklich, »dann würde ich mir wünschen, daß Sie einen anderen Partner dafür hätten.«

»Ich nicht«, sagte R. Daneel. »Der Commissioner hat sich nur mit höchstem Lob über Ihre Loyalität und Ihre Fähigkeiten ausgesprochen.«

»Das war sehr nett von ihm«, sagte Baley sarkastisch und dachte: Der arme Julius. Ich laste auf seinem Gewissen, und er gibt sich solche Mühe.

»Wir haben uns nicht ausschließlich auf ihn verlassen«, sagte R. Daneel. »Wir haben Ihre Akten überprüft. Sie haben sich offen gegen den Einsatz von Robotern in Ihrer Abteilung ausgesprochen.«

»Oh? Und haben Sie etwas dagegen?«

»Ganz und gar nicht. Ihre Ansichten sind einzig und allein Ihre Ansichten. Aber das hat es notwendig gemacht, daß wir Ihr psychologisches Profil sehr gründlich überprüften. Wir wissen, daß Sie, obwohl Sie große Abneigung für Rs empfinden, mit einem zusammenarbeiten werden, wenn Sie der Ansicht sind, daß das Ihre Pflicht ist. Sie haben einen sehr hohen Loyalitätsfaktor und Respekt für Autorität, wenn sie legitim ist. Das ist es, was wir brauchen. Commissioner Enderby hat Sie richtig eingeschätzt.«

»Und Sie persönlich empfinden wegen meiner Einstellung zu Robotern keine Ressentiments?«

R. Daneel sah ihn an: »Wenn diese Gefühle Sie nicht daran hindern, mit mir zusammenzuarbeiten und mir dabei zu helfen, das von mir Verlangte zu tun – wie könnten diese Gefühle da eine Rolle spielen?«

Baley hatte das Gefühl, man habe ihn zurechtgewiesen. So meinte er etwas aggressiv: »Nun denn. Wenn ich damit die Prüfung bestanden habe, wie steht es dann mit Ihnen? Was macht Sie zu einem Detektiv?«

»Ich verstehe Sie nicht.«

»Man hat Sie als Informations-Sammelmaschine konstruiert. Eine Menschenimitation, um all die Fakten des menschlichen Lebens für die Spacers aufzuzeichnen.«

»Das ist doch ein guter Anfang für einen Ermittler, eine Informations-Sammelmaschine zu sein? Oder sind Sie nicht der Meinung?«

»Ein Anfang vielleicht. Aber bei weitem nicht alles.«

»Meine Denkbahnen sind natürlich noch abgestimmt worden.«

»Darüber würde ich gerne Einzelheiten hören, Daneel.«

»Das ist einfach. Meinen Motivationsbänken ist ein besonders starker Trieb eingesetzt worden: das Streben nach Gerechtigkeit.«

»*Gerechtigkeit!*« rief Baley. Das ironische Lächeln verschwand aus seinem Gesicht, und an seine Stelle trat ernsthaftes Mißtrauen.

Aber in dem Augenblick drehte R. Daneel sich schnell in seinem Stuhl herum und starrte zur Tür. »Dort draußen ist jemand.«

So war es. Die Tür öffnete sich, und Jessie, blaß und mit schmalen Lippen, trat ein.

Baley erschrak. »Aber, Jessie! Ist etwas?«

Sie stand da, und ihre Augen wichen den seinen aus. »Es tut mir leid. Ich mußte ...« Sie verstummte.

»Wo ist Bentley?«

»Er soll die Nacht im Jugendheim verbringen.«

»Warum?« fragte Baley. »Darum habe ich dich nicht gebeten.«

»Du hast gesagt, daß dein Partner die Nacht über bleiben würde. Ich dachte, er würde Bentleys Zimmer brauchen.«

»Das war nicht notwendig, Jessie«, sagte R. Daneel.

Jessie hob den Blick und musterte R. Daneels Gesicht ernst.

Baley blickte auf seine Fingerspitzen. Er hatte Angst vor

dem, was vielleicht kommen würde, und wußte doch nicht, wie er eingreifen sollte. Das Schweigen lastete schwer auf seinen Trommelfellen. Und dann hörte er wie aus weiter Ferne, wie seine Frau sagte: »Ich glaube, Sie sind ein Roboter, Daneel.«

Und R. Daneel antwortete mit einer Stimme, die so ruhig wie stets war: »Ja, das bin ich.«

6
FLÜSTERN IM SCHLAFZIMMER

In den obersten Etagen einiger der wohlhabendsten Subsektionen der City befinden sich die natürlichen Solarien, wo eine Quarzwand mit einem beweglichen Metallschild die Luft abhält, aber das Sonnenlicht hereinläßt. Dort können sich die Frauen und Töchter der höchsten Würdenträger der Stadt bräunen. Und dort vollzieht sich jeden Abend etwas Einmaliges.

Die Nacht bricht herein.

Im Rest der City (die UV-Solarien eingeschlossen, wo die Millionen sich nach einem strengen Zuteilungsplan gelegentlich den künstlichen Wellenlängen von Bogenlampen aussetzen können) gibt es nur die willkürlichen Stundenzyklen.

Die Geschäfte der City hätten leicht in drei Acht-Stunden-Schichten oder vier Sechs-Stunden-Schichten ablaufen können, gleichgültig, ob es ›Tag‹ oder ›Nacht‹ ist. Man hätte mit Leichtigkeit Licht und Arbeit endlos fortsetzen können. Und es gibt auch immer wieder Reformer, die in periodischen Abständen eben diese im Interesse der Wirtschaftlichkeit und der Effizienz vorschlagen.

Doch angenommen wird der Vorschlag nie.

Viele der früheren Gewohnheiten der irdischen Gesellschaft sind im Interesse eben jener Wirtschaftlichkeit und Effizienz aufgegeben worden: Geräumigkeit, Privatleben, sogar ein gutes Stück freien Willens. Doch sie sind Produkte der Zivilisation und höchstens zehntausend Jahre alt.

Die Anpassung des Schlafes an die Nacht indessen ist so alt wie der Mensch: eine Million Jahre. Diese Gewohnheit aufzugeben ist nicht leicht. Obwohl der Abend unsichtbar ist, erlöschen die Lichter während der Stunden der Dunkelheit, und der Pulsschlag der City wird langsamer. Obwohl niemand in den umschlossenen Avenuen und Boulevards der City durch irgendein kosmisches Phänomen Mittag von Mitternacht unterscheiden kann, folgt die Menschheit doch dem stummen Diktat des Stundenzeigers.

Die Expreßways leeren sich, und der Lärm des Lebens wird leiser. Die sich bewegenden Menschenmassen schmelzen dahin; New York City lebt im nicht wahrgenommenen Schatten der Erde, und seine Bevölkerung schläft.

Elijah Baley schlief nicht. Er lag im Bett, und in seiner Wohnung war kein Licht; aber das war auch alles.

Jessie lag reglos neben ihm in der Dunkelheit. Er hatte keine Bewegung von ihr gehört oder sonstwie wahrgenommen.

Auf der anderen Seite der Wand saß, stand, lag (Beley fragte sich, was wohl) R. Daneel Olivaw.

Baley flüsterte: »Jessie!« Und dann noch einmal: »Jessie!«

Die dunkle Gestalt neben ihm regte sich schwach unter dem Laken. »Was ist denn?«

»Jessie, mach es mir nicht noch schwerer.«

»Du hättest es mir doch sagen können.«

»Wie könnte ich denn? Ich wollte doch, wenn ich nur gewußt hätte, wie. Jehoshaphat, Jessie ...«

»Scht!«

Baleys Stimme wurde wieder leiser. »Wie hast du es herausgebracht? Willst du mir das nicht sagen?«

Jessie wandte sich zu ihm herum. Er spürte, wie sie ihn in der Finsternis ansah.

»Lije.« Ihre Stimme war nicht viel mehr als ein Lufthauch. »Kann er uns hören? Dieses ... *Ding*?«

»Nicht, wenn wir flüstern.«

»Wie willst du das wissen? Vielleicht hat er spezielle Mikrophone, um leise Geräusche wahrzunehmen. Spacer-Roboter sind zu allem möglichen fähig.«

Das wußte Baley. Die pro-robotische Propaganda hob immer wieder die besonderen Eigenschaften der Spacer-Roboter hervor: ihre Widerstandsfähigkeit, ihre zusätzlichen Sinne, die Dienste, die sie der Menschheit auf hundert Arten leisten konnten. Er persönlich war der Ansicht, daß diese Darstellung genau das Gegenteil von dem bewirkte, was eigentlich bezweckt war. Die Erdenmenschen haßten die Roboter um so mehr, je überlegener sie ihnen erschienen.

Er flüsterte: »Nicht Daneel. Sie haben ihn absichtlich menschenähnlich gemacht. Sie wollten, daß man ihn als Menschen akzeptiert, also darf er nur menschliche Sinne haben.«

»Woher weißt du das?«

»Wenn er Extrasinne hätte, wäre die Gefahr zu groß, daß er sich zufällig als nichtmenschlich verrät. Er würde zu viel tun, zu viel wissen.«

»Nun, vielleicht.«

Wieder breitete sich Schweigen aus.

Eine Minute verstrich, und Baley versuchte es ein zweites Mal. »Jessie, wenn du dich nur zufriedengeben könntest, bis ... bis ... Schau mal, Liebes, es ist unfair, auf mich böse zu sein.«

»Böse? Oh, Lije, du Narr! Ich bin nicht böse. Ich habe Angst, schreckliche Angst.«

Ein Schluchzen kam von ihr herüber, und sie klammerte sich an ihm fest. Eine Weile lagen sie eng aneinandergepreßt da, und Baleys wachsendes Gefühl, daß ihm unrecht geschähe, verflüchtigte sich und ging in unruhige Besorgnis über.

»Warum denn, Jessie? Da ist doch nichts, worüber du besorgt zu sein brauchst. Er ist harmlos. Das schwöre ich.«

»Kannst du ihn nicht irgendwie loswerden, Lije?«

»Das weißt du doch, daß das nicht geht. Das ist ein dienstlicher Auftrag. Wie könnte ich?«

»Was für eine Art von Auftrag, Lije, sag es mir!«

»Aber, Jessie, jetzt bin ich wirklich überrascht.« Er tastete in der Finsternis nach ihrer Wange und tätschelte sie; sie war feucht. Er wischte ihr vorsichtig mit dem Pyjamaärmel die Augen trocken.

»Jetzt schau mal«, sagte er leise und voll Zärtlichkeit, wie man zu einem Kind spricht, »jetzt bist du wie ein Baby.«

»Sag denen in deinem Büro doch, daß ein anderer das machen soll, was auch immer es ist. Bitte, Lije!«

Baleys Stimme verhärtete sich wieder etwas. »Jessie, du bist jetzt lange genug die Frau eines Polizisten gewesen, um zu wissen, daß ein Auftrag ein Auftrag ist.«

»Nun, warum mußtest gerade du das sein?«

»Julius Enderby ...«

Sie erstarrte in seinen Armen. »Das hätte ich gleich wissen müssen. Warum kannst du eigentlich Julius Enderby nicht sagen, daß er sich ein einziges Mal seine Dreckarbeit von einem anderen machen lassen soll. Du läßt dir zu viel gefallen, Lije. Das ist einfach ...«

»Schon gut, schon gut«, sagte er besänftigend.

Sie verstummte, zitterte aber immer noch.

Sie wird das nie verstehen, dachte Baley.

Julius Enderby war seit ihrer Verlobung ein ewiger Zankapfel für sie gewesen. Enderby hatte die Schule für Verwaltungskunde zwei Klassen über Baley besucht. Sie waren Freunde gewesen. Als Baley seine Eignungstests abgelegt und sich der Neuroanalyse unterzogen hatte und für den Polizeidienst ausgewählt worden war, hatte er Enderby dort schon vorgefunden. Enderby war bereits für den gehobenen Dienst eingestuft gewesen.

Baley folgte Enderby nach, aber der Abstand zwischen ihnen wurde immer größer. Eigentlich hatte niemand Schuld daran. Baley war tüchtig, ein fähiger Polizeibeamter; aber irgend etwas, das Enderby besaß, fehlte ihm. Enderby paßte perfekt in die Verwaltungsmaschinerie. Er war einer jener Menschen, die für eine Hierarchie geboren waren, die sich in einer Bürokratie natürlicherweise behaglich fühlen.

Der Commissioner war kein großer Geist, und das wußte Baley. Er hatte seine kindischen Eigenheiten; so zum Beispiel sein gelegentlicher demonstrativer Traditionalismus. Aber er war im Umgang mit anderen glatt, beleidigte niemanden, nahm Aufträge elegant an und erteilte sie seinerseits mit der richtigen Mischung aus Höflichkeit und Bestimmtheit. Selbst mit den Spacern kam er zurecht. Vielleicht war er ihnen gegenüber zu beflissen (Baley selbst hätte es nie länger als einen halben Tag mit ihnen ausgehalten, ohne daß sich bei ihm alle Federn sträubten; dessen war er sicher, obwohl er in Wirklichkeit noch nie mit einem Spacer gesprochen hatte), aber sie vertrauten ihm, und das machte ihn für die City höchst nützlich.

Und so kam es, daß Enderby in einer Beamtenschaft, die mehr Wert auf glatte, umgängliche Leistung als individuelle Kompetenz legte, schnell aufstieg und bereits Commissioner war, als Baley noch ein bescheidener C-5 war. Baley störte der Kontrast nicht, wenn er auch Mensch genug war, um ihn zu bedauern. Enderby vergaß ihre frühere Freundschaft nie und versuchte auf seine eigene Art, seinen Erfolg dadurch auszugleichen, daß er für Baley tat, was in seiner Macht stand.

Dieser Auftrag, in dem ihm R. Daneel als Partner zugeteilt worden war, war dafür ein Beispiel. Es war ein unangenehmer, schwieriger Einsatz; aber es gab auch keinen Zweifel, daß er eine ungeheure Chance bot. Der Commissioner hätte die Chance einem anderen geben können. Was er selbst am Morgen gesagt hatte, daß er nämlich jemanden brauchte, der ihm einen Gefallen tat, konnte diese Tatsache zwar etwas kaschieren, sie aber nicht verbergen.

Jessie sah die Dinge nie so. Sie hatte bei ähnlichen Anlässen in der Vergangenheit gesagt: »Das ist nur dein alberner Loyalitätsindex. Ich bin es müde, daß alle dich die ganze Zeit preisen, weil du so von Pflichtgefühl erfüllt bist.

Denk doch hin und wieder auch an dich selbst! Mir ist noch nie aufgefallen, daß einer von denen oben seinen *eigenen* Loyalitätsindex erwähnt hätte.«

Baley lag in einem Zustand erstarrten Wachseins im Bett und wartete, bis Jessie sich beruhigt hatte. Er mußte *nachdenken.* Er mußte seines Argwohns sicher sein. Kleine, winzige Dinge jagten einander und erzeugten in seinem Bewußtsein langsam ein Bild; ein Schema begann sich abzuzeichnen.

Er spürte, wie die Matratze nachgab, als Jessie sich regte.

»Lije?« Ihre Lippen waren an seinen Ohren.

»Was?«

»Warum kündigst du nicht einfach?«

»Du bist verrückt!«

»Warum denn nicht?« ereiferte sie sich. »Auf die Weise wirst du diesen schrecklichen Roboter los. Geh einfach zu Enderby und sag ihm, daß du genug hast!«

»Ich kann doch nicht mitten in einem wichtigen Fall aufgeben«, sagte Baley kühl. »Ich kann nicht einfach das Ganze in den Abfall werfen, wenn mir danach ist. So etwas führt zur Degradierung.«

»Na, wenn schon. Du kannst dich wieder hinaufarbeiten. Du kannst es, Lije. Es gibt ein Dutzend Möglichkeiten für dich als Beamten.«

»Die Behörden nehmen keine Männer, die degradiert worden sind. Ich könnte dann höchstens noch körperlich arbeiten, und du auch. Bentley würde jeglichen ererbten Status verlieren. Um Himmels willen, Jessie, du weißt ja gar nicht, wie das ist.«

»Ich habe davon gelesen und habe keine Angst davor«, murmelte sie.

»Du bist verrückt, einfach verrückt.« Baley spürte, wie er zu zittern anfing. Vor seinem geistigen Auge tauchte das Bild seines Vaters auf. Sein Vater, wie er dem Tod entgegensiechte.

Jessie seufzte tief.

Baleys Gedanken wandten sich von ihr ab. In seiner Verzweiflung befaßten sie sich wieder mit dem Schema, das er in sich aufgebaut hatte.

Mit angespannter Stimme sagte er: »Jessie, du mußt es mir sagen. Wie hast du herausgefunden, daß Daneel ein Roboter ist? Wie kamst du darauf?«

»Nun ...«, fing sie an und stockte. Das war das dritte Mal, daß sie zu einer Erklärung angesetzt und es dann doch nicht geschafft hatte.

Er preßte ihre Hand mit der seinen, als könne er sie damit zum Sprechen bringen. »Bitte, Jessie, was macht dir solche Angst?«

»Ich habe einfach geraten, daß er ein Roboter ist, Lije«, sagte sie.

Er schüttelte den Kopf, obwohl sie das in der Finsternis nicht sehen konnte. »Es gab nichts, was dich dazu hätte veranlassen können, Jessie. Du hast doch, bevor du weggegangen bist, nicht gedacht, daß er ein Roboter sei – oder?«

»N-nein. Aber ich fing an, mir Gedanken zu machen ...«

»Komm schon, Jessie! Was war es?«

»Nun ... Schau mal, Lije. Meine Freundinnen im Personal haben geredet. Du weißt, die reden über alles.«

Frauen! dachte Baley.

»Jedenfalls«, sagte Jessie, »das Gerücht ist in der ganzen Stadt verbreitet. Das muß so sein.«

»In der ganzen Stadt?« Baley empfand eine Regung wilden Triumphs – oder beinahe so etwas. Wieder ein Stück in seinem Puzzlespiel!

»So klang es wenigstens. Die sagten, es ginge die Rede, daß ein Spacer-Roboter in der Stadt unterwegs sei. Er soll wie ein Mensch aussehen und mit der Polizei zusammenarbeiten. *Mich* haben sie danach gefragt. Sie lachten und sagten: ›Weiß dein Lije etwas darüber, Jessie?‹ Und ich lachte und sagte: ›Seid nicht albern!‹ Dann gingen wir ins Subäther-Kino, und ich dachte über deinen neuen Partner nach. Erinnerst du dich an die Bilder, die du nach Hause gebracht hast, die, die Julius Enderby in Spacetown gemacht hat, um mir zu zeigen, wie Spacer aussehen? Nun, und ich dachte plötzlich, daß dein Partner ganz genauso aussieht. Es kam mir einfach in den Sinn, daß er so aussieht. Und ich sagte mir, o mein Gott, jemand muß ihn in dem Schuhgeschäft erkannt haben, und er ist mit Lije zusammen, und da sagte ich, ich hätte Kopfschmerzen, und rannte weg ...«

Baley unterbrach sie. »Jetzt hör auf, Jessie, hör auf! Reiß dich zusammen! Warum hast du Angst? Vor Daneel hast du keine Angst. Du hast dir nichts gedacht, als er mit mir nach Hause kam. Also ...«

Er hörte auf zu sprechen, richtete sich im Bett auf, und seine geweiteten Augen starrten in die Dunkelheit.

Er spürte, wie seine Frau sich an ihn drückte. Seine Hand zuckte hoch und fand ihre Lippen und drückte dagegen. Sie kämpfte gegen seinen Griff an, ihre Hände tasteten nach seinem Handgelenk, versuchten es wegzuziehen; aber er drückte nur noch kräftiger.

Und dann ließ er sie plötzlich los. Sie wimmerte.

»Tut mir leid, Jessie«, sagte er mit belegter Stimme. »Ich wollte lauschen.«

Er stieg aus dem Bett und zog sich warmen Plastofilm über die Fußsohlen.

»Lije, wo gehst du hin? Laß mich nicht allein!«

»Schon gut. Ich gehe nur zur Tür.«

Der Plastofilm erzeugte ein weiches, schlurfendes Geräusch, als er um das Bett herumging. Er öffnete die Tür zum Wohnzimmer einen Spalt und wartete. Nichts geschah. Es war so still, daß er das dünne Pfeifen von Jessies Atem vom Bett her hören konnte. Und das Pochen des Blutes in seinen Ohren hörte er auch.

Baleys Hand kroch durch den Türspalt, tastete nach der Stelle, die er auch ohne Licht finden konnte. Seine Finger schlossen sich um den Knopf, der die Deckenbeleuchtung steuerte. Er drückte ganz schwach, so schwach er konnte, und die Decke leuchtete schwach, so schwach, daß die untere Hälfte des Wohnzimmers im Halbdunkel blieb.

Aber das reichte aus, um zu sehen, was er sehen wollte.

Die Tür war verschlossen und das Wohnzimmer leblos und still.

Er schaltete die Beleuchtung wieder ab und kehrte ins Bett zurück.

Das war alles, was er brauchte. Die Stücke paßten zusammen. Das Schema war komplett.

»Lije, was ist denn?« wollte Jessie wissen.

»Alles in Ordnung, Jessie. Alles in Ordnung. Er ist nicht hier.«

»Der Roboter? Du meinst, er ist weg? Für immer?«

»Nein, nein. Er kommt schon wieder. Aber vorher beantworte mir meine Frage.«

»Welche Frage?«

»Wovor hast du Angst?«

Jessie sagte nichts.

Baley ließ nicht locker. »Du hast gesagt, du hättest Todesangst.«

»Vor ihm.«

»Nein, darüber haben wir schon einmal gesprochen. Du hattest keine Angst vor ihm. Und außerdem weißt du sehr wohl, daß ein Roboter einem menschlichen Wesen nichts zuleide tun kann.«

Sie sagte ganz langsam: »Ich dachte, wenn alle wüßten, daß er ein Roboter ist, könnte es einen Krawall geben. Und dann würden wir umgebracht werden.«

»Warum sollte man uns umbringen wollen?«

»Du weißt doch, wie Krawalle sind.«

»Die wissen doch nicht einmal, wo der Roboter ist, oder?«

»Sie könnten es herausfinden.«

»Und davor hast du Angst? Vor einem Krawall?«

»Nun ...«

»Scht!« Er drückte Jessie auf das Kissen nieder.

Dann legte er die Lippen an ihr Ohr. »Er ist zurückgekehrt. Jetzt hör zu und sag kein Wort. Alles ist gut. Er wird morgen weg sein und nicht zurückkommen. Es wird keinen Krawall geben, nichts.«

Beinahe war er zufrieden, als er das sagte, fast völlig zufrieden. Er hatte das Gefühl, jetzt schlafen zu können.

Und dann dachte er wieder: Kein Krawall, nichts. Und keine Degradierung.

Und unmittelbar vor dem Einschlafen dachte er: Nicht einmal eine Ermittlung, nicht einmal das. Die ganze Sache ist gelöst ...

Er schlief ein.

7
AUSFLUG NACH SPACETOWN

Commissioner Julius Enderby polierte seine Brillengläser sorgfältig und setzte sich die Brille dann wieder auf den Nasenrücken.

Das ist ein guter Trick, dachte Baley. Es hält einen beschäftigt, während man darüber nachdenkt, was man sagen soll, und kostet kein Geld, so wie wenn man sich eine Pfeife anzündet.

Und weil ihm der Gedanke in den Sinn gekommen war, zog er die Pfeife heraus und griff in den Tabaksbeutel mit dem gehamsterten Vorrat an Krüllschnitt. Tabak war eines der wenigen Luxusgewächse, die noch auf der Erde gezüchtet wurden, und man brauchte kein Prophet zu sein, um sein Ende prophezeien zu können. Die Preise waren, solange Baley sich erinnern konnte, immer gestiegen, kein einziges Mal gefallen, und die Zuteilungen waren immer knapper geworden, nie reichlicher.

Enderby, der jetzt mit dem Sitz seiner Brille zufrieden war, griff nach dem Schalter, der unter seinem Schreibtisch angebracht war, und knipste die Tür für einen Augenblick auf einseitige Durchsichtigkeit. »Wo ist er denn jetzt überhaupt?«

»Er hat gesagt, er würde sich gern bei uns in der Abteilung umsehen. Und ich habe Jack Tobin gebeten, ihn zu führen.« Baley zündete die Pfeife an und schob den Rauchfilter darüber. Der Commissioner empfand wie die meisten Nichtraucher Abscheu vor Tabakrauch.

»Hoffentlich haben Sie ihm nicht gesagt, daß Daneel ein Roboter ist.«

»Natürlich nicht.«

Aber der Commissioner konnte sich immer noch nicht lockern. Seine eine Hand spielte sinnlos mit dem automatischen Kalender auf seinem Schreibtisch.

»Wie geht's?« fragte er, ohne Baley dabei anzusehen.

»Mittelmäßig durchwachsen.«

»Es tut mir leid, Lije.«

Baley blickte auf und sah ihn an. »Sie hätten mich ja davor warnen können, daß er völlig menschlich aussieht.«

Der Commissioner blickte überrascht. »Habe ich das nicht?« Und dann, mit verdrießlicher Miene: »Verdammt, das hätten Sie doch wissen müssen! Sonst hätte ich Sie doch ganz bestimmt nicht gebeten, ihn bei sich zu Hause unterzubringen. Nicht, wenn er wie R. Sammy ausgesehen hätte. Oder glauben Sie das?«

»Ich weiß, Commissioner. Aber ich hatte noch nie einen solchen Roboter gesehen, Sie aber schon. Ich wußte nicht einmal, daß so etwas möglich ist. Ich wünschte einfach, Sie hätten etwas gesagt. Das ist alles.«

»Hören Sie, Lije! Es tut mir wirklich leid. Ich hätte Ihnen das sagen sollen. Sie haben recht. Sie müssen nur verstehen, daß ich mit dieser ganzen Geschichte so durcheinandergeraten bin, daß ich die meiste Zeit über die Leute völlig grundlos anfahre. Er ... – ich meine dieses Daneel-Ding – ist ein neuer Robotertyp. Noch im Versuchsstadium.«

»So hat er mir das auch erklärt.«

»Oh. Na schön. Das wär's dann wohl.«

Baleys Muskeln spannten sich etwas. Das war jetzt der Augenblick. Er sagte es ganz beiläufig, aber seine Zähne hielten das Mundstück der Pfeife fest, als wollten sie es durchbeißen. »R. Daneel hat einen Besuch in Spacetown für mich arrangiert.«

»In Spacetown?« Enderby blickte auf. Sein Gesicht zeigte Verärgerung.

»Ja. Das ist der logische nächste Schritt, Commissioner. Ich möchte mir den Tatort ansehen und ein paar Fragen stellen.«

Enderby schüttelte entschieden den Kopf. »Ich glaube nicht, daß das eine besonders gute Idee ist, Lije. Wir haben uns alles gründlich angesehen. Ich bezweifle wirklich, daß man dort noch etwas Neues erfahren kann. Und das sind sehr eigenartige Leute. Man muß sie mit Samthandschuhen anfassen. Wirklich. Sie haben da nicht die Erfahrung.«

Er griff sich mit der Hand auf die Stirn und fügte mit unerwarteter Leidenschaft hinzu: »Ich hasse sie.«

Baleys Stimme klang jetzt bewußt feindselig. »Verdammt noch mal, der Roboter ist hierher gekommen, und ich sollte dorthin gehen. Es ist schon schlimm genug, daß ich die Sache gemeinsam mit dem Roboter durchziehen muß; aber das noch als zweitrangiger Partner machen zu müssen, wäre mir unerträglich. Wenn Sie natürlich der Ansicht sind, ich sei nicht fähig, diese Ermittlungen weiterzuführen, Commissioner, dann ...«

»Das ist es nicht, Lije. Es geht nicht um Sie. Es ist wegen der Spacer. Sie wissen ja nicht, wie die sind.«

Die Runzeln auf Baleys Stirn vertieften sich. »Nun, Commissioner, wie wär's dann, wenn Sie mitkämen?« Seine rechte Hand lag dabei auf seinem Knie, und während er das sagte, legte sich fast automatisch der Mittelfinger über den Zeigefinger.

Die Augen des Commissioners weiteten sich. »Nein, Lije, ich geh' da nicht hin. Das dürfen Sie nicht von mir verlangen.« In dem Augenblick wurde ihm bewußt, was er gesagt hatte, und er hätte am liebsten das Gesprochene wieder zurückgeholt. Er lächelte jetzt wenig überzeugend und sagte etwas leiser: »Ich habe hier unwahrscheinlich viel Arbeit. Ich bin Tage im Rückstand.«

Baley sah ihn nachdenklich an. »Dann will ich Ihnen etwas sagen: Warum schalten Sie sich dann nicht einfach über Trimension ein? Nur zeitweise, verstehen Sie? Für den Fall, daß ich Hilfe brauche.«

»Nun, ja, das müßte gehen.« Begeistert klang seine Stimme nicht.

»Gut.« Baley sah auf die Wanduhr, nickte und stand auf. »Ich melde mich dann wieder bei Ihnen.«

Baley sah sich um, als er das Büro verließ, und hielt die Tür noch einen Augenblick lang offen. Er sah, wie der Kopf des Commissioners sich etwas herunterbeugte, und er hätte schwören können, daß er ein Schluchzen gehört hatte.

Jehoshaphat! dachte er erschüttert.

Er wartete im Gemeinschaftsraum und setzte sich dort auf eine Schreibtischkante, ohne auf den Besitzer des Schreibtisches zu achten, der aufblickte, einen Gruß murmelte und sich wieder seiner Arbeit zuwandte.

Baley zog den Rauchfilter vom Kopf seiner Pfeife und blies hinein. Dann drehte er die Pfeife über dem kleinen Aschesauger des Schreibtisches um und sah zu, wie die pulverfeine, weiße Tabaksasche verschwand. Dann warf er einen bedauernden Blick auf die leere Pfeife, steckte den Filter wieder auf und schob die Pfeife in die Tasche. Wieder eine Pfeife voll weg!

Er überlegte, was gerade geschehen war. In einer Hinsicht hatte Enderby ihn nicht überrascht. Natürlich hatte er mit Widerstand gerechnet. Er hatte den Commissioner oft genug über den schwierigen Umgang mit den Spacern reden hören und darüber, wie gefährlich es war, jemanden, der als Verhandlungsführer nicht außergewöhnlich erfahren war, zu ihnen zu lassen, um selbst über Kleinigkeiten zu reden.

Womit er nicht gerechnet hatte, war, daß der Commissioner so leicht nachgeben würde. Zumindest hatte er damit gerechnet, daß Enderby darauf bestehen würde, ihn zu begleiten. Angesichts der Wichtigkeit dieses Problems war das, was er über rückständige andere Arbeiten gesagt hatte, völlig bedeutungslos.

Aber das war es natürlich nicht, was Baley sich gewünscht hatte. Er hatte sich genau das gewünscht, was er bekommen hatte. Er hatte sich gewünscht, daß der Commissioner über trimensionale Personifikation anwesend sein würde, um das, was sich in Spacetown abspielte, von einem sicheren Ort aus mitansehen zu können.

Sicherheit war es, worauf es ihm ankam. Baley würde einen Zeugen brauchen, den man nicht sofort würde aus dem Wege schaffen können. Das brauchte er unbedingt, als eine Garantie für seine eigene Sicherheit.

Der Commissioner hatte dem sofort zugestimmt. Baley erinnerte sich an das unterdrückte Schluchzen, das er gehört hatte, und dachte: Jehoshaphat, der Mann ist gründlich überfordert.

Eine fröhliche, etwas verzerrte Stimme tönte dicht hinter Baley, und der zuckte zusammen.

»Was, zum Teufel, willst du denn?« fragte er ziemlich wütend.

Das Lächeln in R. Sammys Gesicht blieb unsinnig starr. »Jack läßt sagen, daß Daneel soweit ist, Lije.«

»Gut. Verschwinde hier!«

Er runzelte die Stirn, als er dem Roboter nachblickte. Es konnte einen richtig wild machen, daß dieses schwerfällige Metallgebilde einen dauernd mit Vornamen anredete. Er hatte sich gleich zu Anfang, als R. Sammy hier das erste Mal aufgetaucht war, darüber beschwert, und der Commissioner hatte die Achseln gezuckt und gesagt: »Was soll man da machen, Lije? Die Öffentlichkeit besteht darauf, daß die City-Roboter mit einem ausgeprägten Freundschaftspotential gebaut werden. Also gut. Er fühlt sich zu Ihnen hingezogen. Er spricht Sie mit dem freundlichsten Namen an, den er kennt.«

Freundschaftspotential! Kein Roboter, den Menschen je gebaut hatten, würde imstande sein, einem menschlichen Wesen Schaden zuzufügen. Das war das Erste Gesetz der Robotik:

›Ein Roboter darf kein menschliches Wesen verletzen

oder durch Untätigkeit zulassen, daß ein menschliches Wesen Schaden erleidet.‹

Noch nie war ein positronisches Gehirn gebaut worden, dem man diese Vorschrift nicht so tief in seine Denkbahnen eingeprägt hatte, daß nichts, keine vorstellbare Störung, daran etwas ändern konnte. Es gab keinen Bedarf für besondere Freundschaftspotentiale.

Und doch hatte der Commissioner recht. Das Mißtrauen, das Erdenmenschen gegenüber Robotern empfanden, war etwas völlig Irrationales, und deshalb mußte man Freundschaftspotentiale einbauen, so wie man alle Roboter auch mit lächelnden Gesichtern ausstattete. Auf der Erde jedenfalls.

R. Daneel aber lächelte nie.

Baley seufzte und stand auf. Nächste Station Spacetown, dachte er – oder vielleicht letzte Station!

Die Polizeibeamten der City und auch gewisse andere hochrangige Amtsträger konnten immer noch Streifenwagen in den Korridoren der City benutzen, hatten auch Zugang zu den uralten unterirdischen Straßen, die für den Fußgängerverkehr gesperrt waren. Die Liberalen forderten immer wieder, man solle diese Straßen in Kinderspielplätze umwandeln, dort neue Einkaufszentren bauen oder äußerstenfalls zusätzliche Expreßways oder Localways.

Aber die Forderung nach ›Sicherheit für den Bürger!‹ war nicht wegzudiskutieren. Bei größeren Bränden, bei Ausfällen von Energieversorgungs-Einrichtungen oder Ventilatoren und ganz besonders im Falle von größeren Krawallen mußte es Möglichkeiten geben, schnell Sicherheitskräfte an die Gefahrenstelle zu bringen. Und so gab es für die alten Straßen keinen Ersatz und würde auch nie einen geben.

Baley war schon einige Male auf einer Straße gereist; trotzdem deprimierte ihn ihre geradezu unanständige Leere jedesmal wieder. Sie schien eine Million Meilen vom warmen, lebenden Pulsschlag der City entfernt. Wie ein blinder, hohler Wurm dehnte sie sich vor seinem Blick, als er am Steuer seines Streifenwagens saß. Jedesmal wenn er um eine Kurve bog, eröffnete sie immer wieder neue Bereiche. Und hinter sich, das wußte er, ohne hinzusehen, zog sich der blinde, hohle Wurm zusammen und schloß sich wieder. Die Straße war gut beleuchtet, aber in der herrschenden Stille und der ihn umgebenden Leere war Beleuchtung bedeutungslos.

R. Daneel tat nichts, um die Stille zu brechen oder die Leere zu füllen. Er blickte geradeaus, von der leeren Straße ebenso unbeeindruckt wie von den Menschenmassen auf den Expreßways.

Und dann bog der Streifenwagen unter wildem Sirenengeheul von der Autobahn ab und erreichte die Fahrbahn eines City-Korridors.

Die Fahrbahnen auf den größeren Korridoren waren immer noch sorgfältig markiert, sozusagen eine Art der Reverenz für rudimentäre Teile der Vergangenheit. Es gab keine Fahrzeuge mehr, sah man von Streifenwagen, Löschzügen und Versorgungsfahrzeugen ab, und die Fußgänger benutzten die markierten Streifen daher ohne Unrechtsbewußtsein. Jetzt stoben sie verärgert vor Baleys Streifenwagen auseinander.

Baley selbst atmete auf, als ihn wieder vertrauter Lärm umgab. Aber das dauerte nur kurze Zeit. Nach weniger als zweihundert Metern bogen sie in die lautlosen Korridore, die zum Eingang von Spacetown führten.

Man erwartete sie. R. Daneel kannten die Wachen offenbar vom Ansehen und nickten ihm, obwohl sie Menschen waren, ohne die geringste Verlegenheit zu.

Einer näherte sich Baley und salutierte mit perfekter, wenn auch kühler, militärischer Höflichkeit. Er war hochgewachsen und ernst, wenn auch nicht das perfekte Muster des Spacers, sowie R. Daneel das war.

»Ihren Ausweis, bitte, Sir«, sagte er.

Er wurde schnell, aber gründlich inspiziert. Baley regi-

strierte, daß der Posten fleischfarbene Handschuhe trug und dazu kaum wahrnehmbare Filter, die in seinen Nasenlöchern steckten.

Der Posten salutierte ein zweites Mal und gab ihm die Karte zurück. »Wir haben hier ein kleines Männer-Personal, das Sie gerne benutzen können, wenn Sie duschen möchten.«

Baley spielte mit dem Gedanken, das Angebot abzulehnen und zu erklären, das sei nicht nötig; aber R. Daneel zupfte leicht an seinem Ärmel, während der Wachmann ein paar Schritte zurücktrat.

R. Daneel sagte: »Partner Elijah, es ist üblich, daß City-Bewohner duschen, ehe sie Spacetown betreten. Ich sage Ihnen das, weil ich weiß, daß Sie in Ermangelung von Informationen über dieses Detail nicht den Wunsch haben, sich oder uns Unannehmlichkeiten zu machen. Außerdem ist es auch ratsam, hier alle anderen persönlichen Hygienebedürfnisse zu erledigen, die Ihnen vielleicht ratsam erscheinen. In Spacetown gibt es dafür keine Möglichkeit.«

»Keine Möglichkeit?« sagte Baley ungläubig. »Aber das ist doch ausgeschlossen!«

»Ich meine natürlich«, sagte R. Daneel, »keine, die von City-Bewohnern benützt werden können.«

Ein Ausdruck feindseligen Erstaunens breitete sich über Baleys Gesicht aus.

»Ich bedaure das«, sagte R. Daneel, »aber so ist es nun mal.«

Baley betrat das Personal wortlos. Er fühlte mehr, als daß er es sah, daß R. Daneel hinter ihm eintrat.

Soll mich der überwachen? dachte er. Sich vergewissern, daß ich mir auch wirklich den Dreck der City abwasche?

Einen wütenden Augenblick lang genoß er den Schock, den er Spacetown bereiten würde. Plötzlich erschien es ihm geradezu belanglos, daß er damit vielleicht einen Blaster auf die eigene Brust richtete.

Das Personal war klein, aber raffiniert ausgestattet und wirkte in seiner Sauberkeit geradezu antiseptisch. In der

Luft war ein scharfer Geruch wahrzunehmen. Baley schnüffelte und war einen Augenblick lang verwirrt.

Dann dachte er: Ozon! Die haben den Raum ultraviolett bestrahlt.

Eine kleine Leuchtschrift blinkte ein paarmal und blieb schließlich stehen: Auf der Tafel stand: DER BESUCHER WIRD GEBETEN, ALLE KLEIDUNG ZU ENTFERNEN, AUCH DIE SCHUHE, UND SIE IN DEM BEHÄLTER AM BODEN ZU DEPONIEREN.

Baley gehorchte. Er schnallte seinen Blaster ab und legte, nachdem er sich entkleidet hatte, den Riemen um seine nackte Hüfte. Die Waffe fühlte sich schwer und unangenehm an.

Der Behälter schloß sich, und seine Kleidung verschwand. Die Leuchtschrift erlosch. Jetzt war eine andere Schrift zu sehen.

Sie besagte: DER BESUCHER WIRD GEBETEN, SEINE PERSÖNLICHEN BEDÜRFNISSE ZU ERLEDIGEN UND DANN DIE DURCH DEN PFEIL MARKIERTE DUSCHE ZU BENUTZEN.

Baley kam sich vor wie ein Werkstück, das auf einem Fließband von ferngelenkten Kraftfeldern bewegt wurde.

Als er die kleine Duschkabine betrat, zog er als erstes den Feuchtigkeitsschutz am Halfter seines Blasters heraus und dichtete die Waffe von allen Seiten ab. Er wußte aus vielen Übungen, daß er trotzdem in weniger als fünf Sekunden ziehen und feuern konnte.

Es gab keinen Knopf und auch keinen Haken, an den er den Blaster hätte hängen können. Nicht einmal einen sichtbaren Duschkopf. So legte er die Waffe in eine Ecke gegenüber der Eingangstür der Kabine.

Wieder leuchtete eine Schrift auf: DER BESUCHER WIRD GEBETEN, DIE ARME VON SICH ZU STRECKEN UND SICH MIT DEN FÜSSEN IN DER VORGESEHENEN POSITION IN DEN KREIS ZU STELLEN.

Als er die Füße in die kleinen Vertiefungen im Boden stellte, erlosch das Zeichen. In dem Augenblick traf ihn ein stechender, schäumender Strahl von der Decke, und gleich darauf weitere vom Boden und den vier Wänden. Er spürte, wie sogar unter seinen Fußsohlen Wasser aufwallte.

Das Ganze dauerte eine volle Minute. Seine Haut rötete sich unter dem vereinten Ansturm von Hitze und Druck, und er spürte, wie seine Lungen in der stickig-warmen Umgebung nach Luft rangen. Dann folgte eine weitere Minute, in der er unter geringerem Druck kühl abgesprüht wurde, und schließlich eine Minute mit warmer Luft, nach der er sich trocken und erfrischt fühlte.

Er hob seinen Blaster und das Halfter auf und stellte fest, daß sie ebenfalls trocken und warm waren. Er schnallte sie um und verließ die Duschkabine und sah, wie R. Daneel im gleichen Augenblick aus der benachbarten Kabine trat. Natürlich! R. Daneel war zwar kein City-Bewohner, trug aber City-Dreck auf der Haut.

Baley wandte ganz automatisch den Blick ab. Dann dachte er, daß R. Daneel ja schließlich nicht nach den Sitten der City lebte, und zwang seinen widerstrebenden Blick einen Augenblick lang zurück. Seine Lippen verzogen sich zu einem winzigen Lächeln. R. Daneels Ähnlichkeit mit seinen menschlichen Vorbildern beschränkte sich nicht auf sein Gesicht und seine Hände, sondern schloß peinlich genau den ganzen Körper ein.

Baley bewegte sich weiter in der Richtung, die man ihm seit dem Betreten des Personals aufgezwungen hatte. Seine Kleider, sorgfältig zusammengefaltet, erwarteten ihn. Ein warmer, sauberer Duft ging von ihnen aus.

Eine Leuchtschrift besagte: DER BESUCHER WIRD GEBETEN, SICH WIEDER ANZUKLEIDEN UND DIE HAND IN DIE ANGEZEIGTE VERTIEFUNG ZU LEGEN.

Das tat Baley. Er empfand ein deutliches Prickeln an der Fingerkuppe seines Mittelfingers, als er sie auf die saubere, milchige Fläche legte. Er hob hastig die Hand und sah, daß ein kleiner Tropfen Blut aus der Stichwunde gequollen war. Aber die Blutung hörte sofort auf. Er schüttelte die Hand und drückte auf den Finger, aber es floß bereits kein Blut mehr.

Offenbar machten sie eine Blutanalyse. Er empfand unbestimmte Besorgnis. Ganz sicher wurde seine jährliche

Routineuntersuchung seitens der Polizeiärzte nicht mit der Gründlichkeit, ja vielleicht sogar mit weniger Wissen durchgeführt als diese kalten Roboter-Macher aus dem Weltraum besaßen. Er war nicht sicher, ob er zu gründliche Untersuchungen seines Gesundheitszustandes wünschte.

Die Wartezeit kam Baley lang vor. Aber als die Leuchtschrift schließlich wieder zu sehen war, forderte sie einfach: DER BESUCHER WIRD GEBETEN, WEITERZUGEHEN.

Baley atmete erleichtert auf. Er ging weiter und trat durch einen Bogen. Zwei Metallstäbe schlossen sich vor ihm, und eine Leuchtschrift sagte: DER BESUCHER WIRD DAVOR GEWARNT, WEITERZUGEHEN.

»Was, zum Teufel...«, rief Baley und vergaß in seinem Unmut, daß er sich noch immer im Personal befand.

R. Daneels Stimme klang an seinem Ohr. »Ich nehme an, daß die Detektoren eine Energiequelle entdeckt haben. Tragen Sie Ihren Blaster, Elijah?«

Baley fuhr herum, und sein Gesicht war vor Zorn gerötet. Er mußte zweimal zum Sprechen ansetzen, ehe etwas krächzend die Worte herauskamen: »Ein Polizeibeamter trägt seinen Blaster immer bei sich, ob er nun im Dienst ist oder nicht.«

Das war das erste Mal, daß er in einem Personal gesprochen hatte, seit seinem zehnten Lebensjahr. Das war in Gegenwart seines Onkels Boris gewesen, einfach ein unwillkürlicher Ausruf, weil er sich den Zeh schmerzhaft angestoßen hatte. Onkel Boris hatte ihm zu Hause eine gründliche Abreibung verpaßt und ihm einen eindringlichen Vortrag über die Grundregeln des Anstandes in den öffentlichen Bedürfnisanstalten gehalten...

»Kein einziger Besucher darf bewaffnet sein«, sagte R. Daneel. »Das ist bei uns so üblich, Elijah. Selbst Ihr Commissioner läßt bei seinen Besuchen den Blaster zu Hause.«

Baley hätte unter fast allen anderen Umständen auf dem Absatz kehrtgemacht und wäre weggegangen, hätte Spacetown und diesen Roboter verlassen. Aber jetzt war der drängende Wunsch, seinen Plan durchzuführen und auf diese Weise Rache zu nehmen, stärker als alles andere.

Dies also, dachte er, war die unauffällige ärztliche Untersuchung, die an die Stelle der viel detaillierteren der Vergangenheit getreten war. Er konnte jetzt die Verärgerung und den Zorn wohl verstehen, die in seiner Jugend zu den Krawallen geführt hatten. Und *wie* gut er sie verstehen konnte!

Wütend schnallte er die Waffe ab. R. Daneel nahm sie in Empfang und legte sie in eine Wandnische. Eine dünne Metallplatte schob sich darüber.

»Wenn Sie jetzt Ihren Daumen in die Vertiefung legen«, sagte R. Daneel, »dann öffnet sich das Fach später auch nur auf Ihren Daumendruck hin.«

Baley kam sich nackt vor, in viel stärkerem Maße sogar, als er sich unter der Dusche gefühlt hatte. Er ging an der Stelle vorbei, wo die Metallstäbe ihn zuerst aufgehalten hatten, und verließ schließlich das Personal.

Jetzt befand er sich wieder in einem Korridor; aber an seiner Umgebung war etwas Fremdartiges. Das Licht vorne wirkte ungewohnt. Er spürte einen Luftzug im Gesicht und dachte unwillkürlich, ein Streifenwagen wäre vorbeigefahren.

R. Daneel mußte sein Unbehagen bemerkt haben. »Das ist jetzt praktisch frische Luft, Elijah. Sie ist nicht behandelt.«

Baley empfand leichte Übelkeit. Wie konnten die Spacer in bezug auf einen menschlichen Körper so starre Vorsichtsmaßnahmen walten lassen, einfach nur, weil er aus der City kam, und andererseits die ungefilterte Luft der freien Natur atmen? Er preßte die Nasenlöcher zusammen, als könnte er damit die Luft, die er einatmete, besser abschirmen.

R. Daneel sagte: »Ich nehme an, Sie werden bald feststellen, daß die frische Luft nicht ungesund ist.«

»Na gut«, sagte Baley, keineswegs überzeugt.

Die Luftströme trafen sein Gesicht in lästiger Weise. Sie waren zwar nicht kräftig, aber unregelmäßig. Das störte ihn.

Doch es sollte noch schlimmer kommen. Der Korridor öffnete sich in eine blaue Helligkeit, und als sie sich seinem Ende näherten, umgab sie kräftiges weißes Licht. Baley hatte schon Sonnenlicht gesehen. Einmal war er sogar dienstlich in einem natürlichen Solarium gewesen. Aber dort war der Raum von Glas geschützt gewesen, und das Bild der Sonne war in ein diffuses Leuchten aufgelöst worden. Hier aber war alles völlig offen und ungeschützt.

Unwillkürlich blickte er zur Sonne auf – und senkte sofort den Kopf. Seine geblendeten Augen taten weh und tränten.

Ein Spacer kam auf sie zu. Baley empfand wieder Unbehagen.

Doch R. Daneel trat vor, um den Näherkommenden mit einem Händedruck zu begrüßen. Dann wandte der Spacer sich Baley zu und sagte: »Wollen Sie nicht mitkommen, Sir? Ich bin Dr. Han Fastolfe.«

Im Innern einer der Kuppeln war es besser. Baley ertappte sich dabei, wie er die Größe der Räume bestaunte und die Großzügigkeit, mit der man hier mit dem Platz umging. Aber für das Gefühl klimatisierter Luft war er dankbar.

Fastolfe setzte sich und schlug die langen Beine übereinander. »Ich nehme an, Sie ziehen klimatisierte Luft dem unbehinderten Wind vor«, sagte er.

Eigentlich wirkte er ganz freundlich. Er hatte feine Fältchen auf der Stirn, und die Haut unter seinen Augen und unter dem Kinn wirkte etwas schlaff. Sein Haar begann sich bereits zu lichten, zeigte aber keine Anzeichen von Grau. Die großen Ohren standen vom Kopf ab, und das ließ ihn irgendwie spaßig, ja fast häßlich wirken. Und das tat Baley gut.

Am Morgen hatte sich Baley die Bilder von Spacetown, die Enderby gemacht hatte, noch einmal angesehen. R. Daneel hatte gerade die Verabredung in Spacetown getroffen, und Baley war noch damit beschäftigt, sich mit dem Gedanken vertraut zu machen, daß er leibhaftigen Spacern gegenübertreten würde. Irgendwie war das doch etwas ganz anderes, als mit ihnen über einen Abstand von Meilen ein Bildgespräch zu führen, so wie er das schon einige Male getan hatte.

Im allgemeinen sahen die Spacer auf diesen Bildern so aus wie die, die man gelegentlich in den Buchfilmen fand: groß, rundköpfig, ernst, auf kühle Art gutaussehend. So wie R. Daneel Olivaw zum Beispiel.

R. Daneel benannte die Spacer für Baley, und als Baley plötzlich auf eins der Bilder zeigte und überrascht sagte: »Das sind doch Sie, nicht wahr?« antwortete R. Daneel: »Nein, Elijah. Das ist der Mann, der mich gebaut hat, Dr. Sarton.«

Er sagte das ohne die leiseste Gefühlsregung.

»Man hat Sie also sozusagen als Abbild Ihres Schöpfers geformt?« fragte Baley etwas zynisch, aber er bekam keine Antwort darauf, und eigentlich hatte er auch kaum mit einer gerechnet. Schließlich wußte er, daß die Bibel auf den Äußeren Welten nur sehr wenig verbreitet war.

Und jetzt sah Baley Han Fastolfe an, einen Mann, der in seinem Aussehen sehr deutlich von den Normen der Spacer abwich, und der Erdenmensch empfand ein Gefühl der Dankbarkeit dafür.

»Dürfen wir Ihnen zu essen anbieten?« fragte Fastolfe.

Er wies auf den Tisch, der zwischen ihm und R. Daneel und dem Erdenmenschen stand. Auf ihm stand nichts außer einer Schale mit kugelförmigen Gebilden unterschiedlicher Färbung. Baley erschrak etwas. Er hatte es für eine Tischdekoration gehalten.

R. Daneel erklärte: »Dies sind die Früchte natürlicher Pflanzen, die auf Aurora wachsen. Ich empfehle Ihnen diese Art hier. Man nennt das einen Apfel, und der Geschmack soll sehr angenehm sein.«

Fastolfe lächelte. »R. Daneel weiß das natürlich nicht aus persönlicher Erfahrung, aber er hat recht.«

Baley führte einen Apfel zum Mund. Seine Oberfläche war rot und grün. Er fühlte sich kühl an und hatte einen schwachen, aber angenehmen Geruch. Mit einiger Mühe biß er hinein, und der unerwartet herb-säuerliche Geschmack und das kräftige Fruchtfleisch wirkten zunächst leicht abstoßend auf ihn.

Er kaute vorsichtig. City-Bewohner nahmen selbstverständlich natürliche Lebensmittel zu sich, wann immer welche zugeteilt wurden. Er selbst hatte oft natürliches Fleisch und Brot gegessen. Aber diese Nahrungsmittel waren immer in irgendeiner Weise bearbeitet gewesen: gekocht oder durch den Wolf getrieben, gewürzt oder gemischt. Obst sollte eigentlich in Gestalt von Kompott oder Konfitüren angeboten werden. Was er jetzt in der Hand hielt, mußte geradewegs aus der Erde eines Planeten gewachsen sein.

Hoffentlich haben sie die Dinger wenigstens gewaschen, dachte er. Und wieder wunderte er sich über die merkwürdigen Vorstellungen der Spacer bezüglich Hygiene und Reinheit.

»Gestatten Sie mir, daß ich mich etwas ausführlicher vorstelle«, sagte Fastolfe. »Ich leite die Ermittlungen in dem Mordfall Dr. Sarton hier in Spacetown, so wie Commissioner Enderby das in der City tut. Wenn ich Ihnen in irgendeiner Weise behilflich sein kann, bin ich dazu gerne bereit. Wir sind ebenso daran interessiert, daß die Angelegenheit in aller Stille geklärt wird und daß künftige Zwischenfälle dieser Art vermieden werden, wie das auch bei Ihnen in der City mutmaßlich der Fall ist.«

»Ich danke Ihnen, Dr. Fastolfe«, sagte Baley. »Ich weiß diese Einstellung zu schätzen.«

Genug der Artigkeiten, dachte er. Er biß wieder von dem Apfel ab, und ein paar dunkle, kleine Ovoide sprangen ihm in den Mund. Er spuckte sie erschrocken aus. Sie flogen heraus und fielen auf den Boden. Eines der Ovoide hätte Fastolfe am Bein getroffen, wenn der Spacer es nicht hastig weggezogen hätte.

Baley wurde rot und machte Anstalten, sich zu bücken.

»Schon gut. Mr. Baley«, sagte Fastolfe freundlich. »Lassen Sie sie bitte einfach liegen!«

Baley richtete sich wieder auf. Er legte den Apfel vorsichtig hin. Er hatte das unangenehme Gefühl, daß die kleinen Gebilde, sobald er gegangen war, aufgesaugt werden würden; dann würde man die Fruchtschale verbrennen oder aus Spacetown entfernen; und das Zimmer, in dem sie gerade saßen, würde mit irgendeinem Virusmittel ausgesprüht werden.

Er überspielte seine Verlegenheit, indem er brüsk erklärte: »Ich würde Sie gerne um die Erlaubnis bitten, daß Commissioner Enderby an unserem Gespräch durch trimensionale Personifikation teilnimmt.«

Fastolfe hob die Brauen. »Sicher, wenn Sie das wünschen. Daneel, würdest du bitte die Verbindung herstellen?«

Baley saß steif und unbehaglich da, bis die glänzende Oberfläche des großen Würfels in einer Ecke des Raums durchsichtig wurde und Commissioner Enderby und einen Teil seines Schreibtisches einschloß. In dem Augenblick löste sich das Unbehagen, und Baley empfand nichts als Liebe für jene vertraute Gestalt und Sehnsucht danach, sich wieder mit ihm zusammen in jenem Büro zu befinden – oder irgendwo in der City, was das betraf. Und sei es in den Jersey-Distrikten, wo die Hefefabriken waren.

Jetzt, wo er seinen Zeugen hatte, sah Baley keinen Anlaß für weitere Verzögerungen. Er sagte: »Ich glaube, ich habe das Geheimnis von Dr. Sarton gelöst.«

Aus dem Augenwinkel sah er, wie Enderby aufsprang und hastig (und mit Erfolg) nach seiner herunterfliegenden Brille griff. Indem er sich erhob, hatte der Commissioner seinen Kopf aus dem Aufnahmebereich des Trimensic-Empfängers entfernt und mußte sich mit rotem Gesicht und sprachlos wieder hinsetzen.

Dr. Fastolfe war auf sehr viel gelassenere Art ebenso erschrocken. Nur R. Daneel schien unbewegt.

»Sie meinen«, sagte Fastolfe, »Sie kennen den Mörder?«

»Nein«, sagte Baley, »ich meine, daß es keinen Mord gegeben hat.«

»*Was?*« schrie Enderby.

»Einen Augenblick, Commissioner Enderby«, sagte Fastolfe und hob die Hand. Seine Augen ließen die Baleys nicht los, und er sagte: »Sie meinen, Dr. Sarton ist noch am Leben?«

»Ja, Sir. Und ich glaube, ich weiß auch, wo er ist.«

»Wo?«

»Hier in diesem Raum«, sagte Baley, und deutete auf R. Daneel Olivaw.

8
DISKUSSION ÜBER EINEN ROBOTER

In diesem Augenblick war das Geräusch, das Baley am lautesten empfand, sein eigener Pulsschlag. Ihm war, als lebte er in einem Augenblick, in dem die Zeit zum Stillstand gekommen war. R. Daneels Ausdruck war wie stets frei von jeder Emotion. Han Fastolfe ließ außer wohlerzogen zurückhaltendem Erstaunen keine Gemütsregung erkennen.

Commissioner Julius Enderbys Reaktion bereitete Baley die größte Sorge. Der Trimensic-Empfänger, aus dem ihn sein Gesicht anstarrte, gestattete keine perfekte Wiedergabe. Das Bild zeigte immer ein leichtes Flackern und eine nicht ganz ideale Auflösung. Und durch diese Unvollkommenheit und darüber hinaus durch die Brille, die das Gesicht gleichsam wie eine Maske schützte, war es unmöglich, Enderbys Gesichtsausdruck zu lesen.

Geh mir jetzt bloß nicht in Stücke, Julius, dachte Baley. Ich brauche dich noch.

Er hatte nicht damit gerechnet, daß Fastolfe in Hast oder impulsiv handeln würde. Irgendwo hatte er einmal gelesen, daß die Spacer keine Religion hatten und an ihrer Stelle einer kalten phlegmatischen Intellektualität anhingen, die sie in den Rang einer Philosophie erhoben hatten. Das glaubte er und zählte auch darauf. Sie würden bewußt langsam, und auch dann nur auf der Grundlage der Vernunft handeln.

Wenn er allein unter ihnen gewesen wäre und das gesagt hätte, was er gerade gesagt hatte, so wäre er ganz sicher nie in die City zurückgekehrt, dessen war er sicher. Die kalte Vernunft hätte das diktiert. Den Spacern bedeuteten ihre Pläne mehr – viel mehr – als das Leben eines City-Bewohners. Julius Enderby würden sie irgendeine Ausrede liefern. Vielleicht würden sie dem Commissioner seine Leiche präsentieren, den Kopf schütteln und sagen, die Verschwörung der Erdenmenschen hätte erneut zugeschlagen. Der Commissioner würde ihnen glauben. So war er gebaut. Wenn er die Spacer haßte, dann war es ein Haß, der auf Furcht beruhte; sie der Lüge zu bezichtigen, würde er nicht wagen.

Aus diesem Grund mußte er Augenzeuge der Ereignisse sein und darüber hinaus ein Zeuge, der außer Reichweite der Sicherheitsmaßnahmen der Spacer war.

»Lije, das stimmt nicht! Ich habe Dr. Sartons Leiche gesehen!« stieg der Commissioner halb erstickt hervor.

»Sie haben die verkohlten Überreste von etwas gesehen, das man Ihnen als Dr. Sartons Leiche präsentiert hat«, erwiderte Baley kühn. Er dachte grimmig an die zerbrochene Brille des Commissioners. Das war ein unerwarteter Vorteil für die Spacer gewesen, sagte er sich.

»Nein, nein, Lije. Ich habe Dr. Sarton gut gekannt, und sein Kopf war unversehrt. Er war es.« Der Commissioner griff verlegen an seine Brille, als erinnerte er sich ebenfalls, und fügte hinzu: »Ich habe ihn mir ganz aus der Nähe angesehen, aus unmittelbarer Nähe.«

»Was ist mit dem da, Commissioner?« fragte Baley und wies erneut auf R. Daneel. »Ähnelt er Sarton nicht?«

»Ja, so wie eine Statue ihm ähneln würde.«

»Man kann doch von einer ausdruckslosen Haltung ausgehen, Commissioner. Angenommen, das, was Sie gesehen haben, war ein Roboter, den man niedergestrahlt hatte. Sie sagen, Sie hätten genau hingesehen. Haben Sie so genau hingesehen, ob die verkohlte Einschußstelle nun wirklich zerstörtes Gewebe war oder nur irgendeine Plastikmasse, die man über Metall geschmiert hat?«

Der Commissioner sah ihn angewidert an. »Jetzt machen Sie sich lächerlich«, sagte er.

Baley wandte sich an den Spacer. »Sind Sie bereit, die Leiche exhumieren zu lassen, Fastolfe?«

Fastolfe lächelte. »Ich hätte da normalerweise keinen Einwand, Mr. Baley. Nur ist es leider so, daß wir unsere Toten nicht begraben. Wir verbrennen sie.«

»Sehr günstig«, sagte Baley.

»Sagen Sie, Mr. Baley«, sagte Dr. Fastolfe, »wie sind Sie denn nur zu diesem so ungewöhnlichen Schluß gelangt?«

Baley dachte: Der gibt nicht auf. Der will die Sache durchstehen, wenn er kann.

»Das war nicht schwierig«, sagte er. »Es gehört mehr dazu, einen Roboter zu imitieren, als einfach nur eine starre Miene aufzusetzen und geschraubt zu reden. Das Problem mit euch Menschen von den Äußeren Welten ist, daß ihr zu sehr an Roboter gewöhnt seid. Das geht so weit, daß ihr sie fast als menschliche Wesen akzeptiert. Den Unterschieden gegenüber seid ihr blind geworden. Auf der Erde ist das anders. Uns ist sehr bewußt, was ein Roboter ist.

Zunächst einmal ist R. Daneel ein viel zu guter Mensch, um ein Roboter zu sein. Mein erster Eindruck von ihm war, daß er ein Spacer ist. Ich hatte einige Mühe, mit seiner Aussage fertig zu werden, daß er ein Roboter sei. Und der Grund dafür war natürlich, daß er in Wirklichkeit ein Spacer und *kein* Roboter ist.«

R. Daneel unterbrach ohne eine Spur von Verlegenheit darüber, daß er Gegenstand des Gesprächs war. »Wie ich Ihnen schon sagte, Partner Elijah, hat man mich dafür konstruiert, eine Zeitlang einen Platz in einer menschlichen Gesellschaft einzunehmen. Die Ähnlichkeit ist daher bewußt gewollt.«

»Und das geht so weit«, fragte Baley, »daß auch jene Körperteile bis ins kleinste Detail nachgebildet sind, die normalerweise immer von Kleidung bedeckt wären. Selbst Organe, die bei einem Roboter keinerlei Funktion haben können?«

Enderby sagte plötzlich: »Wie haben Sie das herausgefunden?«

Baley wurde rot. »Ich konnte nicht umhin, das zu bemerken, im ... im Personal.«

Enderby wirkte schockiert.

Und Fastolfe sagte: »Sie verstehen doch sicherlich, daß die Ähnlichkeit vollkommen sein muß, wenn sie nützen soll. Für unsere Zwecke sind halbe Maßnahmen ebenso schlimm wie überhaupt nichts.«

Baley fragte abrupt: »Darf ich rauchen?«

Drei Pfeifen an einem Tag waren ein ungeheurer Luxus; aber in seiner augenblicklichen Situation brauchte er die Entspannung, die der Tabak ihm bot. Schließlich hatte er sich darauf eingelassen, Spacern zu widersprechen. Er würde sie zwingen, ihre eigenen Lügen hinunterzuschlucken.

»Es tut mir leid. Aber ich würde es vorziehen, wenn Sie das nicht täten«, sagte Fastolfe.

Das war ein ›Vorziehen‹, das die Gewalt eines Befehls hatte. Baley fühlte das. Er steckte die Pfeife wieder ein, die er bereits in Erwartung einer automatischen Genehmigung herausgezogen hatte.

Natürlich nicht, dachte er bitter. Enderby hat mich nicht gewarnt, weil er selbst nicht raucht; aber eigentlich liegt es auf der Hand. Es ist doch logisch. Die rauchen auf ihren hygienischen Äußeren Welten nicht und trinken auch nicht und haben auch sonst keine menschlichen Laster. Kein Wunder, daß sie Roboter in ihrer verdammten – wie hat R. Daneel sie genannt? – C/Fe-Gesellschaft akzeptieren. Kein Wunder, daß R. Daneel den Roboter so gut spielen kann. Schließlich sind sie von vornherein alle Roboter, dort draußen.

»Die zu vollkommene Ähnlichkeit ist nur ein Punkt in

einer ganzen Reihe«, sagte er. »In meiner Sektion wäre es beinahe zu einem Krawall gekommen, dessen Zeuge wir wurden, als ich *ihn* nach Hause brachte.« (Er mußte deuten. Er brachte es einfach nicht fertig, entweder R. Daneel oder Dr. Sarton zu sagen.) »Er hat wieder Ruhe hergestellt, und das hat er getan, indem er die Unruhestifter mit einem Blaster bedrohte.«

»Du großer Gott!« sagte Enderby energisch. »In dem Bericht stand doch, Sie ...«

»Ich weiß, Commissioner«, sagte Baley. »Der Bericht beruhte auf Informationen, die ich geliefert habe. Ich wollte keinen Hinweis in den Akten, daß ein Roboter damit gedroht hatte, Männer und Frauen niederzustrahlen.«

»Nein, nein, natürlich nicht.« Enderby war ganz offensichtlich zutiefst erschrocken. Er beugte sich vor, um etwas anzusehen, das sich außerhalb der Kamerareichweite befand.

Baley ahnte, was es war. Der Commissioner sah auf die Energieskala, um sich zu vergewissern, daß sein Gerät nicht angezapft war.

»Wollen Sie den Punkt als Argument vorbringen?« fragte Fastolfe.

»Ganz sicher. Das Erste Gesetz der Robotik besagt, daß ein Roboter einem menschlichen Wesen keinen Schaden zufügen kann.«

»Aber R. Daneel hat doch keinem Menschen Schaden zugefügt.«

»Richtig. Er hat nachher sogar erklärt, daß er unter keinen Umständen geschossen hätte. Trotzdem hätte kein Roboter, von dem ich je gehört habe, den Geist des Ersten Gesetzes in dem Maße verletzen können, daß er gedroht hätte, einen Menschen niederzustrahlen, selbst wenn er das nicht beabsichtigte.«

»Ich verstehe. Sind Sie Robotik-Experte, Mr. Baley?«

»Nein, Sir. Aber ich habe einen Kurs in allgemeiner Robotik und in positronischer Analyse besucht. Ich bin kein vollkommener Laie.«

»Das ist hübsch«, sagte Fastolfe liebenswürdig, »aber sehen Sie, ich *bin* Robotik-Experte, und ich kann Ihnen versichern, daß das Wesen des Robot-Bewußtseins in einer völlig buchstäblichen Interpretation des Universums liegt. Es erkennt im Ersten Gesetz nicht den Geist, sondern nur den Buchstaben. Es mag schon sein, daß bei den einfachen Modellen, die Sie auf der Erde haben, das Erste Gesetz so mit zusätzlichen Sicherungen überlagert ist, daß sie tatsächlich außerstande sind, einen Menschen zu bedrohen. Bei einem hochentwickelten Modell wie R. Daneel liegt das völlig anders. Wenn ich die Situation richtig verstehe, dann war Daneels Drohung notwendig, um einen Krawall zu verhindern. Ihr Ziel war es, zu verhindern, daß menschliche Wesen Schaden leiden. Er hat dem Ersten Gesetz gehorcht, nicht es gebrochen.«

Baley ließ sich nichts von seiner inneren Unruhe anmerken. Alles hing jetzt davon ab, daß er keine Unsicherheit zeigte. »Sie können mir jeden einzelnen Punkt separat widerlegen, aber wenn man alles zusammenzählt, kommt doch das gleiche heraus. Gestern abend hat dieser sogenannte Roboter in unserer Diskussion über den sogenannten Mord behauptet, er sei durch Einbau eines neuen Triebes in seine Positronen-Bahnen in einen Detektiv verwandelt worden. Eines Triebs, wenn Sie gestatten, nach Gerechtigkeit.«

»Dafür kann ich mich verbürgen«, sagte Fastolfe. »Das geschah vor drei Tagen unter meiner persönlichen Überwachung.«

»Ein Trieb nach *Gerechtigkeit*? Gerechtigkeit, Dr. Fastolfe, ist ein abstrakter Begriff. Und nur ein menschliches Wesen kann diesen Begriff gebrauchen.«

»Wenn Sie ›Gerechtigkeit‹ so definieren, daß es ein abstrakter Begriff ist; wenn Sie sagen, Gerechtigkeit sei, wenn jedem Menschen das zuteil wird, was ihm zukommt. Oder wenn Sie unter Gerechtigkeit verstehen, dem Recht zum Sieg zu verhelfen oder irgend etwas in der Art – dann gebe ich Ihnen recht, Mr. Baley. Beim augenblicklichen Stand unseres Wissens kann man das menschliche Verständnis von Abstraktionen nicht in ein Positronen-Gehirn einbauen.«

»Das geben Sie also zu – als Robotik-Experte?«

»Sicherlich. Die Frage ist, was Daneel gemeint hat, indem er den Begriff ›Gerechtigkeit‹ gebrauchte?«

»Aus dem Zusammenhang unseres Gesprächs hat er gemeint, was Sie und ich und jedes menschliche Wesen meinen würden, was aber kein Roboter meinen *könnte*.«

»Warum verlangen Sie denn nicht von ihm, daß er den Begriff definiert, Mr. Baley?«

Baley spürte, wie sein Selbstvertrauen schrumpfte. Er wandte sich zu R. Daneel. »Nun?«

»Ja, Elijah?«

»Wie definieren Sie ›Gerechtigkeit‹?«

»Gerechtigkeit, Elijah, ist das, was existiert, wenn allen Gesetzen Genüge getan ist.«

Fastolfe nickte. »Eine gute Definition, Mr. Baley, für einen Roboter. Das Bestreben, dafür zu sorgen, daß allen Gesetzen Geltung verschafft wird, ist in R. Daneel eingebaut worden. Für ihn ist Gerechtigkeit ein sehr konkreter Begriff, denn er beruht auf der Einhaltung der Gesetze, und die wiederum beruht auf der Existenz spezifischer und definierter Gesetze. Daran ist nichts Abstraktes. Ein menschliches Wesen kann die Tatsache erkennen, daß auf der Grundlage eines abstrakten Moralcodex' einige Gesetze schlecht sein können, und daß es daher ungerecht ist, ihre Einhaltung durchzusetzen. Was sagst du, R. Daneel?«

»Ein ungerechtes Gesetz«, sagte R. Daneel mit gleichmäßiger Stimme, »ist ein Widerspruch in sich.«

»Für einen Roboter ist es das, Mr. Baley. Sie sehen also, Sie dürfen Ihre Gerechtigkeit und die R. Daneels nicht miteinander verwechseln.«

Baley wandte sich abrupt zu R. Daneel um und sagte: »Sie haben gestern nacht meine Wohnung verlassen.«

»Das habe ich«, erwiderte R. Daneel. »Wenn ich Sie dabei im Schlaf gestört habe, so tut es mir leid.«

»Wohin sind Sie gegangen?«

»Ins Männer-Personal.«

Einen Augenblick lang war Baley erschüttert. Das war die Antwort, die er erwartet hatte und die er auch für die Wahrheit hielt. Aber er hatte nicht damit gerechnet, daß R. Daneel so antworten würde. Er spürte, wie wieder ein Teil seiner Sicherheit schwand, aber er gab noch nicht auf. Der Commissioner beobachtete die Szene, und seine von Brillengläsern bedeckten Augen wanderten von einem zum anderen. Baley *konnte* jetzt nicht zurück, und wenn sie ihm mit noch soviel Wortklauberei kamen. Er mußte an seiner Argumentation festhalten.

»Als er meine Sektion erreichte«, meinte er, »bestand *er* darauf, das Personal mit mir zu betreten. Der Vorwand, den er gebrauchte, war schwach. Im Laufe der Nacht ging er noch einmal weg, um das Personal zu besuchen, wie er gerade selbst zugegeben hat. Wenn er ein Mensch wäre, dann würde ich sagen, daß er dazu jeden Grund und jedes Recht hatte. Selbstverständlich. Als Roboter indessen war das völlig bedeutungslos. Daraus kann man nur den Schluß ziehen, daß er ein Mensch ist.«

Fastolfe nickte. Er schien nicht im geringsten verstimmt. »Höchst interessant«, sagte er. »Was halten Sie davon, wenn wir Daneel fragen, weshalb er letzte Nacht ins Personal gegangen ist?«

Commissioner Enderby beugte sich vor. »Bitte, Dr. Fastolfe«, murmelte er, »es gehört sich nicht ...«

»Keine Sorge, Commissioner«, sagte Fastolfe, und seine Lippen verzogen sich zu etwas, das wie ein Lächeln aussah, es aber nicht war. »Ich bin ganz sicher, daß Daneels Antwort weder Ihre noch Mr. Baleys Gefühle verletzen wird. Willst du es uns sagen, Daneel?«

R. Daneel sagte: »Elijahs Frau, Jessie, hat die Wohnung gestern abend gemeinsam mit mir verlassen; sie war sehr freundlich zu mir. Es war ganz offensichtlich, daß sie keinen Anlaß hatte, mich nicht für einen Menschen zu halten. Als sie in die Wohnung zurückkehrte, wußte sie, daß ich ein Roboter war. Der offenkundige Schluß daraus ist, daß außerhalb der Wohnung eine derartige Information existiert. Daraus folgte, daß mein Gespräch mit Elijah abgehört worden war. Anders hätte das Geheimnis meiner wahren Natur nicht bekannt werden können.

Elijah sagte mir, daß die Wohnungen gut isoliert seien. Wir haben mit leiser Stimme miteinander gesprochen. Ein gewöhnlicher Lauscher hätte also nichts hören können. Trotzdem war es bekannt, daß Elijah Polizist ist. Wenn es in der City eine Verschwörung gibt, die hinreichend gut organisiert ist, um den Mord an Dr. Sarton geplant haben zu können, dann könnten die Verschwörer sehr wohl gewußt haben, daß man Elijah mit den Ermittlungen in der Mordsache betraut hatte. Unter den Umständen würde es durchaus im Bereich des Möglichen, ja des Wahrscheinlichen liegen, daß ein Abhörstrahl auf seine Wohnung gerichtet war.

Ich durchsuchte die Wohnung, nachdem Elijah und Jessie zu Bett gegangen waren, konnte aber keinen Sender finden. Das machte die Dinge noch komplizierter. Ein scharf gebündelter Duo-Strahl könnte selbst ohne Sender dazu ausreichen, aber das erfordert ziemlich komplizierte Einrichtungen.

Eine Analyse der Situation führte zu dem folgenden Schluß: Der einzige Ort, an dem ein City-Bewohner praktisch alles tun kann, ohne gestört oder ausgefragt zu werden, sind die Personals. Selbst einen Duo-Strahl hätte er dort einrichten können. Die Sitte in den Personals, absolute Ungestörtheit zu garantieren, ist sehr ausgeprägt, und keiner würde ihm auch nur einen zweiten Blick zuwerfen. Das Sektions-Personal liegt ganz nahe bei Elijahs Wohnung, Entfernung spielt also keine Rolle. Ein Koffermodell könnte benutzt werden. Also ging ich ins Personal, um nachzusehen.«

»Und was haben Sie gefunden?« fragte Baley schnell.

»Nichts, Elijah. Keine Spur eines Duo-Strahls.«

»Nun, Mr. Baley«, meinte Dr. Fastolfe, »klingt das für Sie vernünftig?«

Aber Baleys Unsicherheit war jetzt verflogen. »Vernünftig vielleicht schon«, sagte er, »aber vollkommen ist es keineswegs. Was er nicht weiß, ist, daß meine Frau mir gesagt hat, woher sie die Information hat und auch, wann sie sie bekommen hat. Sie erfuhr, kurz nachdem sie das Haus verließ, daß er ein Roboter sei. Selbst da war das Gerücht schon seit Stunden im Umlauf. Die Tatsache, daß er ein Roboter ist, kann also nicht dadurch bekannt geworden sein, daß man unser Gespräch gestern nacht belauscht hat.«

»Nichtsdestoweniger«, sagte Dr. Fastolfe, »ist erklärt, weshalb er gestern nacht ins Personal ging, denke ich.«

»Aber dabei sind wir auf etwas anderes gestoßen, das *nicht* erklärt wurde«, erwiderte Baley hitzig. »Wann, wo und wie ist das Geheimnis gelüftet worden? Wie konnte das Gerücht in Umlauf kommen, daß sich ein Spacer-Roboter in der City befand? Soweit mir bekannt ist, wußten nur zwei von uns davon: Commissioner Enderby und ich. Und wir haben es niemandem gesagt. Commissioner, hat es sonst jemand im Amt gewußt?«

»Nein«, sagte Enderby und wirkte dabei fast ängstlich. »Nicht mal der Bürgermeister. Nur wir und Dr. Fastolfe.«

»Und *er*«, fügte Baley hinzu und deutete von neuem.

»Ich?« fragte R. Daneel.

»Warum nicht?«

»Ich war die ganze Zeit mit Ihnen beisammen, Elijah.«

»Das waren Sie *nicht!*« explodierte Baley. »Ich war eine reichliche halbe Stunde im Personal, ehe wir in meine Wohnung gingen. Während der Zeit hatten wir beide keinerlei Kontakt miteinander, und das war der Zeitpunkt, an dem Sie mit Ihrer Gruppe in der City Verbindung aufnahmen.«

»Mit welcher Gruppe?« fragte Fastolfe.

Und Commissioner Enderby rief wie ein Echo fast gleichzeitig: »Welche Gruppe?«

Baley erhob sich aus seinem Stuhl und wandte sich dem Trimensic zu. »Commissioner, ich möchte, daß Sie jetzt sehr gut zuhören. Sagen Sie mir, ob sich das nicht alles zusammenreimt. Ein Mord wird gemeldet. Und der Zufall will es, daß sich der Mord genau in dem Augenblick ereignet, in dem Sie Spacetown betreten, um dort eine Verabredung mit dem Ermordeten einzuhalten. Man zeigt Ihnen die Leiche von etwas, das angeblich ein Mensch war. Aber inzwischen ist die Leiche bereits beseitigt worden und steht für eine nähere Untersuchung nicht zur Verfügung.

Die Spacer beharren darauf, daß ein Erdenmensch den Mord begangen hat, obwohl man eine solche Anklage nur unter der Voraussetzung aufrecht erhalten kann, daß ein Mann aus der City die City verlassen hat und allein und nachts über Land nach Spacetown gegangen ist. Sie wissen verdammt genau, wie unwahrscheinlich das ist.

Als nächstes schicken sie einen angeblichen Roboter in die City; tatsächlich *bestehen* sie sogar darauf, ihn zu schicken. Das erste, was der Roboter tut, ist, daß er eine Menschenmenge mit einem Blaster bedroht. Anschließend setzt er das Gerücht in Umlauf, daß sich ein Spacer-Roboter in der City aufhalte. Tatsächlich ist das Gerücht so deutlich, daß Jessie mir sagte, es sei bekannt, daß dieser Roboter mit der Polizei zusammenarbeite. Das bedeutet, daß über kurz oder lang auch herauskommen wird, daß es der Roboter war, der die Menschen mit dem Blaster bedroht hat. Vielleicht ist im Hefe-Land und in den Hydroponik-Fabriken auf Long Island jetzt schon das Gerücht im Umlauf, daß ein Killer-Roboter ausgebrochen ist.«

»Das ist unmöglich! Unmöglich!« stöhnte Enderby.

»Nein, das ist es *nicht!* Das ist genau das, was in diesem Augenblick geschieht, Commissioner. Sehen Sie das denn nicht? Es gibt tatsächlich eine Verschwörung in der City, aber sie geht von Spacetown aus. Die Spacer *wollen* einen Mord melden können. Sie *wollen* Krawalle. Sie *wollen,* daß Spacetown angegriffen und bedrängt wird. Je mehr sich die Lage zuspitzt, desto besser für ihre Pläne. Und dann landen Spacer-Schiffe und besetzen die Cities der Erde.«

Fastolfe sagte mit milder Stimme: »Bei den Sperren-Krawallen vor fünfundzwanzig Jahren hätten wir den Vorwand doch gehabt.«

»Damals waren Sie noch nicht soweit. Jetzt sind Sie es.«
Baley schlug das Herz bis zum Hals.

»Sie unterstellen uns da ein recht kompliziertes Komplott, Mr. Baley. Wenn wir die Erde besetzen wollten, könnten wir uns das viel einfacher machen.«

»Vielleicht doch nicht, Dr. Fastolfe. Ihr sogenannter Roboter hat mir gesagt, daß die öffentliche Meinung bezüglich der Erde auf Ihren Äußeren Welten keineswegs einheitlich ist. Ich glaube jedenfalls, daß er damit die Wahrheit gesagt hat. Vielleicht würden die Leute zu Hause nicht soviel von einer ausgesprochenen Besetzung halten. Vielleicht brauchen sie einen Zwischenfall. Einen richtigen, erschütternden, guten Zwischenfall.«

»Wie einen Mord beispielsweise – meinen Sie das? Sie geben doch sicherlich zu, daß es ein vorgegebener Mord sein müßte. Sie wollen doch sicher nicht andeuten, hoffe ich, daß wir wirklich einen von uns töten würden, nur um den Zwischenfall zu schaffen.«

»Sie haben einen Roboter gebaut, der wie Dr. Sarton aussieht, haben den Roboter niedergestrahlt und die Überreste Commissioner Enderby gezeigt.«

»Und dann«, sagte Dr. Fastolfe, »nachdem wir R. Daneel dazu benutzt hatten, um Dr. Sartons Rolle in dem falschen Mord zu spielen, müssen wir jetzt Dr. Sarton dazu benutzen, um die Rolle R. Daneels in den falschen Ermittlungen des falschen Mordes zu spielen.«

»Genau. Ich sage Ihnen das in Anwesenheit eines Zeugen, der nicht körperlich zugegen ist und den Sie nicht einfach niederstrahlen können und der wichtig genug ist, daß man ihm sowohl in der City-Regierung als auch in Washington Glauben schenken wird. Wir werden auf Sie vorbereitet sein, und wir wissen, worin Ihre Absichten bestehen. Wenn nötig, wird sich unsere Regierung direkt an Ihre Bevölkerung wenden und die Situation genau so schildern, wie sie tatsächlich ist. Ich bezweifle, daß man allseits für diese Art interstellarer Vergewaltigung Verständnis haben wird.«

Fastolfe schüttelte den Kopf. »Bitte, Mr. Baley, jetzt werden Sie unvernünftig. Wirklich, Sie haben da die erstaunlichsten Vorstellungen. Nehmen Sie einmal an, R. Daneel sei wirklich R. Daneel. Nehmen Sie an, er sei tatsächlich ein Roboter. Würde daraus nicht folgern, daß die Leiche, die Commissioner Enderby gesehen hat, tatsächlich die von Dr. Sarton war? Es wäre doch wohl kaum vernünftig anzunehmen, daß es sich bei der Leiche um einen weiteren Roboter gehandelt hat. Commissioner Enderby war Zeuge des Baus von R. Daneel und kann bestätigen, daß nur ein Roboter dieses Typs existiert hat.«

»Wenn es darauf hinausläuft«, sagte Baley hartnäckig, »dann ist der Commissioner kein Robotik-Experte. Ebensogut hätten Sie dann auch ein Dutzend solcher Roboter haben können.«

»Bleiben Sie bei der Sache, Mr. Baley. Was ist, wenn R. Daneel wirklich R. Daneel ist? Würde dann nicht Ihre ganze Argumentation auseinanderfallen! Würden Sie dann noch irgendeine Grundlage für Ihren Glauben an diesen völlig melodramatischen und unsinnigen interstellaren Komplott haben, den Sie hier konstruiert haben?«

»*Wenn* er ein Roboter ist! Ich sage Ihnen aber, er ist ein Mensch.«

»Und doch haben Sie das Problem nicht wirklich untersucht, Mr. Baley«, sagte Fastolfe. »Um einen Roboter, selbst einen sehr humanoiden Roboter, von einem menschlichen Wesen zu unterscheiden, ist es nicht nötig, komplizierte, aber schwache Schlüsse aus Kleinigkeiten zu ziehen, die er sagt und tut. Haben Sie beispielsweise versucht, R. Daneel mit einer Nadel zu stechen?«

»Was?« Baley fiel die Kinnlade herunter.

»Das ist ein einfaches Experiment. Es gibt andere, die vielleicht nicht ganz so einfach sind. Seine Haut und sein Haar sehen echt aus, aber haben Sie einmal versucht, sie unter geeigneter Vergrößerung anzusehen? Und dann noch etwas – er scheint zu atmen, besonders dann, wenn er Luft zum Sprechen benutzt. Aber haben Sie bemerkt, daß sein Atem unregelmäßig ist, daß zuweilen Minuten verstreichen, während derer er überhaupt nicht Atem holt? Sie hätten sogar die Luft, die er ausatmet, auffangen und ihren Kohlendioxidgehalt messen können. Sie hätten versuchen können, ihm eine Blutprobe zu entnehmen. Sie hätten versuchen können, an seinem Handgelenk einen Pulsschlag zu entdecken oder einen Herzschlag unter seinem Hemd. Sehen Sie, was ich meine, Mr. Baley?«

»Das sind doch alles nur Reden«, sagte Baley unsicher. »Ich werde mich nicht bluffen lassen. Ich hätte alles mögliche von dem versuchen können, was Sie hier sagen. Aber glauben Sie, dieser sogenannte Roboter hätte zugelassen, daß ich mit einer Spritze in seine Nähe komme oder mit einem Stethoskop oder einem Mikroskop?«

»Natürlich. Ich verstehe, was Sie sagen wollen«, sagte Fastolfe. Er sah R. Daneel an und machte eine leichte Handbewegung.

R. Daneel berührte den Aufschlag an seinem rechten Ärmel, und der diamagnetische Saum löste sich auf ganzer Armlänge. Man konnte jetzt einen glatten, sehnigen und augenscheinlich durch und durch menschlichen Arm erkennen. Die kurzen, bronzefarbenen Härchen darauf waren sowohl nach Zahl und Verteilung genau das, was man von einem menschlichen Wesen erwartet hätte.

»Und?« sagte Baley.

E. Daneel drückte mit Daumen und Zeigefinger der linken Hand auf die Kuppe seines rechten Mittelfingers. Was er anschließend tat, konnte Baley nicht genau erkennen.

Aber ebenso, wie der Ärmel sich geöffnet hatte, als das diamagnetische Feld seines Saumes unterbrochen worden war, öffnete sich jetzt der Arm selbst.

Und unter einer dünnen Schicht einer fleischähnlichen Masse war das stumpfe Blaugrau von Stäben und Gelenken aus rostfreiem Stahl zu erkennen.

»Würden Sie sich Daneels Mechanismus gerne näher ansehen, Mr. Baley?« fragte Dr. Fastolfe höflich.

Baley konnte die Worte kaum durch das Rauschen in seinen Ohren hören – und durch das schrille, hysterische Gelächter des Commissioners.

9

BELEHRUNG DURCH EINEN SPACER

Die Minuten verstrichen, und das Rauschen in seinen Ohren wurde lauter und übertönte schließlich das Gelächter. Die Kuppel und alles, was sich in ihr befand, begann zu zittern, und auch Baleys Zeitsinn fing zu zittern an.

Dabei hatte sich seine Sitzhaltung nicht verändert; er hatte nur das Gefühl, ihm fehle ein Stück Zeit. Der Commissioner war verschwunden. Der Trimensic-Empfänger war wieder milchig und undurchsichtig. Und R. Daneel saß neben ihm und kniff die Haut an Baleys entblößtem Oberarm zusammen. Baley konnte dicht unter der Haut einen dunklen Punkt sehen – die Injektionskapsel; sie verschwand jetzt vor seinen Augen, breitete sich aus und ging in den Blutstrom und die benachbarten Zellen und schließlich in alle Zellen seines Körpers über.

Langsam begann er seine Umgebung wieder wahrzunehmen.

»Fühlen Sie sich besser, Partner Elijah?« fragte R. Daneel.

Das war der Fall. Er bewegte seinen Arm, und der Roboter ließ zu, daß er ihn ihm entzog. Er rollte den Ärmel herunter und sah sich um. Dr. Fastolfe saß noch am gleichen Platz, und ein kleines Lächeln ließ sein häßliches Gesicht etwas weicher erscheinen.

»War ich ohnmächtig?« fragte Baley.

»Ja, in gewisser Weise schon«, sagte Dr. Fastolfe. »Ich fürchte, Sie haben einen ziemlichen Schock erlitten.«

Jetzt konnte Baley sich wieder ganz deutlich erinnern. Er packte R. Daneels Arm und schob den Ärmel, so weit er konnte, hinauf, so daß das Handgelenk freigelegt wurde.

Das Fleisch des Roboters fühlte sich für seine Finger weich an, aber darunter war die Härte von etwas, das mehr als nur Knochen war.

R. Daneel überließ ihm seinen Arm zur Prüfung. Baley starrte ihn an, kniff die Haut zusammen. War da ein schwacher Saum zu sehen?

Es war natürlich logisch, daß da einer sein mußte. Ein Roboter, der mit synthetischer Haut bedeckt und bewußt so konstruiert war, daß er wie ein Mensch aussah, konnte nicht auf normale Art repariert werden. Man konnte dazu nicht einfach eine Brustplatte abschrauben. Man konnte auch nicht den Schädel zur Seite klappen. Statt dessen würden die verschiedenen Teile des mechanischen Körpers mit mikromagnetischen Feldern zusammengehalten werden müssen. Ein Arm, ein Kopf, ein ganzer Körper mußten bei der richtigen Berührung auseinanderfallen und sich dann, wenn man sie an einer anderen Stelle berührte, wieder zusammenfügen.

Baley blickte auf. »Wo ist der Commissioner?« murmelte er, von panischer Angst erfüllt.

»Dringende Geschäfte«, sagte Dr. Fastolfe. »Ich habe ihm zugeredet, sich auszuschalten, sollte ich Ihnen gestehen. Ich habe ihm versichert, daß wir uns um Sie kümmern würden.«

»Ja, Sie haben sich wirklich sehr gut um mich gekümmert. Vielen Dank«, sagte Baley grimmig. »Ich glaube, damit wäre das Gespräch beendet.«

Er stemmte sich in die Höhe und spürte erst jetzt, wie seine Glieder schmerzten. Plötzlich kam er sich uralt vor, zu alt, um noch einmal von vorne zu beginnen. Und um seine Zukunft vorherzusehen, bedurfte es keiner besonderen prophetischen Gabe.

Der Commissioner würde halb wütend und halb verängstigt sein. Er würde Baley mit weißem Gesicht ansehen und alle fünfzehn Sekunden die Brille abnehmen, um sie zu putzen. Seine sanfte Stimme (Julius Enderby schrie fast nie) würde ihm bedächtig erklären, daß er die Spacer tödlich beleidigt hätte.

»Sie *dürfen* einfach nicht so mit Spacern reden, Lije. Das lassen die sich nicht gefallen.« (Baley konnte Enderbys Stimme in den feinsten Nuancen ganz deutlich hören.) »Ich habe Sie gewarnt. Es ist gar nicht auszudenken, wieviel Schaden Sie da angerichtet haben. Dabei verstehe ich sehr wohl, was Sie sich gedacht haben, ganz bestimmt. Ich begreife auch, was Sie vorhatten. Wenn das Erdenmenschen wären, wäre das ganz anders. Dann würde ich sagen, riskieren wir's eben. Räuchern wir sie aus! Aber *Spacer*? Das hätten Sie mir wirklich sagen können, Lije. Sie hätten sich mit mir besprechen müssen. Ich kenne diese Leute. In- und auswendig kenn' ich sie.«

Und was würde Baley sagen können? Daß Enderby akkurat der Mann war, dem er es *nicht* sagen konnte. Daß das Projekt ungeheures Risiko in sich barg und daß Enderby ein Mann von ungeheurer Vorsicht war. Daß Enderby selbst es gewesen war, der ihn auf die Gefahr eines völligen Versagens oder der falschen Art von Erfolg hingewiesen hatte. Daß die einzige Chance, der Degradierung zu entgehen, darin lag, den Beweis zu liefern, daß die Schuld bei Spacetown selbst zu suchen war ...

Enderby würde sagen: »Man wird einen Bericht über die Sache schreiben müssen, Lije. Das wird alle möglichen Nachwirkungen haben. Ich kenne die Spacer. Sie werden verlangen, daß man Sie von dem Fall abzieht, und so wird es auch sein müssen. Das verstehen Sie doch, Lije, oder? Ich werde versuchen, es Ihnen leichtzumachen. Darauf können Sie sich verlassen. Ich werde Sie schützen, so gut ich kann, Lije.«

Und Baley wußte, daß das genauso sein würde. Der Commissioner würde ihn schützen, aber nur soweit es in seiner Macht stand, nicht so weit beispielsweise, daß ein zorniger Bürgermeister noch zorniger wurde.

Und den Bürgermeister konnte er ebenfalls hören: »Verdammt, Enderby, was *soll* das alles? Warum hat man mich nicht gefragt? Wer, zum Teufel, hat denn in dieser City das Sagen? Warum hat man einen unautorisierten Roboter in die City gelassen? Und was, zum Teufel, hat dieser Baley ...«

Wenn es auf die Wahl zwischen Baleys Zukunft im Amt und der des Commissioners selbst hinauslief, mit welchem Resultat konnte dann Baley schon rechnen? Und er sah wirklich keine Möglichkeit, Enderby die Schuld zu geben.

Das Mindeste, womit er rechnen mußte, war, daß man ihn zurückstufte, und das war schon schlimm genug. Die bloße Tatsache, in einer modernen City zu leben, garantierte zwar die nackte Existenz, selbst für Leute, die man völlig degradiert hatte. Wie nackt aber diese Existenz war, wußte er nur zu gut.

Erst wenn man einen gewissen Rang erreicht hatte, kamen die Kleinigkeiten dazu: ein bequemer Platz hier, ein besseres Stück Fleisch dort, eine kürzere Warteschlange irgendwoanders. Für jemanden, der philosophisch gestimmt war, waren diese Dinge kaum besondere Mühe wert.

Aber niemand, und wäre er ein noch so großer Philosoph, konnte jene Privilegien, *wenn er sie einmal erworben hatte,* ohne großen Schmerz aufgeben. Das war es, worauf alles hinauslief.

Wie wenig steigerte es doch den Komfort der Wohnung, wenn man ein eigenes Waschbecken bekam, wenn man vorher dreißig Jahre lang automatisch und ohne nachzudenken zum Personal gegangen war. Wie nutzlos war ein solcher Gegenstand selbst als Statussymbol, wenn es als ein Höchstmaß an Stillosigkeit angesehen wurde, seinen Status zu zeigen. Aber wenn das Waschbecken dann abgeschaltet wurde – wie erniedrigend und unerträglich wurde dann jeder Gang zum Personal! Wie sehnsuchtsvoll attraktiv die Erinnerung an die Rasur im Schlafzimmer!

Unter modernen politischen Schriftstellern war es ›in‹, mit selbstgefälliger Mißbilligung auf den ›Fiskalismus‹ des Mittelalters zurückzublicken, jene Zeit, in der die Wirtschaft noch auf dem Geldumlauf basierte. Sie pflegten zu sagen, daß der Konkurrenzkampf um die Existenz brutal war. Der Stress, der ewige ›Kampf-um-die-Kröten‹, mußten es unmöglich machen, eine wahrhaft komplexe Gesellschaft aufrechtzuerhalten. (Die Wissenschaftler lieferten unterschiedliche Interpretationen des Wortes ›Kröten‹. Aber was das Ganze zu bedeuten hatte, war jedem klar.) Im Gegensatz dazu wurde der moderne Civismus in den höchsten Tönen als effizient und aufgeklärt gelobt.

Das mochte wohl so sein. Es gab historische Romane im romantischen Stil und solche, die eher auf Sensationshascherei aus waren. Und die Traditionalisten, die das Mittelalter verherrlichten, waren der Ansicht, daß der Fiskalismus auch Dinge wie Individualismus und Initiative hervorgebracht hatte.

Baley wollte sich da nicht festlegen, fragte sich jetzt aber mit einem Anflug von Übelkeit, ob wohl je ein Mensch härter um jene Kröten, was auch immer sie gewesen sein mochten, gekämpft oder ihren Verlust tiefer empfunden hatte, als ein City-Bewohner darum kämpft, seinen sonntäglichen Anspruch auf eine Hühnerkeule zu bewahren – eine Keule mit *echtem* Fleisch von einem Vogel, der einmal *gelebt* hatte.

Baley dachte: Es ist ja nicht so sehr für mich. Es geht um Jessie und Ben.

Dr. Fastolfes Stimme riß ihn aus seinen Gedanken. »Mr. Baley, hören Sie mich?«

Baley blinzelte. »Ja?« Wie lange stand er denn jetzt eigentlich schon versteinert da und machte sich zum Narren?

»Wollen Sie sich nicht setzen? Jetzt, wo Sie das erledigt haben, was Sie beschäftigt hat, interessieren Sie vielleicht ein paar Filme, die wir am Schauplatz des Verbrechens aufgenommen haben.«

»Nein, danke. Ich habe in der City zu tun.«

»Aber der Fall Dr. Sarton hat doch sicher Vorrang.«

»Bei mir nicht. Ich nehme an, man hat mir den Fall bereits weggenommen.« Plötzlich sprudelte es aus ihm heraus. »Verdammt, wenn Sie beweisen konnten, daß R. Daneel ein Roboter ist, warum haben Sie es dann nicht gleich getan? Warum mußten Sie aus dem Ganzen eine solche Komödie machen?«

»Mein lieber Mr. Baley, Ihre Schlußfolgerungen haben mich sehr interessiert. Und was das betrifft, daß man Ihnen den Fall weggenommen hat, so bezweifle ich das. Ehe der Commissioner sich ausgeschaltet hat, habe ich ausdrücklich darum gebeten, daß Sie den Fall weiter bearbeiten sollen. Ich nehme an, er wird sich da kooperativ zeigen.«

Baley setzte sich, nicht ganz freiwillig. Dann sagte er scharf: »Warum?«

Dr. Fastolfe schlug die Beine übereinander und seufzte: »Mr. Baley, im allgemeinen habe ich zwei Arten von City-Bewohnern kennengelernt: solche, die sich an Krawallen beteiligen, und Politiker. Der Commissioner ist uns nützlich, aber er ist Politiker. Er sagt uns, was wir hören wollen. Er *manipuliert* uns, wenn Sie verstehen, was ich damit meine. Sie andererseits sind hierhergekommen und haben uns ungeheure Verbrechen vorgeworfen und versucht, Ihren Fall zu beweisen. Mir hat das Ganze Spaß gemacht. Ich sah darin eine vielversprechende Entwicklung.«

»Wie vielversprechend?« fragte Baley sarkastisch.

»Vielversprechend genug. Sie sind jemand, mit dem ich offen reden kann. Gestern abend, Mr. Baley, hat R. Daneel mir über abgeschirmten Subäther berichtet. Einige Dinge an Ihrer Person haben mich sehr interessiert. Zum Beispiel Buchfilme in Ihrer Wohnung.«

»Was ist mit denen?«

»Eine ganze Anzahl davon befassen sich mit historischen und archäologischen Themen. Daraus schließe ich, daß Sie sich für die menschliche Gesellschaft interessieren und einiges über ihre Entwicklung wissen.«

»Selbst Polizisten können ihre Freizeit mit Buchfilmen verbringen, wenn sie das wollen.«

»Durchaus. Mich freut Ihre Wahl an Lesestoff. Das hilft mir bei dem, was ich vorhabe. Zunächst möchte ich erklären, oder wenigstens den Versuch machen, weshalb die Menschen der Äußeren Welten sich so exklusiv geben. Wir leben hier in Spacetown; wir betreten die City nicht; wir mischen uns nur in höchst beschränktem Maße unter die Bewohner der City. Wir atmen die freie Luft, aber wenn wir das tun, tragen wir Filter. Ich sitze jetzt hier und habe Filter in der Nase, trage Handschuhe, bin fest entschlossen, nicht näher an Sie heranzugehen, als das unbedingt nötig ist. Warum glauben Sie, ist das so?«

»Es hat wenig Sinn, darüber Vermutungen anzustellen«, sagte Baley. Sollte *er* doch jetzt reden.

»Wenn Sie das vermuten, was einige Ihrer Mitbürger tun, würden Sie sagen, das sei so, weil wir die Menschen der Erde verachten und uns nicht dadurch beschmutzen lassen wollen, daß ihr Schatten auf uns fällt. Das ist nicht so. Die wahre Antwort liegt eigentlich auf der Hand. Daß Sie sich einer ärztlichen Untersuchung unterziehen mußten und anschließend einer Säuberungsprozedur, war keineswegs nur ein Ritual. Die schiere Notwendigkeit diktiert uns das.«

»Krankheiten, Seuchen?«

»Ja, Seuchen. Mein lieber Mr. Baley, die Erdenmenschen, die die Äußeren Welten kolonisiert haben, fanden sich auf Planeten, die völlig frei von terrestrischen Bakterien und Viren waren. Sie hatten natürlich ihre eigenen mitgebracht, aber gleichzeitig hatten sie auch die neuesten medizinischen und mikrobiologischen Techniken mitgebracht. Sie hatten es mit wenigen Mikroorganismen und keinerlei Zwischenwirten zu tun. Es gab keine Moskitos, die Malaria, und keine Schnecken, die Schistosomiasis hätten verbreiten können. Die Krankheitserreger wurden vernichtet, und man ließ nur symbiotische Bakterien am Leben. Mit der Zeit wurden die Äußeren Welten seuchenfrei. Natürlich wurden im Laufe der Zeit die Einwanderungsbestimmungen für Erdenmenschen immer restriktiver, da die Äußeren Welten gegenüber möglichen Seuchenträgern immer anfälliger wurden.«

»Sie sind nie krank gewesen, Dr. Fastolfe?«

»Jedenfalls bin ich nie von Parasitenkrankheiten heimgesucht worden, Mr. Baley. Selbstverständlich sind wir auch gegen Degenerationskrankheiten, wie Arteriosklerose und dergleichen, nicht gefeit; aber das, was Sie eine Erkältung nennen, habe ich nie gehabt. Wenn ich mir eine zuziehen sollte, könnte ich daran sterben, weil ich keinerlei Widerstandskraft dagegen besitze. Das ist es, was uns hier in Spacetown belastet. Diejenigen von uns, die hierhergekommen sind, sind ein Risiko eingegangen. Die Erde *wimmelt* von Krankheiten, gegen die wir keinerlei *natürliche* Widerstandskraft besitzen. Sie selbst tragen Bakterien und Viren so ziemlich jeder bekannten Krankheit mit sich herum. Ihnen ist das natürlich nicht bewußt, da Sie sie infolge der Antikörper, die Sie im Laufe der Jahre entwickelt haben, fast alle jederzeit unter Kontrolle halten. Mir selbst fehlen diese Antikörper. Wundern Sie sich jetzt immer noch, daß ich Sie an mich nicht näher heranlasse? Glauben Sie mir, Mr. Baley, es ist die reine Notwehr, daß ich mich so hochmütig gebe.«

»Wenn das so ist, warum macht man dann diese Tatsache nicht allgemein bekannt?« fragte Baley. »Dann ist das ja keine Überheblichkeit Ihrerseits, sondern die Verteidigung gegen eine tatsächliche körperliche Gefahr.«

Der Spacer schüttelte den Kopf. »Wir sind hier nur wenige, Mr. Baley. Und außerdem sind wir als Ausländer ohnehin unbeliebt. Wir schützen unsere Sicherheit auf der Grundlage eines ziemlich wackligen Prestiges, als Lebewesen höherer Art. Wir können es uns nicht leisten, das Gesicht zu verlieren, indem wir zugeben, daß wir *Angst* haben, einem Erdenmenschen nahezukommen. Zumindest so lange nicht, bis es ein besseres Verständnis zwischen Erdenmenschen und Spacern gibt.«

»Unter den gegenwärtigen Voraussetzungen wird es das nicht geben. Gerade Ihre angebliche Überlegenheit ist es doch, die wir ... die man an Ihnen haßt.«

»Das ist ein Dilemma. Glauben Sie ja nicht, daß wir uns dessen nicht bewußt sind.«

»Weiß es der Commissioner.«

»Wir haben es ihm nie so eindeutig erklärt, wie ich das

Ihnen gegenüber gerade getan habe. Vielleicht ahnt er es freilich. Er ist ein recht intelligenter Mann.«

»Wenn er es ahnt, hätte er es mir sagen können«, sagte Baley nachdenklich.

Dr. Fastolfe hob die Brauen. »Wenn er es getan hätte, hätten Sie doch die Möglichkeit nicht in Betracht gezogen, daß R. Daneel ein menschlicher Spacer sein könnte. Stimmt das?«

Baley zuckte leicht die Achseln und tat die Angelegenheit damit ab.

Aber Dr. Fastolfe fuhr fort: »Sie wissen, daß das stimmt. Wenn man einmal von den psychologischen Schwierigkeiten absieht, der schrecklichen Belastung durch den Lärm und die Menschenmengen, bleibt die Tatsache, daß es für jeden von uns praktisch einem Todesurteil gleichkommt, die City zu betreten. Dies ist der Grund, weshalb Dr. Sarton sein Projekt der humanoiden Roboter aufgegriffen hat. Sie waren Ersatzmenschen und sollten die City an unserer Statt betreten.«

»Ja, das hat mir R. Daneel erklärt.«

»Und Sie billigen das nicht?«

»Schauen Sie«, sagte Baley, »wo wir schon so offen miteinander sprechen, erlauben Sie mir, daß ich Ihnen eine ganz einfache Frage stelle: Warum seid ihr Spacer überhaupt zur Erde gekommen? Warum lassen Sie uns nicht einfach in Ruhe?«

Dr. Fastolfe war sichtlich überrascht. »Sind Sie denn mit dem Leben auf der Erde *zufrieden*?«

»Wir kommen zurecht.«

»Ja. Aber wie lange noch? Ihre Bevölkerung wächst dauernd; die Kalorien, die Ihnen zur Verfügung stehen, werden nur unter immer größeren Anstrengungen erzeugt. Die Erde befindet sich in einer Sackgasse, Mann!«

»Wir kommen zurecht«, wiederholte Baley hartnäckig.

»Aber nur mit Mühe. Eine City wie New York ist bis an die Grenze ihrer Leistungsfähigkeit damit beschäftigt, Wasser herbei- und Abfälle wegzuschaffen. Die Atomkraftwerke werden mit Uranlieferungen in Gang gehalten, die unter immer größeren Schwierigkeiten schon von anderen Planeten des Sonnensystems beschafft werden müssen, und der Bedarf steigt und steigt. Das Leben der City hängt ununterbrochen davon ab, daß die Hefetanks mit Holzpulpe und die Hydroponikanlagen mit Mineralien versorgt werden. Die Luft muß dauernd künstlich zirkuliert werden. Das Ganze ist ein höchst empfindliches Gleichgewicht von hundert verschiedenen Dingen, das noch dazu von Jahr zu Jahr delikater wird. Was würde New York passieren, wenn der ungeheure Fluß von Input und Output auch nur eine einzige Stunde lang unterbrochen würde?«

»Das wird er aber nicht.«

»Aber das ist keine Sicherheit für die Zukunft. In den primitiven Zeiten waren die einzelnen Bevölkerungszentren praktisch autark und lebten von den Erzeugnissen der umliegenden Bauernhöfe. Nur eine unmittelbare Katastrophe, eine Flut, eine Seuche oder eine Mißernte konnten ihnen Schaden zufügen. Als die Bevölkerungszentren dann wuchsen und die Technik verbessert wurde, konnte man lokale Katastrophen dadurch in ihrer Auswirkung unschädlich machen, indem man von entfernteren Bevölkerungszentren Hilfe holte. Der Preis, der dafür bezahlt werden mußte, war, daß immer größere Bereiche in ein System wechselseitiger Abhängigkeit gerieten. Im Mittelalter konnten die offenen Städte, selbst die größten, wenigstens eine Woche lang von ihren Nahrungsvorräten und allen möglichen anderen Vorräten leben. Als New York eine City wurde, hätte es höchstens noch einen Tag lang autark existieren können. Jetzt ist es nicht einmal mehr eine Stunde lang dazu in der Lage. Eine Katastrophe, die vor zehntausend Jahren unangenehm gewesen wäre, vor tausend Jahren lediglich ernsthaft und vor hundert akut, wäre jetzt mit absoluter Sicherheit tödlich.«

Baley rutschte unruhig auf seinem Stuhl umher. »Das alles höre ich heute nicht das erste Mal. Die Traditionalisten wollen den Cities ein Ende machen. Sie wollen, daß wir zurückkehren zur Scholle, zum natürlichen Ackerbau. Nun, die sind natürlich verrückt – das geht nicht. Wir sind zu viele, und in der Geschichte gibt es keinen Weg zurück, nur den nach vorn. Wenn natürlich die Auswanderung nach den Äußeren Welten nicht beschränkt wäre ...«

»Sie wissen, warum sie beschränkt sein muß.«

»Was kann man dann tun? Sie zapfen eine tote Leitung an.«

»Und was ist mit Auswanderung zu neuen Welten? In der Galaxis gibt es hundert Milliarden Sterne. Man schätzt, daß es hundert Millionen Planeten gibt, die bewohnbar sind oder bewohnbar gemacht werden können.«

»Das ist lächerlich.«

»Warum?« fragte Dr. Fastolfe heftig. »Warum ist der Vorschlag lächerlich? Schließlich haben Erdenmenschen auch in der Vergangenheit Planeten kolonisiert. Über dreißig der fünfzig Äußeren Welten, meine eigene Heimatwelt Aurora eingeschlossen, sind von Menschen kolonisiert worden, die unmittelbar von der Erde kamen. Ist die Kolonisierung heute nicht mehr möglich?«

»Nun ...«

»Keine Antwort? Dann lassen Sie mich sagen, daß das wegen der Entwicklung der City-Kultur auf der Erde so ist. Vor den Cities war das menschliche Leben auf der Erde nicht so spezialisiert, daß es die Menschen daran gehindert hätte, sich loszureißen und auf einer unentwickelten, frischen Welt von vorne zu beginnen. Schließlich ist es dreißigmal geschehen. Aber heutzutage sind die Erdenmenschen so verwöhnt, so verhätschelt und in den Gefängnissen ihrer Stahlhöhlen so eingeschlossen, daß sie auf alle Ewigkeit nicht davon loskommen werden. Sie, Mr. Baley, halten nicht einmal für möglich, daß ein City-Bewohner imstande sei, freies Land zu überqueren, um nach Spacetown zu gelangen. Den Weltraum zu durchqueren, um eine neue Welt zu erreichen, muß für Sie die Unmöglichkeit im Quadrat sein. Diese Haltung ist es, die die Erde ruiniert.«

»Und wenn es so ist?« fragte Baley zornig. »Was geht das Sie und Ihresgleichen an? Das ist unser Problem. Wir werden es lösen. Und wenn nicht, dann wird das eben unser ganz eigener Weg zur Hölle sein.«

»Besser Ihr eigener Weg zur Hölle als für andere der Weg zum Himmel, wie? Ich weiß schon, wie Ihnen zumute sein muß. Es ist nicht angenehm, sich die Predigten eines Fremden anzuhören. Und doch wünschte ich mir, daß Sie und Ihresgleichen uns predigen könnten, denn auch wir haben ein Problem, eins, das ganz analog zu dem Ihren liegt.«

Baley lächelte schief. »Überbevölkerung?«

»*Analog,* sagte ich, nicht identisch. Unser Problem ist die Unterbevölkerung. Für wie alt würden Sie mich halten?«

Der Erdenmensch überlegte einen Augenblick lang und griff dann bewußt zu hoch. »Sechzig, würde ich sagen.«

»Hundertsechzig sollten Sie sagen.«

»*Was?*«

»Hundertdreiundsechzig an meinem nächsten Geburtstag, um es ganz genau zu sagen. Ohne jeden Trick übrigens. Ich verwende das Standardjahr der Erde als Einheit. Wenn ich Glück habe, gut auf mich aufpasse und ganz besonders, wenn ich mir auf der Erde nicht irgendeine Krankheit einfange, dann kann ich leicht doppelt so alt werden. Es hat auf Aurora durchaus Männer gegeben, die über dreihundertfünfzig Jahre gelebt haben. Und die Lebenserwartung nimmt immer noch zu.«

Baley sah R. Daneel an (der das ganze Gespräch mit stoischer Ruhe angehört hatte), als erwarte er von ihm eine Bestätigung.

»Wie ist das möglich?« fragte er.

»In einer Gesellschaft, die unterbevölkert ist, ist es sinnvoll, die Studien auf die Gerontologie zu konzentrieren, also den Altersprozeß zu erforschen. In einer Welt wie der Ihren wäre eine verlängerte Lebenserwartung katastrophal. Sie könnten sich das daraus resultierende Anwachsen der Bevölkerung nicht leisten. Auf Aurora ist Platz für Dreihundertjährige. Und dann wird ein langes Leben natürlich doppelt und dreifach wertvoll.

Wenn Sie jetzt sterben würden, würden Sie vielleicht vierzig Jahre Ihres Lebens verlieren, wahrscheinlich weniger. Wenn ich sterben würde, würde ich hundertfünfzig Jahre verlieren, wahrscheinlich mehr. In einer Zivilisation wie der Ihren ist daher das individuelle Leben von ganz besonderer Bedeutung. Unsere Geburtenrate ist niedrig, und der Bevölkerungszuwachs wird streng unter Kontrolle gehalten. Wir sorgen dafür, daß die Proportion zwischen Roboter und Mensch innerhalb genau definierter Grenzen bleibt, die darauf abgestimmt sind, dem Individuum den größten Komfort zu sichern. Logischerweise werden daher Kinder sorgfältig nach physischen und geistigen Gebrechen untersucht, ehe man zuläßt, daß sie heranreifen.«

Baley unterbrach ihn. »Sie meinen, Sie töten sie, wenn sie nicht ...«

»Wenn sie nicht dem Standard entsprechen. So ist es. Natürlich völlig schmerzlos, das versichere ich Ihnen. Die Vorstellung schockiert Sie, wie? So etwa wie uns die unkontrollierte Vermehrung der Erdenmenschen schockiert.«

»Die ist unter Kontrolle, Dr. Fastolfe. Jeder Familie wird eine bestimmte Zahl von Kindern genehmigt.«

Dr. Fastolfe lächelte tolerant. »Eine bestimmte Zahl irgendwelcher Kinder – nicht eine bestimmte Zahl *gesunder* Kinder. Und trotzdem gibt es viele illegitime Geburten, und Ihre Bevölkerung nimmt ständig zu.«

»Wer soll darüber entscheiden, welche Kinder leben dürfen?«

»Das ist ziemlich kompliziert und läßt sich nicht mit einem Satz beantworten. Vielleicht haben wir einmal Gelegenheit, im Detail darüber zu sprechen.«

»Nun, wo liegt dann Ihr Problem? Wenn man Sie so reden hört, scheinen Sie ja mit Ihrer Gesellschaft recht zufrieden zu sein.«

»Sie ist stabil. Das ist das Problem. Zu stabil.«

»Sie sind mit nichts zufrieden«, sagte Baley. »Unsere Zivilisation steht, wenn man Sie so reden hört, am Rande des Chaos. Und Ihre eigene ist zu stabil.«

»Man kann auch zu stabil sein. Seit zweieinhalb Jahrhunderten hat keine der Äußeren Welten mehr einen neuen Planeten kolonisiert. Es gibt auch keinerlei diesbezügliche Absichten. Unser Leben auf den Äußeren Welten ist zu lang, um es aufs Spiel zu setzen, und zu komfortabel, um irgendwelche Strapazen auf uns zu nehmen.«

»Ich weiß nicht, ob das wirklich so ist. Dr. Fastolfe. Sie sind zur Erde gekommen. Sie riskieren Ansteckung und Seuchen.«

»Ja, ich tue das. Es gibt einige unter uns, Mr. Baley, die der Ansicht sind, daß die Zukunft der Menschheit selbst den möglichen Verlust eines langen Lebens wert ist. Aber ich muß leider sagen, daß das zu wenige sind.«

»Also gut. Jetzt kommen wir langsam auf den Punkt. Was tut Spacetown, um die Dinge voranzutreiben?«

»Indem wir versuchen, hier auf der Erde Roboter einzuführen, versuchen wir, das Gleichgewicht Ihrer City-Wirtschaft zu stören.«

»Und das nennen Sie Hilfe?« Baleys Lippen zitterten. »Sie wollen sagen, daß Sie ganz bewußt und absichtlich eine immer größer werdende Gruppe degradierter und aus ihrem geordneten Leben herausgerissener Menschen schaffen?«

»Nicht aus Grausamkeit oder Gleichgültigkeit, bitte glauben Sie mir das! Eine Gruppe von Menschen, die aus ihren geordneten Leben herausgerissen werden, so wie Sie das nennen, ist genau das, was wir als eine Art Kerngruppe für die Kolonisierung brauchen. Ihr antikes Amerika ist von Schiffen entdeckt worden, deren Besatzungen teilweise aus den Gefängnissen stammten. Können Sie denn nicht einsehen, daß der Mutterleib der City versagt hat, daß er Heimatlose geschaffen hat, Menschen, die nichts zu verlieren haben und alles zu gewinnen, neue Welten, indem sie die Erde verlassen?«

»Aber Ihr Plan funktioniert nicht.«

»Nein. Sie haben recht«, sagte Dr. Fastolfe betrübt. »Irgend etwas stimmt nicht. Die Abneigung, die die Erdenmenschen gegenüber den Robotern empfinden, blockiert alles. Und doch könnten eben diese Roboter die Menschen begleiten, die Schwierigkeiten der ersten Anpassung an neue, ungezähmte Welten erleichtern und die Kolonisierung ermöglichen.«

»Und was dann? Noch mehr Äußere Welten?«

»Nein. Die Äußeren Welten sind gegründet worden, ehe sich die City-Zivilisation auf der Erde ausgebreitet hatte. Die neuen Kolonien werden von Menschen gebaut werden, die der City-Zivilisation entstammen und zugleich die Anfänge einer C/Fe-Kultur haben werden. Das Ganze wird eine Synthese sein, eine Kreuzung sozusagen. So, wie die Dinge jetzt liegen, muß die Struktur der Erde in naher Zukunft zerbrechen; die Äußeren Welten werden allmählich degenerieren und zu einem etwas weiter in der Zukunft liegenden Zeitpunkt zerfallen. Aber die neuen Kolonien werden das Beste beider Kulturen in sich vereinen und damit die Zukunft sichern. Und durch das Zusammenleben der neuen Welten mit den alten – auch mit der Erde – kann es sein, daß wir selbst neue Lebenskraft gewinnen.«

»Ich weiß nicht. Das ist alles sehr nebulös, Dr. Fastolfe.«

»Ein Traum ist es, ja. Denken Sie darüber nach!« Der Spacer stand abrupt auf. »Jetzt habe ich mehr Zeit mit Ihnen verbracht, als ich vorhatte. Tatsächlich sogar mehr Zeit, als unsere Gesundheitsvorschriften zulassen. Würden Sie mich bitte entschuldigen?«

Baley und R. Daneel verließen die Kuppel. Wieder fiel das Licht der Sonne auf sie, diesmal in einem anderen Winkel, etwas gelber. Baley überlegte, ob das Sonnenlicht auf anderen Welten nicht ganz anders aussehen mochte, weniger grell und hart vielleicht. Annehmbarer.

Andere Welten? Der häßliche Spacer mit den großen Ohren hatte ihm da seltsame Phantasien in den Kopf gesetzt. Hatten die Ärzte auf Aurora sich einmal das Kind Fastolfe angesehen und sich gefragt, ob man zulassen durfte, daß es heranreifte? War er nicht zu häßlich? Gehörte körperliches Aussehen vielleicht überhaupt nicht zu den Kriterien, nach denen geurteilt wurde? Wann wurde Häßlichkeit als Verformung betrachtet, und welche Verformungen?

Aber als das Sonnenlicht verschwand und sie die erste Tür hinter sich brachten, die zum Personal führte, fiel es ihm schwer, an diesen Gedanken festzuhalten.

Baley schüttelte verstimmt den Kopf. Das war alles lächerlich. Erdenmenschen dazu zu zwingen, auszuwandern, eine neue Gesellschaft zu gründen! Unsinn war das! Was hatten diese Spacer *wirklich* vor?

Er dachte darüber nach, kam aber zu keinem Schluß. Langsam rollte ihr Streifenwagen über die Fahrbahn. Rings um Baley war vertraute Wirklichkeit. Sein Blaster war ein warmes, irgendwie Behagen schaffendes Gewicht an seiner Hüfte. Der Lärm und das vibrierende Leben der City waren ebenso warm, ebenso behaglich.

Einen Augenblick lang, als die Stadt wieder ganz von ihm Besitz ergriff, verspürte er ein flüchtiges Aroma, das irgendwie in seiner Nase prickelte.

Und er dachte verwundert: Die City riecht.

Er dachte an die zwanzig Millionen menschlicher Wesen, die zwischen den stählernen Wänden der großen Höhle eingezwängt waren. Und zum ersten Mal in seinem Leben roch er sie mit einer Nase, die die saubere Luft der freien Natur gerochen hatte.

Ob es wohl auf einer anderen Welt anders sein würde? überlegte er. Weniger Leute und mehr Luft – sauberer?

Aber das nachmittägliche Tosen der Stadt war rings um sie, und der Geruch ließ nach und war dann wieder verschwunden. Und er schämte sich ein klein wenig.

Er ließ den Antriebsstab etwas tiefer eintauchen und zapfte damit das Energienetz etwas stärker an. Der Streifenwagen beschleunigte scharf und bog in die leere Autobahn ein.

»Daneel«, sagte er.

»Ja, Elijah.«

»Warum hat Dr. Fastolfe mir das alles erzählt?«

»Mir scheint, Elijah, daß er Ihnen damit klarmachen wollte, wie wichtig diese Ermittlungen sind. Wir sind nicht nur hier, um einen Mordfall aufzuklären, sondern um Spacetown zu retten. Und mit Spacetown die Zukunft der ganzen Menschheit.«

Baley sagte trocken: »Ich glaube, es hätte ihm mehr gebracht, wenn er mir den Schauplatz des Verbrechens gezeigt und zugelassen hätte, daß ich die Männer verhöre, die die Leiche gefunden haben.«

»Ich bezweifle, daß Ihnen das irgend etwas eingebracht hätte, Elijah. Wir waren sehr gründlich.«

»Waren Sie das? Sie haben aber nichts gefunden. Keinen Hinweis. Keinen Verdächtigen.«

»Nein, Sie haben recht. Die Antwort muß in der City liegen. Aber um genau zu sein, wir hatten einen Verdächtigen.«

»*Was?* – Davon haben Sie aber bisher nichts gesagt.«

»Ich hielt es nicht für notwendig, Elijah. Sie wissen doch sicherlich auch, daß einer ganz automatisch verdächtig war.«

»Wer? In drei Teufels Namen, wer?«

»Der eine Erdenmensch, der sich am Tatort befunden hat: Commissioner Julius Enderby.«

10

DER NACHMITTAG EINES ERMITTLUNGSBEAMTEN

Der Streifenwagen bog ab und kam an der häßlichen Betonmauer der Autobahn zum Stehen. Als das Summen seines Antriebsaggregats verstummt war, lastete das Schweigen schwer auf ihnen.

Baley sah den Roboter an, der neben ihm saß, und

fragte mit ausdrucksloser, leiser Stimme, die in völligem Gegensatz zu seinen Empfindungen stand:

»Was?«

Die Stille lastete zwischen ihnen, während Baley auf Antwort wartete. Ein leises Vibrieren war zu hören, schwoll an und verblaßte dann wieder. Es war das Geräusch eines anderen Streifenwagens, der, mit irgendeinem unbekannten Auftrag betraut, an ihnen vorbeihuschte, vielleicht eine Meile von ihnen entfernt. Vielleicht war es auch ein Löschfahrzeug, das irgendwo eine Katastrophe verhindern mußte.

Ein losgelöstes Stück von Baleys Bewußtsein fragte sich, ob es noch irgend jemanden gab, der all die Straßen kannte, die sich in den Eingeweiden New Yorks dahinwanden. Zu keiner Zeit, weder des Tags noch des Nachts, konnte das ganze Straßensystem völlig leer sein, und doch mußte es einzelne Stellen geben, die seit Jahren kein Mensch mehr betreten hatte. Mit plötzlicher, erschütternder Klarheit erinnerte er sich an eine Geschichte, die er als Junge einmal gesichtet hatte.

Sie handelte von den Stadtautobahnen Londons und begann mit einem Mord. Der Mörder suchte ein vorbereitetes Versteck im Winkel einer Straßenkreuzung, in dessen Staub seine Schuhabdrücke seit einem Jahrhundert die einzige Spur darstellten. In jenem verlassenen Loch konnte er in völliger Sicherheit abwarten, bis die Suche eingestellt wurde.

Aber er nahm irgendeine falsche Abzweigung und schwor in der Stille und Einsamkeit jener verschlungenen Korridore einen wahnsinnigen, gotteslästerlichen Eid, daß er trotz der Dreifaltigkeit und aller Heiligen seinen Zufluchtsort dennoch erreichen würde.

Und von jenem Augenblick an war kein Weg, den er einschlug, mehr der richtige. Er wanderte durch ein endloses Labyrinth vom Brighton-Sektor am Kanal bis Norwich und von Coventry bis Canterbury. Endlos zog er unter der gewaltigen City von London dahin, von einem Ende ihrer Ausdehnung über die südöstliche Ecke des mittelalterlichen Englands bis zum anderen. Seine Kleider zerfransten zu Lumpen und seine Schuhe zerfielen zu Fetzen. Die Kräfte schwanden ihm, verließen ihn aber nie ganz. Er war müde, todmüde, konnte aber nicht anhalten. Er konnte nur immer weiterziehen. Und vor ihm lag das endlose Labyrinth, in dem er immer wieder die falschen Abzweigungen fand.

Manchmal hörte er das Geräusch vorüberfahrender Fahrzeuge, aber die waren immer im nächsten Korridor. Und so schnell er auch rannte (denn inzwischen hätte er sich jederzeit gerne gestellt), die Korridore, die er schließlich erreichte, waren stets leer. Manchmal sah er weit vor sich einen Ausgang, der ins Leben und den Atem der City zurückführte; aber wenn er sich ihm dann näherte, schien es ihm, als verblaßte das Licht, bis es schließlich wieder ganz verschwunden war.

Gelegentlich sahen Londoner, die sich in offizieller Mission irgendwo im Untergrund befanden, eine nebelhafte Gestalt, die lautlos auf sie zuhumpelte, bittend einen halb durchsichtigen Arm hob und deren Mund sich öffnete und schloß, aber ohne daß ein Ton hervorkam. Und wenn die Gestalt dann näher rückte, fing sie an zu verblassen, bis sie ganz verschwunden war.

Es war eine Geschichte, die schon lange zur Legende geworden war. Der ›Wandernde Londoner‹ war in aller Welt längst ein Begriff.

Jetzt, in den Tiefen von New York City erinnerte sich Baley an die Geschichte, und ein Schauder überlief ihn.

R. Daneels Stimme drang mit einem leichten Echo an Elijahs Ohr: »Es könnte sein, daß man uns belauscht«, sagte er.

»Hier unten? Unmöglich! Also, was ist mit dem Commissioner?«

»Er war am Tatort, Elijah. Er ist ein City-Bewohner. Es war unvermeidbar, ihn zu verdächtigen.«

»War! Verdächtigt man ihn immer noch?«

»Nein. Seine Unschuld war schnell erwiesen. Zum einen

hatte er keinen Blaster bei sich. Das wäre auch nicht gut möglich gewesen. Er hatte Spacetown auf dem üblichen Wege betreten, das war ganz sicher. Und wie Sie wissen, werden die Blaster selbstverständlich eingezogen.«

»Hat man die Mordwaffe denn überhaupt gefunden?«

»Nein, Elijah. Jeder Blaster in Spacetown ist überprüft worden, und keiner war abgefeuert worden, seit Wochen nicht mehr. Das hat sich bei der Überprüfung der Strahlkammern ganz eindeutig ergeben.«

»Dann hatte der Täter entweder die Waffe so gut versteckt ...«

»In Spacetown aber nicht. Wir haben sehr gründlich gesucht.«

»Ich versuche alle Möglichkeiten in Betracht zu ziehen«, sagte Baley ungeduldig. »Man hat sie entweder versteckt, oder der Mörder hat sie mitgenommen, als er den Tatort verließ.«

»Genau.«

»Und wenn Sie nur die zweite Möglichkeit einräumen, dann ist die Unschuld des Commissioners erwiesen.«

»Ja. Der ist natürlich vorsichtshalber einer Zerebralanalyse unterzogen worden.«

»Was?«

»Einer Zerebralanalyse – darunter verstehe ich die Interpretation der elektromagnetischen Felder der lebenden Gehirnzellen.«

»Oh«, sagte Baley, ohne zu verstehen. »Und was entnehmen Sie daraus?«

»Das liefert Informationen bezüglich des Temperamentszustandes und der emotionalen Einstellung von Individuen. Im Falle von Comissioner Enderby ergab die Analyse, daß er unfähig war, Dr. Sarton zu töten. Völlig unfähig.«

»Allerdings«, pflichtete Baley ihm bei. »Er ist nicht der Typ dazu. Das hätte ich Ihnen auch sagen können.«

»Es ist besser, objektive Informationen zu haben. Natürlich haben sich alle unsere Leute in Spacetown ebenfalls der Zerebralanalyse unterzogen.«

»Alle ebenfalls eines Mordes unfähig, nehme ich an.«

»Ohne Zweifel. Deshalb wissen wir auch, daß der Mörder ein City-Bewohner sein muß.«

»Nun, dann brauchen wir ja nur die ganze City Ihrer hübschen kleinen Analyse zu unterziehen.«

»Das wäre nicht besonders praktisch, Elijah. Es könnte Millionen geben, die ihrem Temperament nach zu der Tat fähig wären.«

»Millionen«, brummte Baley und dachte an die Scharen an jenem lange zurückliegenden Tag, die den ›dreckigen‹ Spacern ihren Haß entgegengebrüllt hatten, und an die drohende Menschenmenge vor dem Schuhgeschäft am Tag zuvor.

Und dann sagte er sich: Armer Julius! Verdächtiger in einem Mordfall!

Er glaubte die Stimme des Commissioners zu hören, wie er die Zeit nach der Entdeckung der Leiche geschildert hatte: ›Es war brutal, wirklich brutal.‹ Kein Wunder, daß er seine Brille vor lauter Schrecken und Ekel zerbrochen hatte. Kein Wunder, daß er nicht den Wunsch verspürte, nach Spacetown zurückzukehren. ›Ich hasse sie‹, hatte er zwischen den Zähnen hervorgestoßen.

Armer Julius! Der Mann, der mit Spacern umgehen konnte. Der Mann, dessen größter Wert für die City darin lag, daß er die Fähigkeit besaß, mit ihnen zurechtzukommen. Welchen Einfluß hatte das auf seinen schnellen beruflichen Aufstieg gehabt?

Kein Wunder, wenn der Commissioner gewünscht hatte, daß Baley den Fall übernahm. Der gute, alte, loyale Baley, der den Mund halten konnte. Der Kumpel aus der Schulzeit! Er würde schon nichts verlauten lassen, wenn er von dem kleinen Zwischenfall erfuhr. Baley fragte sich, wie die Zerebralanalyse wohl durchgeführt wurde. Er stellte sich riesige Elektroden vor und geschäftige Pantographen, die auf Millimeterpapier Kurven zogen, dachte an summende Apparate, die hin und wieder von selbst zum Leben erwachten.

Der arme Julius! Vielleicht sah er sich schon am Ende seiner Laufbahn, mit einem erzwungenen Rücktrittsgesuch, das der Bürgermeister bereits in Händen hielt.

Der Streifenwagen setzte sich wieder in Bewegung und näherte sich den unteren Etagen seiner Behörde.

Es war 14:30 Uhr, als Baley wieder an seinem Arbeitsplatz eintraf. Der Commissioner war nicht da. R. Sammy grinste, wußte aber nicht, wo der Commissioner war. Baley verbrachte einige Zeit mit Nachdenken. Die Tatsache, daß er Hunger hatte, wurde ihm gar nicht mal bewußt.

Um 15:20 Uhr trat R. Sammy an seinen Schreibtisch und sagte: »Der Commissioner ist jetzt da, Lije.«

Und Baley sagte: »Danke.«

Zum ersten Mal hörte er R. Sammy zu, ohne verstimmt zu sein. Schließlich war R. Sammy so etwas wie ein Verwandter von R. Daneel. Und R. Daneel war ganz offensichtlich keine Person – oder genauer gesagt, kein Ding – über das man sich ärgerte. Baley fragte sich, wie es wohl auf einem neuen Planeten sein würde, wenn Menschen und Roboter dort in einer City-Kultur bei Null anfingen. Er war imstande, völlig leidenschaftslos über eine solche Situation nachzudenken.

Der Commissioner war mit ein paar Schriftstücken beschäftigt, als Baley sein Büro betrat.

»Da haben Sie sich ja ganz schön blamiert, da draußen in Spacetown«, sagte er.

Und in dem Augenblick erfaßte es ihn wie eine Flut. Das Rededuell mit Fastolfe ...

Sein langes Gesicht nahm einen bedrückten Ausdruck an. »Das muß ich zugeben, Commissioner. Es tut mir wirklich leid.«

Enderby blickte auf. Er musterte ihn mit scharfen Augen durch seine Brille und wirkte jetzt wesentlich selbstbewußter als irgendwann während der letzten dreißig Stunden. »Aber das macht nichts«, sagte er. »Fastolfe hat es ja anscheinend nichts ausgemacht, also wollen wir es vergessen. Man weiß wirklich nie, wie die reagieren, diese Spacer. Eigentlich haben Sie Ihr Glück ja gar nicht verdient, Lije. Das nächste Mal besprechen Sie sich vorher mit mir, ehe Sie sich wie ein Subäther-Held benehmen.«

Baley nickte. Das Ganze war von seinen Schultern genommen. Er hatte einen Überraschungscoup versucht, und es hatte nicht geklappt. Okay. Es überraschte ihn ein wenig, daß er das Ganze so leidenschaftslos sehen konnte; aber so war das eben.

»Schauen Sie, Commissioner«, sagte er, »ich möchte, daß mir und Daneel ein Zweier-Apartment zugeteilt wird. Ich nehme ihn heute abend nicht mit nach Hause.«

»Was soll das?«

»Es hat sich herumgesprochen, daß er ein Roboter ist. Erinnern Sie sich? Vielleicht passiert nichts. Aber wenn es zu einem Krawall kommt, möchte ich meine Familie da raushalten.«

»Unsinn, Lije! Ich habe das überprüfen lassen. In der Stadt gibt es kein solches Gerücht.«

»Jessie hat es aber doch irgendwo gehört, Commissioner.«

»Nun, jedenfalls kein organisiertes Gerücht. Nichts Gefährliches. Ich habe mich darum gekümmert, seit ich mich aus dem Trimensic in Fastolfes Kuppel ausgeschaltet habe. Deshalb bin ich weggegangen. Ich mußte das natürlich überprüfen, und zwar schnell. Hier sind die Berichte. Sehen Sie sie sich selbst an. Da ist der Bericht von Doris Gillid. Sie hat ein Dutzend Frauen-Personals in verschiedenen Teilen der City aufgesucht. Sie kennen Doris ja. Die versteht ihr Geschäft. Nun, nichts ist herausgekommen. Nirgends.«

»Wie ist Jessie dann das Gerücht zu Ohren gekommen, Commissioner?«

»Das läßt sich doch leicht erklären. R. Daneel hat in dem Schuhgeschäft eine Schau abgezogen. Hat er wirklich den Blaster gezogen, oder haben Sie da ein wenig übertrieben, Lije?«

»Er hat ihn wirklich gezogen. Er hat sogar auf Menschen damit gezielt.«

Commissioner Enderby schüttelte den Kopf. »Na schön. Man hat ihn erkannt, als Roboter, meine ich.«

»Augenblick mal!« sagte Baley ärgerlich. »Als Roboter kann man ihn nicht erkennen.«

»Warum nicht?«

»Könnten Sie das? Ich nicht.«

»Was beweist das schon? Schließlich sind wir keine Fachleute. Wer weiß, vielleicht war ein Techniker aus einer der Roboterfabriken in Westchester unter der Menge. Ein Fachmann. Einer, der sein ganzes Leben damit verbracht hat, Roboter zu bauen oder zu konstruieren. Vielleicht ist dem etwas Eigenartiges an R. Daneel aufgefallen. Vielleicht an der Art, wie er redet oder an seiner Haltung. Er fängt an, darüber nachzudenken. Vielleicht sagt er seiner Frau etwas. Und die erzählt es ein paar Freundinnen. Und dann verstummt das ganze Gerücht wieder. Es ist einfach zu unwahrscheinlich. Die Leute glauben es nicht. Nur Jessie hat es gehört, ehe alles wieder vorbei war.«

»Mag sein«, sagte Baley, keineswegs überzeugt. »Aber trotzdem: Wie steht's mit dem Zweier-Apartment?«

Der Commissioner zuckte die Achseln und drückte den Knopf seiner Sprechanlage. Er mußte gleichzeitig das Akustikfilter eingeschaltet haben, denn Baley konnte nicht hören, was er sagte. Als er das Gespräch beendet hatte, wandte er sich Baley zu und meinte: »Sektion Q-27, sonst geht nichts. Keine besonders gute Nachbarschaft.«

»Das reicht schon«, sagte Baley.

»Wo ist R. Daneel übrigens jetzt?«

»Im Archiv. Er versucht Informationen über traditionalistische Agitatoren zu finden.«

»Du lieber Gott, davon gibt es Millionen.«

»Ich weiß. Aber ihn macht es glücklich.«

Baley war schon fast bei der Tür, als er sich beinahe impulsiv umdrehte und sagte: »Commissioner, hat Dr. Sarton mit Ihnen je über das Programm von Spacetown gesprochen? Ich meine über die Einführung der C/Fe-Kultur?«

»Der was?«

»Der Einführung von Robotern.«

»Gelegentlich.« Dem Tonfall des Commissioners nach schien ihn das nicht sehr zu interessieren.

»Hat er Ihnen je erklärt, worauf Spacetown hinauswill?«

»Oh, den Gesundheitszustand verbessern, den Lebensstandard heben. Das übliche Gerede; mich hat es nicht beeindruckt. Oh, ich habe ihm beigepflichtet. Ich habe immer wieder mit dem Kopf genickt und so. Was konnte ich denn schon machen? Schließlich läuft es ja bloß darauf hinaus, sie bei guter Stimmung zu halten und zu hoffen, daß sie sich nichts allzu Verrücktes einfallen lassen. Vielleicht kann man eines Tages einmal ...«

Baley wartete, aber der Commissioner sagte nichts, was man vielleicht eines Tages mal konnte. Und so fragte er: »Hat er je etwas von Auswanderung gesagt?«

»Auswanderung? Nie. Einen Erdenmenschen auf eine Äußere Welt zu lassen, ist genauso, als fände man einen Diamant-Asteroiden in den Saturn-Ringen.«

»Ich meine, Auswanderung zu neuen Welten.«

Aber der Commissioner antwortete darauf nur mit einem ungläubigen Blick.

Baley kaute eine Weile darauf herum und sagte dann plötzlich: »Was ist eine Zerebral-Analyse, Commissioner? Haben Sie je davon gehört?«

Das runde Gesicht des Commissioners blieb ausdruckslos; er zuckte mit keiner Wimper, blinzelte nicht einmal. »Nein, was soll das sein?« fragte er.

»Nichts. Ich hab' das nur so aufgeschnappt.«

Er verließ das Büro und dachte weiter darüber nach, als er an seinem Schreibtisch saß. Der Commissioner war ganz sicher kein *so* guter Schauspieler. Nun, dann ...

Um 16:05 rief Baley Jessie an und sagte ihr, daß er an dem Abend nicht nach Hause kommen würde und wahrscheinlich die nächsten paar Abende auch nicht. Nachher kostete es ihn einige Mühe, sie wieder loszuwerden.

»Lije, gibt es Ärger? Bist du in Gefahr?«

Ein Polizist sei immer in gewisser Gefahr, erklärte er ihr leichthin. Aber das befriedigte sie nicht. »Wo wirst du dich denn aufhalten?«

Er sagte es ihr nicht. »Wenn du dich heute abend einsam fühlst, dann bleib doch bei deiner Mutter«, riet er. Und dann unterbrach er abrupt die Verbindung, und das war wahrscheinlich ganz gut so.

Um 16:20 führte er ein Gespräch mit Washington. Es dauerte eine Weile, bis er den Mann erreichte, den er sprechen wollte, und fast ebensolang, um ihn davon zu überzeugen, daß er am nächsten Tag eine Flugreise nach New York unternehmen sollte. Um 16:40 hatte er es geschafft.

Um 16:55 ging der Commissioner. Als er an Baleys Schreibtisch vorbeikam, lächelte er unsicher. Die Tagschicht zog ab. Die Leute, die Nachtdienst hatten, erschienen, nahmen ihre Plätze ein und begrüßten ihn erstaunt.

R. Daneel kam mit einem Stoß Papieren zu seinem Schreibtisch.

»Was ist das?« erkundigte sich Baley.

»Eine Liste von Männern und Frauen, die einer Traditionalisten-Organisation angehören könnten.«

»Wie viele sind das?«

»Über eine Million«, sagte R. Daneel. »Das ist nur ein Teil von ihnen.«

»Haben Sie vor, sie alle zu überprüfen, Daneel?«

»Das wäre sicherlich nicht praktisch, Elijah.«

»Sehen Sie, Daneel, fast alle Erdenmenschen sind auf die eine oder andere Art Traditionalisten. Der Commissioner, Jessie, ich. Der Commissioner, zum Beispiel. Sehen Sie sich doch seine ...« (Fast hätte er ›Brille‹ gesagt, aber dann erinnerte er sich, daß Erdenmenschen schließlich zusammenhalten mußten und daß man das Gesicht des Commissioners sowohl im bildlichen als auch im wörtlichen Sinne schützen mußte.) Und so schloß er etwas lahm: »Augenornamente an.«

»Ja«, sagte R. Daneel. »Die waren mir auch schon aufgefallen. Aber ich hielt es für etwas unhöflich, auf sie einzugehen. Ich habe solche Ornamente bei anderen City-Bewohnern noch nie gesehen.«

»Das ist auch etwas sehr Altmodisches.«

»Erfüllt so etwas irgendeinen Zweck?«

Baley gab darauf keine Antwort, sondern sagte abrupt: »Wie haben Sie denn Ihre Liste bekommen?«

»Eine Maschine hat das für mich erledigt. Man stellt sie auf irgendein Muster von bestimmten Merkmalen ein, und sie erledigt das übrige. Ich habe die Maschine alle Fälle von ungebührlichem Verhalten im Zusammenhang mit Robotern in den letzten fünfundzwanzig Jahren überprüfen lassen. Eine andere Maschine hat alle Zeitungen der City im gleichen Zeitraum nach den Namen von Leuten abgesucht, die sich ungebührlich bezüglich Robotern oder Menschen der Äußeren Welten geäußert haben. Es ist erstaunlich, was man in drei Stunden tun kann. Die Maschine hat auch gleich die Namen all derer, die nicht mehr am Leben sind, aus den Listen getilgt.«

»Das überrascht Sie? Sie haben doch sicher auch Computer auf den Äußeren Welten?«

»Sicherlich. Vielerlei sogar. Sehr fortschrittliche. Trotzdem ist keiner so komplex und von der Kapazität wie die, die Sie hier haben. Sie müssen dabei natürlich bedenken, daß selbst die größte Äußere Welt nur knapp die Bevölkerung einer Ihrer Cities hat, und daher bedarf es keiner besonderen Komplexität.«

»Sind Sie je auf Aurora gewesen?« fragte Baley.

»Nein«, sagte R. Daneel. »Man hat mich hier auf der Erde montiert.«

»Wie kommt es dann, daß Sie über Computer auf den Äußeren Welten Bescheid wissen?«

»Aber das ist doch naheliegend, Partner Elijah. Mein Datenbestand ist von dem verstorbenen Dr. Sarton übernommen. Sie können natürlich davon ausgehen, daß seine Datenbank reichlich Fakten bezüglich der Äußeren Welten enthielt.«

»Verstehe. Können Sie essen, Daneel?«

»Ich werde von Kernkraft getrieben. Ich hatte angenommen, das wäre Ihnen bekannt.«

»Ja, das stimmt. Ich habe nicht gefragt, ob Sie essen müssen: ich habe gefragt, ob Sie essen *können*. Ob Sie Nahrung in den Mund nehmen, sie kauen und sie schlucken können. Ich würde meinen, das wäre wichtig, wenn man wie ein Mensch erscheinen will.«

»Ich verstehe. Ja, ich kann den mechanischen Vorgang des Kauens und des Schluckens vollziehen. Meine Kapazität ist natürlich sehr eingeschränkt, und ich würde das zu mir genommene Material früher oder später aus dem entfernen, was Sie vielleicht meinen Magen nennen würden.«

»Sehr gut. Sie können ja heute abend in unserem Zimmer alles wieder herauswürgen, oder was Sie auch sonst tun. Worauf es mir jetzt ankommt, ist, daß ich Hunger habe. Ich habe das Mittagessen verpaßt, verdammt. Und ich will Sie bei mir haben, wenn ich esse. Und Sie können nicht einfach dasitzen und *nicht* essen, ohne Aufmerksamkeit auf sich zu lenken. Wenn Sie daher essen können, dann ist das gut. Gehen wir!«

Die Sektionsküchen in der ganzen City unterschieden sich durch nichts. Und auch auf Dienstreisen nach Washington, Toronto, Los Angeles, London, und Budapest hatte Baley nicht den geringsten Unterschied feststellen können. Im Mittelalter war das vielleicht anders gewesen; damals, als die Sprachen und die Eßgewohnheiten sich noch unterschieden hatten. Heutzutage waren die Hefeprodukte von Shanghai bis Taschkent und von Winnipeg bis Buenos Aires dieselben. Englisch war vielleicht nicht das Englisch eines Shakespeare oder eines Churchill, aber dafür war es das endgültige Potpourri, das auf allen Kontinenten und mit leichten Abwandlungen auch auf den Äußeren Welten gesprochen wurde.

Aber sah man einmal von der Sprache und den Eßgewohnheiten ab, dann gingen die Ähnlichkeiten noch viel tiefer. Da war dieser ganz besondere, undefinierbare Geruch, den man nicht beschreiben konnte und der doch so charakteristisch für ›Küche‹ war. Und da war auch die sich langsam nach vorne bewegende Dreierreihe, die sich an der Tür vereinte und sich gleich dahinter wieder aufspaltete: rechts, links und Mitte. Und da war das ständige Dröhnen menschlicher Laute, Sprechen und Bewegungen und das Klappern von Plastik auf Plastik. Und das Schimmern von Holzimitat, auf Hochglanz poliert, die Lichtreflexe auf Glas, lange Tische und etwas Dampf, der in der Luft lag.

Baley schob sich langsam mit der Reihe weiter (Und wenn man die Mahlzeiten auch noch so auseinanderzog, war es fast unvermeidbar, daß man wenigstens zehn Minuten warten mußte) und sagte, von plötzlicher Wißbegierde erfaßt, zu R. Daneel: »Können Sie lächeln?«

R. Daneel, der in kühler Konzentration das Kücheninnere betrachtet hatte, sagte: »Wie bitte, Elijah?«

»Ich frage mich gerade, ob Sie lächeln können, Daneel.« Er sagte das im Flüsterton und beiläufig.

R. Daneel lächelte. Es kam ganz plötzlich und überraschend. Seine Lippen kräuselten sich, und die Haut an den beiden Mundwinkeln faltete sich. Es lächelte nur der Mund; der Rest des Robotergesichtes blieb unberührt.

Baley schüttelte den Kopf. »Sparen Sie sich die Mühe, R. Daneel. Es bekommt Ihnen nicht.«

Sie erreichten den Eingang. Eine Person nach der anderen schob die Lebensmittelmarke aus Metall durch den entsprechenden Schlitz, wo sie abgetastet wurde. Klick – klick – klick.

Jemand hatte einmal ausgerechnet, daß eine gutgeführte Küche pro Minute zweihundert Personen bedienen konnte, wenn die Marke jedes Benutzers abgetastet wurde, um Küchenwechsel, Mahlzeitenwechsel und das Dehnen der Rationen zu vermeiden. Sie hatten auch ausgerechnet, wie lang die Warteschlange sein mußte, um maximale Effizienz zu bewirken, und wieviel Zeit verlorenging, wenn irgend jemand eine Sonderbehandlung benötigte.

Daher war es immer unangenehm, wenn man dieses gleichmäßige Klick-klick-klick unterbrach und an das Sonderfenster trat, so wie Baley und R. Daneel es taten, um der Beamtin die Sondergenehmigung zu zeigen.

Jessie, die es als Diätassistentin schließlich wissen mußte, hatte das Baley einmal erklärt.

»Es bringt alles völlig durcheinander«, hatte sie gesagt. »Das bringt die Verbrauchszahlen und die Lagerkalkulationen durcheinander. Es bedeutet spezielle Prüfungen. Man muß die Abrechnungen mit all den verschiedenen Sektionsküchen abstimmen, um sicherzugehen, daß das Gleichgewicht nicht zu sehr gestört wird, wenn du weißt, was ich damit meine. Jede einzelne Küche muß pro Woche einmal abrechnen. Und wenn dann irgend etwas nicht stimmt und man überzogen hat, dann bist du dran. Es ist nie die Schuld der City-Regierung, weil sie jedem und seiner kleinen Schwester Sondertickets gibt. O nein. Und wenn wir sagen müssen, daß für eine bestimmte Mahlzeit die freie Wahl aufgehoben ist, dann kannst du dir ja vorstellen, was für ein Theater die Leute draußen in der Schlange machen. Die armen Teufel hinter der Theke sind immer an allem schuld ...«

Baley hatte sich die Geschichte in allen Einzelheiten angehört und hatte daher volles Verständnis für den trockenen, giftigen Blick, mit dem ihn die Frau hinter dem Fenster bedachte. Sie machte sich ein paar hastige Notizen. Heimatsektion, Beruf, Grund für die Auswärtsmahlzeit (›dienstlich‹ – ein ungemein irritierender Grund, aber unwiderlegbar). Dann faltete sie das Blatt mit sehr energischen Bewegungen zusammen und schob es in einen Schlitz. Ein Computer schnappte es sich und verdaute seinen Inhalt.

Sie wandte sich R. Daneel zu.

Jetzt kam es noch schlimmer. »Mein Freund ist von auswärts, Außer-City«, erklärte Baley.

Jetzt schien die Empörung der Frau vollkommen. »Heimat-City, bitte«, stieß sie hervor.

Wieder fing Baley für Daneel den Ball auf. »Alles ist der Polizeiverwaltung zu belasten. Keine Einzelheiten. Dienstlich.«

Die Frau holte sich mit einer ruckartigen Bewegung einen Block und machte mit geübten Bewegungen die notwendigen Eintragungen in Schwarzlicht-Code.

»Wie lange werden Sie hier essen?« fragte sie.

»Bis auf weiteres«, sagte Baley.

»Bitte, hier Ihren Fingerabdruck«, sagte sie und drehte das Formular um.

Baley war einen Augenblick lang beunruhigt, als R. Daneel seine gleichmäßigen Finger mit ihren glänzenden Nägeln auf das Papier drückte. Die Spacer hatten doch hoffentlich nicht vergessen, ihn mit Fingerabdrücken auszustatten.

Die Frau nahm das Formular und schob es in die unersättliche Maschine, die neben ihrem Ellbogen stand. Sie spuckte nichts wieder aus, und Baleys Atem ging wieder leichter.

Jetzt gab sie ihnen kleine hellrote Metallstreifen, die provisorisch bedeuteten.

»Keine freie Wahl«, sagte sie. »Wir sind diese Woche knapp. Nehmen Sie Tisch DF.«

Sie gingen zu DF hinüber.

R. Daneel sagte: »Ich habe den Eindruck, daß die meisten Leute hier regelmäßig in solchen Küchen essen.«

»Ja. Es ist natürlich ziemlich unangenehm, in einer fremden Küche essen zu müssen. Man kennt dort keinen. Wenn man in seiner eigenen Küche ißt, ist das völlig anders. Man hat dort seinen Stammplatz. Man ist mit seiner Familie, seinen Freunden zusammen. Besonders wenn man jung ist, sind die Mahlzeiten der Höhepunkt des Tages.« Baley lächelte bei der Erinnerung an seine eigene Jugend.

Tisch DF gehörte offenbar zu denjenigen, die für Besucher reserviert waren. Die bereits am Tisch Sitzenden blickten mißmutig auf ihre Teller und redeten nicht. Hin und wieder warfen sie verstohlen neidische Blicke auf die munteren Grüppchen an anderen Tischen.

Niemand fühlt sich so unbehaglich, dachte Baley, wie jemand, der außerhalb seiner Sektion essen muß. Und selbst wenn alles das noch so einfach ist: Nichts ist so wie die eigene Küche, hieß es in einem alten Sprichwort. Selbst das Essen schmeckt besser, und wenn noch so viele Chemiker ein Dutzend heilige Eide darauf leisteten, daß es um kein Jota anders schmeckte als das Essen in Johannesburg.

Er nahm auf einem Hocker Platz, und R. Daneel setzte sich neben ihn.

»Keine freie Wahl«, sagte Baley mit einer wegwerfenden Handbewegung. »Legen Sie also einfach den Schalter dort um und warten Sie.«

Es dauerte zwei Minuten. In der Tischplatte schob sich eine Scheibe zur Seite, und eine Schüssel kam zum Vorschein.

»Kartoffelpüree, Synthokalbsoße und gekochte Aprikosen. Na schön«, sagte Baley.

In einer Vertiefung vor dem niedrigen Geländer, das den Tisch in zwei Längshälften teilte, erschienen eine Gabel und zwei Scheiben Vollhefebrot.

R. Daneel sagte mit leiser Stimme: »Wenn Sie wollen, können Sie sich meine Portion nehmen.«

Einen Augenblick lang war Baley erschüttert. Dann erinnerte er sich, mit wem er zusammen war, und murmelte: »Das wären schlechte Manieren. Essen Sie nur.«

Baley aß emsig, aber ohne die Entspannung, die einem erst den völligen Genuß am Essen bringt. Gelegentlich warf er R. Daneel einen Blick zu. Der Roboter aß mit exakten Bewegungen seiner Kinnladen. Zu exakt. Es sah gar nicht natürlich aus.

Seltsam! Jetzt, wo Baley sicher wußte, daß R. Daneel wahrhaftig ein Roboter war, fielen ihm alle möglichen Kleinigkeiten auf. Zum Beispiel bewegte sich sein Adamsapfel nicht, wenn R. Daneel schluckte.

Aber es machte ihm nichts aus. Begann er sich an das Geschöpf zu gewöhnen? Angenommen, die Leute fingen auf einer neuen Welt von vorne an (seltsam, wie ihm das immer wieder durch den Kopf ging, seit Dr. Fastolfe es erwähnt hatte): angenommen, Bentley würde beispielsweise die Erde verlassen; würde es dann wohl dazu kommen, daß es ihm eines Tages nichts mehr ausmachte, mit Robotern zusammenzuleben und zusammenzuarbeiten? Warum nicht? Die Spacer selbst taten es ja auch.

R. Daneel sagte: »Elijah, ist es unhöflich, jemand anderen beim Essen zu beobachten?«

»Wenn Sie damit meinen, ihn direkt anzustarren, dann selbstverständlich. Das sagt einem doch der gesunde Menschenverstand, oder? Ein Mensch hat schließlich das Recht darauf, in Ruhe gelassen zu werden. Ein gewöhnliches Gespräch ist durchaus in Ordnung. Aber man starrt einen anderen Menschen nicht an, während er schluckt.«

»Ich verstehe. Wie kommt es dann, daß mir acht Leute auffallen, die uns sehr scharf beobachten, sehr scharf?«

Baley legte die Gabel weg. Er blickte in die Runde, als suchte er das Salz. »Ich sehe aber nichts Ungewöhnliches.«

Aber er sagte das ohne Überzeugung. Die vielen Speisenden rings um ihn machten ihm einen chaotischen Eindruck. Und als R. Daneel seine unpersönlichen braunen Augen auf ihn richtete, argwöhnte Baley in unbehaglicher Weise, daß das, was er sah, keine Augen waren, sondern Kameraobjektive, die mit fotografischer Genauigkeit und in Bruchteilen von Sekunden das ganze Panorama aufnehmen konnten.

»Ich bin ganz sicher«, sagte R. Daneel ruhig.

»Na schön. Und was ist dann? Es ist sehr unhöflich, aber was beweist das?«

»Das kann ich nicht sagen, Elijah. Aber ist es ein Zufall, daß sechs der Leute, die uns so beobachten, gestern abend in der Menge waren, die sich vor dem Schuhgeschäft versammelt hatte?«

11
FLUCHT ÜBER DIE STREIFEN

Baley packte unwillkürlich seine Gabel fester. »Sind Sie ganz sicher?« fragte er automatisch und war sich, noch während er es aussprach, der Unsinnigkeit seiner Frage bewußt. Man frägt einen Computer nicht, ob er sich mit der Antwort sicher ist, die er ausspeit. Nicht einmal einen Computer mit Armen und Beinen.

»Absolut«, sagte R. Daneel.

»Sind sie in unserer Nähe?«

»Nicht in unmittelbarer Nähe. Sie sitzen verstreut.«

»Also gut.« Baley wandte sich wieder seiner Mahlzeit zu, und seine Gabel bewegte sich mechanisch. Hinter seiner mürrischen Miene arbeitete sein Verstand fieberhaft.

Angenommen, der Zwischenfall gestern abend war von roboterfeindlichen Fanatikern organisiert worden; angenommen also, es hatte sich gar nicht um eine spontane Aktion gehandelt, wie es gestern den Anschein gehabt hatte. Zu einer solchen Gruppe von Agitatoren konnten leicht auch Männer gehören, die sich näher mit dem Studium von Robotern befaßt hatten – mit der Intensität, wie sie aus tiefem Abscheu erwächst. Einer von ihnen könnte R. Daneel als das, was er wirklich war, erkannt haben. (Der Commissioner hatte das in gewisser Weise angedeutet. Verdammt, man durfte den Mann wirklich nicht unterschätzen.)

Das Ganze ließ sich durchaus logisch nachvollziehen. Wenn man einmal davon ausging, daß sie gestern abend nicht so hatten handeln können, wie sie gerne gewollt hätten, so wären sie dennoch imstande gewesen, Pläne für die Zukunft zu machen. Wenn sie einen Roboter wie R. Daneel als solchen erkennen konnten, dann konnten sie sicherlich auch erkennen, daß Baley Polizeibeamter war. Ein Polizeibeamter in der ungewöhnlichen Begleitung eines humanoiden Roboters würde höchstwahrscheinlich in der Organisation einen hohen Rang einnehmen. (Jetzt, wo er sich auf den Standpunkt der Gegenseite einstellte und sein eigenes Wissen nutzen konnte, bereitete es Baley gar keine Schwierigkeiten, einer solchen Argumentation zu folgen.)

Daraus folgerte dann, daß Beobachter in der Stadtverwaltung (oder vielleicht sogar Agenten innerhalb der Stadtverwaltung) Baley, R. Daneel oder sogar beide entdecken würden, ehe zuviel Zeit verstrich. Daß ihnen das innerhalb von vierundzwanzig Stunden gelungen war, war keineswegs überraschend. Es hätte sogar noch schneller gehen können, wenn Baley nicht den größten Teil seiner Zeit in Spacetown und unterwegs verbracht hätte.

R. Daneel hatte seine Mahlzeit beendet. Er saß ruhig da und wartete: Seine perfekten Hände ruhten leicht auf der Tischplatte.

»Sollten wir nicht etwas unternehmen?« fragte er.

»Hier in der Küche sind wir sicher«, sagte Baley. »Jetzt überlassen Sie das mir, bitte.«

Baley blickte vorsichtig in die Runde, und plötzlich war ihm, als sähe er zum ersten Mal eine Küche.

Menschen! Tausende von Menschen. Welche Kapazität hatte eine durchschnittliche Küche eigentlich? Er hatte die Zahl einmal gesehen: Zweitausendzweihundert, dachte er. Diese hier war etwas größer als der Durchschnitt.

Angenommen, jemand stieße jetzt plötzlich den Ruf Roboter! aus. Angenommen, man würfe ihn den Tausenden hin wie einen ...

Ihm fiel kein passender Vergleich ein, aber das hatte nichts zu besagen. Es würde nicht dazu kommen.

Es konnte überall zu spontanen Krawallen kommen; in der Küche ebenso wie in den Korridoren oder in den Aufzügen. Leichter vielleicht. Bei den Mahlzeiten herrschte weniger Zurückhaltung, eine Art von Gelockertheit, die sich beim geringsten Anlaß zu etwas viel Schlimmerem entwickeln konnte.

Aber ein geplanter Krawall würde etwas anderes sein. Hier in der Küche würden die Anstifter selbst in einem großen, vom Mob erfüllten Raum gefangen sein. Sobald einmal Teller flogen und Tische zerbrachen, würde ihnen der Fluchtweg versperrt sein. Sicherlich würden Hunderte sterben, und sie selbst könnten leicht dazugehören.

Nein. Ein sicherer Krawall würde irgendwo draußen geplant werden, in irgendeiner relativ engen Passage. Panik und Hysterie würden sich langsam ausbreiten, und das würde den Anstiftern die schnelle, vorbereitete Flucht ermöglichen, durch irgendeinen Seitengang oder vielleicht auch durch ein paar unauffällige Schritte zum nächsten Localway, der sie nach oben, auf eine höhere Etage bringen würde, wo sie dann verschwinden konnten.

Baley hatte das Gefühl, sich in einer Falle zu befinden. Draußen warteten wahrscheinlich weitere. Man würde Baley und R. Daneel zu einem geeigneten Punkt folgen, und die Falle würde zuschnappen.

»Warum verhaften wir sie nicht?« fragte R. Daneel.

»Damit würde der Ärger nur noch früher anfangen. Sie kennen ihre Gesichter doch, oder? Sie werden sie nicht vergessen?«

»Ich bin außerstande, etwas zu vergessen.«

»Dann schnappen wir sie uns ein andermal. Jetzt werden wir ihr Netz zerreißen. Folgen Sie mir! Tun Sie genau das, was ich tue!«

Er stand auf, drehte seinen Teller um und stellte ihn sorgfältig auf die bewegliche Scheibe, unter der er aus dem Tisch herausgekommen war. Die Gabel legte er in die Vertiefung zurück. R. Daneel beobachtete ihn und tat es ihm gleich. Teller und Bestecke verschwanden.

»Jetzt stehen die auch auf«, sagte R. Daneel.

»Gut. Ich habe das Gefühl, daß sie uns nicht zu nahe kommen werden. Nicht hier.«

Die beiden reihten sich jetzt in die Schlange ein, bewegten sich auf einen Ausgang zu, wo das Klick-klick-klick der Marken rituell tönte, wobei jedes Klicken den Verbrauch einer Rationseinheit aufzeichnete.

Baley blickte durch den Dunst und den Lärm zurück und erinnerte sich plötzlich, ohne sagen zu können, weshalb, an einen Besuch im City-Zoo, den er vor sechs oder sieben Jahren mit Ben gemacht hatte. Nein, acht; Ben hatte damals gerade seinen achten Geburtstag gehabt. (Jehoshaphat! Wo war die Zeit hin?)

Es war Bens erster Besuch, und er war sehr aufgeregt gewesen. Schließlich hatte er vorher niemals eine Katze oder einen Hund zu sehen bekommen, geschweige denn einen Vogel! Selbst Baley, der die Volieren schon ein Dutzend mal gesehen hatte, war gegenüber der Faszination, die von ihnen ausging, nicht immun.

Das erste Mal Lebewesen zu sehen, die sich durch die Luft bewegen können, hat etwas unvergleichbar Verblüffendes an sich. Im Sperlingskäfig war Fütterungszeit, und ein Wärter war damit beschäftigt, Haferkörner in einen langen Trog zu werfen. (Menschliche Wesen hatten sich an Ersatzprodukte aus Hefe gewöhnt; aber Tiere, die in ihrer Art konservativer waren, bestanden auf echten Körnern.)

Die Sperlinge stürzten sich, wie es schien, zu Hunderten herab. Flügel an Flügel, mit ohrenbetäubendem Lärm säumten sie den Trog.

Das war es – das war das Bild, das sich Baley aufdrängte, als er in die Küche zurückblickte, die er gerade zu verlassen im Begriff war. Sperlinge am Trog. Der Gedanke stieß ihn ab.

Und dann dachte er: Jehoshaphat, man muß das doch auch besser machen können.

Aber wie? Was war denn eigentlich falsch an der Art und Weise, wie es hier geschah? Früher hatte es ihn nie gestört.

Abrupt sagte er zu R. Daneel: »Fertig, Daneel?«

»Ich bin fertig, Elijah.«

Sie verließen die Küche, und es lag jetzt klar und eindeutig bei Baley, ihre Flucht zu bewerkstelligen.

Es gibt ein Spiel, das die jungen Leute Streifenlaufen nennen. Seine Regeln sind von City zu City anders, aber in den wesentlichen Punkten ist das Spiel überall dasselbe. Ein Junge aus San Francisco hat nicht die geringsten Schwierigkeiten, in Kairo mitzuspielen.

Das Ziel besteht darin, über das Schnellverkehrssystem der City von Punkt A so nach Punkt B zu gelangen, daß der ›Führer‹ dabei soviel wie möglich von seinen Verfolgern ›abhängt‹. Ein Führer, der ganz allein am Bestimmungsort ankommt, erntet ebensoviel Lob wie ein Verfolger, der sich nicht abschütteln läßt.

Gewöhnlich spielt man das Spiel während der abendlichen Hauptverkehrszeit, wo es die besondere Verkehrsdichte gleichzeitig gefährlicher und auch komplizierter macht. Der Führer beginnt das Spiel, indem er die Schneller-Streifen auf und ab läuft. Er gibt sich die größte Mühe, das Unerwartete zu tun, so lange wie möglich auf einem bestimmten Streifen stehenzubleiben und dann plötzlich in der einen oder anderen Richtung abzuspringen. Er läuft dann über einige Streifen und wartet dann wieder.

Man kann den Verfolger nur bedauern, der so unvorsichtig ist, einen Streifen zu weit zu fahren. Ehe er seinen Fehler bemerkt hat, hat er, wenn er nicht ungewöhnlich geschickt ist, bereits den Führer überholt oder ist weit zurückgefallen. Ein geschickter Führer wird die Auswirkungen des Fehlers dadurch noch verstärken, daß er sich schnell in der eingeschlagenen Richtung weiterbewegt.

Ein Spielzug, der dazu bestimmt ist, die Aufgabe um das Zehnfache komplizierter zu machen, schließt die Benutzung der Localways oder der Expreßways ein, bei denen auf beiden Seiten abgesprungen werden kann. Es gilt als unfair, sie überhaupt nicht zu benutzen, ebenso aber auch, sich zu lange auf ihnen aufzuhalten.

Erwachsenen fällt es schwer, den Reiz des Spiels zu begreifen, ganz besonders einem Erwachsenen, der als Teenager nicht selbst Streifenläufer gewesen ist. Von den regulären Reisenden werden die Spieler, denen sie dauernd in den Weg laufen, ziemlich unsanft behandelt. Die Polizei verfolgt sie erbittert, und von ihren Eltern haben sie Bestrafung zu erwarten. Man beklagt sich auf den Schulen und am Subäther über sie. Kein Jahr verstreicht, in dem nicht vier oder fünf Teenager bei dem Spiel ums Leben kommen, Dutzende verletzt werden und unschuldige Passanten zu Schaden kommen.

Und doch ist keine Macht der Welt fähig, die Streifenläufer-Banden von ihrem Sport abzuhalten. Je größer die Gefahr, desto größer auch der Wertvollste aller Preise, nämlich Ehre in den Augen ihrer Mitspieler.

Elijah Baley erinnerte sich beispielsweise voll Befriedigung selbst heute noch daran, daß er einmal Streifenmeister gewesen war. Er hatte eine Gruppe von zwanzig Verfolgern vom Concourse-Sektor bis an die Grenzen von Queens geführt und dabei drei Expreßways überquert. Zwei Stunden lang hatte er ohne Rast und Ruhe einige der geschicktesten Verfolger der Bronx abgeschüttelt und war allein am Bestimmungsort eingetroffen. Monatelang hatte man von seiner Tat geredet.

Jetzt war Baley freilich ein Mann um die Vierzig. Er war seit über zwanzig Jahren nicht mehr streifengelaufen, erinnerte sich aber noch an einige der Tricks. Und was ihm nun an Beweglichkeit fehlte, konnte er in anderer Hinsicht wettmachen. Er war Polizeibeamter. Niemand außer einem anderen Polizeibeamten, der ebenso erfahren wie er selbst war, konnte die Stadt so gut kennen wie er, kannte Anfang und Ende praktisch jeder Gasse wie seine Hosentaschen.

Er entfernte sich mit schnellen Schritten von der Küche, aber nicht zu schnell. Jeden Augenblick rechnete er damit, daß hinter ihm der Ruf »Roboter, Roboter!« ausgestoßen würde. Der Anfang war der riskanteste Teil seines Vorhabens. Er zählte die Schritte, bis er den ersten Schneller-Streifen unter sich spürte.

Er hielt einen Augenblick lang inne, während R. Daneel mühelos aufholte.

»Sind die immer noch hinter uns, Daneel?« fragte Baley im Flüsterton.

»Ja. Sie rücken näher.«

»Das wird sich schnell ändern«, sagte Baley zuversichtlich. Er blickte auf die Streifen, die sich zu beiden Seiten von ihm erstreckten und die mit ihrer menschlichen Last links von ihm schneller und immer schneller dahinzischten, je weiter sie von ihm entfernt waren. Fast jeden Tag seines Lebens hatte er die Streifen mehrere Male täglich unter seinen Füßen gespürt, und doch waren es mindestens siebentausend Tage, daß er sich nicht mehr in den Knien federnd darauf vorbereitet hatte, über sie zu laufen. Er spürte den alten, vertrauten Nervenkitzel, und sein Atem ging schneller.

Das eine Mal, als er Ben bei dem Spiel erwischt hatte, vergaß er völlig. Er hatte ihm einen endlosen Vortrag gehalten und ihm damit gedroht, ihn polizeilich überwachen zu lassen.

Locker, elegant, doppelt so schnell, wie es als ›sicher‹ galt, eilte er die Streifen hinauf. Er beugte sich scharf gegen die Beschleunigung nach vorne. Der Localway summte an ihm vorbei. Einen Augenblick lang sah es so aus, als würde er ihn betreten; aber dann sank er plötzlich zurück, bahnte sich geschickt seinen Weg durch die Menge, die links und rechts von ihm auf den Langsamer-Streifen immer dichter wurde.

Er blieb stehen und ließ sich mit gemächlichen fünfzehn Meilen die Stunde dahintragen.

»Wie viele sind noch bei uns, Daneel?«

»Nur einer, Elijah.« Der Roboter stand neben ihm, ohne zu atmen, jedes Härchen auf seinem Kopf an Ort und Stelle.

»Der muß zu seiner Zeit gut gewesen sein. Aber den hängen wir auch noch ab.«

Voll Selbstvertrauen verspürte er eine Empfindung, an die er sich aus seinen jüngeren Tagen erinnerte. Zum Teil gehörte das Gefühl dazu, in einen mystischen Ritus einzutauchen, von dem andere ausgeschlossen waren; zum Teil auch das rein physische Empfinden des Fahrtwindes im Gesicht. Und dann kam ein unbestimmtes Ahnen der Gefahr hinzu.

»Man nennt das den Seitschritt«, sagte er leise zu R. Daneel.

Seine langen Schritte fraßen die Entfernung auf; aber er blieb auf einem Streifen und wich den Passagieren mit einem Mindestmaß an Anstrengung aus. Dieses Tempo behielt er bei, wobei er sich immer näher an den Rand des Streifens heranarbeitete, bis die beständige Bewegung seines Kopfes durch die Menge in ihrer gleichmäßigen Geschwindigkeit geradezu hypnotisch gewirkt haben mußte – wie es auch durchaus seine Absicht war.

Und dann schob er sich, ohne innezuhalten, zwei Zoll zur Seite und befand sich auf dem benachbarten Streifen. Er spürte ein leichtes Zerren in den Schenkelmuskeln, blieb aber im Gleichgewicht.

Er drängte sich durch eine Anzahl von Passagieren und befand sich auf dem Fünfundvierzig-Meilen-Streifen.

»Wie steht's, Daneel?« fragte er.

»Er ist immer noch hinter uns«, antwortete dieser ruhig.

Baleys Lippen preßten sich zusammen. Jetzt blieb nichts anderes, als die beweglichen Plattformen selbst zu benutzen, und das erforderte wirklich gute Koordination; mehr vielleicht, als er noch zu leisten imstande war.

Er sah sich schnell um. Wo genau waren sie jetzt? Die Zweiundzwanzigste Straße huschte vorbei. Er stellte eine schnelle Berechnung an und wechselte den Streifen. Schnell die restlichen Streifen hinauf, elegant und gleichmäßig, dann auf die Localway-Plattform abgebogen.

Die unpersönlichen Gesichter von Männern und Frauen, gezeichnet von der Langeweile des gewohnten Nachhauseweges, verzogen sich zu so etwas wie Indigniertheit, als Baley und R. Daneel sich an Bord schwangen und sich durch das Geländer zwängten.

»He, was soll das?« rief eine Frau schrill und griff nach ihrem Hut.

»'tschuldigung!« sagte Baley atemlos.

Er bahnte sich seinen Weg durch die Stehenden und verließ die Plattform mit einem leichten Hüftschwung auf der anderen Seite. Im letzten Augenblick schlug ihm ein Passagier, der sich von ihm bedrängt gefühlt hatte, mit der Faust zornig auf den Rücken. Er stolperte.

Verzweifelt versuchte er auf den Beinen zu bleiben. Er taumelte quer über einen Begrenzungsstreifen, und der plötzliche Geschwindigkeitswechsel zwang ihn in die Knie.

In seiner Panik sah er sich bereits mit Menschen kollidieren, umstürzen, sah wachsendes Chaos auf den Streifen, einen der gefürchteten Kettenunfälle, an deren Ende meist Dutzende mit gebrochenen Gliedmaßen in die Krankenhäuser wanderten.

Aber R. Daneels Arm stützte ihn. Er spürte, wie er mit mehr als bloßer Menschenkraft hochgehoben wurde.

»Danke!« keuchte Baley. Und für mehr war keine Zeit.

Jetzt ging es die Langsamer-Streifen hinunter, in einem komplizierten Muster, das genauso abgezirkelt war, daß seine Füße die V-förmigen Elemente eines Expreßways am exakten Kreuzungspunkt trafen. Ohne aus dem Rhythmus zu geraten, beschleunigte er jetzt wieder, und dann ging es wieder hinauf, quer über einen Expreßway.

»Ist er noch immer hinter uns, Daneel?«

»Niemand zu sehen, Elijah.«

»Gut. Sie wären vielleicht ein Streifenläufer geworden, Daneel! – He! Los jetzt, los!«

Wieder herunter in den nächsten Localway und die Streifen hinab, zu einer Tür, groß und irgendwie amtlich aussehend. Ein Wächter erhob sich.

Baley zeigte seinen Ausweis. »Dienstlicher Einsatz.«

Und schon waren sie drin.

»Kraftwerk«, sagte Baley knapp. »Jetzt endet unsere Spur.«

Er war schon früher in Kraftwerken gewesen, auch in

dem hier. Doch die Vertrautheit konnte sein Gefühl des Unbehagens nicht verringern. Und der quälende Gedanke, daß sein Vater einmal eine hohe Position in der Hierarchie eines solchen Werkes eingenommen hatte, verstärkte diese Empfindung noch; das war natürlich vor ...

Das Dröhnen der riesigen Generatoren umgab sie, und er roch den scharfen Duft von Ozon und nahm die stumme Drohung der roten Linien wahr, die die Grenzen markierten, die keiner ohne Schutzkleidung überschreiten durfte.

Irgendwo in der Anlage (Baley hatte keine Ahnung, wo genau) wurde pro Tag ein Pfund spaltbaren Materials verzehrt. Die radioaktiven Abfallprodukte, die sogenannte ›heiße Asche‹, wurde in regelmäßigen Abständen pneumatisch durch Bleirohre in ferne Kavernen gepreßt, irgendwo draußen im Ozean, zehn Meilen vor der Küste und eine halbe Meile unter dem Meeresboden. Baley fragte sich manchmal, was geschehen würde, wenn diese Kavernen einmal voll waren.

Er meinte, zu R. Daneel gewandt, mit plötzlich barsch klingender Stimme: »Bleiben Sie von den roten Streifen weg!« Dann dachte er nach und fügte mit etwas dümmlicher Miene hinzu: »Aber Sie stört das ja wahrscheinlich nicht.«

»Geht es um Radioaktivität?« fragte Daneel.

»Ja.«

»Dann stört es mich schon. Gamma-Strahlungen zerstören das komplizierte Gleichgewicht des Positronen-Gehirns. Es würde schneller auf mich wirken als auf Sie.«

»Sie meinen, es würde Sie *töten*?«

»Ich würde ein neues Positronen-Gehirn brauchen. Da jedes Positronen-Gehirn anders ist, würde ich dann ein neues Individuum sein. Der Daneel, mit dem Sie jetzt sprechen, wäre sozusagen tot.«

Baley sah ihn zweifelnd an. »Das habe ich nicht gewußt. – Diese Rampe hinauf!«

»Das wird gewöhnlich auch heruntergespielt. Spacetown

möchte die Erdenmenschen davon überzeugen, daß ich und meinesgleichen nützlich sind, nicht schwach.«

»Warum sagen Sie es dann mir?«

R. Daneel sah seinem menschlichen Begleiter in die Augen. »Sie sind mein Partner, Elijah. Es ist wichtig, daß Sie auch meine Schwächen kennen.«

Baley räusperte sich und hatte zu dem Thema nichts mehr zu sagen.

»Jetzt in die Richtung, nach draußen«, sagte er einen Augenblick später, »dann sind wir nur noch eine Viertelmeile von unserer Wohnung entfernt.«

Die Wohnung war bescheiden, eher Unterklasse. Ein kleines Zimmer mit zwei Betten, zwei in die Wand klappbaren Stühlen und einem Kleiderschrank. Ein einfacher Subäther-Schirm, der sich nicht manuell einstellen ließ und nur zu bestimmten Stunden in Betrieb, dann aber nicht abzuschalten war, vervollständigte das Mobiliar. Kein Waschbecken, nicht einmal ein desaktiviertes, und keine Kochgelegenheit, ja nicht einmal die Möglichkeit, Wasser heiß zu machen. In einer Ecke des Zimmers war ein kleiner Müllschlucker zu erkennen, ein häßliches, schmuckloses, auf unangenehme Weise funktionelles Objekt.

Baley zuckte die Achseln. »Das wär's. Wir werden es ja wohl ertragen.«

R. Daneel trat an den Müllschlucker. Sein Hemd öffnete sich, nachdem er auf den Saum gedrückt hatte, und ließ eine glatte und allem Anschein nach muskulöse Brust erkennen.

»Was machen Sie?« fragte Baley.

»Ich will das Essen loswerden, das ich zu mir genommen habe. Wenn ich es drinlassen würde, würde es rasch zu faulen anfangen, und man würde es dann riechen.«

R. Daneel legte zwei Finger unter eine seiner Brustwarzen und drückte auf ganz bestimmte Art, worauf seine Brust sich der Länge nach öffnete. R. Daneel griff in die so entstandene Öffnung und entnahm einem Gewirr aus blitzenden Metallrohren und Gelenken einen dünnen, durchsichtigen Beutel, der teilweise gefüllt war. Er öffnete ihn, während Baley, von Widerwillen erfüllt, zusah.

R. Daneel zögerte. Dann sagte er: »Das Essen ist völlig sauber. Ich sondere weder Speichel ab, noch kaue ich. Ich habe es durch Saugwirkung in mich aufgenommen, müssen Sie wissen. Das ist noch eßbar.«

»Schon gut«, sagte Baley ungerührt. »Ich habe keinen Hunger. Sehen Sie zu, daß Sie es loswerden!«

R. Daneels Nahrungsbeutel bestand offenbar aus einer Art Polyamid, schätzte Baley. Wenigstens klebten die Speisen nicht daran, sie kollerten heraus, und R. Daneel beförderte sie Stück für Stück in den Müllschlucker. Trotzdem Verschwendung, dachte er.

Er setzte sich auf ein Bett und zog das Hemd aus. Dann meinte er: »Ich schlage vor, wir fangen morgen schon sehr früh an.«

»Hat das einen bestimmten Grund?«

»Unsere Freunde kennen diese Wohnung noch nicht. Zumindest hoffe ich das. Wenn wir früh weggehen, sind wir um so sicherer. Sobald wir dann einmal im Verwaltungsgebäude sind, müssen wir uns entscheiden, ob unsere Partnerschaft noch einen Sinn hat.«

»Sie meinen, das sei vielleicht nicht so?«

Baley zuckte die Achseln und meinte mürrisch: »Wir können das schließlich nicht jeden Tag durchexerzieren.«

»Aber mir scheint ...«

Das rote Lichtzeichen des Türsignals unterbrach R. Daneel.

Baley stand lautlos auf und zog seinen Blaster. Wieder blitzte das Türsignal.

Er trat ohne ein Geräusch zu machen an die Tür, legte seinen Daumen auf den Kontakt des Blasters und drückte gleichzeitig den Schalter, der den Türspion freigab. Der Türspion taugte nicht viel; er war klein und verzerrte das Bild etwas; aber das Bild war gut genug, um Ben zu erkennen, der vor der Tür stand.

Baley handelte blitzschnell. Er riß die Tür auf, packte Ben brutal am Handgelenk, als der gerade zum dritten Mal signalisieren wollte, und riß ihn herein.

Es dauerte eine Weile, bis der erschreckte, verwirrte Ausdruck aus Bens Gesicht verschwunden war, während er immer noch atemlos an der Wand lehnte, gegen die sein Vater ihn geschleudert hatte. Er rieb sich das Handgelenk.

»Dad!« sagte er mit beleidigter Stimme. »So hättest du mich nicht zu packen brauchen.«

Baley starrte durch den Spion in der inzwischen wieder verschlossenen Tür. Soweit er das erkennen konnte, war der Korridor leer.

»Hast du dort draußen jemanden gesehen, Ben?«

»Nein. He, Dad, ich wollte doch bloß nachsehen, ob bei dir alles in Ordnung ist.«

»Warum sollte es das nicht sein?«

»Weiß ich nicht. Es ist nur wegen Mom. Sie hat die ganze Zeit geheult. Sie hat gesagt, ich soll dich suchen. Sonst wollte sie selbst gehen. Und sie hat gesagt, sie wüßte nicht, was dann passieren würde. Sie hat mich *gezwungen*, daß ich gehe, Dad.«

»Und wie hast du mich gefunden?« wollte Baley wissen. »Hat deine Mutter denn gewußt, wo ich bin?«

»Nein, hat sie nicht. Ich hab' bei dir im Büro angerufen.«

»Und die haben es dir gesagt?«

Die Heftigkeit seines Vaters schien Ben zu verblüffen. Seine Stimme war jetzt ganz leise. »Sicher. Hätten die das nicht sollen?«

Baley und Daneel sahen einander an.

Jetzt erhob sich Baley fast schwerfällig. »Wo ist deine Mutter jetzt, Ben?« fragte er. »Zu Hause?«

»Nein. Wir waren zum Abendessen mit Oma und sind danach zu ihr gegangen. Ich soll jetzt wieder dorthin zurück. Ich meine, wo bei dir ja alles in Ordnung ist, Dad.«

»Du bleibst hier. Daneel, haben Sie sich gemerkt, wo das Telefon draußen im Flur ist?«

»Ja«, antwortete der Roboter. »Haben Sie vor, den Raum zu verlassen, um es zu benutzen?«

»Muß ich doch. Ich muß Jessie Bescheid sagen.«

»Darf ich vorschlagen, daß es logischer wäre, das Bentley tun zu lassen. Das ist in gewisser Weise riskant, und er ist nicht so wertvoll.«

Baley starrte ihn an. »Sie verdammter ...«

Und dann dachte er: Jehoshaphat, worüber rege ich mich eigentlich auf?

Und dann fuhr er, ruhiger geworden, fort: »Das verstehen Sie nicht, Daneel. Bei uns ist es nicht üblich, daß ein Mann seinen Jungen in die Gefahr hinausschickt, selbst wenn es logisch ist.«

»Gefahr!« rief Ben mit einer Mischung von Vergnügen und Schrecken. »Was geht denn hier vor, Dad? Sag mir's bitte, Dad!«

»Nichts, Ben. Jedenfalls geht es dich nichts an. Ist das klar? Sieh jetzt zu, daß du ins Bett kommst! Wenn ich zurückkomme, möchte ich, daß du im Bett liegst. Hast du gehört?«

»Aber, Dad! Sagen könntest du es mir doch. Ich sag's doch nicht weiter.«

»Ins Bett mit dir!«

»Du bist fad!«

Baley schob sein Jackett etwas zur Seite, während er an dem Fernsprecher im Korridor stand, um so jederzeit nach seinem Blaster greifen zu können. Er sprach seine persönliche Nummer in das Mundstück und wartete, während ein Computer in fünfzehn Meilen Entfernung die Nummer überprüfte, um sich zu vergewissern, daß das Gespräch zulässig war. Er brauchte nur ganz kurz zu warten, da Ermittlungsbeamte in Baleys Stellung in bezug auf ihre Dienstgespräche keinerlei Einschränkungen unterlagen. Er nannte die Nummer der Wohnung seiner Schwiegermutter.

Der kleine Bildschirm unten in dem Gerät wurde hell, und ihr Gesicht sah ihn an.

»Mutter, ich möchte Jessie sprechen«, sagte er leise.

Jessie hatte offenbar bereits auf ihn gewartet. Sie kam sofort. Baley sah ihr Gesicht und verdunkelte den Bildschirm dann absichtlich.

»Also gut, Jessie. Ben ist hier. Also, was ist los?« Seine Augen suchten dabei ruhelos seine Umgebung ab, lauerten.

»Ist bei dir alles in Ordnung? Du bist nicht in Gefahr?«

»Natürlich ist hier alles in Ordnung, Jessie. Und jetzt hör auf damit!«

»O Lije, ich hab' solche Angst.«

»Weshalb denn?« fragte er angespannt. »Das weißt du doch. Dein Freund.«

»Was ist mit ihm?«

»Das hab' ich dir doch gestern abend gesagt. Es wird Ärger geben.«

»Das ist doch Unsinn! Ich behalte Ben heute nacht bei mir, und du gehst jetzt schlafen. Gute Nacht, meine Liebe.«

Er brach die Verbindung ab und wartete zwei Atemzüge lang, ehe er zurückging. Sein Gesicht war grau vor Furcht und Besorgnis.

Ben stand mitten im Zimmer, als Baley zurückkam. Er hatte eine seiner Kontaktlinsen in dem kleinen Behälter untergebracht, trug aber die andere noch im Auge.

»Du meine Güte, Dad! Gibt's hier denn kein Wasser?« sagte Ben. »Mr. Olivaw sagt, daß ich nicht ins Personal gehen darf.«

»Da hat er recht. Das darfst du nicht. Tu das Ding wieder ins Auge zurück, Ben! Eine Nacht kannst du schon mal damit schlafen.«

»Na schön.« Ben setzte die winzige Linse wieder ein, steckte das Etui weg und stieg ins Bett. »Junge, ist das eine Matratze!«

Baley sagte zu R. Daneel: »Ich nehme an, Ihnen macht es nichts aus, wenn Sie sitzen müssen.«

»Natürlich nicht. Das seltsame Glas interessiert mich

übrigens, das Bentley im Auge trägt. Tragen alle Erdenmenschen so etwas?«

»Nein, nur einige«, sagte Baley geistesabwesend. »Ich beispielsweise nicht.«

»Und wozu trägt man sie?«

Aber Baley war zu tief in Gedanken versunken, um darauf zu antworten. In beunruhigende Gedanken.

Die Lichter waren ausgeschaltet.

Baley konnte nicht einschlafen. Er nahm unbestimmt Bens Atem wahr, der nach einer Weile tief und regelmäßig und dann etwas unruhig wurde. Als er den Kopf herumdrehte, nahm er R. Daneel wahr, der würdevoll und unbeweglich auf einem Stuhl saß und die Tür anblickte.

Dann schlief er ein. Und als er eingeschlafen war, träumte er.

Er träumte, Jessie fiele in die Kernspaltungskammer eines Atomkraftwerks; sie fiel und fiel immer tiefer. Sie streckte die Arme nach ihm aus, schrie, aber er konnte nur wie erstarrt hinter dem roten Strich stehen und zusehen, wie ihre verzerrte Gestalt sich im Fallen drehte und immer kleiner wurde, bis sie nur noch ein Punkt war.

Er sah ihr wie erstarrt nach, und dabei wußte er, daß er es war, der sie hineingestoßen hatte.

12

DIE AUSKUNFT EINES FACHMANNS

Elijah Baley blickte auf, als Commissioner Julius Enderby das Büro betrat. Er nickte ihm müde zu.

Der Commissioner sah auf die Uhr und brummte: »Jetzt sagen Sie mir bloß nicht, daß Sie die ganze Nacht hier waren!«

»Werde ich auch nicht sagen«, meinte Baley.

»Hat es gestern abend Ärger gegeben?« fragte der Commissioner mit leiser Stimme.

Baley schüttelte den Kopf.

»Ich hatte schon gedacht, daß ich die Gefahr von Krawallen vielleicht zu gering einschätze. Wenn irgend etwas ...«, sagte der Commissioner.

»Um Himmels willen, Commissioner, wenn irgend etwas passiert, würde ich Ihnen es schon sagen«, meinte Baley auffahrend. »Es hat keinen Ärger gegeben.«

»Na schön.« Der Commissioner ging weiter und trat durch die Tür seines Einzelbüros, dem Symbol seiner Position.

Baley sah ihm nach und dachte: *Er hat wohl heute nacht geschlafen,* dann wandte er sich wieder dem Routinebericht zu, den er als eine Art Tarnung für die eigentlichen Aktivitäten der letzten zwei Tage schrieb; aber die Worte, die er getippt hatte, tanzten ihm vor den Augen. Langsam wurde ihm bewußt, daß neben seinem Schreibtisch etwas stand.

Er hob den Kopf. »Was willst du?«

Es war R. Sammy. *Julius' privater Lakai,* dachte Baley. *Es lohnt sich schon, Commissioner zu sein.*

R. Sammy sagte mit seinem ausdruckslosen Grinsen: »Der Commissioner will Sie sprechen, Lije. Er sagt, Sie sollen gleich kommen.«

»Er ist doch gerade hier vorbeigekommen«, sagte Baley mit einer wegwerfenden Handbewegung. »Sagen Sie ihm, ich komme später.«

»Er hat aber gesagt, sofort«, insistierte R. Sammy.

»Na schön. Na schön. Verschwinde!«

Der Roboter entfernte sich rückwärts und sagte: »Der Commissioner will Sie sofort sprechen, Lije. Sofort, hat er gesagt.«

»Jehoshaphat!« stieß Baley zwischen den Zähnen hervor. »Ich komme ja schon. *Ich komme!*« Er stand auf und ging auf das Büro zu, und R. Sammy verstummte.

Als er eintrat, sagte Baley: »Verdammt noch mal, Commissioner, schicken Sie mir bloß nicht wieder dieses Ding, ja?«

Aber der Commissioner ging darauf gar nicht ein, sondern sagte nur: »Setzen Sie sich, Lije. Setzen Sie sich!«

Baley setzte sich und starrte den Commissioner an. Vielleicht hatte er dem alten Julius unrecht getan. Vielleicht hatte der Mann auch nicht geschlafen. Ziemlich ausgepumpt sah er ja aus.

Der Commissioner tippte auf ein Blatt Papier, das vor ihm lag. »Da ist ein Beleg über ein Gespräch, das Sie über Isolierstrahlen mit einem Dr. Gerrigel in Washington geführt haben.«

»Das stimmt, Commissioner.«

»Das Gespräch selbst ist natürlich nicht registriert, da Sie ja über Isolierleitung gesprochen haben. Um was geht es denn?«

»Ich bin auf der Suche nach Hintergrundinformationen.«

»Er ist doch Robotiker, oder?«

»Das stimmt.«

Der Commissioner schob die Unterlippe vor und sah plötzlich wie ein schmollendes Kind aus. »Aber was soll das denn? Welche Informationen suchen Sie denn?«

»Genau weiß ich das nicht, Commissioner. Ich habe das Gefühl, daß in einem Fall wie diesem Informationen über Roboter hilfreich sein könnten.« Und dabei ließ Baley es bewenden. Weitere Einzelheiten würde er nicht liefern. Und damit war der Fall für ihn erledigt.

»Ich würde das nicht tun, Lije. Ich nicht. Ich glaube nicht, daß das klug ist.«

»Und was haben Sie dagegen einzuwenden, Commissioner?«

»Je weniger Leute von dieser ganzen Geschichte erfahren, desto besser.«

»Ich werde ihm so wenig wie möglich sagen. Ganz natürlich.«

»Trotzdem halte ich es nicht für klug.«

Baley war jetzt so gereizt, daß er die Geduld verlor.

»Dann erteilen Sie mir also den Befehl, ihn nicht zu empfangen?«

»Nein. Nein. Tun Sie, was Sie für richtig halten. Sie leiten diese Ermittlungen. Nur ...«

»Nur was?«

Der Commissioner schüttelte den Kopf. »Nichts. – Wo ist *er*? Sie wissen schon, wen ich meine.«

Das wußte Baley. »Daneel ist immer noch im Archiv«, antwortete er.

Der Commissioner machte eine Pause und sagte dann: »Sehr große Fortschritte haben wir ja bis jetzt nicht gemacht, das wissen Sie doch.«

»Überhaupt keine. Trotzdem – das kann sich ja ändern.«

»Na gut. Also in Ordnung«, sagte der Commissioner, aber dabei sah er nicht so aus, als meinte er wirklich, daß alles in Ordnung sei.

R. Daneel wartete an Baleys Schreibtisch, als er zurückkehrte.

»Nun, und was haben *Sie* gefunden?« fragte Baley mürrisch.

»Ich habe meine erste, ziemlich flüchtige Untersuchung der Archive beendet, Partner Elijah, und habe zwei von den Leuten gefunden, die uns gestern abend zu verfolgen versuchten und die darüber hinaus bei dem ersten Zwischenfall an dem Schuhgeschäft beteiligt waren.«

»Lassen Sie sehen!«

R. Daneel legte die kleinen, etwa briefmarkengroßen Karten vor Baley auf den Tisch. Sie waren mit winzigen Punkten übersät, die als Code dienten. Dann holte der Roboter einen tragbaren Decoder heraus und schob eine der Karten in einen Schlitz des Gerätes. Die Punkte waren von anderer elektrischer Leitfähigkeit als die Karte im ganzen. Deshalb wurde das elektrische Feld in besonderer Weise verzerrt, und der drei mal sechs Zoll große Bildschirm über dem Decoder füllte sich plötzlich mit Schrift; Schrift, die im entschlüsselten Zustand einige Blätter Papier gefüllt hätten; eine Schrift, die aber unmöglich von jemandem entschlüsselt werden konnte, der nicht über einen offiziellen Polizei-Decoder verfügte.

Baley las das Material ungerührt. Die erste Person war Francis Clousarr, zur Zeit der Verhaftung vor zwei Jahren dreiunddreißig Jahre alt; verhaftet wegen Anstiftung zum Krawall; Angestellter der New Yorker Hefe-Versorgung; Adresse so und so; Eltern so und so; Haar- und Augenfarbe, unveränderliche Kennzeichen, Ausbildung, berufliche Laufbahn, psychoanalytisches Profil, physisches Profil, Daten, Daten und noch mal Daten. Und schließlich ein Hinweis auf ein Tri-Foto im Verbrecher-Album.

»Sie haben sich das Foto angesehen?« fragte Baley.

»Ja, Elijah.«

Die zweite Person war Gerhard Paul. Baley sah sich das Material an, das ihm die Karte lieferte, und sagte: »Das taugt alles nichts.«

Doch R. Daneel widersprach: »Ich bin ganz sicher, daß das nicht so sein kann. Wenn es eine Organisation von Erdenmenschen gibt, die zu dem Verbrechen imstande sind, das wir augenblicklich untersuchen, sind dies Mitglieder davon. Liegt die Wahrscheinlichkeit dafür denn nicht auf der Hand? Sollte man diese Männer nicht verhören?«

»Wir würden nichts aus ihnen herausbekommen.«

»Sie waren sowohl vor dem Schuhgeschäft als auch in der Küche. Das können sie nicht leugnen.«

»Die bloße Anwesenheit ist kein Verbrechen. Außerdem *können* sie es leugnen. Sie können einfach behaupten, sie wären nicht dort gewesen. Ganz einfach. Wie könnten wir denn beweisen, daß sie lügen?«

»Ich habe sie gesehen.«

»Das ist doch kein Beweis«, sagte Baley hitzig. »Kein Gericht – falls es jemals soweit kommen würde – würde glauben, daß Sie sich an zwei Gesichter unter Millionen erinnern können.«

»Es liegt aber doch klar auf der Hand, daß ich das kann.«

»Sicher. Sagen Sie denen doch, was Sie sind. Sobald Sie

das tun, sind Sie als Zeuge wertlos. Kein Gericht auf der Erde erkennt die Aussage eines Roboters an.«

»Daraus schließe ich, daß Sie es sich anders überlegt haben«, meinte R. Daneel.

»Was meinen Sie damit?«

»Gestern, in der Küche, haben Sie gesagt, es sei nicht nötig, sie zu verhaften. Sie sagten, solange ich mich auch nur an die Gesichter erinnern könnte, würden wir sie jederzeit verhaften können.«

»Nun, ich hatte mir das nicht hinreichend überlegt«, sagte Baley. »Das war unsinnig. Natürlich geht das nicht.«

»Nicht einmal aus psychologischen Gründen? Schließlich würden sie ja nicht wissen, daß wir keinerlei stichhaltigen Beweis für ihre Teilhaberschaft an einer Verschwörung hätten.«

Baley wurde unruhig. »Hören Sie, ich erwarte in einer halben Stunde Dr. Gerrigel aus Washington. Macht es Ihnen etwas aus, solange zu warten? Macht es Ihnen wirklich nichts aus?«

»Ich werde warten«, sagte R. Daneel.

Anthony Gerrigel war ein präziser und sehr höflicher Mann mittlerer Größe, dem man es keineswegs ansah, daß er einer der erfahrensten Robotiker der Erde war. Er verspätete sich um beinahe zwanzig Minuten und entschuldigte sich deswegen überschwenglich. Baley, der sich darüber geärgert hatte, nahm seine Entschuldigungen nicht besonders höflich an. Er überprüfte die Reservierung, die er für Konferenzzimmer D veranlaßt hatte, wiederholte seine Instruktionen, sie unter keinen Umständen während der nächsten Stunde zu stören, und führte Dr. Gerrigel und R. Daneel den Korridor hinunter, eine Rampe hinauf und schließlich durch eine Tür, die in einen der abhörsicheren Konferenzräume führte.

Baley überprüfte die Wände sorgfältig, ehe er Platz nahm, und lauschte auf das weiche Summen des Pulsometers, den er in der Hand hielt, wartete, daß das gleichmäßige Geräusch unterbrochen wurde und damit auf eine wenn auch nur winzige Lücke in der Isolierung hinwies. Er richtete das Gerät auf Decke, Boden und dann mit besonderer Sorgfalt auf die Tür. Es gab keine Lücke.

Dr. Gerrigel lächelte leicht. Er sah wie ein Mann aus, der sich nie mehr als ein kleines Lächeln gestattete. Die Sorgfalt, mit der er gekleidet war, konnte man nur als penibel bezeichnen. Sein eisengraues Haar war sorgfältig nach hinten gekämmt, und sein Gesicht wirkte rosa und frischgewaschen. Er setzte sich ein wenig steif, als hätten häufige mütterliche Ratschläge in jüngeren Jahren sein Rückgrat für immer erstarren lassen.

Dann meinte er, zu Baley gewandt: »Das wirkt ja alles sehr aufregend.«

»Es ist sehr wichtig, Doktor. Ich brauche Informationen über Roboter, die vielleicht nur Sie mir liefern können. Alles, was hier gesprochen wird, bleibt natürlich streng geheim, und die City erwartet von Ihnen, daß Sie alles vergessen, wenn Sie hier wieder weggehen.« Baley sah auf seine Uhr.

Das kleine Lächeln verschwand aus dem Gesicht des Robotikers. Dann sagte er: »Lassen Sie mich erklären, weshalb ich mich verspätet habe.« Offenbar belastete ihn das. »Ich hatte beschlossen, nicht zu fliegen. Ich werde luftkrank.«

»Das ist schlimm«, sagte Baley. Er legte das Pulsometer weg, nachdem er die Skala noch einmal überprüft hatte, sich ein letztes Mal überzeugt hatte, daß alles in Ordnung war, und setzte sich.

»Nicht gerade luftkrank, aber nervös. Eine leichte Platzangst ist das wohl. Nichts besonders Ungewöhnliches, aber so ist das eben. Ich habe also die Expreßways genommen.«

Baley war plötzlich interessiert. »Platzangst?«

»Das klingt schlimmer, als es ist«, sagte der Robotiker sofort. »Das ist einfach das Gefühl, das man in einem Flugzeug bekommt. Sind Sie je mit einem Flugzeug gereist, Mr. Baley?«

»Einige Male.«

»Dann müssen Sie wissen, was ich meine. Es ist einfach das Gefühl, von nichts umgeben zu sein, von ... von der freien Luft durch weniger als einen Zoll Metallwand getrennt zu sein. Das ... das ist mir sehr unbehaglich.«

»Sie haben also die Expreßways genommen?«

»Ja.«

»Von Washington nach New York?«

»Oh, das ist nicht das erste Mal, daß ich so reise. Seit der Baltimore-Philadelphia-Tunnel erbaut worden ist, ist das ganz einfach.«

Das war es auch. Baley hatte die Reise nie selbst gemacht, wußte aber sehr wohl, daß sie möglich war. Washington, Baltimore, Philadelphia und New York waren in den letzten zwei Jahrhunderten so gewachsen, daß sie sich praktisch berührten. Der ganze Küstenstreifen wurde häufig als die Vier Cities bezeichnet, und es gab eine ganze Anzahl Leute, die sich für eine Zusammenlegung der Verwaltung und damit die Bildung einer einzigen Super-City aussprachen. Baley selbst war da anderer Ansicht. New York City alleine war schon fast zu groß geworden, als daß eine zentralisierte Regierung diese immense Verwaltungsaufgabe bewältigen konnte. Eine noch größere City mit einer Bevölkerung von mehr als fünfzig Millionen würde unter ihrem eigenen Gewicht zusammenbrechen.

»Unangenehmerweise habe ich im Chester Sektor in Philadelphia meine Verbindung verpaßt und damit Zeit verloren. Das und ein kleines Problem, das ich dabei hatte, mir ein Zimmer zu besorgen, führte zu meiner Verspätung.«

»Machen Sie sich deshalb keine Gedanken, Doktor. Aber was Sie sagen, ist interessant. Angesichts der Abneigung, die Sie gegenüber Flugzeugen empfinden – was würden Sie dazu sagen, die City-Grenzen zu Fuß zu überschreiten, Dr. Gerrigel?«

»Aus welchem Grund?« Er wirkte verblüfft und etwas beunruhigt.

»Das ist nur eine rhetorische Frage. Ich will damit nicht

andeuten, daß Sie das tun sollten. Ich möchte nur wissen, was Sie von der Vorstellung halten, sonst gar nichts.«

»Ich halte das für höchst unangenehm.«

»Angenommen, Sie müßten die City nachts verlassen und eine halbe Meile oder mehr über Land zurücklegen.«

»Ich ... ich glaube nicht, daß man mich dazu überreden könnte.«

»Ganz gleich, wie wichtig das wäre?«

»Wenn ich mein Leben damit retten müßte oder das Leben meiner Familie, könnte ich versuchen ...« Er blickte verlegen auf die Tischplatte. »Darf ich fragen, weshalb Sie mir diese Fragen stellen, Mr. Baley?«

»Ich will es Ihnen sagen. Ein schweres Verbrechen ist begangen worden. Ein ganz besonders beunruhigender Mord. Ich bin nicht befugt, Ihnen Einzelheiten zu schildern. Es gibt aber da eine Theorie, daß der Mörder, um das Verbrechen begehen zu können, genau das getan hat, worüber wir gerade sprachen; nämlich daß er nachts und allein offenes Land durchquert hat. Ich habe mich nur gefragt, was für eine Art von Mensch so etwas tun könnte.«

Dr. Gerrigel schauderte. »Niemand, den ich kenne, und ganz sicherlich nicht ich. Natürlich kann ich mir gut vorstellen, daß Sie unter Millionen einige wenige Individuen finden könnten, die dafür genügend abgebrüht sind.«

»Aber Sie würden sagen, daß es für ein menschliches Wesen sehr unwahrscheinlich wäre?«

»Ja. Ganz sicher unwahrscheinlich.«

»Tatsächlich sollte man diese Möglichkeit also auch in Betracht ziehen, wenn es keine andere Erklärung für das Verbrechen gibt, keine andere *vorstellbare* Erklärung.«

Dr. Gerrigel schien sich noch unbehaglicher zu fühlen und saß jetzt kerzengerade da, die gepflegten Hände ordentlich im Schoß gefaltet. »Haben Sie denn eine andere Erklärung im Sinn?«

»Ja. Ich denke mir, daß ein Roboter beispielsweise überhaupt keine Schwierigkeiten haben würde, freies Gelände zu überqueren.«

Dr. Gerrigel stand auf. »Oh, ich muß schon sagen!«
»Was ist denn?«
»Sie meinen, ein Roboter könnte das Verbrechen begangen haben?«
»Warum nicht?«
»Mord? An einem menschlichen Wesen?«
»Ja. Bitte, setzen Sie sich doch, Doktor!«
Der Robotiker kam der Aufforderung nach. Dann meinte er: »Mr. Baley, es geht hier um zwei Handlungen: das Überqueren freien Geländes und Mord. Ein menschliches Wesen könnte die letztgenannte Tat mit Leichtigkeit begehen, würde es aber schwierig finden, ersteres zu tun. Ein Roboter könnte ersteres leicht tun, aber die letztgenannte Tat wäre für ihn völlig unmöglich. Wenn Sie an die Stelle einer unwahrscheinlichen Theorie eine unmögliche setzen wollen ...«
»Unmöglich ist aber verdammt stark formuliert, Doktor.«
»Sie haben doch vom Ersten Gesetz der Robotik gehört, Mr. Baley?«
»Sicher. Ich kann es sogar zitieren: Ein Roboter darf kein menschliches Wesen verletzen oder durch Untätigkeit zulassen, daß einem menschlichen Wesen Schaden zugefügt wird.« Plötzlich deutete Baley mit dem Finger auf den Robotiker und fuhr fort: »Warum kann man denn nicht einen Roboter ohne das Erste Gesetz bauen? Was ist denn daran so heilig?«
Dr. Gerrigel sah Baley verblüfft an und stieß dann mit fast altjüngferlicher Stimme hervor: »Oh, Mr. Baley!«
»Nun, antworten Sie mir!«
»Mr. Baley, wenn Sie auch nur mit den Grundbegriffen der Robotik vertraut sind, müssen Sie doch wissen, wie gigantisch die Aufgabe ist – sowohl in mathematischer als auch elektronischer Hinsicht – ein positronisches Gehirn zu bauen.«
»Ich kann es mir ungefähr vorstellen«, sagte Baley. Er konnte sich gut an einen Besuch erinnern, den er vor einiger Zeit in dienstlicher Eigenschaft einer Robot-Fabrik ab-

gestattet hatte. Er hatte ihre Bibliothek von Buchfilmen gesehen, langen Buchfilmen, von denen jeder einzelne die mathematische Analyse eines einzigen Typs von Positronen-Gehirn enthalten hatte. Das Sichten eines solchen Films nahm im Durchschnitt mehr als eine Stunde in Anspruch, obwohl die Symbolik stark verdichtet war. Und keine zwei Gehirne waren identisch, selbst wenn man sie nach strengsten Spezifikationen miteinander verglich. Man hatte Baley damals erklärt, daß das eine Folge der Heisenberg'schen Unschärferelation war. Das bedeutete, daß jeder einzelne Film mit Nachträgen versehen werden mußte, in denen mögliche Variationen beschrieben wurden.

Oh, schwierig war es ganz sicher, daran hatte Baley keinen Zweifel.

Dr. Gerrigel sagte: »Nun, dann müssen Sie auch verstehen, daß der Entwurf eines neuen Typs von Positronen-Gehirn, selbst wenn es nur um geringfügige Neuerungen geht, nicht gerade an einem Abend abgeschlossen werden kann. Gewöhnlich muß der ganze Forschungsstab einer mittelgroßen Fabrik eingesetzt werden und dafür im Durchschnitt bis zu ein Jahr aufwenden. Und selbst dieser Arbeitsaufwand würde auch nicht annähernd ausreichen, wenn nicht die grundlegende Theorie der Positronen-Bahnen schon vor langer Zeit standardisiert worden wäre und daher als Grundlage für weitere Variationen benutzt werden könnte. Und diese Theorie fußt auf den Drei Gesetzen der Robotik: Dem Ersten Gesetz, das Sie zitiert haben; dem Zweiten Gesetz, welches da lautet: ›Ein Roboter muß den ihm von einem Menschen gegebenen Befehlen gehorchen, es sei denn, ein solcher Befehl würde im Widerspruch mit dem Ersten Gesetz stehen‹; und schließlich dem Dritten Gesetz, das lautet: ›Ein Roboter muß seine Existenz schützen, solange dieser Schutz nicht im Widerspruch mit dem Ersten oder dem Zweiten Gesetz steht.‹ Verstehen Sie?«

R. Daneel, der dem Gespräch allem Anschein nach sehr

aufmerksam gelauscht hatte, schaltete sich jetzt ein: »Wenn Sie mich entschuldigen wollen, Elijah. Ich würde gerne sehen, ob ich Dr. Gerrigel folge. Was Sie hier andeuten, ist, daß jeder Versuch, einen Roboter zu bauen, dessen positronisches Gehirn nicht nach den Drei Gesetzen orientiert ist, zuerst einmal eine neue Grundsatztheorie erfordern würde, und das wiederum würde viele Jahre in Anspruch nehmen.«

Der Robotiker schien befriedigt. »Genau das meine ich, Mr. ...«

Baley wartete einen Augenblick, dann stellte er R. Daneel vor: »Das ist Daneel Olivaw. Dr. Gerrigel.«

»Guten Tag, Mr. Olivaw.« Dr. Gerrigel streckte die Hand aus und schüttelte die Daneels. Dann fuhr er fort: »Nach meiner Schätzung würde es fünfzig Jahre in Anspruch nehmen, die Grundsatztheorie eines nicht-asenionischen Positronen-Gehirns zu entwickeln – also eines, in dem die Grundprämissen der Drei Gesetze aufgehoben sind – und es bis zu einem Punkt zu entwickeln, daß man Roboter bauen könnte, die modernen Modellen ähnlich sind.«

»Und das ist noch nie geschehen?« fragte Baley. »Ich meine, Doktor, schließlich bauen wir bereits seit einigen tausend Jahren Roboter. Hat denn in dieser ganzen Zeit niemand und auch keine Gruppe fünfzig Jahre für so etwas übrig gehabt?«

»Sicherlich«, sagte der Robotiker. »Aber niemand wäre an so etwas interessiert.«

»Es fällt mir äußerst schwer, das zu glauben. Die menschliche Neugierde ist doch schließlich zu allem fähig.«

»Den nicht-asenionischen Roboter hat sie sich nie zur Aufgabe gesetzt. Mr. Baley, die Menschheit hat einen sehr starken Frankenstein-Komplex.«

»Einen *was*?«

»Das ist ein populärer Name aus einem mittelalterlichen Roman, in dem ein Roboter beschrieben wird, der sich gegen seinen Erbauer gewandt hat. Ich habe den Roman nie selbst gelesen. Aber das tut hier nichts zur Sache. Worauf ich hinauswill, ist, daß man einfach keine Roboter ohne das Erste Gesetz baut.«

»Und es gibt nicht einmal eine Theorie dafür?«

»Meines Wissens nicht. Und mein Wissen«, meinte er mit einem verlegenen Lächeln, »ist in diesem Punkt ziemlich umfangreich.«

»Und ein Roboter, in den das Erste Gesetz eingebaut ist, könnte einen Menschen nicht töten?«

»Niemals. Es sei denn, die Tötung erfolgt zufällig oder sie wäre notwendig, um das Leben von zwei oder mehr Menschen zu retten. In beiden Fällen aber würde das positronische Potential, das sich dabei aufbaut, das Gehirn unwiderruflich ruinieren.«

»Also schön«, sagte Baley. »Alles das gilt für die Situation auf der Erde. Stimmt das?«

»Ja. Sicherlich.«

»Und was ist mit den Äußeren Welten?«

Etwas von Dr. Gerrigels Selbstsicherheit schien dahinzuschwinden. »Ach, du liebe Güte, Mr. Baley, das kann ich natürlich nicht aus eigener Kenntnis sagen. Aber ich bin sicher, wenn man je nicht-asenionische Positronen-Gehirne entwickelt oder auch nur die mathematische Theorie für sie ausgearbeitet hätte, würden wir davon gehört haben.«

»Würden wir das? Nun, lassen Sie mich einmal einem anderen Gedanken nachgehen, der mir gerade in den Sinn kommt, Dr. Gerrigel. Ich hoffe, es macht Ihnen nichts aus.«

»Nein. Überhaupt nichts.« Er sah hilflos zuerst Baley und dann R. Daneel an. »Schließlich will ich Ihnen ja helfen, insbesondere wenn das so wichtig ist, wie Sie sagen.«

»Danke, Doktor. Meine Frage ist, warum man überhaupt humanoide Roboter baut. Ich meine, ich habe sie mein ganzes Leben lang als eine Selbstverständlichkeit hingenommen. Aber jetzt kommt mir in den Sinn, daß ich überhaupt nicht einsehe, weshalb es sie gibt. Warum sollte ein Roboter eigentlich einen Kopf und vier Gliedmaßen haben? Warum mehr oder weniger wie ein Mensch aussehen?«

»Sie meinen, warum man ihn nicht funktionell baut wie jede andere Maschine?«

»Richtig«, sagte Baley. »Warum nicht?«

Dr. Gerrigel lächelte ein wenig. »Wirklich, Mr. Baley, Sie sind zu spät zur Welt gekommen. Die frühe Robot-Literatur wimmelt von Diskussionen über diese Frage. Und diese Diskussionen wurden damals sehr polemisch geführt. Wenn Sie sich näher damit befassen wollen, kann ich Ihnen Hanfords ›*Geschichte der Robotik*‹ empfehlen. Das Buch enthält sehr wenig Mathematik. Ich glaube, Sie würden es sehr interessant finden.«

»Ich will es mir besorgen«, sagte Baley geduldig. »Könnten Sie mir inzwischen einen kleinen Hinweis geben?«

»Die Entscheidung wurde nach wirtschaftlichen Erwägungen getroffen. Sehen Sie, Mr. Baley, wenn Sie eine Farm zu leiten hätten, würden Sie dann lieber einen Traktor mit einem Positronen-Gehirn kaufen, einen Mähdrescher, eine Melkmaschine, ein Automobil usw., jedes Gerät mit eigenem Positronen-Gehirn? Oder würden Sie lieber gewöhnliche Maschinen ohne Gehirn haben, mit einem einzigen positronischen Roboter, der sie alle betreiben könnte? Ich darf Sie dabei darauf hinweisen, daß die zweite Alternative nur den fünfzigsten, wenn nicht den hundertsten Teil der Investition bedeutet.«

»Aber warum die menschliche Gestalt?«

»Weil die menschliche Gestalt die erfolgreichste universelle Grundgestalt ist, die es in der Natur gibt. Wir sind kein spezialisiertes Lebewesen, Mr. Baley, mit Ausnahme unseres Nervensystems und einiger weniger Dinge. Wenn Sie eine Konstruktion haben wollen, die imstande ist, viele höchst unterschiedlichste Dinge zu tun und alle einigermaßen gut, dann könnten Sie nichts Besseres tun, als die menschliche Gestalt zu imitieren. Außerdem basiert unsere ganze Technik auf der menschlichen Gestalt. Die Steuerung eines Automobils beispielsweise ist so gebaut, daß das Steuerrad und die anderen Schalter am einfachsten von menschlichen Händen und Füßen einer gewissen Größe und Form bedient werden können, wobei diese wiederum an Gliedmaßen bestimmter Länge mit Gelenken bestimmter Art befestigt sind. Selbst so einfache Gegenstände wie Stühle und Tische oder Messer und Gabel sind für die Erfordernisse der menschlichen Maße und der menschlichen Gewohnheiten konstruiert. Es ist leichter, die menschliche Form durch Roboter zu imitieren, als unsere Werkzeuge und Maschinen von Grund auf neu zu konstruieren.«

»Ich verstehe. Das leuchtet mir ein. Aber stimmt es denn nicht, Doktor, daß die Robotiker der Äußeren Welten Roboter herstellen, die sehr viel humanoider als die unseren sind?«

»Ich glaube, das stimmt.«

»Könnten sie einen Roboter herstellen, der so humanoid ist, daß er unter normalen Umständen für einen Menschen gehalten werden könnte?«

Dr. Gerrigel hob die Brauen und überlegte. »Ich glaube, das könnten sie, Mr. Baley. Es wäre schrecklich teuer. Ich bezweifle auch, daß es sich lohnen würde.«

»Glauben Sie«, fuhr Baley hartnäckig fort, »daß sie einen Roboter machen könnten, der Sie so täuschen könnte, daß Sie ihn für einen Menschen halten würden?«

Jetzt nahm die Stimme des Robotikers wieder ihren altjüngferlichen Tonfall an. »O mein lieber Mr. Baley, das bezweifle ich. Wirklich. An einem Roboter ist viel mehr als nur sein Aus ...«

Dr. Gerrigel erstarrte mitten im Wort. Langsam wandte er sich zu R. Daneel um, und sein rosafarbenes Gesicht wurde plötzlich ganz blaß.

»Du liebe Güte!« flüsterte er. »Oh, du liebe Güte!«

Seine Hand hob sich langsam und berührte vorsichtig R. Daneels Wange. R. Daneel regte sich nicht von der Stelle, sondern sah den Robotiker ruhig an.

»Du liebe Güte!« sagte Dr. Gerrigel noch einmal fast schluchzend. »... du bist ein Roboter!«

»Sie haben lange gebraucht, um das zu erkennen«, sagte Baley trocken.

»Ich habe nicht damit gerechnet. Ich habe nie so einen gesehen. Auf den Äußeren Welten hergestellt?«

»Ja«, sagte Baley.

»Jetzt ist es offenkundig. Die Art, wie er sich hält, die Art, wie er spricht. Das ist keine perfekte Imitation, Mr. Baley.«

»Aber recht gut, nicht wahr?«

»Oh, wunderbar. Ich bezweifle, daß irgend jemand es auf den ersten Blick bemerken würde. Ich bin Ihnen sehr dankbar, daß Sie mir die Chance gegeben haben, ihn von Angesicht zu Angesicht zu sehen. Darf ich ihn untersuchen?« Der Robotiker war eifrig aufgestanden.

Baley streckte die Hand aus. »Bitte, Doktor. Einen Augenblick! Zuerst die Sache mit dem Mord, wissen Sie?«

»Das stimmt also?« Dr. Gerrigel war bitter enttäuscht und ließ es sich anmerken. »Ich dachte, das sei nur eine Finte, um mich abzulenken und um zu sehen, wie lange ich getäuscht werden könnte ...«

»Das ist keine Finte, Dr. Gerrigel. Sagen Sie mir jetzt: Wenn man einen Roboter konstruiert, der so humanoid ist wie dieser hier, mit der bewußten Absicht, ihn als Menschen auszugeben; ist es da nicht notwendig, seinem Gehirn Eigenschaften einzubauen, die denen des menschlichen Gehirns so ähnlich wie möglich sind?«

»Sicherlich.«

»Nun, gut. Könnte einem solchen humanoiden Gehirn nicht das Erste Gesetz fehlen? Vielleicht hat man es zufällig weggelassen. Sie sagen, die Theorie sei unbekannt. Die Tatsache, daß sie unbekannt ist, bedeutet doch auch, daß die Konstrukteure ein Gehirn ohne das Erste Gesetz bauen könnten. Sie würden nicht einmal wissen, was sie vermeiden müßten.«

Dr. Gerrigel schüttelte heftig den Kopf. »Nein. Nein. Unmöglich!«

»Sind Sie sicher? Das Zweite Gesetz können wir natürlich testen. – Daneel, geben Sie mir Ihren Blaster.«

Baleys Augen ließen den Roboter nicht los. Seine Hand hielt den Blaster fest umfaßt.

R. Daneel sagte ruhig: »Hier, Elilah!« und hielt ihn ihm hin, mit dem Kolben voraus.

»Ein Ermittlungsbeamter darf seinen Blaster nie abgeben«, sagte Baley, »aber ein Roboter hat keine andere Wahl, als einem Menschen zu gehorchen.«

»Nur dann nicht, Mr. Baley«, sagte Dr. Gerrigel, »wenn er durch seinen Gehorsam das Erste Gesetz brechen würde.«

»Wissen Sie, Doktor, daß Daneel seinen Blaster gegen eine unbewaffnete Gruppe von Männern und Frauen gezogen hat und gedroht hat, auf sie zu schießen?«

»Aber ich habe nicht geschossen«, sagte Daneel.

»Zugegeben. Aber die Drohung in sich war doch ungewöhnlich, oder, Doktor?«

Dr. Gerrigel biß sich auf die Unterlippe. »Ich würde die genauen Umstände kennen müssen, um darüber urteilen zu können. Es klingt ungewöhnlich.«

»Dann sollten Sie vielleicht das noch bedenken. R. Daneel befand sich zum Zeitpunkt des Mordes am Tatort. Und wenn Sie die Möglichkeit ausschließen, daß ein Erdenmensch sich über freies Gelände bewegt hat und dabei eine Waffe bei sich trug, dann hätte Daneel, und allein Daneel, von allen Anwesenden die Waffe verbergen können.«

»Die Waffe verbergen?« fragte Dr. Gerrigel.

»Lassen Sie mich erklären. Die Tatwaffe ist nicht aufgefunden worden. Man hat den Tatort gründlich abgesucht, und sie nicht gefunden. Und doch kann sie sich nicht in Rauch aufgelöst haben. Es gibt nur einen Ort, an dem sie sich befunden haben könnte; einen einzigen Ort, an den niemand gedacht hat.«

»Wo, Elijah?« fragte R. Daneel.

Baley hob seinen Blaster, so daß die anderen Anwesenden ihn zum ersten Mal sehen konnten, und richtete ihn auf den Roboter.

»In Ihrem Nahrungssack«, sagte er. »In Ihrem Nahrungssack, Daneel!«

13
DIE MASCHINE ERGREIFT
DIE INITIATIVE

»Das ist nicht so«, sagte R. Daneel leise.

»Ja? Wir wollen das Dr. Gerrigel entscheiden lassen. Dr. Gerrigel?«

»Mr. Baley?« Der Robotiker, dessen Blick unruhig zwischen Baley und dem Roboter hin und her gewandert war, ruhte jetzt auf dem Menschen.

»Ich habe Sie hierhergebeten, um bezüglich dieses Roboters die Analyse einer Autorität zu bekommen. Ich kann es einrichten, daß Sie die Labors der städtischen Normenstelle benutzen können. Wenn Sie irgendwelche Geräte oder Apparaturen brauchen, die man dort nicht hat, werde ich sie Ihnen besorgen. Ich will eine schnelle und definitive Antwort, gleichgültig, was sie an Kosten und Mühe erfordert.«

Baley stand auf. Seine Worte hatten ganz ruhig geklungen, aber er spürte dahinter eine steigende Hysterie in sich. Im Augenblick hatte er das Gefühl, wenn er nur Dr. Gerrigel am Hals packen und die notwendigen Aussagen aus ihm herausdrücken könnte, würde er am liebsten auf jede Wissenschaft verzichten.

»Nun, Dr. Gerrigel?« sagte er.

Dr. Gerrigel blinzelte nervös und sagte: »Mein lieber Mr. Baley, ich werde kein Labor brauchen.«

»Warum nicht?« fragte Baley argwöhnisch. Er stand mit angespannten Muskeln da und spürte ein Zucken in seinen Gliedern.

»Es ist nicht schwer, das Erste Gesetz zu testen. Ich mußte das nie, verstehen Sie? Aber es ist wirklich einfach.«

Baley atmete durch den Mund ein und ließ die Luft dann langsam wieder durch die Nase entweichen. Dann sagte er: »Würden Sie bitte erklären, was Sie meinen? Wollen Sie sagen, daß Sie ihn hier testen können?«

»Ja, natürlich. Sehen Sie, Mr. Baley, ich will Ihnen keine Analogie anbieten. Wenn ich Arzt wäre und den Blutzucker eines Patienten testen müßte, würde ich ein chemisches Labor brauchen. Wenn ich seinen Grundumsatz messen oder seine Cortex-Funktion testen oder seine Gene überprüfen müßte, um Aufschluß über irgendeinen Erbschaden zu bekommen, würde ich dazu komplizierte Einrichtungen benötigen. Andrerseits könnte ich prüfen, ob er blind ist, indem ich lediglich die Hand vor seine Augen halte, und ob er tot ist, könnte ich überprüfen, indem ich ihm den Puls fühle.

Worauf ich hinaus möchte, ist, daß die benötigten Geräte um so einfacher werden, je wichtiger und fundamentaler die betreffende Eigenschaft ist. Bei einem Roboter ist es genauso. Das Erste Gesetz ist fundamental. Es hat Auswirkungen auf alles. Wenn es fehlte, könnte der Roboter nicht richtig reagieren, und zwar in zwei Dutzend verschiedenen, deutlich erkennbaren Bereichen.«

Während er sprach, holte er einen flachen, schwarzen Gegenstand heraus, der sich zu einem kleinen Buchbetrachter auseinanderklappen ließ. Er schob eine abgegriffene Spule in den Aufnahmeschlitz und holte dann eine Stoppuhr und eine Anzahl weißer Plastikteile heraus, die sich zu so etwas wie einem Rechenschieber mit drei unabhängig voneinander bewegbaren Skalen zusammenfügen ließen. Die Markierungen darauf wirkten auf Baley völlig fremdartig.

Dr. Gerrigel tippte an seinen Buchbetrachter und lächelte, als bereite es ihm Freude, ein wenig arbeiten zu können.

»Das ist mein *Handbuch der Robotik*«, sagte er. »Ich habe es immer bei mir. Es gehört sozusagen zu meinem Anzug.« Er kicherte verlegen.

Dann setzte er das Okular des Betrachters an und drehte an ein paar Knöpfen. Der Betrachter summte, hielt an, summte noch einmal und hielt erneut an.

»Eingebauter Index«, sagte der Robotiker voll Stolz, wobei seine Stimme etwas verändert klang, weil der Betrachter seinen Mund halb bedeckte. »Ich habe das Gerät selbst konstruiert. Es spart mir viel Zeit. Aber das ist ja jetzt wohl nicht wichtig, oder? Mal sehen. Hm. Würdest du deinen Stuhl näher zu mir heranschieben, Daneel?«

Das tat R. Daneel. Er hatte den Robotiker bei seinen Vorbereitungen aufmerksam, aber unbewegt beobachtet.

Baley schob sich den Blaster zurecht. Was dann folgte, verwirrte und enttäuschte ihn zugleich. Dr. Gerrigel stellte Fragen und tat Dinge, die ihm ohne Bedeutung zu sein schienen, und wandte sich zwischendurch immer wieder seinem dreiteiligen Rechenschieber und gelegentlich dem Lesegerät zu.

Einmal fragte er: »Wenn meine Schwester zwei Kinder hat, deren Alter sich um fünf Jahre unterscheidet und das jüngere ein Mädchen ist, welches Geschlecht hat dann das ältere?«

Daneel antwortete (unvermeidbar, wie Baley fand): »Das kann man aufgrund der gegebenen Information unmöglich sagen.«

Aber Dr. Gerrigels einzige Reaktion, abgesehen von einem Blick auf seine Stoppuhr, bestand darin, daß er die rechte Hand, soweit er konnte, seitlich abspreizte und sagte: »Würdest du die Spitze meines Mittelfingers mit der Spitze des dritten Fingers deiner linken Hand berühren?«

Das tat Daneel prompt und mühelos.

In allerhöchstens fünfzehn Minuten war Dr. Gerrigel fertig. Er benutzte seinen Rechenschieber für eine letzte stumme Berechnung und zerlegte ihn dann mit ein paar geschickten Handgriffen. Er legte die Stoppuhr beiseite, holte das *Handbuch* aus dem Betrachter und klappte letzteren zusammen.

»Ist das alles?« fragte Baley und runzelte die Stirn.

»Das ist alles.«

»Aber das ist doch lächerlich. Sie haben keine einzige Frage gestellt, die sich auf das Erste Gesetz bezieht.«

»Oh, mein lieber Mr. Baley. Wenn ein Arzt Ihnen mit einem kleinen Gummihammer auf das Knie schlägt und es zuckt, akzeptieren Sie dann nicht, daß man daraus Schlüsse bezüglich des Vorhandenseins oder des Fehlens einer gewissen Nervenkrankheit ziehen kann? Wenn er sich Ihr Auge genau ansieht und die Reaktion Ihrer Iris auf Licht untersucht, überrascht es Sie dann, daß er Aussagen darüber machen kann, ob Sie vielleicht hinsichtlich gewisser Alkaloide süchtig sind?«

Baley sagte: »Nun? Wie entscheiden Sie?«

»Daneel ist in vollem Maße mit dem Ersten Gesetz ausgestattet!« Der Robotiker nickte ruckartig.

»Sie müssen sich irren«, sagte Baley heiser.

Baley hätte nicht gedacht, daß Gerrigel imstande sein würde, zu noch größerer Steifheit zu erstarren, als sie ihm ohnehin schon eigen war. Aber genau das tat er jetzt, unverkennbar. Die Augen des Mannes wurden schmal und hart. »Wollen Sie mich meinen Beruf lehren?«

»Ich meine nicht, daß Sie unfähig sind«, sagte Baley Er hob mit einer bittenden Geste die Hand. »Aber könnte es nicht sein, daß Sie sich irren? Sie selbst sagten, niemand wisse etwas über die Theorie nicht-asenionischer Roboter. Ein blinder Mann könnte mit Hilfe von Braille oder einem Tonschreiber lesen. Angenommen, Sie wüßten nicht, daß es Braille- oder Tonschreibegeräte gibt, könnten Sie dann nicht durchaus guten Glaubens sagen, daß ein Mensch über seine Sehkraft verfügt, weil er den Inhalt eines bestimmten Buchfilms kennt, und sich doch mit dieser Aussage irren?«

»Ja«, sagte der Robotiker, wieder freundlicher werdend, »ich verstehe, worauf Sie hinaus wollen. Aber der Blinde könnte dennoch nicht vermittels seiner Augen lesen; und genau das habe ich überprüft, wenn ich Ihre Analogie benutzen darf. Glauben Sie mir – gleichgültig, was ein nicht-asenionischer Roboter tun oder nicht tun könnte – es ist völlig sicher, daß R. Daneel mit dem Ersten Gesetz ausgestattet ist.«

»Könnte er nicht seine Antworten gefälscht haben?« Baley wußte, daß er jetzt nach Strohhalmen tastete.

»Selbstverständlich nicht. Das ist ja der Unterschied zwischen einem Roboter und einem Menschen. Ein menschliches Gehirn oder jedes Gehirn eines Säugetiers kann mit Hilfe der heute bekannten mathematischen Kenntnisse nicht völlig analysiert werden. Man kann daher auf keine Reaktion mit Sicherheit rechnen. Das Robotergehirn ist völlig analysierbar, sonst könnte man es nicht konstruieren. Wir wissen genau, wie die Reaktionen auf gegebene Reize ausfallen müssen. Kein Roboter kann wirklich Antworten fälschen. Was Sie Fälschung nennen, existiert im geistigen Horizont des Roboters einfach nicht.«

»Dann wollen wir doch konkret werden. R. Daneel hat einen Blaster auf eine Menschenmenge gerichtet, das habe ich gesehen, ich war selbst dabei. Selbst wenn man einräumt, daß er nicht geschossen hat – würde das Erste Gesetz ihn nicht trotzdem in eine Art von Neurose getrieben haben? Das war nämlich nicht der Fall, müssen Sie wissen. Er war nachher völlig normal.«

Der Robotiker griff sich zögernd mit der Hand ans Kinn. »Das *ist* anomal.«

»Ganz und gar nicht«, sagte R. Daneel plötzlich. »Partner Elijah, würden Sie sich den Blaster ansehen, den Sie mir weggenommen haben?«

Baley blickte auf den Blaster, den er mit der linken Hand hielt.

»Öffnen Sie die Ladungskammer«, drängte R. Daneel. »Sehen Sie sie sich genau an!«

Baley wog seine Chancen ab und legte dann langsam den eigenen Blaster neben sich auf den Tisch. Mit einer schnellen Bewegung klappte er den Blaster des Roboters auf.

»Die Kammer ist leer«, sagte er ausdruckslos.

»Sie ist ohne Ladung«, pflichtete R. Daneel ihm bei. »Wenn Sie genauer hinsehen, werden Sie feststellen, daß in der Kammer noch nie eine Ladung war. Der Blaster hat keinen Zündkontakt und kann nicht benutzt werden.«

»Sie haben die Menge mit einem ungeladenen Blaster bedroht?« sagte Baley.

»Ich mußte einen Blaster haben, sonst hätte ich meine Rolle als Ermittlungsbeamter nicht spielen können«, sagte R. Daneel. »Wenn ich andererseits einen geladenen und daher einsatzfähigen Blaster bei mir getragen hätte, dann wäre es möglich gewesen, daß ich durch Zufall, also versehentlich, ein menschliches Wesen verletzte, und das ist natürlich undenkbar. Ich hätte Ihnen das seinerzeit erklärt, aber Sie waren zornig und wollten nicht zuhören.«

Baley starrte finster auf den nutzlosen Blaster, den er in der Hand hielt, und sagte dann leise: »Ich glaube, das wäre alles, Dr. Gerrigel. Danke, daß Sie mir geholfen haben.«

Baley ließ sich sein Mittagessen ins Büro kommen. Aber als es dann kam (Hefekuchen und ein ziemlich extravagant aussehendes Stück gebratenes Hühnchen auf Knäckebrot), konnte er es nur anstarren.

Seine Gedanken drehten sich im Kreise. Die Falten in seinem langen Gesicht wirkten noch tiefer eingegraben und ließen ihn finster und trübsinnig erscheinen.

Er lebte in einer unwirklichen Welt, einer grausamen Welt, in der das Oberste zuunterst gekehrt war.

Wie war es dazu gekommen? Die unmittelbare Vergangenheit streckte sich wie ein nebelhafter, unwahrscheinlicher Traum bis zu dem Augenblick, in dem er Julius Enderbys Büro betreten und sich plötzlich in einem Alptraum wiedergefunden hatte, einem Alptraum, der von Mord und Robotik geprägt war.

Jehoshaphat! Erst fünfzig Stunden war das her.

Hartnäckig hatte er in Spacetown die Lösung gesucht. Zweimal hatte er R. Daneel beschuldigt; einmal, er sei ein menschliches Wesen in Verkleidung, und einmal als Roboter; und jedesmal als Mörder. Zweimal war die Anklage zurückgewiesen und mit Leichtigkeit zerpflückt worden.

Ob er es nun wollte oder nicht, er mußte seine Gedanken auf die City richten, und das wagte er seit dem vergangenen Abend nicht. Bestimmte Fragen trommelten auf sein Bewußtsein ein, aber er wollte nicht zuhören; er hatte das Gefühl, dazu nicht imstande zu sein. Wenn er sie hörte, würde er sie beantworten müssen, und dann ... – O Gott – er wollte den Antworten nicht ins Auge sehen, die er dann würde geben müssen.

»Lije, Lije!« eine Hand rüttelte unsanft an Baleys Schulter.

Baley zuckte zusammen und sagte: »Was ist denn, Phil?«

Philip Norris, Ermittlungsbeamter der Rangstufe C-5, setzte sich, legte die Hände auf die Knie und beugte sich vor, musterte Baleys Gesicht. »Was ist denn los mit dir? Hast wohl in letzter Zeit Pillen genommen? Du bist mit offenen Augen dagesessen, daß ich schon dachte, du warst tot.«

Er fuhr sich durch das dünner werdende blonde Haar, und seine eng beieinanderliegenden Augen musterten Baleys inzwischen kaltgewordenes Mittagessen gierig. »Hühnchen!« sagte er. »Allmählich kriegt man so was nur noch auf ärztliches Rezept.«

»Nimm doch!« sagte Baley ausdruckslos.

Aber die guten Manieren siegten, und Norris sagte: »Oh, schon gut. Ich gehe ohnehin gleich essen. Behalt es nur. – Sag mal, was ist denn mit dem Alten los?«

»Was?«

Norris gab sich Mühe, beiläufig zu wirken, aber seine Hände waren rastlos. »Ach, komm schon!« sagte er. »Du weißt genau, was ich meine. Schließlich warst du ja die ganze Zeit mit ihm zusammen, seit er wieder da ist. Was ist denn los? Steht eine Beförderung bevor?«

Baley runzelte die Stirn und hatte das Gefühl, die Wirklichkeit kehre wieder zurück, als die Rede auf Büropolitik kam. Norris hatte etwa ebensoviel Dienstjahre wie er und würde natürlich sorgsam auf jede Andeutung irgendwelcher Bevorzugung Baleys achten.

»Keine Beförderung«, sagte Baley. »Das kannst du mir

glauben. Es ist nichts. Wirklich nichts. Und wenn du den Commissioner haben willst, dann wünschte ich mir, ich könnte ihn dir geben. Jehoshaphat! Du kannst ihn haben!«

»Versteh mich nicht falsch«, meinte Norris. »Mir ist es egal, wenn die dich befördern. Ich meine nur, wenn du schon Einfluß auf den Alten hast, könntest du ihn doch für den Jungen benutzen.«

»Welchen Jungen?«

Aber die Frage bedurfte keiner Antwort. Vincent Barrett, der junge Mann, dem man den Job weggenommen hatte, um Platz für R. Sammy zu machen, kam schlurfend auf sie zu. Er drehte eine Mütze zwischen den Händen, und die Haut über seinen hohen Backenknochen bewegte sich, als er zu lächeln versuchte.

»Hallo, Mr. Baley!«

»Oh, hallo, Vince! Wie geht's denn?«

»Nicht besonders, Mr. Baley.«

Er sah sich hungrig um. Baley dachte: Der sieht verloren aus, halb tot – degradiert.

Und dann dachte er wild, und seine Lippen hätten sich beinahe bewegt, so zornig war er: Aber was will er von mir?

»Tut mir leid, Junge«, sagte er. Was gab es da sonst schon zu sagen?

»Ich denke die ganze Zeit – vielleicht hat sich etwas ergeben.«

Norris beugte sich zu Baley vor und sagte ihm ins Ohr: »Jetzt muß wirklich etwas geschehen, um damit Schluß zu machen. Die wollen jetzt auch noch Chen-Low entlassen.«

»Was?«

»Hast du das nicht gehört?«

»Nein. Verdammt, der ist C-3. Hat schon zehn Jahre auf dem Buckel.«

»Stimmt. Aber eine Maschine mit Beinen kann seine Arbeit tun. Wer wird wohl der Nächste sein?«

Der junge Vince Barrett schien das geflüsterte Gespräch

nicht zu hören. Er war ganz und gar mit seinen eigenen Gedanken beschäftigt und sagte jetzt: »Mr. Baley?«

»Ja, Vince?«

»Wissen Sie, was man sagt? Man sagt, Lyranne Millane, die Subäther-Tänzerin, sei in Wirklichkeit ein Roboter.«

»Das ist doch albern.«

»Wirklich? Es heißt, man könnte Roboter machen, die ganz wie Menschen aussehen, mit einer speziellen Plastikhaut oder so etwas Ähnlichem.«

Baley dachte mit einer Art Schuldgefühl an R. Daneel und fand keine Worte. Er schüttelte den Kopf.

Und der Junge fragte: »Meinen Sie, daß es jemanden stört, wenn ich hier etwas herumgehe? Ich fühle mich besser dabei, wenn ich die alte Bude sehe.«

»Nur zu, Junge.«

Der junge Mann schlenderte davon. Baley und Norris blickten ihm nach. Dann meinte Norris: »Scheint, daß die Traditionalisten doch recht haben.«

»Sie meinen, zurück zur Scholle? Ist es das, Phil?«

»*Nein.* Ich meine, wegen der Roboter. Zurück zur Scholle. Ha! Die alte Erde hat eine grenzenlose Zukunft. Wir brauchen keine Roboter, das ist alles.« Baley murmelte: »Acht Milliarden Leute. Und das Uran wird knapp! Was ist daran grenzenlos?«

»Was ist dann schon, wenn das Uran ausgeht. Wir werden es importieren. Oder einen anderen Kernspaltungsprozeß entdecken. Man kann die Menschheit einfach nicht aufhalten, Lije. Da mußt du optimistisch sein und an das alte menschliche Gehirn glauben. Unser wichtigster Besitz ist unsere Findigkeit, und die werden wir immer behalten, Lije.«

Er war jetzt richtig in Fahrt gekommen und fuhr fort: »Wir könnten zum Beispiel die Sonnenenergie einsetzen, und die reicht noch Milliarden Jahre. Wir können innerhalb der Merkur-Bahn Raumstationen bauen, als Energiesammler. Die Energie könnten wir dann mit Richtstrahlen zur Erde übertragen.«

Baley war das Projekt nicht neu. Spekulative Kreise der Wissenschaft hatten wenigstens schon hundertfünfzig Jahre mit dem Gedanken gespielt. Was seine Verwirklichung bislang verhindert hatte, war, daß es bis zur Stunde unmöglich war, einen Richtstrahl so eng zu bündeln, daß er fünfzig Millionen Meilen weit reichen konnte, ohne zur Nutzlosigkeit aufgeweitet zu werden. Das sagte Baley jetzt auch.

Doch Norris meinte nur: »Wenn es notwendig ist, wird man auch das schaffen. Warum sich Sorgen darüber machen?«

Baley stellte sich eine Erde vor, der unbegrenzt Energie zur Verfügung stand. Die Bevölkerung würde sich immer weiter vermehren. Die Hefefarmen würden sich ausdehnen, die Hydroponikkultur noch intensiver betrieben werden. Energie war das einzige unerläßliche Gut. Die mineralischen Grundstoffe würde man von den unbewohnten Felsbrocken des Sonnensystems heranschaffen. Wenn Wasser je einen Engpaß bilden sollte, könnte man mehr von den Jupitermonden herbeischaffen. Zum Teufel! Wenn nötig, könnte man die Ozeane einfrieren und sie in den Weltraum hinausschleppen, wo sie die Erde als kleine Eismonde umkreisen würden. Dort würden sie immer zur Verfügung stehen, während man den Meeresgrund als Land benutzen konnte, als Lebensraum. Selbst die Kohle und den Sauerstoff der Erde könnte man erhalten oder sogar vermehren, wenn man die Methan-Atmosphäre des Titan und den gefrorenen Sauerstoff des Umbriel nutzte.

Die Bevölkerung der Erde konnte ebensogut auch die Zahl von ein oder zwei Billionen erreichen. Warum auch nicht? Einmal hatte es eine Zeit gegeben, wo man die augenblickliche Bevölkerungszahl von acht Milliarden für unmöglich gehalten hätte. Es hat Zeiten gegeben, wo eine Bevölkerungszahl von auch nur einer Milliarde undenkbar gewesen war. In jeder Generation hatte es Propheten eines malthusianischen Untergangs der Menschheit gegeben, seit dem Mittelalter. Und immer wieder hatte sich herausgestellt, daß sie unrecht gehabt hatten.

Aber was würde Fastolfe sagen? Eine Welt mit einer Billion Bevölkerung? Sicherlich! Aber diese eine Billion Menschen würden von importierter Luft und im portiertem Wasser abhängig sein und von der Energieversorgung durch komplizierte Sammelstationen, die fünfzig Millionen Meilen entfernt im Weltraum kreisen. Wie unglaublich instabil das alles sein würde. Die Erde würde ständig nur uni Haaresbreite vom Katastrophenfall entfernt sein und das auch immer bleiben; einem Katastrophenfall, der sofort eintreten würde, wenn auch nur das kleinste Rädchen in diesem das ganze Sonnensystem umfassenden Mechanismus ausfiel, ja auch nur kurz angehalten wurde.

Und so meinte Baley: »Ich selbst glaube, daß es einfacher wäre, einen Teil der überflüssigen Bevölkerung wegzuschicken.« Das war mehr eine Antwort auf das Bild, das er sich selbst ausgemalt hatte, als auf das, was Norris gesagt hatte.

»Wer würde uns denn haben wollen?« fragte Norris sarkastisch.

»Jeder beliebige, unbewohnte Planet.«

Norris stand auf und klopfte Baley auf die Schulter. »Lije, iß dein Huhn und sieh zu, daß du dich ein wenig erholst! Du *mußt* im Augenblick von Aufputschpillen leben.« Er ging schmunzelnd weg.

Baley sah ihm nach und verzog den Mund. Norris würde die Nachricht verbreiten, und so würde es Wochen dauern, bis die Spaßvögel der Abteilung (die es in jedem Büro gibt) ihn wieder in Ruhe lassen würden. Aber wenigstens hatte es ihn von dem jungen Vince abgelenkt und von dem Thema Roboter oder dem Thema Degradierung.

Er seufzte und stach mit der Gabel in das inzwischen kalt gewordene und ohnehin etwas zähe Hühnchen.

Baley war bei seinem Nußhefenachtisch angelangt, als endlich R. Daneel seinen Platz (den man ihm am Morgen zugeteilt hatte) verließ und sich ihm näherte.

Baley musterte ihn etwas unbehaglich. »Nun?«

»Der Commissioner ist nicht in seinem Büro, und man weiß auch nicht, wann er wieder zurückkommen wird. Ich habe R. Sammy gesagt, daß wir es benutzen werden und daß er niemandem außer dem Commissioner den Zutritt erlauben darf.«

»Wozu werden wir es denn benutzen?«

»Um ungestört zu sein. Sie stimmen mir doch sicher zu, daß wir Pläne machen müssen. Sie haben doch sicher nicht vor, die Ermittlungen jetzt aufzugeben, oder?«

Genau das war es, wonach Baley sich am meisten sehnte; aber das konnte er natürlich nicht sagen. Also stand er auf und ging zu Enderbys Büro voraus.

Als sie sich in dem abgeteilten Raum befanden, sagte Baley: »Also schön, Daneel. Was ist los?«

Und der Roboter antwortete: »Partner Elijah, seit gestern abend sind Sie nicht mehr Sie selbst. Ihre geistige Aura hat sich deutlich verändert.«

Ein schrecklicher Gedanke drängte sich in Baleys Bewußtsein. »Sind Sie Telepath?« schrie er.

Das war eine Möglichkeit, die er unter normalen Umständen keineswegs in Betracht gezogen hätte.

»Nein. Natürlich nicht«, sagte R. Daneel.

Baleys Panik legte sich langsam. »Was, zum Teufel, soll das dann heißen, wenn Sie von meiner geistigen Aura reden?«

»Das ist lediglich ein Ausdruck, mit dem ich eine Empfindung beschreibe, die Sie nicht mit mir teilen.«

»Was für eine Empfindung?«

»Das ist schwer zu erklären, Elijah. Sie werden sich daran erinnern, daß man mich ursprünglich dafür konstruiert hat, für unsere Leute in Spacetown die menschliche Psychologie zu studieren.«

»Ja, ich weiß. Für die Detektivarbeit hat man Sie einfach dadurch ausgerüstet, indem man Ihnen einen zusätzlichen Stromkreis eingebaut hat, der den Wunsch nach Gerechtigkeit erzeugen soll.« Baley versuchte gar nicht erst, seinen Sarkasmus zu unterdrücken.

»Genau, Elijah. Aber meine ursprüngliche Konstruktion ist im Wesen natürlich unverändert geblieben. Man hat mich für den Zweck der Zerebral-Analyse konstruiert.«

»Um Gehirnwellen zu analysieren?«

»Nun, ja. Man kann das durch Feldmessungen machen, ohne daß es direkter Elektrodenkontakte bedarf, wenn man über den richtigen Empfänger verfügt. Mein Gehirn ist ein solcher Empfänger. Wird dieses Prinzip auf der Erde nicht angewendet?«

Das wußte Baley nicht. So ignorierte er die Frage und sagte vorsichtig: »Wenn Sie die Gehirnwellen messen, was bekommen Sie da heraus?«

»Keine Gedanken, Elijah. Ich bekomme einen Gesamteindruck vom grundlegenden Gefühl und kann so das Temperament und die ihm unterliegenden Triebe und Einstellungen eines Menschen analysieren. So war beispielsweise ich es, der mit Sicherheit ausschließen konnte, daß Commissioner Enderby imstande war, unter den zum Zeitpunkt des Mordes herrschenden Gegebenheiten einen Menschen zu töten.«

»Und auf diese Ihre Aussage hin scheidet er als Verdächtiger aus.«

»Ja. Das konnte man auch ruhig tun. Ich bin in dieser Hinsicht ein sehr empfindliches Gerät.«

Wieder kam Baley ein Gedanke. »Augenblick! Commissioner Enderby wußte doch nicht, daß man ihn dieser Zerebral-Analyse unterzogen hat, oder?«

»Es bestand keine Notwendigkeit, seine Gefühle zu verletzen.«

»Ich meine, Sie sind nur dortgestanden und haben ihn angesehen. Keine Maschinen oder Apparate. Keine Elektroden. Keine Meßgeräte.«

»Sicher nicht. Ich bin da eine geschlossene Einheit.«

Baley biß sich in einer Mischung aus Zorn und Verzweiflung auf die Unterlippe. Das war die letzte Ungereimtheit gewesen, das letzte Mauseloch, in dem man noch hätte herumstochern können, in dem Versuch, Spacetown das Verbrechen anzuhängen.

R. Daneel hatte erklärt, daß man eine Zerebral-Analyse an dem Commissioner durchgeführt hätte. Und eine Stunde später hatte der Commissioner selbst durchaus glaubwürdig geleugnet, den Begriff zu kennen. Kein Mensch hätte das erdrückende Erlebnis einer elektroenzephalographischen Messung vermittels Elektroden durchmachen können, noch dazu unter Mordverdacht, ohne einen unverkennbaren Eindruck von einer solchen Analyse zu haben.

Aber jetzt hatte sich diese Diskrepanz aufgelöst. Der Commissioner hatte überhaupt nichts von der durchgeführten Analyse bemerkt. R. Daneel sprach die Wahrheit; und der Commissioner hatte ebenfalls die Wahrheit gesagt.

»Nun«, sagte Baley mit scharfer Stimme, »was sagt Ihnen Ihre Zerebral-Analyse dann über mich?«

»Sie sind beunruhigt.«

»Das ist ja eine großartige Entdeckung, nicht wahr? Natürlich bin ich beunruhigt.«

»Aber diese Beunruhigung geht im wesentlichen auf einen Widerstreit von Motiven zurück, der sich in Ihnen abspielt. Einerseits drängt Sie Ihre Berufsethik dazu, nähere Einzelheiten über diese Verschwörung von Erdenmenschen in Erfahrung zu bringen, die uns gestern abend belagert haben. Ein anderes Motiv von gleicher Stärke drängt Sie in die genau entgegengesetzte Richtung. Soviel kann man ganz deutlich dem elektrischen Feld Ihrer zerebralen Zellen entnehmen.«

»Meiner zerebralen Zellen – *Quatsch!*« sagte Baley hitzig. »Hören Sie! Ich werde Ihnen sagen, weshalb es keinen Sinn hat, dieser sogenannten Verschwörung nachzuspüren. Sie hat überhaupt nichts mit dem Mord zu tun. Ich habe das zunächst ebenfalls geglaubt, das gebe ich zu. Gestern in der Küche dachte ich, daß wir in Gefahr wären. Aber was ist passiert? Sie sind uns nach draußen gefolgt, ließen sich auf den Streifen abhängen, und das war alles. Das war doch nicht das Verhalten gut organisierter, verzweifelter Menschen.

Mein eigener Sohn hat ohne die geringste Mühe herausgefunden, wo wir uns aufhielten. Er hat hier angerufen. Er brauchte sich nicht einmal zu erkennen zu geben. Unsere großartigen Verschwörer hätten dasselbe tun können, wenn sie wirklich den Wunsch gehabt hätten, uns einen Schaden zuzufügen.«

»Haben sie das nicht?«

»Offenbar nicht. Wenn sie einen Krawall gewollt hätten, hätten sie bei dem Schuhgeschäft einen auslösen können. Und doch zogen sie sich ganz zahm und brav vor einem Mann mit einem Blaster zurück. Einem *Roboter* mit einem Blaster, denn wenn es Verschwörer gewesen wären, dann hätten sie gewußt, daß Sie ein Roboter sind, und es wäre ihnen klar gewesen, daß Sie den Blaster gar nicht abfeuern konnten. Es sind Traditionalisten. Harmlose Spinner. Sie wissen das natürlich nicht. Aber ich hätte es wissen müssen. Und ich hätte es auch gewußt, wenn diese ganze Geschichte nicht dazu geführt hätte, daß ich ... daß ich dummen, melodramatischen Gedanken nachhänge.

Ich sage Ihnen, ich weiß, was das für Leute sind, die Traditionalisten werden und sich das Mittelalter zurückwünschen. Es sind weiche, träumerische Menschen, denen das Leben hier zu hart vorkommt und die sich in einer Idealwelt der Vergangenheit verlieren, die es in Wirklichkeit niemals gegeben hat. Wenn Sie eine ganze Bewegung so analysieren könnten, wie Sie es bei Individuen können, würden Sie feststellen, daß diese Träumer ebensowenig zu einem Mord fähig sind wie Julius Enderby selbst.«

R. Daneel sagte langsam: »Ich kann Ihre Feststellung nicht einfach so akzeptieren.«

»Was wollen Sie damit sagen?«

»Sie haben Ihre Ansichten zu plötzlich geändert. Es gibt da auch gewisse Diskrepanzen. Sie haben das Zusammentreffen mit Dr. Gerrigel schon Stunden vor dem Abendessen arrangiert. Damals wußten Sie noch nichts von meinem Nahrungssack und können mich daher auch nicht als Mörder verdächtigt haben. Warum *haben* Sie ihn dann gerufen?«

»Ich habe Sie auch da schon verdächtigt.«

»Und gestern nacht haben Sie im Schlaf geredet.«

Baleys Augen weiteten sich. »Was habe ich gesagt?«

»Sie haben nur einige Male das Wort ›Jessie‹ wiederholt. Damit meinten Sie wahrscheinlich Ihre Frau.«

Baleys angespannte Muskeln lockerten sich. Seine Stimme zitterte jetzt beim Sprechen etwas. »Ich hatte einen Alptraum. Wissen Sie, was das ist?«

»Aus persönlicher Erfahrung natürlich nicht. Die Definition im Wörterbuch lautet, daß das ein furchteinflößender Traum ist.«

»Und Sie wissen, was ein Traum ist?«

»Wieder nur die Definition aus dem Wörterbuch. Eine Illusion der Wirklichkeit, die man während der zeitweiligen Aufhebung des bewußten Denkens erlebt, die Sie ›Schlaf‹ nennen.«

»Schön. Damit will ich mich zufriedengeben. Eine Illusion. Manchmal können diese Illusionen verdammt echt wirken. Nun, ich habe geträumt, meine Frau sei in Gefahr. Das ist eine Art von Traum, wie Leute ihn oft haben. Ich habe ihren Namen gerufen. Auch das geschieht unter solchen Umständen. Sie können mir das glauben.«

»Mit dem größten Vergnügen. Aber das bringt mich auf einen anderen Gedanken. Wie hat Jessie herausgefunden, daß ich ein Roboter bin?«

Baleys Stirn wurde wieder feucht. »Jetzt wollen wir doch nicht wieder damit anfangen, oder? Das Gerücht ...«

»Entschuldigen Sie, wenn ich Sie unterbreche, Partner Elijah. Aber ein solches Gerücht gibt es nicht. Wenn es eins gäbe, dann wäre heute die ganze City in Aufruhr. Ich habe die Berichte überprüft, die hier eingegangen sind, und das ist nicht der Fall. Es gibt einfach kein Gerücht. Daher nochmals – wie hat es Ihre Frau erfahren?«

»Jehoshaphat! Was wollen Sie damit sagen? Glauben Sie, meine Frau gehörte dieser ... dieser ...«
»Ja, Elijah.«
Baley umfaßte sein linkes Handgelenk mit der rechten Hand und preßte es. »Nun, das ist nicht der Fall, und wir werden diesen Punkt jetzt auch nicht weiter diskutieren.«
»Das paßt nicht zu Ihnen, Elijah. Sie haben mich im Rahmen Ihrer Pflichten zweimal des Mordes bezichtigt.«
»Und damit wollen Sie sich revanchieren?«
»Ich bin nicht sicher, ob ich richtig verstehe, was Sie damit meinen. Ich billige ganz sicher Ihre Bereitschaft, mich zu verdächtigen. Sie hatten Ihre Gründe. Diese Gründe waren falsch, aber sie hätten auch ohne weiteres richtig sein können. Und jetzt deuten ähnlich starke Indizien auf Ihre Frau.«
»Als Mörderin? Verdammt noch mal, Jessie würde nicht einmal ihrem schlimmsten Feind etwas zuleide tun. Sie könnte den Fuß nicht vor die City setzen. Sie könnte ... Verdammt noch mal, wenn Sie aus Fleisch und Blut wären, würde ich jetzt ...«
»Ich sage nur, daß sie ein Mitglied der Verschwörung ist. Ich sage, man sollte sie verhören.«
»Um keinen Preis! Jetzt hören Sie mir zu. Die Traditionalisten wollen nicht unser Blut. So arbeiten die nicht. Die wollen lediglich Sie aus der City vertreiben. Soviel liegt auf der Hand. Und sie versuchen das durch eine Art psychologischen Angriff zu erreichen. Sie versuchen, Ihnen das Leben unangenehm zu machen, und mir auch, da ich mit Ihnen beisammen bin. Sie könnten leicht herausgefunden haben, daß Jessie meine Frau ist, und es liegt daher nahe, daß sie die Nachricht irgendwie zu Jessie haben durchsickern lassen. Sie ist in der Beziehung wie jedes andere menschliche Wesen. Sie *mag* Roboter nicht. Sie würde nicht wollen, daß ich mich mit einem abgebe, ganz besonders nicht, wenn sie der Ansicht wäre, es sei gefährlich; und das hätten die Verschwörer ganz sicher angedeutet. Ich sage Ihnen, daß es funktioniert hat. Sie hat mich die

ganze Nacht darum gebettelt, den Fall aufzugeben oder Sie irgendwie aus der City zu schaffen.«

»Sie haben möglicherweise den starken Drang, Ihre Frau vor einem Verhör zu schützen«, sagte R. Daneel. »Für mich liegt es auf der Hand, daß Sie diese Argumentation hier aufbauen, ohne wirklich daran zu glauben.«

»Wofür, zum Teufel, halten Sie sich eigentlich?« stieß Baley hervor. »Sie sind kein Detektiv. Sie sind eine Maschine für Zerebralanalyse, wie die Elektroenzephalographen, die wir hier in diesem Gebäude haben. Sie haben Arme und Beine und einen Kopf und können reden. Aber Sie sind kein Jota mehr als diese Maschine. Auch wenn man da einen lausigen ›Gerechtigkeitsstromkreis‹ in Sie hineinbaut, macht Sie das noch lange nicht zum Detektiv. Also was wissen Sie schon? Sie halten jetzt den Mund und überlassen es mir, Schlüsse zu ziehen!«

Der Roboter sagte mit leiser Stimme: »Ich glaube, es wäre besser, wenn Sie Ihre Stimme senken würden, Elijah. Auch wenn ich einräume, daß ich kein Detektiv in dem Sinne bin, wie Sie einer sind, würde ich Sie doch gerne auf eine Kleinigkeit hinweisen.«

»Das interessiert mich nicht.«

»Bitte, hören Sie mir dennoch zu. Wenn ich unrecht habe, werden Sie mir das sagen, und dann ist kein Schaden angerichtet worden. Es ist nur dieses – gestern abend haben Sie unser Zimmer verlassen, um Jessie über das Telefon am Korridor anzurufen. Ich habe vorgeschlagen, daß Ihr Sohn an Ihrer Stelle gehen sollte. Sie sagten mir, es sei bei Erdenmenschen nicht Sitte, daß ein Vater seinen Sohn einer Gefahr aussetzt. Ist es dann Sitte, daß eine Mutter das tut?«

»Nein, natür ...«, begann Baley und stockte.

»Sie sehen also, worauf ich hinauswill«, sagte R. Daneel. »Üblicherweise hätte Jessie, wenn sie um Ihre Sicherheit besorgt gewesen wäre und Sie hätte warnen wollen, ihr eigenes Leben riskiert und *nicht* Ihren Sohn geschickt. Die Tatsache, daß sie Bentley geschickt hat, konnte daher nur bedeuten, daß sie der Meinung war, das würde für ihn ungefährlich sein, aber nicht für sie. Wenn die Verschwörung aus Leuten besteht, die Jessie unbekannt sind, würde das nicht der Fall sein, zumindest hätte sie keinen Anlaß dazu gehabt, dies anzunehmen. Wenn sie andererseits der Verschwörung selbst angehörte, würde sie das wissen. Sie würde wissen, Elijah, daß man nach ihr Ausschau halten und sie erkennen würde, wohingegen Bentley unbemerkt durchkommen könnte.«

»Augenblick mal!« sagte Baley niedergeschlagen. »Das ist wirklich Haarspalterei, aber ...«

Er brauchte nicht zu warten. Das Signal auf dem Schreibtisch des Commissioners blitzte wie wild. R. Daneel wartete, daß Baley reagierte, aber der konnte nur hilflos auf das Lämpchen starren. So schloß der Roboter den Kontakt.

»Was ist?«

R. Sammys schnarrende Stimme sagte: »Hier ist eine Dame, die Lije sprechen möchte. Ich habe ihr gesagt, daß er keine Zeit hat, aber sie läßt sich nicht abweisen. Sie sagt, ihr Name sei Jessie.«

»Lassen Sie sie herein«, sagte R. Daneel ruhig, und seine braunen Augen hoben sich ohne eine Spur von Gefühl und begegneten dem von Panik erfüllten Blick Baleys.

14

DIE VERSCHWÖRER

Baley blieb wie erstarrt stehen, während Jessie auf ihn zurannte, ihn an den Schultern packte und sich an ihn schmiegte.

Seine blassen Lippen formten das Wort »Bentley?«

Sie sah ihn an und schüttelte den Kopf so heftig, daß ihr braunes Haar flog. »Alles in Ordnung.«

»Nun, dann ...«

Aber Jessie fing plötzlich an zu schluchzen, und dann brach es aus ihr heraus, mit ganz leiser Stimme, so leise, daß er sie kaum verstehen konnte. »Ich ertrage das nicht mehr, Lije, ich kann das nicht. Ich kann weder schlafen noch essen. Ich muß es dir sagen.«

»Sag gar nichts«, sagte Baley gequält. »Um Himmels willen, Jessie, nicht jetzt!«

»Ich muß. Ich habe etwas Schreckliches getan. Etwas ganz Schreckliches. O Lije...« Und dann übertönte ihr Schluchzen alles.

»Wir sind hier nicht allein, Jessie«, sagte Baley hoffnungslos.

Sie blickte auf und starrte R. Daneel an, ohne ihn zu erkennen. Vielleicht ließen die Tränen in ihren Augen den Roboter zu einem formlosen Schemen verschwimmen.

R. Daneel sagte mit leiser Stimme, fast war es nur ein Murmeln: »Guten Tag, Jessie.«

Und sie stieß hervor: »Ist das ... der Roboter?«

Sie fuhr sich mit der Hand über die Augen und löste sich aus Baleys Arm. Sie atmete tief, und einen Augenblick lang zuckte ein schwaches Lächeln über ihre Lippen. »Sie *sind* das doch, oder?«

»Ja, Jessie.«

»Und es macht Ihnen nichts aus, wenn man Sie einen Roboter nennt?«

»Nein, Jessie. Das bin ich ja.«

»Und mir macht es nichts aus, wenn man mich eine Närrin nennt, eine Idiotin und – eine Agentin der Verschwörer, denn das alles bin ich.«

»Jessie!« stöhnte Baley.

»Es hat keinen Sinn, Lije«, sagte sie. »Wenn er dein Partner ist, soll er es ruhig wissen. Ich kann nicht länger damit leben. Ich habe seit gestern so schrecklich gelitten. Mir ist es egal, wenn man mich ins Gefängnis steckt. Es ist mir auch gleichgültig, wenn man mich in die untersten Etagen schickt und ich dort von roher Hefe und Wasser leben muß. Es ist mir egal, wenn ... Aber du wirst das doch nicht zulassen, oder, Lije? Laß nicht zu, daß sie mir etwas antun! Ich habe ... ich habe schreckliche Angst.«

Baley tätschelte ihre Schulter und ließ sie weinen.

Und zu R. Daneel sagte er: »Sie fühlt sich nicht wohl. Wir können sie nicht hierbehalten. Wie spät ist es?«

R. Daneel sagte, ohne auf irgendeine Uhr zu sehen: »Vierzehn Uhr fünfundvierzig.«

»Der Commissioner sollte jeden Augenblick zurückkommen. Hören Sie, fordern Sie einen Streifenwagen an, dann können wir uns auf der Autobahn weiter unterhalten.«

Jessies Kopf fuhr in die Höhe. »Die Autobahn? O nein, Lije!«

»Jetzt sei nicht abergläubisch, Jessie«, sagte er, bemüht, so besänftigend wie nur gerade möglich zu klingen. »In deinem jetzigen Zustand kannst du unmöglich den Expreßway benützen. Jetzt sei lieb und beruhige dich, sonst können wir nicht einmal durch den Gemeinschaftsraum gehen. Ich hole dir etwas Wasser.«

Sie wischte sich das Gesicht mit einem feuchten Taschentuch ab und sagte betrübt: »Oh, sieh dir doch mein Make-up an.«

»Mach dir jetzt keine Gedanken wegen deines Make-ups«, sagte Baley. »Daneel, wie steht es mit dem Streifenwagen?«

»Steht bereit, Partner Elijah.«

»Komm, Jessie!«

»Warte! Nur einen Augenblick, Lije. Ich muß mein Gesicht ein wenig herrichten.«

»Das ist jetzt nicht wichtig.«

Aber sie entzog sich ihm. »Bitte! Ich kann nicht so durch den Gemeinschaftsraum gehen. Es dauert wirklich nur eine Sekunde.«

Baley und Daneel warteten, wobei Baley immer wieder ruckartig die Fäuste ballte und sie wieder lockerte, während Daneel völlig ausdruckslos blieb.

Jessie kramte in ihrer Handtasche herum, um das zu finden, was sie brauchte. (Wenn es einen Gegenstand gibt, der sich seit dem Mittelalter jeder mechanischen Verbesserung widersetzt hat, hatte Baley einmal in seiner gravitätischen Art gesagt, dann ist das die Handtasche der Frau. Nicht einmal der Ersatz der Metallklammern durch Magnete hatte sich als erfolgreich erwiesen.) Jessie holte einen kleinen Spiegel und das versilberte Kosmetikdöschen heraus, das Baley ihr vor drei Jahren zum Geburtstag gekauft hatte.

Das Kosmetikdöschen hatte einige Öffnungen, die sie der Reihe nach benutzte. Jede einzelne Sprühschicht, mit Ausnahme der letzten, war unsichtbar. Sie benutzte sie mit der Geschicklichkeit und der Eleganz, die, selbst in Zeiten größter Anspannung, das Geburtsrecht der Frauen zu sein scheinen.

Zuerst kam eine glatte, gleichmäßige Emulsionsschicht, die die Haut glättete, ohne zu glänzen, so daß sie in einem weichen, goldenen Ton von innen heraus zu leuchten schien – einem Farbton, den Jessie schon seit langer Zeit als den am besten zu ihrer natürlichen Haar- und Augenfarbe passend erkannt hatte. Dann etwas Make-up an Kinn und Stirn, ein Hauch Rouge auf beide Wangen, um die Kinnlinie zu betonen, und schließlich ein wenig Blau auf den Augenlidern und an den Ohrläppchen. Am Ende das karminrote Lippenrot. Das war die einzige sichtbare Sprühschicht, ein schwach rosafarbener Nebel, der feucht in der Luft glitzerte und bei Berührung ihrer Lippen sofort trocknete und in tiefem Rot erstrahlte.

»So«, sagte Jessie und fuhr sich noch ein paarmal durchs Haar, um sich gleich darauf mit zutiefst unbefriedigter Miene im Spiegel zu mustern. »Ich denke, das geht so.«

Der ganze Vorgang hatte zwar mehr als die eine Sekunde gedauert, die sie versprochen hatte, aber weniger als fünfzehn. Dennoch war es Baley endlos erschienen.

»Komm!« sagte er.

Sie hatte kaum noch Zeit, das Kosmetikdöschen in die Handtasche zurückzustecken, als er Jessie auch schon durch die Tür geschoben hatte.

Das gespenstische Schweigen der Autobahn lastete schwer auf ihnen.

»Also, Jessie«, sagte Baley.

Die ausdruckslose Maske, die Jessies Gesicht seit dem Verlassen des Büros gezeigt hatte, schien im Begriff zu zerspringen. Sie sah zuerst ihren Mann und dann Daneel mit hilflosem Schweigen an.

»Bring es hinter dich, Jessie«, sagte Baley. »Hast du wirklich ein Verbrechen begangen? Ein regelrechtes Verbrechen?«

»Ein Verbrechen?« Sie schüttelte unsicher den Kopf.

»Jetzt reiß dich zusammen, und, bitte, keinen hysterischen Anfall. Sag einfach ja oder nein, Jessie. Hast du ...« – er zögerte – »jemanden getötet?«

Jessies Ausdruck verwandelte sich in Indigniertheit. »Aber Lije Baley!«

»Ja oder nein, Jessie?«

»Nein, natürlich nicht.«

Der harte Knoten, der bis zu diesem Augenblick die Stelle von Baleys Magen eingenommen hatte, lockerte sich spürbar. »Hast du etwas gestohlen? Portionen gefälscht? Jemanden angegriffen? Fremdes Eigentum zerstört? Rede schon, Jessie!«

»Ich habe gar nichts getan – gar nichts Bestimmtes. So etwas habe ich nicht gemeint.« Sie blickte sich um. »Lije, müssen wir da unten bleiben?«

»Genau an dieser Stelle, bis das vorbei ist. Und jetzt fang ganz von vorne an! Was wolltest du uns sagen – weshalb bist du zu uns gekommen?« Über Jessies gebeugtem Kopf begegnete Baleys Blick dem von R. Daneel.

Jessie sprach mit leiser Stimme, die kräftiger und deutlicher wurde.

»Es geht um diese Leute, diese Traditionalisten. *Du* weißt schon, Lije. Sie sind immer um einen herum, reden die ganze Zeit. Selbst früher, als ich noch Diätassistentin war, war das so. Erinnerst du dich an Elizabeth Thornbowe? Sie war Traditionalistin. Die ganze Zeit hat sie davon geredet, daß all unser Ärger von der City käme und daß alles viel besser gewesen sei, ehe es die Cities gab.

Ich fragte sie immer, weshalb sie dessen so sicher sei, besonders nachdem wir beide uns kennengelernt hatten, Lije – du erinnerst dich doch an unsere Gespräche damals? –, und dann zitierte sie immer aus diesen kleinen Buchbänden, die die ganze Zeit von Hand zu Hand gehen. Du weißt schon, wie *Die Schmach der Cities,* die dieser Bursche geschrieben hat. Ich erinnere mich nicht an seinen Namen.«

»Ogrinsky«, sagte Baley geistesabwesend.

»Ja. Nur daß die meisten von ihnen noch viel schlimmer waren. Dann, als ich dich heiratete, wurde sie echt sarkastisch. Sie sagte: ›Ich kann mir vorstellen, daß du jetzt eine richtige City-Frau wirst, wo du doch einen Polizisten geheiratet hast.‹ Von da an redete sie nicht mehr viel mit mir. Als ich die Stelle aufgab, war das natürlich vorbei. Vieles von dem, was sie zu mir sagte, sollte mich wahrscheinlich bloß schockieren, denke ich. Oder sie wollte geheimnisvoll oder wichtig erscheinen. Du weißt ja, sie war eine alte Jungfer; sie ist ledig geblieben bis zu ihrem Tod. Viele von diesen Traditionalisten sind irgendwie Einzelgänger und sondern sich auf die eine oder andere Weise ab. Erinnerst du dich, du hast einmal gesagt, Lije, manche Leute verwechseln ihre eigenen Probleme mit denen der Gesellschaft und wollen die Cities reparieren und verändern, weil sie nicht wissen, wie sie sich selbst richtig ins Lot bringen können.«

Baley erinnerte sich, und seine Worte klangen ihm jetzt oberflächlich und banal. »Komm zur Sache, Jessie«, sagte er mit sanfter Stimme.

Und sie fuhr fort: »Jedenfalls redete Lizzy die ganze Zeit davon, daß einmal ein Tag kommen würde, an dem alle Leute sich zusammentun müßten. Sie sagte, das Ganze sei die Schuld der Spacer, weil die eine schwache, dekadente Erde wollen. Das war eines ihrer Lieblingsworte: ›dekadent‹. Ich erinnere mich noch gut, wie sie sich die Speisepläne ansah, die ich für die nächste Woche vorbereitete, und dann die Nase hochzog und sagte: ›Dekadent, dekadent.‹ Jane Myers hat sie immer nachgemacht, und wir mußten schrecklich darüber lachen. Sie hat gesagt, Elizabeth meine ich, daß wir eines Tages die Cities aufbrechen und wieder zur Scholle zurückkehren würden. Und dann würden wir mit den Spacern abrechnen, die nichts anderes im Sinn hätten, als uns für immer an die Cities zu binden, indem sie uns Roboter aufzwingen. Nur daß sie sie nie Roboter genannt hat. Sie sagte immer: ›diese seelenlosen Maschinenungeheuer‹, wenn Sie mir den Ausdruck verzeihen, Daneel.«

»Ich weiß nicht, welche Bedeutung das Adjektiv hat, das Sie benutzt haben, Jessie«, meinte der Roboter. »Aber mich stört der Ausdruck jedenfalls nicht. Bitte, fahren Sie fort!«

Baley begann unruhig zu werden. So war das eben mit Jessie. Keine noch so große Katastrophe und keine Krise konnte sie dazu veranlassen, etwas auf eine andere als ihre eigene umschweifige Art zu erzählen.

»Elizabeth versuchte es immer so hinzustellen, als wären da eine ganze Menge Leute mit ihr zusammen. Sie sagte beispielsweise, ›bei der letzten Zusammenkunft‹, und dann hielt sie inne und sah mich an, irgendwie halb stolz und halb verängstigt, als wollte sie, daß ich mich näher erkundigte, damit sie sich dann wichtigtun könnte; aber gleichzeitig hatte sie Angst, ich könnte ihr Ärger machen. Natürlich habe ich nie gefragt. Den Triumph wollte ich ihr nicht lassen.

Jedenfalls war das Ganze vorbei, nachdem wir heirateten, Lije, bis ...« Sie hielt inne.

»Weiter, Jessie!« sagte Baley.

»Erinnerst du dich an den Streit, den wir damals hatten, Lije? Wegen Isebel, meine ich?«

»Was ist damit?« Baley brauchte ein oder zwei Sekunden, bis er sich daran erinnerte, daß das ja Jessies eigentlicher Name war und sie nicht etwa eine andere Frau meinte.

Er wandte sich zu R. Daneel und erklärte, als müsse er

sich verteidigen: »Jessie heißt mit vollem Namen Isebel. Sie mag den Namen nicht sehr und benutzt ihn nicht.«

R. Daneel nickte ernst, und Baley dachte: Jehoshaphat, warum kümmere ich mich eigentlich um *ihn?*

»Mich hat das damals sehr beunruhigt, Lije«, sagte Jessie. »Das hat es wirklich. Wahrscheinlich war das dumm, aber ich mußte die ganze Zeit an das denken, was du gesagt hattest. Ich meine, du hattest gesagt, Isebel sei nur eine Konservative gewesen, die sich für die Lebensweise ihrer Vorfahren einsetzte und gegen die neue Art zu leben ankämpfte, die die Neuankömmlinge mit sich gebracht hatten. Schließlich war *ich* Isebel, und ich habe mich immer ...«

Sie suchte nach einem Begriff, und Baley versuchte zu helfen. »Dich identifiziert?«

»Ja.« Aber gleich darauf schüttelte sie den Kopf und wandte den Blick ab. »Natürlich nicht wirklich. Nicht buchstäblich. So, wie ich sie einschätzte, weißt du? Ich war nicht so.«

»Das weiß ich doch, Jessie. Sei nicht kindisch.«

»Trotzdem habe ich viel an sie gedacht, und irgendwie hatte ich das Gefühl, daß es jetzt ganz genauso war wie damals. Ich meine, wir Erdenmenschen hatten unsere alte Art zu leben, und da kamen die Spacer daher mit einer ganzen Menge Neuem und versuchten uns zu ändern. Vielleicht hatten die Traditionalisten recht. Vielleicht *sollten* wir uns wieder unserer alten, vertrauten Lebensweise zuwenden, so wie es früher in der guten, alten Zeit war. Also suchte ich Elizabeth und fand sie auch.«

»Ja. Nur weiter.«

»Sie sagte, sie wüßte gar nicht, wovon ich redete. Und außerdem sei mein Mann schließlich ein Bulle. Ich sagte, das hätte überhaupt nichts damit zu tun. Und schließlich meinte sie, nun, sie würde mit jemandem reden. Und dann, etwa einen Monat später, kam sie zu mir und sagte, es sei schon in Ordnung, und da habe ich mich ihnen angeschlossen. Und seitdem bin ich immer zu den Zusammenkünften gegangen.«

Baley sah sie traurig an. »Und das hast du mir nie gesagt?«

Jessies Stimme zitterte. »Es tut mir leid, Lije.«

»Nun, das hilft uns nichts. Daß es dir leid tut, meine ich. Ich möchte mehr über diese Zusammenkünfte wissen. Zuerst einmal: Wo fanden sie statt?«

Ein Gefühl, von all dem völlig losgelöst zu sein, begann ihn zu erfassen; ein Abstumpfen seiner Gefühle. Was er versucht hatte, nicht zu glauben, war so, war ganz offensichtlich so. Unverkennbar. In gewissem Sinn war es eine Erleichterung, jetzt wenigstens Gewißheit zu haben.

»Hier unten«, sagte sie.

»Hier unten? Du meinst, an dieser Stelle? *Was* meinst du?«

»Hier, auf der Autobahn. Deshalb wollte ich nicht hierherkommen. Aber als Ort für unsere Zusammenkünfte eignete es sich ganz hervorragend. Wir kamen zusammen ...«

»Wie viele?«

»Ich weiß nicht genau. Vielleicht sechzig oder siebzig. Das war nur eine Ortsgruppe. Da standen immer Klappstühle und Erfrischungen, und irgend jemand hielt eine Rede, hauptsächlich darüber, wie schön das Leben doch in der guten, alten Zeit war und wie wir eines Tages die Ungeheuer beseitigen würden, die Roboter, und die Spacer auch. Die Reden waren wirklich alle recht langweilig, weil immer dasselbe gesagt wurde. Wir haben das einfach erduldet. Ich ging hauptsächlich hin, weil es Spaß machte, mit den anderen zusammenzukommen und sich wichtig zu fühlen. Dann legten wir Eide ab, und dann gab es auch Geheimzeichen, womit wir uns draußen begrüßen konnten.«

»Hat man euch nie unterbrochen? Sind nie Streifenwagen oder Feuerwehrfahrzeuge vorbeigekommen?«

»Nein, niemals.«

R. Daneel unterbrach sie. »Ist das ungewöhnlich, Elijah?«

»Vielleicht nicht«, antwortete Baley nachdenklich. »Es gibt einige Abzweigungen, die praktisch nie benutzt werden. Aber man muß schon Bescheid wissen, um sie zu kennen. Ist das alles, was ihr bei den Zusammenkünften getan habt, Jessie? Reden gehalten und Verschwörung gespielt?«

»So ziemlich. Manchmal haben wir auch Lieder gesungen. Und dann gab es natürlich Erfrischungen. Nicht viel. Gewöhnlich Sandwiches und Obstsaft.«

»Wenn das so ist«, sagte er fast brutal, »was belastet dich dann jetzt so?«

Jessie zuckte zusammen. »Jetzt bist du böse.«

»Bitte!« sagte Baley mit eiserner Geduld. »Beantworte meine Frage! Wenn alles so harmlos war, warum warst du dann die letzten anderthalb Tage so durcheinander?«

»Ich dachte, sie würden dir weh tun, Lije. Und, um Himmels willen, warum tust du denn so, als würdest du nicht verstehen? Ich hab' es dir doch erklärt.«

»Nein, das hast du nicht. Noch nicht. Du hast mir da von einem harmlosen, kleinen, geheimen Kaffeeklatsch erzählt, an dem du teilgenommen hast. Habt ihr je offene Demonstrationen abgehalten? Roboter zerstört? Krawalle angezettelt? Menschen getötet?«

»*Nie!* Lije, so etwas würde ich doch nicht tun. Wenn die so etwas versucht hätten, wäre ich doch nicht Mitglied geblieben.«

»Nun, warum sagst du dann, daß du etwas Schreckliches getan hättest? Warum hast du denn Angst, man könnte dich ins Gefängnis stecken?«

»Nun ... nun, sie redeten davon, daß sie eines Tages Druck auf die Regierung ausüben würden. Wir wollten uns organisieren, und nachher sollte es riesige Streiks geben und Arbeitsniederlegungen.

Die sagten, wir könnten die Regierung zwingen, alle Roboter zu verbieten und dafür zu sorgen, daß die Spacer dorthin zurückkehren, wo sie hergekommen sind. Ich dachte immer, das Ganze sei nur Gerede. Und dann fing diese Sache an – das mit dir und Daneel meine ich. Und dann sagten die: ›Jetzt wird etwas passieren‹ und ›An denen werden wir jetzt ein Exempel statuieren und dieser

Roboter-Invasion ein Ende machen‹. Im Personal haben sie das gesagt, ohne zu wissen, daß das du warst, von dem sie redeten. Aber ich wußte es. Sofort habe ich es gewußt.«

Sie fing an zu schluchzen.

Und Baley wurde weich. »Komm schon, Jessie. Das war doch alles nichts. Das war nur Gerede. Du siehst ja selbst, daß überhaupt nichts passiert ist.«

»Ich hatte solche ... solche Angst. Und ich dachte: *Ich bin selbst beteiligt.* Wenn es zu Krawallen kommen würde, zu Gewalttaten, könntest *du* getötet werden und Bentley auch, und irgendwie würde das alles meine ... meine Schuld sein, weil ich auch mit dabei war, und deshalb müßte man mich ins Gefängnis schicken.«

Baley ließ sie sich ausweinen. Er legte ihr den Arm um die Schultern und starrte R. Daneel, der seinen Blick ruhig erwiderte, mit zusammengekniffenen Lippen an.

»Ich möchte, daß du jetzt nachdenkst, Jessie«, sagte er. »Wer war der Anführer eurer Gruppe?«

Sie war inzwischen ruhiger geworden und betupfte sich die Augenwinkel mit einem Taschentuch. »Ein Mann namens Joseph Klemin war der Anführer, aber der war ganz unbedeutend. Er war nicht einmal einen Meter sechzig groß, und ich glaube, zu Hause war er ein schrecklicher Pantoffelheld. Ich glaube nicht, daß er irgendeinen Schaden anrichten kann. Du wirst ihn doch nicht verhaften, Lije, oder? Nur weil ich das gesagt habe?« Sie sah ihn schuldbewußt und beunruhigt an.

»Im Augenblick will ich überhaupt niemanden verhaften. Woher hat Klemin denn *seine* Instruktionen bekommen?«

»Das weiß ich nicht.«

»Sind jemals Fremde zu euren Zusammenkünften gekommen? Du weißt schon, was ich meine: irgendwelche Bonzen aus der Zentrale?«

»Manchmal kamen Leute, um Reden zu halten. Aber nicht oft. Vielleicht zweimal im Jahr.«

»Kannst du dich an Namen erinnern?«

»Nein. Sie wurden immer nur als ›einer von uns‹ oder

›ein Freund aus Jackson Heights‹ oder so ähnlich vorgestellt.«

»Ich verstehe. Daneel!«

»Ja, Elijah«, sagte R. Daneel.

»Beschreiben Sie die Männer, von denen Sie glauben, daß Sie sie ausfindig gemacht haben. Wir wollen sehen, ob Jesse sie erkennt.«

R. Daneel trug seine Liste mit geradezu klinischer Akkuratesse vor. Jessie hörte mit einem Ausdruck von Unbehagen zu, während der Roboter seine Beschreibungen lieferte, und schüttelte immer wieder den Kopf.

»Das hat keinen Sinn, das hat wirklich keinen Sinn«, rief sie. »Wie soll ich mich denn erinnern? Ich kann mich nicht erinnern, wie sie ausgesehen haben, bei keinem einzigen kann ich das. Ich kann nicht ...«

Sie hielt inne und schien zu überlegen. Dann sagte sie: »Sagten Sie, einer von ihnen sei ein Hefefarmer?«

»Francis Cloussar«, sagte R. Daneel, »ist ein Angestellter in den New Yorker Hefewerken.«

»Nun, wissen Sie, einmal hat ein Mann eine Rede gehalten, und ich saß zufällig in der ersten Reihe und habe einen Hauch abbekommen, wirklich nur einen Hauch von dem Geruch roher Hefe. Sie wissen schon, was ich meine. Ich erinnere mich nur deshalb daran, weil ich damals eine Magenverstimmung hatte und mir von dem Geruch fast übel wurde. Ich mußte aufstehen und nach hinten gehen und konnte natürlich nicht erklären, warum ich das tat. Das war so peinlich. Vielleicht ist das der Mann, von dem Sie sprechen. Schließlich bleibt der Hefegeruch an den Kleidern hängen, wenn man die ganze Zeit mit Hefe arbeitet.« Sie rümpfte die Nase.

»Du erinnerst dich nicht, wie er ausgesehen hat?« fragte Baley.

»Nein«, erwiderte sie entschieden.

»Also schön. Jessie, ich werde dich jetzt zu deiner Mutter bringen. Bentley wird bei dir bleiben, und ihr werdet beide die Sektion nicht verlassen. Ben soll nicht in die

Schule gehen und zu Hause bleiben. Ich werde veranlassen, daß man euch die Mahlzeiten schickt und daß die Korridore um die Wohnung von der Polizei bewacht werden.«

»Und was ist mit dir?« jammerte Jessie.

»Ich werde nicht in Gefahr sein.«

»Aber wie lang soll das dauern?«

»Ich weiß nicht. Vielleicht bloß ein oder zwei Tage.« Die Worte klangen selbst für ihn hohl.

Baley und R. Daneel waren zur Autobahn zurückgekehrt; Baleys Gesichtsausdruck wirkte finster und nachdenklich.

»Mir scheint«, sagte er, »wir haben es mit einer Organisation zu tun, die auf zwei Ebenen aufgebaut ist. Die eine, untere, hat kein bestimmtes Programm und hat nur den Zweck, die Unterstützung der Massen für einen eventuellen künftigen Coup zu liefern. Und zum zweiten gibt es da eine viel kleinere Elite, die sich ein gutgeplantes Aktionsprogramm erarbeitet hat. Und diese Elite müssen wir finden. Die Operettengruppen, von denen Jessie gesprochen hat, können wir ignorieren.«

»Alles das läßt sich folgern«, meinte R. Daneel, »wenn wir Jessies Bericht so akzeptieren, wie wir ihn gehört haben.«

»Ich denke«, sagte Baley ein wenig steif, »daß man Jessies Bericht als voll der Wahrheit entsprechend akzeptieren kann.«

»Das scheint mir auch so«, sagte R. Daneel. »An ihren zerebralen Impulsen war nichts zu erkennen, das auf ein pathologisches Bedürfnis zur Lüge hindeutet.«

Baley sah den Roboter beleidigt an. »Das will ich meinen. Und es liegt keine Notwendigkeit vor, ihren Namen in unseren Berichten zu erwähnen. Verstehen Sie das?«

»Wenn Sie es so wünschen, Partner Elijah«, sagte R. Daneel ruhig, »aber dann wird unser Bericht weder vollständig noch genau sein.«

»Nun, mag sein«, sagte Baley, »aber das wird niemandem schaden. Sie ist mit allen Informationen, die ihr zur

Verfügung standen, zu uns gekommen, und ihren Namen jetzt zu erwähnen, bedeutet nur, daß sie in den Polizeiakten erscheint. Und ich will nicht, daß das geschieht.«

»In dem Fall ganz sicher nicht, wenn wir sicher sind, daß keine weiteren Ermittlungen nötig sind.«

»Soweit es sie betrifft, nicht. Das garantiere ich.«

»Könnten Sie dann erklären, weshalb das Wort Isebel, der bloße Klang eines Namens, sie dazu veranlassen kann, ihre bisherigen Werte aufzugeben und sich völlig neue zu suchen? Mir ist die Motivation dafür schleierhaft.«

Sie bewegten sich langsam durch den sich windenden, leeren Tunnel.

»Das ist schwer zu erklären«, sagte Baley. »Isebel ist ein seltener Name. Eine Frau von sehr schlechtem Ruf hat ihn einmal getragen. Meine Frau hat das genossen. Das vermittelte ihr ein Gefühl nachempfundener Verruchtheit und bot den Ausgleich für ein sonst gleichförmig wohlanständiges Leben.«

»Warum sollte denn eine den Gesetzen treue Frau den Wunsch empfinden, sich verrucht zu fühlen?«

Baleys Gesicht zeigte die Andeutung eines Lächelns. »Frauen sind eben Frauen, Daneel. Jedenfalls habe ich etwas sehr Dummes getan. Ich habe in einem Augenblick der Gereiztheit darauf bestanden, daß die historische Isebel gar nicht so besonders verrucht war, und wenn überhaupt, dann eine gute Ehefrau. Ich habe das seither immer bedauert.

Es stellte sich nämlich heraus«, fuhr er fort, »daß ich Jessie damit unglücklich gemacht hatte. Ich hatte ihr etwas verdorben, das sich nicht wiedergutmachen ließ. Was dann folgte, war vermutlich ihre Art, Rache zu nehmen. Ich kann mir vorstellen, daß sie den Wunsch verspürte, mich zu bestrafen, indem sie sich auf etwas einließ, das ich, wie sie wußte, nicht billigen würde. Ich will damit nicht sagen, daß das eine bewußte Entscheidung war.«

»Kann man eine Entscheidung denn anders als bewußt treffen? Ist das denn kein Widerspruch?«

Baley starrte R. Daneel an und verzweifelte bei dem Gedanken, er müsse einem Roboter so etwas Kompliziertes wie das Unterbewußtsein erklären. Statt dessen sagte er: »Davon abgesehen, hat die Bibel großen Einfluß auf das menschliche Denken und die menschlichen Gefühle.«

»Was ist die Bibel?«

Für einen Augenblick war Baley überrascht, und dann war er über sich selbst überrascht, daß er hatte überrascht sein können. Die Spacer lebten unter einer durch und durch mechanistischen, persönlichen Philosophie, und R. Daneel konnte nur das wissen, was die Spacer wußten, nicht mehr.

So meinte er knapp: »Die Bibel ist das Heilige Buch etwa der Hälfte der Erdbevölkerung.«

»Ich begreife die Bedeutung dieses Adjektivs hier nicht.«

»Ich meine, daß man es hoch einschätzt. Verschiedene Teile dieses Buches enthalten, wenn man sie richtig interpretiert, einen Verhaltenscodex, der nach Ansicht vieler Menschen am besten für das Glück der Menschheit geeignet ist.«

R. Daneel schien zu überlegen. »Ist dieser Codex in Ihre Gesetze eingearbeitet?«

»Leider nicht. Der Codex eignet sich nicht dazu, durch Gesetze erzwungen zu werden. Es ist erforderlich, daß jedes Individuum ihm spontan gehorcht, aus dem Wunsch heraus, das zu tun. In gewissem Sinne ist das etwas Höheres, als irgendein Gesetz je sein kann.«

»Höher als das Gesetz? Ist das kein Widerspruch in sich?«

Baley lächelte schief. »Soll ich Ihnen einen Abschnitt aus der Bibel zitieren? Würde Sie das interessieren?«

»Bitte, tun Sie das.«

Baley verlangsamte ihre Fahrt und saß dann, als sie zum Stehen gekommen waren, einen Moment mit geschlossenen Augen da und erinnerte sich. Er hätte gerne das sonore Mittelenglisch der mittelalterlichen Bibel benutzt; aber Mittelenglisch wäre für R. Daneel nahezu unverständlich gewesen.

Und so begann er, fast beiläufig, die Worte der modernen Überarbeitung gebrauchend, so als erzählte er eine Geschichte aus dem Alltagsleben und riefe nicht einen Bericht aus der fernsten Vergangenheit der Menschheit in die Gegenwart zurück: »Jesus ging an den Ölberg. Am Morgen jedoch fand er sich wieder im Tempel ein, und alles Volk kam zu ihm, und er setzte sich und lehrte sie. Da bringen die Schriftgelehrten und Pharisäer eine Frau, die beim Ehebruch ergriffen worden war, stellen sie in die Mitte und sagen zu ihm: ›Meister, diese Frau ist auf frischer Tat beim Ehebruch ergriffen worden. Im Gesetz aber hat Moses geboten, solche zu steinigen. Was sagst nun du?‹

Das sagten sie aber, um ihn zu versuchen, damit sie ihn anklagen könnten. Da bückte sich Jesu nieder und schrieb mit dem Finger auf die Erde. Als sie aber beharrlich weiterfragten, richtete er sich auf und sprach: ›Wer unter euch ohne Sünde ist, werfe den ersten Stein auf sie!‹

Und er bückte sich wiederum nieder und schrieb auf die Erde. Sie aber gingen, als sie es hörten, einer nach dem andern hinaus, die Ältesten voran, und er blieb allein zurück mit der Frau, die in der Mitte war. Da richtete sich Jesus auf und sprach zu ihr: ›Weib, wo sind sie? Hat dich niemand verurteilt?‹

Sie aber sagte: ›Niemand, Herr.‹

Darauf sprach Jesus: ›Auch ich verurteile dich nicht; geh, sündige von jetzt an nicht mehr.‹«

R. Daneel lauschte aufmerksam. Dann sagte er: »Was ist Ehebruch?«

»Das hat nichts zu besagen. Das war ein Verbrechen, und zu jener Zeit war die Strafe dafür die Steinigung; das heißt, man warf Steine auf die Schuldige, bis sie tot war.«

»Und die Frau war schuldig?«

»Das war sie.«

»Warum ist sie dann nicht gesteinigt worden?«

»Nach den Worten Jesu glaubte keiner der Ankläger

mehr, es tun zu können. Die Geschichte soll zeigen, daß es etwas gibt, das noch wertvoller ist als Gerechtigkeit, mit der man Sie ausgestattet hat. Es gibt einen menschlichen Impuls, den man Barmherzigkeit nennt; eine menschliche Handlung, die man Vergeben oder Verzeihen nennt.«

»Mit diesen Worten bin ich nicht vertraut, Partner Elijah.«

»Ich weiß«, murmelte Baley. »Ich weiß.«

Er fuhr ruckartig an und jagte den Wagen in so hohem Tempo über die Autobahn, daß er in die Sitzkissen gedrückt wurde.

»Wo fahren wir hin?« fragte R. Daneel.

»In die Hefestadt«, sagte Baley, »um die Wahrheit aus Francis Clousarr, dem Verschwörer, herauszuholen.«

»Haben Sie eine Methode, um das zu tun, Elijah?«

»Ich, genaugenommen, nicht. Aber Sie haben eine, Daneel. Eine ganz einfache.«

Sie rasten weiter.

15

VERHAFTUNG EINES VERSCHWÖRERS

Baley spürte, wie das unbestimmte Aroma der Hefestadt immer stärker wurde, immer aufdringlicher. Er empfand es gar nicht so unangenehm, wie manche das taten; Jessie zum Beispiel. Eigentlich mochte er es sogar. Für ihn verbanden sich damit angenehme Erinnerungen.

Jedesmal, wenn er rohe Hefe roch, versetzte ihn die Alchemie der Sinneswahrnehmung mehr als drei Jahrzehnte in die Vergangenheit zurück. Plötzlich war er wieder ein Zehnjähriger, der seinen Onkel Boris besuchte, der Hefefarmer war. Onkel Boris hatte immer ein paar Hefeköstlichkeiten bereit: kleine Kekse, schokoladige Dinge, die mit einer süßen Flüssigkeit gefüllt waren, oder hartem Konfekt in Form von Katzen und Hunden. So jung er auch war, wußte er sehr wohl, daß Onkel Boris eigentlich so etwas gar nicht haben oder herschenken durfte, und deshalb aß er sie immer ganz still, irgendwo in einer Ecke sitzend und dem Raum den Rücken zuwendend. Und ganz schnell aß er sie, weil er Angst hatte, man könnte ihn erwischen. Und dies ließ die Leckereien natürlich nur noch um so besser schmecken.

Der arme Onkel Boris! Er hatte einen Unfall gehabt und war gestorben. Genaueres hatten sie ihm nie gesagt, und er hatte bitterlich geweint, weil er gedacht hatte, man hätte Onkel Boris vielleicht verhaftet, weil er Hefe aus der Fabrik herausgeschmuggelt hatte. Er rechnete damit, selbst verhaftet und hingerichtet zu werden. Jahre später stöberte er in den Polizeiakten herum und fand die Wahrheit heraus. Onkel Boris war von einem Transportschlepper überfahren worden. Das war ein desillusionierendes Ende für einen romantischen Mythos.

Aber jedesmal, wenn er auch nur einen Hauch von roher Hefe in die Nase bekam, stieg dieser Mythos wieder in seiner Erinnerung auf, wenigstens für einen Augenblick.

Natürlich hieß kein Teil von New York City offiziell Hefestadt. Unter dieser Bezeichnung hätte man es auf keinem offiziellen Stadtplan und in keiner Zeitung gefunden. Für die Postbehörde waren das, was man in der Umgangssprache als Hefestadt bezeichnete, einfach die Bezirke Newark, New Brunswick und Trenton. Ein breiter Streifen, der sich quer über die Verwaltungseinheit, die im Mittelalter New Jersey geheißen hatte, erstreckte, die mit Wohnvierteln übersät war, besonders in Newark Center, aber doch in erster Linie aus den vielen Farmen bestand, in denen Tausende von Arten Hefe wuchsen und sich vermehrten.

Ein Viertel der Bevölkerung der City arbeitete in den Hefefarmen, ein weiteres Viertel in den Zulieferindustrien. Angefangen mit den Bergen von Holz und roher Zellulose, die man aus den Wäldern der Alleghenies in die City verfrachtete, über die Säuretanks, in denen das Holz zu Glukose verarbeitet wurde, die Wagenladungen von Salpeter und Phosphatgestein, den wichtigsten Zutaten, bis zu den Fässern mit organischen Stoffen, die von den chemischen Labors geliefert wurden – das alles diente nur einem Endprodukt: Hefe und wieder Hefe.

Ohne Hefe würden sechs der acht Milliarden Bewohner der Erde binnen eines Jahres verhungern.

Baley wurde es eisig kalt bei dem Gedanken. Drei Tage vorher hatte diese Möglichkeit ebenso bestanden wie jetzt; aber vor drei Tagen wäre sie ihm nie in den Sinn gekommen.

Sie sausten durch eine Ausfahrt am Rande von Newark aus der Autobahn. Die dünnbevölkerten Straßen, die zu beiden Seiten von den gleichförmigen Blöcken der Farmbauten flankiert waren, boten wenig Veranlassung, ihre Geschwindigkeit zu verringern.

»Wie spät ist es, Daneel?« fragte Baley.

»Sechzehn Uhr fünf«, erwiderte R. Daneel.

»Dann wird er in der Arbeit sein, wenn er Tagschicht hat.«

Baley parkte den Streifenwagen in einer Lieferbucht und blockierte das Steuer.

»Das ist also Hefestadt, Elijah?« fragte der Roboter.

»Ein Teil davon«, sagte Baley.

Sie betraten einen Korridor, der von einer doppelten Reihe von Büros gesäumt war. Eine Empfangsdame an einer Biegung im Gang begrüßte sie mit einem Lächeln. »Wen möchten Sie sprechen?«

Baley klappte seine Brieftasche auf. »Polizei. Gibt es einen Francis Clousarr, der für New York Hefe arbeitet?«

Das Mädchen wirkte verstört. »Ich kann nachsehen.«

Sie drückte einen Knopf, auf dem deutlich ›Personalabteilung‹ zu lesen war, und dann bewegten sich ihre Lippen, aber kein Laut war zu hören.

Baley waren die Kehlkopfmikrofone nicht fremd, die die minimalen Bewegungen des Kehlkopfes in Worte übersetzten. »Sprechen Sie so, daß ich Sie hören kann«, sagte er.

Ihre Worte wurden hörbar, aber er konnte nur noch ›... er sagt, er sei Polizist‹ vernehmen.

Ein dunkelhaariger, gutgekleideter Mann kam aus einer Tür. Er hatte einen schmalen Schnurrbart und etwas schütteres Haar. Er lächelte, so daß man seine weißen Zähne sehen konnte, und sagte: »Mein Name ist Prescott. Ich bin Leiter der Personalabteilung. Was gibt es für Schwierigkeiten, Officer?«

Baley musterte ihn kühl, und Prescotts Lächeln gefror.

»Ich will einfach die Arbeiter nicht beunruhigen«, sagte Prescott entschuldigend. »Die Polizei ist hier nicht sonderlich beliebt.«

»Unangenehm, wie?« meinte Baley. »Ist Clousarr jetzt im Gebäude?«

»Ja, Officer.«

»Dann geben Sie uns einen Stab. Und wenn er weg ist, bis wir hinkommen, dann sprechen wir uns noch einmal.«

Das Lächeln des Personalchefs erstarb vollends. Er murmelte: »Ich hole Ihnen einen Stab, Officer.«

Der Leitstab wurde auf Abteilung CG, Sektion 2, eingestellt. Was das in der Terminologie der Fabrik bedeutete, wußte Baley nicht. Das brauchte er auch nicht. Der Stab war ein unauffälliger Gegenstand, den man in der Hand tragen konnte und dessen Spitze sich leicht erwärmte, wenn sie in die Richtung gerichtet war, für die man sie eingestellt hatte, und die schnell abkühlte, wenn man sich davon entfernte. Und die Wärme nahm zu, wenn man sich dem Ziel näherte.

Für einen Ungeübten war der Leitstab fast nutzlos, da die Wärmeunterschiede sehr gering waren; aber nur wenige City-Bewohner waren ungeübt. Eines der populärsten und ältesten Kinderspiele war Verstecken in den Schulkorridoren, wobei Spielzeugstäbe benutzt wurden.

Baley hatte sich Hunderte von Malen mit Leitstäben zurechtgefunden und war imstande, blind jedem eingestellten Kurs zu folgen, als besäße er eine detaillierte Landkarte.

Als er nach zehn Minuten in einen großen, hell erleuchteten Raum trat, war die Spitze des Leitstabes fast heiß.

»Ist Francis Clousarr hier?« fragte Baley einen Arbeiter an der Tür.

Der Arbeiter deutete mit einer ruckartigen Kopfbewegung, und Baley ging in die Richtung, die der Mann ihm gewiesen hatte. Der Geruch von Hefe war scharf und durchdringend, und das trotz der sich redlich abmühenden Lüftungspumpen, deren Summen ein gleichmäßiges Hintergrundgeräusch bildete.

Am anderen Ende des Raums stand ein Mann auf und schickte sich an, seine Schürze auszuziehen. Er war mittelgroß, und sein Gesicht war trotz seiner Jugend von scharfen Falten gezeichnet; sein Haar begann bereits zu ergrauen. Er hatte große Hände, die er eben an einem Zelltex-Handtuch abwischte.

»Ich bin Francis Clousarr«, sagte er.

Baley warf R. Daneel einen kurzen Blick zu, worauf der Roboter nickte.

»Okay«, sagte Baley. »Können wir uns hier irgendwo unterhalten?«

»Vielleicht«, sagte Clousarr langsam. »Aber meine Schicht ist gerade zu Ende. Wie wär's mit morgen?«

»Bis morgen ist noch eine Menge Zeit. Machen wir's lieber jetzt.« Baley klappte die Brieftasche auf und zeigte sie dem Hefefarmer.

Aber Clousarrs Hände hielten nicht inne, sondern er fuhr fort, sie an dem Handtuch abzuwischen. Er meinte kühl: »Ich weiß nicht, wie das bei der Polizei ist, aber hier sind die Essenszeiten genau abgezirkelt, ohne viel Spielraum. Ich esse zwischen siebzehn Uhr und siebzehn Uhr fünfundvierzig oder gar nicht.«

»Schon gut«, sagte Baley. »Ich werde veranlassen, daß man Ihnen Ihr Abendessen bringt.«

»So, so«, sagte Clousarr finster. »So wie ein Aristokrat

oder ein C-Klasse-Bulle. Was kommt als nächstes? Ein Privatbad?«

»Sie beantworten uns jetzt ein paar Fragen, Clousarr«, sagte Baley, »und sparen sich Ihre Witze für Ihre Freundin. Wo können wir reden?«

»Wenn Sie reden wollen, wie wär's dann mit dem Waagen-Raum? Ich hoffe, das paßt. Ich hab' ohnehin nichts zu sagen.«

Baley schob Clousarr in den Waagen-Saal. Er war quadratisch und antiseptisch weiß und hatte eine Klimaanlage, die von dem größeren Raum unabhängig war (und besser funktionierte). Seine Wände waren von empfindlichen elektronischen Waagen gesäumt, jede einzelne in einer Glaskammer und nur mit Hilfe von Kraftfeldern zu handhaben. Baley hatte während seiner Ausbildung billigere Modelle benutzt. Ein Typ, den er aus der Zeit wiedererkannte, war imstande, auch noch eine Milliarde Atome zu wiegen.

»Ich nehme an, hier wird nicht gleich jemand kommen«, sagte Clousarr.

Baley brummte etwas und wandte sich dann zu Daneel und sagte: »Würden Sie hinausgehen und veranlassen, daß man eine Mahlzeit hierherbringt? Und wenn es Ihnen nichts ausmacht, warten Sie draußen darauf.«

Er sah R. Daneel zu, wie der hinausging, und sagte dann zu Clousarr: »Sie sind Chemiker?«

»Zymologe, wenn es Ihnen nichts ausmacht.«

»Was ist das für ein Unterschied?«

Clousarr blickte Baley hochmütig an. »Ein Chemiker rührt in der Suppe herum, und was er treibt, stinkt. Ein Zymologe ist jemand, der mithilft, ein paar Milliarden Menschen am Leben zu erhalten. Ich bin Spezialist für Hefekulturen.«

»Verstanden«, sagte Baley.

Aber Clousarr fuhr fort: »Dieses Labor hier hält New York Hefe in Gang. Kein Tag vergeht, ja nicht einmal eine Stunde, in der nicht neue Kulturen jeder einzelnen Hefeart in der ganzen Firma in unseren Töpfen heranwachsen. Und wir sorgen dafür, daß sie richtig wachsen und sich vermehren. Wir verdrehen die Gene, setzen die neuen Kulturen an, sortieren sie und passen sie an.

Als die New Yorker vor ein paar Jahren außerhalb der Saison Erdbeeren bekamen, waren das keine Erdbeeren, guter Mann, das war eine spezielle, zuckerreiche Hefekultur mit dominanter Farbe und einem Klacks Geschmacksbeimengung. Entwickelt wurde das Ganze hier in diesem Raum.

Vor zwanzig Jahren war *Saccharomyces olei Benedictae* Makulatur mit einem lausigen Talggeschmack und zu nichts zu gebrauchen. Es schmeckt immer noch nach Talg, aber sein Fettgehalt ist von fünfzehn Prozent auf siebenundachtzig hochgezüchtet worden. Wenn Sie heute den Expreßway benutzt haben, dann denken Sie daran, daß er ausschließlich mit *S. O. Benedictae, Typ AC-7* geschmiert wird. In diesem Raum entwickelt.

Nennen Sie mich also bitte nicht Chemiker. Ich bin Zymologe.«

Baley spürte, wie der Stolz des Mannes ihn beeindruckte.

Und dann sagte er abrupt: »Wo waren Sie gestern abend zwischen achtzehn und zwanzig Uhr?«

Clousarr zuckte die Achseln. »Spazieren. Ich mache nach dem Abendessen gern einen Spaziergang.«

»Haben Sie Freunde besucht? Oder ein Subäther?«

»Nein. Ich war nur spazieren.«

Baleys Lippen preßten sich zusammen. Ein Besuch in einem Subäther hätte ein Loch in Clousarrs Rationsscheibe bedeutet. Ein Besuch bei Freunden hätte bedeutet, daß er einen Mann oder eine Frau benannte, und das hätte man überprüfen können. »Dann hat Sie also niemand gesehen?«

»Vielleicht schon. Ich weiß das nicht. Aber mir ist jedenfalls nichts bekannt.«

»Und was war vorgestern?«

»Dasselbe.«

»Dann haben Sie also für keinen der beiden Abende ein Alibi?«

»Wenn ich etwas Ungesetzliches getan hätte, Officer, dann hätte ich bestimmt eins. Wozu brauche ich ein Alibi?«

Baley gab keine Antwort. Er blätterte in seinem kleinen Buch. »Sie standen einmal vor Gericht. Wegen Anstiftung zum Aufruhr.«

»Na, schön. Eines von diesen R-Dingern ist an mir vorbeigerannt, und ich hab' ihm ein Bein gestellt. Ist das Anstiftung zum Aufruhr?«

»Das Gericht war jedenfalls der Ansicht. Sie sind verurteilt und mit einer Geldstrafe belegt worden.«

»Und damit war das ja erledigt, oder? Oder wollen Sie mich noch einmal mit einer Geldstrafe belegen?«

»Vorgestern abend hat es bei einem Schuhgeschäft in der Bronx beinahe einen Krawall gegeben. Man hat Sie dort gesehen.«

»Wer hat mich gesehen?«

Baley ging nicht darauf ein. »Es war Ihre Essenszeit hier. Haben Sie vorgestern abend Ihre Abendmahlzeit eingenommen?«

Clousarr zögerte und schüttelte dann den Kopf. »Magenverstimmung. Das passiert einem bei der Hefe manchmal. Selbst wenn man ein alter Hase ist.«

»Gestern abend hätte es in Williamsburg beinahe einen Krawall gegeben, und *dort* hat man Sie auch gesehen.«

»Wer?«

»Leugnen Sie, daß Sie in beiden Fällen zugegen waren?«

»Sie liefern mir gar nichts, was ich leugnen könnte. Wo genau ist was vorgefallen, und wer behauptet, daß er mich gesehen hat?«

Baley sah dem Zymologen prüfend in die Augen. »Ich glaube, Sie wissen ganz genau, wovon ich spreche. Ich glaube, Sie sind ein wichtiger Mann in einer nicht registrierten Traditionalisten-Organisation.«

»Ich kann Sie nicht daran hindern, das zu glauben, Officer. Aber was Sie glauben, ist noch lange kein Beweis. Vielleicht ist Ihnen das bekannt.« Clousarr grinste.

»Mag sein«, sagte Baley, und sein langes Gesicht wirkte

wie aus Stein. »Aber ich kann sofort die Wahrheit aus Ihnen herausbekommen.«

Baley trat an die Tür des Waagen-Raums und öffnete sie. Er sagte zu R. Daneel, der mit stoischer Ruhe draußen wartete: »Ist Clousarrs Abendessen schon gekommen?«

»Es kommt gerade, Elijah.«

»Dann bringen Sie es bitte herein, ja, Daneel?«

Kurz darauf trat R. Daneel mit einem unterteilten Metalltablett ein.

»Stellen Sie es vor Mr. Clousarr hin, Daneel«, sagte Baley. Er setzte sich auf einen der Hocker, die an der Wand standen, die Beine übereinandergeschlagen, und ließ den einen Fuß rhythmisch wippen. Er sah zu, wie Clousarr sich steif zurückzog, als R. Daneel das Tablett auf einen Hocker neben dem Zymologen stellte.

»Mr. Clousarr«, sagte Baley, »ich möchte Ihnen meinen Partner Daneel Olivaw vorstellen.«

Daneel streckte die Hand aus und sagte: »Wie geht es Ihnen, Francis?«

Clousarr blieb stumm und machte keine Anstalten, nach Daneels ausgestreckter Hand zu greifen. Daneel blieb wie erstarrt stehen, und Clousarr begann rot zu werden.

»Sie sind unhöflich, Mr. Clousarr«, sagte Baley leise. »Sie sind zu stolz, einem Polizisten die Hand zu geben?«

Clousarr murmelte: »Wenn es Ihnen nichts ausmacht – ich habe Hunger.« Er klappte eine Gabel aus einem Klappmesser, das er aus der Tasche zog, und setzte sich, die Augen auf sein Essen gerichtet.

»Daneel, ich glaube, Ihre kühle Haltung beleidigt unseren Freund«, sagte Baley. »Sie sind doch nicht böse auf ihn, oder?«

»Überhaupt nicht, Elijah«, sagte R. Daneel.

»Dann zeigen Sie ihm doch bitte, daß Sie ihn mögen. Legen Sie ihm den Arm um die Schulter.«

»Aber gern«, sagte R. Daneel und trat vor.

Clousarr legte seine Gabel weg. »Was soll das? Was geht hier vor?«

Und R. Daneel streckte, völlig unbeeindruckt, den Arm aus.

Clousarrs Arm fuhr wild nach hinten und fegte R. Daneels Arm beiseite. »Verdammt, rühr mich nicht an!«

Er sprang auf, und das Tablett mit dem Essen kippte zu Boden.

Baley nickte R. Daneel zu, ohne mit der Wimper zu zucken, worauf dieser langsam auf den zurückweichenden Zymologen zuging. Baley stellte sich vor die Tür.

»Sorgen Sie dafür, daß mir dieses Ding vom Leibe bleibt!« schrie Clousarr.

»So redet man nicht«, sagte Baley gleichmütig. »Der Mann ist mein Partner.«

»Das ist kein Mensch! Das ist ein verdammter Roboter!« kreischte Clousarr.

»Treten Sie zurück, Daneel, und lassen Sie von ihm ab«, sagte Baley.

R. Daneel trat zurück und stellte sich wortlos an die Tür, dicht hinter Baley. Clousarr starrte Baley heftig atmend und mit geballten Fäusten an.

»Also, gut, Sie Schlaukopf«, sagte Baley. »Wie kommen Sie darauf, daß Daneel ein Roboter ist?«

»Das merkt man doch sofort!«

»Das werden wir einem Richter überlassen. Und bis dahin wollen wir Sie auf dem Präsidium sprechen, Clousarr. Wir würden uns gern anhören, woher Sie wußten, daß Daneel ein Roboter ist. Und noch eine ganze Menge mehr, Mister, eine ganze Menge. Daneel, gehen Sie hinaus, und rufen Sie den Commissioner an. Er dürfte inzwischen zu Hause sein. Sagen Sie ihm, daß er ins Büro kommen soll. Sagen Sie ihm, ich hätte hier jemanden, der es gar nicht erwarten kann, verhört zu werden.«

R. Daneel ging hinaus.

»Was bewegt Sie eigentlich, Clousarr?« sagte Baley.

»Ich will einen Anwalt haben.«

»Den sollen Sie bekommen. Aber unterdessen könnten

Sie mir doch eigentlich sagen, was für euch Traditionalisten wichtig ist und euch bewegt.«

Clousarr wandte sich ostentativ von ihm ab und blieb stumm.

Doch Baley ließ nicht locker. »Jehoshaphat, Mann, wir wissen alles über Sie *und* Ihre Organisation. Ich bluffe wirklich nicht. Trotzdem möchte ich gern meine Neugierde befriedigen. Was *wollt* ihr Traditionalisten eigentlich?«

»Zurück zur Scholle«, sagte Clousarr mit halberstickter Stimme. »Das ist doch einfach, oder?«

»Es *sagt* sich einfach«, meinte Baley. »Die Praxis sieht aber ganz anders aus. Wie wollen Sie denn acht Milliarden mit der Scholle sattbekommen?«

»Habe ich gesagt, daß wir das über Nacht wollen? Oder in einem Jahr? Oder in hundert Jahren? Hübsch eines nach dem anderen, Mr. Polizist. Wie lange es dauert, ist gleichgültig. Aber wir sollten einmal anfangen, aus diesen Höhlen herauszukriechen, in denen wir leben. Hinaus in die frische Luft.«

»Sind *Sie* jemals in der frischen Luft gewesen?«

Clousarr schien die Frage peinlich. »Also, gut. Dann bin ich eben auch schon ruiniert. Aber die Kinder sind das noch nicht. Die ganze Zeit werden schließlich Babies geboren. *Die* gehören hinaus. Die sollen um sich frische Luft und Sonne und Platz haben. Wenn es sein muß, dann müssen wir eben die Bevölkerung auch Schritt für Schritt vermindern.«

»Mit anderen Worten: zurück in eine unmögliche Vergangenheit.« Baley wußte nicht so recht, weshalb er mit dem Kerl diskutierte, aber irgendwie brannte in seinen Adern ein seltsames Fieber. »Zurück zum Samen, zum Ei, in den Mutterleib. Warum denn nicht nach vorn? Ich bin der Meinung, wir sollten die Bevölkerung der Erde nicht beschränken. Wir sollten sie exportieren. Meinetwegen zurück zur Scholle; aber zur Scholle anderer Planeten. Wir sollten kolonisieren!«

Clousarr lachte schrill. »Und noch mehr Äußere Welten schaffen? Noch mehr Spacer?«

»Das werden wir nicht. Die Äußeren Welten sind von Erdenmenschen besiedelt worden, die von einem Planeten kamen, der keine Cities hatte; von Erdenmenschen, die Individualisten und Materialisten waren. Diese Eigenschaften haben sich verstärkt und ins Extrem entwickelt. Jetzt können wir aus einer Gesellschaft heraus kolonisieren, die die Kooperation zu weit getrieben hat. Jetzt können Umgebung und Tradition zusammenwirken und einen neuen Mittelweg eröffnen, der sich sowohl von der alten Erde als auch den Äußeren Welten unterscheidet. Etwas Neueres, Besseres.«

Er wußte, daß er damit nachplapperte, was Dr. Fastolfe gesagt hatte. Aber es kam aus ihm heraus, als hätte er selbst seit Jahren nichts anderes gedacht.

»Unsinn!« sagte Clousarr. »Wir sollen Wüstenwelten kolonisieren, wo wir unsern eigene Welt so dicht vor uns liegen haben? Welcher Narr würde so etwas versuchen?«

»Viele. Und es wären auch keine Narren. Es würde Roboter geben, die mithelfen könnten.«

»Nein«, sagte Clousarr heftig. »Niemals! Keine Roboter!«

»Warum denn nicht, um Himmels willen? Ich mag sie auch nicht, aber ich werde mir doch nicht selbst Schaden zufügen, nur um eines Vorurteils willen. Wovor haben wir denn Angst, wenn es um Roboter geht? Ich behaupte, das Ganze ist ein Unterlegenheitsgefühl. Wir, wir alle, fühlen uns den Spacern unterlegen und ärgern uns darüber. Irgendwie müssen wir uns auch überlegen fühlen irgendwo wenigstens, um das auszugleichen. Und es bringt uns um, daß wir uns nicht wenigstens Robotern überlegen fühlen können. Sie scheinen perfekter als wir zu sein nur, daß sie das nicht sind. Das ist ja das Schlimme daran.«

Baley spürte, wie er immer hitziger wurde. »Sehen Sie sich diesen Daneel an, mit dem ich jetzt seit mehr als zwei Tagen zusammen bin. Er ist größer als ich, kräftiger und sieht besser aus. Tatsächlich sieht er wie ein Spacer aus. Er hat ein besseres Gedächtnis und kennt mehr Fakten. Er braucht weder zu schlafen noch zu essen. Und weder Krankheit, noch Panik, noch Liebe, noch Schuld plagen ihn.

Aber er ist eine Maschine. Ich kann mit ihm alles machen, was ich will, so wie ich es mit dieser Mikrowaage dort drüben tun kann. Wenn ich nach der Mikrowaage schlage, wird sie nicht zurückschlagen. Und Daneel wird das ganz sicher auch nicht tun. Ich kann ihm befehlen, einen Blaster auf sich selbst zu richten, und er wird es tun.

Es wird nie dazu kommen, daß wir einen Roboter bauen können, der in irgendeinem Punkt, auf den es wirklich ankommt, so gut wie ein menschliches Wesen sein wird, geschweige denn besser. Wir können keinen Roboter mit einem Sinn für Schönheit oder einem Gefühl für Ethik oder für Religion schaffen. Es gibt keine Möglichkeit, um ein positronisches Gehirn auch nur einen Millimeter über das Niveau des perfekten Materialismus hinauszuheben.

Das können wir nicht, verdammt! Wir können es nicht, solange wir nicht begreifen, wie unser eigenes Gehirn eigentlich funktioniert. Nicht, solange es Dinge gibt, die die Wissenschaft nicht messen kann. Was *ist* Schönheit oder Güte oder Kunst oder Liebe oder Gott? Wir stolpern die ganze Zeit am Rande des Unerforschlichen entlang und versuchen etwas zu begreifen, was man nicht begreifen kann. Und das ist es, was uns zu Menschen macht.

Ein Roboter-Gehirn muß endlich sein, sonst kann man es nicht bauen. Es muß bis auf die letzte Dezimalstelle berechnet werden, um ein Ende zu haben. Jehoshaphat, wovor haben Sie eigentlich Angst? Ein Roboter kann wie Daneel aussehen, wie ein Gott kann er aussehen, und doch ist er nicht menschlicher als ein Stück Holz. Können Sie das nicht einsehen?«

Clousarr hatte einige Male versucht, ihn zu unterbrechen, war aber Baleys wütendem Wortschwall nicht gewachsen. Als Baley jetzt vor schierer emotionaler Erschöpfung innehielt, sagte er schwach: »Ein Bulle, der sich zum Philosophen gemausert hat. Was sagt man dazu?«

R. Daneel kam wieder herein.

Baley sah ihn an und runzelte die Stirn; teils vor Zorn, der ihn immer noch nicht ganz losgelassen hatte, teils aus neuer Verstimmung.

»Wo waren Sie denn so lange?« fragte er.

Und R. Daneel antwortete: »Ich hatte Probleme, Commissioner Enderby zu erreichen, Elijah. Er war immer noch in seinem Büro.«

Baley sah auf die Uhr. »*Jetzt?* Wozu denn?«

»Im Augenblick herrscht dort ziemliche Verwirrung. Man hat eine Leiche entdeckt.«

»*Was?* Um Himmels willen, wen denn?«

»Den Laufburschen, R. Sammy.«

Baley würgte halberstickt. Er starrte den Roboter an und sagte dann empört: »Ich dachte, Sie hätten gesagt, eine Leiche.«

R. Daneel verbesserte sich sofort: »Ein Roboter mit einem völlig deaktivierten Gehirn, wenn Sie das vorziehen.«

Clousarr lachte plötzlich; Baley drehte sich zu ihm um und sagte mit halberstickter Stimme: »Sie halten den Mund, verstanden?« Er lockerte ostentativ seinen Blaster. Clousarr verstummte.

»Na schön. Was ist dann schon?« sagte Baley. »In R. Sammy ist eben mal eine Sicherung durchgebrannt. Na und?«

»Commisisioner Enderby hat sich sehr ausweichend geäußert, Elijah. Er hat das nicht ausdrücklich gesagt; aber mein Eindruck ist, daß der Commissioner glaubt, R. Sammy sei absichtlich deaktiviert worden.«

Und dann, während Baley das stumm in sich aufnahm, fügte R. Daneel bedächtig hinzu: »Oder, wenn Sie die Formulierung vorziehen – ermordet.«

16
FRAGEN NACH DEM MOTIV

Baley schob den Blaster ins Halfter zurück, ließ aber die Hand unauffällig an seinem Colt.

»Gehen Sie uns voraus, Clousarr«, sagte er, »zur Siebzehnten Straße, Ausgang B.«

»Ich habe nichts gegessen«, sagte Clousarr.

»Pech«, meinte Baley ungeduldig. »Sie haben Ihr Essen auf den Boden geworfen.«

»Ich habe ein Recht darauf, meine Mahlzeit einzunehmen.«

»Das werden Sie entweder auf dem Revier tun, oder es fällt Ihnen eine Mahlzeit aus. Sie werden schon nicht verhungern. Kommen Sie endlich!«

Sie bewegten sich stumm durch das Labyrinth von Hefestadt, wobei Clousarr mit finsterer Miene voranging, Baley ihm dichtauf folgte und R. Daneel die Nachhut bildete.

Baley und R. Daneel meldeten sich am Empfang ab. Clousarr ebenfalls, nachdem er verlangt hatte, daß man jemanden hineinschicke, um den Waagen-Raum zu säubern. Als sie im Freien neben dem geparkten Streifenwagen standen, sagte Clousarr: »Einen Augenblick!«

Er blieb stehen, drehte sich zu R. Daneel um und trat, ehe Baley ihn daran hindern konnte, einen Schritt vor und schlug dem Roboter mit der flachen Hand ins Gesicht.

»Was, zum Teufel, soll das?« rief Baley und packte Clousarr.

Der widersetzte sich dem Beamten nicht. »Schon gut. Jetzt gehe ich. Ich wollte es nur selbst sehen.« Er grinste.

R. Daneel, der sich etwas zur Seite geduckt hatte, dem Schlag aber nicht ganz hatte ausweichen können, sah Clousarr stumm an. Seine Wange hatte sich nicht gerötet und zeigte keinerlei Spuren des Schlages.

»Das war sehr gefährlich, was Sie da getan haben, Francis«, sagte er. »Wenn ich mich nicht weggeduckt hätte,

hätte es leicht sein können, daß Sie sich die Hand verletzen. So bedaure ich, daß ich Ihnen wahrscheinlich Schmerz zugefügt habe.«

Clousarr lachte.

»Steigen Sie ein, Clousarr!« sagte Baley ungeduldig. »Sie auch, Daneel. Auf den Rücksitz, neben ihn. Und sorgen Sie dafür, daß er sich nicht bewegt. Wenn Sie ihm dabei den Arm brechen müssen, würde es mich nicht stören. Das ist ein Befehl.«

»Und was ist mit dem Ersten Gesetz?« spottete Clousarr.

»Ich glaube, daß Daneel stark und schnell genug ist, um Sie aufhalten zu können, ohne Sie zu verletzen. Aber Ihnen würde es vielleicht ganz gut tun, wenn er Ihnen ein paar Knochen brechen würde.«

Baley nahm hinter dem Steuer Platz, und der Streifenwagen setzte sich in Bewegung. Der Fahrtwind zerzauste ihm und Clousarr das Haar, während sich auf R. Daneels Kopf kein Härchen bewegte.

R. Daneel sagte leise zu Clousarr: »Fürchten Sie Roboter, weil Sie Ihre Stellung an einen verlieren könnten, Mr. Clousarr?«

Baley konnte sich nicht herumdrehen, um Clousarrs Gesichtsausdruck zu sehen, war aber sicher, daß er dort nur Abscheu und Verachtung gesehen hätte und daß der Mann, soweit das nur gerade ging, von R. Daneel entfernt saß.

»Und die meiner Kinder«, sagte Clousarr. »Und die von den Kindern aller Leute.«

»Aber Anpassungen sind doch ganz sicherlich möglich«, sagte der Roboter. »Wenn Ihre Kinder sich beispielsweise für die Auswanderung ausbilden ließen ...«

Clousarr ließ ihn nicht weiterreden. »Sie auch? Der Polizist hat schon vom Auswandern geredet. Der hat eine gute Roboter-Ausbildung hinter sich. Vielleicht *ist* er ein Roboter.«

»Jetzt reicht's!« knurrte Baley.

Und R. Daneel sagte mit ruhiger Stimme: »Eine Ausbildungsstätte für Emigranten würde Sicherheit bieten, garantierte Klassifizierung und eine sichere Laufbahn. Wenn Sie sich Sorgen wegen Ihrer Kinder machen, sollten Sie das in Betracht ziehen.«

»Ich würde nie im Leben etwas von einem Roboter oder einem Spacer annehmen oder von irgendeiner Ihrer abgerichteten Hyänen in der Regierung.«

Das war alles. Die Stille der Autobahn umfing sie, und nur das leise Summen des Motors und das Zischen der Räder auf dem Asphalt waren zu hören.

Als er wieder im Präsidium war, unterzeichnete Baley eine Haftbescheinigung für Clousarr und überließ ihn dem zuständigen Beamten. Anschließend nahmen er und R. Daneel die Motospirale ins Hauptquartier.

R. Daneel ließ keine Überraschung darüber erkennen, daß sie nicht den Fahrstuhl genommen hatten, noch hatte Baley das von ihm erwartet. Langsam gewöhnte er sich an die seltsame Mischung aus Kompetenz und Unterwürfigkeit, die der Roboter an den Tag legte, und ließ ihn aus seinen Überlegungen heraus. Der Fahrstuhl war die logische Methode, die vertikale Distanz zwischen den Hafträumen und der Zentrale zurückzulegen. Die lange, bewegliche Treppe, die man als Motospirale bezeichnete, eignete sich nur für kurze Fahrten, allerhöchstens zwei oder drei Etagen. Alle möglichen Leute aus den verschiedensten Zuständigkeitsbereichen stiegen im Laufe einer Minute zu oder verließen die Spirale wieder. Nur Baley und R. Daneel blieben und bewegten sich in gemessenem Tempo nach oben.

Baley hatte das Gefühl, diese Zeit zu brauchen. Es waren bestenfalls Minuten; aber in der Zentrale würde er mit aller Heftigkeit in eine andere Phase des Problems hineingeworfen werden, und er wollte ausruhen. Er brauchte Zeit, um nachzudenken und sich zu orientieren. Und so langsam sich die Motospirale auch bewegte, war sie ihm trotzdem zu schnell.

R. Daneel riß ihn aus seinen Gedanken. »Anscheinend werden wir Clousarr nicht gleich verhören.«

»Der läuft uns nicht weg«, sagte Baley gereizt. »Zuerst will ich jetzt wissen, was diese R.-Sammy-Geschichte zu bedeuten hat.« Halblaut fügte er hinzu, mehr für sich als für R. Daneel bestimmt: »Da gibt es sicher einen Zusammenhang, das kann einfach nicht losgelöst von allem anderen passiert sein.«

»Schade«, meinte R. Daneel. »Clousarrs zerebrale Eigenschaften ...«

»Was ist damit?«

»Die haben sich auf seltsame Weise verändert. Was war da zwischen Ihnen und ihm in dem Waagen-Raum, während ich draußen war?«

Baley antwortete fast schon abwesend: »Ich habe ihm lediglich etwas gepredigt. Die Worte unseres heiligen Fastolfe.«

»Das verstehe ich nicht, Elijah.«

Baley seufzte. »Schauen Sie, ich versuchte ihm zu erklären, daß die Erde ebensogut Roboter einsetzen und ihren Bevölkerungsüberschuß auf andere Planeten exportieren könnte. Ich habe versucht, ihm etwas von diesem Traditionalistengewäsch auszureden. Ich weiß selbst nicht, warum ich das getan habe. Ich hielt mich eigentlich nie für einen Missionar. Aber das war jedenfalls alles.«

»Aha. Nun, das gibt einen Sinn. Vielleicht paßt das sogar dazu. Sagen Sie, Elijah, was haben Sie ihm denn über Roboter erzählt?«

»Wollen Sie das wirklich wissen? Ich habe ihm gesagt, daß Roboter einfach nur Maschinen sind. Das war die Predigt des heiligen Gerrigel. Es gibt eine ganze Menge Predigten, denke ich.«

»Haben Sie ihm zufälligerweise gesagt, daß man einen Roboter schlagen kann, ohne befürchten zu müssen, daß der zurückschlägt, genauso wie man nach irgendeinem mechanischen Gegenstand schlagen kann?«

»Mit Ausnahme eines Punching-Balls, denke ich. Ja. Aber

wieso haben Sie das erraten?« Baley sah den Roboter neugierig an.

»Das paßt zu seinen zerebralen Änderungen«, sagte R. Daneel, »und es erklärt, daß er mir, unmittelbar nachdem wir die Fabrik verlassen hatten, ins Gesicht schlug. Er muß über das nachgedacht haben, was Sie gesagt haben; also hat er gleichzeitig Ihre Aussage überprüft, seinen Aggressionen Luft gemacht und daraus das zusätzliche Vergnügen gewonnen, mich in einer Lage zu erleben, die ihm unterlegen erscheinen mußte. Für diese Motivation und in Anbetracht der Delta-Variation in seiner Quint ...«

Er hielt inne, als würde er nachdenken, und meinte dann: »Ja, das ist recht interessant, und ich glaube, ich kann aus den einzelnen Daten jetzt ein logisches Ganzes aufbauen.«

Sie näherten sich der Zentrale. »Wie spät ist es?« fragte Baley. Und dabei dachte er: Unsinn! Ich könnte auf meine Uhr sehen, das würde weniger Zeit in Anspruch nehmen.

Aber nichtsdestoweniger wußte er, weshalb er die Frage stellte. Das Motiv unterschied sich nicht sehr von dem, das Clousarr dazu veranlaßt hatte, R. Daneel zu schlagen. Dem Roboter einen trivialen Befehl zu erteilen, den dieser befolgen mußte, betonte seine Roboterhaftigkeit und im Gegenzug Baleys Menschsein. Wir sind alle Brüder, dachte Baley, unter der Haut, darüber, überall. Jehoshaphat!

»Zwanzig Uhr zehn«, sagte R. Daneel.

Sie verließen die Motospirale, und ein paar Sekunden lang hatte Baley das übliche, seltsame Gefühl, das sich immer einstellte, wenn man nach langen Minuten gleichmäßiger Bewegung diese plötzlich unterbricht.

»Und ich habe noch nichts gegessen«, sagte er. »Diesen Job soll der Teufel holen!«

Baley sah und hörte Commissioner Enderby durch die offene Tür seines Büros. Der Gemeinschaftsraum war so leer, als hätte man ihn leergewischt, und Enderbys Stimme hallte ungewöhnlich laut durch den Saal. Sein rundes Gesicht wirkte ohne die Brille, die er in der Hand hielt, nackt und schwach. Er wischte sich die glatte Stirn mit einem Papiertuch.

Seine Augen erfaßten Baley, als dieser an der Tür erschien, und seine Stimme hob sich und klang jetzt irgendwie beleidigt.

»Du lieber Gott, Baley! Wo zum Teufel, waren Sie eigentlich?«

Baley tat die Bemerkung mit einem Achselzucken ab und sagte: »Was geht hier vor? Wo ist die Nachtschicht?« Und dann entdeckte er die zweite Person, die sich mit dem Commissioner im Büro befand.

»Dr. Gerrigel!« sagte er ausdruckslos.

Der grauhaarige Robotiker erwiderte den Gruß mit einem kurzen Nicken. »Freut mich, Sie wiederzusehen, Mr. Baley.«

Der Commissioner setzte seine Brille wieder auf und starrte Baley durch die Gläser an. »Die ganze Abteilung wird unten verhört. Sie unterschreiben ihre Aussagen. Sie zu finden, hat mich fast verrückt gemacht. Sah seltsam aus, daß Sie nicht da waren.«

»Daß *ich* nicht da war?« rief Baley aus.

»Jeder, der nicht da war. Jemand in der Abteilung hat es getan, und das wird noch einen Riesenärger geben. Scheußlich! Richtig widerlich!«

Er hob die Hände, als wollte er den Himmel zum Zeugen anrufen, und dabei fiel sein Blick auf R. Daneel.

Baley dachte mit einem Anflug von Sarkasmus: Das erste Mal, daß du Daneel ins Gesicht gesehen hast. Sieh ihn dir nur gut an, Julius!

Der Commissioner meinte mit halblauter Stimme: »*Er* wird auch eine Aussage machen müssen. Selbst *ich* mußte das tun. Ich!«

»Was macht Sie eigentlich so sicher, daß R. Sammy nicht einfach eine Sicherung durchgebrannt ist, Commissioner?« fragte Baley. »Wie kommt man denn auf absichtliche Zerstörung?«

Der Commissioner ließ sich schwer in seinen Sessel sinken. »Fragen Sie ihn«, sagte er und wies auf Dr. Gerrigel.

Der räusperte sich. »Ich weiß nicht so recht, wie ich das anpacken soll, Mr. Baley. Ihrem Gesichtsaudruck nach zu schließen überrascht es Sie, mich hier zu sehen.«

»Ein bißchen«, gab Baley zu.

»Nun, ich hatte es nicht besonders eilig, nach Washington zurückzukehren, und ich komme selten genug nach New York und wollte deshalb ein wenig verweilen. Und was noch wichtiger ist: Ich hatte das sichere Gefühl, daß es geradezu ein Verbrechen sein würde, die City zu verlassen, ohne wenigstens einen weiteren Versuch gemacht zu haben, Ihren faszinierenden Roboter zu analysieren, den Sie, wie ich sehe«, fuhr er eifrig fort, »bei sich haben.«

Baley schüttelte den Kopf. »Völlig unmöglich.«

Der Robotiker schien enttäuscht. »Jetzt, ja. Vielleicht später?«

Baleys langes Gesicht blieb hölzern und ausdruckslos.

»Ich habe Sie gesucht«, fuhr Dr. Gerrigel fort, »aber Sie waren nicht da, und keiner wußte, wo man Sie finden könnte. Also habe ich nach dem Commissioner gefragt, und er hat mich aufgefordert, in die Zentrale zu kommen und hier auf Sie zu warten.«

Der Commissioner warf schnell ein: »Ich dachte, es könnte wichtig sein. Ich wußte, daß Sie den Mann sprechen wollten.«

Baley nickte. »Vielen Dank.«

»Unglücklicherweise war mein Leitstab etwas verstellt«, meinte Dr. Gerrigel, »oder ich habe vielleicht in meinem Eifer die Temperatur falsch eingeschätzt. Jedenfalls bin ich in einen falschen Korridor eingebogen und fand mich in einem kleinen Zimmer ...«

Wieder unterbrach ihn der Commissioner. »Einer der Räume, in dem fotografische Materialien lagern, Lije.«

»Ja«, sagte Dr. Gerrigel. »Und in dem Raum lag eine Gestalt auf dem Boden, bei der es sich ganz offensichtlich um einen Roboter handelte. Nach kurzer Untersuchung war mir klar, daß er unwiderruflich deaktiviert war. Tot, könnte man sagen. Es war auch nicht besonders schwierig, die Ursache der Deaktivierung festzustellen.«

»Nämlich?« fragte Baley.

»In der teilweise geschlossenen rechten Faust des Roboters«, sagte Dr. Gerrigel, »befand sich ein glänzender, eiförmiger Gegenstand von etwa zwei Zoll Länge und einem halben Zoll Durchmesser, mit einem Glimmerfenster am einen Ende. Die Faust berührte seinen Schädel, als hätte die letzte Handlung des Roboters darin bestanden, seinen Kopf zu berühren. Das Ding, das er in der Hand hielt, war ein Alpha-Strahler. Sie wissen doch, was das ist, nehme ich an?«

Baley nickte. Er brauchte weder ein Wörterbuch noch ein Lexikon, um zu wissen, was ein Alpha-Strahler ist. Er hatte in seinen Physik-Kursen selbst welche benutzt: ein Gehäuse aus einer Blei-Legierung mit einer längs angebrachten Vertiefung, in der ein winziges Stück Plutonium-Salz eingebettet war. Die Höhlung war mit Glimmer abgedeckt, das für Alpha-Partikel durchlässig war. In dieser einen Richtung wurde harte Strahlung abgegeben.

Es gab viele Dinge, wofür Alpha-Strahler benutzt wurden; aber das Töten von Robotern gehörte nicht dazu, wenigstens nicht auf legale Weise.

»Er hat sich den Strahler mit dem Glimmer-Fenster voraus an den Kopf gehalten, nehme ich an«, sagte Baley.

»Ja«, sagte Dr. Gerrigel und nickte eifrig, »und seine positronischen Gehirnbahnen wurden augenblicklich randomisiert.* Sofortiger Tod sozusagen.«

Baley wandte sich dem blaß gewordenen Commissioner zu. »Und ein Irrtum ist ausgeschlossen? Es war wirklich ein Alpha-Strahler?«

Der Commissioner nickte und schob dabei die dicken Lippen vor. »Eindeutig. Man konnte ihn auf zehn Fuß Ent-

---

* randomized (von *random* = Zufall), d. i. zufallsmäßig verändert, d. h. ihre Ordnung wurde zerstört – *Anm. d. Hrsg.*

fernung mit einem Zähler feststellen. Das Filmmaterial in dem Lagerraum ist verschleiert. Irrtum scheidet aus.«

Er schien ein paar Augenblicke darüber nachzubrüten und sagte dann abrupt: »Dr. Gerrigel, ich fürchte, Sie müssen noch ein oder zwei Tage in der City bleiben, bis wir Ihre Aussage auf Drahtkassette aufgezeichnet haben. Ich lasse Sie in ein Zimmer begleiten. Es macht Ihnen doch hoffentlich nichts aus, bewacht zu werden?«

»Halten Sie das für notwendig?« fragte Dr. Gerrigel nervös.

»Jedenfalls ist es sicherer.«

Dr. Gerrigel schüttelte verwirrt allen die Hand, auch R. Daneel, und ging hinaus.

Der Commissioner seufzte tief. »Es war einer von uns, Lije. Das ist es, was mich so beunruhigt. Von draußen würde niemand hier hereinkommen, einfach nur, um einen Roboter umzulegen. Schließlich gibt es draußen genug, und dort ist es viel ungefährlicher. Und es mußte auch jemand sein, der Zugang zu einem Alpha-Strahler hatte. An die kommt man gar nicht so leicht heran.«

R. Daneels Stimme klang kühl und gleichmäßig und bildete einen deutlichen Kontrast zu den erregten Worten des Commissioners. Er meinte: »Aber was ist das Motiv für diesen Mord?«

Der Commissioner sah R. Daneel mit offensichtlichem Widerwillen an und wandte dann den Blick wieder ab. »Wir sind auch Menschen. Ich stelle mir vor, Polizisten gewöhnen sich ebenso schwer daran, Roboter zu mögen, wie sonst jemand. Jetzt ist er weg, und vielleicht ist es für irgend jemanden eine Erleichterung. Ihnen ist er ja ziemlich auf die Nerven gegangen, Lije, erinnern Sie sich?«

»Das ist wohl kaum ein Mordmotiv«, sagte R. Daneel.

»Nein«, pflichtete Baley ihm bei.

»Es ist nicht Mord«, sagte der Commissioner. »Es ist Sachbeschädigung. Wir wollen doch die Begriffe nicht durcheinanderbringen. Nur, daß es ausgerechnet hier geschehen ist. Anderswo wäre es belanglos. Wirklich eine Belanglosigkeit. Jetzt aber könnte ein erstrangiger Skandal daraus werden. Lije!«

»Ja?«

»Wann haben Sie R. Sammy das letzte Mal gesehen?«

Baley antwortete darauf: »R. Daneel hat nach dem Mittagessen mit R. Sammy gesprochen. Ich würde sagen, das war gegen dreizehn Uhr dreißig. Er hat veranlaßt, daß wir Ihr Büro benutzen konnten, Commissioner.«

»Mein Büro? Wozu denn?«

»Ich wollte einigermaßen ungestört mit R. Daneel über den Fall sprechen. Sie waren nicht da, also bot sich Ihr Büro schließlich an.«

»Aha.« Der Commissioner schien diese Meinung nicht ganz zu teilen, ließ es aber auf sich beruhen. »Sie selbst haben ihn nicht gesehen?«

»Nein. Aber ich habe vielleicht eine Stunde später seine Stimme gehört.«

»Sind Sie sicher, daß er es war?«

»Unbedingt.«

»Das wäre gegen vierzehn Uhr dreißig gewesen?«

»Oder etwas früher.«

Der Commissioner biß sich nachdenklich auf die wulstige Unterlippe. »Nun, dann wäre damit eines geklärt.«

»So?«

»Ja. Der Junge, Vincent Barrett, war heute hier. Wußten Sie das?«

»Ja. Aber, Commissioner, der würde doch so etwas nicht tun.«

Der Commissioner blickte auf und sah Baley ins Gesicht. »Warum nicht? R. Sammy hat ihm den Job weggenommen. Ich kann ihm durchaus nachfühlen, wie ihm zumute ist. Für ihn würde das so etwas wie ausgleichende Gerechtigkeit sein. Eine Art Rache. Würden Sie das nicht auch so empfinden? Aber Tatsache ist, daß er das Gebäude um vierzehn Uhr verlassen hat und wenn Sie R. Sammy noch um vierzehn Uhr dreißig sprechen gehört haben ... Er hätte natürlich vor dem Weggehen den Alpha-Strahler R. Sammy aushändigen können, mit der Anweisung, ihn sich in einer Stunde an den Kopf zu halten. Aber woher sollte Barrett einen Alpha-Strahler haben? Es lohnt sich nicht, darüber nachzudenken. Kommen wir wieder zu R. Sammy. Als Sie ihn um vierzehn Uhr dreißig sprechen hörten, was hat er da gesagt?«

Baley zögerte einen Augenblick und sagte dann: »Ich erinnere mich nicht. Wir sind kurz darauf weggegangen.«

»Wohin denn?«

»Am Ende nach Hefestadt. Darüber möchte ich übrigens mit Ihnen reden.«

»Später. Später.« Der Commissioner rieb sich das Kinn. »Jessie war heute hier, wie ich festgestellt habe. Ich meine, wir haben alle Besucher überprüft, und da habe ich zufällig ihren Namen gesehen.«

»Sie war hier«, sagte Baley kühl.

»Warum?«

»Eine Familienangelegenheit.«

»Man wird sie verhören müssen. Eine reine Formalität natürlich.«

»Ich kenne die Polizeivorschriften, Commissioner. Übrigens, was ist mit dem Alpha-Strahler selbst. Hat man schon festgestellt, woher er stammt?«

»O ja. Er kam aus einem der Kraftwerke.«

»Und was hat man dort für eine Erklärung, wie er abhanden gekommen ist?«

»Die haben keine Ahnung. Aber schauen Sie, Lije, abgesehen von Routineaussagen hat das alles nichts mit Ihnen zu tun. Sie kümmern sich weiter um Ihren Fall. Es ist nur ... Nun, Sie kümmern sich jedenfalls weiter um die Spacetown-Ermittlungen.«

»Darf ich meine Routineaussage später abgeben, Commissioner?« fragte Baley. »Ich habe nämlich noch nicht gegessen.«

Commissioner Enderbys Augen wandten sich Baley zu. »Aber unbedingt, beschaffen Sie sich etwas zu essen. Aber gehen Sie nicht aus dem Haus, ja? Ihr Partner hat natürlich recht, Lije« – er schien es bewußt zu vermeiden, R. Daneel anzusprechen oder seinen Namen zu benutzen –, »wir brauchen ein Motiv. Das Motiv.«

Baley hatte plötzlich das Gefühl, zu erstarren.

Etwas, das von ihm völlig losgelöst war, etwas Fremdes, nahm die Ereignisse dieses Tages und des vorangegangenen und des Tages davor auf und jonglierte damit. Und dann begannen die einzelnen Stücke ineinanderzupassen; ein Schema begann sich zu bilden.

»Aus welchem Kraftwerk stammt der Alpha-Strahler, Commissioner?« fragte er.

»Aus dem in Williamsburg. Warum?«

»Nichts. Nichts.«

Das letzte Wort, das Baley den Commissioner murmeln hörte, als er, dicht gefolgt von R. Daneel, aus dem Büro schritt, war: »Motiv. Motiv.«

Baley nahm in der kleinen und nur selten benutzten Kantine eine spärliche Mahlzeit zu sich. Er würgte die gefüllte Tomate auf Kopfsalat hinunter, ohne richtig zur Kenntnis zu nehmen, um was es sich überhaupt handelte. Und noch ein oder zwei Sekunden, nachdem er den letzten Bissen getan hatte, glitt seine Gabel ziellos über den Plastikteller und suchte automatisch nach etwas, das dort nicht mehr zu finden war.

Dann bemerkte er es und legte die Gabel mit einem gemurmelten »Jehoshaphat!« zur Seite.

Er sagte: »Daneel!«

R. Daneel hatte an einem anderen Tisch gesessen, als wollte er den sichtlich mit sich selbst beschäftigten Baley in Frieden lassen oder als benötigte er selbst Ruhe und Abgeschiedenheit. Baley war es inzwischen gleichgültig, was von beiden.

Daneel stand auf, trat an Baleys Tisch und setzte sich wieder. »Ja, Partner Elijah?«

Baley sah ihn nicht an. »Daneel, Sie müssen mir helfen.«

»In welcher Hinsicht?«

»Man wird Jessie und mich verhören. Das steht fest. Lassen Sie mich die Fragen auf meine Weise beantworten. Verstehen Sie?«

»Ich verstehe natürlich, was Sie sagen. Nichtsdestoweniger – wenn man mir eine direkte Frage stellt, wie kann ich dann irgend etwas anderes sagen, als was der Wahrheit entspricht?«

»*Wenn* man Ihnen eine direkte Frage stellt, ist das eine andere Sache. Ich bitte Sie nur, nicht von sich aus Informationen zu liefern. Das können Sie doch, oder?«

»Ich glaube schon, Elijah. Vorausgesetzt, daß es nicht so aussieht, als würde ich einem menschlichen Wesen durch mein Schweigen Schaden zufügen.«

»Sie werden *mir* Schaden zufügen, wenn Sie nicht schweigen«, sagte Baley grimmig. »Das kann ich Ihnen versichern.«

»Ich verstehe Ihren Standpunkt nicht ganz, Partner Elijah. Die Angelegenheit von R. Sammy kann Sie doch nicht betreffen.«

»Nein? Kann sie das nicht? Es geht doch um das Motiv, oder? Sie haben nach dem Motiv gefragt. Der Commissioner hat das getan. Ich tue das übrigens auch. Warum sollte irgend jemand R. Sammy töten wollen? Damit wir uns richtig verstehen: Es geht hier nicht darum, wer ganz allgemein darauf aus sein könnte, Roboter in Stücke zu schlagen; das würde praktisch jeder Erdenmensch tun wollen. Die Frage ist, wer sich ausgerechnet R. Sammy ausgesucht hat. Vincent Barrett könnte in Frage kommen; aber der Commissioner sagt, daß der keine Möglichkeit hätte, sich einen Alpha-Strahler zu beschaffen, und damit hat er recht. Wir müssen uns anderswo umsehen. Und zufälligerweise gibt es eine andere Person, die ein Motiv hat; das sticht förmlich heraus. Das schreit. Das stinkt bis in die oberste Etage.«

»Und wer ist diese Person, Elijah?«

Und Baley sagte mit leiser, kaum hörbarer Stimme: »Das bin ich, Daneel.«

R. Daneels ausdrucksloses Gesicht veränderte sich unter

dem Eindruck von Baleys Worten nicht. Er schüttelte bloß den Kopf.

»Sie stimmen mir nicht zu«, sagte Baley. »Meine Frau ist heute ins Büro gekommen. Das ist bereits bekannt. Der Commissioner fängt sogar an, neugierig zu werden. Wenn ich nicht persönlich mit ihm befreundet wäre, hätte er nicht so schnell mit Fragen aufgehört. Jetzt werden die herausfinden, warum sie gekommen ist. Das ist sicher. Sie war Teil einer Verschwörung – einer albernen, harmlosen Verschwörung zwar, aber trotzdem, eben einer Verschwörung. Und ein Polizist kann es sich nicht leisten, daß seine Frau in so etwas verwickelt ist. Es würde also ganz offensichtlich in meinem Interesse liegen, dafür zu sorgen, daß die ganze Sache vertuscht wird.

Nun, und wer hat davon gewußt? Sie und ich natürlich und Jessie. Und R. Sammy. Er hat sie im Zustand sichtlicher Panik gesehen. Als er ihr sagte, daß wir Anweisung hinterlassen hatten, uns nicht zu stören, muß sie die Kontrolle über sich verloren haben. Sie haben sie ja gesehen, als sie hereinkam.«

R. Daneel sagte: »Es ist unwahrscheinlich, daß sie zu ihm irgend etwas Belastendes gesagt hat.«

»Das mag sein. Aber ich rekonstruiere den Fall jetzt so, wie sie das tun werden. Sie werden sagen, daß sie etwas Belastendes gesagt hat. Und da liegt mein Motiv. Ich habe ihn getötet, um ihn zum Schweigen zu bringen.«

»Man wird nicht so denken.«

»Man *wird* so denken! Der Mord ist bewußt so arrangiert worden, um Verdacht auf mich zu lenken. Warum einen Alpha-Strahler einsetzen? Das ist eine ziemlich riskante Geschichte. Es ist schwierig, einen zu beschaffen, und man kann feststellen, woher er stammt. Ich glaube, das sind genau die Gründe, weshalb man einen benutzt hat. Der Mörder hat R. Sammy den Befehl erteilt, in den Raum mit den Fotomaterialien zu gehen und sich dort zu töten. Mir scheint es offensichtlich, daß das deshalb geschehen ist, um keinen Zweifel an der Mordmethode zu lassen.

Selbst wenn jeder wirklich so ungeschickt wäre, einen Alpha-Strahler nicht sofort zu erkennen, dann würde doch ganz sicher jemand in kürzester Zeit feststellen, daß die Filme verschleiert sind.«

»Welche Beziehung hat das alles zu Ihnen, Elijah?«

Baley grinste ohne eine Spur von Humor. »In höchst geschickter Weise. Der Alpha-Strahler ist aus dem Kraftwerk Williamsburg entfernt worden. Sie und ich sind gestern durch das Kraftwerk von Williamsburg gekommen. Man hat uns gesehen, und diese Tatsache wird bekannt werden. Das gibt mir die Gelegenheit, mir die Waffe zu verschaffen und das Motiv für das Verbrechen. Und vielleicht stellt sich heraus, daß wir die letzten waren, die R. Sammy lebend gesehen oder gehört haben, mit Ausnahme des eigentlichen Mörders natürlich.«

»Ich war in dem Kraftwerk mit Ihnen zusammen und kann bestätigen, daß Sie keine Gelegenheit hatten, einen Alpha-Strahler zu stehlen.«

»Danke«, sagte Baley betrübt. »Aber Sie sind ein Roboter, und Ihre Aussage ist wertlos.«

»Der Commissioner ist Ihr Freund. Er wird auf uns hören.«

»Der Commissioner muß auch darauf achten, daß er seine Stellung bewahrt, und er ist meinetwegen schon etwas unruhig. Es gibt nur eine einzige Chance für mich, diese unangenehme Situation unbeschadet zu überstehen.«

»Ja?«

»Ich frage mich, *warum* man den Verdacht auf mich lenkt. Offensichtlich, um mich loszuwerden. Aber warum? Wiederum ganz offensichtlich, weil ich jemandem gefährlich bin. Ich tue mein Bestes, um dem Mörder Dr. Sartons gefährlich zu werden. Das könnte natürlich die Traditionalisten bedeuten oder zumindest deren inneren Kreis. Und dieser innere Kreis würde auch wissen, daß ich in dem Kraftwerk war. Wenigstens einer von ihnen könnte mir so weit auf den Streifen gefolgt sein, wenn Sie auch der Ansicht waren, wir hätten sie abgeschüttelt.

Es besteht also eine Chance, daß ich, wenn ich den Mörder Dr. Sartons finde, auch den Mann oder die Männer finde, die versuchen, mich aus dem Wege zu schaffen. Wenn ich das Ganze zu Ende denke, dann bin ich erst in dem Moment außer Gefahr, wenn ich den Fall löse. Und Jessie auch. Ich könnte es nicht ertragen, daß man sie ... Aber ich habe nicht viel Zeit.« Seine Faust ballte sich krampfartig und löste sich wieder. »Ich habe nicht viel Zeit.«

Baley sah R. Daneels feingemeißeltes Gesicht mit einem plötzlichen Gefühl brennender Hoffnung an. Was auch immer dieses Geschöpf war: Er war stark und loyal und nicht von Selbstsucht getrieben. Was konnte man schon mehr von einem Freund verlangen? Baley brauchte einen Freund und war jetzt nicht in der Stimmung, spitzfindige Betrachtungen darüber anzustellen, daß er von einem Räderwerk statt von Muskeln bewegt wurde. Aber R. Daneel schüttelte den Kopf.

»Es tut mir leid, Elijah«, sagte der Roboter – sein Gesicht zeigte dabei natürlich keine Spur von Besorgnis, »aber ich habe mit nichts dergleichen gerechnet. Vielleicht hat Ihnen das, was ich getan habe, geschadet. Es tut mir leid, wenn der allgemeine Nutzen das fordert.«

»Was für allgemeiner Nutzen?« stammelte Baley. »Ich hatte Verbindung mit Dr. Fastolfe.«

»Jehoshaphat! Wann denn?«

»Während Sie aßen.« Baleys Lippen spannten sich.

»Nun?« stieß er schließlich hervor. »Und was ist geschehen?«

»Sie werden sich von dem Verdacht, R. Sammy ermordet zu haben, auf andere Weise befreien müssen als durch die Klärung des Mordes an meinem Konstrukteur, Dr. Sarton. Unsere Leute in Spacetown haben als Folge meiner Informationen den Entschluß gefaßt, die Ermittlungen heute abzuschließen und Spacetown und die Erde zu verlassen.«

17
ABSCHLUSS EINES PROJEKTS

Baley sah auf die Uhr. Es war 21:45 Uhr. In zweieinviertel Stunden würde Mitternacht sein. Er war seit sechs Uhr früh auf den Beinen und stand jetzt seit zweieinhalb Tagen unter ungeheurer Spannung. Ein unbestimmtes Gefühl der Unwirklichkeit hielt ihn gefangen.

Er war sorgsam bemüht, sich beim Sprechen nichts davon anmerken zu lassen, als er nach seiner Pfeife und dem kleinen Beutel mit den wertvollen Tabakkrumen griff. »Was soll das alles, Daneel?« fragte er.

»Verstehen Sie nicht?« sagte R. Daneel. »Liegt das nicht auf der Hand?«

Und Baley antwortete geduldig. »Ich verstehe nicht. Es liegt nicht auf der Hand.«

»Wir sind hier«, sagte der Roboter, »und mit ›wir‹ meine ich unsere Leute in Spacetown, um die Schale zu zerbrechen, die die Erde umgibt und Ihre Leute dazu zu zwingen, wieder zu expandieren und zu kolonisieren.«

»Das weiß ich. Sie brauchen das nicht immer wieder zu betonen.«

»Das muß ich, weil es wichtig ist. Wenn wir daran interessiert waren, daß der Mord an Dr. Sarton bestraft werden solle, dann nicht, weil wir damit rechneten, daß wir damit Dr. Sarton wieder würden lebendig machen können, verstehen Sie? Nein, nur weil wir besorgt waren, daß die Position unserer Politiker zu Hause, die gegen die Idee von Spacetown sind, gestärkt werden könnte, wenn wir es nicht tun.«

»Aber jetzt«, sagte Baley, plötzlich heftig werdend, »sagen Sie, Sie bereiten sich darauf vor, aus freien Stücken nach Hause zurückzukehren? Warum? Um Himmels willen, warum? Die Lösung des Sarton-Falles steht unmittelbar bevor. Sie *muß* unmittelbar bevorstehen, sonst würden die sich nicht solche Mühe geben, mich aus den Ermittlungen herauszudrängen. Ich habe das Gefühl, daß ich jetzt alle Fakten besitze, die ich brauche, um die Antwort zu finden. Sie muß irgendwo hier drinnen stecken.« Er tippte sich mit den Fingerspitzen wild gegen die Schläfe. »Ein Satz könnte sie auslösen. Ein einziges Wort.«

Er preßte die Augen zu, als wäre der Nebel, der ihn jetzt seit sechzig Stunden umgab, tatsächlich im Begriff, sich aufzulösen, durchsichtig zu werden. Aber das tat er nicht.

Baley atmete tief und schämte sich. Er lieferte da ein armseliges Schauspiel vor einer kalten, unbeeindruckten Maschine, die zu nichts anderem imstande war, als ihn stumm anzustarren.

Deshalb meinte er plötzlich schroff: »Aber lassen wir das. Warum wollen die Spacer ihr Projekt abbrechen?«

»Weil es abgeschlossen ist«, sagte der Roboter. »Wir sind jetzt davon überzeugt, daß die Erde kolonisieren wird.«

»Dann haben Sie also auf Optimismus umgeschaltet?«

Baley sog den beruhigenden Tabaksrauch in sich hinein und spürte, wie er seine Emotionen wieder besser in den Griff bekam.

»Das habe ich. Wir haben jetzt lange Zeit versucht, die Erde zu verändern, indem wir ihre Wirtschaft veränderten. Wir haben versucht, unsere eigene C/Fe-Kultur einzuführen. Ihre planetarische Regierung und verschiedene City-Regierungen haben mit uns zusammengearbeitet, weil es für sie zweckmäßig war. Trotzdem haben wir in vierundzwanzig Jahren unserer Bemühungen versagt. Je mehr wir uns bemüht haben, desto stärker wurde unsere Opposition, die Traditionalisten.«

»Das weiß ich alles«, sagte Baley. Und dabei dachte er: Es hat keinen Sinn. Er muß das auf seine eigene Art sagen, wie eine Bandaufnahme. Und im stillen schrie er R. Daneel an: *Maschine!*

Und R. Daneel fuhr fort: »Dr. Sarton war der erste, der die Theorie aufstellte, daß wir unsere Taktik ändern müßten. Wir mußten zuerst ein Segment der Bevölkerung der Erde finden, das sich das wünschte, was wir uns wünschten, oder das zumindest dazu überredet werden konnte. Indem wir diese Leute ermutigten und ihnen halfen, kam es dazu, daß die Bewegung von der Erde ausging, statt ihr von außen aufgezwungen zu sein und fremd zu bleiben. Die Schwierigkeit bestand darin, das Segment der Erdbevölkerung zu finden, das für unsere Zwecke am besten geeignet war. Sie, Sie selbst, Elijah, waren ein interessantes Experiment.«

»Ich? *Ich*? Was meinen Sie damit?« wollte Baley wissen.

»Wir waren froh, daß Ihr Commissioner Sie empfahl. Aus Ihrem Psycho-Profil schlossen wir, daß Sie nützlich sein könnten. Eine Zerebral-Analyse, die ich so schnell wie möglich an Ihnen durchführte, bestätigte dieses Urteil. Sie sind ein praktisch eingestellter Mann, Elijah. Sie hängen keinen romantischen Träumen über die Vergangenheit der Erde nach, obwohl Sie ein gesundes Interesse dafür empfinden. Und ebensowenig klammern Sie sich stur an die Kultur der Gegenwart. Wir waren der Ansicht, daß Leute wie Sie diejenigen sein würden, die aufs neue Erdenmenschen zu den Sternen würden führen können. Das war einer der Gründe, weshalb Dr. Fastolfe gestern früh so daran interessiert war, Sie zu sehen.

Ihr praktisches Wesen hatte natürlich auch seine negativen Seiten. Sie wollten einfach nicht begreifen, daß der fanatische Dienst an einem Ideal, selbst einem falschen Ideal, einen Menschen dazu veranlassen kann, Dinge zu tun, die seine normale Kapazität weit übersteigen; so zum Beispiel nachts offenes Land zu durchqueren, um jemanden zu zerstören, den er für einen Erzfeind seiner Sache hält. Wir waren daher nicht übermäßig überrascht, daß Sie hartnäckig und tollkühn genug waren, um den Versuch zu machen, den Mord als einen Betrug hinzustellen. In gewisser Weise lieferte das den Beweis dafür, daß Sie der Mann waren, den wir für unser Experiment haben wollten.«

»Um Gottes willen, was für ein Experiment meinen Sie da?« Baleys Faust krachte auf die Tischplatte.

»Das Experiment, Sie davon zu überzeugen, daß die Lösung der Probleme der Erde in einer Wiederaufnahme der Kolonisierungsbemühungen liegt.«

»Nun, mich hat man überzeugt, das räume ich Ihnen ein.«

»Ja natürlich, unter dem Einfluß der entsprechenden Droge.«

Baleys Zähne lösten sich vom Mundstück seiner Pfeife. Er konnte sie gerade noch auffangen, als sie herunterfiel. Wieder sah er jene Szene in der Kuppel in Spacetown vor sich; sah sich selbst, wie er langsam ins Bewußtsein zurückfand, nach dem Schock, mit dem ihm klargeworden war, daß R. Daneel dennoch ein Roboter war; er glaubte noch zu spüren, wie R. Daneels glatte Finger die Haut an seinem Arm zusammenschoben; sah die Nadel, die sich unter seiner Haut abzeichnete und dann verblaßte.

»Was war in der Nadel?« fragte er halb erstickt.

»Nichts, worüber Sie sich zu beunruhigen brauchen, Elijah. Eine ganz milde Droge, die nur Ihr Bewußtsein aufnahmefähiger machen sollte.«

»Und so glaubte ich alles, was man mir sagte. Ist es das?«

»Nicht ganz. Etwas, das Ihrer Denkweise völlig fremd ist, würden Sie nicht glauben. Tatsächlich war das Resultat des Experiments sogar enttäuschend. Dr. Fastolfe hatte gehofft, daß Sie sich fanatisch und hartnäckig für das Thema einsetzen würden. Statt dessen billigten Sie es auf eine distanzierte Art, sonst nichts. Ihr praktisches Wesen stand allem weiteren im Wege. Und daraus zogen wir die Erkenntnis, daß die Romantiker doch unsere einzige Hoffnung sind. Und die Romantiker waren unglücklicherweise alle Traditionalisten, tatsächlich oder wenigstens potentiell.«

Baley empfand einen eigenartigen Stolz auf sich selbst, war über seine Hartnäckigkeit froh und glücklich, daß er sie enttäuscht hatte. Sollten sie doch ihre Experimente mit einem anderen machen.

Er grinste. »Und jetzt haben Sie also aufgegeben und gehen nach Hause?«

»Aber nein, das ist es nicht. Ich sagte vor ein paar Augenblicken, daß wir jetzt zufrieden wären und daß die Erde kolonisieren würde. Sie waren es, der uns die Antwort geliefert hat.«

»Ich? Wie denn?«

»Sie haben mit Francis Clousarr über die Vorteile der Kolonisierung gesprochen. Ziemlich eindringlich sogar, kann ich mir vorstellen. *Das* Ergebnis hatte unser Experiment zumindest. Und eine Zerebral-Analyse Clousarrs zeigte, daß seine Haltung sich verändert hat. Freilich nur auf sehr subtile Art, aber immerhin hat sie sich verändert.«

»Sie meinen, ich hätte ihn überzeugt, daß ich recht hatte? Das glaube ich nicht.«

»Nein, so leicht kann man jemanden nicht überzeugen. Aber die Änderungen in seinen zerebralen Eigenschaften zeigen eindeutig, daß das Bewußtsein eines Traditionalisten für die Art von Überzeugung zumindest *offen* ist. Ich habe selbst weiterexperimentiert. Als wir Hefestadt verließen, schlug ich – weil ich aus der Veränderung in seiner Einstellung schon ahnte, was zwischen Ihnen beiden geschehen war – vor, man solle doch eine Schule für Emigranten gründen, um damit die Zukunft seiner Kinder zu sichern. Das hat er zurückgewiesen. Aber seine Aura hat sich erneut verändert, und mir schien es ganz offenkundig, daß das die richtige Vorgehensweise war.«

R. Daneel machte eine kurze Pause und redete dann weiter.

»Die Bewegung, die man hier als Traditionalismus bezeichnet, legt ein gewisses Sehnen nach Pioniertaten an den Tag. Zugegeben, dieses Sehnen gilt der Erde selbst, die nahe ist und eine große Vergangenheit zu bieten hat. Aber die Vision von Welten draußen im All ist etwas Ähnliches, und der Romantiker kann ihr leicht verfallen – so wie Clousarr nach einem einzigen Vortrag, den Sie ihm gehalten haben, schon ihre Attraktivität empfand.

Sie sehen also, wir hatten unser Ziel bereits erreicht, ohne es zu wissen. Wir selbst waren der Faktor, der das Gleichgewicht gestört hat, nicht etwas, das wir einzuführen versuchten. Wir waren der Kristallisationspunkt für die romantischen Impulse auf der Erde und haben vielleicht zum Entstehen der Traditionalisten-Bewegung beigetragen und bewirkt, daß sie eine Organisation gründeten. Schließlich sind es ja die Traditionalisten, die die verkrusteten Gewohnheiten brechen wollen, und nicht die Beamten der City, die am meisten zu gewinnen haben, wenn sie den Status quo bewahren. Wenn wir Spacetown jetzt verlassen, wenn wir die Traditionalisten nicht durch weitere Anwesenheit reizen, und zwar so lange, bis sie sich ganz der Erde, und nur der Erde, ergeben haben und kein Zurück mehr kennen, wenn wir ein paar obskure Individuen oder Roboter wie mich zurücklassen, die zusammen mit ähnlich denkenden Erdenmenschen, wie Sie einer sind, die Ausbildungsstätten für die Emigranten gründen können, von denen ich sprach, dann werden sich die Traditionalisten am Ende von der Erde abwenden. Sie werden dann Roboter brauchen, und die werden sie entweder von uns bekommen oder sich selbst bauen. Und dann werden sie eine C/Fe-Kultur entwickeln, die ihnen gemäß ist.«

Für R. Daneel war das eine lange Rede gewesen; das mußte ihm selbst klargeworden sein, denn nach einer weiteren Pause sagte er: »Ich sage Ihnen das alles, um Ihnen zu erklären, weshalb es notwendig ist, etwas zu tun, das Ihnen vielleicht weh tun wird.«

Baley dachte bitter: Ein Roboter darf kein menschliches Wesen verletzen, es sei denn, er könnte beweisen, daß es am Ende doch zum Nutzen des menschlichen Wesens geschieht.

Und dann sagte er: »Einen Augenblick! Ich möchte einen praktischen Aspekt erwähnen. Die Spacer werden zu ihren Welten zurückkehren und sagen, ein Erdenmensch hätte einen Spacer getötet und sei unbestraft geblieben. Die Äußeren Welten werden eine Entschädigung von der Erde verlangen. Und ich warne Sie: Die Erde ist nicht länger in der Stimmung, eine solche Behandlung hinzunehmen. Es wird Ärger geben.«

»Ich bin sicher, daß das nicht geschehen wird, Elijah. Die Elemente auf unseren Planeten, die am meisten daran interessiert sind, Entschädigungen zu verlangen, haben gleichzeitig auch das größte Interesse daran, das Projekt Spacetown zu beenden. Wir können letzteres leicht als Anreiz anbieten, ersteres zu unterlassen. Das haben wir jedenfalls vor. Man wird die Erde in Frieden lassen.«

Und jetzt brach es aus Baley heraus, und seine Stimme klang vor Verzweiflung heiser. »Und was wird aus mir? Der Commissioner wird die Sarton-Nachforschungen sofort fallenlassen, wenn Spacetown das will. Aber diese R.-Sammy-Geschichte wird weitergeführt werden müssen, da sie auf einen Täter hier in unserer Mitte hindeutet. Er wird hier jeden Augenblick auftauchen, mit einem Haufen Beweismaterial gegen mich. Das weiß ich. Man hat das so arrangiert. Man wird mich degradieren, Daneel. Schließlich habe ich auch an Jessie zu denken. Sie wird als Verbrecherin abgestempelt werden. Und Bentley ...«

R. Daneel unterbrach ihn. »Sie dürfen nicht glauben, Elijah, daß ich Ihre Lage nicht verstehe. Im Dienste des größeren Nutzens der Menschheit muß man kleinere Ungerechtigkeiten hinnehmen. Dr. Sarton hinterläßt eine Witwe, zwei Kinder, Eltern, eine Schwester und viele Freunde. Alle leiden bestimmt unter seinem Tod und dem Gedanken, daß der Mord an ihm ungesühnt bleibt.«

»Weshalb bleiben Sie dann nicht und suchen den Mörder?«

»Das ist nicht länger nötig.«

Baley sagte bitter: »Warum geben Sie dann nicht zu, daß die ganze Ermittlung nur ein Vorwand war, um uns zu studieren? Ihnen war es von Anfang an gleichgültig, wer Dr. Sarton getötet hat.«

»Wir hätten es gerne gewußt«, sagte R. Daneel kühl, »aber wir haben uns nie Illusionen darüber gemacht, was wichtiger wäre: ein Individuum oder die ganze Menschheit. Jetzt die Ermittlungen weiterzuführen, würde bedeuten, daß wir eine Situation stören müssen, die uns sehr gelegen kommt. Wir könnten nicht vorhersehen, welchen Schaden wir damit vielleicht anrichten würden.«

»Sie meinen, es könnte sich herausstellen, daß der Mörder ein prominenter Traditionalist ist, und im Augenblick wollen die Spacer nichts tun, was ihre neuen Freunde verstimmen könnte?«

»Ich würde das nicht so ausdrücken, aber in Ihren Worten steckt Wahrheit.«

»Wo bleibt da Ihr Gerechtigkeitsschaltkreis, Daneel? Ist das Gerechtigkeit?«

»Es gibt verschiedene Grade von Gerechtigkeit, Elijah. Wenn der geringere Grad sich nicht mit dem größeren vereinbaren läßt, muß der geringere nachgeben.«

Es war, als umkreise Baleys Bewußtsein die undurchdringliche Logik von R. Daneels Positronen-Gehirn und suchte dort nach einem Schlupfloch, einer Schwäche.

»Und empfinden Sie gar keine persönliche Neugierde, Daneel?« fragte er. »Sie haben sich als Detektiv bezeichnet. Wissen Sie, was das besagt? Verstehen Sie, daß eine Ermittlung mehr als nur ein Auftrag, mehr als nur Arbeit ist? Eine Ermittlung ist eine Herausforderung. Ihr Geist gegen den des Verbrechers. Ein intellektuelle Auseinandersetzung, so etwas wie ein Duell. Können Sie den Kampf einfach aufgeben und zugeben, daß Sie besiegt worden sind?«

»Wenn die Weiterführung keinen Nutzen bringt, sicher.«

»Würden Sie nicht das Gefühl haben, etwas zu verlieren? Würde da nicht ein Hauch von Unzufriedenheit zurückbleiben? Enttäuschte Neugierde?«

Baleys Hoffnung, die von Anfang an nicht sehr ausgeprägt gewesen war, schwand, während er sprach. Das Wort ›Neugierde‹ erinnerte ihn bei der zweiten Wiederholung an das, was er vor vier Stunden zu Francis Clousarr gesagt hatte. In jenem Augenblick hatte er die Eigenschaften, die einen Menschen von einer Maschine unterschieden, sehr gut erkannt. Die Neugierde *mußte* eine davon sein. Ein sechs Wochen altes Kätzchen war neugierig – aber konnte es eine neugierige Maschine geben, und wäre sie auch noch so menschenähnlich?

R. Daneel wirkte wie ein Echo auf diese Gedanken, als er sagte: »Was verstehen Sie unter Neugierde?«

Baley verlieh ihr das beste Etikett, das ihm zur Verfügung stand. »Unter Neugierde verstehen wir das Bestreben, unser Wissen auszuweiten.«

»Ein solches Bestreben existiert in mir, wenn die Ausweitung des Wissens zur Erfüllung eines mir erteilten Auftrages notwendig ist.«

»Ja«, sagte Baley sarkastisch, »beispielsweise, wenn Sie Fragen über Bentleys Kontaktlinsen stellen, um noch mehr über die eigenartigen Gebräuche der Erde zu erfahren.«

»Exakt das«, sagte R. Daneel, und es war ihm nicht anzumerken, ob er den Sarkasmus bemerkt hatte. »Andrerseits ist eine ziellose Ausweitung des Wissens – und das scheinen Sie unter dem Begriff Neugierde zu verstehen – lediglich Ineffizienz. Ich bin so konstruiert, um Ineffizienz zu vermeiden.«

Und mit diesen Worten kam der ›Satz‹, auf den Elijah Baley gewartet hatte, zu ihm, und der Nebel lichtete sich, und alles um ihn wurde plötzlich klar.

Während R. Daneel sprach, fiel Baleys Kinn herab und sein Mund blieb offen stehen.

Das Ganze konnte nicht plötzlich in ganzer Größe in seinem Bewußtsein aufgetaucht sein. So funktionierten die Dinge nicht. Irgendwo tief in seinem Unterbewußtsein hatte er einen Fall aufgebaut, ihn sorgfältig und detailliert aufgebaut; aber da war etwas, das nicht zum Rest der Fakten paßte, und das hatte ihn aufgehalten; etwas, über das man nicht einfach hinwegspringen konnte und das man auch nicht beiseite schieben konnte. Und solange diese Ungereimtheit bestand, blieb der Fall unter seinen Gedanken vergraben, außer Reichweite seiner bewußten Überlegungen.

Aber der Satz war gekommen; die Ungereimtheit war verschwunden; der Fall gehörte ihm.

Das grelle Licht der Erkenntnis schien Baley mächtig angeregt zu haben. Zumindest wußte er plötzlich, worin R. Daneels Schwäche liegen mußte; die Schwäche einer jeden denkenden Maschine. Er dachte fieberhaft und hoffnungsvoll: Das Ding *muß* buchstabengenau denken.

»Dann ist Projekt Spacetown also mit Wirkung des heutigen Tages abgeschlossen – und damit auch die Sarton-Ermittlung«, sagte er. »Stimmt das?«

»Das ist die Entscheidung, die unsere Leute in Spacetown getroffen haben«, pflichtete R. Daneel ihm ruhig bei.

»Aber der heutige Tag ist noch nicht um.« Baley sah auf die Uhr. Es war 22:30 Uhr. »Bis Mitternacht sind es noch anderthalb Stunden.«

R. Daneel sagte nichts. Er schien zu überlegen.

Baley redete jetzt schnell weiter. »Dann dauert das Projekt also noch bis Mitternacht. Sie sind mein Partner, und die Ermittlung dauert an.« Seine Hast wirkte jetzt fast ansteckend. »Machen wir so weiter, wie wir begonnen haben. Lassen Sie mich arbeiten. Ihren Leuten wird das nicht schaden – im Gegenteil: es wird ihnen sehr nützen – mein Wort darauf. Wenn ich Ihrer Ansicht nach etwas zu tun im Begriff bin, das Ihnen schaden könnte, dann hindern Sie mich daran. Anderthalb Stunden – das ist alles, was ich verlange.«

»Was Sie sagen, ist richtig«, meinte R. Daneel. »Der heutige Tag ist noch nicht vorbei. Daran hatte ich nicht gedacht, Partner Elijah.«

Baley war wieder ›Partner Elijah‹.

Er grinste und sagte: »Hat Dr. Fastolfe, als ich in Spacetown war, nicht einen Film des Tatorts erwähnt?«

»Ja, das hat er«, sagte R. Daneel.

»Können Sie eine Kopie des Filmes besorgen?«

»Ja, Partner Elijah.«

»Ich meine, jetzt! Sofort!«

»In zehn Minuten, wenn ich den Transmitter hier benutzen darf.«

Der Vorgang nahm weniger Zeit in Anspruch. Baley

starrte den kleinen Aluminiumblock an, den er mit zitternden Händen hielt. In ihm hatten die subtilen Kräfte, die von Spacetown übertragen worden waren, ein atomares Muster fixiert.

Und in dem Augenblick stand Commissioner Enderby unter der Tür. Er sah Baley, eine Andeutung von Besorgnis wich aus seinem runden Gesicht, aber es folgte ein Blick, der an ein sich zusammenbrauendes Gewitter gemahnte.

Er meinte etwas unsicher: »Hören Sie, Lije, Sie lassen sich aber viel Zeit mit dem Essen.«

»Ich war todmüde, Commissioner. Tut mir leid, wenn ich Sie habe warten lassen.«

»Mir würde das nichts ausmachen, aber ... Sie kommen besser in mein Büro.«

Baleys Augen huschten zu R. Daneel hinüber, aber der erwiderte den Blick nicht. Gemeinsam verließen sie die Kantine.

Julius Enderby stapfte vor seinem Schreibtisch auf und ab, auf und ab. Baley beobachtete ihn dabei und war auch selbst alles andere als gefaßt. Gelegentlich sah er auf die Uhr.

22:45 Uhr.

Der Commissioner schob sich die Brille auf die Stirn und rieb sich mit Daumen und Zeigefinger die Augen. Er rieb so kräftig, daß rote Flecken auf der Haut zurückblieben. Schließlich schob er die Brille wieder an ihren gewohnten Ort und blinzelte Baley hinter den Gläsern an.

»Lije«, sagte er plötzlich, »wann waren Sie das letzte Mal in dem Kraftwerk in Williamsburg?«

»Gestern, nachdem ich das Büro verlassen hatte«, sagte Baley. »Ich würde sagen, gegen achtzehn Uhr, vielleicht auch ein wenig später.«

Der Commissioner schüttelte den Kopf. »Warum haben Sie das nicht gesagt?«

»Das hatte ich vor. Ich habe ja noch keine offizielle Aussage gemacht.«

»Was haben Sie dort getan?«

»Ich bin nur durchgegangen, auf dem Weg zu unserer provisorischen Schlafstelle.«

Der Commissioner blieb plötzlich vor Baley stehen und sagte: »Das ist aber gar nicht gut, Lije. Man geht nicht einfach durch ein Kraftwerk, um irgendwoanders hinzukommen.«

Baley zuckte die Achseln. Es hatte wenig Sinn, jetzt von den Traditionalisten zu reden, die sie verfolgt hatten, von der Hetzjagd über die Streifen. Nicht jetzt.

»Wenn Sie andeuten wollen, daß ich Gelegenheit hatte, mir den Alpha-Strahler zu beschaffen, mit dem R. Sammy umgelegt wurde, dann darf ich Sie daran erinnern, daß Daneel mit mir zusammen war. Er wird bestätigen, daß ich, ohne anzuhalten, durch das Kraftwerk gegangen bin und daß ich keinen Alpha-Strahler bei mir hatte, als wir es verließen.«

Der Commissioner setzte sich langsam. Er sah nicht zu R. Daneel hinüber und machte auch keine Anstalten, zu ihm zu sprechen. Er legte seine weichen, weißen Hände vor sich auf die Schreibtischplatte und betrachtete sie mit elender Miene.

»Lije, ich weiß nicht, was ich sagen oder denken soll«, meinte er. »Und es nützt nichts, Ihren ... Partner als Alibi vorzubringen. Er kann keine Aussage machen.«

»Trotzdem stelle ich ganz entschieden in Abrede, daß ich einen Alpha-Strahler genommen habe.«

Die Finger des Commissioners krampften sich zusammen und streckten sich dann wieder. Dann sagte er: »Lije, weshalb hat Jessie Sie heute nachmittag hier aufgesucht?«

»Die Frage haben Sie mir schon einmal gestellt, Commissioner. Die Antwort ist immer noch dieselbe. Eine Familienangelegenheit.«

»Ich habe von Francis Clousarr etwas gehört, Lije.«

»Was haben Sie denn gehört?«

»Er behauptet, daß eine Isebel Baley Mitglied einer Traditionalisten-Gruppe ist, die es sich zum Ziel gesetzt hat, die Regierung gewaltsam zu stürzen.«

»Sind Sie sicher, daß er da die richtige Person meint? Baleys gibt es viele.«

»Aber es gibt nicht viele Isebels, Baley.«

»Er hat also ihren Namen benutzt, wie?«

»Er hat Isebel gesagt. Ich habe es ganz deutlich gehört, Lije. Ich mache Ihnen da nichts vor.«

»Also schön. Jessie hat einer harmlosen Spinner-Organisation angehört. Sie hat nie etwas anderes getan, als an Versammlungen teilzunehmen, und ist sich dabei verdammt wichtig vorgekommen.«

»Für einen Ermittlungsausschuß würde das aber anders aussehen, Lije.«

»Sie meinen, man wird mich vom Dienst suspendieren und unter dem Verdacht der Beschädigung von Regierungseigentum in Gestalt von R. Sammy unter Anklage stellen?«

»Ich hoffe nicht, Lije. Aber es sieht ziemlich schlimm aus. Jeder weiß, daß Sie R. Sammy nicht mochten. Man hat Ihre Frau heute nachmittag gesehen, wie sie mit ihm sprach. Sie war in Tränen aufgelöst, und man hörte einiges von dem, was sie sagte. An sich war das alles harmlos; aber man kann schließlich zwei und zwei zusammenzählen, Lije. Sie könnten der Ansicht sein, daß es gefährlich wäre, ihn reden zu lassen. *Und* Sie hatten Gelegenheit, sich die Waffe zu besorgen.«

Baley unterbrach ihn. »Wenn ich alles Beweismaterial gegen Jessie beseitigen wollte, würde ich dann Francis Clousarr hierherbringen? Er scheint wesentlich mehr über sie zu wissen, als R. Sammy gewußt haben konnte. Und noch etwas: Ich bin achtzehn Stunden, bevor R. Sammy mit Jessie gesprochen hat, durch das Kraftwerk gegangen. Wußte ich schon so lange im voraus, daß ich ihn würde zerstören müssen, und habe ich den Alpha-Strahler in einer Anwandlung von hellseherischen Fähigkeiten mitgenommen?«

»Das ist ein guter Punkt«, sagte der Commissioner. »Ich will mein Bestes tun. Mir tut das wirklich leid, Lije.«

»Ja? Glauben Sie wirklich, daß ich es nicht getan habe, Commissioner?«

Enderby wartete eine Weile, bis er antwortete. Dann sagte er langsam: »Ich weiß nicht, was ich denken soll, Lije. Ich bin da ganz ehrlich zu Ihnen.«

»Dann werde ich Ihnen sagen, was Sie denken sollen, Commissioner. Das alles ist ein sorgsam aufgebautes, raffiniertes Komplott gegen mich.«

Der Commissioner erstarrte. »Jetzt Augenblick mal, Lije! Schlagen Sie nicht einfach blind um sich! Wenn Sie sich so verteidigen, bringt Ihnen das keine Sympathie ein. Das haben schon zu viele faule Eier probiert.«

»Ich bin nicht auf Sympathie aus. Ich sage lediglich die Wahrheit. Man zieht mich aus dem Verkehr, um zu verhindern, daß ich die Fakten über den Sarton-Mord erfahre. Unglücklicherweise ist es aber für denjenigen, der mir die Geschichte anhängen will, zu spät.«

»*Was!*«

Baley sah auf die Uhr. Es war genau 23:00 Uhr.

»Ich weiß nämlich, wer das Komplott gegen mich geschmiedet hat«, sagte er. »Und ich weiß auch, wie Dr. Sarton getötet worden ist – und von wem. Und ich habe eine Stunde, um es Ihnen zu sagen, um den Mann dingfest zu machen und die Ermittlungen zu beenden.«

18
ENDE EINER ERMITTLUNG

Commissioner Enderbys Augen verengten sich, und er funkelte Baley an. »Was haben Sie jetzt vor? Gestern früh haben Sie in Fastolfes Kuppel so etwas Ähnliches versucht. Nicht noch einmal dasselbe, bitte!«

Baley nickte. »Ich weiß. Das erste Mal hatte ich unrecht.«

Und dabei dachte er erregt: Und das zweite Mal auch. Aber jetzt nicht. *Dieses* Mal nicht ...

Der Gedanke verblaßte ... »Urteilen Sie selbst, Commissioner«, sagte er. »Gehen Sie davon aus, daß man die Beweise, die gegen mich sprechen, fabriziert hat. Schließen Sie sich so weit meiner Argumentation an, und sehen Sie, wohin Sie das führt. Fragen Sie sich selbst, wer Ihnen diese ›Beweise‹ untergejubelt haben könnte. Offensichtlich doch nur jemand, der weiß, daß ich gestern abend in dem Kraftwerk in Williamsburg war.«

»Also gut. Wer könnte das sein?«

»Mir ist eine Gruppe von Traditionalisten aus der Küche gefolgt«, sagte Baley. »Ich habe sie abgeschüttelt – oder glaubte das zumindest. Aber offenbar hat wenigstens einer von ihnen gesehen, daß ich das Kraftwerk betreten habe. Der einzige Grund, weshalb ich das getan habe, verstehen Sie, war, um sie dort abzuhängen.«

Der Commissioner überlegte. »Clousarr? War er bei ihnen?«

Baley nickte.

»Also gut«, sagte Enderby, »wir werden ihn befragen. Wenn er etwas weiß, dann holen wir es auch aus ihm heraus. Kann ich mehr tun, Lije?«

»Warten Sie! Versuchen Sie mitzudenken. Verstehen Sie, worauf ich hinauswill?«

»Nun, wir wollen einmal sehen.« Der Commissioner verschränkte die Hände ineinander. »Clousarr sah, wie Sie das Kraftwerk in Williamsburg betraten, oder vielleicht hat Sie auch ein anderer in seiner Gruppe gesehen und die Information an ihn weitergegeben. Er beschloß, diese Tatsache dafür zu benutzen, um Ihnen Ärger zu bereiten und dafür zu sorgen, daß man Ihnen die Ermittlungen abnimmt. Wollen Sie das sagen?«

»In etwa.«

»Gut.« Der Commissioner schien langsam warm zu werden. »Er wußte natürlich, daß Ihre Frau Mitglied seiner Organisation ist, und so wußte er auch, daß Sie eine eingehende Überprüfung Ihres Privatlebens nicht zulassen würden. Er dachte, Sie würden den Fall eher aufgeben, als sich gegen Indizienbeweise zu verteidigen. Übrigens, Lije, was halten Sie davon, wenn Sie zurücktreten würden? Ich meine, wenn es wirklich schlecht aussehen würde. Wir könnten dafür sorgen, daß das in aller Stille ...«

»Nicht einmal, wenn ich eine Million Jahre alt werden würde, Commissioner.«

Enderby zuckte die Achseln. »Nun, wo war ich? O ja, er hat sich also einen Alpha-Strahler besorgt, mutmaßlich durch einen Komplizen im Kraftwerk, und dann hat er veranlaßt, daß ein anderer Komplize R. Sammy zerstörte.« Seine Finger trommelten auf der Schreibtischplatte. »Nicht gut, Lije.«

»Warum nicht?«

»Zu weit hergeholt. Zu viele Komplizen. Und er hat ein wasserdichtes Alibi für die Nacht und den Morgen des Mordes in Spacetown. Das haben wir gleich zu Anfang überprüft, obwohl ich der einzige war, der den Grund kannte, weshalb wir gerade den Zeitpunkt überprüft haben.«

»Ich habe auch nie gesagt, daß es Clousarr war, Commissioner«, meinte Baley. »Das waren *Sie*. Jeder Angehörige der Traditionalisten-Organisation könnte es sein. Clousarr gehört nur ein Gesicht, das Daneel zufällig wiedererkannt hat. Ich glaube nicht einmal, daß er in der Organisation eine besonders wichtige Stelle bekleidet. Aber eines an ihm ist seltsam.«

»Was?« fragte Enderby argwöhnisch.

»Er wußte, daß Jessie Mitglied ist. Meinen Sie, daß er jedes Mitglied der Organisation kennt?«

»Das weiß ich nicht. Über Jessie wußte er jedenfalls Bescheid. Vielleicht war sie als Frau eines Polizisten besonders wichtig. Vielleicht hat er sich aus dem Grund an sie erinnert.«

»Sie sagen, er hätte sich einfach hingestellt und gesagt, Isebel Baley sei Mitglied, einfach so? Isebel Baley?«

Enderby nickte. »Ich sage Ihnen doch, daß ich es selbst gehört habe.«

»Das ist ja das Komische daran, Commissioner. Jessie hat ihren vollen Vornamen seit Bentleys Geburt nicht mehr gebraucht. Kein einziges Mal. Das weiß ich ganz sicher. Sie hat sich den Traditionalisten angeschlossen, als sie ihren vollen Namen schon aufgegeben hatte. Das weiß ich ebenfalls sicher. Wie konnte Clousarr sie dann als Isebel kennen?«

Der Commissioner wurde rot und sagte hastig: »Oh, wahrscheinlich hat er Jessie gesagt. Ich habe nur automatisch ihren vollen Namen benutzt. Das weiß ich sogar sicher. Er hat Jessie gesagt.«

»Bis jetzt waren Sie ganz sicher, daß er Isebel gesagt hat. Ich habe ein paarmal gefragt.«

Die Stimme des Commissioners hob sich. »Sie nennen mich doch nicht etwa einen Lügner, wie?«

»Ich frage mich nur, ob Clousarr vielleicht überhaupt nichts gesagt hat. Ich frage mich, ob Sie das nicht erfunden haben. Sie kennen Jessie schon seit zwanzig Jahren, und *Sie* wußten, daß sie Isebel heißt.«

»Sie sind verrückt, Mann!«

»Bin ich das? Wo waren Sie heute nach dem Mittagessen? Sie waren wenigstens zwei Stunden nicht in Ihrem Büro.«

»Wollen Sie *mich* verhören?«

»Ich werde die Frage sogar für Sie beantworten. Sie waren im Kraftwerk Williamsburg.«

Der Commissioner erhob sich von seinem Stuhl. Seine Stirn glänzte, und in seinen Mundwinkeln waren trockene, weiße Flecken zu sehen. »Was, zum Teufel, wollen Sie damit sagen?«

»Waren Sie dort?«

»Baley, Sie sind Ihres Dienstes enthoben. Geben Sie mir Ihre Papiere!«

»Noch nicht. Zuerst hören Sie mir zu!«

»Das werde ich nicht tun. Sie sind schuldig. Schuldig. Und das Empörende ist dieser billige Versuch, jetzt mich, *mich* so hinzustellen, als hätte ich mit der Sache zu tun.« Einen Augenblick lang blieb ihm die Stimme weg, so wütend war er. Und dann stieß er schließlich hervor: »Sie sind verhaftet.«

»Nein«, sagte Baley mit gepreßter Stimme. »Noch nicht. Commissioner, ich habe hier einen Blaster, den ich auf Sie gerichtet habe. Er ist schußbereit. Machen Sie jetzt bloß keine Dummheiten, denn ich bin in einer verzweifelten Stimmung und *werde* zu Ende sprechen. Anschließend können Sie tun, was Sie wollen.«

Mit sich weitenden Augen starrte Julius Enderby die Waffe in Baleys Händen an.

Dann stammelte er: »Dafür bekommen Sie zwanzig Jahre, Baley, in den tiefsten Gefängnisetagen der City.«

Plötzlich bewegte sich R. Daneel. Seine Hand klammerte sich um Baleys Handgelenk, und er sagte leise: »Ich kann das nicht zulassen, Partner Elijah. Sie dürfen dem Commissioner keinen Schaden zufügen.«

Zum ersten Mal, seit R. Daneel die City betreten hatte, sprach der Commissioner unmittelbar zu ihm: »Halten Sie ihn fest, Sie da! Erstes Gesetz!«

Doch Baley sagte schnell: »Ich habe nicht die Absicht, ihm einen Schaden zuzufügen, Daneel, wenn Sie ihn daran hindern, mich zu verhaften. Sie sagten, Sie würden mir helfen, diesen Fall aufzuklären. Ich habe fünfundvierzig Minuten.«

R. Daneel sagte, ohne Baleys Handgelenk loszulassen: »Commissioner, ich glaube, man sollte Elijah erlauben zu sprechen. Ich bin im Augenblick mit Dr. Fastolfe in Verbindung ...«

»Wie? Wie?« wollte der erregte Commissioner wissen.

»Ich besitze eine eingebaute Subäther-Einheit«, sagte R. Daneel.

Der Commissioner starrte ihn an.

»Ich bin mit Dr. Fastolfe in Verbindung«, fuhr der Roboter mit gleichmäßiger Stimme fort, »und es würde einen schlechten Eindruck machen, Commissioner, wenn Sie sich weigern sollten, Elijah anzuhören. Man könnte daraus schädliche Schlüsse ziehen.«

Der Commissioner sank sprachlos in seinen Sessel zurück.

Und Baley fuhr fort: »Ich sage, daß Sie heute im Kraftwerk Williamsburg waren, Commissioner. Und Sie haben den Alpha-Strahler geholt und ihn R. Sammy gegeben. Sie haben bewußt Williamsburg ausgewählt, um mich zu belasten. Sie haben sogar Dr. Gerrigels Erscheinen ausgenutzt, um ihn hierher einzuladen und ihm einen bewußt falsch eingestellten Leitstab zu geben, damit er in den Raum mit den Fotomaterialien kam, wo er R. Sammys Überreste finden konnte. Sie haben darauf gebaut, daß er eine korrekte Diagnose stellen würde.«

Baley legte den Blaster weg. »Wenn Sie mich jetzt verhaften lassen wollen, dann können Sie es tun. Aber Spacetown wird damit nicht zufrieden sein.«

»Motiv!« stieß Enderby atemlos hervor. Seine Brille hatte sich beschlagen, und er nahm sie jetzt ab und wirkte ohne Brille wiederum seltsam vage und hilflos. »Welches Motiv sollte ich denn dafür gehabt haben?«

»Sie haben mir Schwierigkeiten bereitet, oder? Das würde die Sarton-Ermittlungen behindern, nicht wahr? Und von alledem wußte R. Sammy zuviel.«

»*Worüber* denn, um Himmels willen?«

»Darüber, wie vor fünfeinhalb Tagen ein Spacer ermordet wurde. Sehen Sie, Commissioner, *Sie* waren es nämlich, der Dr. Sarton aus Spacetown ermordet hat.«

Jetzt mischte R. Daneel sich ein. Enderby war ohnehin unfähig, ein Wort hervorzubringen; er krallte seine Hände nur fiebrig in die Haare und schüttelte immer wieder den Kopf.

Der Roboter sagte: »Partner Elijah, ich muß leider sagen, daß diese Theorie völlig unhaltbar ist. Wie Sie wissen, ist es unmöglich, daß Commissioner Enderby Dr. Sarton ermordet hat.«

»Dann hören Sie mir zu. Hören Sie mir zu! Enderby hat *mich* förmlich darum gebettelt, den Fall zu übernehmen, keinen der Männer, die im Rang über mir standen. Er hat das aus einigen Gründen getan. Zuerst einmal waren wir vom College her miteinander bekannt, und er glaubte, er könnte darauf zählen, daß es mir nie in den Sinn kommen würde, ein alter Freund und respektierter Vorgesetzter könnte ein Verbrechen begangen haben. Sehen Sie, er hat auf meine wohlbekannte Loyalität gezählt. Zum zweiten wußte er, daß Jessie einer Untergrundorganisation angehört, und rechnete damit, daß er imstande sein würde, mich aus den Ermittlungen herauszumanövrieren oder mich zum Schweigen zu erpressen, falls ich der Wahrheit zu nahe kommen sollte. Und außerdem hat er sich darüber keine echten Sorgen gemacht. Ganz zu Anfang hat er sich die größte Mühe gegeben, in mir Mißtrauen Ihnen gegenüber, Daneel, zu erzeugen und sicherzustellen, daß wir beide gegeneinander arbeiten würden. Er wußte, daß mein Vater degradiert worden war, und konnte daher ahnen, wie ich reagieren würde. Sie sehen, es ist ein Vorteil, wenn der Mörder selbst die Leitung der Ermittlungen des Mordes innehat.«

Jetzt hatte der Commissioner endlich wieder seine Stimme gefunden, wenn sie auch noch sehr schwach klang. »Wie könnte ich etwas über Jessie wissen?« Er wandte sich dem Roboter zu. »Sie! Wenn Sie das nach Spacetown weitergeben, dann sagen Sie denen, daß es eine Lüge ist! Alles Lüge!«

Baley unterbrach ihn, indem er die Stimme einen Augenblick lang hob und dann wieder ganz leise weitersprach. »Sicher haben Sie gewußt, daß Jessie Mitglied der Traditionalisten ist. Sie sind ja selbst einer und gehören ebenfalls der Organisation an. Ihre altmodische Brille! Ihre Fenster! Es ist ganz offenkundig, daß Ihre Neigungen dahin gehen. Aber es gibt noch bessere Beweise.

Wie hat Jessie denn erfahren, daß Daneel ein Roboter ist? Das hat mich zuerst verblüfft. Natürlich wissen wir jetzt, daß sie es über ihre Traditionalisten-Organisation erfahren hat. Aber das schiebt das Problem ja nur eine Stufe weiter nach hinten. Woher haben *die* es denn gewußt? Sie,

Commissioner, haben das mit der Theorie abgetan, daß man Daneel während des Zwischenfalles in dem Schuhladen als Roboter erkannt hat. Ich habe das gleich nicht geglaubt. Ich konnte es einfach nicht. Ich habe ihn, als ich ihn das erste Mal sah, für einen Menschen gehalten, und meine Augen sind durchaus in Ordnung.

Gestern habe ich Dr. Gerrigel gebeten, aus Washington hierherzukommen. Später wurde mir klar, daß ich ihn aus verschiedenen Gründen brauchte. Aber als ich ihn anrief, wollte ich einzig und allein sehen, ob er Daneel ohne Zureden meinerseits als das erkennen würde, was er ist.

Commissioner, das hat er *nicht!* Ich habe ihn Daneel vorgestellt, er hat ihm die Hand gegeben, wir haben miteinander gesprochen, und erst nachdem die Rede auf humanoide Roboter gekommen war, hat er es plötzlich bemerkt. So, und das war Dr. Gerrigel, der größte Roboter-Experte, über den die Erde verfügt. Und Sie wollen sagen, ein paar Traditionalisten könnten im Zustand höchster Spannung und Verwirrung das besser erkennen als er und so sicher sein, daß sie allein auf das Gefühl hin, daß Daneel ein Roboter sei, ihre ganze Organisation in Gang setzten? Für mich liegt jetzt auf der Hand, daß die Traditionalisten von Anfang an gewußt haben, daß Daneel ein Roboter ist. Der Zwischenfall im Schuhgeschäft war ganz bewußt darauf abgestimmt, Daneel und durch ihn Spacetown zu zeigen, wie stark in der City die Abneigung gegen Roboter ist. Es sollte Verwirrung erzeugen, sollte den Verdacht von Individuen abziehen und auf die ganze Bevölkerung lenken.

Aber wenn sie von Anfang an die Wahrheit über Daneel wußten, wer hat sie ihnen dann gesagt? Ich nicht. Einmal dachte ich, Daneel selbst sei es gewesen, aber so war es nicht. Und der einzige andere Erdenmensch, der darüber Bescheid wußte, waren Sie, Commissioner.«

Als Enderby diesmal widersprach, wirkte er überraschend energisch. »Es könnte auch hier Spione geben, bei der Polizei, meine ich. Die Traditionalisten könnten welche auf uns angesetzt haben. Ihre Frau war einer, und wenn Sie es nicht einmal für unmöglich halten, daß ich einer bin, warum dann nicht auch andere hier in der Abteilung?«

Baley fletschte die Zähne. Er blickte jetzt wild. »Wir wollen doch keine geheimnisvollen Spione aufs Tapet bringen, solange wir uns nicht mit der normalen Lösung befaßt haben. Ich sage, der Informant sind ganz offensichtlich Sie!

Jetzt, wo ich darauf zurückblicke, ist es interessant, Commissioner, wie Ihre Stimmung sich hob oder senkte, je nachdem, ob ich der Lösung näher oder ferner war. Sie waren von Anfang an nervös. Als ich gestern sagte, ich wollte Spacetown besuchen, und Ihnen nicht sagen wollte, weshalb, waren Sie dem Zusammenbruch nahe. Dachten Sie, ich hätte Sie schon unter der Lupe, Commissioner? Dachten Sie, das sei eine Falle, um Sie den Spacern auszuliefern? Sie hassen sie, das haben Sie mir selbst gesagt. Sie waren praktisch in Tränen aufgelöst. Eine Weile dachte ich, das sei auf die Erniedrigung zurückzuführen, die Sie in Spacetown empfunden haben müssen, als man Sie selbst verdächtigte. Aber dann sagte mir Daneel, daß man große Rücksicht auf Ihre Empfindlichkeit genommen hätte. Sie hatten gar nicht gewußt, daß man Sie verdächtigt hatte. Ihre Panik war auf Furcht zurückzuführen, nicht darauf, daß man Sie erniedrigt hatte.

Und als ich dann mit meiner völlig falschen Lösung herauskam, während Sie über den Trimensic zuhörten und sahen, wie weit, wie unendlich weit ich von der Wahrheit entfernt war, faßten Sie wieder Zuversicht. Sie haben sogar mit mir argumentiert, die Spacer verteidigt. Anschließend waren Sie eine ganze Weile Herr Ihrer selbst, sehr zuversichtlich. Mich überraschte damals, daß Sie mir meine falsche Anklage gegen die Spacer so leicht verziehen, wo Sie mir doch vorher einen so eindringlichen Vortrag über deren Empfindlichkeit gehalten hatten. Sie genossen meinen Fehler.

Dann habe ich Dr. Gerrigel bestellt, und Sie wollten wissen, warum, und ich wollte es Ihnen nicht sagen. Das hat

Sie wieder in den Abgrund gestürzt, weil Sie Angst hatten ...«

Plötzlich hob R. Daneel die Hand. »Elijah!«

Baley sah auf die Uhr. 23:42! »Was ist?« fragte er.

»Vielleicht war er beunruhigt, weil er dachte, Sie würden seine Traditionalisten-Verbindungen ausfindig machen, wenn wir einmal ihre Existenz einräumen«, sagte R. Daneel. »Aber es gibt nichts, was ihn mit dem Mord in Verbindung bringt. Damit kann er nichts zu tun gehabt haben.«

»Da irren Sie aber sehr, Daneel«, sagte Baley. »Er wußte nicht, wozu ich Dr. Gerrigel brauchte. Aber die Annahme lag nahe, daß es sich um Informationen über Roboter handeln mußte. Das machte dem Commissioner Angst, weil ein Roboter in intimer Verbindung mit seinem größeren Verbrechen stand. Stimmt das nicht, Commissioner?«

Enderby schüttelte den Kopf. »Wenn das alles vorbei ist ...«, begann er. Dann wurde seine Stimme aber wieder unartikuliert.

»Wie ist der Mord begangen worden?« fragte Baley mit unterdrückter Wut. »C/fe, verdammt! C/Fe! Ich benutze Ihre Formulierung, Daneel. Sie sind so voll der Segnungen einer C/Fe-Kultur, und doch sehen Sie nicht, wie ein Erdenmensch eben das zu seinem Vorteil hätte benutzen können. Lassen Sie mich erklären.

Die Vorstellung, daß ein Roboter freies Gelände überquert, bereitet keine Schwierigkeiten. Selbst des Nachts und allein. Der Commissioner hat R. Sammy einen Blaster in die Hand gedrückt und ihm gesagt, wo er damit hingehen soll und wann. Er selbst hat Spacetown durch das Personal betreten, wo man ihm den Blaster abgenommen hat. Er empfing den anderen aus R. Sammys Hand, tötete Dr. Sarton, gab den Blaster R. Sammy zurück, der ihn über die Felder nach New York City zurücktrug. Und heute zerstörte er R. Sammy, dessen Wissen gefährlich geworden war.

Das erklärt alles. Die Anwesenheit des Commissioners, das Fehlen einer Waffe. Und es erübrigt die Annahme, daß irgendein menschlicher New Yorker nachts unter offenem Himmel eine Meile weit über Land gelatscht sei.«

Aber am Ende von Baleys Vortrag sagte R. Daneel: »Es tut mir leid, Partner Elijah, wenn es mich auch für den Commissioner freut, daß Ihre Geschichte gar nichts erklärt. Ich habe Ihnen gesagt, daß die Zerebral-Analyse des Commissioners zweifelsfrei gezeigt hat, daß er außerstande ist, einen bewußten Mord zu begehen. Ich weiß nicht, welches englische Wort man für das psychologische Faktum benutzen würde: Feigheit, Gewissen oder Mitgefühl. Ich kenne die Wörterbuchbedeutungen all dieser Vokabeln, aber ich kann es nicht genau beurteilen. Jedenfalls hat der Commissioner nicht gemordet.«

»Danke!« murmelte Enderby. Seine Stimme wurde wieder kräftiger, klang jetzt zuversichtlicher. »Ich weiß nicht, was Ihre Motive sind, Baley, oder weshalb Sie versuchen, mich auf diese Weise zu ruinieren. Aber ich werde der Sache ...«

»Warten Sie!« sagte Baley. »Ich bin noch nicht fertig. Ich habe das hier.«

Er knallte den Aluminiumwürfel auf Enderbys Schreibtisch und versuchte das Selbstvertrauen zu empfinden, das er auszustrahlen hoffte. Eine halbe Stunde lang hatte er sich jetzt vor einer winzigen Tatsache versteckt: daß er nicht wußte, was das Bild zeigte. Was er hier trieb, war ein Vabanquespiel; aber etwas anderes blieb ihm nicht übrig.

Enderby zuckte vor dem kleinen Gegenstand zurück. »Was ist das?«

»Keine Bombe«, meinte Baley sarkastisch. »Nur ein ganz gewöhnlicher Mikroprojektor.«

»Und? Was wollen Sie damit?«

»Sehen wir uns das Bild doch an.« Sein Fingernagel bohrte in einen der Schlitze, die der Würfel aufwies, und eine Ecke im Büro des Commissioners wurde dunkel, um sich gleich darauf wieder mit einer fremden Szene in drei Dimensionen zu erhellen.

Sie reichte vom Boden bis zur Decke und dehnte sich

über die Wände des Raumes hinaus. Graues Licht erfüllte das Bild; Licht von einer Art, wie es die Beleuchtungseinrichtungen der City nie lieferten.

Baley dachte mit einer Mischung von Ekel und einer Art perverser Zuneigung: Das muß diese Morgendämmerung sein, von der die immer reden.

Die abgebildete Szene zeigte Dr. Sartons Kuppel. Sie wurde von Dr. Sartons Leichnam, den schrecklichen, zerrissenen Überresten eines Menschen, beherrscht.

Enderby traten die Augen aus den Höhlen.

»Ich weiß, daß der Commissioner kein Killer ist«, sagte Baley. »Ich brauche Sie nicht dazu, um mir das zu sagen, Daneel. Ich hätte die Lösung schon viel früher gefunden, wenn ich um diese Tatsache herumgekommen wäre. Tatsächlich habe ich erst vor etwa einer Stunde einen Ausweg gefunden, als ich beiläufig zu Ihnen sagte, daß Sie einmal bezüglich Bentleys Kontaktlinsen neugierig gewesen waren – und das war es, Commissioner. Plötzlich wurde mir klar, daß Ihre Kurzsichtigkeit und Ihre Brille der Schlüssel waren. Auf den Äußeren Welten gibt es keine Kurzsichtigkeit, nehme ich an, sonst hätten die Spacer die wahre Lösung des Mordfalles wahrscheinlich sofort gefunden. Commissioner, wann haben Sie Ihre Brille zerbrochen?«

»Was meinen Sie damit?« fragte der Commissioner.

»Nun, als wir das erste Mal über diesen Fall sprachen, sagten Sie mir, Sie hätten Ihre Brille in Spacetown zerbrochen. Ich nahm an, Sie hätten sie in Ihrer Erregung zerbrochen, als Sie von dem Mord hörten; aber *Sie* haben das nie gesagt, und ich hatte keinen Anlaß, das anzunehmen. Wenn Sie Spacetown mit der Absicht betreten haben, ein Verbrechen zu begehen, waren Sie tatsächlich schon hinreichend erregt, um Ihre *Brille* vor dem Mord fallenzulassen und zu zerbrechen. Stimmt das, und war es so?«

»Ich sehe nicht, worauf Sie hinauswollen, Partner Elijah«, sagte R. Daneel.

Und Baley dachte: Zehn Minuten bin ich noch Partner

Elijah. Schnell! Du mußt schnell reden! Und schnell denken!

Während er sprach, vergrößerte er das Bild von Sartons Kuppel. Ungeschickt vergrößerte er es, wobei seine Hantierungen aus der Spannung heraus, unter der er stand, schwerfällig waren. Langsam, ruckweise wurde die Leiche breiter, höher, rückte näher. Baley konnte beinahe den Gestank des versengten Fleisches riechen. Der Kopf, die Schultern und ein Oberarm lagen grotesk verkrümmt da und waren mit Hüften und Beinen nur noch durch die geschwärzten Überreste des Rückgrats verbunden, aus dem verkohlte Rippenstümpfe herausragten.

Baley warf einen Seitenblick auf den Commissioner. Enderby hatte die Augen geschlossen. Er sah aus, als wäre ihm übel. Baley war genauso zumute; aber er *mußte* hinsehen. Langsam ließ er das trimensionale Bild durch entsprechende Einstellungen kreisen, zog den Boden unter der Leiche näher heran. Sein Fingernagel rutschte ab, und der abgebildete Boden kippte plötzlich zur Seite und dehnte sich aus, bis Boden und Leiche in gleichem Maße ein verschwommenes Durcheinander bildeten. Er drehte die Vergrößerung zurück, ließ die Leiche zur Seite gleiten.

Dabei redete er die ganze Zeit. Das mußte er. Er durfte nicht aufhören, bis er das gefunden hatte, was er suchte. Und wenn er es nicht fand, würde vielleicht alles, was er gesagt hatte, sinnlos sein. Schlimmer noch als sinnlos. Sein Herz schlug wie wild, und der Schädel drohte ihm zu zerspringen.

»Der Commissioner ist unfähig, einen bewußten Mord zu begehen«, sagte er. »Das stimmt! *Bewußt*. Aber jeder Mensch kann einen anderen durch einen unglücklichen Zufall töten. Der Commissioner ist nicht nach Spacetown gegangen, um Dr. Sarton zu töten. Er kam, um Sie zu töten, Daneel. *Sie!* Haben Sie bei seiner Zerebral-Analyse irgend etwas gefunden, das besagt, daß er außerstande wäre, eine Maschine zu zerstören? *Das* ist nicht Mord, nur Sabotage. Der Commissioner ist Traditionalist, überzeugter Traditionalist sogar. Er hat mit Dr. Sarton zusammengearbeitet und wußte, zu welchem Zweck man Sie konstruiert hatte, Daneel. Er war besorgt, daß das Vorhaben der Spacer gelingen könnte, daß man die Erdenmenschen am Ende der Erde entwöhnen könnte. Also beschloß er, Sie zu zerstören, Daneel. Sie waren der einzige Roboter Ihres Typs, den man bislang hergestellt hatte, und er hatte guten Grund zu der Annahme, daß er die Spacer entmutigen würde, wenn er demonstrierte, wie weitverbreitet und entschlossen die traditionalistische Gesinnung auf der Erde sei. Er wußte, daß es auf den Äußeren Welten starke Gruppierungen gab, die sich dafür ausgesprochen hatten, das Projekt Spacetown abzubrechen. Dr. Sarton hat das bestimmt mit ihm diskutiert. Und der Commissioner glaubte, dieser letzte Anstoß würde genügen.

Ich behaupte nicht, daß der Gedanke, Sie zu töten, Daneel, ihm angenehm war. Wahrscheinlich hätte er es R. Sammy tun lassen, wenn Sie nicht so menschlich aussehen würden, daß ein primitiver Roboter wie Sammy den Unterschied gar nicht bemerkt oder begriffen hätte. Das Erste Gesetz hätte ihn an der Ausführung der Tat gehindert. Wahrscheinlich hätte der Commissioner auch einen anderen Menschen dazu veranlaßt, die Tat zu begehen, wenn er selbst nicht der einzige gewesen wäre, der jederzeit Zugang zur Spacetown hatte.

Lassen Sie mich rekonstruieren, wie der Plan des Commissioners vielleicht ausgesehen haben mag. Ich gebe zu, daß ich hier Vermutungen ausspreche. Aber ich glaube, daß ich der Wahrheit nahekomme. Er traf die Verabredung mit Dr. Sarton, kam aber bewußt früher, genauer gesagt, in der Morgendämmerung. Ich stelle mir vor, daß Dr. Sarton noch schlief, aber Sie, Daneel, waren wach. Ich nehme übrigens an, daß Sie bei Dr. Sarton lebten, Daneel.«

Der Roboter nickte. »Da haben Sie völlig recht, Partner Elijah.«

»Dann lassen Sie mich fortfahren«, sagte Baley. »Der Commissioner rechnete damit, daß Sie zur Tür der Kuppel kommen würden, Daneel, um dort die Blasterladung in die Brust oder den Kopf zu bekommen und damit erledigt zu sein. Der Commissioner hatte dann die Absicht, schnell durch die verlassenen Straßen von Spacetown davonzueilen und zu der Stelle zurückzukehren, wo R. Sammy ihn erwartete. Er würde ihm den Blaster zurückgeben und dann langsam wieder zu Dr. Sartons Kuppel zurückgehen. Falls nötig, würde er die Leiche selbst ›entdecken‹, obwohl er es natürlich sicherlich vorgezogen hätte, wenn jemand anderes das tat. Falls er wegen seines frühen Eintreffens befragt werden sollte, hätte er, denke ich, sagen können, daß er gekommen wäre, um Dr. Sarton von Gerüchten hinsichtlich eines bevorstehenden Angriffs der Traditionalisten auf Spacetown zu warnen, um ihn dazu aufzufordern, Vorsichtsmaßnahmen zu treffen, um offene Auseinandersetzungen zwischen Spacern und Erdenmenschen zu verhindern. Der tote Roboter würde seinen Worten sogar noch Gewicht verleihen.

Wenn man Sie wegen der langen Zeit befragt hätte, die zwischen dem Betreten von Spacetown und Ihrem Eintreffen bei Dr. Sartons Kuppel vergangen war, Commissioner, hätten Sie sagen können – mal sehen –, Sie hätten eine verdächtige Gestalt auf der Straße entdeckt, die sich auf den Ausgang zu bewegt hätte. Sie hätten diese Gestalt eine Weile verfolgt. Das würde die Spacer sogar auf eine falsche Spur gelenkt haben. Und R. Sammy hätte niemand bemerkt. Ein Roboter zwischen den Gemüsepflanzungen außerhalb der Stadt wäre niemandem aufgefallen.

Bin ich der Wahrheit nahe, Commissioner?«

Enderby starrte ihn an und stieß heiser hervor: »Ich habe nicht ...«

»Nein«, sagte Baley, »Sie haben Daneel nicht getötet. Er ist hier. Und Sie haben ihm die ganze Zeit, die er in der City war, nicht ins Gesicht sehen oder ihn mit Namen ansprechen können. Sehen Sie ihn sich jetzt an, Commissioner.«

Das konnte Enderby nicht. Er bedeckte sein Gesicht mit zitternden Händen.

Baleys Hände zitterten auch, und er hätte fast den Transmitter fallenlassen. Jetzt hatte er es gefunden. Das Bild zeigte jetzt die Eingangstür zu Dr. Sartons Kuppel. Die Tür stand offen; sie war auf ihren glänzenden Metallschienen in die Wandvertiefung zurückgefahren. Und dort unten in der Schiene – da war es! Da!

Das Glitzern war unverkennbar.

»Ich will Ihnen sagen, was geschehen ist«, sagte Baley. »Sie standen an der Kuppel, als Ihnen die Brille herunterfiel. Sicherlich waren Sie nervös, und ich habe Sie schließlich oft gesehen, wenn Sie nervös waren. Sie nehmen dann die Brille ab und säubern sie. Und das haben Sie damals auch getan. Aber Ihre Hände zitterten, und Sie haben die Brille fallenlassen; vielleicht sind Sie daraufgetreten. Jedenfalls zerbrach sie, und in dem Augenblick ging die Tür auf, und eine Gestalt, die wie Daneel aussah, stand Ihnen gegenüber.

Sie strahlten ihn nieder, scharrten die Überreste Ihrer Brille zusammen und rannten davon. Die Spacer fanden die Leiche, nicht Sie. Und als die Spacer dann zu Ihnen kamen, stellten Sie fest, daß Sie nicht Daneel, sondern den Frühaufsteher Dr. Sarton getötet hatten. Dr. Sarton hatte Daneel nach seinem Ebenbild gebaut, was ihm zum Verhängnis wurde. Und Sie konnten in diesem Augenblick der Erregung die beiden ohne Brille nicht unterscheiden.

Und wenn Sie einen greifbaren Beweis dafür wollen, dann liegt er da!«

Das Bild von Sartons Kuppel zitterte, und Baley legte den Transmitter vorsichtig auf den Schreibtisch, ohne die Hand wegzunehmen.

Commissioner Enderbys Gesicht war vor Schrecken verzerrt, und das Baleys vor Nervenanspannung. R. Daneel schien gleichgültig.

Baleys Finger deuteten auf das Bild. »Das, was da in der Türschiene glitzert – was war das, Daneel?«

»Zwei kleine Glassplitter«, sagte der Roboter ruhig. »Uns haben sie nichts bedeutet.«

»Das werden sie aber jetzt. Es sind Bruchstücke von Konkavlinsen. Messen Sie ihre optischen Eigenschaften und vergleichen Sie sie mit den Gläsern der Brille, die Enderby jetzt trägt. *Zerbrechen Sie Ihre Brille nicht, Commissioner!*«

Er warf sich auf den Commissioner und entriß ihm die Brille und hielt sie keuchend R. Daneel hin. »Das ist Beweis genug, denke ich, daß er früher an der Kuppel war, als man bisher angenommen hatte.«

R. Daneel sagte: »Ja, davon bin ich jetzt überzeugt. Ich kann jetzt erkennen, daß das Ergebnis der Zerebral-Analyse, die ich an dem Commissioner durchgeführt habe, mich von der richtigen Fährte abgelenkt hat. Ich gratuliere Ihnen, Partner Elijah.«

Baleys Uhr zeigte 24:00 Uhr. Ein neuer Tag begann.

Langsam ließ der Commissioner den Kopf auf die Arme sinken. Seine Worte waren halberstickt vom Schluchzen. »Es war ein Irrtum. Ein schrecklicher Irrtum. Ich habe ihn nie töten wollen.« Und dann rutschte er plötzlich ohnmächtig vom Stuhl und lag wie ein Häufchen Elend auf dem Boden.

R. Daneel sprang zu ihm und sagte: »Sie haben ihn verletzt, Elijah! Das ist schlimm!«

»Er ist doch nicht tot, oder?«

»Nein. Aber besinnungslos.«

»Er wird wieder zu sich kommen. Das war zuviel für ihn, denke ich. Ich mußte das tun, Daneel. Ich mußte! Ich hatte keine Beweise, die vor Gericht stichhaltig gewesen wären, nur Hinweise. Ich mußte ihn in die Enge treiben und hoffen, daß er dabei zerbrechen würde. Und so ist es gekommen, Daneel. Sie haben sein Geständnis doch gehört, oder?«

»Ja.«

»Nun, und dann habe ich Ihnen versprochen, daß dies dem Spacetown-Projekt nützlich sein würde, also – warten Sie, er kommt wieder zu sich.«

Der Kehle des Commissioners entrang sich ein Stöhnen.

Seine Augen flatterten und öffneten sich schließlich. Er starrte die beiden sprachlos an.

»Commissioner, können Sie mich hören?« fragte Baley.

Der Commissioner nickte teilnahmslos.

»Gut. Die Spacer haben Wichtigeres zu tun, als Sie unter Anklage zu stellen. Wenn Sie mit ihnen kooperieren ...«

»Was? Was?« In den Augen des Commissioners flackerte neue Hoffnung.

»Sie müssen in der New Yorker Organisation der Traditionalisten ein wichtiger Mann sein, vielleicht sogar in der planetarischen Organisation. Sorgen Sie dafür, daß man sich mit der Kolonisierung des Weltraums anfreundet. Sie sehen doch sicherlich schon, wie man die Propaganda aufbauen muß, oder? Wir haben einen Weg zurück zur Scholle – aber auf anderen Planeten.«

»Das verstehe ich nicht«, murmelte der Commissioner.

»Das ist das Ziel der Spacer. Und so wahr mir Gott helfe, das ist jetzt auch mein Ziel, seit ich mit Dr. Fastolfe ein kurzes Gespräch geführt habe. Denen ist das wichtiger als alles andere. Sie riskieren dauernd den Tod, wenn sie zur Erde kommen und um dieses Zieles willen hierbleiben. Wenn der Mord an Dr. Sarton Ihnen die Möglichkeit gibt, die Traditionalisten-Bewegung dahin zu bringen, daß sie die Kolonisierung der Galaxis wieder aufnimmt, würden die Spacer das wahrscheinlich als ein Opfer ansehen, das nicht umsonst gebracht wurde. Verstehen Sie jetzt?«

Jetzt schaltete sich R. Daneel ein. »Elijah hat völlig recht. Helfen Sie uns, Commissioner, dann vergessen wir, was geschehen ist. Ich spreche, wenn ich das sage, für Dr. Fastolfe und unsere Leute ganz allgemein. Wenn Sie sich freilich jetzt verpflichten, uns zu helfen und uns später verraten, hätten wir immer noch die Tatsache Ihrer Schuld, mit der wir Druck auf Sie ausüben könnten. Ich hoffe, das ist Ihnen auch klar. Es schmerzt mich, es erwähnen zu müssen.«

»Ich werde also nicht unter Anklage gestellt?« fragte der Commissioner.

»Nicht, wenn Sie uns helfen.«

Tränen traten ihm in die Augen. »Ich werde es tun. Es war ein Irrtum, ein schrecklicher Irrtum. Das müssen Sie Ihren Leuten erklären. Ein Versehen. Ich habe getan, was ich für richtig hielt.«

»Wenn Sie uns helfen, *werden* Sie das Richtige tun«, sagte Baley. »Die Kolonisierung des Weltraums ist die einzige Rettung, die es für die Erde gibt. Das werden Sie auch erkennen, wenn Sie ohne Vorurteil darüber nachdenken. Wenn Sie feststellen, daß Sie das nicht können, sollten Sie sich vielleicht kurz mit Dr. Fastolfe unterhalten. Und jetzt können Sie gleich mit Ihrer Hilfe anfangen, indem Sie diese R.-Sammy-Geschichte aus der Welt schaffen. Nennen Sie es doch einen Unfall oder irgend so etwas. Machen Sie ein Ende damit!«

Baley stand auf. »Und denken Sie immer daran, daß ich nicht der einzige bin, der die Wahrheit kennt, Commissioner. Wenn Sie mich beiseite schaffen, sind Sie erledigt. Ganz Spacetown weiß Bescheid. Das erkennen Sie jetzt doch, oder?«

»Es ist unnötig, mehr zu sagen, Elijah«, sagte R. Daneel. »Er meint es ehrlich und wird uns helfen. Seine Zerebral-Analyse zeigt das ganz deutlich.«

»Gut. Dann werde ich jetzt nach Hause gehen. Ich will Jessie und Bentley sehen und wieder ein normales Leben führen. Und dann will ich schlafen. – Daneel, werden Sie auf der Erde bleiben, nachdem die Spacer abgezogen sind?«

»Darüber hat man mich nicht informiert. Warum fragen Sie?«

Baley biß sich auf die Lippe. Dann sagte er: »Ich hätte nie gedacht, daß ich je zu jemandem wie Ihnen so etwas sagen würde, Daneel. Aber ich habe Vertrauen zu Ihnen. Ich ... ich bewundere Sie sogar. Ich bin zu alt, um je selbst die Erde zu verlassen. Aber wenn es einmal Schulen für Auswanderer geben wird, dann wäre da Bentley. Wenn vielleicht eines Tages Bentley und Sie ... zusammen ...«

»Vielleicht.« R. Daneels Gesicht war wie stets ohne Ausdruck.

Der Roboter drehte sich zu Julius Enderby um, dessen schlaff gewordenes Gesicht langsam wieder Farbe bekam. Der Roboter sagte: »Freund Julius, ich habe versucht, einige Bemerkungen zu begreifen, die Elijah etwas früher mir gegenüber gemacht hat. Vielleicht beginne ich jetzt, sie zu begreifen, denn plötzlich scheint mir, daß die Zerstörung dessen, was nicht sein sollte, also die Zerstörung dessen, was man bei Ihnen das Böse nennt, weniger gerecht und wünschenswert ist als die Umwandlung dieses Bösen in das, was Sie gut nennen.«

Er zögerte, und dann sagte er, fast so, als überraschten ihn seine eigenen Worte: »Geh, sündige von jetzt an nicht mehr!«

Und Baley lächelte plötzlich und griff nach R. Daneels Arm. Und dann gingen sie zur Tür hinaus, Arm in Arm.

ZWEITES BUCH

Die nackte Sonne

*Für Noreen und Nick Falasca,
dafür, daß sie mich eingeladen haben.
Für Tony Boucher,
dafür daß er mich vorgestellt hat.
Und für hundert ungewöhnliche Stunden.*

I
EINE FRAGE WIRD GESTELLT

Elijah Baley kämpfte hartnäckig gegen die Panik an.

Seit zwei Wochen hatte sie sich jetzt in ihm aufgebaut, sogar noch länger. Sie hatte sich aufgebaut, seit man ihn nach Washington gerufen und ihm dort in aller Ruhe mitgeteilt hatte, daß er neu eingesetzt werden würde.

Der Ruf nach Washington war für sich selbst betrachtet schon beunruhigend genug gewesen. Er kam ohne Einzelheiten. Man bestellte ihn einfach; und das machte es noch schlimmer. In dem Umschlag befanden sich auch Tickets mit der Anweisung, die Reise per Flugzeug zu machen, und das verschlimmerte alles nur noch mehr.

Zum Teil lag das wohl daran, daß jede Anweisung, eine Reise per Flugzeug durchzuführen, das Ganze besonders dringend erscheinen ließ. Zum Teil war es der Gedanke an das Flugzeug; einfach das. Trotzdem war das nur der Anfang seines Unbehagens gewesen, und das hatte er bislang noch leicht unterdrücken können.

Schließlich war Lije Baley schon viermal mit dem Flugzeug gereist. Einmal hatte er sogar den ganzen Kontinent überquert. Und so betrachtet, würde das, wenn auch eine Flugreise nie angenehm ist, wenigstens kein völliger Schritt ins Unbekannte sein.

Und dann würde die Reise von New York nach Washington nur eine Stunde in Anspruch nehmen. Der Start würde auf Piste 2 New York erfolgen, die wie alle offiziellen Pisten ordentlich umschlossen war, mit einer Schleuse, die sich erst dann der ungeschützten Atmosphäre öffnete, nachdem die Fluggeschwindigkeit erreicht war. Und ankommen würde der Flug auf Piste 5 Washington, die ähnlich geschützt war.

Außerdem würde es in dem Flugzeug, wie Baley wohl wußte, keine Fenster geben. Das Flugzeug würde gut beleuchtet sein, es würde anständiges Essen geben und alle notwendigen Bequemlichkeiten. Der radiogesteuerte Flug würde ganz glatt verlaufen; man würde die Bewegung kaum wahrnehmen, sobald das Flugzeug einmal in der Luft war.

All das erklärte er sich und Jessie, seiner Frau, die noch nie geflogen war und die an solche Dinge voll Angst und Schrecken heranging.

»Aber ich *mag* es nicht, daß du ein Flugzeug nimmst, Lije«, sagte sie. »Das ist unnatürlich. Warum kannst du nicht die Expreßways nehmen?«

»Weil das zehn Stunden dauern würde.« Baleys langes Gesicht blickte etwas mürrisch. »Und weil ich der Polizeibehörde der City angehöre und die Anweisungen meiner Vorgesetzten befolgen muß. Zumindest wenn ich als C-6 eingestuft bleiben möchte.«

Dagegen war nichts zu sagen.

Baley nahm das Flugzeug und richtete seine Augen fest auf den Nachrichtenstreifen, der sich gleichmäßig und beständig aus dem in Augenhöhe angebrachten Spender abspulte. Die City war stolz auf diesen Dienst: Nachrichten, Glossen, Witze, Informationstexte, gelegentlich eine Kurzgeschichte. Eines Tages würde Film anstelle der Streifen treten, hieß es, da das Tragen eines Betrachtungsgerätes den Passagier noch wirksamer von seiner Umgebung ablenken würde.

Baley ließ den sich abspulenden Streifen nicht aus den Augen, nicht nur um sich abzulenken, sondern auch weil die Etikette es verlangte. In dem Flugzeug befanden sich fünf weitere Passagiere (er konnte nicht umhin, wenigstens das zur Kenntnis zu nehmen), und jeder von ihnen hatte sein ganz persönliches Recht auf das Maß an Furcht und Besorgnis, das ihn sein Wesen und seine Erziehung empfinden ließ.

Baley wäre es ganz sicher nicht recht gewesen, wenn sich ein anderer in sein Unbehagen hineingedrängt hätte. Er wollte nicht, daß fremde Augen das Weiß seiner Knöchel sahen, wo seine Hände sich an der Armlehne festklammerten. Und auch der feuchte Fleck, den sie hinterlassen würden, wenn er sie wegnahm, war einzig und allein seine Angelegenheit.

Er sagte sich: Ich bin umschlossen. Dieses Flugzeug ist nichts anderes als eine kleine City.

Aber er machte sich nichts vor. Zu seiner Linken war ein Zoll Stahl; das konnte er mit dem Ellbogen fühlen. Und dahinter – nichts ...

Nun, Luft! Aber das war in Wirklichkeit natürlich nichts. Tausend Meilen davon in einer Richtung. Tausend in der anderen. Und eine Meile, vielleicht zwei nach unten.

Fast wünschte er sich, gerade nach unten sehen zu können und damit die Oberseite der im Boden eingegrabenen Cities zu sehen, über die er hinwegflog: New York, Philadelphia, Baltimore, Washington. Er stellte sich die aneinandergereihten flachen Kuppeln vor, die er nie gesehen hatte, von deren Existenz er aber wußte. Und unter ihnen, vielleicht eine Meile tief unter der Erde und Dutzende von Meilen nach allen Richtungen reichend, mußten die Cities sein.

Die endlosen, an Waben erinnernden Korridore der Cities, dachte er, in denen Menschen lebten; Wohnungen, Gemeinschaftsküchen, Fabriken, Expreßways – alle behaglich und warm und von menschlichem Leben geprägt.

Und er selbst befand sich in einem kleinen Projektil aus Metall, isoliert in der kalten Luft und bewegte sich durch Leere.

Seine Hände zitterten, und er zwang seine Augen, sich auf den Papierstreifen zu konzentrieren. Und dann las er ein wenig.

Es war eine kurze Geschichte, die sich mit galaktischer Forschung befaßte, und ganz offensichtlich war der Held der Geschichte ein Erdenmensch.

Baley murmelte verärgert etwas vor sich hin und hielt dann gleich den Atem an, als ihm bewußt wurde, wie unmöglich er sich benahm – Geräusche zu machen, undenkbar!

Trotzdem war es absolut lächerlich. Geradezu kindisch war es, so zu tun, als könnten Erdenmenschen in den Weltraum eindringen. Galaktische Erforschung! Die Galaxis war den Erdenmenschen verschlossen. Die Spacers erhoben Anspruch auf sie; die Spacer, deren Ahnen vor Jahrhunderten Erdenmenschen gewesen waren. Jene Ahnen hatten als erste die Äußeren Welten erreicht, festgestellt, daß es sich dort angenehm leben ließ, und dann hatten ihre Nachkommen gegen weitere Einwanderer Schranken errichtet. Sie hatten die Erde und die Erdenmenschen, ihre Vettern, gleichsam eingepfercht. Und die Citykultur der Erde vollendete die Aufgabe, indem sie die Erdenmenschen in die Gefängnisse der Cities einschloß, durch ihre Furcht vor offenen Räumen, die sie selbst daran hinderte, die von Robotern betriebenen Farm- und Bergwerkszonen ihres eigenen Planeten zu betreten; selbst daran.

Baley dachte bitter: Jehoshaphat! Wenn uns das nicht paßt, müssen wir eben etwas dagegen unternehmen. Wir sollten keine Zeit mit Märchen vergeuden.

Aber es gab nichts, was man unternehmen konnte, und das wußte er.

Dann landete das Flugzeug. Er und seine Mitreisenden stiegen aus und trennten sich, ohne einander anzusehen.

Baley blickte auf die Uhr und sah, daß er noch Zeit hatte, sich etwas frischzumachen, ehe er den Expreßway zum Justizministerium betrat. Darüber war er froh. Die Geräusche und der Lärm des Lebens, der riesige Kuppelsaal des Flughafens, von dem zahllose Citykorridore in mehreren Etagen abzweigten, alles, was er sah und hörte, vermittelte ihm das Gefühl, sicher und warm vom Mutterleib der City umschlossen zu sein. Dieses Gefühl spülte die Angst weg, und jetzt brauchte er nur noch eine Dusche, um die Aufgabe zu vollenden.

Er brauchte eine Besuchergenehmigung, um eines der Gemeinschaftsgebäude benutzen zu dürfen; aber als er seine Reiseanweisung vorlegte, räumte die alle Schwierigkeiten aus dem Weg. Sie wurde routinemäßig abgestempelt, und dann bekam er eine Karte für eine Einzelkabine, natürlich mit genauer Datumsangabe, um jeden Mißbrauch unmöglich zu machen, und einen kleinen Streifen, damit er die ihm zugewiesene Kabine fand.

Baley war dankbar, wieder die Streifen unter seinen Füßen zu spüren. Ein Gefühl von Luxus erfüllte ihn, als er bemerkte, wie er immer schneller wurde, während er sich von einem Streifen zum nächsten nach innen zu bewegte, auf den Expreßway zu. Er schwang sich leichtfüßig hinauf und nahm den Sitzplatz ein, auf den er seinem Rang gemäß Anspruch hatte.

Es war keine Stoßzeit; Sitze waren frei. Auch das Bad war nicht übermäßig voll gewesen. Die Kabine, die man ihm zugewiesen hatte, war in gutem Zustand gewesen, und der Waschautomat hatte tadellos funktioniert.

Nachdem er seine Wasserration verbraucht und seine Kleidung aufgefrischt hatte, fühlte er sich der Aufgabe gewachsen, das Justizministerium in Angriff zu nehmen. Ein geradezu vergnügtes Gefühl erfüllte ihn.

Untersekretär Albert Minnim war ein kleiner, kompakter Mann mit rötlicher Haut und ergrauendem Haar; ein Mann mit gerundeten und geglätteten Kanten. Er strahlte eine Aura von Sauberkeit aus und roch ein wenig nach Tonicwasser. Das alles verriet die Annehmlichkeiten des Lebens, die einem mit den reichlichen Rationen zur Verfügung standen, wie sie hohen Mitgliedern der Regierung zugeteilt wurden.

Baley kam sich im Vergleich zu ihm schäbig und grobschlächtig vor. Seine großen Hände, seine tiefliegenden Augen und ein allgemeines Gefühl der Kantigkeit waren ihm bewußt.

Minnim meinte herzlich: »Setzen Sie sich, Baley! Rauchen Sie?«

»Nur Pfeife, Sir«, sagte Baley.

Er zog sie aus der Tasche, und Minnim schob die Zigarre

wieder ins Etui zurück, die er schon zur Hälfte herausgezogen hatte.

Baley tat das sofort leid. Eine Zigarre war besser als nichts, und er wäre für das Geschenk dankbar gewesen. Seine kürzliche Beförderung in Stufe C-6 hatte zwar auch zu einer Steigerung seiner Tabakration geführt; trotzdem schwamm er nicht gerade in Tabak.

»Bitte, rauchen Sie ruhig, wenn Sie wollen«, sagte Minnim und wartete mit einer Art väterlicher Geduld, während Baley sorgfältig seinen Tabak abmaß und dann den Filter über die Pfeife steckte.

Dann meinte er, ohne den Blick von der Pfeife zu wenden: »Man hat mir nicht gesagt, weshalb ich nach Washington gerufen wurde, Sir.«

»Ich weiß«, sagte Minnim. Er lächelte. »Das läßt sich sofort klären. Sie werden für eine Weile versetzt.«

»Außerhalb von New York City?«

»Ziemlich weit.«

Baley hob die Brauen und blickte nachdenklich. »Sie sagten ›für eine Weile‹. Wie lange, Sir?«

»Das weiß ich nicht genau.«

Baley kannte die Vor- und Nachteile einer Versetzung. Als Besucher in einer City, deren Bewohner er nicht war, würde er wahrscheinlich besser leben, als es seinem offiziellen Rang entsprach. Andrerseits war es höchst unwahrscheinlich, daß man auch Jessie und ihrem Sohn Bentley erlauben würde, ihn zu begleiten. Man würde sich natürlich dort in New York um sie kümmern. Aber Baley war ein häusliches Geschöpf, und der Gedanke an Trennung bereitete ihm keine Freude.

Und dann konnte eine Versetzung natürlich auch einen ganz bestimmten Auftrag bedeuten, das war gut, und eine Verantwortung, die die überstieg, die man gewöhnlich Beamten seiner Rangstufe übertrug, und das könnte unangenehm sein. Baley hatte vor nicht zu vielen Monaten die Verantwortung überlebt, die aus den Ermittlungen im Mordfall eines Spacers außerhalb New Yorks bestanden hatten. Die Vorstellung, einen Auftrag ähnlicher Art übernehmen zu müssen, erfüllte ihn nicht gerade mit Freude.

»Würden Sie mir sagen, wo ich hin muß?« fragte er. »Die Art dieses Auftrags? Worum geht es?«

Er versuchte das ›ziemlich weit‹ des Regierungsbeamten abzuwägen und schloß mit sich selbst kleine Wetten hinsichtlich seines neuen Einsatzortes ab. Das ›ziemlich weit‹ hatte recht nachdrücklich geklungen, und Baley dachte: Kalkutta? Sydney?

Und dann bemerkte er plötzlich, daß Minnim nun doch eine Zigarre herauszog und sie jetzt sorgfältig anzündete.

Baley dachte: Jehoshaphat! Es fällt ihm schwer, es mir zu sagen. Er will es nicht sagen.

Minnim nahm die Zigarre aus dem Mund, blickte dem Rauch nach und sagte: »Das Justizministerium setzt Sie auf Solaria ein.«

Einen Augenblick lang tastete Baleys Bewußtsein nach einer Verbindung, die nicht da war. Solaria, Asien? – Solaria, Australien? –

Dann stand er auf und sagte leise: »Sie meinen, eine der Äußeren Welten?«

Minnim wich Baleys Augen aus. »Stimmt!«

»Aber das ist doch unmöglich!« sagte Baley. »Die würden niemals einen Erdenmenschen auf einer Äußeren Welt zulassen.«

»Es gibt Umstände, die das ermöglichen, Baley. Auf Solaria ist ein Mord verübt worden.«

Baleys Lippen verzogen sich zu einem Lächeln; das war fast ein Reflex. »Das liegt aber doch etwas außerhalb unserer Zuständigkeit, oder?«

»Sie haben Hilfe erbeten.«

»Von uns? Von der Erde?« Baley sah sich zwischen Verwirrung und Unglauben hin- und hergerissen. Daß eine Äußere Welt irgendeine andere Haltung einnehmen konnte als die der Verachtung für den verschmähten Mutterplaneten oder bestenfalls etwas herablassendes Wohlwollen, war undenkbar. Aber Hilfe erbitten?

»Von der Erde?« wiederholte er.

»Ungewöhnlich«, räumte Minnim ein, »aber so ist es nun mal. Sie wollen, daß ein terrestrischer Detektiv auf den Fall angesetzt wird. Das Ganze ist durch diplomatische Kanäle auf höchster Ebene vorbereitet worden.«

Baley setzte sich wieder. »Warum ich? Ich bin kein junger Mann. Ich bin dreiundvierzig. Ich habe eine Frau und ein Kind. Ich könnte die Erde nicht verlassen.«

»Wir haben gar keine Wahl, Baley. Man hat ausdrücklich Sie angefordert.«

»*Mich?*«

»Ermittlungsbeamter Elijah Baley, C-6, von der Polizeibehörde New York City. Die wußten genau, was sie wollten. Ihnen ist doch sicherlich klar, warum?«

Doch Baley meinte hartnäckig: »Dafür bin ich nicht qualifiziert.«

»Die meinen das aber. Offenbar haben sie von der Art und Weise erfahren, wie Sie den Spacermord hier aufgeklärt haben.«

»Die müssen da etwas durcheinandergebracht haben. Vielleicht hat das besser ausgesehen, als es wirklich war.«

Minnim zuckte die Achseln. »Jedenfalls haben sie Sie verlangt, und wir haben uns bereit erklärt, Sie zu schicken. Sie werden versetzt. Der ganze Papierkram ist schon erledigt, und Sie müssen gehen. Während Ihrer Abwesenheit wird auf Basis C-7 für Ihre Frau und Ihr Kind gesorgt werden; das wird nämlich Ihr kommissarischer Rang während der Dauer dieses Auftrags sein.« Er machte eine bedeutungsvolle Pause. »Befriedigender Abschluß des Auftrags kann dazu führen, daß Ihnen diese Rangstufe auf Dauer zuerkannt wird.«

Das Ganze ging Baley zu schnell. Das konnte einfach alles nicht sein. Er *konnte* die Erde nicht verlassen. Sahen die das denn nicht?

Er hörte sich selbst mit monotoner Stimme, die in seinen eigenen Ohren unnatürlich klang, fragen: »Was für eine Art von Mord? Wie sind die Begleitumstände? Warum können die das nicht selbst erledigen?«

Minnim schob mit seinen sorgfältig manikürten Fingern ein paar Gegenstände auf seinem Schreibtisch herum. Er schüttelte den Kopf. »Ich weiß überhaupt nichts über den Mord. Ich kenne die Umstände nicht.«

»Wer kennt sie dann, Sir? Sie erwarten doch nicht, daß ich völlig unvorbereitet dorthin gehe, oder?« Und wieder eine verzweifelte innere Stimme: Aber ich *kann* die Erde nicht verlassen.

»Niemand weiß etwas darüber. Jedenfalls niemand hier auf der Erde. Die Solarianer haben es uns nicht gesagt. Das wird Ihre Aufgabe sein; Sie müssen herausfinden, was an dem Mord so Besonderes ist, daß die zu seiner Lösung einen Erdenmenschen brauchen. Oder besser gesagt, das wird *Teil* Ihres Auftrags sein.«

Baley war so verzweifelt, daß er sagte: »Und wenn ich ablehne?« Er kannte die Antwort natürlich. Er wußte genau, was eine Degradierung für ihn – und was wichtiger war – für seine Familie bedeuten würde.

Aber Minnim sagte gar nichts von Degradierung. Er sagte leise: »Sie können nicht ablehnen, Baley. Sie haben einen Auftrag zu erfüllen.«

»Für Solaria? Zum Teufel mit ihnen!«

»Für *uns,* Baley, für *uns!*« Minnim machte eine Pause.

Dann fuhr er fort: »Sie kennen die Lage der Erde im Hinblick auf die Spacer. Ich brauche darauf wohl nicht einzugehen.«

Baley kannte die Situation ebensogut wie jeder Mensch auf der Erde. Die fünfzig Äußeren Welten mit insgesamt einer kleineren Bevölkerung, als die Erde allein sie aufwies, besaßen dennoch ein Militärpotential, das vielleicht hundertmal größer war. Ihre Welten waren unterbevölkert, auf Roboterwirtschaft aufgebaut, und ihre Energieproduktion pro Mensch war tausendmal so groß wie die der Erde. Und militärisches Potential wurde durch die Energiemenge definiert, die ein Mensch produzieren konnte, ganz abgesehen vom Lebensstandard, Zufriedenheit, Glück und all den anderen Dingen.

Und Minnim fuhr fort: »Einer der Faktoren, die daran schuld sind, daß diese Lage so bleibt, ist unsere Unwissenheit. Eben das: Unwissenheit. Die Spacer wissen alles über uns. Schließlich schicken sie weiß Gott genügend Missionen zur Erde. Wir wissen überhaupt nichts über sie, abgesehen von dem, was sie uns sagen. Kein Mensch auf der Erde hat jemals auch nur einen Fuß auf eine Äußere Welt gesetzt. Und *Sie* werden das jetzt tun.«

»Aber ich kann doch nicht ...«, begann Baley.

Aber Minnim wiederholte: »Sie *werden*. Sie werden sich in einer einmaligen Position befinden. Sie werden auf deren Einladung auf Solaria weilen, einen Auftrag erfüllen, den die Ihnen zuteilen. Und wenn Sie zurückkehren, werden Sie Informationen besitzen, die für die Erde wichtig sind.«

Baley sah den Untersekretär ernst an. »Sie meinen, ich soll für die Erde spionieren.«

»Es geht hier nicht um Spionieren. Sie brauchen nichts zu tun, was die nicht von Ihnen verlangen. Halten Sie bloß Ihre Augen offen. Beobachten Sie! Wenn Sie dann zurückkehren, gibt es genügend Spezialisten, die Ihre Beobachtungen analysieren und interpretieren können.«

»Ich nehme an, daß eine Krise vorliegt, Sir«, sagte Baley.

»Warum sagen Sie das?«

»Einen Erdenmenschen auf eine Äußere Welt zu schicken, ist riskant. Die Spacer hassen uns. Beim besten Willen und obwohl ich auf Einladung dort bin, könnte ich leicht einen interstellaren Zwischenfall auslösen. Die terrestrische Regierung könnte es leicht vermeiden, mich hinzuschicken, wenn sie das wollte. Sie könnte sagen, ich sei krank. Die Spacer haben geradezu pathologische Angst vor Ansteckung. Sie würden mich um keinen Preis dorthaben wollen, wenn sie glaubten, ich wäre krank.«

»Schlagen Sie vor, daß wir diesen Trick anwenden?« fragte Minnim.

»Nein. Wenn die Regierung kein anderes Motiv hätte, mich dorthin zu schicken, würde man nicht meine Hilfe brauchen, um sich das oder etwas Besseres auszudenken. Daraus folgt, daß das eigentlich Wesentliche meine Beobachtertätigkeit ist – die Sie ja nicht als Spionage bezeichnen wollen. Und wenn das der Fall ist, muß mehr dahinterstecken als nur ein Sehen-Sie-sich-um, um dieses Risiko zu rechtfertigen.«

Baley hatte halb mit einer Explosion gerechnet und hätte sie sogar begrüßt, weil sie den Druck gelockert hätte; aber Minnim lächelte nur frostig und sagte: »Anscheinend besitzen Sie die Fähigkeit, das Wesentliche zu erkennen und das Unwesentliche beiseitezutun. Aber ich habe schließlich auch nicht weniger erwartet.«

Der Untersekretär lehnte sich über seinen Schreibtisch zu Baley hinüber. »Ich will Ihnen jetzt etwas sagen, worüber Sie mit niemandem sprechen werden, nicht einmal mit anderen Regierungsbeamten. Unsere Soziologen sind dabei, gewisse Schlüsse bezüglich der augenblicklichen galaktischen Lage zu ziehen. Fünfzig Äußere Welten, unterbevölkert, robotisiert, mächtig, mit Menschen, die gesund und langlebig sind. Wir selbst: überbevölkert, technisch unterentwickelt, kurzlebig und von ihnen dominiert. Das ist eine instabile Situation.«

»Auf Dauer ist alles instabil.«

»Richtig. Aber die Situation ist bereits instabil. Wir haben höchstens noch hundert Jahre Zeit. Uns wird diese Situation noch überdauern, das steht fest. Aber wir haben Kinder. Am Ende werden wir für die Äußeren Welten eine zu große Gefahr darstellen, als daß man unser Überleben zulassen könnte. Schließlich leben auf der Erde acht Milliarden Menschen, die die Spacer hassen.«

Baley unterbrach ihn. »Die Spacer schließen uns aus der Galaxis aus, führen unseren Handel auf eigene Rechnung und Profit, diktieren unserer Regierung die Politik und behandeln uns verächtlich. Was erwarten Sie? Dankbarkeit?«

»Richtig. Und das Schema steht schon fest: Aufruhr, Unterdrückung, Aufruhr, Unterdrückung – und in hundert Jahren wird die Erde als bevölkerte Welt praktisch ausgelöscht sein. Das behaupten wenigstens die Soziologen.«

Baley wurde unruhig. Man zweifelte nicht an Soziologen und ihren Computern. »Aber was erwarten Sie dann von mir, wenn das alles so ist? Was könnte ich schon ausrichten?«

»Daß Sie uns Informationen bringen. Die große Lücke in unseren soziologischen Prognosen ist der Mangel an Daten bezüglich der Spacer. Wir mußten auf der Grundlage der wenigen Spacer, die sie hierherschickten, unsere Prognosen aufstellen. Wir mußten uns auf das verlassen, was sie uns über sich selbst gesagt haben. Woraus folgt, daß wir ihre Stärken, und nur ihre Stärken, kennen. Verdammt noch mal, die haben ihre Roboter und ihre geringe Zahl und ihr langes Leben. Aber haben sie Schwächen? Gibt es irgendeinen Faktor oder mehrere Faktoren, die, wenn wir sie nur kennen würden, die soziologische Unvermeidbarkeit der Zerstörung ändern würden; etwas, das unser Handeln leiten und die Chancen des Überlebens der Erde verbessern könnte?«

»Sollten Sie da nicht besser einen Soziologen schicken, Sir?«

Minnim schüttelte den Kopf. »Wenn wir schicken könnten, wen wir wollen, hätten wir schon vor zehn Jahren jemanden dort hinausgeschickt, als wir zum ersten Mal diese Schlüsse zogen. Das ist unser erster Vorwand, überhaupt jemanden schicken zu können. Sie verlangen einen Detektiv, und das paßt uns. Ein Detektiv ist auch Soziologe; ein praktizierender, über den Daumen peilender Soziologe, sonst wäre er ja kein guter Detektiv. Und Ihren Akten nach sind Sie ein guter.«

»Danke, Sir«, sagte Baley mechanisch. »Und wenn ich Schwierigkeiten bekomme?«

Minnim zuckte die Achseln. »Das ist das Risiko, das man auf sich nimmt, wenn man Polizist wird.« Er tat den Punkt mit einer Handbewegung ab und fügte hinzu: »Jedenfalls müssen Sie gehen. Der Zeitpunkt Ihrer Abreise ist bereits festgelegt. Das Schiff, das Sie hinbringt, wartet bereits.«

»Wartet?« sagte Baley und erstarrte. »Wann reise ich ab?«

»In zwei Tagen.«

»Dann muß ich nach New York zurück. Meine Frau ...«

»Wir werden Ihre Frau aufsuchen. Sie darf nämlich nicht erfahren, worum es bei Ihrem Auftrag geht, wissen Sie? Man wird ihr sagen, daß sie nicht damit rechnen soll, in nächster Zeit von Ihnen zu hören.«

»Aber das ist unmenschlich. Ich muß mit ihr reden. Vielleicht sehe ich sie nie wieder.«

»Was ich jetzt sage, klingt vielleicht noch unmenschlicher«, erwiderte Minnim, »aber stimmt es denn nicht, daß es keinen Tag im Leben eines Polizisten gibt, an dem er mit Sicherheit sagen kann, man werde ihn wiedersehen? Mr. Baley, wir müssen alle unsere Pflicht tun.«

Baleys Pfeife war schon vor einer Viertelstunde ausgegangen. Er hatte es nicht einmal bemerkt.

Mehr konnte ihm niemand sagen. Niemand wußte etwas über den Mord. Und schließlich war der Augenblick da, wo er unter dem Raumschiff stand und es immer noch nicht glauben konnte.

Es sah aus wie eine gigantische Kanone, die in den Himmel zielte. Baley fröstelte in der rauhen Luft, die ihn umgab. Die Nacht schloß ihn ein (wofür Baley dankbar war), wie dunkle, schwarze Mauern, die oben mit einer schwarzen Decke verschmolzen. Es war wolkig, und obwohl er Planetarien besucht hatte, erschreckte es ihn, als sein Blick auf einen hellen Stern fiel, der durch einen Spalt in den Wolken stach.

Ein kleiner Funke, weit, weit entfernt. Er starrte ihn neugierig an, fast so, als hätte er keine Angst vor ihm. Er wirkte ganz nahe, unbedeutend; und doch kreisten um Punkte wie diesen Planeten, deren Bewohner die Herren der Galaxis waren. Die Sonne war auch ein solcher Funke, dachte er, nur viel näher, und beschien im Augenblick die andere Seite der Erde.

Plötzlich sah er die Erde als einen Ball aus Stein mit einer dünnen Schicht aus Feuchtigkeit und Gas, überall frei der Leere ausgesetzt, mit Cities, die sich kaum in die Außenhaut eingegraben hatten und in einem unsicheren Gleichgewicht zwischen Fels und Luft dahingen und sich festklammerten. Ihn schauderte.

Das Schiff war natürlich ein Spacer-Fahrzeug. Der interstellare Handel lag ausschließlich in den Händen der Spacer. Er war jetzt allein, unmittelbar außerhalb der City. Man hatte ihn gebadet und geschrubbt und sterilisiert, bis man ihn – nach Spacer-Normen – für würdig hielt, an Bord des Schiffes zu gehen. Nein, nicht würdig; worauf es ankam, war, daß er steril war, ungefährlich, keine Bazillen trug. Trotzdem schickten sie ihm nur einen Roboter entgegen, um ihn zu empfangen, da er zweifellos immer noch hundert Arten von Krankheitskeimen aus der überfüllten City mit sich trug, gegen die er resistent war, ganz im Gegensatz zu den in einem eugenischen Treibhaus aufgewachsenen Spacern.

Der Roboter ragte undeutlich sichtbar in die Nacht hinein, und seine Augen glühten dunkelrot.

»Ermittlungsbeamter Elijah Baley?«

»Richtig«, sagte Baley schroff, und seine Nackenhaare sträubten sich ein wenig. Er war genügend Erdenmensch, um eine zornige Gänsehaut zu bekommen, wenn er sah, daß ein Roboter das tat, wozu Menschen da waren. Da war R. Daneel Olivaw gewesen, sein Partner in der Ermittlung der Spacetown-Affäre; aber das war anders gewesen. Daneel war ...

»Wollen Sie mir bitte folgen«, sagte der Roboter, und weißes Licht überflutete einen Weg zum Schiff hin.

Baley folgte ihm. Er stieg die Gangway hinauf ins Schiff, kam durch Korridore und schließlich in einen Raum.

Der Roboter sagte: »Dies ist Ihr Raum, Ermittlungsbeamter Baley. Es wird gewünscht, daß Sie sich während der ganzen Reisedauer in ihm aufhalten.«

Baley dachte: Sicher, versiegelt mich nur! Haltet mich sicher in Quarantäne. Gut isoliert.

Die Korridore, durch die er gegangen war, waren leer gewesen. Wahrscheinlich wurden sie jetzt bereits von Robotern desinfiziert. Der Roboter, der ihm gegenüberstand, würde wahrscheinlich durch ein germizides Bad gehen, nachdem er ihn verlassen hatte.

Der Roboter sagte: »Sie haben hier Wasser und eine Toilette. Man wird Ihnen Nahrung liefern. Und Material, das Sie sichten können. Die Luken werden von diesem Schaltpult aus gesteuert. Jetzt sind sie geschlossen. Aber wenn Sie den Weltraum sehen wollen ...«

Baley unterbrach ihn erregt: »Schon gut, Boy. Laß die Luken geschlossen!«

Er sprach ihn mit ›Boy‹ an, wie Erdenmenschen das bei Robotern immer taten, und der Roboter ließ keine negative Reaktion erkennen. Das konnte er natürlich nicht. Seine Reaktionen wurden von den Gesetzen der Robotik gelenkt und kontrolliert.

Der Roboter beugte seinen massigen Metallkörper, so daß es wie die Parodie einer respektvollen Verbeugung wirkte, und ging.

Baley war jetzt in seinem Raum allein und konnte sich orientieren. Zumindest war es besser als das Flugzeug. Das Flugzeug konnte er von einem Ende zum anderen sehen. Er konnte seine Grenzen erkennen. Das Raumschiff war groß. Es hatte Gänge, Etagen, Räume. Es war eine kleine City für sich. Baley konnte beinahe frei atmen.

Dann leuchteten Lichter auf. Die metallische Stimme eines Roboters hallte über die Bordsprechanlage und erteilte ihm detaillierte Instruktionen, wie er sich vor der Startbeschleunigung schützen sollte.

Er wurde nach hinten in seinen Sitz gepreßt, der auf einem hydraulischen System ruhte. Dann war in der Ferne das Dröhnen von Raketenmotoren zu hören, die von dem Mikromeiler aufgeheizt wurden. Das Zischen der zerrissenen Atmosphäre war zu vernehmen, wurde aber schnell dünner und ging schließlich in ein schrilles Pfeifen über, das nach einer Stunde völlig verstummte.

Sie befanden sich im Weltraum.

Es war, als wären alle Empfindungen abgestumpft, als wäre nichts mehr wirklich. Er sagte sich, daß er sich jede Sekunde um Tausende von Meilen weiter von den Cities entfernte, von Jessie; aber irgendwie schien es ihn nicht sonderlich zu beeindrucken.

Am zweiten Tag (dem dritten? – Es war unmöglich, einen Sinn für die Zeit zu behalten, wenn man einmal von den regelmäßigen Essens- und Schlafenszeiten absah) stellte sich einen Augenblick lang eine seltsame Empfindung ein, so als würde er von innen nach außen gekehrt. Es dauerte nur einen Augenblick lang, und Baley wußte, daß es ein Sprung war, jene seltsam unbegreifliche, fast mystische Transition durch den Hyperraum, wodurch das Schiff und alles, was es enthielt, von einem Punkt im Weltraum zu einem anderen, Lichtjahre davon entfernt, versetzt wurde. Wieder ein Zeitabschnitt und ein weiterer Sprung. Und noch einmal ein Zeitabschnitt und noch einmal ein Sprung.

Baley sagte sich jetzt, daß er Lichtjahre von der Erde entfernt war, Dutzende von Lichtjahren, Hunderte, Tausende.

Wie viele, wußte er nicht. Niemand auf der Erde wußte auch nur die Position Solarias im Weltraum. Er war bereit, darauf eine Wette einzugehen. Sie waren unwissend, alle waren sie das.

Er fühlte sich schrecklich allein.

Das Gefühl der Bremsverzögerung stellte sich ein, und der Roboter kam in seinen Raum. Seine ausdruckslosen, rötlichen Augen überprüften den Sitz von Baleys Gurten. Er sah sich das Hydrauliksystem an, verstellte eine Schraube und vergewisserte sich, daß alles funktionierte.

Dann sagte er: »Wir werden in drei Stunden landen. Sie sollten bitte in diesem Raum bleiben. Ein Mann wird kommen, um Sie hinauszugeleiten und Sie zu Ihrem Aufenthaltsort zu bringen.«

»Warte!« sagte Baley angespannt. Im angeschnallten Zustand fühlte er sich hilflos. »Wenn wir landen, welche Tageszeit wird dann sein?«

Der Roboter antwortete sofort: »Nach galaktischer Standardzeit wird es ...«

»Lokalzeit, Boy. Lokalzeit! Jehoshaphat!«

Der Roboter redete mit unverändertem Tonfall weiter. »Der solarianische Tag hat achtundzwanzigkommafünfunddreißig Standardstunden. Die solarianische Stunde ist in zehn Dekaden geteilt und diese wiederum hat hundert Centaden. Bei unserem Eintreffen auf dem Flughafen wird dort der Tag die zwanzigste Centade der fünften Dekade erreicht haben.«

Baley haßte diesen Roboter. Er haßte ihn wegen seiner Schwerfälligkeit, mit der er ihn verstand; haßte ihn, weil er ihn zwang, die Fragen direkt zu stellen, um damit seine eigene Schwäche einzugestehen.

Aber das mußte er. Und so sagte er ausdruckslos: »Wird es Tag sein?«

»Ja, Sir«, antwortete der Roboter und ging hinaus.

Es würde Tag sein! Er würde am hellichten Tag auf die ungeschützte Oberfläche eines Planeten hinaustreten müssen!

Er war nicht ganz sicher, wie es sein würde. Er hatte von bestimmten Punkten in der City aus gelegentlich einen Blick auf die planetarische Oberfläche der Erde werfen können; er war sogar schon für kurze Augenblicke draußen gewesen. Aber er war immer von Mauern umgeben gewesen oder wenigstens in Reichweite einer solchen. Diese Sicherheit war immer ganz nahe gewesen.

Wo aber würde jetzt Sicherheit sein? Nicht einmal die falschen Mauern der Dunkelheit.

Und weil er vor den Spacern keine Schwächen zeigen wollte – verdammt wollte er sein, wenn er das tat! –, spannte er seinen Körper gegen die Gurte, die ihn vor den Kräften der Bremsbeschleunigung schützten, schloß die Augen und kämpfte hartnäckig gegen die Panik an, die ihn überkommen wollte.

2
BEGEGNUNG MIT EINEM FREUND

Baley war im Begriff, seinen Kampf zu verlieren. Die Vernunft allein genügte nicht.

Baley sagte sich immer wieder: Es gibt Menschen, die ihr ganzes Leben im Freien verbringen. Die Spacer tun das. Unsere Vorfahren auf der Erde haben es in der Vergangenheit getan. Wandlosigkeit an sich ist nicht schändlich. Nur mein Bewußtsein sagt mir, daß es anders ist, und es hat unrecht.

Aber all das half ihm nicht. Etwas, das über die Vernunft hinausging, schrie nach Wänden und wollte keinen freien Raum.

Und je weiter die Zeit fortschritt, desto mehr war er überzeugt, daß er es nicht schaffen würde. Er würde sich am Ende zusammenkauern, zittern, ein Bild des Jammers bieten. Der Spacer, den sie nach ihm schicken würden (mit Filtern in der Nase, damit keine Bakterien in seinen Kreislauf eindringen können, und mit Handschuhen an den Händen, um jeden Kontakt zu verhindern), würde ihn nicht einmal ehrlich verachten; nur Ekel würde der Spacer empfinden.

Baley schob grimmig das Kinn vor.

Als das Schiff dann zum Stillstand kam, das Gurtsystem sich automatisch von ihm löste und die Hydraulikanlage in die Wand zurückfuhr, blieb Baley sitzen. Er hatte Angst und war entschlossen, sie sich nicht anmerken zu lassen. Als ein leises Geräusch ihm verriet, daß die Tür seines Raums sich öffnete, sah er weg. Dennoch nahm er aus dem Augenwinkel wahr, wie eine hochgewachsene Gestalt mit bronzefarbenem Haar eintrat: ein Spacer; einer jener stolzen Abkömmlinge der Erde, die sich von ihren Vorfahren losgesagt hatten.

Und der Spacer sagte: »Hallo, Partner Elijah!«

Baleys Kopf fuhr ruckartig herum. Seine Augen weiteten sich, und er stand unwillkürlich auf.

Er starrte das Gesicht an, die breiten, hohen Backenknochen, bemerkte die absolute Ruhe, die von diesem Gesicht ausging, die Symmetrie des Körpers, ganz besonders aber die kühlen, blauen Augen, die ihn gerade ansahen.

»D-Daneel!«

»Es ist angenehm, daß Sie sich an mich erinnern, Partner Elijah.«

»An Sie erinnern!« Baley spürte die Erleichterung, die wie eine Welle über ihm zusammenschlug. Dieses Geschöpf war ein Stück der Erde, ein Freund, ein Retter. Er empfand einen fast unerträglichen Drang, auf den Spacer zuzulaufen, ihn zu umarmen, ihn an sich zu drücken, zu lachen und ihm auf den Rücken zu klopfen und all die verrückten Dinge zu tun, die alte Freunde tun, wenn sie sich nach einer Zeit der Trennung wieder treffen.

Aber er tat es nicht. Er konnte es nicht. Er konnte nur auf ihn zugehen, die Hand ausstrecken und sagen: »Höchst unwahrscheinlich, daß ich Sie je vergessen würde, Daneel.«

»Das ist angenehm«, sagte Daneel und nickte würdevoll. »Wie Ihnen ja wohl bekannt ist, ist es mir, solange ich funktionsfähig bin, völlig unmöglich, Sie zu vergessen. Es ist schön, Sie wiederzusehen.«

Daneel nahm Baleys Hand und drückte sie, und seine Finger schlossen sich, bis ein angenehmer, aber nicht schmerzhafter Druck erzeugt wurde, dann ließ er die Hand wieder los.

Baley hoffte inständig, daß die unergründlichen Augen der Kreatur nicht sein Bewußtsein durchdringen und seine Gefühlsaufwallung wahrnehmen konnten, die ihn gerade überkommen und sich noch nicht ganz wieder gelegt hatte, als nämlich Baleys ganzes Wesen sich in einem Gefühl intensiver Freundschaft konzentrierte, die beinahe Liebe war.

Schließlich konnte man ja diesen Daneel Olivaw nicht als Freund lieben – er war ja kein Mensch, sondern nur ein Roboter.

Der Roboter, der so sehr wie ein Mensch aussah, sagte: »Ich habe darum gebeten, daß ein robotergelenktes Bodenfahrzeug per Luftrohr an dieses Schiff angeschlossen wird ...«

Baley runzelte die Stirn. »Ein Luftrohr?«

»Ja. Das ist eine weitverbreitete Technik, die man häufig im Weltraum einsetzt, wenn man Personal und Gegenstände von einem Schiff zum anderen bringen will, ohne besondere Vorkehrungen gegen das Vakuum zu treffen. Mir scheint, daß Sie mit dieser Technik nicht vertraut sind.«

»Nein«, sagte Baley, »aber ich begreife schon.«

»Es ist natürlich ziemlich kompliziert, eine solche Vorrichtung zwischen einem Raumschiff und einem Bodenfahrzeug anzubringen, aber ich habe veranlaßt, daß es trotzdem geschieht. Glücklicherweise ist das Projekt, mit dem man Sie und mich betraut hat, von hoher Priorität. Schwierigkeiten werden schnell erledigt.«

»Sind Sie auch auf diesen Mordfall angesetzt?«

»Hat man Sie davon nicht informiert? Ich bedaure, daß ich es Ihnen nicht sofort gesagt habe.« In dem perfekten Gesicht des Roboters war natürlich keine Spur von Bedauern zu erkennen. »Dr. Han Fastolfe, den Sie während unserer letzten Partnerschaft auf der Erde kennengelernt haben und an den Sie sich, wie ich hoffe, erinnern, hat Sie ursprünglich als geeigneten Ermittler für diesen Fall vorgeschlagen. Und er hat die Bedingung aufgestellt, daß ich wieder zur Zusammenarbeit mit Ihnen eingeteilt werde.«

Baley brachte ein schwaches Lächeln zuwege. Dr. Fastolfe war ein Bewohner Auroras, und Aurora war die stärkste der Äußeren Welten. Allem Anschein nach hatte der Rat eines Auroraners Gewicht.

Und dann sagte er: »Ein Team, das funktioniert, sollte man nicht auflösen, wie?« Die erste Freude über Daneels Erscheinen begann zu verblassen, und der Druck auf Baleys Brust kehrte wieder zurück.

»Ich weiß nicht, ob ihn dieser Gedanke bewegt hat, Partner Elijah. Aus den Anweisungen, die er mir erteilt hat, würde ich schließen, daß er an meiner Zusammenarbeit mit Ihnen deshalb so interessiert ist, weil ich Erfahrung mit Ihrer Welt habe und Ihre darauf zurückzuführenden Eigenheiten kenne.«

»Eigenheiten!« Baley runzelte die Stirn. Das war ein Ausdruck, den er im Zusammenhang mit seiner Person nicht liebte.

»Damit ich beispielsweise das Luftrohr arrangieren konnte. Ihre Abneigung gegenüber offenen Räumen infolge Ihres Lebens in den Cities der Erde ist mir wohlbekannt.«

Vielleicht war es darauf zurückzuführen, daß der Roboter von ›Eigenheiten‹ gesprochen hatte, das Gefühl, einen Gegenangriff starten zu müssen, um nicht vor einer Maschine Gesicht zu verlieren, was Baley dazu trieb, abrupt das Thema zu wechseln. Vielleicht lag es aber auch daran, daß eine lebenslange Ausbildung ihn daran hinderte, einen logischen Widerspruch unaufgelöst zu lassen.

Er sagte: »An Bord dieses Schiffes hat sich ein Roboter um mich gekümmert; ein Roboter«, seine Stimme nahm einen Unterton von Spott an, »der wie ein Roboter aussieht. Kennen Sie ihn?«

»Ich habe schon mit ihm gesprochen, ehe ich an Bord kam.«

»Wie ist seine Bezeichnung? Wie nehme ich mit ihm Kontakt auf?«

»RX-2475. Auf Solaria ist es üblich, nur Seriennummern für Roboter zu gebrauchen.« Daneels ruhiger Blick wanderte zu dem Schaltpult neben der Tür. »Dieser Kontakt hier ruft ihn.«

Baley warf einen Blick auf die Schalter. Und da der Kontakt, auf den Daneel zeigte, die Aufschrift RX trug, war daran nichts Geheimnisvolles.

Baley legte den Finger darauf, und weniger als eine Minute später trat der Roboter, der wie ein Roboter aussah, ein.

»Du bist RX-2475«, sagte Baley.

»Ja, Sir.«

»Du hast vorher gesagt, jemand würde kommen, um mich aus dem Schiff zu geleiten. Hast du ihn gemeint?« Baley deutete auf Daneel.

Die Augen der beiden Roboter begegneten sich. RX-2475 sagte: »Seine Papiere identifizieren ihn als denjenigen, der Sie abholen soll.«

»Hat man dir vorher, abgesehen von seinen Papieren, irgend etwas über ihn gesagt? Hat man ihn dir beschrieben?«

»Nein, Sir. Aber seinen Namen hat man mir genannt.«

»Wer hat dir die Information gegeben?«

»Der Kapitän des Schiffes, Sir.«

»Der Kapitän ist Solarianer?«

»Ja, Sir.«

Baley leckte sich über die Lippen. Die nächste Frage würde die entscheidende sein.

»Welchen Namen hat man dir genannt?«

RX-2475 sagte: »Daneel Olivaw, Sir.«

»Okay, Boy! Du darfst jetzt gehen.«

Wieder die robotische Verbeugung, und dann eine scharfe Kehrtwendung. RX-2475 ging hinaus.

Baley wandte sich seinem Partner zu und sagte nachdenklich: »Sie sagen mir nicht die ganze Wahrheit, Daneel.«

»In welcher Weise, Partner Elijah?« fragte Daneel.

»Als ich vorher mit Ihnen sprach, erinnerte ich mich an etwas Eigenartiges. Als RX-2475 mir sagte, daß jemand mich vom Schiff abholen würde, sagte er, daß ein *Mann* kommen würde, um mich abzuholen. Daran erinnere ich mich ganz deutlich.«

Daneel hörte ruhig zu und sagte nichts.

Baley fuhr fort: »Ich dachte, der Roboter hätte vielleicht einen Fehler gemacht. Ich dachte auch, daß man vielleicht ursprünglich einen Mann dazu bestimmt hatte, mich abzuholen, und ihn dann durch Sie ersetzt hatte, ohne RX-2475 von der Änderung zu verständigen. Aber Sie haben gehört, daß ich das überprüft habe. Man hat ihm Ihre Papiere beschrieben und Ihren Namen genannt. Aber man hat ihm ja Ihren Namen gar nicht ganz richtig genannt, oder, Daneel?«

»Man hat ihm tatsächlich nicht meinen ganzen Namen genannt«, pflichtete Daneel bei.

»Sie heißen nicht Daneel Olivaw, sondern R. Daneel Olivaw, nicht wahr? Oder, vollständig, Roboter Daneel Olivaw.«

»Sie haben völlig recht, Partner Elijah.«

»Woraus folgt, daß man RX-2475 nie davon informiert hat, daß Sie ein Roboter sind. Man hat zugelassen, daß er in Ihnen einen Menschen sieht. Bei Ihrem menschenähnlichen Aussehen ist eine solche Maskerade möglich.«

»Ich habe nichts gegen Ihre Argumentation einzuwenden.«

»Dann wollen wir fortfahren.« Baley spürte die erste Andeutung einer freudigen Genugtuung. Er war etwas auf der Spur. Sehr viel konnte es nicht sein; aber das war die Art von Spurensuche, auf die er sich gut verstand. Er verstand sich sogar sehr gut darauf, daß man ihn durch den halben Weltraum rief, um es zu tun. Er sagte: »Aber warum würde eigentlich jemand den Wunsch haben, einen armseligen Roboter zu täuschen? Ihm ist es doch gleichgültig, ob Sie Mensch oder Roboter sind. Er befolgt seine Anweisungen in jedem Fall. Ein vernünftiger Schluß daraus ist doch, daß der solarianische Kapitän, der den Roboter informiert hat, und die solarianischen Beamten, die den Kapitän informiert haben, selbst nicht wußten, daß Sie ein Roboter sind. Wie ich sage: Das ist eine vernünftige Schlußfolgerung, aber vielleicht nicht die einzige. Entspricht sie den Tatsachen?«

»Ich glaube schon.«

»Nun, gut. Gut geraten. Doch warum? Indem Dr. Han Fastolfe Sie als meinen Partner empfiehlt, läßt er die Solarianer in dem Glauben, daß Sie ein Mensch seien. Ist das denn nicht gefährlich? Die Solarianer könnten, wenn sie es herausfinden, recht ärgerlich werden. Warum hat man das getan?«

»Mir hat man es folgendermaßen erklärt, Partner Elijah. Wenn Sie mit einem Menschen der Äußeren Welten zusammenarbeiten, dann hebt das in den Augen der Solarianer Ihren Status. Wenn Sie mit einem Roboter zusammenarbeiten, verringert ihn das. Da ich mit Ihrer Art vertraut bin und leicht mit Ihnen zusammenarbeiten kann, hielt man es für vernünftig, daß die Solarianer mich als Mensch akzeptierten, ohne daß man sie ausdrücklich täuschte, indem man eine eindeutige Erklärung dieses Inhalts abgab.«

Baley glaubte das nicht. Ihm schien das zuviel Rücksichtnahme auf die Gefühle eines Erdenmenschen – und das war nicht die Art der Spacer; nicht einmal für solche, die so aufgeklärt wie Fastolfe waren.

Er überlegte eine Alternative und sagte: »Sind die Solarianer auf den Äußeren Welten besonders wegen der Produktion von Robotern bekannt?«

»Ich bin froh, daß man Sie mit der Wirtschaftsstruktur Solarias vertraut gemacht hat«, sagte Daneel.

»Aber kein Wort«, sagte Baley. »Ich kann mir vorstellen, wie man Solaria schreibt, und damit endet mein Wissen über diese Welt auch schon.«

»Dann begreife ich nicht, Partner Elijah, was Sie dazu veranlaßt hat, diese Frage zu stellen. Aber sie ist von großem Belang. Sie haben den Nagel auf den Kopf getroffen, wie man auf der Erde zu sagen pflegt. Mein Informationsspeicher enthält die Tatsache, daß Solaria unter den fünfzig Äußeren Welten wegen der Vielzahl und der hervorragenden Qualität der Robotermodelle bekannt ist, die es liefert. Solaria exportiert spezialisierte Modelle auf alle anderen Äußeren Welten.«

Baley nickte befriedigt. Natürlich konnte Daneel einem intuitiven Gedankensprung nicht folgen, der von menschlicher Schwäche ausging. Und Baley sah sich auch nicht veranlaßt, seine Überlegung zu erklären. *Falls* Solaria sich als eine Expertenwelt für Robotik herausstellen sollte, könnten Dr. Han Fastolfe und seine Kollegen sehr persönliche und sehr menschliche Motive dafür haben, ihren eigenen ganz besonderen Roboter zu demonstrieren. Das hatte ganz bestimmt nichts mit der Sicherheit oder den Gefühlen eines Erdenmenschen zu tun.

Sie würden ihre Überlegenheit dadurch unterstreichen, indem sie bewirkten, daß die Experten von Solaria sich täuschen ließen und einen auf Aurora hergestellten Roboter als Mitmenschen akzeptierten.

Baley fühlte sich jetzt viel besser. Seltsam, daß alles Nachdenken, all die intellektuellen Kräfte, die er aufbrachte, nicht ausreichten, ihn aus seiner Panik herauszureißen; ein wenig befriedigte Eitelkeit – und schon war es geschafft.

Daß er dabei auch die Eitelkeit der Spacer erkannt hatte, war sicherlich kein Schaden.

Er dachte: Jehoshaphat, wir sind doch alle Menschen, selbst die Spacer.

Und laut sagte er fast spöttisch: »Wie lange müssen wir eigentlich noch auf den Wagen warten? Ich bin fertig.«

Dem Luftrohr war anzusehen, daß es eigentlich nicht für den augenblicklichen Einsatz gedacht war. Mensch und Humanoid traten aufrecht aus dem Raumschiff und bewegten sich über ein biegsames Geflecht, das sich unter ihrem Gewicht verbog und schwankte. (Im Weltraum, stellte Baley sich vor, konnte man sich gewichtslos von Schiff zu Schiff bewegen und brauchte dazu nur einen einzigen Sprung zu machen und leicht durch das Rohr zu gleiten.)

Am anderen Ende verjüngte sich das Rohr, wobei das Gewebe zusammengedrückt war, als hätte die Hand eines Riesen sich darum geballt. Daneel, der eine Lampe trug, bewegte sich auf allen vieren, und Baley ebenfalls. Die letzten zwanzig Fuß legten sie auf diese Weise zurück und erreichten schließlich etwas, bei dem es sich offensichtlich um einen Bodenwagen handelte.

Daneel schloß die Tür, durch die sie eingetreten waren, und überzeugte sich, daß sie auch dicht schloß. Ein kräftiges, klickendes Geräusch war zu hören; wahrscheinlich das Abkoppeln des Luftrohrs.

Baley sah sich neugierig um. An dem Bodenwagen war nichts, das ihm irgendwie exotisch vorkam. Er verfügte über zwei hintereinander angeordnete Sitzbänke, von denen jede drei Personen aufnehmen konnte. Am Ende jeder Sitzreihe waren links und rechts Türen angebracht. Die blanken Teile, die gewöhnlich wohl Fenster waren, hatte man schwarz und undurchsichtig gemacht, ohne Zweifel polarisiert; damit war Baley vertraut.

Das Innere des Wagens wurde von zwei runden, gelben Lichtquellen an der Decke erhellt. Und das einzige, was Baley als wirklich fremdartig auffiel, war der Transmitter in der Wand, unmittelbar vor der vorderen Sitzbank, und darüber hinaus natürlich die Tatsache, daß es keine sichtbaren Kontrollen oder Bedienungsinstrumente gab.

»Ich nehme an, der Fahrer befindet sich auf der anderen Seite der Trennwand«, sagte Baley.

»Genau richtig, Partner Elijah«, antwortete Daneel. »Und wir können unsere Anweisungen auf diese Weise geben.« Er beugte sich etwas vor, betätigte einen Schalter, worauf ein roter Lichtpunkt zu flackern begann. Er sagte leise: »Abfahren! Wir sind fertig.«

Ein leises Summen war zu hören, das fast sofort wieder verstummte, und einmal ein ganz leichter Druck gegen die Sitze, der aber sofort wieder nachließ. Sonst nichts.

Baley sagte überrascht: »Bewegen wir uns?«

»Ja. Das Fahrzeug bewegt sich nicht auf Rädern, sondern schwebt auf einem diamagnetischen Kraftfeld. Mit Ausnahme der Beschleunigung und des Abbremsens werden Sie nichts spüren.«

»Was ist mit Kurven?«

»Der Wagen kippt automatisch ab, um die Kurven auszugleichen. Und bei Bergauf- und Bergabfahrten bleibt er waagrecht.«

»Die Steuerorgane müssen sehr kompliziert sein«, sagte Baley trocken.

»Völlig automatisch. Der Fahrer ist ein Roboter.«

»Hm.« Damit wußte Baley alles, was er über den Bodenwagen zu wissen wünschte. »Wie lange wird das dauern?« fragte er.

»Etwa eine Stunde. Fliegen wäre schneller gewesen. Aber ich wollte, daß Sie in einem umschlossenen Raum bleiben. Und die Flugzeugmodelle, die auf Solaria zur Verfügung stehen, eignen sich nicht so dafür wie ein Bodenwagen von der Art, wie dieser hier.«

Baley war über die Besorgnis Daneels etwas verstimmt. Er kam sich wie ein Baby vor, das von einer Kinderschwester betreut wurde. Fast ebenso verstimmte ihn eigenartigerweise die Art, wie Daneel sprach. Die unnötig förmliche Satzstruktur konnte leicht verraten, daß es sich bei dem Sprecher um einen Roboter handelte.

Einen Augenblick lang starrte Baley R. Daneel Olivaw neugierig an. Der Roboter blickte gerade nach vorn und hielt sich völlig reglos, als bemerkte er seinen Blick gar nicht.

Daneels Hautstruktur war perfekt. Jedes Haar, ob auf dem Kopf oder seiner Haut, war liebevoll und akkurat hergestellt und implantiert. Die Muskelbewegung unter der Haut war äußerst realistisch. Man hatte keine Mühe gespart. Und doch wußte Baley aus eigener Kenntnis, daß man Gliedmaßen und Brust an unsichtbaren Säumen auftrennen konnte, um Reparaturen durchführen zu können. Er wußte, daß sich unter der realistischen Haut Metall und Plastik verbargen. Er wußte, daß ein positronisches Gehirn höchster Effizienz (aber eben nur positronisch) in der Höhlung des Schädels ruhte. Er wußte, daß Daneels ›Gedanken‹ nur kurzlebige Positronenströme waren, die über exakt vom Hersteller konstruierte und vorbestimmte Bahnen flossen.

Welches aber waren die Zeichen, die dies dem fachmännischen Auge preisgaben, das nicht über dieses Wissen verfügte? Die belanglose Unnatürlichkeit von Daneels Redeweise? Die emotionslose Schwerfälligkeit, die so beständig auf ihm lastete? Die Perfektion seiner Menschlichkeit?

Aber damit vergeudete er nur Zeit. »Machen wir weiter, Daneel!« sagte er. »Ich nehme an, man hat Sie vor Ihrem Eintreffen hier mit den solarianischen Gegebenheiten vertraut gemacht?«

»Das hat man, Partner Elijah.«

»Gut. Das ist mehr, als man für mich getan hat. Wie groß ist die Welt?«

»Ihr Durchmesser beträgt 9500 Meilen. Solaria ist der äußerste von drei Planeten und der einzige bewohnte. In bezug auf Klima und Atmosphäre ähnelt er der Erde; der Prozentsatz an fruchtbarem Land ist höher, sein Bestandteil an nützlichen Mineralien geringer, aber natürlich bei weitem nicht im gleichen Maße ausgenutzt. Die Welt ist autark und kann mit Hilfe seiner Roboter-Exporte einen hohen Lebensstandard aufrechterhalten.«

»Wie groß ist die Bevölkerung?« wollte Baley wissen.

»Zwanzigtausend Menschen, Partner Elijah.«

Baley akzeptierte das einen Augenblick lang und sagte dann mit mildem Tadel: »Sie meinen zwanzig Millionen, nicht wahr?« Sein knappes Wissen über die Äußeren Welten reichte aus, um ihm zu sagen, daß die Welten zwar in der Tat nach irdischen Begriffen dünn bevölkert waren, daß aber die Einzelbevölkerung immerhin in Millionengröße lag.

»Zwanzigtausend Menschen, Partner Elijah«, sagte der Roboter noch einmal.

»Sie meinen, der Planet ist gerade erst besiedelt worden?«

»Ganz und gar nicht. Er ist seit beinahe zweihundert Jahren unabhängig und mehr als hundert Jahre vor der Unabhängigkeit besiedelt worden. Die Bevölkerung wird bewußt auf zwanzigtausend beschränkt, weil die Solarianer selbst die Zahl für die optimale halten.«

»Dann ist also nur ein kleiner Teil des Planeten bewohnt.«

»Alle fruchtbaren Regionen.«

»Wie viele Quadratmeilen?«

»Dreißig Millionen Quadratmeilen, wobei auch unterdurchschnittlich ergiebige Bereiche einbezogen sind.«

»Für zwanzigtausend Menschen?«

»Außerdem gibt es noch zweihundert Millionen arbeitender positronischer Roboter, Partner Elijah.«

»Jehoshaphat! Das sind ja – das sind ja zehntausend Roboter pro Mensch.«

»Das ist mit Abstand das höchste Verhältnis auf den Äußeren Welten, Partner Elijah. Das nächsthöchste auf Aurora beträgt nur fünfzig zu eins.«

»Wozu brauchen die denn so viele Roboter? Was machen die mit all den Lebensmitteln, die sie erzeugen?«

»Lebensmittel sind dabei vergleichsweise unbedeutend. Die Bergwerke sind viel wichtiger. Und noch wichtiger ist die Energieerzeugung.«

Baley dachte an all die Roboter und empfand eitlen Anflug von Schwindel. Zweihundert Millionen Roboter! So viele unter so wenigen Menschen. Die Roboter mußten ja die Landschaft geradezu übersäen. Ein Beobachter von draußen könnte Solaria für eine reine Roboterwelt halten und die wenigen Menschen übersehen.

Er empfand das plötzliche Bedürfnis, etwas zu sehen. Er erinnerte sich an das Gespräch mit Minnim und die soziologische Vorhersage der Gefahr, auf die die Erde zutrieb. Das Gespräch wirkte jetzt ein wenig unwirklich; aber er erinnerte sich jedenfalls daran. Seine persönlichen Gefahren und Schwierigkeiten seit dem Verlassen der Erde dämpften die Erinnerung an Minnims Stimme, die kühl und mit klarer Aussprache Ungeheuerlichkeiten dargelegt hatte. Aber ganz überdecken konnten sie das Gehörte nicht.

Baley hatte zu lang mit seiner Pflicht gelebt, um zuzulassen, daß selbst so etwas Überwältigendes wie der freie Raum ihn daran hinderte, diese Pflicht zu erfüllen. Daten, die nur aus den Darlegungen eines Spacers oder, was das betraf, eines Spacer-Roboters stammten, waren den Soziologen der Erde bereits zugänglich. Was gebraucht wurde, waren direkte Beobachtungen. Und seine Aufgabe war es – und wenn diese Aufgabe auch noch so unangenehm war –, solche Beobachtungen vorzunehmen.

Er betrachtete den oberen Teil des Wagens. »Ist dieses Ding hier ein Cabriolet, Daneel?«

»Wie, bitte, Partner Elijah – ich kenne die Bedeutung dieses Wortes nicht.«

»Kann man den oberen Teil des Wagens zurückschieben? Kann man ihn – öffnen – zum Himmel hin?« Fast hätte er aus Gewohnheit ›zur Kuppel hin‹ gesagt.

»Ja, das kann man.«

»Dann veranlassen Sie, daß das geschieht, Daneel. Ich würde mich gern umsehen.«

Der Roboter antwortete darauf mit würdevollem Bedauern: »Es tut mir leid, aber das darf ich nicht zulassen.«

Baley staunte. »Sehen Sie mal, R. Daneel«, er betonte das R, »ich will das neu formulieren. Ich befehle Ihnen, den Oberteil zu öffnen.«

Das Geschöpf war ein Roboter, ob nun menschenähnlich oder nicht, und gleichgültig, ob er ihn mit Sie und mit Vornamen ansprach oder mit Du und Boy, wie es Robotern gegenüber üblich war – das Geschöpf mußte Befehle befolgen.

Aber Daneel bewegte sich nicht. Er sagte: »Ich muß Ihnen erklären, daß es meine erste Sorge ist, Schaden von Ihnen fernzuhalten. Auf Grundlage sowohl meiner Instruktionen als auch meiner eigenen persönlichen Erfahrung ist mir klar, daß Sie Schaden erleiden würden, wenn Sie sich in großen, freien Räumen befänden. Ich kann deshalb nicht zulassen, daß Sie sich solchem aussetzen.«

Baley spürte, wie sein Gesicht sich von einer plötzlichen

Aufwallung rötete und spürte doch gleichzeitig auch, wie völlig nutzlos sein Zorn war. Das Geschöpf *war* ein Roboter, und Baley kannte das erste Gesetz der Robotik gut.

Es lautete: *Ein Roboter darf keinem menschlichen Wesen Schaden zufügen oder durch Untätigkeit zulassen, daß einem menschlichen Wesen Schaden zugefügt wird.*

Alles andere im Positronengehirn eines Roboters – dem eines jeden Roboters auf jeder Welt in der Galaxis – mußte sich jener ersten vorrangigen Festlegung beugen. Natürlich mußte ein Roboter Befehle befolgen, aber nur unter einer bedeutenden, allwichtigen Einschränkung. Daß Befehle befolgt werden mußten, war das Zweite Gesetz der Robotik.

Es lautete: *Ein Roboter muß den Befehlen gehorchen, die ihm von menschlichen Wesen erteilt werden, es sei denn, diese Befehle stünden im Widerspruch zum Ersten Gesetz.*

Baley zwang sich dazu, ruhig und vernünftig zu sprechen. »Ich glaube, ich werde es auf kurze Zeit ertragen können, Daneel.«

»Ich empfinde da anders, Partner Elijah.«

»Lassen Sie das mich entscheiden!«

»Wenn das ein Befehl ist, Partner Elijah, dann kann ich ihn nicht befolgen.«

Baley ließ sich in den weichgepolsterten Sitz zurücksinken. Die Anwendung von Gewalt gegen den Roboter würde natürlich völlig sinnlos sein. Wenn Daneel seine Kräfte in vollem Maße einsetzte, so würden diese hundertmal stärker als die von Fleisch und Blut sein. Er würde durchaus imstande sein, Baley im Schach zu halten, ohne ihm auch nur eine Verletzung zuzufügen.

Baley war bewaffnet. Er könnte seinen Blaster auf Daneel richten. Aber abgesehen vielleicht von einem kurzem Augenblick des Gefühls, ihn zu beherrschen, würde das nur noch zu größerer Enttäuschung führen. Einem Roboter gegenüber war die Drohung, ihn zu vernichten, nutzlos. Selbsterhaltung war nur das Dritte Gesetz.

Es lautete: *Ein Roboter muß seine eigene Existenz schüt-*

zen, solange er dabei nicht mit dem Ersten oder Zweiten Gesetz in Widerspruch gerät.

Daneel würde es nichts ausmachen, zerstört zu werden, falls die Alternative darin bestand, das Erste Gesetz zu brechen. Und Baley wollte Daneel nicht zerstören; ganz eindeutig wollte er das nicht.

Und doch wollte er aus dem Wagen hinaussehen. Langsam war daraus ein fast zwanghaftes Bedürfnis geworden. Er durfte diese Kindergartenschwesternhaltung nicht zulassen. Einen Augenblick lang dachte er daran, den Blaster auf die eigene Schläfe zu richten. Öffne das Wagendach – oder ich töte mich selbst. Das würde bedeuten, einer Anwendung des Ersten Gesetzes eine größere, unmittelbarere entgegenstellen.

Baley wußte, daß er dazu nicht imstande sein würde. Irgendwie würdelos. Das Bild, das der Gedanke in ihm erzeugte, war ihm unsympathisch.

Erschöpft sagte er: »Würden Sie den Fahrer fragen, wie weit es noch bis zu unserem Ziel ist?«

»Sicher, Partner Elijah.«

Daneel beugte sich vor und legte den Schalter um. Aber in dem Augenblick lehnte auch Baley sich vor und rief: »Fahrer! Öffnen Sie das Wagendach!«

Und dabei zuckte seine Hand schnell an den Schalter und legte ihn wieder um. Und hielt ihn fest.

Vor Anstrengung etwas keuchend, starrte Baley Daneel an.

Eine Sekunde lang war Daneel völlig reglos, so als wären seine Positronenbahnen aus dem Gleichgewicht geraten, als hätte die Mühe, sich der neuen Lage anzupassen, ihn zu sehr beansprucht. Aber das ging schnell vorbei, und dann bewegte sich die Hand des Roboters wieder.

Damit hatte Baley gerechnet. Daneel würde seine Hand vom Schalter entfernen (ganz sachte, ohne sie zu verletzen), die Sprechanlage wieder einschalten und die Anweisung widerrufen.

»Sie werden meine Hand hier nicht wegbekommen,

ohne mich zu verletzen«, sagte Baley. »Ich warne Sie. Wahrscheinlich werden Sie mir den Finger brechen müssen.«

Das war nicht so. Baley wußte das. Aber Daneel hielt in der Bewegung inne. Ein Schaden gegen den anderen. Das Positronengehirn mußte die Wahrscheinlichkeiten abwägen und sie in gegenläufige Potentiale übersetzen. Das bedeutete weiteres Zögern.

Und Baley sagte: »Jetzt ist es zu spät.«

Er hatte das Rennen gewonnen. Das Dach glitt nach hinten, und in das zum Himmel geöffnete Wageninnere strömte das grelle, weiße Licht der Sonne Solarias.

Baley wollte im ersten Schrecken die Augen schließen, kämpfte aber gegen das Gefühl an. Mit offenen Augen sah er in die ungeheure Fülle aus Blau und Grün, unglaublich viel davon. Er spürte das ungehinderte Einströmen von Luft, konnte aber von nichts Einzelheiten erkennen. Etwas, das sich bewegte, huschte vorbei. Vielleicht war es ein Roboter oder ein Tier oder irgendein unbelebtes Etwas, das der Luftstrom erfaßt hatte. Er konnte es nicht sagen; dafür fuhr der Wagen zu schnell daran vorbei.

Blau, grün, Luft, Lärm, Bewegung – und über allem, gnadenlos wild auf ihn einschlagend, beängstigend, das weiße Licht, das von einem Ball im Himmel ausging.

Einen flüchtigen Augenblick lang legte er den Kopf in den Nacken und starrte kurz Solarias Sonne an. Er starrte sie an, ohne daß das getönte Glas der obersten City-Etagen, wo die Sonnenräume lagen, ihn schützte. Er starrte die nackte Sonne an.

Und in dem Augenblick spürte er, wie Daneels Hände seine Schultern packten. Alles drängte in diesem unwirklichen Augenblick auf ihn ein; ein Wirbel von Gedanken. Er mußte sehen! Er mußte alles sehen, was er sehen konnte. Und Daneel mußte da sein, um zu verhindern, daß er etwas sah.

Aber ganz sicherlich würde ein Roboter es nicht wagen, Gewalt gegen einen Menschen anzuwenden. Dieser Gedanke beherrschte alles andere. Daneel konnte ihn nicht

gewaltsam hindern. Und doch spürte Baley, wie die Hände des Roboters ihn zurückdrückten.

Baley hob die Arme, um die fleischlosen Hände von sich zu schieben, und verlor jegliche Empfindung.

3

EIN OPFER WIRD BENANNT

Jetzt befand sich Baley wieder in Sicherheit, wie sie nur umschlossener Raum bieten konnte. Daneels Gesicht schwebte vor seinen Augen, und dunkle Flecken überzogen es, die rot wurden, als er blinzelte.

»Was ist geschehen?« fragte Baley.

»Ich bedaure«, sagte Daneel, »daß Sie trotz meiner Anwesenheit Schaden erlitten haben. Die direkten Strahlen der Sonne sind für das menschliche Auge schädlich. Aber ich glaube, daß der Schaden, der in der kurzen Zeit angerichtet worden ist, nicht von Dauer sein wird. Als Sie nach oben blickten, war ich gezwungen, Sie herunterzuziehen, und Sie haben die Besinnung verloren.«

Baley schnitt eine Grimasse. Damit blieb die Frage offen, ob er nun aus Erregung (oder Furcht?) ohnmächtig geworden war, oder ob man ihn bewußtlos geschlagen hatte. Er betastete sein Kinn und seinen Kopf und empfand keinen Schmerz. Er verzichtete darauf, die Frage direkt zu stellen. Irgendwie wollte er es nicht wissen.

»Es war nicht so schlimm«, sagte er.

»Aus Ihren Reaktionen, Partner Elijah, sollte ich schließen, daß Sie es als unangenehm empfunden haben.«

»Ganz und gar nicht«, sagte Baley hartnäckig. Die roten Flecken vor seinen Augen begannen jetzt zu verblassen, und seine Augen tränten auch nicht mehr so. »Es tut mir nur leid, daß ich so wenig gesehen habe. Wir haben uns zu schnell bewegt. Sind wir an einem Roboter vorbeigekommen?«

»An einigen. Wir fahren über das Kinbald-Anwesen, das von Obstgärten bedeckt ist.«

»Ich werde es noch einmal versuchen müssen«, sagte Baley.

»In meiner Anwesenheit dürfen Sie das nicht«, sagte Daneel. »Unterdessen habe ich das getan, was Sie verlangt haben.«

»Was ich verlangt habe?«

»Sie erinnern sich doch, Partner Elijah, daß Sie mir, ehe Sie dem Fahrer den Befehl gaben, das Wagendach zu öffnen, den Befehl erteilt hatten, den Fahrer zu fragen, wie weit es noch bis zu unserem Bestimmungsort wäre. Wir sind jetzt zehn Meilen entfernt und werden in etwas sechs Minuten eintreffen.«

Baley verspürte Lust, Daneel zu fragen, ob er zornig wäre, weil er ihn übertölpelt hatte, und wäre es nur, um zu sehen, wie jenes vollkommene Gesicht unvollkommen wurde, ließ es dann aber sein. Natürlich würde Daneel einfach mit Nein antworten, ohne Ärger und ohne verstimmt zu sein. Er würde ruhig und würdevoll dasitzen wie immer, ungestört und unstörbar.

»Trotzdem«, meinte Baley ruhig, »ich werde mich daran gewöhnen müssen, wissen Sie, Daneel.«

Der Roboter sah seinen menschlichen Partner an. »Worauf beziehen Sie sich jetzt?«

»Jehoshaphat! Auf das ... das Draußen. Sonst gibt es doch auf diesem Planeten gar nichts.«

»Es wird nicht notwendig sein, sich nach draußen zu begeben«, sagte Daneel. Und dann fügte er hinzu, als wäre das Thema damit abgeschlossen: »Wir verlangsamen jetzt unsere Fahrt, Partner Elijah. Ich glaube, wir sind angekommen. Es wird nötig sein, auf das Anschließen eines weiteren Luftrohrs zu warten, das uns mit der Behausung verbinden wird, die uns als Operationsbasis dienen soll.«

»Ein Luftrohr ist unnötig, Daneel. Wenn ich draußen arbeiten soll, hat es keinen Sinn, die Anpassung hinauszuschieben.«

»Es wird nicht notwendig sein, daß Sie draußen arbeiten, Partner Elijah.«

Der Roboter schien noch mehr sagen zu wollen, aber Baley gebot ihm mit einer herrischen Handbewegung Schweigen.

Im Augenblick war er nicht in Stimmung für Daneels sorgfältigen Trost; er brauchte jetzt keine Beruhigung, keine Versicherung, daß alles gut sein würde und daß man sich um ihn kümmern würde.

Was er jetzt wirklich wollte, war das innere Wissen, daß er für sich selbst sorgen konnte und seinen Auftrag würde erfüllen können. Der Anblick des freien Himmels war schwer zu ertragen gewesen. Möglicherweise würde ihm die Kraft fehlen, sich dem noch einmal auszusetzen, wenn die Zeit dafür kam. Und der Preis dafür würde sein Selbstrespekt und möglicherweise sogar die Sicherheit der Erde sein. Und das alles nur wegen etwas Leere.

Der flüchtige Gedanke verfinsterte sein Gesicht. Nein – er würde sich der Luft, der Sonne und dem leeren Raum stellen!

Elijah Baley kam sich wie ein Bewohner einer der kleineren Cities vor Helsinki beispielsweise – der New York besucht und voll Ehrfurcht die Etagen zählt. Für ihn hatte sich mit dem Begriff ›Wohnung‹ immer so etwas wie die Vorstellung von einer Apartmenteinheit verbunden; aber das war etwas völlig anderes. Er ging endlos von einem Raum in den nächsten. Die Panoramafenster waren verhängt und ließen nicht zu, daß der störende Tag eindrang. Lichter aus verborgenen Quellen erwachten lautlos zum Leben, wenn sie einen Raum betraten, und erstarben wieder ebenso lautlos, wenn sie hinausgingen.

»So viele Zimmer«, sagte Baley staunend. »So viele. Es ist wie eine kleine City, Daneel.«

»Na, so scheint es, Partner Elijah«, sagte Daneel gleichgültig.

Dem Erdenmenschen kam es seltsam vor. Warum war

es notwendig, so viele Spacer auf engem Raum mit ihm zusammenzudrängen? Er sagte: »Wie viele werden hier mit mir zusammenleben?«

»Ich natürlich und eine Anzahl Roboter«, sagt Daneel.

Er hätte sagen müssen: eine Anzahl *weiterer* Roboter, dachte Baley.

Wieder fiel ihm auf, daß Daneel die Absicht hatte, seine Menschenrolle perfekt zu spielen, selbst wenn er außer Baley, der die Wahrheit so gut kannte, keine Zuhörer hatte.

Und dann verflog der Gedanke unter dem Ansturm eines zweiten, dringenderen. Er rief: »*Roboter?* Wie viele *Menschen?*«

»Keine, Partner Elijah.«

Sie hatten soeben einen Raum betreten, der vom Boden bis zur Decke mit Buchfilmen angefüllt war. Drei feste Betrachter mit großen vierundzwanzigzölligen Bildschirmen, die vertikal angeordnet waren, standen in drei Ecken des Raumes. Der vierte enthielt einen Animationsschirm.

Baley sah sich verärgert um. Dann meinte er: »Haben die alle hinausgeworfen, damit ich allein in diesem Mausoleum herumstolpern kann?«

»Er ist nur für Sie bestimmt. Eine Wohnung wie diese für eine Person ist auf Solaria üblich.«

»Jeder lebt so?«

»Jeder.«

»Wozu brauchen die so viele Räume?«

»Es ist üblich, für jeden einzelnen Zweck einen Raum zu haben. Dies hier ist die Bibliothek. Es gibt dann noch ein Musikzimmer, eine Turnhalle, eine Küche, eine Bäckerei, einen Speisesaal, einen Maschinenraum, verschiedene Räume zum Reparieren und Erproben von Robotern, zwei Schlafzimmer ...«

»Halt! Woher wissen Sie das alles?«

»Das ist Teil des Informationsschemas«, sagte Daneel glatt. »Man hat es mir zugänglich gemacht, ehe ich Aurora verließ.«

»Jehoshaphat! Und wer kümmert sich um all das?« Er machte eine weitausholende Handbewegung.

»Es gibt eine Anzahl Haushaltsroboter. Man hat sie Ihnen zugeteilt, und sie werden dafür sorgen, daß Sie sich hier behaglich fühlen.«

»Aber ich brauche das alles doch nicht«, sagte Baley. Er empfand den Drang, sich zu setzen und sich nicht mehr von der Stelle zu rühren. Er wollte keine weiteren Räume sehen.

»Wir können in einem Raum bleiben, wenn Sie das wünschen, Partner Elijah. Man hat das von Anfang an als Möglichkeit in Betracht gezogen. Nichtsdestoweniger hielt man es, nachdem die solarianischen Sitten nun einmal so sind, für klüger, dieses Haus bauen zu lassen ...«

»*Bauen!*« Baley starrte Daneel verblüfft an. »Sie meinen, man hat das für mich *gebaut*? Alles das? Ganz speziell?«

»Eine durch und durch robotisierte Wirtschaft ...«

»Ja, ich weiß schon, was Sie sagen wollen: Was wird man mit dem Haus machen, wenn das alles vorbei ist?«

»Ich denke, man wird es abreißen.«

Baley preßte die Lippen zusammen. Natürlich! Es abreißen! Da baute man ein riesiges Gebäude, ganz speziell für den Gebrauch durch einen einzigen Erdenmenschen, und riß dann alles ab, was er berührt hatte. Und anschließend würde man den Boden sterilisieren, auf dem das Haus gestanden hatte! Man würde die Luft reinigen, die er geatmet hatte! Die Spacer mochten stark erscheinen; aber auch sie hatten ihre närrischen Ängste.

Daneel schien seine Gedanken zu lesen oder zumindest seinen Gesichtsausdruck zu interpretieren. Er meinte: »Ihnen mag es so erscheinen, Partner Elijah, daß sie das Haus zerstören werden, um Ansteckung zu vermeiden. Wenn das Ihre Gedanken sind, dann würde ich empfehlen, daß Sie davon Abstand nehmen, darüber Unbehagen zu empfinden. Die Furcht vor Krankheiten, wie sie die Spacer empfinden, ist keineswegs so extrem. Es ist nur so, daß die Mühe, derer es bedarf, um das Haus zu bauen, für sie nur sehr gering ist. Und die Verschwendung, die darin besteht, es nachher wieder abzureißen, scheint ihnen auch nicht groß.

Und nach dem Gesetz, Partner Elijah, kann man nicht zulassen, daß man dieses Haus stehenläßt. Es befindet sich auf dem Anwesen von Hannis Gruer. Und auf jedem beliebigen Anwesen kann es dem Gesetz nach nur eine Wohnung geben, nämlich die des Besitzers. Dieses Haus ist auf eine spezielle Dispens hin für einen ganz bestimmten Zweck erbaut worden. Es soll dazu dienen, uns eine bestimmte Zeitlang Unterkunft zu bieten, nämlich bis unser Auftrag erfüllt ist.«

»Und wer ist Hannis Gruer?« wollte Baley wissen.

»Der Leiter der solarianischen Sicherheitsbehörde. Wir werden ihn bei unserer Ankunft treffen.«

»Werden wir das? Jehoshaphat, Daneel! Wann fängt man einmal an, mich über irgend etwas hier zu informieren? Ich arbeite in einem Vakuum, und das mißfällt mir. Ebensogut könnte ich zur Erde zurückkehren. Ebensogut könnte ich ...«

Er spürte, wie er zornig wurde, und hielt inne.

Doch Daneel schien überhaupt nichts bemerkt zu haben. Er wartete einfach, bis er Gelegenheit zum Sprechen bekam. Dann sagte er: »Ich bedaure, daß Sie verstimmt sind. Mein Allgemeinwissen über Solaria scheint umfangreicher als das Ihre zu sein. Mein Wissen bezüglich des Mordfalles selbst ist ebenso beschränkt wie das Ihre. Agent Gruer wird uns sagen, was wir wissen müssen. Das hat die solarianische Regierung veranlaßt.«

»Nun, dann wollen wir zu diesem Gruer gehen. Ist es weit?« Baley zuckte innerlich bei dem Gedanken zusammen, noch einmal reisen zu müssen, und er verspürte wieder das vertraute Zerren in seiner Brust.

»Es bedarf keiner Reise, Partner Elijah«, sagte Daneel. »Agent Gruer erwartet uns im Gesprächsraum.«

»Auch ein Raum für Gespräche?« murmelte Baley benommen. Dann, etwas lauter: »Jetzt erwartet er uns?«

»Ich glaube schon.«
»Dann wollen wir zu ihm gehen, Daneel.«

Hannis Gruer war kahl, und zwar ohne jede Einschränkung. Er hatte nicht einmal einen Haarkranz um den Schädel. Er war völlig nackt.

Baley schluckte und versuchte aus Höflichkeit, den Schädel nicht anzustarren, schaffte es aber nicht. Auf der Erde akzeptierte man die Spacer so, wie sie sich selbst bewerteten. Die Spacer waren ganz ohne Frage die Herren der Galaxis; sie waren hochgewachsen, hatten bronzefarbene Haut und ebensolches Haar, sahen gut aus, waren groß, kühl und aristokratisch. Kurz gesagt, sie waren alles das, was R. Daneel Olivaw war, nur daß sie zusätzlich noch Menschen waren.

Und die Spacer, die man zur Erde schickte, sahen häufig so aus; vielleicht wählte man sie sogar bewußt aus diesem Grunde aus.

Aber hier war ein Spacer, der dem Aussehen nach ebensogut ein Erdenmensch hätte sein können. Er war kahl. Seine Nase war auch mißgestaltet; nicht sehr zwar, aber an einem Spacer war selbst eine kleine Asymmetrie schon bemerkenswert.

»Ich wünsche einen schönen Nachmittag, Sir«, sagte Baley. »Es tut mir leid, wenn wir Sie haben warten lassen.«

Höflichkeit konnte nicht schaden. Schließlich würde er mit diesen Leuten zusammenarbeiten müssen.

Einen Augenblick lang verspürte er den Wunsch, durch den weiten Raum (wie lächerlich groß!) auf den anderen zuzugehen und ihm die Hand zum Gruß anzubieten; doch es war leicht, diesen Drang zu unterdrücken. Ein Spacer würde ganz sicherlich eine solche Begrüßung nicht gerade als angenehm empfinden: eine Hand, die mit irdischen Bakterien bedeckt war?

Gruer saß würdevoll so weit von Baley entfernt, wie das nur eben möglich war, die Hände in langen Ärmeln versteckt. Wahrscheinlich trug er auch Filter in der Nase, obwohl Baley die nicht sehen konnte.

Ihm schien es sogar, daß Gruer Daneel einen mißbilligenden Blick zuwarf, als wollte er sagen: ›Sie sind mir aber ein seltsamer Spacer, wenn Sie sich so nahe zu einem Erdenmenschen stellen.‹

Das würde bedeuten, daß Gruer einfach die Wahrheit nicht kannte. Und dann stellte Baley plötzlich fest, daß Daneel ein gutes Stück hinter ihm stand; weiter entfernt, als er das gewöhnlich tat.

Natürlich! Wenn er ihm zu nahe käme, könnte Gruer sich über diese Nähe wundern. Daneel bemühte sich immer noch darum, als Mensch akzeptiert zu werden.

Gruers Stimme war angenehm und freundlich, aber seine Augen huschten immer wieder verstohlen zu Daneel hinüber; wanderten weiter und kehrten dann zu ihm zurück. Jetzt sagte er: »Ich habe nicht lange gewartet. Willkommen auf Solaria, meine Herren. Alles zu Ihrer Zufriedenheit?«

»Ja, voll und ganz«, sagte Baley. Er fragte sich, ob die Etikette vielleicht verlangte, daß Daneel als der ›Spacer‹ für sie beide sprach, tat diese Möglichkeit aber dann mit einigem Widerwillen ab. Jehoshaphat! Er war es, er ganz persönlich, den man für die Ermittlungen angefordert hatte, und Daneel hatte man später hinzugefügt. Unter diesen Umständen fand Baley, daß er sich nicht einmal einem echten Spacer unterordnen würde; und wenn es um einen Roboter ging, kam das überhaupt nicht in Frage; selbst bei einem Roboter wie Daneel.

Aber Daneel machte gar keine Anstalten, sich in irgendeiner Weise vorzudrängen, noch schien das Gruer unangenehm oder eigenartig. Statt dessen wandte er seine Aufmerksamkeit sofort Baley zu und achtete gar nicht auf Daneel.

Gruer sagte: »Man hat Ihnen überhaupt nichts über das Verbrechen mitgeteilt, Detektiv Baley, dessentwegen man Ihre Dienste angefordert hat. Ich kann mir vorstellen, daß

Sie diesbezüglich sehr neugierig sind.« Er schüttelte die Arme, so daß die Ärmel nach hinten fielen, und verschränkte die Hände lose in seinem Schoß. »Wollen Sie sich nicht bitte setzen, Gentlemen?«

Das taten sie, und Baley sagte: »Ja, wir sind in der Tat neugierig.« Er stellte fest, daß Gruers Hände nicht von Handschuhen geschützt waren.

Und der fuhr fort: »Das ist absichtlich geschehen, Detektiv. Wir beschlossen, daß Sie hier eintreffen und das Problem völlig unbefangen angehen sollten. Wir wollten keine vorgefaßten Meinungen. In Kürze wird man Ihnen einen vollständigen Bericht über die Einzelheiten des Verbrechens und über die Ermittlungen, die wir bislang durchgeführt haben, zustellen. Ich fürchte, unsere Ermittlungen werden Ihnen, vom Standpunkt Ihrer eigenen Erfahrungen her betrachtet, lächerlich unvollständig erscheinen. Wir verfügen auf Solaria über keine Polizei.«

»Überhaupt keine?« fragte Baley.

Gruer lächelte und zuckte die Achseln. »Kein Verbrechen, verstehen Sie? Unsere Bevölkerung ist winzig und lebt weit verstreut. Es gibt keinen Anlaß für Verbrechen und deshalb auch keinen Anlaß für Polizei.«

»Ich verstehe. Aber trotz allem *haben* Sie doch jetzt Verbrechen.«

»Das stimmt. Aber immerhin das erste Gewaltverbrechen in zwei Jahrhunderten Geschichte.«

»Dann ist es aber bedauerlich, daß Sie gleich mit Mord anfangen müssen.«

»Ja, bedauerlich – das ist das richtige Wort. Und noch bedauerlicher ist, daß das Mordopfer ein Mann war, den zu verlieren wir uns eigentlich gar nicht leisten können. Ein höchst unpassendes Opfer. Und die Begleitumstände des Mordes waren ganz besonders brutal.«

»Ich nehme an, es ist nicht bekannt, wer der Mörder gewesen sein könnte«, sagte Baley. (Warum sonst würde man zur Aufklärung des Verbrechens einen irdischen Detektiv importieren?)

Gruer schien diese Bemerkung besonders unbehaglich zu sein. Er warf Daneel, der völlig reglos dasaß, ein Eindrücke in sich aufnehmender, stummer Mechanismus, einen Seitenblick zu. Baley wußte, daß Daneel jederzeit in der Zukunft imstande sein würde, jedes Gespräch wörtlich wiederzugeben, das er gehört hatte, ganz gleich, wie lang es war. Unter anderem war der Roboter ein Recorder, der wie ein Mensch redete und ging.

Ob Gruer das wußte? Der Blick, mit dem er Daneel bedachte, hatte jedenfalls etwas Verstohlenes an sich.

»Nein, ich könnte nicht sagen, daß das unbekannt ist«, meinte er. »Tatsächlich kann es nur eine einzige Person geben, die die Möglichkeit hatte, das Verbrechen zu begehen, und die daher der Täter sein muß.«

»Sind Sie sicher, daß Sie damit nicht sagen wollten, nur eine Person kann wahrscheinlich die Tat verübt haben?« Baley hielt nichts von Übertreibungen und mochte die Lehnstuhllogiker nicht, die glaubten, aus logischen Schlüssen Sicherheit anstatt nur Wahrscheinlichkeit beziehen zu können.

Aber Gruer schüttelte den kahlen Schädel. »Nein. Es gibt nur eine mögliche Person. Jeder andere scheidet aus. Scheidet völlig aus.«

»Völlig?«

»Das versichere ich Ihnen.«

»Dann haben Sie kein Problem.«

»Im Gegenteil: Wir *haben* ein Problem: Jene Person kann es ebenso unmöglich getan haben.«

Baley sagte ruhig: »Dann hat es niemand getan.«

»Und doch ist die Tat verübt worden. Rikaine Delmarre ist tot.«

Das ist schon etwas, dachte Baley. Jehoshaphat! Ich habe wenigstens *etwas*. Ich habe den Namen des Opfers!

Er holte sein Notizbuch heraus und schrieb sich den Namen mit einer fast feierlichen Geste auf; zum Teil aus einem unbestimmten Drang heraus, seinen Gesprächspartnern zu zeigen, daß er wenigstens ein Quentchen an Fakten aufgespürt hatte, und zum Teil, um nicht deutlich zu machen, daß er neben einer Maschine saß, die alles aufzeichnete und daher keine Notizen brauchte.

»Wie schreibt man den Namen des Opfers?« fragte er.

Gruer buchstabierte.

»Und welchen Beruf übte er aus?«

»Fötologe.«

Baley schrieb das nach Gehör und ging nicht weiter darauf ein. Vielmehr fragte er: »Wer könnte mir einen persönlichen Bericht der Umstände des Mordes liefern? Möglichst aus erster Hand.«

Gruer lächelte grimmig, und sein Blick wanderte wieder zu Daneel hinüber und dann wieder zu Baley zurück. »Seine Frau, Detektiv.«

»Seine Frau ...«

»Ja. Ihr Name ist Gladia.« Gruer betonte die zweite Silbe des Namens.

»Kinder?« Baleys Blick war auf sein Notizbuch gerichtet. Als keine Antwort kam, blickte er auf. »Irgendwelche Kinder?«

Aber Gruer hatte den Mund verzogen, als hätte er etwas Saures geschmeckt. Er sah richtig krank aus. Schließlich sagte er: »Das würde ich wohl kaum wissen.«

»Was?« fragte Baley.

Und Gruer fügte hastig hinzu: »Jedenfalls bin ich der Ansicht, daß es besser wäre, wenn Sie irgendwelche Aktivitäten bis morgen verschieben würden. Ich weiß, daß Sie eine anstrengende Reise hinter sich haben, Mr. Baley, und daß Sie müde und wahrscheinlich hungrig sind.«

Baley, der schon im Begriff gewesen war, das in Abrede zu stellen, erkannte plötzlich, daß der Gedanke an Essen in diesem Augenblick ungewöhnlich anziehend auf ihn wirkte. So sagte er: »Werden Sie sich uns beim Essen anschließen?« Er rechnete nicht damit, daß Gruer das tun würde, da er doch schließlich ein Spacer war. (Aber immerhin hatte er sich soweit überwunden, ›Mr. Baley‹ zu sagen, statt ›Detektiv Baley‹ oder einfach nur ›Detektiv‹, und das war auch schon etwas.)

Gruer sagte, wie erwartet: »Das ist wegen einer geschäftlichen Verabredung leider unmöglich. Es tut mir leid, ich werde gehen müssen.«

Baley stand auf. Die Höflichkeit würde erfordern, daß er Gruer zur Tür begleitete. Zum einen war er jedoch überhaupt nicht darauf erpicht, sich der Tür und damit dem ungeschützten Draußen zu nähern. Und zum zweiten war er gar nicht so sicher, daß er die Tür finden würde.

Also blieb er unsicher stehen.

Gruer lächelte und nickte. »Ich werde Sie wiedersehen. Ihre Roboter werden die Kombination kennen, falls Sie mit mir sprechen wollen.«

Und dann war er verschwunden.

Baley gab einen erstaunten Laut von sich.

Gruer und der Stuhl, auf dem er gesessen war, waren einfach nicht mehr da. Die Wand hinter Gruer und der Boden unter seinen Füßen veränderten sich mit geradezu explosiver Plötzlichkeit.

Daneel erklärte ruhig: »Er war nicht körperlich hier. Das war ein trimensionales Bild. Mir schien, Sie würden das wissen. Sie haben auf der Erde auch solche Dinge.«

»Nicht so«, murmelte Baley.

Ein trimensionales Bild auf der Erde war von einem würfelförmigen Kraftfeld umschlossen, das vor dem Hintergrund glitzerte. Das Bild selbst flackerte auch immer leicht. Auf der Erde war es unmöglich, das Bild mit der Realität zu verwechseln. Hier hingegen ...

Kein Wunder, daß Gruer keine Handschuhe getragen hatte. Und was das betraf, brauchte er auch keine Filter in der Nase.

»Würden Sie jetzt gern essen wollen, Partner Elijah?« fragte Daneel.

Das Abendessen erwies sich als ziemlich qualvoll. Roboter erschienen. Einer deckte den Tisch. Ein anderer brachte das Essen.

»Wie viele sind im Haus, Daneel?« fragte Baley.

»Etwa fünfzig, Partner Elijah.«

»Werden sie hierbleiben, während wir essen?« (Einer hatte sich in eine Ecke des Raumes zurückgezogen, und sein glänzend glattes Gesicht mit den grünen Augen war Baley zugewandt.)

»Üblicherweise tun sie das«, sagte Daneel, »für den Fall, daß man ihre Dienste braucht. Wenn Sie das nicht wünschen, brauchen Sie nur den Befehl zu erteilen, daß er hinausgeht.«

Baley zuckte die Achseln. »Lassen Sie ihn bleiben!«

Unter normalen Umständen hätte Baley das Essen vielleicht geschmeckt. Jetzt aß er mechanisch. Halb abwesend stellte er fest, daß Daneel ebenfalls aß, und zwar mit einer Art desinteressierter Effizienz. Später würde er natürlich den Polyäthylensack leeren, in dem das ›verzehrte‹ Essen jetzt aufbewahrt wurde. Unterdessen hielt Daneel seine Maskerade aufrecht.

»Ist es draußen Nacht?« fragte Baley.

»Ja«, antwortete Daneel.

Baley starrte das Bett ernüchtert an; es war zu groß. Das ganze Schlafzimmer war zu groß. Und da gab es auch keine Decken, unter die man kriechen konnte, nur Laken; sie würden ihm nur einen armseligen Schutz bieten.

Alles war so schwierig! Das entnervende Erlebnis, in einer Duschkabine duschen zu müssen, die tatsächlich dicht neben dem Schlafzimmer lag, hatte er bereits hinter sich. In einer Hinsicht war das der Gipfel von Luxus, andrerseits schien es ihm irgendwie unhygienisch.

»Wie schaltet man das Licht aus?« fragte er abrupt. Das Kopfteil des Bettes verstrahlte ein weiches Licht; vielleicht diente das dazu, um das Sichten von Büchern vor dem Einschlafen zu erleichtern; aber Baley war dafür jetzt nicht in der Stimmung.

»Das wird erledigt, sobald Sie im Bett sind, wenn Sie sich zum Schlafen einrichten.«

»Die Roboter passen auf, nicht wahr?«

»Das ist ihre Aufgabe.«

»Jehoshaphat! Was machen denn diese Solarianer *selbst?*« murmelte Baley. »Ich frage mich jetzt nur, warum mir in der Dusche nicht ein Roboter den Rücken geschrubbt hat.«

Und Daneel antwortete, ohne die leiseste Andeutung von Humor: »Wenn Sie das verlangt hätten, hätte es einer getan. Was die Solarianer angeht, tun sie das, was sie gern tun. Kein Roboter erfüllt seine Pflicht, wenn man ihn anweist, das nicht zu tun, mit Ausnahme der Fälle natürlich, wo es für das Wohlbefinden des Menschen notwendig ist.«

»Nun, gute Nacht, Daneel.«

»Ich werde in einem anderen Zimmer schlafen, Partner Elijah. Wenn Sie irgendwann während der Nacht etwas brauchen ...«

»Ich weiß. Die Roboter werden kommen.«

»Auf dem Nachttisch ist ein Sensor. Sie brauchen ihn nur zu berühren. Ich werde dann auch kommen.«

Der Schlaf floh Baley. Er stellte sich die ganze Zeit das Haus vor, in dem er sich befand, im labilen Gleichgewicht an der äußeren Haut der Welt hängend, mit Leere, die draußen wartete wie ein Ungeheuer.

Auf der Erde war sein Apartment – sein gemütliches, überfülltes, kuscheliges Apartment – unter vielen anderen eingenistet. Es gab Dutzende von Etagen und Tausende von Menschen, die ihn vom Rand der Erde trennten und ihn vor ihm schützten.

Dann versuchte er sich einzureden, daß es ja auch auf der Erde Leute gab, die die oberste Etage bewohnten; die würden schließlich auch unmittelbar ans Draußen grenzen. Sicher! Aber deshalb kosteten solche Apartments auch nur wenig Miete.

Und dann dachte er an Jessie, die tausend Lichtjahre von ihm entfernt war.

Er wünschte sich schrecklich, jetzt aus dem Bett steigen, sich anziehen und zu ihr gehen zu können. Seine Gedanken wurden nebelhaft. Wenn es nur einen Tunnel gäbe, einen hübschen, sicheren Tunnel, quer durch sicheren, soliden Felsen und Metall, von Solaria bis zur Erde, dann würde er jetzt gehen und gehen und gehen ...

Er würde zur Erde zurückgehen, zurück zu Jessica, zurück an den Ort der Sicherheit, wo es behaglich war ...

Sicherheit.

Baley öffnete die Augen. Seine Arme wurden starr, und er richtete sich auf den Ellbogen auf, ohne daß ihm richtig bewußt wurde, daß er das tat.

Sicherheit! Dieser Mann, Hannis Gruer, war der Leiter der solarianischen Sicherheitsbehörde. So hatte Daneel das ausgedrückt. Was bedeutete ›Sicherheit‹? Wenn es dasselbe bedeutete wie auf der Erde, und das tat es sicherlich, dann war dieser Mann, dieser Gruer, dafür verantwortlich, Solaria gegen eine Invasion von draußen und gegen Aufruhr von drinnen zu schützen.

Warum hatte er Interesse an einem Mordfall? Etwa weil es auf Solaria keine Polizei gab und das Sicherheitsministerium daher noch am ehesten zuständig war und Bescheid wußte, was bei einem Mordfall zu tun war?

Gruer schien sich in Baleys Gegenwart ganz unbefangen gefühlt zu haben; aber dafür waren da immer wieder diese verstohlenen Blicke in Daneels Richtung gewesen.

Beargwöhnte Gruer etwa Daneels Motive? Baley selbst hatte Anweisung bekommen, die Augen offenzuhalten, und es war durchaus möglich, daß Daneel vielleicht ähnliche Anweisungen hatte.

Für Gruer mußte der Verdacht naheliegen, daß hier Spionage getrieben wurde. Sein Beruf forderte von ihm in jedem Falle, dies zu argwöhnen, wo immer es auch nur vorstellbar war. Baley würde er nicht übermäßig fürchten; Baley, einen Erdenmenschen, einen Vertreter der machtlosesten Welt in der gesamten Galaxis.

Aber Daneel war ein Eingeborener Auroras, der ältesten, größten und mächtigsten der Äußeren Welten. Das war etwas völlig anderes.

Gruer hatte, wie Baley sich jetzt erinnerte, kein einziges Mal das Wort an Daneel gerichtet.

Und was das anging, warum gab Daneel sich eigentlich so große Mühe, als Mensch zu erscheinen? Die frühere Erklärung, die Baley sich selbst gegeben hatte, daß dies nämlich ein eitles Spiel seitens der auroranischen Erbauer Daneels wäre, kam ihm plötzlich trivial vor. Für ihn lag jetzt auf der Hand, daß die Maskerade viel ernsthaftere Gründe haben mußte.

Als Mensch durfte man darauf rechnen, diplomatische Immunität zu genießen, höflich und zuvorkommend behandelt zu werden; ein Roboter konnte das nicht. Aber warum schickte Aurora dann nicht gleich einen echten Menschen? Und warum so viel auf eine Täuschung setzen? Die Antwort bot sich Baley im gleichen Augenblick an. Ein wirklicher Mensch Auroras, ein echter Spacer, würde nicht bereit sein, sich zu eng oder zu nahe oder auf längere Zeit mit einem Erdenmenschen einzulassen.

Aber wenn all dies stimmte, warum sollte dann Solaria einen einzigen Mord für so wichtig halten und zulassen, daß ein Erdenmensch und ein Auroraner auf ihren Planeten kamen?

Baley hatte plötzlich das Gefühl, ein Gefangener zu sein.

Ein Gefangener Solarias infolge der Erfordernisse seines Auftrags. Ein Gefangener der Gefahr, in der die Erde stand. Ein Gefangener in einer Umgebung, die er kaum ertragen konnte. Ein Gefangener einer Verantwortung, der er sich nicht entziehen konnte. Und zu allem Überfluß fand er sich plötzlich inmitten eines Spacer-Konflikts, dessen Hintergründe er nicht begriff.

4

EINE FRAU WIRD GESICHTET

Endlich schlief er ein. Wann genau er in den Schlaf gesunken war, konnte er sich nicht erinnern. Da war einfach eine Periode gewesen, in der seine Gedanken wirrer wurden.

Und dann leuchtete das Kopfteil seines Bettes, und die Decke war vom kühlen Licht des Tages erhellt. Er sah auf die Uhr.

Stunden waren vergangen. Die Roboter, die das Haus führten, hatten beschlossen, daß es für ihn Zeit sei, aufzuwachen, und hatten entsprechend gehandelt.

Er fragte sich, ob Daneel auch schon wach war, und begriff sofort, daß der Gedanke unlogisch war. Daneel konnte nicht schlafen. Baley fragte sich, ob er als Teil der Rolle, die er hier spielte, so getan hatte, als schliefe er. Ob er sich ausgezogen und Nachtkleidung angelegt hatte?

Wie auf Stichwort trat Daneel ein. »Guten Morgen, Partner Elijah.«

Der Roboter war vollständig gekleidet, und sein Gesicht wirkte völlig ruhig und ausgeglichen. »Haben Sie gut geschlafen?« fragte er.

»Ja«, sagte Baley trocken. »Und Sie?«

Er stieg aus dem Bett und stapfte ins Badezimmer, um sich zu rasieren und den Rest des morgendlichen Rituals zu vollziehen. Dabei rief er: »Wenn ein Roboter hereinkommt, um mich zu rasieren, dann schicken Sie ihn wieder weg. Die gehen mir auf die Nerven. Selbst wenn ich sie nicht sehe, gehen sie mir auf die Nerven.«

Er starrte beim Rasieren sein Gesicht an und wunderte sich ein wenig darüber, daß es dem Spiegelbild, das er gewöhnlich auf der Erde sah, so glich. Wenn das Bild nur ein anderer Erdenmensch gewesen wäre, mit dem er sich hätte beraten können, statt nur das beleuchtete Abbild seiner selbst. Wenn er nur eine Gelegenheit hätte, das, was er bereits in Erfahrung gebracht hatte, mit jemandem zu besprechen, und wenn es auch noch so wenig war ...

»Zu wenig! Du mußt mehr beschaffen«, murmelte er dem Spiegel zu.

Er verließ das Badezimmer, wischte sich über das Gesicht und zog sich Hosen über die frische Unterkleidung. (Die Roboter lieferten alles. Verdammt sollen sie sein!)

»Würden Sie mir ein paar Fragen beantworten, Daneel?« sagte er.

»Wie Sie wissen, Partner Elijah, beantworte ich alle Fragen nach bestem Wissen.«

Oder wie man es dir aufgetragen hat, dachte Baley, und sagte: »Warum gibt es auf Solaria nur zwanzigtausend Menschen?«

»Das ist eine bloße Tatsache«, sagte Daneel. »Ein Faktum. Eine Zahl als Resultat eines Zählvorgangs.«

»Ja. Aber Sie weichen meiner Frage aus. Der Planet kann Millionen ernähren; warum also nur zwanzigtausend? Sie sagten, die Solarianer würden zwanzigtausend als Optimum ansehen. Warum?«

»Das ist ihre Art zu leben.«

»Sie meinen, man praktiziert auf Solaria Geburtenkontrolle?«

»Ja.«

»Und läßt den Planeten leer?« Baley wußte selbst nicht, weshalb er so auf diesem einen Punkt herumhackte; aber die Bevölkerungszahl des Planeten war eine der wenigen harten Tatsachen, die er über ihn erfahren hatte, und es gab sonst wenig, wonach er fragen konnte.

»Der Planet ist nicht leer«, sagte Daneel. »Er ist in Anwesen aufgeteilt, und jedes einzelne davon wird von einem Solarianer überwacht.«

»Sie meinen, jeder lebt auf seinem Anwesen. Zwanzigtausend Anwesen, jedes mit einem Solarianer.«

»Weniger Anwesen, Partner Elijah. Frauen und Männer teilen die Anwesen.«

»Keine Cities?« Baley empfand ein Gefühl plötzlicher Kälte.

»Überhaupt keine, Partner Elijah. Sie leben völlig voneinander getrennt und sehen einander nie, nur unter höchst außergewöhnlichen Umständen.«

»Einsiedler?«

»In gewisser Weise, ja. Andererseits auch nicht.«

»Was soll das bedeuten?«

»Agent Gruer hat Sie gestern durch trimensionales Bild

besucht. Solarianer besuchen einander häufig auf diese Weise, aber auf keine andere.«

Baley starrte Daneel an. »Schließt das uns ein?« fragte er. »Erwartet man von uns, daß wir so leben?«

»Das ist der Brauch auf dieser Welt.«

»Wie soll ich dann meine Ermittlungen anstellen? Wenn ich jemanden sehen möchte ...«

»Partner Elijah, Sie können von diesem Haus aus eine trimensionale Sichtung eines jeden Bewohners dieses Planeten bekommen. Das bereitet kein Problem. Tatsächlich erspart Ihnen das sogar die Mühe, dieses Haus zu verlassen.

Deshalb sagte ich auch bei unserer Ankunft, daß es gar keine Gelegenheit geben würde, sich an das Draußen zu gewöhnen. Und das ist gut so. Jegliche andere Lösung wäre für Sie höchst widerwärtig.«

»Ich bestimme darüber, was für mich widerwärtig ist«, sagte Baley. »Als allererstes werde ich heute mit dieser Gladia Verbindung aufnehmen, Daneel, der Frau des Ermordeten. Wenn diese trimensionale Geschichte unbefriedigend ist, werde ich ihr Haus persönlich aufsuchen. Das unterliegt meiner Entscheidung.«

»Wir werden sehen, was am besten und zweckmäßigsten ist, Partner Elijah«, sagte Daneel, ohne sich festzulegen. »Ich werde jetzt für Frühstück sorgen.« Er wandte sich zum Gehen.

Baley starrte den breiten Roboterrücken an und war beinahe amüsiert. Daneel Olivaw spielte den Herrn. Aber wenn seine Anweisungen verlangten, daß er Baley daran hinderte, mehr als absolut notwendig in Erfahrung zu bringen, so hatte man Baley eine Trumpfkarte gelassen.

Der andere war immerhin nur R. Daneel Olivaw. Er brauchte nur Gruer oder jedem anderen Solarianer zu sagen, daß Daneel ein Roboter und kein Mensch war.

Und doch konnte andrerseits Daneels Pseudomenschlichkeit von großem Nutzen sein. Man brauchte eine Trumpfkarte ja nicht sofort auszuspielen. Manchmal war sie nützlicher, wenn man sie in der Hand behielt.

Wir wollen abwarten, dachte er und folgte Daneel nach draußen zum Frühstück.

»So, und wie macht man das, einen trimensionalen Kontakt herzustellen?« fragte Baley.

»Das wird für uns erledigt, Partner Elijah«, sagte Daneel, und sein Finger suchte nach einer der Sensorstellen, mit der man Roboter herbei rief.

Im nächsten Augenblick trat ein Roboter ein.

Wo sie nur herkommen? fragt sich Baley. Wenn man in dem unbewohnten Labyrinth herumschlenderte, war nie ein Roboter zu sehen. Verkrochen sie sich irgendwo, wenn Menschen in die Nähe kamen? Schickten sie einander Botschaften, um den Weg freizumachen?

Und doch tauchte jedesmal, wenn man einen rief, unverzüglich einer auf.

Baley starrte den Roboter an, der eingetreten war. Er war glatt, glänzte aber nicht. Seine Oberfläche wirkte irgendwie stumpfgrau, und auf der rechten Schulter hatte er ein Schachbrettmuster; das war das einzig Farbige an ihm; weiße und gelbe Quadrate (genauer gesagt: silber und gold, weil sie metallisch glänzten) in willkürlicher Verteilung.

»Bring uns in den Gesprächsraum!« sagte Daneel.

Der Roboter verbeugte sich, drehte sich um, sagte aber nichts.

»Warte, Boy!« sagte Baley. »Wie heißt du?«

Der Roboter sah Baley an. Er sprach deutlich und ohne zu zögern. »Ich habe keinen Namen, Herr. Meine Seriennummer«, dabei hob er den metallenen Finger und deutete auf das Muster an seiner Schulter, »ist ACX-2745.«

Daneel und Baley folgten ihm in einen großen Raum, den Baley als denjenigen wiedererkannte, in dem sich Gruer und sein Stuhl am vergangenen Tag befunden hatten.

Ein weiterer Roboter erwartete sie mit der ewigen, geduldigen Nichtgelangweiltheit einer Maschine. Der andere verbeugte sich und ging hinaus.

Baley verglich die Schultermuster der beiden, als der erste sich verbeugte und den Raum verließ. Das Muster aus silbernen und goldenen Quadraten war anders. Das Schachbrett bestand aus sechs Quadraten je Seite. Die Zahl der möglichen Anordnungen würde also 2^{36} betragen oder siebzig Milliarden – mehr als genug.

»Offensichtlich gibt es für alles jeweils einen Roboter«, sagte Baley, »einen, um uns hierherzuführen; einen, um das Sichtgerät zu bedienen.«

»Die robotische Spezialisierung ist auf Solaria ziemlich ausgeprägt, Partner Elijah«, sagte Daneel.

»Nachdem es so viele davon gibt, kann ich das verstehen.« Baley sah den zweiten Roboter an. Abgesehen von der Schultermarkierung und mutmaßlich dem unsichtbaren Positronenmuster in seinem Platin-Iridium-Gehirn sah er wie das Duplikat des ersten aus. »Und deine Seriennummer?« fragte er.

»ACC-1129, Herr.«

»Ich werde dich einfach Boy nennen. So, ich möchte jetzt mit einer Mrs. Gladia Delmarre, Frau des verstorbenen Rikaine Delmarre, sprechen. Daneel, gibt es eine Adresse, irgend etwas, um ihren Aufenthaltsort näher zu definieren?«

»Ich glaube nicht, daß eine weitere Information notwendig ist«, sagte Daneel mit sanfter Stimme. »Wenn ich den Roboter fragen darf ...«

»Lassen Sie das mich tun!« meinte Baley. »Also, Boy. Weißt du, wie man die Dame erreicht?«

»Ja, Herr. Ich kenne die Verbindungsmuster aller Menschen.«

Er sagte dies ohne Stolz. Es war einfach nur eine Tatsache, so als sagte er: »Ich bestehe aus Metall, Herr.«

Daneel mischte sich ein. »Das überrascht nicht, Partner Elijah. Es gibt hier weniger als zehntausend Verbindungen, die in die Gedächtnisspeicher eingegeben werden müssen, und das ist eine kleine Zahl.«

Baley nickte. »Gibt es zufälligerweise mehr als eine

Gladia Delmarre? Das könnte zu einiger Verwirrung führen.«

»Herr?« Nach diesem in fragendem Ton ausgesprochenen Wort verharrte der Roboter in ausdruckslosem Schweigen.

»Ich glaube«, meinte Daneel, »dieser Roboter versteht Ihre Frage nicht. Ich vermute, daß es auf Solaria keine Duplizierung von Namen gibt. Die Namen werden bei der Geburt registriert und dürfen nur verwendet werden, wenn sie im Augenblick nicht von jemand anderem benutzt werden.«

»Also gut«, sagte Baley. »Wir erfahren jede Minute etwas Neues. Und jetzt hör zu, Boy! Du sagst mir jetzt, wie man das bedient, was immer ich bedienen muß, nennst mir das Verbindungsmuster, oder wie immer du es nennst, und gehst dann hinaus.«

Vor der Antwort des Roboters verstrich eine merkbare Pause. Dann sagte er: »Wünschen Sie den Kontakt selbst herzustellen, Herr?«

»Richtig.«

Daneel tippte Baley leicht an. »Einen Augenblick, Partner Elijah!«

»Was ist denn jetzt schon wieder?«

»Ich glaube, der Roboter könnte die Verbindung bequemer herstellen. Er ist darauf spezialisiert.«

Darauf antwortete Baley grimmig: »Ich bin sicher, daß er das besser kann als ich. Wenn ich es selbst mache, bringe ich das irgendwie durcheinander.« Sein Blick schien den ausdruckslos dastehenden Daneel zu durchbohren. »Trotzdem ziehe ich es vor, die Verbindung selbst herzustellen. Gebe ich hier die Befehle, oder tue ich das nicht?«

»Sie geben die Befehle, Partner Elijah, und diese Befehle werden, soweit das Erste Gesetz es zuläßt, auch befolgt werden«, sagte Daneel. »Wenn Sie aber gestatten, würde ich Ihnen gern einige Informationen bezüglich der solarianischen Roboter geben. Die Roboter auf Solaria sind nämlich in weit höherem Maße als auf den anderen Welten spezialisiert. Obwohl sie physisch zu vielen Dingen fähig sind, sind sie geistig in besonderem Maß für eine bestimmte Art von Aufgabe ausgerüstet. Funktionen außerhalb ihrer Spezialisierung erfordern hohe Potentiale, wie sie durch direkten Einsatz eines der Drei Gesetze erzeugt werden. Andererseits ist es auch nötig, die Drei Gesetze direkt einzusetzen, wenn sie *nicht* die Aufgabe erfüllen sollen, wofür sie ausgestattet sind.«

»Nun, dann bringt ein direkter Befehl von mir also das Zweite Gesetz zur Wirkung, nicht wahr?«

»Richtig. Aber das dadurch aufgebaute Potential ist für den Roboter ›unangenehm‹. Unter normalen Umständen würde sich das nicht ergeben, da ein Solarianer sich so gut wie nie in die täglichen Pflichten eines Roboters einschaltet. Zum einen würde er nicht die Arbeit eines Roboters tun wollen, zum anderen würde er dazu auch kein Bedürfnis verspüren.«

»Versuchen Sie mir damit klarzumachen, Daneel, daß es dem Roboter weh tut, wenn ich seine Arbeit mache?«

»Wie Sie wissen, kann man den Begriff Schmerz im menschlichen Sinne nicht für robotische Reaktionen verwenden, Partner Elijah.«

Baley zuckte die Achseln. »Nun?«

»Nichtsdestoweniger«, fuhr Daneel fort, »ist die Wahrnehmung des Roboters, soweit ich das beurteilen kann, für ihn vergleichbar mit der des Schmerzes für einen Menschen.«

»Und doch«, meinte Baley, »bin ich kein Solarianer. Ich bin ein Erdenmensch. Ich mag es nicht, wenn Roboter das tun, was ich tun will.«

»Ziehen Sie auch in Betracht«, beharrte Daneel, »daß unsere Gastgeber es als einen Akt der Unhöflichkeit betrachten könnten, einen Roboter in Verlegenheit zu bringen? Ohne Zweifel gibt es in einer Gesellschaft wie der hier eine Anzahl mehr oder weniger starrer Vorstellungen bezüglich der richtigen Behandlung von Robotern. Unsere

Gastgeber zu beleidigen, würde wohl kaum unsere Aufgabe erleichtern.«

»Also gut«, sagte Baley. »Dann soll der Roboter seine Arbeit tun.«

Er lehnte sich in seinem Sessel zurück. Die kleine Episode war für ihn nicht ohne Nutzen gewesen. Sie war ein interessantes Beispiel dafür, wie unbarmherzig eine Robotergesellschaft sein konnte. Einmal eingeführt, konnte man Roboter nicht mehr so leicht entfernen. Und ein Mensch, der den Wunsch verspürte, auch nur zeitweise auf sie zu verzichten, stellte bald fest, daß er dazu nicht imstande war.

Mit halbgeschlossenen Augen sah er zu, wie der Roboter auf die Wand zuging. Sollten doch die Soziologen auf der Erde über das nachdenken, was hier gerade vorgefallen war, und ihre Schlüsse daraus ziehen. Er war bereits dabei, sich seine Meinung zu bilden.

Die halbe Wand glitt zur Seite; das Schaltpult, das dabei zum Vorschein kam, hätte der Energieversorgungsanlage einer ganzen Citysektion Ehre gemacht.

Baley sehnte sich nach seiner Pfeife. Man hatte ihn darauf hingewiesen, daß es auf Solaria, wo niemand rauchte, ein schrecklicher Verstoß gegen die guten Sitten sein würde, zu rauchen, und so hatte man ihm nicht einmal gestattet, seine Utensilien mitzunehmen. Er seufzte. Es gab Augenblicke, in denen es ihm unendliches Behagen bereitet hätte, das Mundstück der Pfeife zwischen den Zähnen und den warmen Pfeifenkopf in der Hand zu spüren.

Der Roboter arbeitete schnell, drehte an Knöpfen und verstärkte durch geschickten Fingerdruck verschiedene Feldintensitäten.

»Es ist notwendig, das Individuum, das man zu sichten wünscht, zuerst mit einem Signal von diesem Wunsch zu verständigen«, sagte Daneel. »Natürlich nimmt ein Roboter dieses Signal entgegen. Wenn der oder die Betreffende anwesend und bereit ist, sich sichten zu lassen, wird voller Kontakt hergestellt.«

»Sind all diese Schalter und Regler notwendig?« fragte Baley. »Der Roboter berührt ja den größten Teil des Schaltpults nicht.«

»Ich bin in dieser Angelegenheit nicht ausreichend informiert, Partner Elijah. Aber gelegentlich ist es notwendig, mehrfache Sichtungen und auch bewegliche Sichtungen zu arrangieren. Insbesondere letztere erfordern komplizierte und ständige Anpassung.«

»Meine Herren, der Kontakt ist hergestellt und gebilligt«, meldete der Roboter. »Wenn Sie soweit sind, schalte ich durch.«

»Ja«, knurrte Baley, und, als wäre das Wort ein Signal, füllte sich die andere Hälfte des Raumes mit Licht.

Daneel sagte im gleichen Augenblick: »Ich habe versäumt, den Roboter festlegen zu lassen, daß alle sichtbaren Öffnungen nach draußen verhängt werden müssen. Das bedaure ich. Wir müssen veranlassen ...«

»Schon gut«, sagte Baley und zuckte zusammen. »Ich komme schon zurecht. Stören Sie jetzt nicht!«

Offenbar blickte er in ein Badezimmer; wenigstens schloß er das aus den Einrichtungsgegenständen, die er sah. Das eine Ende war, wie er vermutete, so etwas wie ein Schminktisch, und seine Phantasie lieferte ihm das Bild eines Roboters (oder mehrerer Roboter?), die schnell und unbeirrt dabei waren, an der Frisur einer Frau zu arbeiten und an den anderen Äußerlichkeiten des Bildes, das sie der Welt bot.

Bezüglich einiger Gegenstände und Apparaturen gab er einfach auf. Er konnte unmöglich ahnen, wozu sie dienten. Die Wände waren mit einem komplizierten Muster bedeckt, das das Auge fast täuschte und den Eindruck erweckte, es nähme einen natürlichen Gegenstand wahr, gerade bevor dieser zur abstrakten Darstellung verblaßte. Das Ergebnis dieser Illusion wirkte eigenartig beruhigend, ja fast hypnotisch, so sehr zog es die Aufmerksamkeit auf sich.

Etwas, bei dem es sich vielleicht um eine Duschnische handelte, eine sehr große, die die Bezeichnung Nische kaum verdiente, war von etwas abgegrenzt, das nicht materiell schien, sondern eher ein Trick der Beleuchtung, der eine Wand aus flackernder Undurchsichtigkeit erzeugte. Kein menschliches Wesen war zu sehen.

Baleys Blick fiel auf den Boden. Wo endete dieser Raum, und wo fing der andere an? Das war leicht festzustellen. Es gab eine Linie, wo die Lichteigenschaften sich veränderten, und das mußte die Grenze sein.

Er ging auf die Linie zu und streckte nach kurzem Zögern die Hand aus, schob sie durch die unsichtbare Grenze hindurch.

Er spürte nichts, so wie man auch nichts spürte, wenn man mit der Hand in eines der primitiven Trimensionalbilder der Erde gegriffen hätte. Dort hätte er zumindest seine Hand noch gesehen; undeutlich und schwach vielleicht und vom Bild überlagert, aber er hätte sie gesehen. Hier war sie völlig verschwunden. Für sein Auge endete sein Arm wie abgeschnitten am Handgelenk.

Was, wenn er die Linie ganz überschritt? Wahrscheinlich würde sein Gesichtssinn ihn dann völlig im Stich lassen. Er würde sich dann in einer Welt absoluter Dunkelheit befinden. Der Gedanke solch völliger Eingeschlossenheit war beinahe angenehm. Eine Stimme unterbrach ihn. Er blickte auf und trat mit fast tölpelhafter Hast einen Schritt zurück.

Gladia Delmarre sprach. Zumindest vermutete Baley, daß sie das war. Die obere Hälfte des flackernden Lichtvorhangs, der die Dusche verdeckte, war verblaßt, und jetzt war deutlich ein Kopf zu sehen.

Sie lächelte Baley zu. »Ich sagte ›hallo‹, und es tut mir leid, daß ich Sie warten lassen muß. Ich werde gleich trocken sein.«

Ihr Gesicht wirkte dreieckig, mit ziemlich breiten Backenknochen (die, wenn sie lächelte, noch deutlicher hervortraten) und verjüngte sich in einer sanften Kurve zu einem kleinen Kinn, über dem ihm volle Lippen auffielen. Ihr Kopf war nicht besonders hoch über dem Boden. Baley schätzte, daß sie vielleicht einen Meter fünfundfünfzig groß war. (Das war alles andere als typisch – zumindest für Baley. Man erwartete von Spacer-Frauen, daß sie groß und stattlich waren.) Auch ihr Haar wies nicht die typische Bronzefarbe der Spacer auf; es war von hellem Braun, fast gelb, und sie trug es halblang. Im Augenblick war es aufgebauscht, wahrscheinlich von einem Strom warmer Luft. Insgesamt ein durchaus angenehmer Anblick.

Baley sagte verwirrt: »Wenn Sie wollen, daß wir den Kontakt abbrechen und warten, bis Sie fertig sind ...«

»O nein. Ich bin beinahe fertig. Wir können unterdessen schon sprechen. Hannis Gruer hat mir schon gesagt, daß Sie mich sichten wollen. Sie sind, wie ich höre, von der Erde.« Sie musterte ihn aufmerksam und interessiert.

Baley nickte und setzte sich. »Mein Begleiter kommt von Aurora.«

Sie lächelte und wandte den Blick nicht von ihm, als wäre allein *er* die Kuriosität; und so empfand das Baley natürlich auch.

Sie hob die Arme über den Kopf und fuhr sich mit den Fingern durchs Haar, als wolle sie damit den Vorgang des Trocknens beschleunigen. Ihre Arme waren schlank und graziös. Sehr attraktiv, dachte Baley.

Und dann dachte er etwas verlegen: Was Jessie wohl dazu sagen würde?

Daneels Stimme unterbrach ihn. »Wäre es möglich, Mrs. Delmarre, das Fenster, das wir hier sehen, zu polarisieren oder einen Vorhang vorzuziehen? Meinen Partner stört der Anblick des Tageslichts. Wie Sie vielleicht gehört haben, ist auf der Erde ...«

Die junge Frau (Baley schätzte sie auf fünfundzwanzig. Und dann kam ihm in den Sinn, wie sehr man sich bei Spacern täuschen konnte.) griff sich mit beiden Händen an die Wangen und sagte: »Ach, du liebe Güte, ja! Ich weiß das doch. Wie albern von mir. Verzeihen Sie mir, bitte. Es dauert nur einen Augenblick. Ich lasse einen Roboter kommen ...«

Sie trat aus dem Trockenraum, die Hand ausgestreckt, um den Sensor zu berühren, und redete dabei weiter. »Ich denke mir die ganze Zeit schon, daß ich in diesem Raum mehr als einen Rufsensor haben sollte. Ein Haus taugt einfach nichts, wenn man nicht überall, wo man geht und steht, einen Kontakt in Reichweite hat – sagen wir fünf Fuß entfernt. Es ist einfach ... Was ist denn?«

Sie starrte Baley verblüfft an, der von seinem Stuhl aufgesprungen war, und bis zum Haaransatz rot geworden sich hastig abgewandt hatte. Der Stuhl fiel hinter ihm krachend zu Boden.

Daneel sagte ruhig: »Es wäre besser, Mrs. Delmarre, wenn Sie, nachdem Sie den Roboter gerufen haben, wieder in die Duschzelle zurückkehren oder andernfalls Kleidung anlegen würden.«

Gladia blickte überrascht an ihrer Nacktheit hinunter und sagte: »Aber natürlich!«

5

EIN VERBRECHEN WIRD BESPROCHEN

»Es war doch nur Sichten, verstehen Sie?« Sie hatte sich in etwas gehüllt, das die Arme und Schultern freiließ. Eines ihrer Beine war bis zum Schenkel sichtbar. Aber Baley, der sich inzwischen völlig erholt hatte und sich wie ein vollendeter Tölpel vorkam, ignorierte den Anblick mit stoischer Ruhe.

»Es war die Überraschung, Mrs. Delmarre ...«, sagte er.

»Oh, bitte! Sie können Gladia zu mir sagen, wenn ... wenn das nicht gegen Ihre Sitten ist.«

»Gut. Also Gladia. Es ist schon in Ordnung. Ich möchte

Ihnen nur versichern, daß nichts Abstoßendes an Ihnen ist, verstehen Sie? Nur die Überraschung.«

Schlimm genug, daß er sich so tölpelhaft benommen hatte, dachte er, ohne daß die junge Frau auch noch annehmen mußte, er fände ihren Anblick unangenehm. Tatsächlich war es ziemlich ... ziemlich ...

Nun, er wußte nicht, wie er es ausdrücken sollte; aber er wußte auch ganz sicher, daß er niemals mit Jessie würde darüber sprechen können.

»Ich weiß, daß ich Sie beleidigt habe«, sagte Gladia, »aber das wollte ich nicht. Ich habe einfach nicht nachgedacht. Natürlich ist mir klar, daß man mit den Sitten und Gebräuchen anderer Planeten vorsichtig sein muß. Aber manchmal sind diese Sitten so komisch – nein, nicht komisch«, fügte sie hastig hinzu, »komisch habe ich nicht gemeint. Ich meine seltsam. Wissen Sie, man vergißt das so leicht. So, wie ich vergessen hatte, die Fenster abzudunkeln.«

»Es ist schon gut«, murmelte Baley. Sie war jetzt in einem anderen Zimmer, und alle Fenster waren verhängt, und das Licht wirkte auf subtile Art anders, hatte eine behagliche Künstlichkeit an sich.

»Aber was das andere betrifft«, fuhr sie ernsthaft fort, »es ist doch schließlich nur Sichten, verstehen Sie? Schließlich hat es Ihnen doch nichts ausgemacht, mit mir zu sprechen, als ich in der Trockenkabine war. Und da hatte ich auch nichts an.«

»Nun«, sagte Baley und wünschte sich, sie würde mit diesem Thema endlich zu Ende kommen, »es ist eine Sache, Sie zu hören, und eine ganz andere, Sie zu sehen.«

»Aber genau das ist es doch. Es geht hier nicht ums *Sehen*.« Sie wurde rot und sah zu Boden. »Ich hoffe, Sie glauben nicht, daß ich je so etwas tun würde – ich meine, einfach aus dem Trockner treten, wenn jemand mich *sieht*. Es war nur *Sichten*.«

»Das ist doch dasselbe, oder?« sagte Baley.

»Ganz und gar nicht dasselbe. Im Augenblick sichten Sie

mich. Sie können mich nicht berühren, nicht wahr, oder mich riechen oder sonst etwas? Das könnten Sie, wenn Sie mich sehen würden. Im Augenblick bin ich mindestens zweihundert Meilen von Ihnen entfernt. Wie kann es also dasselbe sein?«

Baley hörte ihr interessiert zu. »Aber ich sehe Sie doch mit meinen Augen.«

»Nein, Sie sehen mich nicht; mein Bild sehen Sie. Sie sichten mich.«

»Und das macht einen Unterschied?«

»Und ob! Einen größeren gibt es gar nicht.«

»Ich verstehe.« In gewisser Weise tat er das sogar. Es fiel ihm nicht leicht, die Unterscheidung zu treffen; aber eine gewisse Logik konnte man ihr nicht absprechen.

jetzt beugte sie den Kopf etwas zur Seite und sagte: »Verstehen Sie *wirklich?*«

»Ja.«

»Bedeutet das, daß es Ihnen etwas ausmachen würde, wenn ich mein Badetuch ablegen würde?« Sie lächelte.

Sie macht sich über mich lustig, sagte er sich und ich sollte sie eigentlich auf die Probe stellen.

Aber laut sagte er: »Nein, es würde mich von meiner Arbeit ablenken. Wir sprechen ein anderes Mal darüber.«

»Stört es Sie, daß ich nur das Badetuch trage und nicht etwas Formelleres? Ernsthaft!«

»Es stört mich nicht.«

»Darf ich Sie mit Vornamen ansprechen?«

»Wenn sich die Gelegenheit ergibt.«

»Wie heißen Sie mit Vornamen?«

»Elijah.«

»Gut.« Sie kuschelte sich in einen Sessel, der hart wirkte, fast wie ein Keramikgegenstand; aber während sie sich zurechtsetzte, gab er langsam nach, bis er sie sanft umhüllte.

»Dann wollen wir jetzt zur Sache kommen«, meinte Baley.

»Ja, zur Sache«, sagte sie.

Baley fand alles ungeheuer schwierig. Er wußte nicht einmal, wie er anfangen sollte. Auf der Erde hätte er sich nach ihrem Namen erkundigt, ihrem Rang, der City, aus der sie stammte, und dem Wohnsektor; eine Million verschiedener Routinefragen hätte er da zur Verfügung gehabt. Vielleicht hätte er sogar die Antworten darauf von Anfang an gewußt, und doch hätte er diese Taktik angewandt, um sich behutsam auf die ernsthafte Phase hinzuarbeiten. Das hätte ihm geholfen, sich mit der Person vertraut zu machen, sich ein Urteil über die anzuwendende Taktik zu bilden, anstatt einfach nur zu raten.

Aber hier? Wie konnte er irgend etwas mit Sicherheit wissen? Allein schon, daß das Zeitwort ›sehen‹ für ihn und für die Frau etwas völlig anderes bedeutete. Wie viele weitere Worte gab es da, die vielleicht unterschiedliche Bedeutung hatten? Wie oft würden sie sich mißverstehen, ohne daß er das bemerkte?

»Wie lange waren Sie denn verheiratet, Gladia?« fragte er.

»Zehn Jahre, Elijah.«

»Wie alt sind Sie?«

»Dreiunddreißig.«

Seltsamerweise bereitete das Baley eine gewisse Genugtuung. Ebensogut hätte sie hundertdreiunddreißig sein können.

»Waren Sie glücklich verheiratet?« fragte er.

Die Frage schien Gladia unangenehm. »Wie meinen Sie das?«

»Nun ...« Einen Augenblick lang wußte Baley nicht weiter. Wie beschreibt man eine glückliche Ehe? Und, was das betraf, was würde ein Solarianer als glückliche Ehe ansehen? »Nun, haben Sie einander häufig gesehen?« fragte er.

»Was? Das will ich doch nicht hoffen. Schließlich sind wir doch keine Tiere, wissen Sie?«

Baley zuckte zusammen. »Sie haben in derselben Villa gewohnt? Ich dachte ...«

»Natürlich haben wir das. Wir waren verheiratet. Aber

ich hatte meinen Bereich, und er den seinen. Sein Beruf war ihm sehr wichtig und seine Karriere, und das hat viel von seiner Zeit beansprucht. Und ich habe meine eigene Arbeit. Wir sichteten einander, wann immer das notwendig war.«

»Er hat Sie aber doch auch *gesehen,* oder nicht?«

»Das ist nichts, worüber man spricht. Aber, ja, er *hat* mich gesehen.«

»Haben Sie Kinder?«

Gladia sprang sichtlich erregt auf. »Jetzt reicht es aber. Eine solche Ungehörigkeit ...«

»Warten Sie! *Warten* Sie! Machen Sie mir jetzt keine Schwierigkeiten. Das hier ist die Untersuchung eines Mordfalls, verstehen Sie? Mord! Und der Ermordete war Ihr Ehemann. Wollen Sie, daß man den Mörder findet und bestraft, oder wollen Sie das nicht?«

»Dann *fragen* Sie auch nach dem Mord und nicht nach ... nach ...«

»Ich muß Ihnen alle möglichen Fragen stellen. So will ich zum Beispiel wissen, ob Sie darüber traurig sind, daß Ihr Mann tot ist.« Und dann fügte er mit kalkulierter Brutalität hinzu: »Das scheinen Sie nämlich nicht zu sein.«

Sie starrte ihn hochmütig an. »Ich bin immer traurig, wenn jemand stirbt, besonders wenn er jung und nützlich ist.«

»Und die Tatsache, daß er Ihr Mann war, steigert das nicht irgendwie?«

»Er war mir zugeteilt, und ... nun, wir haben einander tatsächlich gesehen, wenn die Zeit dafür da war, und ... und ...« Sie sprudelte die nächsten Worte geradezu hervor: »Und wenn Sie es schon wissen müssen, wir haben keine Kinder, weil uns noch keine zugeteilt waren. Ich begreife nicht, was all das damit zu tun hat, ob ich über jemanden traurig bin, der tot ist.«

Vielleicht hatte es nichts damit zu tun, dachte Baley. Es hing ganz von den gesellschaftlichen Lebensumständen ab, und mit denen war er nicht vertraut.

Er wechselte das Thema. »Man hat mir gesagt, Sie hätten persönliche Kenntnis von den Begleitumständen des Mordes.«

Einen Augenblick schien sie zu erstarren. »Ich ... ich habe die Leiche entdeckt. Drücke ich das jetzt richtig aus?«

»Dann haben Sie den Mord selbst nicht miterlebt?«

»O nein!« sagte sie mit schwacher Stimme.

»Nun, dann würde ich vorschlagen, daß Sie mir sagen, was geschehen ist. Lassen Sie sich Zeit, und gebrauchen Sie Ihre eigenen Worte.« Er lehnte sich zurück und bereitete sich darauf vor, zuzuhören.

Sie fing an: »Es war am drei-zwo des fünften ...«

»Wann war das in Standardzeit?« fragte Baley schnell.

»Das weiß ich nicht genau. Ich weiß das wirklich nicht. Sie können das ja überprüfen, denke ich.«

Ihre Stimme erschien ihm unsicher; ihre Augen waren geweitet. Sie waren ein wenig zu grau, als daß man sie als blau hätte bezeichnen können, stellte er fest.

»Er kam in meine Räume«, sagte sie. »Es war der Tag, den wir fürs Sehen vereinbart hatten, und ich wußte, daß er kommen würde.«

»Kam er immer an dem festgelegten Tag?«

»O ja. Er war ein sehr gewissenhafter Mann. Ein guter Solarianer. Er hat nie einen festgelegten Tag ausgelassen und kam immer um dieselbe Zeit. Natürlich blieb er nicht lang. Uns waren noch keine ...«

Sie konnte das Wort nicht zu Ende sprechen, aber Baley nickte.

»Jedenfalls«, sagte sie, »kam er immer zur selben Zeit, wissen Sie, damit alles möglichst behaglich war. Wir sprachen ein paar Minuten lang miteinander. Sehen ist ja wirklich eine Qual, aber er hat immer ganz normal zu mir gesprochen. Das war seine Art. Dann ging er wieder, um sich um irgendwelche Angelegenheiten zu kümmern, mit denen er beschäftigt war – ich weiß nicht genau, was. Er hatte ein besonderes Laboratorium in meinem Wohnbereich, in das er sich an den Sehtagen zurückziehen konnte.

In seinen eigenen Räumlichkeiten hatte er natürlich ein viel größeres.«

Baley fragte sich, was er wohl in diesen Laboratorien getan hat. Fötologie wahrscheinlich, was immer das auch war.

»Ist er Ihnen irgendwie unnatürlich erschienen? Besorgt?« fragte er.

»Nein. Nein. Er war nie besorgt.« Fast hätte sie leise aufgelacht, erstickte das Geräusch aber im letzten Augenblick. »Er hatte sich immer fest im Griff, so wie Ihr Freund hier.« Einen kurzen Augenblick lang hob sich ihre kleine Hand und deutete auf Daneel, der sich jedoch nicht von der Stelle bewegte.

»Ich verstehe. Nun, fahren Sie fort!«

Das tat Gladia nicht. Vielmehr flüsterte sie: »Macht es Ihnen etwas aus, wenn ich mir etwas zu trinken kommen lasse?«

»Aber bitte!«

Gladias Hand strich kurz über die Armlehne ihres Sessels. Weniger als eine Minute später trat lautlos ein Roboter ein, und sie hielt ein warmes Getränk (Baley sah, wie es dampfte) in der Hand. Sie nippte daran und stellte das Glas weg.

»So ist es besser«, sagte sie. »Darf ich Ihnen eine persönliche Frage stellen?«

»Sie dürfen jederzeit fragen«, antwortete Baley.

»Nun, ich habe eine ganze Menge über die Erde gelesen. Ich habe mich schon immer dafür interessiert, wissen Sie? Es ist so eine *komische* Welt.« Sie schluckte und fügte gleich darauf hinzu: »So habe ich es nicht gemeint.«

Baley runzelte leicht die Stirn. »Jede Welt ist für die Leute, die nicht auf ihr leben, komisch.«

»Ich meine – anders. Sie wissen schon. Jedenfalls möchte ich keine unhöfliche Frage stellen. Ich hoffe zumindest, daß sie für einen Erdenmenschen nicht unhöflich erscheint. Einem Solarianer würde ich sie natürlich nicht stellen, um nichts in der Welt.«

»Was wollen Sie denn fragen, Gladia?«
»Nun, Sie und Ihr Freund – Mr. Olivaw, nicht wahr?«
»Ja.«
»Sie beide sichten doch nicht, oder?«
»Wie meinen Sie das?«
»Ich meine, einander. Sie sehen doch ... Sie sind dort, Sie beide.«
»Wir sind körperlich in der Nähe, ja«, sagte Baley.
»Sie könnten ihn berühren, wenn Sie das wollten.«
»Das ist richtig.«
Sie sah zuerst den einen und dann den anderen an und sagte: »Oh.«
Es hätte alles mögliche bedeuten können. Ekel? Widerwillen?
Baley spielte mit dem Gedanken, aufzustehen, auf Daneel zuzugehen und die Hand auf Daneels Gesicht zu legen. Es wäre vielleicht interessant, ihre Reaktion darauf zu beobachten.
»Sie wollten mit den Ereignissen jenes Tages fortfahren, an dem Ihr Mann zu Ihnen kam, um Sie zu sehen«, sagte er. Er war absolut sicher, daß ihr Abschweifen, so interessant die Frage vielleicht für sie gewesen sein mochte, doch in erster Linie von dem Wunsch bestimmt war, eben dieser Frage auszuweichen.
Sie wandte sich wieder ihrem Getränk zu und meinte dann: »Da gibt es nicht viel zu sagen. Ich sah, daß er beschäftigt sein würde, und wußte das ohnehin, weil er immer irgend etwas zu tun hatte; also kümmerte ich mich wieder um meine eigene Arbeit. Und dann, vielleicht fünfzehn Minuten später, hörte ich einen Schrei.«
Sie verstummte, und eine kleine Pause trat ein, bis Baley sie bedrängte: »Was für ein Schrei?«
»Rikaine hat geschrien«, sagte sie. »Mein Mann. Einfach ein Schrei. Keine Worte. Ein Schrei, der Furcht verriet. Nein! – Überraschung, Schock – so etwas. Ich hatte ihn vorher nie schreien hören.«
Sie hob die Hände an die Ohren, als könnte sie damit

die Erinnerung an den Schrei von sich drängen, und ihr Badetuch glitt ihr langsam auf die Hüften. Sie bemerkte es nicht. Baley blickte starr auf sein Notizbuch.

Nach einer Weile sagte er: »Was haben Sie getan?«

»Ich rannte los. Ich rannte einfach. Ich wußte nicht, wo er war ...«

»Ich dachte, Sie sagten, er wäre in das Laboratorium gegangen, das er in Ihrem Wohnbereich unterhielt.«

»Das ist er auch, E ... Elijah. Aber *ich* wußte nicht, wo das war. Nicht genau jedenfalls. Ich ging da nie hin. Es gehörte ihm. Ich hatte eine ungefähre Vorstellung von der Richtung. Ich wußte, daß es irgendwo im Westen war. Aber ich war so erregt, daß ich nicht einmal daran dachte, einen Roboter zu rufen. Einer von denen hätte mich leicht führen können, aber ungerufen kam natürlich keiner. Als ich hinkam – irgendwie fand ich es –, war er tot.«

Sie hielt plötzlich inne und beugte, was Baley ungemein unbehaglich war, den Kopf nach vorn und fing zu weinen an. Sie machte dabei nicht den geringsten Versuch, ihr Gesicht zu bedecken. Ihre Augen schlossen sich einfach, und die Tränen rannen ihr langsam über die Wangen. Es war völlig lautlos. Ihre Schultern zitterten kaum.

Dann schlug sie die Augen wieder auf und sah ihn durch die Tränen an. »Ich habe noch nie zuvor einen Toten gesehen. Er war völlig blutig, und sein Kopf war ... einfach ... völlig ... Ich schaffte es schließlich, einen Roboter zu holen, und der rief weitere. Und dann haben die sich wahrscheinlich um mich und Rikaine gekümmert. Ich kann mich nicht erinnern. Wirklich, ich ...«

»Was meinen Sie damit, daß die sich um Rikaine gekümmert haben?« fragte Baley.

»Sie haben ihn weggebracht und saubergemacht.« In ihrer Stimme war ein kleiner Keil von Indigniertheit – sie war jetzt die Dame des Hauses, die darüber wachte, daß alles in Ordnung war. »Schrecklich sah es aus.«

»Und was geschah mit der Leiche?«

Sie schüttelte den Kopf. »Das weiß ich nicht. Verbrannt, nehme ich an. Wie es mit Leichen immer geschieht.«

»Sie haben nicht die Polizei gerufen?«

Sie sah ihn ausdruckslos an, und Baley dachte: Keine Polizei!

»Jemandem haben Sie es doch gesagt, nehme ich an«, meinte er. »Die Leute haben von der Sache erfahren.«

»Die Roboter haben einen Arzt gerufen«, erklärte sie. »Und ich mußte Rikaines Arbeitsplatz anrufen. Die Roboter dort mußten schließlich erfahren, daß er nicht wiederkommen würde.«

»Der Arzt war für Sie, vermute ich.«

Sie nickte. Jetzt schien sie zum ersten Mal zu bemerken, daß ihr das Badetuch auf die Hüften gerutscht war. Sie zog es hoch und murmelte wie aus weiter Ferne: »Es tut mir leid. Es tut mir wirklich leid.«

Baley empfand Unbehagen, sie so hilflos und zitternd dasitzen zu sehen, das Gesicht von all dem Schrecken verzerrt, der sich gleichzeitig mit der Erinnerung wieder eingestellt haben mußte.

Sie hatte noch nie zuvor eine Leiche gesehen. Noch nie zuvor Blut oder einen eingedrückten Schädel. Und selbst wenn die Mann-Frau-Beziehung auf Solaria etwas dünn und seicht war, so war es trotzdem ein menschliches Wesen, mit dem sie sich konfrontiert gesehen hatte.

Baley wußte nicht recht, was er jetzt sagen oder tun sollte. Irgend etwas drängte ihn, sich zu entschuldigen, doch tat er als Polizist schließlich nur seine Pflicht.

Aber auf dieser Welt gab es keine Polizei. Würde sie begreifen, daß dies seine Pflicht war?

Langsam und so sanft er das konnte, sagte er: »Gladia, haben Sie irgend etwas gehört? Irgend etwas außer dem Schrei Ihres Mannes?«

Sie blickte auf, und ihr Gesicht war so hübsch wie am Anfang, obwohl sie sichtlich litt – vielleicht sogar deswegen. »Nichts«, sagte sie.

»Keine schnellen Schritte? Keine anderen Stimmen?«

Sie schüttelte den Kopf. »Ich habe gar nichts gehört.«

»Als Sie Ihren Mann fanden, war er da ganz allein? Sie beide waren die einzigen Anwesenden?«

»Ja.«

»Und es gab keine Spuren, die darauf hindeuteten, daß sonst noch jemand dort war?«

»Mir ist jedenfalls nichts aufgefallen. Ich kann mir nicht vorstellen, daß jemand dort gewesen sein könnte.«

»Warum sagen Sie das?«

Einen Augenblick lang wirkte sie fast schockiert. Dann meinte sie niedergeschlagen: »Natürlich. Sie sind von der Erde. Das vergesse ich immer wieder. Nun, es ist einfach so, daß niemand hätte dort sein *können*. Mein Mann sah außer mir nie jemanden; seit der Zeit, da er ein kleiner Junge war. Er war ganz sicher nicht die Art von Mensch, der andere gern sehen will. Nicht Rikaine. Er war sehr strikt, sehr auf die guten Sitten bedacht.«

»Das muß nicht von ihm abgehangen haben. Was wäre denn, wenn jemand uneingeladen zu ihm gekommen wäre, um ihn zu sehen, ohne daß Ihr Mann etwas davon gewußt hat? Er hätte doch nicht vermeiden können, den Eindringling zu sehen, ganz gleich, wie sehr er auch auf die Einhaltung der Sitten bedacht war.«

»Vielleicht«, meinte sie. »Aber er hätte ganz bestimmt sofort Roboter gerufen und den Mann wegschaffen lassen. Bestimmt hätte er das! Außerdem würde niemand versuchen, meinen Mann zu sehen, ohne dazu aufgefordert worden zu sein. Ich könnte mir so etwas einfach nicht vorstellen. Und Rikaine hätte ganz sicher nie jemanden zu sich eingeladen. Es ist einfach lächerlich, so etwas anzunehmen.«

Baley sagte mit warmer Stimme: »Ihr Mann ist doch durch einen Schlag auf den Kopf getötet worden, nicht wahr? Das geben Sie doch zu.«

»Ich denke schon. Er war ... ganz ...«

»Ich will im Augenblick gar keine Einzelheiten wissen. Waren da irgendwelche Anzeichen zu erkennen, daß sich in dem Raum ein Mechanismus befunden hat, der es jemandem möglich gemacht hätte, ihm den Schädel durch Fernsteuerung einzuschlagen?«

»Natürlich nicht. Jedenfalls habe ich keinen bemerkt.«

»Wenn da etwas von der Art gewesen wäre, stelle ich mir vor, hätten Sie es auch bemerkt. Daraus folgt also, daß eine Hand etwas hielt, das geeignet war, einem Mann den Schädel einzuschlagen, und daß diese Hand dieses Etwas geschwungen hat. Also muß irgendeine Person sich Ihrem Mann mindestens bis auf vier Fuß genähert haben, um das zu tun. Also hat ihn jemand gesehen.«

»Niemand würde das tun«, sagte sie ernst. »Ein Solarianer würde einfach einen anderen nicht so ohne weiteres sehen.«

»Ein Solarianer, der einen Mord begehen will, würde doch auch vor ein wenig Sehen nicht zurückschrecken, oder?«

(Ihm selbst klang diese Feststellung etwas zweifelhaft. Er hatte auf der Erde den Fall eines völlig gewissenlosen Mörders geklärt, den man nur deshalb ertappt hatte, weil er es nicht über sich bringen konnte, die Sitte absoluten Schweigens im Gemeinschaftsbadezimmer zu durchbrechen.)

Gladia schüttelte den Kopf. »Sie verstehen das mit dem Sehen nicht. Erdenmenschen sehen die ganze Zeit jeden, den sie sehen wollen, also verstehen Sie das nicht ...«

Sie schien einen inneren Kampf mit ihrer Wißbegierde auszufechten. Ihre Augen hellten sich etwas auf. »Ihnen kommt das Sehen völlig normal vor, nicht wahr?«

»Ich habe es immer als etwas ganz Selbstverständliches betrachtet«, meinte Baley.

»Es stört Sie nicht?«

»Warum sollte es das?«

»Nun, in den Filmen erfährt man nichts davon, und ich wollte das immer schon wissen – es macht Ihnen doch nichts aus, wenn ich eine Frage stelle?«

»Nur zu!« sagte Baley ausdruckslos.

»Hat man Ihnen eine Frau zugeteilt?«

»Ich bin verheiratet. Was Sie mit Zuteilung meinen, verstehe ich nicht.«

»Und ich weiß, daß Sie Ihre Frau jederzeit sehen, wenn Sie das wollen, und sie Sie auch, und keiner von Ihnen beiden denkt sich etwas dabei.«

Baley nickte.

»Nun, wenn Sie sie sehen – angenommen, Sie wollen ...« – Sie hob die Hände in Ellbogenhöhe und hielt inne, als suchte sie nach der richtigen Formulierung. Dann versuchte sie es noch einmal –, »können Sie da einfach – jederzeit ...?« Sie ließ den Satz unbeendet.

Baley machte keine Anstalten, ihr zu helfen.

»Nun, schon gut«, sagte sie. »Ich weiß ohnehin nicht, warum ich Sie jetzt mit so etwas belästigen sollte. Sind Sie mit mir fertig?« Sie sah so aus, als würde sie jeden Augenblick wieder zu weinen anfangen.

»Noch ein Versuch, Gladia«, sagte Baley. »Vergessen Sie einmal für den Augenblick, daß niemand Ihren Mann hätte sehen wollen. Nehmen Sie einfach an, daß jemand es *getan* hat. Wer hätte das sein können?«

»Es ist völlig sinnlos, das erraten zu wollen. Es könnte niemand sein.«

»Es muß aber jemand sein. Agent Gruer sagt, daß es Anlaß gibt, eine bestimmte Person zu verdächtigen. Sie sehen also, es muß da jemanden geben.«

Ein kleines, freudloses Lächeln huschte über das Gesicht der jungen Frau. »Ich weiß schon, wen er verdächtigt, es getan zu haben.«

»Also gut. Wer?«

Ihre kleine Hand griff an ihre Brust. »Mich.«

6

EINE THEORIE WIRD WIDERLEGT

»Ich hätte sagen sollen, Partner Elijah«, schaltete Daneel sich plötzlich ein, »daß dies ein naheliegender Schluß ist.«

Baley warf seinem Robot-Partner einen überraschten Blick zu. »Warum naheliegend?« fragte er.

»Die Dame selbst erklärt, daß sie die einzige Person war, die ihren Mann zu sehen pflegte«, erklärte Daneel. »Die gesellschaftliche Situation auf Solaria ist so beschaffen, daß selbst sie plausiblerweise nichts anderes als die Wahrheit vorbringen kann. Sicherlich würde Agent Gruer es für vernünftig, ja sogar obligatorisch halten, daß ein solarianischer Ehemann nur von seiner Frau gesehen wird. Da nur eine Person in Sichtweite sein konnte, konnte auch nur eine Person den Schlag führen. Und damit kann auch nur eine Person der Mörder sein. Oder besser gesagt, die Mörderin. Sie werden sich erinnern, daß Agent Gruer sagte, daß die Tat nur von einer Person ausgeführt worden sein kann. Er hielt jeden anderen Täter für unmöglich. Nun?«

»Er hat aber auch gesagt«, wandte Baley ein, »daß diese eine Person es auch nicht getan haben kann.«

»Womit er wahrscheinlich meinte, daß am Tatort keine Waffe gefunden wurde. Vermutlich könnte Mrs. Delmarre diese Anomalie erklären.«

Er wies mit kühler, robotischer Höflichkeit auf die Stelle, wo Gladia saß, immer noch im Aufnahmebereich des Sichtgerätes, den Blick gesenkt und die Lippen zusammengepreßt.

Jehoshaphat, dachte Baley, wir sind dabei, die Dame völlig zu vergessen.

Vielleicht war es auf seine Verstimmung zurückzuführen, daß er sie vergessen hatte, dachte er, und zwar dadurch, daß er so völlig emotionslos an Probleme heranging. Oder vielleicht auch er selbst mit seiner emotionalen Betrachtungsweise. Er versagte sich, die Angelegenheit näher zu analysieren.

»Das wäre alles für den Augenblick, Gladia«, sagte er. »Ich weiß nicht, wie man das macht, jedenfalls will ich den Kontakt abbrechen. Adieu.«

Und sie antwortete mit sanfter Stimme: »Manchmal sagt man ›Gesichtet!‹, aber mir gefällt dieses ›Adieu‹ besser. Sie scheinen irgendwie beunruhigt, Elijah. Es tut mir leid, denn ich bin es schon gewöhnt, daß die Leute glauben, ich hätte es getan. Sie brauchen also nicht beunruhigt zu sein.«

»*Haben* Sie es getan, Gladia?« fragte Daneel.

»Nein«, antwortete sie zornig.

»Gut. Dann adieu!«

Sie verschwand, wobei der Zorn noch aus ihren Augen funkelte. Einen Augenblick lang spürte Baley noch den Blick dieser außergewöhnlichen grauen Augen.

Auch wenn sie sagte, daß sie es gewöhnt sei, von den Leuten für eine Mörderin gehalten zu werden, war das ganz offensichtlich eine Lüge. Ihr Zorn sprach da eher die Wahrheit als ihre Worte. Baley fragte sich, wie vieler anderer Lügen sie wohl fähig war.

Baley war mit Daneel allein. »Also gut, Daneel«, sagte er, »ein kompletter Narr bin ich ja nicht.«

»Dafür hätte ich Sie auch nie gehalten, Partner Elijah.«

»Dann sagen Sie mir, was sie dazu veranlaßt hat zu sagen, daß man am Tatort keine Mordwaffe gefunden hätte? Bis jetzt war bei dem Beweismaterial nichts, das uns zu einem solchen Schluß hätte bringen können, und auch nichts in allem, was ich gehört habe.«

»Sie haben recht. Ich verfüge über zusätzliche Informationen, die Ihnen noch nicht zur Verfügung stehen.«

»Das habe ich mir gedacht. Welcher Art?«

»Agent Gruer sagte, er würde uns eine Kopie des Berichts seiner eigenen Ermittlungen schicken. Diese Kopie habe ich. Sie ist heute morgen eingetroffen.«

»Warum haben Sie sie mir nicht gezeigt?«

»Ich dachte, daß es vielleicht ergiebiger sein würde, wenn Sie Ihre Ermittlungen durchführen und, zumindest im Anfangsstadium, dabei nach Ihren eigenen Vorstellungen vorgehen würden, ohne durch die Schlüsse anderer irgendwie beeinflußt zu werden, die, wie Agent Gruer selbst zugibt, zu keinem befriedigenden Schluß gelangt sind. Ich hatte selbst das Gefühl, daß meine Logikprozesse durch diese Schlüsse beeinflußt sein könnten, und habe deshalb nichts zu dem Gespräch beigetragen.«

Logikprozesse! Baley erinnerte sich plötzlich an das Bruchstück eines Gesprächs, das er einmal mit einem Robotiker geführt hatte. Ein Roboter, hatte der Mann gesagt, ist zwar logisch, aber keineswegs vernünftig.

»Am Ende haben Sie sich in das Gespräch eingeschaltet«, sagte er.

»Das habe ich, Partner Elijah, aber nur, weil ich zu dem Zeitpunkt über unabhängige Beweise verfügte, die Agent Gruers Argwohn bestätigten.«

»Was für eine Art von unabhängigen Beweisen?«

»Solche, die man aus Mrs. Delmarres Verhalten ableiten konnte.«

»Bitte, etwas deutlicher, Daneel!«

»Denken Sie bitte, daß es, falls die Dame schuldig sein und dennoch versuchen sollte, ihre Unschuld zu beweisen, für sie nützlich wäre, wenn der die Ermittlungen führende Detektiv sie für unschuldig hielte.«

»Nun?«

»Wenn sie sein Urteil verzerren könnte, indem sie sich eine Schwäche zunutze machte, die sie an ihm erkannt hat, wäre es doch durchaus möglich, daß sie das tun würde, nicht wahr?«

»Streng hypothetisch gesprochen, ja.«

»Durchaus nicht«, antwortete der Roboter ungerührt. »Sie haben doch sicherlich bemerkt, denke ich, daß sie ihre Aufmerksamkeit voll und ganz auf Sie konzentriert hat.«

»Ich habe ja auch geredet«, sagte Baley.

»Ihre Aufmerksamkeit galt von Anfang an Ihnen, und zwar auch schon bevor sie ahnen konnte, daß Sie das Reden übernehmen würden. Tatsächlich hätte man denken können, sie hätte logischerweise erwarten müssen, daß ich als Auroraner die führende Rolle in den Ermittlungen übernehmen würde. Und dennoch hat sie sich auf Sie konzentriert.«

»Und was leiten Sie daraus ab?«

»Daß sie ihre ganze Hoffnung auf Sie gesetzt hat, Partner Elijah. Schließlich sind Sie der Erdenmensch.«

»Und was soll das bedeuten?«

»Sie hat die Erde studiert, das hat sie mehr als einmal angedeutet. Sie wußte, wovon ich redete, als ich sie ganz zu Beginn unseres Gesprächs darum bat, das Tageslicht von draußen abzuschirmen. Sie reagierte weder überrascht noch verständnislos, wie sie es ganz bestimmt getan hätte, wenn sie über die Verhältnisse auf der Erde nicht informiert gewesen wäre.«

»Nun?«

»Da sie die Erde studiert hat, ist die Annahme durchaus vernünftig, daß sie eine Schwäche entdeckt hat, die Erdenmenschen besitzen. Sie mußte von dem Nacktheitstabu wissen und auch, wie eine solche Zurschaustellung einen Erdenmenschen irritieren mußte.«

»Sie ... sie hat erklärt, wie das mit Sichten ist ...«

»Ja, das hat sie. Aber ist Ihnen das überzeugend erschienen? Zweimal hat sie es zugelassen, daß Sie sie mit ungenügender Bekleidung sehen konnten, zumindest nach Ihren Begriffen.«

»Sie schließen daraus«, sagte Baley, »daß sie versuchte, mich zu verführen. Ist es das?«

»Sie soweit zu verführen, daß Sie Ihre professionelle Unpersönlichkeit aufgaben. So scheint es mir. Und obwohl ich die menschlichen Reaktionen auf äußere Reize nicht teilen kann, würde ich aus dem, was man mir während der Ausbildung eingespeichert hat, schließen, daß die Dame in bezug auf physische Attraktivität allen vernünftigen Normen gerecht wird. Außerdem ist mir aus Ihrem Verhalten erkennbar, daß Sie sich dessen bewußt waren und daß Sie das billigten, was Sie sahen. Ich würde sogar noch den Schluß ziehen, daß Mrs. Delmarre richtig handelte, indem sie annahm, daß ihre Verhaltensweise in Ihnen gewisse Vorurteile zu ihren Gunsten erzeugen würde.«

»Schauen Sie«, sagte Baley etwas unbehaglich, »gleichgültig, welche Wirkung sie vielleicht auf mich hätte haben können – ich bin immer noch ein Gesetzesbeamter im vollen Besitz meiner beruflichen ethischen Grundsätze. Das sollten wir einmal klarstellen. Und jetzt will ich den Bericht sehen.«

Baley las den ganzen Bericht, ohne dabei ein Wort zu sagen. Als er fertig war, fing er noch einmal von vorne an und las ihn ein zweites Mal.

»Da taucht jetzt ein neuer Punkt auf«, sagte er. »Der Roboter.«

Daneel Olivaw nickte.

Und Baley sagte nachdenklich: »Das hat sie nicht erwähnt.«

»Weil Sie die Frage falsch gestellt haben. Sie haben gefragt, ob sie beim Auffinden der Leiche allein gewesen sei. Sie fragten, ob sonst jemand zugegen gewesen sei. Ein Roboter ist nicht ›sonst jemand‹.«

Baley nickte. Wenn er selbst ein Verdächtiger wäre und man ihn gefragt hätte, wer sonst noch am Schauplatz eines Verbrechens zugegen gewesen sei, hätte er wohl kaum geantwortet: ›Außer diesem Tisch niemand.‹

»Wahrscheinlich hätte ich fragen sollen, ob irgendwelche Roboter zugegen waren?« sagte er. (Verdammt, was für Fragen stellt man überhaupt auf einer fremden Welt?) Und dann fügte er hinzu: »Wie legal ist die Zeugenaussage eines Roboters, Daneel?«

»Was meinen Sie damit?«

»Kann ein Roboter auf Solaria Zeugnis ablegen? Gilt seine Aussage vor Gericht?«

»Warum zweifeln Sie daran?«

»Ein Roboter ist kein Mensch, Daneel. Auf der Erde gilt seine Aussage vor Gericht nicht.«

»Aber ein Fußabdruck schon, Partner Elijah, obwohl der viel weniger menschlich ist als ein Roboter. Die Haltung, die Ihr Planet in dieser Beziehung einnimmt, ist unlogisch. Auf Solaria sind robotische Beweise, wenn sie aussagefähig sind, auch zulässig.«

Baley sagte nichts dazu. Er stützte das Kinn auf und überdachte diese Angelegenheit mit dem Roboter noch einmal.

Im höchsten Grade erschreckt hatte Gladia, vor der Leiche ihres Mannes stehend, Roboter herbeigerufen. Als sie zu ihr kamen, war sie bewußtlos.

Die Roboter berichteten, daß sie sie neben der Leiche aufgefunden hatten. Und dann hatten sie noch etwas vorgefunden: einen Roboter. Jener Roboter war nicht herbeigerufen worden; er war bereits dagewesen. Es handelte sich nicht um einen Roboter aus dem regulären Stab. Keiner der anderen Roboter hatte ihn vorher gesehen oder kannte seine Funktion oder seinen Einsatz.

Man konnte von ihm auch nichts erfahren. Er war nicht funktionsfähig. Als man ihn auffand, waren seine Bewegungen schwerfällig und desorganisiert, und das gleiche galt allem Anschein nach auch für die Funktion seines Positronengehirns. Er war weder imstande, die richtigen Reaktionen zu liefern, weder verbal noch mechanisch, und so kam es, daß man ihn nach gründlicher Untersuchung durch einen Robotik-Experten zum Totalverlust erklärte.

Das einzige an ihm, was auf ein gewisses Maß an organisiertem Verhalten hindeutete, war der Satz, oder besser der Satzfetzen, den er dauernd wiederholte: »Du wirst mich umbringen – du wirst mich umbringen – du wirst mich umbringen ...«

Eine Waffe, mit der man den Schädel des Toten hätte einschlagen haben können, war nicht zu entdecken.

Baley erklärte plötzlich: »Ich werde jetzt essen, Daneel, und anschließend werden wir Agent Gruer noch einmal sehen – oder ihn jedenfalls sichten.«

Hannis Gruer war noch mit Essen beschäftigt, als der Kontakt hergestellt wurde. Er aß langsam, wobei er jeden Mundvoll sorgfältig aus einer Vielzahl von Speisen auswählte und sich dabei jede besorgt ansah, als suchte er nach einer verborgenen Kombination, die er vielleicht besonders befriedigend finden würde.

Baley dachte: Möglicherweise ist er ein paar hundert Jahre alt, und das Essen fängt vielleicht an ihn zu langweilen.

»Ich begrüße Sie, meine Herren«, sagte Gruer. »Ich nehme an, Sie haben unseren Bericht erhalten.« Sein kahler Schädel glänzte, während er sich über den Tisch beugte, um sich ein kleines Stück von irgend etwas für Baley völlig Undefinierbarem zu holen.

»Ja. Wir haben auch ein interessantes Gespräch mit Mrs. Delmarre gehabt«, sagte Baley.

»Gut, gut«, meinte Gruer. »Und zu welchem Schluß sind Sie gelangt, falls überhaupt?«

»Daß sie unschuldig ist«, erklärte Baley.

Gruer blickte scharf auf. »Wirklich?«

Baley nickte.

»Und doch war sie die einzige Person, die ihn sehen konnte. Die einzige, die sich in Reichweite befinden konnte ...«

Baley ließ ihn nicht weitersprechen. »Das hat man mir auch klarzumachen versucht. Aber gleichgültig, wie ausgeprägt die gesellschaftlichen Gewohnheiten in dieser Beziehung auf Solaria sind, für mich ist dieser Punkt nicht schlüssig. Darf ich das erklären?«

Gruer hatte sich wieder seiner Mahlzeit zugewandt. »Natürlich.«

»Jede Art von Mord steht auf drei Beinen«, sagte Baley, »und jedes davon ist in gleicher Weise wichtig. Diese drei Beine sind Motiv, Tatwaffe und Gelegenheit. Um gegen irgendeinen Verdächtigen einen Fall aufbauen zu können, müssen alle drei befriedigend geklärt sein. Nun will ich Ihnen durchaus einräumen, daß Mrs. Delmarre die Gelegenheit hatte. Was das Motiv angeht, so habe ich bisher von keinem gehört.«

Gruer zuckte die Achseln. »Auch wir kennen keins.« Einen Augenblick lang wanderte sein Blick zu Daneel hinüber, der bis jetzt noch kein Wort gesagt hatte.

»Also gut. Die Verdächtige hat kein uns bekanntes

Motiv. Aber vielleicht ist sie eine pathologische Mörderin. Wir können die Angelegenheit eine Weile auf sich beruhen lassen und fortfahren. Sie befindet sich also mit ihm in seinem Laboratorium, und es gibt irgendeinen Grund, der sie dazu veranlaßt, ihn töten zu wollen. Sie fuchtelt also drohend mit irgendeiner Keule oder einem anderen schweren Gegenstand herum. Es dauert eine Weile, bis er begreift, daß seine Frau wirklich die Absicht hat, ihm ein Leid zuzufügen. Er schreit: ›Du wirst mich umbringen!‹ Und das tut sie. Er dreht sich um, um wegzurennen, während der Schlag auf ihn niedersaust und ihm die Schädelrückseite eindrückt. Hat übrigens ein Arzt die Leiche untersucht?«

»Ja und nein. Die Roboter haben einen Arzt gerufen, der sich um Mrs. Delmarre kümmern sollte, und er hat sich natürlich auch die Leiche angesehen.«

»Das ist in dem Bericht nicht erwähnt.«

»Es war auch kaum von Belang. Der Mann war tot. Tatsächlich war die Leiche zu dem Zeitpunkt, als der Arzt sie sichten konnte, bereits entkleidet, gewaschen und in der üblichen Weise für die Verbrennung vorbereitet.«

»Mit anderen Worten, die Roboter hatten alle Beweise zerstört«, sagte Baley verstimmt. Und dann: »Sagten Sie, er hätte die Leiche *gesichtet?* Er hat sie nicht *gesehen?*«

»Beim ewigen Weltraum!« sagte Gruer. »Was für eine makabre Vorstellung! Natürlich hat er sie gesichtet, aus allen nötigen Winkeln und mit Naheinstellung, da bin ich ganz sicher. Ärzte können es unter gewissen Umständen nicht vermeiden, Patienten zu sehen. Aber ich kann mir einfach keinen Grund vorstellen, weshalb sie *Leichen* sehen sollten. Die Medizin ist eine schmutzige Arbeit; aber selbst Ärzte müssen irgendwo die Grenze ziehen.«

»Nun, ich will auf folgendes hinaus: Hat der Arzt irgend etwas über die Art der Wunde berichtet, an der Dr. Delmarre gestorben ist?«

»Ich sehe schon, worauf Sie hinauswollen. Sie glauben, die Wunde sei vielleicht zu schwer gewesen, als daß eine Frau sie hätte verursachen können.«

»Frauen sind schwächer als Männer, Sir. Und Mrs. Delmarre ist eine kleine, schmächtige Frau.«

»Aber recht athletisch, Detektiv. Mit einer Waffe der richtigen Art würden die Schwerkraft und die Hebelwirkung das meiste bewirken. Und selbst wenn man das nicht in Betracht zieht, ist eine Frau, wenn sie genügend gereizt wird, zu den überraschendsten Dingen fähig.«

Baley zuckte die Achseln. »Sie sprechen da von einer Waffe. Wo ist sie?«

Gruer veränderte seine Sitzhaltung. Er streckte die Hand nach einem leeren Glas aus, und ein Roboter trat ins Blickfeld und füllte es mit einer farblosen Flüssigkeit, bei der es sich vielleicht um Wasser handelte.

Gruer hielt das gefüllte Glas einen Augenblick lang in der Hand und stellte es dann wieder weg, als hätte er es sich plötzlich anders überlegt. Dann meinte er: »Wie es in dem Bericht ja dargestellt ist, haben wir sie nicht ausfindig machen können.«

»Ich weiß, daß es so in dem Bericht steht. Ich möchte einige Dinge absolut klarstellen. Man hat nach der Tatwaffe gesucht?«

»Gründlich.«

»Haben Sie selbst das getan?«

»Nein, Roboter. Aber ich habe sie die ganze Zeit unter Sichtüberwachung gehabt. Wir konnten nichts finden, das als Waffe hätte dienen können.«

»Was natürlich die Anklage gegen Mrs. Delmarre schwächt, oder nicht?«

»Richtig«, sagte Gruer ruhig. »Das gehört zu den Dingen, die wir nicht begreifen. Das ist einer der Gründe, weshalb wir noch nicht gegen Mrs. Delmarre vorgegangen sind. Das ist auch einer der Gründe, weshalb ich zu Ihnen gesagt habe, daß auch die schuldige Partei das Verbrechen nicht hätte begehen können. Vielleicht sollte ich sagen, daß sie das Verbrechen dem Anschein nach nicht hätte begangen haben können.«

»Dem Anschein nach?«

»Sie muß die Waffe irgendwie beseitigt haben. Bis jetzt hat unsere Findigkeit nicht dazu ausgereicht, sie zu entdecken.«

»Haben Sie alle Möglichkeiten in Betracht gezogen?« fragte Baley finster.

»Ich denke doch.«

»Das frage ich mich. Wir wollen einmal sehen. Da hat man also eine Waffe dazu benutzt, einem Mann den Schädel einzuschlagen, und findet sie nicht am Tatort. Die einzige Alternative, die sich daraus ergibt, ist, daß man sie entfernt hat. Rikaine Delmarre kann sie nicht weggetragen haben. Er war tot. Könnte Gladia Delmarre sie weggetragen haben?«

»So muß es gewesen sein«, sagte Gruer.

»Wie denn? Als die Roboter eintrafen, lag sie bewußtlos auf dem Boden. Vielleicht hat sie diese Bewußtlosigkeit nur vorgetäuscht; aber sie war jedenfalls dort. Wieviel Zeit liegt zwischen dem Mord und dem Eintreffen des ersten Roboters?«

»Das hängt vom exakten Zeitpunkt des Mordes ab, und den kennen wir nicht«, sagte Gruer unsicher.

»Ich habe den Bericht gelesen, Sir. Ein Roboter berichtete, er habe Unruhe gehört und einen Schrei, den Dr. Delmarre ausgestoßen hatte. Offenbar war dies der Roboter, der sich am nächsten am Tatort befand. Fünf Minuten später leuchtete das Rufsignal auf. Der Roboter hätte aber doch nur weniger als eine Minute gebraucht, um den Ort des Geschehens zu erreichen. (Baley erinnerte sich daran, wie blitzschnell gerufene Roboter aufzutauchen pflegten.) In fünf Minuten, ja selbst zehn – wie weit hätte da Mrs. Delmarre eine Waffe tragen und rechtzeitig wieder zurückkehren können, um Bewußtlosigkeit vorzutäuschen?«

»Sie hätte sie in einer Abfallbeseitigungsanlage zerstören können.«

»Nach dem Bericht hat man die Abfallanlage untersucht und dort nur eine sehr geringe Gamma-Strahlenaktivität vorgefunden. Demzufolge war in den letzten vierundzwanzig Stunden dort kein größerer Gegenstand zerstrahlt worden.«

»Das ist mir bekannt«, sagte Gruer. »Ich führe das jetzt auch nur als Beispiel dafür an, was vielleicht hätte geschehen können.«

»Richtig«, sagte Baley. »Aber es kann auch eine sehr einfache Erklärung geben. Ich nehme an, daß man die zu dem Delmarre-Haushalt gehörenden Roboter überprüft und alle vorgefunden hat.«

»O ja.«

»Und alle befanden sich in einigermaßen funktionsfähigem Zustand?«

»Ja.«

»Könnte irgendeiner dieser Roboter die Waffe weggeschafft haben, vielleicht ohne sich dessen bewußt zu sein, worum es sich handelte?«

»Keiner von ihnen hatte irgend etwas vom Tatort entfernt oder auch nur etwas berührt, was das betrifft.«

»Das stimmt nicht. Sie haben die Leiche entfernt und sie zur Verbrennung vorbereitet.«

»Nun ja, natürlich. Aber das zählt doch wohl nicht. Schließlich kann man doch erwarten, daß sie das tun.«

»Jehoshaphat!« murmelte Baley. Er mußte an sich halten, um ruhig zu bleiben. »Jetzt nehmen Sie einmal an, es wäre noch jemand anderer am Tatort gewesen.«

»Unmöglich!« sagte Gruer. Wie hätte sich denn jemand in Dr. Delmarres Persönlichkeitssphäre hineindrängen können?«

»Nehmen Sie es einfach einmal an!« rief Baley. »Die Roboter haben aber überhaupt nicht daran gedacht, daß ein Eindringling hätte zugegen sein können. Ich nehme nicht an, daß einer von ihnen die Umgebung des Hauses abgesucht hat. In dem Bericht ist jedenfalls davon nichts erwähnt.«

»Eine solche Suche fand erst statt, als wir uns nach der Waffe umsahen; aber das war beträchtliche Zeit später.«

»Man hat auch nicht nach Spuren eines Bodenwagens oder eines Luftfahrzeugs gesucht?«

»Nein.«

»Wenn sich also jemand dazu aufgerafft hätte, sich in die Persönlichkeitssphäre Dr. Delmarres hineinzudrängen, wie Sie das formuliert haben, hätte er ihn töten und dann in aller Seelenruhe wieder weggehen können. Niemand hätte ihn aufgehalten oder auch nur gesehen. Und nachher hätte er sich darauf verlassen können, daß jeder überzeugt war, niemand hätte dort sein können.«

»Und das konnte auch niemand«, sagte Gruer voll Überzeugung.

»Eines noch«, wandte Baley ein. »Nur noch eine Sache. Da war doch ein Roboter am Schauplatz des Verbrechens.«

Jetzt schaltete sich zum ersten Mal Daneel ein. »Der Roboter befand sich nicht am Schauplatz des Verbrechens. Wenn das der Fall gewesen wäre, so wäre das Verbrechen nicht begangen worden.«

Baley sah sich ruckartig um. Und Gruer, der zum zweiten Mal sein Glas gehoben hatte, als wollte er daraus trinken, stellte es wieder hin und starrte Daneel an.

»Ist das nicht so?« fragte Daneel.

»Doch, durchaus«, sagte Gruer. »Ein Roboter hätte eine Person daran gehindert, einer anderen ein Leid zuzufügen. Erstes Gesetz.«

»Also gut«, sagte Baley. »Zugegeben. Aber der Roboter muß in der Nähe gewesen sein. Er befand sich am Tatort, als die anderen Roboter auftauchten. Sagen wir einmal, er hätte sich im Nebenzimmer befunden. Der Mörder bedrängte Delmarre, und Delmarre schreit: ›Du wirst mich umbringen!‹ Die Roboter des Haushaltes haben jene Worte nicht gehört; sie haben höchstens einen Schrei gehört. Und so kamen sie nicht, da man sie nicht gerufen hatte. Aber dieser eine Roboter hat die Worte gehört, und das Erste Gesetz veranlaßte ihn dazu, ungerufen zu kommen. Er kam zu spät. Wahrscheinlich ist er Zeuge der Tat geworden.«

»Er muß die letzte Phase des Mordes gesehen haben«, pflichtete Gruer bei. »Das war es auch, was ihn in Unordnung brachte. Zeuge zu sein, wie einem Menschen Schaden zugefügt wird, ohne den Schaden verhindert zu haben, ist ein Verstoß gegen das Erste Gesetz und führt je nach den Umständen zu mehr oder weniger starken Schäden am Positronengehirn. In diesem Fall war es ein ziemlich großer Schaden.«

Gruer starrte seine Fingerspitzen an, während er das Glas mit der Flüssigkeit hin und her drehte.

»Dann war der Roboter Zeuge«, sagte Baley. »Hat man ihn befragt?

»Welchen Sinn hätte das gehabt? Er war gestört. Er konnte nur sagen: ›Du wirst mich umbringen!‹ Bis dahin stimme ich mit Ihrer Rekonstruktion des Tathergangs überein. Wahrscheinlich waren das Delmarres letzte Worte, die sich in das Bewußtsein des Roboters einbrannten, als alles andere zerstört wurde.«

»Aber man hat mir gesagt, daß Solaria sich auf Roboter spezialisiert habe. Gab es denn wirklich keine Möglichkeit, den Roboter zu reparieren? Keine Möglichkeit, seine Positronenbahnen wieder zusammenzuflicken?«

»Keine!« sagte Gruer scharf.

»Und wo ist der Roboter jetzt?«

»Verschrottet«, sagte Gruer.

Baley hob die Augenbrauen. »Das ist doch ein recht eigenartiger Fall. Kein Motiv, keine Zeugen, kein Tatwerkzeug und keine Beweismittel. Und all die wenigen Beweismittel, die es anfänglich gab, sind zerstört. Sie haben nur eine Verdächtige, und alle scheinen von ihrer Schuld überzeugt; zumindest ist jeder sicher, daß sonst niemand der Schuldige sein kann, und das ist offensichtlich auch Ihre Meinung. Die Frage ist also: Warum hat man mich überhaupt kommen lassen?«

Gruer runzelte die Stirn. »Sie scheinen erregt, Mr. Baley.« Er wandte sich abrupt zu Daneel um. »Mr. Olivaw.«

»Ja, Agent Gruer.«

»Würden Sie bitte durch die Behausung gehen und sich vergewissern, daß alle Fenster geschlossen und verdunkelt sind? Es könnte sein, daß Detektiv Baley die Wirkung des freien Raumes spürt.«

Gruers Worte verblüfften Baley. Im ersten Augenblick drängte es ihn, Gruer zu widersprechen und Daneel den Befehl zu erteilen, dazubleiben, spürte aber im letzten Augenblick, ehe er dies tat, so etwas wie Panik in Gruers Stimme und glaubte so etwas wie eine Bitte in seinen Augen zu lesen.

Er lehnte sich zurück und wartete ab, bis Daneel den Raum verlassen hatte.

In dem Augenblick war es, als fiele eine Maske über Gruers Gesicht, das plötzlich nackt und ängstlich wirkte. »Das war leichter, als ich geglaubt hatte«, sagte Gruer. »Ich hatte mir alle möglichen Vorwände zurechtgelegt, um allein mit Ihnen sprechen zu können. Ich hätte nie gedacht, daß der Auroraner auf eine einfache Bitte hin weggehen würde; und doch fiel mir einfach nichts anderes ein.«

»Nun, jetzt bin ich allein«, sagte Baley.

»Ich konnte in seiner Gegenwart nicht offen sprechen«, erklärte Gruer. »Er ist Auroraner und ist hier, weil man ihn uns aufgezwungen hat, sozusagen als Preis dafür, daß Sie kommen konnten.« Der Solarianer beugte sich vor. »Hier geht es um mehr als nur Mord. Mich interessiert nicht nur, wer die Tat begangen hat. Es gibt Parteien auf Solaria, Geheimorganisationen ...«

Baley starrte Gruer an. »Aber dabei kann ich Ihnen doch ganz bestimmt nicht helfen.«

»Natürlich können Sie das. Sie müssen folgendes verstehen: Dr. Delmarre war Traditionalist. Er glaubte an die gute alte Zeit und die Art und Weise, wie man damals mit den Problemen umging. Aber heute gibt es bei uns neue Kräfte; Kräfte, die den Wandel wollen. Und man hat Delmarre zum Schweigen gebracht.«

»Durch Mrs. Delmarre?«

»Durch ihre Hand. So muß es gewesen sein. Aber das ist

nicht wichtig. Es gibt eine Organisation, die hinter ihr steht, und das ist es, worauf es ankommt.«

»Sind Sie sicher? Haben Sie Beweise?«

»Nur vage Beweise. Dafür kann ich nichts. Rikaine Delmarre war irgend etwas auf der Spur. Er hat mir versichert, daß *seine* Beweise stichhaltig seien. Und ich glaube ihm. Ich kannte ihn gut genug, um zu wissen, daß er weder ein Narr noch ein Kind war. Unglücklicherweise hat er mir nur sehr wenig gesagt. Natürlich wollte er seine Ermittlungen abschließen, ehe er die ganze Angelegenheit den Behörden vortrug. Er muß kurz vor dem Abschluß gestanden haben, sonst hätten sie es sicher nicht gewagt, ihn ganz offen auf so brutale Weise zu ermorden. Aber eines hat mir Delmarre gesagt: Die ganze Menschheit ist in Gefahr.«

Baley zuckte zusammen. Einen Augenblick lang war ihm, als hörte er wieder Minnim sprechen, aber in noch größerem Ausmaß. Wollte denn *jeder* sich mit Gefahren von kosmischer Dimension an ihn wenden?

»Warum glauben Sie, daß ich helfen kann?« fragte er.

»Weil Sie ein Erdenmensch sind«, sagte Gruer. »Verstehen Sie? Wir auf Solaria haben mit diesen Dingen keine Erfahrung. In gewisser Weise verstehen wir die Menschen überhaupt nicht. Es gibt zu wenige von uns hier.«

Er sah Baley verlegen an. »Es fällt mir schwer, das zu sagen, Mr. Baley. Meine Kollegen lachen mich aus, und einige werden sogar zornig. Aber ich bin überzeugt, daß ich das richtig sehe. Mir scheint, ihr Erdenmenschen *müßt* die Leute viel besser verstehen als wir, einfach weil Sie mit so vielen zusammenleben. Und ein Detektiv bestimmt noch mehr als sonst jemand. Stimmt das nicht?«

Baley nickte halbherzig, blieb aber stumm.

»In gewisser Weise war dieser Mord ein Glück«, sagte Gruer. »Ich habe nicht gewagt, den anderen gegenüber etwas von Delmarres Ermittlungen zu sagen. Schließlich konnte ich nicht sicher sein, wer vielleicht alles in die Verschwörung verstrickt war. Und Delmarre selbst war nicht bereit, irgendwelche Einzelheiten preiszugeben, bevor seine Ermittlungen abgeschlossen waren. Und selbst wenn Delmarre seine Ermittlungen abgeschlossen hätte, was hätten wir dann unternehmen sollen? Was unternimmt man, wenn man es mit feindlich gesinnten menschlichen Wesen zu tun hat? Ich weiß es nicht. Ich war von Anfang an der Meinung, daß wir einen Erdenmenschen brauchten. Als ich von Ihrer Arbeit im Zusammenhang mit dem Mord in Spacetown auf der Erde hörte, wußte ich, daß wir Sie brauchten. Ich nahm Verbindung mit Aurora auf – schließlich hatten Sie am engsten mit den Bewohnern jenes Planeten zusammengearbeitet – und trat mit deren Hilfe mit der Erdenregierung in Verbindung. Trotzdem gelang es mir nicht, meine Kollegen davon zu überzeugen, daß sie dem zustimmten. Dann kam der Mord, und das war ein derartiger Schock, daß man mir die Zustimmung erteilte, die ich brauchte. In dem Augenblick hätten die allem und jedem zugestimmt.«

Gruer zögerte etwas und fügte dann hinzu: »Es fällt mir nicht leicht, einen Erdenmenschen um Hilfe zu bitten, aber ich muß es tun. Vergessen Sie nicht, die ganze menschliche Rasse ist in Gefahr. Die Erde auch.«

Die Erde befand sich demnach in doppelter Hinsicht in Gefahr. Und daß Gruer es ehrlich meinte, daran ließ seine Stimme keinen Zweifel.

Aber wenn der Mord wirklich ein so günstiger Vorwand für Gruer war, das zu tun, wonach es ihn so verzweifelt drängte, war es dann wirklich nur Glück und Zufall? Das führte zu neuen Überlegungen, die sich freilich weder in Baleys Gesicht, noch in seinen Augen oder in seiner Stimme bemerkbar machten.

»Man hat mich hierhergeschickt, um zu helfen, Sir«, sagte Baley. »Das will ich nach besten Kräften tun.«

Endlich hob Gruer das immer wieder unverrichteter Dinge abgestellte Glas und sah Baley über dessen Rand hinweg an. »Gut«, sagte er. »Kein Wort an den Auroraner, bitte. Was auch immer hier gespielt wird – Aurora mag damit zu tun haben. Jedenfalls interessiert man sich dort ungewöhnlich stark für den Fall. So hat Aurora beispielsweise darauf bestanden, Ihnen Mr. Olivaw als Partner beizuordnen. Aurora ist mächtig; wir mußten zustimmen. Sie sagen, sie würden Mr. Olivaw nur einschalten, weil er schon einmal mit Ihnen zusammengearbeitet hat. Aber es ist gut möglich, daß sie in Wirklichkeit den Wunsch haben, einen vertrauenswürdigen Mann aus den eigenen Reihen hier am Schauplatz des Verbrechens zu haben, wie?«

Er nippte an seinem Glas; sein Blick ruhte auf Baley.

Baley strich nachdenklich mit den Fingerknöcheln die Wange und rieb sie sich nachdenklich. »Wenn das nun ...«

Er sprach den Satz nicht zu Ende, sondern sprang von seinem Stuhl auf und wäre fast in Gruer hineingerannt, ehe er sich daran erinnerte, daß er nur einem Abbild gegenübersaß.

Denn Gruer starrte mit schreckgeweiteten Augen sein Glas an, griff sich an die Kehle und flüsterte heiser: »Das brennt ... brennt ...«

Das Glas entfiel seiner Hand, sein Inhalt rann auf den Boden, und Gruer fiel mit vor Schmerz verzerrtem Gesicht um.

7

EIN ARZT WIRD BEDRÄNGT

Daneel stand unter der Tür. »Was ist passiert, Partner Elijah?«

Aber jede Erklärung war überflüssig. Daneels Stimme wurde lauter, hallte: »Roboter von Hannis Gruer! Euer Herr ist in Gefahr! Roboter!«

Sofort trat eine Gestalt aus Metall in den Raum, und eine Minute später wimmelten ein Dutzend vor der Kamera. Drei davon trugen Gruer vorsichtig weg. Die anderen machten sich sofort daran, die Unordnung zu beseitigen und das Geschirr aufzuheben, das über dem Boden verstreut war.

Daneel rief plötzlich: »Ihr dort, ihr Roboter, laßt das Geschirr! Veranlaßt, daß gesucht wird. Durchsucht das Haus nach einem menschlichen Wesen. Alarmiert die Roboter draußen. Laßt sie das ganze Gelände durchsuchen. Wenn ihr einen Menschen findet, haltet ihn fest. Verletzt ihn nicht.« (Unnötiger Rat) »Aber laßt ihn auch nicht weg! Wenn ihr keinen Menschen findet, dann sagt mir Bescheid. Ich bleibe an diesem Sichtgerät.«

Während die Roboter sich verteilten, murmelte Elijah Daneel zu: »Das ist ein Anfang. Es war natürlich Gift.«

»Ja. Soviel ist offenkundig, Partner Elijah.« Daneel setzte sich, als wären ihm plötzlich die Knie schwach geworden. Baley hatte an ihm noch nie ein so menschlich wirkendes Verhalten gesehen wie jetzt, als es den Anschein hatte, als wären seine Knie geschwächt.

»Meinem Mechanismus bekommt es nicht gut, wenn ich ansehen muß, wie ein menschliches Wesen Schaden erleidet«, sagte Daneel.

»Sie hätten nichts tun können.«

»Das verstehe ich. Und doch ist mir, als wären einige meiner Denkbahnen verstopft. In menschlichen Begriffen würde man das, was ich empfinde, vermutlich als Schock bezeichnen.«

»Wenn das so ist, so sollten Sie darüber hinwegkommen.« Baley empfand weder Geduld noch Mitgefühl für robotischen Altruismus. »Wir müssen uns mit der Kleinigkeit befassen, wer hierfür verantwortlich ist. Es gibt kein Gift ohne Giftmischer.«

»Vielleicht hat es sich um Lebensmittelvergiftung gehandelt.«

»Eine zufällige Lebensmittelvergiftung? Auf einer so ordentlich geführten Welt? Quatsch! Außerdem befand sich das Gift in einer Flüssigkeit, und die Symptome traten plötzlich und vollständig auf. Nein, das war Giftmischerei. Sehen Sie, Daneel, ich werde jetzt ins Nebenzimmer gehen, um ein wenig darüber nachzudenken. Holen Sie mir Mrs. Delmarre! Vergewissern Sie sich, daß sie zu

Hause ist, und überprüfen Sie die Entfernung zwischen ihrem Anwesen und dem Gruers!«

»Glauben Sie etwa, daß sie ...«

Baley hob die Hand. »Stellen Sie einfach fest, worum ich Sie gebeten habe, ja?«

Er verließ das Zimmer, suchte das Alleinsein. Ganz sicher konnte es auf einer Welt wie Solaria keine zwei von einander unabhängige Mordversuche geben, die zeitlich so dicht beieinanderlagen. Und wenn es eine Verbindung gab, so war die nächstliegende Annahme die, daß Gruers Behauptung von einer Verschwörung stimmte.

Baley spürte, wie sich eine vertraute Erregung in ihm ausbreitete. Er war auf diese Welt gekommen, hauptsächlich mit den Problemen der Erde befaßt und den seinen. Der Mord selbst war für ihn etwas Weitentferntes gewesen. Aber jetzt hatte die Jagd wirklich begonnen. Seine Kinnmuskeln spannten sich.

Immerhin hatten der oder die Mörder (oder auch die Mörderin) in seiner Gegenwart zugeschlagen, und das traf ihn. Hielt man so wenig von ihm? Sein Berufsstolz war verletzt, und Baley wußte das und begrüßte es. Immerhin gab ihm das einen festen Anreiz, diese Sache als einen Mordfall zu Ende zu führen, ohne dabei auf die Sorgen der Erde und die Gefahren, in der sie schwebte, einzugehen.

Daneel hatte ihn entdeckt und kam auf ihn zu. »Ich habe getan, was Sie von mir verlangt haben, Partner Elijah. Ich habe Mrs. Delmarre gesichtet. Sie befindet sich in ihrem Haus, das etwa tausend Meilen vom Anwesen von Agent Gruer entfernt liegt.«

»Ich will sie selbst nachher sehen«, sagte Baley. »Ah ... sie sichten, meine ich.« Er starrte Daneel nachdenklich an. »Glauben Sie, daß sie irgendwie mit diesem Verbrechen in Verbindung steht?«

»Wie es scheint, nicht in direkter Verbindung, Partner Elijah.«

»Wollen Sie damit andeuten, daß es eine indirekte Verbindung gibt?«

»Sie könnte jemand anderen dazu überredet haben, es zu tun.«

»Jemand anderen?« fragte Baley schnell. »Wen?«

»Das kann ich nicht sagen, Partner Elijah.«

»Wenn jemand in ihrem Auftrag handelte, müßte dieser jemand sich am Schauplatz des Verbrechens befinden.«

»Ja«, sagte Daneel. »Jemand muß dort gewesen sein, der das Gift in das Getränk getan hat.«

»Ist es nicht möglich, daß das vergiftete Getränk schon früher am Tag vorbereitet worden ist? Vielleicht sogar viel früher?«

»Daran hatte ich gedacht, Partner Elijah«, sagte Daneel leise. »Und deshalb habe ich auch gesagt, ›wie es scheint‹, als ich erklärte, daß Mrs. Delmarre mit dem Verbrechen nicht direkt in Verbindung stünde. Es liegt durchaus im Bereich des Möglichen, daß sie sich früher am Tag am Tatort befunden hat. Es wäre gut, ihre Bewegungen zu überprüfen.«

»Das werden wir tun. Wir werden feststellen, ob sie zu irgendeinem Zeitpunkt körperlich anwesend war.«

Baleys Lippen zuckten. Er hatte schon vermutet, daß die robotische Logik in irgendeiner Weise ihre Einschränkungen haben mußte, und war jetzt davon überzeugt. So, wie der Robotiker es ausgedrückt hatte: logisch, aber nicht vernünftig.

Und dann sagte er: »Gehen wir in den Sichtraum zurück und sichten wir Gruers Anwesen.«

Der Raum blitzte vor Frische und Ordnung. Nichts deutete darauf hin, daß vor weniger als einer Stunde in diesem Raum ein Mann qualvoll zusammengebrochen war.

Drei Roboter standen mit dem Rücken zur Wand in der üblichen robotischen Haltung respektvoller Unterwürfigkeit da.

»Irgendwelche Neuigkeiten bezüglich eures Herrn?« fragte Baley.

Der mittlere Roboter sagte: »Der Arzt ist mit ihm beschäftigt, Herr.«

»Sieht er ihn oder sichtet er ihn?«
»Er sichtet ihn, Herr.«
»Was sagt der Arzt? Wird euer Herr überleben?«
»Das ist nicht sicher, Herr.«
»Ist das Haus durchsucht worden?«
»Gründlich, Herr.«
»Gab es irgendwelche Spuren eines anderen Menschen außer dem euren?«
»Nein, Herr.«
»Gab es denn irgendwelche Spuren, die auf eine solche Anwesenheit in der unmittelbaren Vergangenheit deuten?«
»Überhaupt keine, Herr.«
»Wird das Gelände durchsucht?«
»Ja, Herr.«
»Irgendwelche Ergebnisse bis jetzt?«
»Nein, Herr.«
Baley nickte und meinte: »Ich möchte den Roboter sprechen, der heute abend bei Tisch bedient hat.«
»Man hat ihn zur Untersuchung weggebracht, Herr. Seine Reaktionen sind nicht einwandfrei.«
»Kann er sprechen?«
»Ja, Herr.«
»Dann schafft ihn unverzüglich hierher.«
Es dauerte ziemlich lange, und Baley fing wieder an: »Ich sagte ...«
Daneel unterbrach ihn. »Es gibt eine Radioverbindung zwischen diesen solarianischen Robotertypen. Der Roboter, den Sie zu sprechen wünschen, wird herbeigerufen. Er bewegt sich nur sehr langsam; das ist Teil der Störung, die ihn als Folge des Geschehenen befallen hat.«
Baley nickte. Eigentlich hätte er sich das mit der Radioverbindung denken müssen. Auf einer Welt, die man in so hohem Maße den Robotern übergeben hatte, mußte es irgendeine intime Kommunikation zwischen ihnen geben, wenn das System nicht zusammenbrechen sollte. Das erklärte auch, daß ein Dutzend Roboter folgen konnten,

wenn man nur einen gerufen hatte; aber nur, wenn man sie brauchte, und sonst nicht.

Ein Roboter trat ein. Er hinkte und zog ein Bein nach. Baley fragte sich, weshalb das so war, und zuckte dann die Achseln. Selbst bei primitiven Robotern auf der Erde war der Laie nie imstande, die Reaktionen auf Verletzungen der Positronenbahnen zu erkennen. Ein unterbrochener Schaltkreis würde möglicherweise die Funktion eines Beines beeinträchtigen, wie das hier der Fall war. Und diese Tatsache würde für einen Robotiker höchst bedeutend sein, während sie jedem anderen überhaupt nichts sagte.

Baley meinte vorsichtig: »Erinnerst du dich an eine farblose Flüssigkeit auf dem Tisch deines Herrn, die du ihm teilweise in ein Glas eingegossen hast?«

»J-ja, Herr«, sagte der Roboter.

Auch noch ein Defekt in seiner Artikulation!

»Welcher Art war die Flüssigkeit?« fragte Baley.

»Wa-Wasser, Herr.«

»Nur Wasser? Sonst nichts?«

»Nur Wa-Wasser, Herr.«

»Wo hattest du es her?«

»Aus dem Wasserhahn de-des Reser-voirs, Herr.«

»Stand das Wasser schon in der Küche, ehe du es hereingebracht hast?«

»Der Herr hat es vor-vorgezogen, wenn es ni-nicht zu kalt war, Herr. Wir hatten Anwei-sung, es eine Stunde vor d-den Mahlzei-zeiten einzugießen.«

Wie bequem, dachte Baley – wenigstens für jemanden, der diese Tatsache kannte.

»Veranlasse, daß ich mit dem Arzt verbunden werde, der im Augenblick deinen Herrn sichtet«, sagte er. »Und unterdessen möchte ich einen anderen Roboter sprechen, der mir erklärt, wie das Wasserreservoir funktioniert. Ich möchte über die Wasserversorgung hier Bescheid wissen.«

Der Arzt stand kurz darauf zur Verfügung. Er war der älteste Spacer, den Baley je gesehen hatte, und das bedeutete, wie Baley dachte, daß er möglicherweise über dreihundert Jahre alt war. Die Venen standen auf seinen Händen hervor, und sein kurzgestutztes Haar war schlohweiß. Er hatte die Angewohnheit, mit dem Fingernagel gegen seine Schneidezähne zu klopfen und dabei ein klickendes Geräusch zu erzeugen, das Baley lästig fand. Er nannte sich Altim Thool.

»Glücklicherweise hat er einen großen Teil der Dosis wieder erbrochen«, sagte der Arzt. »Trotzdem kann es sein, daß er nicht überlebt. Wirklich eine tragische Geschichte.« Er seufzte schwer.

»Um welches Gift handelte es sich denn, Doktor?« fragte Baley.

»Das weiß ich leider nicht.« (Klick-klick-klick.)

»Was?« sagte Baley. »Wie behandeln Sie ihn denn dann?«

»Durch direkte Stimulation des Neuromuskular-Systems, um eine Lähmung zu verhindern. Aber abgesehen davon lasse ich der Natur ihren Lauf.« Sein Gesicht mit der etwas gelblichen Haut, die wie etwas abgewetztes Leder höchster Qualität aussah, hatte einen bittenden Ausdruck. »Wir haben mit solchen Dingen sehr wenig Erfahrung. Ich kann mich in mehr als zweihundert Jahren meiner Praxis nicht an einen ähnlichen Fall dieser Art erinnern.«

Baley starrte den Arzt voller Verachtung an. »Sie wissen doch, daß es so etwas wie Gifte gibt, oder?«

»O ja.« (Klick-klick). »Allgemeines Wissen.«

»Sie haben Nachschlagewerke auf Buchfilm, wo Sie sich Wissen verschaffen können.«

»Das würde Tage in Anspruch nehmen. Es gibt zahlreiche mineralische Gifte. In unserer Gesellschaft verwenden wir Insektizide, und es ist auch keineswegs unmöglich, sich bakterielle Toxine zu verschaffen. Selbst wenn das alles in den Filmen beschrieben wäre, würde es viel zu lange dauern, um die Anlagen bereitzustellen und die Techniken zu entwickeln, um die Gifte nachzuweisen.«

»Wenn auf Solaria niemand Bescheid weiß«, sagte Baley grimmig, »würde ich vorschlagen, daß Sie mit einer der anderen Welten Verbindung aufnehmen und es dort herausfinden. Unterdessen sollten Sie vielleicht das Reservoir in Gruers Villa nach Gift untersuchen lassen. Gehen Sie persönlich hin, wenn es sein muß, und tun Sie es.«

Baley bedrängte damit einen ehrwürdigen Spacer auf recht unsanfte Art, kommandierte ihn herum wie einen Roboter und bemerkte gar nicht, wie ungewöhnlich das war. Der Spacer protestierte auch gar nicht, sondern meinte nur etwas unsicher: »Wie könnte das Reservoir denn vergiftet sein? Ich bin ganz sicher, daß das unmöglich ist.«

»Wahrscheinlich haben Sie recht«, pflichtete Baley ihm bei. »Aber Sie sollten es trotzdem überprüfen, um sicherzugehen.«

Das Reservoir war in der Tat eine sehr entfernte Möglichkeit. Der Roboter hatte ihnen die Anlage erklärt, und Baley wußte jetzt, daß es sich um ein typisches Exemplar solarianischer Selbstversorgung handelte. Es konnte aus beliebigen Quellen Wasser aufnehmen, das dort nach Bedarf konditioniert wurde. Die Mikroorganismen wurden entfernt und unbelebte organische Materie eliminiert. Dann wurde das Wasser hinreichend belüftet, und man fügte ihm verschiedene Ionen zu, und zwar in genau den Spurenmengen, die für die Bedürfnisse des menschlichen Körpers notwendig waren. Es war sehr unwahrscheinlich, daß irgendein Gift die zahlreichen Regelmechanismen würde überleben können.

Aber wenn es gelang, eindeutig festzustellen, daß das Reservoir nicht vergiftet war, würde immerhin der Zeitfaktor klar sein. Es würde dann nur noch um die Stunde vor der Mahlzeit gehen, in der der Krug mit Wasser (frei der *Luft* ausgesetzt, dachte Baley etwas säuerlich) dank Gruers Idiosynkrasie sich langsam erwärmte.

Aber Dr. Thool meinte jetzt mit gerunzelter Stirn: »Aber wie sollte ich denn das Reservoir überprüfen?«

»Jehoshaphat! Nehmen Sie sich irgendein Tier mit. Injizieren Sie etwas von dem Wasser aus dem Reservoir in seine Venen oder lassen Sie es welches trinken. Gebrauchen Sie doch Ihren Kopf, Mann! Und tun Sie dasselbe mit dem restlichen Wasser in dem Krug. Und wenn das vergiftet ist, wie es ja wohl sein muß, dann führen Sie ein paar von den Proben durch, die in den Nachschlagefilmen beschrieben sind. Suchen Sie sich eben ein paar einfache. Tun Sie etwas!«

»Warten Sie! Warten Sie! Was für ein Krug?«

»Der Krug, in dem das Wasser war. Der Krug, aus dem der Roboter das Glas gefüllt hat, mit dem Gruer vergiftet wurde.«

»Ach, du liebe Güte – ich nehme an, den hat man bereits gereinigt. Der Haushaltsstab hätte ihn ganz bestimmt nicht einfach herumstehen lassen.«

Baley stöhnte. Natürlich nicht. Es war *unmöglich*, irgendwelche Beweise aufzubewahren, wenn eifrige Roboter sie unablässig im Namen ihrer geheiligten Haushaltspflichten zerstörten. Er hätte *befehlen* müssen, daß man den Krug stehenließ. Aber diese Gesellschaft war natürlich nicht die seine, und er reagierte nie richtig auf sie.

Jehoshaphat!

Schließlich wurde ihnen mitgeteilt, daß das Gruer-Anwesen sauber war; nirgends Spuren der Anwesenheit irgendwelcher unbefugter Menschen.

»Das macht das Rätsel komplizierter, Partner Elijah«, sagte Daneel. »Schließlich bleibt jetzt niemand, der als Giftmischer in Frage kommt.«

Baley, ganz in Gedanken versunken, hörte kaum, was der Roboter zu ihm sagte. »Was?« meinte er. »Nein, ganz und gar nicht. Ganz und gar nicht. Das klärt die Angelegenheit.« Er gab keine nähere Erklärung ab, wohl wissend, daß Daneel außerstande sein würde, jetzt zu begreifen oder zu glauben, was für Baley mit fast völliger Gewißheit die Wahrheit war.

Daneel verlangte auch keine Erklärung. Ein solches Eindringen in die Gedanken eines Menschen wäre höchst unrobotisch gewesen.

Baley schritt unruhig auf und ab, voll Angst vor der herannahenden Schlafperiode, wo seine Ängste vor dem Draußen ansteigen und sein Sehnen nach der Erde anwachsen würde. Er empfand den fast fieberhaften Wunsch, die Dinge in Gang zu halten, und meinte, zu Daneel gewandt: »Ich könnte eigentlich Mrs. Delmarre noch einmal ansprechen. Veranlassen Sie, daß der Roboter den Kontakt herstellt.«

Sie gingen zum Sichtraum, und Baley sah einem Roboter dabei zu, wie er mit geschickten Fingern tätig wurde. Er beobachtete ihn wie durch einen Schleier von Gedanken, die dann plötzlich verschwanden, als ein elegant zum Abendessen gedeckter Tisch den halben Raum füllte.

Gladias Stimme sagte: »Hallo!« Im nächsten Augenblick trat sie in den Aufnahmebereich der unsichtbaren Kameras und setzte sich. »Schauen Sie nicht so überrascht, Elijah! Es ist Essenszeit. Und ich bin sorgfältig gekleidet. Sehen Sie?«

Das war sie. Die dominierende Farbe ihres Kleides war hellblau, und es hüllte sie mit seinem schimmernden Glanz bis zu den Handgelenken und den Fußknöcheln ein. An ihrem Hals und den Schultern waren gelbe Rüschen von einem etwas hellerem Gelb als ihr Haar, das in sorgfältig gekämmten Wellen um ihren Kopf lag.

»Ich wollte Sie nicht beim Essen stören«, sagte Baley.

»Ich habe noch gar nicht angefangen. Warum schließen Sie sich mir nicht an?«

Er sah sie argwöhnisch an. »Mich Ihnen anschließen?«

Sie lachte. »Ihr Erdenmenschen seid so komisch. Ich meine das natürlich nicht persönlich; wie könnten Sie das auch? Ich meine, gehen Sie doch in Ihr eigenes Speisezimmer, dann können Sie und der andere mit mir zu Abend essen.«

»Aber wenn ich weggehe ...«

»Ihr Sichttechniker kann den Kontakt aufrechterhalten.«

Daneel nickte dazu würdevoll, und Baley wandte sich etwas unsicher um und ging zur Tür. Gladia mit ihrem Tisch und dem Geschirr darauf und allen anderen Gegenständen bewegte sich mit ihm.

Sie lächelte aufmunternd. »Sehen Sie? Ihr Sichttechniker hält den Kontakt für uns.«

Baley und Daneel fuhren eine sich bewegende Rampe hinauf, an die Baley sich nicht erinnerte. Offenbar gab es in dieser unmöglichen Villa zahlreiche Verbindungswege zwischen zwei beliebigen Räumen, und er kannte nur einige davon. Daneel kannte sie natürlich alle.

Und die ganze Zeit bewegte sich Gladia und ihre Tafel mit ihnen; manchmal Wände durchdringend, manchmal etwas unter dem Boden, aber stets bei ihnen bleibend. Baley blieb stehen und murmelte: »Daran muß man sich wirklich gewöhnen.«

»Macht es Sie schwindelig?« fragte Gladia.

»Ein wenig.«

»Dann will ich Ihnen etwas sagen. Warum sagen Sie Ihrem Techniker nicht, daß er mich hier einfrieren soll? Wenn Sie dann in Ihrem Speiseraum eingetroffen und soweit sind, kann er uns ja wieder zusammenfügen.«

»Ich werde das veranlassen, Partner Elijah«, sagte Daneel.

Als sie ankamen, war ihr Tisch gedeckt, und in den Tellern dampfte eine dunkelbraune Suppe, in der gewürfelte Fleischstücke schwammen. In der Mitte des Tisches wartete ein großes Stück Geflügelbraten darauf, angeschnitten zu werden. Daneel redete kurz mit dem Servier-Roboter, worauf die zwei Gedecke schnell und ohne das sonstige Arrangement zu stören, an dasselbe Ende der Tafel gezogen wurden.

Als wäre das ein Signal, schien die gegenüberliegende Wand sich nach außen zu schieben, der Tisch schien sich zu verlängern, und Gladia saß am gegenüberliegenden Ende. Der eine Raum schloß sich so elegant an den anderen, der eine Tisch so sauber an den anderen an, daß man, abgesehen von den unterschiedlichen Mustern des Wand-

und Bodenbelags und des unterschiedlichen Geschirrs, leicht hätte glauben können, daß sie tatsächlich miteinander speisten.

»So«, sagte Gladia befriedigt. »Ist das nicht behaglich?«

»Ja, durchaus«, sagte Baley. Er kostete vorsichtig an seiner Suppe, stellte fest, daß sie ihm schmeckte und schöpfte sich nach. »Sie wissen doch, was mit Agent Gruer passiert ist?«

Die Sorge umschattete sofort ihr Gesicht, und sie legte den Löffel weg. »Ist es nicht schrecklich? Der arme Hannis!«

»Sie gebrauchen seinen Vornamen. Kennen Sie ihn näher?«

»Ich kenne fast alle wichtigen Leute auf Solaria. Die meisten Solarianer kennen einander. Natürlich.«

In der Tat, natürlich. Wie viele gab es denn auch schon von ihnen?

»Dann kennen Sie vielleicht auch Dr. Altim Thool«, sagte Baley. »Er kümmert sich um Gruer.«

Gladia lachte leise. Ihr Servier-Roboter schnitt ihr das Fleisch und fügte ein paar kleine, angeröstete Kartoffeln und ein paar Karottenstücke hinzu. »Natürlich kenne ich ihn. Er hat mich behandelt.«

»Wann hat er Sie behandelt?«

»Gleich, nachdem ... nach den Schwierigkeiten. Das mit meinem Mann, meine ich.«

Baley sah sie erstaunt an. »Ist er der einzige Arzt auf dem ganzen Planeten?«

»O nein!« Einen Augenblick lang bewegten sich ihre Lippen stumm, als zählte sie. »Es gibt wenigstens zehn. Und dann weiß ich noch von einem jungen Mann, der Medizin studiert. Aber Dr. Thool ist einer der besten. Er hat die größte Erfahrung. Der arme Dr. Thool.«

»Warum arm?«

»Nun, Sie wissen schon, was ich meine. Ist doch ein scheußlicher Beruf, wenn man Arzt ist. Manchmal muß man die Leute *sehen*, wenn man Arzt ist, ja sogar sie *berühren.* Aber Dr. Thool scheint sich damit abgefunden zu haben. Und wenn er das Gefühl hat, daß es nicht anders geht, sieht er die Leute auch. Er hat mich seit meiner Kindheit behandelt und war immer so freundlich und so nett. Und ich glaube ehrlich, daß es mir fast nichts ausmachen würde, wenn er mich sehen müßte. Dieses letzte Mal beispielsweise hat er mich gesehen.«

»Nach dem Tod Ihres Mannes, meinen Sie?«

»Ja. Sie können sich ja vorstellen, wie ihm zumute war, als er den Leichnam meines Mannes und mich dort liegen sah.«

»Man hat mir gesagt, er hätte die Leiche gesichtet«, sagte Baley.

»Die Leiche schon. Aber nachdem er sich vergewissert hatte, daß ich noch lebte und nicht in Gefahr war, befahl er den Robotern, ein Kissen unter meinen Kopf zu schieben, mir irgendeine Injektion zu geben und dann zu verschwinden. Er ist per Jet herübergekommen. Wirklich! Per Jet! Es hat weniger als eine halbe Stunde gedauert, und er hat sich um mich gekümmert und dafür gesorgt, daß alles in Ordnung war. Ich war so benommen, als ich zu mir kam, daß ich sicher war, ich würde ihn nur sichten, verstehen Sie? Und erst als er mich berührte, wußte ich, daß wir einander sahen. Und da habe ich natürlich geschrien. Der arme Dr. Thool! Ihm war das schrecklich peinlich! Aber ich weiß, daß er es gut gemeint hat.«

Baley nickte. »Ich nehme an, man braucht auf Solaria nicht oft Ärzte?«

»Das will ich doch hoffen.«

»Ich weiß, daß es hier praktisch keine Bakterienkrankheiten gibt. Was ist denn mit Stoffwechselstörungen? Arteriosklerose? Diabetes? Solche Dinge?«

»Das gibt es gelegentlich. Und dann ist es ziemlich schlimm. Die Ärzte können solchen Leuten das Leben im physischen Sinne etwas lebenswerter machen; aber das ist ja das Wenigste.«

»Oh?«

»Natürlich. Das bedeutet, daß bei der Gen-Analyse ein Fehler gemacht wurde. Sie glauben doch bestimmt nicht, wir würden absichtlich zulassen, daß sich Defekte wie Diabetes entwickeln. Jeder, der solche Symptome entwickelt, muß sich einer sehr detaillierten Nachanalyse unterziehen. Die Partnerzuteilung muß überprüft werden, und das ist für den Partner höchst peinlich. Und es bedeutet keine ... keine ...« – ihre Stimme wurde ganz leise, war jetzt nur noch ein Flüstern – »Kinder.«

»Keine Kinder?« sagte Baley mit normaler Stimme.

Gladia wurde rot. »Es ist schrecklich, so etwas auszusprechen. Ein solches Wort! K-Kinder!«

»Nach einer Weile geht es ganz einfach«, sagte Baley trocken.

»Ja. Aber wenn ich mir das angewöhne, werde ich es irgendwann vor anderen Solarianern aussprechen, und dann werde ich vor Scham im Boden versinken ... Jedenfalls, wenn die zwei schon Kinder ... sehen Sie, jetzt habe ich es schon wieder gesagt – gehabt haben, muß man sie finden und untersuchen – und das war übrigens Teil von Rikaines Pflichten – nun, es ist einfach unangenehm.«

Soviel zu Thool, dachte Baley. Die Unfähigkeit des Arztes war eine natürliche Konsequenz der hiesigen Gesellschaft, und daran war nichts Böses. Nichts *notwendigerweise* Böses. Man kann ihn wohl abhaken, dachte er, aber nur mit einem ganz dünnen Strich.

Er sah Gladia beim Essen zu. Ihre Bewegungen waren anmutig und akkurat, und ihr Appetit schien normal. (Sein Geflügel schmeckte herrlich. In einer Hinsicht jedenfalls – in bezug auf das Essen nämlich – konnte es leicht sein, daß diese Äußeren Welten *Ihn* verdarben.)

»Was halten Sie von der Vergiftung, Gladia?« fragte er.

Sie blickte auf. »Ich versuche, nicht daran zu denken. In letzter Zeit hat es soviel Schreckliches gegeben. Vielleicht war es gar keine Vergiftung.«

»Doch.«

»Aber es war doch niemand da?«

»Woher wissen Sie das?«

»Es kann niemand dagewesen sein. Er hat heutzutage keine Frau, weil er seine Zuteilung von K ... – Sie wissen schon – hinter sich hat. Also war da niemand, der das Gift hätte hineintun können. Wie kann er also vergiftet worden sein?«

»Aber er ist vergiftet worden. Das ist eine Tatsache, und das muß man akzeptieren.«

Ihre Stirn umwölkte sich. »Meinen Sie etwa«, sagte sie, »daß er es selbst getan hat?«

»Das bezweifle ich. Warum sollte er? Und so öffentlich?«

»Dann konnte man es einfach nicht tun, Elijah. Es ging einfach nicht.«

»Im Gegenteil, Gladia«, sagte Baley. »Sehr leicht konnte man es tun. Und ich bin sicher, ich weiß genau, wie.«

8
WIDERSTAND GEGEN EINEN SPACER

Gladia schien einen Augenblick lang den Atem anzuhalten. Er entwich ihren geschürzten Lippen fast wie ein Pfeifen. Dann sagte sie: »*Ich* weiß ganz sicher nicht, wie es geschehen ist. Wissen Sie denn, *wer* es getan hat?«

Baley nickte. »Derselbe, der auch Ihren Mann getötet hat.«

»Sind Sie sicher?«

»Sind Sie das nicht? Der Mord an Ihrem Mann war der erste Mord in der Geschichte Solarias. Einen Monat später ereignet sich ein zweiter Mord. Kann das denn ein Zufall sein? Zwei Mörder, die – unabhängig voneinander – innerhalb eines Monats auf einer sonst von Verbrechen freien Welt zuschlagen? Und dann bedenken Sie auch noch, daß das zweite Opfer damit beschäftigt war, das erste Verbrechen zu untersuchen, und damit für den ursprünglichen Mörder eine große Gefahr darstellte.«

»Nun ...« Gladia wandte sich ihrem Nachtisch zu und sagte dann zwischen zwei Bissen: »Wenn Sie es so ausdrücken, bin ich unschuldig.«

»Wieso, Gladia?«

»Nun, Elijah, ich bin in meinem ganzen Leben nie auch nur in die Nähe des Gruer-Anwesens gekommen, also könnte ich ganz sicher Agent Gruer nicht vergiftet haben. Und wenn ich das nicht getan habe – nun, dann habe ich meinen Mann auch nicht getötet.«

Baley bewahrte strenges Schweigen. Das schien die in ihr entstandene Hochstimmung gleich wieder zu dämpfen, denn ihre Mundwinkel sanken herunter. »Denken Sie da anders, Elijah?«

»Ich bin da nicht sicher«, sagte Baley. »Ich sagte Ihnen ja, ich kenne die Methode, mit der man Gruer vergiftet hat; sie ist äußerst geschickt, und jedermann auf Solaria hätte sich ihrer bedienen können, ob der Betreffende sich nun auf dem Gruer-Anwesen befunden hat oder nicht; genauer gesagt, ob der Betreffende je das Gruer-Anwesen betreten hat oder nicht.«

Gladia ballte die Hände zu Fäusten. »Sagen Sie damit, daß ich die Tat begangen habe?«

»Nein, das sage ich nicht.«

»Sie deuten es aber an.« Ihre Lippen waren vor Wut weiß, und über ihren hohen Backenknochen brannten hektische rote Flecken. »Ist das der Grund, weshalb Sie mich sichten wollten? Um mir heimtückische Fragen zu stellen? Um mich in die Falle zu locken?«

»Aber warten Sie doch ...«

»Und ich hielt Sie für einen mitfühlenden Menschen, einen Menschen mit Verständnis. Sie ... Sie *Erdenmensch!*«

Ihre sonst so angenehme Altstimme war bei dem letzten Wort schrill geworden.

Daneels perfektes Gesicht wandte sich Gladia zu, und er sagte: »Wenn Sie mir verzeihen wollen, Mrs. Delmarre – Sie halten Ihr Messer recht verkrampft und könnten sich schneiden. Bitte, seien Sie vorsichtig!«

Gladia starrte das kurze, stumpfe und ohne Zweifel völlig harmlose Messer verstört an, das sie in der Hand hielt. Mit einer verkrampften Bewegung hob sie es plötzlich.

»Sie könnten mich nicht erreichen, Gladia«, sagte Baley.

Und sie stieß hervor: »Wer würde Sie schon erreichen wollen? Ah!« Sie schauderte in einer Geste übertriebenen Ekels und rief: »Brecht sofort den Kontakt ab!«

Die Anweisung mußte einem für Baley und Daneel unsichtbaren Roboter gegolten haben, denn Gladia und ihre Hälfte des Raumes verschwanden im gleichen Augenblick; an ihre Stelle trat wieder die ursprüngliche Wand.

»Gehe ich in der Annahme richtig, daß Sie diese Frau jetzt für schuldig halten?« fragte Daneel.

»Nein«, sagte Baley ausdruckslos. »Wer auch immer die Tat begangen hat, dazu war ein viel höheres Maß an bestimmten Eigenschaften notwendig, als diese junge Frau besitzt.«

»Sie ist erregt.«

»Und was besagt das schon? Die meisten Leute sind erregbar. Bedenken Sie auch, daß sie eine beträchtliche Zeit unter beträchtlichem Stress gestanden hat. Wäre ich unter ähnlichem Stress gestanden und hätte sich jemand so gegen mich gewandt, wie sie das bei mir empfunden hat, so hätte ich unter Umständen viel mehr tun können, als mit einem albernen, kleinen Messer herumzufuchteln.«

Daneel ließ das auf sich beruhen und meinte: »Sie sagen, Sie haben herausgefunden, wie man jemanden aus der Ferne vergiften kann. Mir ist diese Technik nach wie vor rätselhaft.«

Baley bereitete es ein gewisses Vergnügen, sagen zu können: »Ich weiß. Ihnen fehlt die Fähigkeit, dieses spezielle Rätsel zu lösen.«

Er sagte das so, als wäre damit das letzte Wort gesprochen. Und Daneel akzeptierte die Aussage so ruhig und gelassen, wie er das immer zu tun pflegte.

»Ich habe jetzt zwei Aufgaben für Sie, Daneel«, meinte Baley.

»Und was sind das für Aufgaben, Partner Elijah?«

»Zuerst nehmen Sie mit diesem Dr. Thool Verbindung auf und stellen den Zustand Mrs. Delmarres zum Zeitpunkt der Ermordung ihres Mannes fest. Wie lange sie behandelt werden mußte und so weiter.«

»Wollen Sie etwas Bestimmtes herausfinden?«

»Nein. Ich versuche nur Daten zu sammeln. Das ist auf dieser Welt nicht leicht. Zum zweiten sollen Sie herausfinden, wer Gruers Stelle als Leiter der Sicherheitsbehörde einnehmen wird. Sobald Sie das wissen, veranlassen Sie, daß ich ihn gleich morgen früh sichten kann. Was mich betrifft«, sagte er sichtlich und hörbar mißvergnügt, »so werde ich jetzt zu Bett gehen und werde, wie ich hoffe, schließlich auch schlafen können.« Und dann, fast verstimmt: »Meinen Sie, ich könnte hier einen vernünftigen Buchfilm bekommen?«

»Ich würde vorschlagen, daß Sie den Roboter kommen lassen, der für die Bibliothek zuständig ist«, meinte Daneel.

Baley war ungehalten darüber, sich mit dem Roboter abgeben zu müssen. Er hätte es entschieden vorgezogen, einfach herumzustöbern.

»Nein«, sagte er, »keine Klassiker; ganz gewöhnliche Romane, die sich mit dem Alltagsleben auf Solaria befassen, vielleicht ein halbes Dutzend davon.«

Der Roboter fügte sich (das mußte er). Aber auch noch während er damit beschäftigt war, die entsprechenden Schalter zu betätigen, die die gewünschten Buchfilme aus ihren Nischen zupften und sie erst zu einem Ausgabeschlitz und schließlich in Baleys Hand beförderten, rasselte er mit respektvoller Stimme die anderen Kategorien herunter, die die Bibliothek zu bieten hatte.

Ob der Herr nicht vielleicht doch lieber eine Abenteuergeschichte aus den Tagen der Erforschung des Planeten vorziehen würde, schlug er vor. Oder ein ausgezeichnetes

Buch über Chemie vielleicht, mit belebten Atommodellen. Oder vielleicht Fantasy. Oder eine Galaktografie. Die Liste schien endlos.

Baley wartete mürrisch auf sein halbes Dutzend, sagte dann: »Das reicht jetzt«, griff mit eigener Hand – mit *eigener* Hand – nach einem Lesegerät und verließ den Raum.

Als der Roboter ihm folgte und fragte: »Brauchen Sie Hilfe, um das Gerät zu bedienen, Herr?« wandte Baley sich um und herrschte ihn an: »Nein! Bleib, wo du bist!«

Der Roboter verbeugte sich und blieb zurück.

Im Bett liegend, unter dem leuchtenden Kopfbrett, bedauerte Baley seine Entscheidung beinahe. Das Lesegerät war völlig anders konstruiert als jedes Modell, das er bisher benutzt hatte, und er hatte wirklich keine Ahnung, wie er den Film einlegen sollte. Aber er arbeitete hartnäckig und schaffte es schließlich, indem er das Gerät zerlegte und wieder zusammenbaute.

Wenigstens konnte er jetzt den Film betrachten, und wenn das Bild etwas unscharf blieb, so war dies ein bescheidener Preis für einen Augenblick der Unabhängigkeit von den Robotern.

In den nächsten anderthalb Stunden hatte er sich vier der sechs Filme betrachtet und war enttäuscht.

Er hatte sich eine Theorie aufgebaut. Er hatte geglaubt, es gäbe keinen besseren Weg, Einblick in die solarianische Lebensweise zu bekommen, als ihre Romane zu lesen. Und wenn er seine Ermittlungen vernünftig führen sollte, brauchte er diesen Einblick.

Aber diese Theorie mußte er jetzt aufgeben. Er hatte sich Romane angesehen, und es dabei nur geschafft, etwas über Leute mit lächerlichen Problemen zu erfahren, die sich albern benahmen und geradezu mysteriös reagierten. Wie kam eine Frau dazu, ihre berufliche Tätigkeit aufzugeben, als sie feststellte, daß ihr Kind denselben Beruf ergriffen hatte? Wie konnte sie sich weigern, ihre Gründe dafür zu erklären, bis es zu unerträglichen und gleichzeitig lächerlichen Komplikationen gekommen war? Und weshalb bedeutete es eine Erniedrigung für eine Ärztin und einen Künstler, einander zugeteilt zu werden, und was war so edelmütig an der Entscheidung der Ärztin, sich mit Robot-Forschung zu befassen?

Er fädelte den fünften Roman in das Lesegerät ein und schob sich das Okular vor die Augen. Er war bis auf die Knochen müde.

So müde, daß er sich nachher überhaupt nicht an den fünften Roman erinnern konnte (bei dem es sich, wie er vermutete, um eine Art Thriller handelte), mit Ausnahme der Einleitung, in der der neue Besitzer eines Anwesens seine Villa betrat und sich die Kontenfilme ansah, die ihm ein respektvoller Roboter vorlegte.

Vermutlich war er dann mit dem Lesegerät auf der Stirn und bei heller Beleuchtung eingeschlafen. Vermutlich hatte ihm später ein respektvoll eintretender Roboter vorsichtig das Lesegerät abgenommen und das Licht ausgeschaltet.

Jedenfalls schlief er und träumte von Jessie. Alles war so, wie es gewesen war. Er hatte die Erde nie verlassen. Sie würden sich jetzt gleich auf den Weg zur Gemeinschaftsküche machen und sich anschließend mit Freunden eine Subäther-Show ansehen. Sie würden die Expreßways benutzen und Leute sehen, und weder er noch Jessie hatten irgendwelche Sorgen. Er war glücklich.

Und Jessie war schön. Irgendwie hatte sie abgenommen. Warum war sie so schlank? Und so schön?

Und noch etwas stimmte nicht: Irgendwie schien die Sonne auf sie. Er blickte auf, aber da waren nur die oberen Etagen zu sehen; und doch schien die Sonne auf sie herab, brannte hell auf alles rings um sie, und niemand hatte Angst davor.

Baley wachte verstört auf. Er ließ sich von den Robotern Frühstück servieren und sagte kein Wort zu Daneel. Er sagte nichts, fragte nichts, schüttete den ausgezeichneten Kaffee in sich hinein, ohne seinen Geschmack wahrzunehmen.

Warum hatte er von der sichtbar-unsichtbaren Sonne geträumt? Er konnte verstehen, daß er von der Erde und von Jessie geträumt hatte; aber was hatte die Sonne damit zu tun? Und warum beunruhigte ihn dieser Gedanke eigentlich so?

»Partner Elijah«, sagte Daneel mit sanfter Stimme.

»Was?«

»Corwin Attlebish wird in einer halben Stunde mit Ihnen in Sichtkontakt sein. Das habe ich veranlaßt.«

»Wer, zum Teufel, ist Corwin Weißnichtwas?« fragte Baley scharf und goß sich Kaffee nach.

»Er war Agent Gruers erster Mitarbeiter, Partner Elijah, und leitet im Augenblick die Sicherheitsabteilung.«

»Dann holen Sie ihn mir jetzt!«

»Die Verabredung ist, wie ich erklärte, für etwas später getroffen worden. In einer halben Stunde.«

»Das ist mir gleichgültig. Holen Sie ihn jetzt! Das ist ein Befehl.«

»Ich werde es versuchen, Partner Elijah. Möglicherweise ist er aber nicht einverstanden, das Gespräch schon anzunehmen.«

»Dann versuchen wir es eben. Los jetzt, Daneel!«

Der kommissarische Leiter des Sicherheitsbüros nahm das Gespräch an, und Baley sah zum ersten Mal auf Solaria einen Spacer, der der üblichen irdischen Vorstellung eines solchen entsprach. Attlebish war groß, schlank und hatte eine bronzene Hautfarbe. Seine Augen waren hellbraun, sein Kinn ausgeprägt und hart.

Er ähnelte entfernt Daneel. Aber wo Daneel idealisiert, fast gottähnlich war, waren Corwin Attlebish' Züge menschlich.

Attlebish war mit Rasieren beschäftigt. Das kleine, bleistiftgroße Gerät versprühte seine winzigen Partikel, die über seine Wangen und sein Kinn strichen und sein Haar sauber entfernten und es in fast mikroskopisch feinen Staub auflöste.

Baley hatte schon von solchen Instrumenten gehört, aber bislang noch nie eines in Gebrauch gesehen.

»Sind Sie der Erdenmensch?« fragte Attlebish aus kaum geöffneten Lippen, während der Schmirgelstaub seine Oberlippe bearbeitete.

»Ich bin Elijah Baley, Detektiv C-7. Ich komme von der Erde«, stellte Baley sich vor.

»Sie sind zu früh dran.« Attlebish klappte seinen Rasierer zu und warf ihn irgendwohin, wo Baley ihn nicht mehr sehen konnte. »Was gibt es, Erdenmensch?«

Baley hätte den Tonfall des Mannes selbst in bester Laune als unangenehm empfunden. Jetzt war er wütend. »Wie geht es Agent Gruer?« fragte er.

»Er lebt noch«, erklärte Attlebish. »Vielleicht bleibt er am Leben.«

Baley nickte bedächtig. »Ihre Giftmischer hier auf Solaria verstehen nichts von Dosierung. Mangelnde Erfahrung. Sie haben Gruer viel zuviel gegeben, und deshalb hat er sich erbrochen. Die Hälfte der Dosis hätte ihn umgebracht.«

»Giftmischer? Es gibt keine Beweise dafür, daß eine Vergiftung vorlag.«

Baley starrte ihn an. »Jehoshaphat! Was meinen Sie denn, was es war?«

»Alles mögliche.« Er rieb sich das Gesicht und suchte mit den Fingerspitzen nach rauhen Stellen. »Was verstehen Sie denn schon von den Stoffwechselproblemen, die man nach zweihundertfünfzig Jahren haben kann!«

»Wenn das der Fall ist, haben Sie sich kompetenten ärztlichen Rat besorgt?«

»Dr. Thools Bericht ...«

Das brachte das Faß zum Überlaufen. Der Zorn, der sich in Baley seit dem Aufwachen angesammelt hatte, platzte aus ihm heraus. Er schrie: »Dr. Thool kann mir gestohlen bleiben! Ich sagte, *kompetenter* ärztlicher Rat. Ihre Ärzte wissen überhaupt nichts, genauso wie Ihre Detektive nichts wüßten, wenn Sie überhaupt welche hätten. Sie mußten sich einen Detektiv von der Erde kommen lassen. Holen Sie sich auch noch einen Arzt!«

Der Solarianer musterte ihn kühl. »Wollen Sie mir sagen, was ich zu tun habe?«

»Ja. Und der Rat ist gratis. Schreiben Sie sich das hinter die Ohren! Gruer *ist* vergiftet worden. Ich habe selbst dabei zugesehen. Er hat getrunken, gewürgt und geschrien, seine Kehle würde brennen. Wie nennen Sie das, wenn Sie bedenken, daß er mit Ermittlungen ...« Baley verstummte plötzlich.

»Welche Ermittlungen?« Attlebish schien ungerührt.

Plötzlich wurde Baley bewußt, und die Erkenntnis bereitete ihm Unbehagen, daß Daneel die üblichen zehn Fuß von ihm entfernt war. Gruer hatte nicht gewollt, daß Daneel als Auroraner von den Ermittlungen erfuhr. Und so meinte er etwas lahm: »Es hat politische Implikationen gegeben.«

Attlebish verschränkte die Arme und sah ihn gelangweilt und etwas feindselig an. »Es gibt hier auf Solaria keine Politik, wenigstens nicht in dem Sinne, wie wir das von anderen Welten hören. Hannis Gruer war ein guter Bürger, aber manchmal ist die Phantasie mit ihm durchgegangen. Er war es, der, weil er irgendeine Geschichte über Sie gehört hatte, darauf bestand, daß wir Sie hierherholen. Er hat sich sogar damit einverstanden erklärt, einen auroranischen Begleiter für Sie zu akzeptieren. Ich hielt das nicht für notwendig. Es gibt hier nichts Geheimnisvolles. Rikaine Delmarre ist von seiner Frau getötet worden, und wir werden herausfinden, weshalb und wie sie das getan hat. Selbst wenn wir das nicht erfahren sollten, wird man sie genetisch analysieren und dann die notwendigen Maßnahmen ergreifen. Was Gruer betrifft, so ist das, was Sie da von wegen Vergiftung phantasieren, ohne Belang.«

Baleys Augen weiteten sich ungläubig. »Wollen Sie damit andeuten, daß man mich hier nicht benötigt?«

»Ich glaube nicht. Wenn Sie zur Erde zurückkehren wollen, können Sie das tun. Ich könnte sogar sagen, daß wir Ihnen das nahelegen.«

Baley staunte über seine eigene Reaktion. Er rief: »Nein, Sir, ich gebe nicht auf!«

»Wir haben Sie geholt, Detektiv. Wir können Sie auch entlassen. Sie werden zu Ihrem Planeten zurückkehren.«

»*Nein!* Hören Sie mir zu! Das rate ich Ihnen gut. Sie sind ein aufgeblasener Spacer, und ich bin ein Erdenmensch. Aber mit allem Respekt und mit der untertänigsten Bitte um Nachsicht muß ich Ihnen sagen, daß Sie Angst haben.«

»Das nehmen Sie zurück!« Attlebish richtete sich zu seiner ganzen imposanten Höhe von mehr als sechs Fuß auf und starrte hochmütig auf den Erdenmenschen herab.

»Eine Heidenangst haben Sie! Sie glauben, Sie könnten der nächste sein, wenn Sie dieser Sache weiter nachgehen. Sie geben nach, damit sie Sie in Frieden lassen – damit sie Ihnen Ihr jämmerliches Leben lassen.« Baley hatte keine Ahnung, wer diese ›sie‹ sein könnten oder ob es überhaupt irgendwelche ›sie‹ gab. Er schlug blindlings auf einen arroganten Spacer ein und genoß die Wirkung seiner Worte.

»Sie werden den Planeten innerhalb einer Stunde verlassen!« sagte Attlebish mit zornig ausgestrecktem Finger. »Ich kann Ihnen versichern, daß das keine diplomatischen Verwicklungen geben wird.«

»Sparen Sie sich Ihre Drohungen, Spacer! Die Erde ist für Sie nichts, das gebe ich zu. Aber ich bin hier nicht der einzige. Darf ich meinen Partner Daneel Olivaw vorstellen? Er kommt von Aurora. Er redet nicht viel. Er ist nicht hier, um zu reden. Das ist meine Zuständigkeit. Aber er hört sehr gut zu. Kein Wort entgeht ihm.

Damit es da keine Zweifel gibt, Attlebish« – Baley genoß es, den nackten Namen des anderen ohne Anrede zu gebrauchen –, »ganz gleich, was hier auf Solaria gespielt wird: Aurora und gut vierzig weitere Äußere Welten interessieren sich dafür. Wenn Sie uns rausschmeißen, wird die nächste Abordnung, die Solaria besucht, aus Kriegsschiffen bestehen. Ich komme von der Erde und weiß, wie das funktioniert. Verletzte Gefühle bedeuten Kriegsschiffe.«

Attlebishs Blick wanderte zu Daneel hinüber. Er schien zu überlegen. Seine Stimme klang jetzt weniger hart. »Was hier vorgeht, braucht niemand außerhalb Solarias zu kümmern.«

»Gruer hatte da eine andere Meinung, und mein Partner hat ihn gehört.« Die Lüge ging ihm glatt über die Lippen.

Daneel drehte sich herum und sah Baley an, als wunderte ihn, was der Erdenmensch gesagt hatte; doch Baley achtete nicht auf ihn, sondern fuhr fort: »Ich beabsichtige diese Ermittlungen fortzusetzen. Normalerweise gibt es nichts, was ich nicht tun würde, um so schnell wie möglich zur Erde zurückkehren zu können. Allein schon der Gedanke an sie macht mich so unruhig, daß ich nicht mehr sitzen kann. Wenn dieser von Robotern wimmelnde Palast, in dem ich jetzt lebe, mir gehörte, würde ich ihn und die Roboter dazu und Sie und Ihre ganze lausige Welt liebend gern für eine Passage nach Hause eintauschen.

Aber wegschicken lasse ich mich nicht von Ihnen! Nicht, solange es einen Fall gibt, den ich übernommen habe und der noch nicht gelöst ist. Versuchen Sie nur, mich gegen meinen Willen loszuwerden, und Sie können damit rechnen, daß Sie in die Rohre von Weltraum-Artillerie sehen.

Und noch eines sage ich Ihnen – von jetzt an werden die Ermittlungen auf *meine* Art geführt. Und ich leite sie. Ich werde die Leute sehen, die ich sehen will. *Sehen* werde ich sie, nicht sichten. Ich bin es gewöhnt, Leute zu *sehen*, und so werde ich es jetzt auch halten. Ich möchte dafür die offizielle Billigung Ihres Amtes.«

»Das ist unmöglich, unerträglich ...«

»Daneel, sagen Sie es ihm!«

Und die Stimme des Humanoiden sagte kühl und ausdruckslos: »Wie mein Partner Sie schon informiert hat, Agent Attlebish: Man hat uns hierhergeschickt, um Ermittlungen in einem Mordfall zu führen. Es ist wichtig, daß wir unsere Aufgabe erfüllen. Wir wollen natürlich keinen Ihrer Gebräuche stören, und vielleicht ist das eigentliche Sehen auch überflüssig, obwohl es hilfreich wäre, wenn Sie die Billigung dafür erteilten, wie Detektiv Baley das erwähnt hat. Was die Frage angeht, daß wir diesen Planeten gegen unseren Willen verlassen, so sind wir der Ansicht, daß das nicht ratsam wäre, obwohl wir es auch bedauern, wenn Sie oder irgendein anderer Solarianer das Gefühl hätten, daß unser Verbleib unangenehm wäre.«

Baley hörte sich die gedrechselte Rede des Roboters an, und seine Lippen verzogen sich zu etwas, das man nur mit größter Phantasie als Lächeln hätte deuten können. Für jemanden, der wußte, daß Daneel ein Roboter war, war das alles ein Versuch, seine Aufgabe zu erfüllen, ohne damit irgendeinen Menschen zu beleidigen; sei es Baley oder Attlebish. Für jemanden, der Daneel für einen Auroraner hielt, einen Bewohner der ältesten und militärisch mächtigsten Äußeren Welten, klang es eher wie eine höflich formulierte Drohung.

Attlebish legte die Fingerspitzen an die Stirn. »Ich werde darüber nachdenken.«

»Aber nicht zu lange«, sagte Baley. »Ich habe nämlich im Laufe der nächsten Stunde einige Besuche vor, und zwar nicht per Sichtgerät. Gesichtet!«

Er gab dem Roboter den Befehl, den Kontakt abzubrechen, und starrte dann mit einer Mischung aus Überraschung und Zufriedenheit auf die Stelle, wo gerade noch Attlebish gewesen war. Nichts von alledem war geplant gewesen. Er hatte rein impulsiv gehandelt, aus seinem Traum heraus und angeregt durch Attlebish' unnötige Arroganz. Aber jetzt, da es geschehen war, war er froh. Das war es, was er wirklich gewollt hatte: die Kontrolle über die Dinge in die Hand zu bekommen.

Jedenfalls habe ich es dem dreckigen Spacer gesagt! sagte er sich befriedigt.

Er wünschte sich, die ganze Bevölkerung der Erde hätte dabeisein und zusehen können. Der Mann sah so ganz und gar wie ein Spacer aus, und das machte es natürlich noch besser – viel besser.

Nur, warum eigentlich dieses Gefühl der Heftigkeit, wenn es um das Sehen ging? Baley begriff sich da selbst nicht ganz. Er wußte, was er vorhatte, und dazu gehörte *Sehen* (nicht Sichten). Schön. Und doch hatte er eine Aufwallung in sich verspürt, als er vom Sehen sprach, als wäre er bereit, die Mauern dieser Villa niederzureißen, obwohl das keinen Zweck erfüllen würde.

Warum? Da war etwas, das ihn trieb, das nichts mit dem Fall zu tun hatte, nicht einmal mit der Sicherheit der Erde. Aber was?

Seltsamerweise erinnerte er sich in diesem Augenblick wieder an seinen Traum; an die Sonne, die durch all die undurchsichtigen Schichten der gigantischen Untergrund-Cities der Erde schien.

Daneel sagte mit einem Unterton von Nachdenklichkeit (soweit seine Stimme erkennbare Emotionen auszudrücken vermochte): »Ich frage mich nur, Partner Elijah, ob das nicht gefährlich ist.«

»Diesen Typ zu bluffen? Es hat funktioniert. Und eigentlich war es gar kein Bluff. Ich glaube, daß es *wirklich* für Aurora wichtig ist, herauszufinden, was auf Solaria vorgeht. Übrigens vielen Dank, daß Sie mir zuerst nicht widersprochen haben.«

»Die Entscheidung lag nahe. Sie zu unterstützen, hat Agent Attlebish nur in schwachem Maße Schaden zugefügt. Sie der Lüge zu zeihen, hätte Ihnen größeren und unmittelbareren Schaden bereitet.«

»Potentiale im Widerstreit, und das Höhere gewann, wie, Daneel?«

»So war es, Partner Elijah. Wie ich verstehe, vollzieht sich dieser Prozeß in weniger definierbarer Art und Weise im menschlichen Verstand. Trotzdem wiederhole ich, daß dieser neue Vorschlag, den Sie da gemacht haben, gefährlich sein könnte.«

»Welcher neue Vorschlag?«

»Ich billige Ihre Ansicht nicht, Menschen zu sehen. Damit meine ich Sehen im Gegensatz zu Sichten.«

»Das verstehe ich. Aber ich habe nicht nach Ihrer Billigung gefragt.«

»Ich habe meine Instruktionen, Partner Elijah. Ich kann nicht wissen, was Agent Hannis Gruer Ihnen gestern abend während meiner Abwesenheit gesagt hat. Daß er etwas gesagt hat, geht deutlich aus der Änderung Ihrer Einstellung bezüglich dieses Problems hervor. Aber ich kann es im Lichte meiner Instruktionen vermuten: Er muß Sie vor der Möglichkeit gewarnt haben, daß aus der Situation auf Solaria Gefahr für andere Planeten entstehen könnte.«

Baley griff zögernd nach seiner Pfeife. Er tat das gelegentlich und war jedesmal in gleicher Weise verstimmt, wenn er nichts fand und sich wieder daran erinnerte, daß er nicht rauchen konnte. »Es gibt nur zwanzigtausend Solarianer, oder? Welche Gefahr können die schon darstellen?«

»Meine Auftraggeber auf Aurora sind schon seit einiger Zeit bezüglich Solarias beunruhigt. Man hat mir nicht alle Informationen zugänglich gemacht, die zur Verfügung stehen.«

»Und das wenige, was man Ihnen gesagt hat, hat man Ihnen aufgetragen, mir nicht weiterzusagen. Ist das so?« wollte Baley wissen.

»Ehe diese Angelegenheit unbehindert diskutiert werden kann, gibt es noch viel in Erfahrung zu bringen«, sagte Daneel.

»Nun, was tun die Solarianer denn? Neue Waffen? Subversive Aktivitäten? Eine Kampagne von Meuchelmorden? Was können schon zwanzigtausend Menschen gegen Hunderte von Millionen von Spacern ausrichten?«

Daneel blieb stumm.

»Ich beabsichtige das herauszufinden, wissen Sie?« sagte Baley.

»Aber nicht so, wie Sie es jetzt vorgeschlagen haben,

Partner Elijah. Man hat mich gründlich instruiert, Ihre Sicherheit zu garantieren.«

»Das müssen Sie ohnehin tun. Erstes Gesetz!«

»Und darüber hinaus auch noch. Im Konflikt zwischen Ihrer Sicherheit und der anderer muß ich Sie schützen.«

»Natürlich. Das verstehe ich. Wenn mir etwas zustößt, gibt es für Sie keine Möglichkeit mehr, ohne Komplikationen, denen Aurora sich jetzt noch nicht aussetzen will, auf Solaria zu bleiben. Solange ich am Leben bin, befinde ich mich auf Solarias Bitten hin hier, und deshalb können wir auch unser Gewicht in die Waagschale werfen und sie, wenn nötig, dazu zwingen, uns hierzubehalten. Wenn ich tot bin, verändert sich die ganze Situation. Ihre Anweisungen lauten also, Baley am Leben zu halten. Habe ich recht, Daneel?«

Daneel antwortete darauf ruhig: »Ich kann es mir nicht anmaßen, die Überlegungen zu interpretieren, die hinter meinen Befehlen stehen.«

»Schon gut. Machen Sie sich keine Sorgen!« sagte Baley. »Das Draußen wird mich nicht töten, falls ich es als notwendig empfinden sollte, jemanden zu sehen. Ich werde überleben. Vielleicht gewöhne ich mich sogar daran.«

»Es geht nicht nur darum, daß Sie nach draußen gehen, Partner Elijah«, sagte Daneel. »Es geht auch darum, daß Sie Solarianer sehen wollen. Damit bin ich nicht einverstanden.«

»Sie meinen, die Spacer würden das nicht wollen. Das wäre wirklich schade. Sollen sie doch Nasenfilter und Handschuhe tragen. Sollen sie die Luft besprühen. Und wenn es ihre Moralbegriffe beleidigt, mich körperlich zu sehen, dann sollen sie doch zusammenzucken und erröten. Ich habe jedenfalls vor, sie zu *sehen*. Ich halte das für notwendig und *werde* es tun.«

»Aber ich kann es Ihnen nicht erlauben.«

»*Sie* können es *mir* nicht erlauben?«

»Sie wissen doch sicher, weshalb, Partner Elijah?«

»Nein.«

»Dann bedenken Sie, daß Agent Gruer, die solarianische Schlüsselgestalt in der Ermittlung dieses Mordes, vergiftet worden ist. Folgt daraus nicht, daß das nächste Opfer, wenn ich es Ihnen gestatte, Ihren Plan durchzuführen und sich persönlich und körperlich zu exponieren, dann notwendigerweise Sie selbst sein werden? Wie kann ich also zulassen, daß Sie die Sicherheit dieser Villa verlassen?«

»Wie werden Sie mich daran hindern, Daneel?«

»Wenn nötig, mit Gewalt, Partner Elijah«, sagte Daneel ruhig. »Selbst dann, wenn ich Ihnen dabei weh tun muß. Wenn ich das nicht tue, werden Sie ganz sicherlich sterben.«

9

EIN ROBOTER WIRD BLOCKIERT

»Also obsiegt wieder das höhere Potential, Daneel«, sagte Baley. »Sie würden mir weh tun, um mich am Leben zu halten.«

»Ich glaube nicht, daß es notwendig sein wird, Ihnen weh zu tun, Partner Elijah. Sie wissen, daß ich Ihnen an Kraft überlegen bin, und werden keinen nutzlosen Widerstand versuchen. Aber wenn es notwendig werden sollte, würde ich mich gezwungen sehen, Ihnen weh zu tun.«

»Ich könnte Sie jetzt niederstrahlen«, sagte Baley. »In diesem Augenblick! In *meinen* Potentialen ist nichts, was mich daran hindern würde.«

»Ich hatte daran gedacht, daß Sie irgendwann in unserer Zusammenarbeit diese Haltung einnehmen würden, Partner Elijah. Dieser Gedanke ist mir ganz besonders während unserer Fahrt zu dieser Villa gekommen, als Sie einen Augenblick lang in dem Bodenwagen Gewalt anwendeten. Meine Zerstörung ist im Vergleich mit Ihrer Sicherheit unwichtig. Aber eine solche Zerstörung würde Ihnen am Ende Schwierigkeiten bereiten und die Pläne meiner Auftraggeber stören. Ich habe es mir daher während Ihrer ersten Schlafperiode angelegen sein lassen, die Ladung aus Ihrem Blaster zu entfernen.«

Baleys Lippen preßten sich zusammen. Man hatte seinen Blaster entladen! Seine Hand fiel automatisch auf das Halfter. Er zog die Waffe heraus und sah auf die Ladeanzeige. Die Waffe war leer.

Einen Augenblick lang hielt er das nutzlose Stück Metall in der Hand, als wollte er es Daneel ins Gesicht werfen. Doch was hätte das genutzt? Der Roboter würde dem Wurfgeschoß geschickt ausweichen.

Baley schob den Blaster zurück. Er würde ihn zur rechten Zeit wieder aufladen.

Langsam und nachdenklich sagte er: »Sie können mich nicht täuschen, Daneel.«

»In welcher Hinsicht, Partner Elijah?«

»Sie beherrschen die Situation zu sehr. Ich sehe mich jetzt von Ihnen völlig beherrscht. Sind Sie ein Roboter?«

»Sie haben schon einmal an mir gezweifelt«, sagte Daneel.

»Auf der Erde habe ich letztes Jahr daran gezweifelt, ob R. Daneel wirklich ein Roboter ist. Wie es sich erwies, war er das tatsächlich. Ich glaube, er ist es immer noch. Aber meine Frage ist jetzt: Sind Sie R. Daneel Olivaw?«

»Das bin ich.«

»Ja? Daneel war so konstruiert, einen Spacer in allen Einzelheiten nachzuahmen. Warum könnte man einen Spacer nicht so schminken, daß er Daneel wie ein Ei dem anderen ähnelt?«

»Aus welchem Grund?«

»Um hier eine Ermittlung durchführen zu können, und zwar mit mehr Initiative und Fähigkeiten, als je ein Roboter sie würde haben können. Und doch könnten Sie mich, indem Sie die Rolle Daneels annahmen, völlig unter Kontrolle halten, indem Sie mir das falsche Gefühl, ich würde Sie beherrschen, vermitteln. Schließlich arbeiten Sie durch meine Vermittlung, und ich muß gefügig gehalten werden.«

»All das trifft nicht zu, Partner Elijah.«

»Warum nehmen dann all die Solarianer, mit denen wir zu tun haben, an, Sie wären ein Mensch? Sie sind Robotik-Experten. Kann man sie so leicht täuschen? Mir kommt in den Sinn, daß ich nicht der einzige sein kann, der gegenüber so vielen, die unrecht haben, selbst recht hat. Viel wahrscheinlicher ist es, daß ich derjenige bin, der sich irrt, im Gegensatz zu den vielen, die recht haben.«

»Ganz und gar nicht, Partner Elijah.«

»Beweisen Sie es mir!« sagte Baley und ging langsam auf ein kleines Beistelltischchen zu und hob einen Abfallbeseitiger auf. »Wenn Sie *wirklich* ein Roboter sind, läßt sich das leicht machen. Zeigen Sie mir das Metall unter Ihrer Haut.«

Daneel antwortete: »Ich versichere Ihnen ...«

»Zeigen Sie mir das Metall!« sagte Baley scharf. »Das ist ein Befehl! Oder fühlen Sie sich nicht gezwungen, Befehle zu befolgen?«

Daneel knöpfte sein Hemd auf. Die glatte, bronzefarbene Haut seiner Brust war mit spärlichem, hellem Haar bedeckt. Daneels Finger drückten leicht unter der rechten Brustwarze, und Fleisch und Haut spalteten sich, ohne daß Blut floß, über den ganzen Brustkasten hinweg. Darunter glitzerte Metall.

In dem Augenblick tastete Baleys Hand, die auf einem kleinen Couchtischchen lag, nach rechts und drückte eine Sensorfläche. Fast im gleichen Augenblick trat ein Roboter ein.

»Keine Bewegung, Daneel!« rief Baley. »Das ist ein Befehl! Keine Bewegung!«

Daneel stand reglos da, als hätte ihn alles Leben oder dessen robotische Imitation verlassen.

Baley rief dem Roboter zu: »Kannst du zwei weitere Roboter herholen, ohne selbst wegzugehen? Wenn ja, dann tu es!«

Der Roboter antwortete: »Ja, Herr.«

Zwei weitere Roboter traten ein und reihten sich neben dem dritten auf.

»Boys!« sagte Baley. »Seht ihr dieses Geschöpf, das ihr für einen Menschen gehalten habt?«

Sechs rotleuchtende Augen hatten sich ernst Daneel zugewandt. Jetzt sagten die drei Roboter unisono: »Wir sehen ihn, Herr.«

»Und seht ihr auch, daß dieser sogenannte Mensch in Wirklichkeit ein Roboter ist wie ihr, da er innen aus Metall besteht? Er ist nur so konstruiert, daß er wie ein Mensch aussieht.«

»Ja, Herr.«

»Es wird von euch nicht verlangt, daß ihr irgendwelchen Befehlen gehorcht, die er euch erteilt, versteht ihr das?«

»Ja, Herr.«

»Ich andererseits«, fuhr Baley fort, »bin ein echter Mensch.«

Die Roboter zögerten einen Augenblick lang. Baley fragte sich, ob sie, da ihnen jetzt demonstriert worden war, daß jemand wie ein Mensch aussehen und doch ein Roboter sein konnte, überhaupt noch *irgend etwas* menschlich Scheinendes als Mensch akzeptieren würden.

Aber dann sagte ein Roboter: »Sie sind ein Mensch, Herr«, und Baleys Atem setzte wieder ein.

»Gut, Daneel, Sie können sich wieder entspannen.« Auch jetzt, da Daneels Maskerade für die Roboter gelüftet war, ging ihm das ›Sie‹, das er sich im Umgang mit dem humanoiden Roboter angewöhnt hatte, glatt über die Lippen. Irgend etwas in ihm sträubte sich dagegen, diesen Roboter, der ihm trotz aller Interessengegensätze zum Freund geworden war, auf die gleiche Stufe mit den ›Boys‹ aus Metall zu stellen, die man zu duzen pflegte.

Daneel nahm eine natürlichere Haltung ein und sagte ruhig: »Der Zweifel bezüglich meiner Identität, den Sie ausgedrückt haben, war also nur eine Finte, wie ich annehme, um vor anderen demonstrieren zu können, daß ich ein Roboter bin.«

»So ist es«, sagte Baley und wandte den Blick ab. Und dabei dachte er: Das Ding ist eine Maschine, kein Mensch.

Und eine Maschine kann man weder täuschen noch beleidigen.

Und dennoch konnte er ein Gefühl der Scham nicht ganz unterdrücken. Selbst wie Daneel jetzt dastand, den Brustkasten geöffnet, schien an ihm doch etwas Menschliches zu sein; etwas, das man täuschen und das man verletzen konnte.

»Sie können Ihre Brust zuklappen, Daneel«, sagte er. »Hören Sie mir jetzt zu! Physisch sind Sie drei Robotern nicht gewachsen. Das sehen Sie doch auch so, oder?«

»Das ist klar, Partner Elijah.«

»Gut! ... Und jetzt, Boys«, damit wandte er sich wieder den anderen Robotern zu. »Ihr werdet niemandem sagen, daß dieses Geschöpf ein Roboter ist. Niemals, zu keiner Zeit! Nur auf ausdrückliche Anweisung von mir – und von mir allein!«

»Ich danke Ihnen«, warf Daneel mit leiser Stimme ein.

»Aber«, fuhr Baley fort, »dieser menschenähnliche Roboter darf meine Handlungen in keiner Weise beeinträchtigen. Wenn er das versuchen sollte, werdet ihr ihn gewaltsam daran hindern, dabei jedoch darauf achten, ihn nicht zu beschädigen, wenn es nicht absolut notwendig ist. Laßt nicht zu, daß er mit anderen Menschen als mir Kontakt aufnimmt oder mit anderen Robotern als euch, und zwar weder durch Sehen noch durch Sichten. Und verlaßt ihn nie! Haltet ihn in diesem Raum fest, und bleibt selbst hier! Ihr seid bis auf weiteres von euren anderen Aufgaben entbunden. Ist das alles klar?«

»Ja, Herr«, sagten sie im Chor.

Baley wandte sich wieder Daneel zu. »Sie können jetzt nichts mehr tun. Versuchen Sie also nicht, mich aufzuhalten.«

Daneels Arme hingen locker herunter. Seine Haltung wirkte seltsam resigniert und ungemein menschlich. Er sagte: »Ich darf nicht zulassen, Partner Elijah, daß Sie durch meine Untätigkeit Schaden erleiden. Und doch ist unter den gegebenen Umständen nur Untätigkeit möglich. Die

Logik ist unwiderlegbar. Ich werde nichts tun. Ich vertraue darauf, daß Sie sicher und unverletzt bleiben werden.«

Da war es wieder, dachte Baley. Logik war Logik, und Roboter hatten nichts anderes. Die Logik sagte Daneel, daß er völlig blockiert war. Die Vernunft hätte ihm sagen können, daß es nur selten möglich ist, alle Faktoren vorherzusehen; daß die Gegenseite vielleicht einen Fehler machen könnte.

Doch nichts davon. Ein Roboter ist nur logisch, nicht vernünftig.

Wieder spürte Baley einen Anflug von Scham und konnte sich einfach eines Versuchs der Tröstung nicht enthalten. Er sagte: »Schauen Sie, Daneel, selbst wenn ich mich in Gefahr begeben würde – *was nicht der Fall ist*«, fügte er hastig mit einem schnellen Blick auf die anderen Roboter hinzu –, »dann wäre das nur meine Aufgabe. Das ist es, wofür man mich bezahlt. Es ist ebenso meine Aufgabe, zu verhindern, daß die Menschheit als Ganzes Schaden erleidet, wie es Ihre Aufgabe ist, zu verhindern, daß einzelne Menschen Schaden erleiden. Verstehen Sie das?«

»Nein, Partner Elijah.«

»Dann ist das so, weil Sie nicht dafür geschaffen sind, es zu verstehen. Glauben Sie mir, daß Sie es verstehen würden, wenn Sie ein Mensch wären.«

Daneel verbeugte sich stumm und blieb reglos stehen, während Baley langsam auf die Tür zuging. Die drei Roboter machten ihm Platz und fixierten Daneel mit ihren fotoelektrischen Augen.

Baley ging hinaus, in eine Art von Freiheit, und sein Herz schlug vor Erwartung schneller, setzte aber dann plötzlich aus. Ein weiterer Roboter kam von der anderen Seite auf die Tür zu.

War irgend etwas schiefgegangen?

»Was ist, Boy?« herrschte er ihn an.

»Eine Nachricht für Sie ist eingegangen, Herr, aus dem Büro des kommissarischen Leiters der Sicherheitsbehörde, Attlebish.«

Baley nahm die Kapsel, die der Roboter ihm reichte, worauf diese sich sofort öffnete. Das überraschte ihn nicht. Solaria hatte natürlich seine Fingerabdrücke registriert, und die Kapsel war so eingestellt, daß sie sich auf seinen Fingerdruck hin öffnete. Ein mit Schriftzeichen bedeckter Papierstreifen entrollte sich.

Er las die Mitteilung, und sein längliches Gesicht spiegelte seine Befriedigung wider. Sie enthielt seine offizielle Genehmigung, ›Seh‹-Interviews durchzuführen, sofern seine Interviewpartner einverstanden waren, wobei diesen nahegelegt wurde, den ›Agenten Baley und Olivaw‹ auf jede mögliche Art behilflich zu sein.

Attlebish hatte kapituliert, sogar soweit, daß er den Namen des Erdenmenschen an erster Stelle genannt hatte; das war ein sehr gutes Omen, und damit konnte er jetzt endlich damit beginnen, seine Ermittlungen so durchzuführen, wie man Ermittlungen durchführen mußte.

Baley befand sich wieder in einem Luftfahrzeug, wie damals auf jener Reise von New York nach Washington; nur daß es diesmal ein völlig anders konstruiertes Luftfahrzeug war – es war nämlich nicht völlig geschlossen, sondern die Fenster waren durchsichtig.

Es war heller, klarer Tag, und von Baleys Platz aus waren die Fenster einfach blaue Flecken. Er versuchte sich nichts anmerken zu lassen und vergrub den Kopf nur dann zwischen den Knien, wenn er es absolut nicht mehr ertragen konnte.

Die Qualen, die er auf sich nahm, entstammten eigener Wahl. Sein Zustand des Triumphs, das ungewöhnliche Gefühl der Freiheit nach dem Sieg, zuerst über Attlebish und dann Daneel, das Gefühl, die Würde der Erde gegenüber den Spacern durchgesetzt zu haben, verlangte das beinahe.

Angefangen hatte er, indem er in einer Art betrunkener Benommenheit, die ihm beinahe Vergnügen bereitete, über freies Land zu dem wartenden Flugzeug gegangen war. Und dann hatte er in einer Art manischem Selbstvertrauen angeordnet, daß die Fenster nicht abgedunkelt werden sollten.

Ich muß mich daran gewöhnen, dachte er und starrte die blauen Flecken in der Rumpfwand an, bis sein Herz wieder schneller zu schlagen begann und der Klumpen in seiner Kehle so anschwoll, daß es kaum mehr zu ertragen war.

Die Abstände, in denen er die Augen schließen und den Kopf unter den schützenden Armen vergraben mußte, wurden immer kürzer. Langsam verebbte sein Selbstvertrauen, und es half auch nicht einmal etwas, das Halfter seines frisch aufgeladenen Blasters zu berühren.

Er versuchte sich ganz auf seinen Angriffsplan zu konzentrieren: Zuerst mußte er mehr darüber lernen, wie die Menschen auf diesem Planeten lebten; mußte ein Gefühl für den Hintergrund bekommen, vor dem man alles einordnen mußte, damit es einen Sinn ergab.

Er mußte mit einem Soziologen sprechen!

Er hatte einen Roboter nach dem Namen des bedeutendsten solarianischen Soziologen gefragt. Ein Gutes hatten Roboter: Sie stellten keine Fragen.

Der Roboter nannte ihm den Namen und die wesentlichen Daten und fügte dann hinzu, daß der Gelehrte jetzt wahrscheinlich zu Mittag essen und vermutlich darum bitten würde, den Kontakt etwas hinauszuschieben.

»Mittagessen!« sagte Baley scharf. »Mach dich nicht lächerlich. Mittag ist es erst in zwei Stunden.«

Doch der Roboter ließ sich nicht aus der Fassung bringen. »Nach seiner Ortszeit ist es Mittag, Herr.«

Baley startete die Maschine an und begriff dann. Auf der Erde mit ihren vergrabenen Cities waren Tag und Nacht die Zeiten des Wachens und Schlafens, vom Menschen geschaffene Perioden, die den Bedürfnissen der Gemeinschaft und des Planeten angepaßt wurden. Auf einem Planeten wie diesem hier, der unter der nackten Sonne lag, waren Tag und Nacht nicht eine Frage der Wahl, sondern wurden den Menschen einfach aufgezwungen, ob sie es so wollten oder nicht.

Baley versuchte sich das Bild einer Welt vorzustellen: eine Kugel, die beleuchtet und verdunkelt wurde, während sie sich drehte. Das bereitete ihm einige Mühe, und er empfand Verstimmung über die sonst so überlegenen Spacer, die sich etwas so Wesentliches wie die Zeit von den Zufälligkeiten planetarischer Bewegungen diktieren ließen.

»Stell trotzdem den Kontakt zu ihm her!« befahl er.

Roboter erwarteten das Flugzeug bei der Landung, und Baley stellte fest, daß er zitterte, als er ins Freie trat.

So murmelte er dem nächsten Roboter zu: »Laß mich deinen Arm halten, Boy.«

Der Soziologe erwartete ihn am anderen Ende eines Korridors. Er lächelte etwas verkniffen. »Guten Tag, Mr. Baley.«

Baley nickte atemlos. »Guten Abend, Sir. Würden Sie bitte die Fenster verdunkeln?«

Der Soziologe antwortete: »Sie sind bereits abgedunkelt. Ich bin ein wenig mit der Erde vertraut. Würden Sie mir bitte folgen?«

Das schaffte Baley ohne robotische Hilfe. Er folgte dem Mann über eine beträchtliche Strecke durch ein Labyrinth von Korridoren und Gängen. Als er schließlich in einem großen, elegant eingerichteten Raum Platz nahm, war er froh darüber, ausruhen zu können.

Die Wände des Raumes wiesen eine Anzahl flacher, gewölbter Alkoven auf. In jeder Nische standen Artefakte in Rosa und Gold; abstrakte Figuren, die dem Auge wohltaten, ohne gleich Bedeutung zu gewinnen. Eine große, kastenförmige Angelegenheit mit weißen, zylinderförmigen Gegenständen, die davon herunterhingen, und zahlreichen Pedalen deutete auf ein Musikinstrument hin.

Baley musterte den Soziologen, der vor ihm stand. Der Spacer sah genauso aus wie vor einigen Stunden, als Baley ihn gesichtet hatte. Er war groß und schlank, und sein Haar war schlohweiß. Sein Gesicht wirkte fast dreieckig. Er hatte eine ausgeprägte Nase und tiefliegende, lebendig wirkende Augen.

Er nannte sich Anselmo Quemot.

Sie starrten einander an, bis Baley das Gefühl hatte, seiner Stimme wieder vertrauen zu können. Und dann hatte seine erste Bemerkung überhaupt nichts mit seinen Ermittlungen zu tun. Tatsächlich kam sie völlig ungeplant.

»Kann ich etwas zu trinken haben?« fragte er.

»Etwas zu trinken?« Die Stimme des Soziologen klang eine Spur zu schrill, um angenehm zu sein. »Wünschen Sie Wasser?«

»Ich würde etwas Alkoholisches vorziehen.«

Der Blick des Soziologen wurde unsicher, so als wären die Verpflichtungen der Gastfreundschaft etwas, womit er nicht vertraut war.

Und das, dachte Baley, war natürlich auch so. In einer Welt, wo man einander nur sichtete, pflegte man nicht Speise und Trank zu teilen.

Ein Roboter brachte ihm eine kleine, emaillierte Tasse. Das Getränk war von hellem Rosa. Baley schnüffelte vorsichtig daran und kostete noch vorsichtiger. Der kleine Schluck Flüssigkeit verdunstete warm in seinem Mund und schickte eine angenehme Botschaft in seine Speiseröhre. Der nächste Schluck war etwas größer.

»Wenn Sie mehr wünschen ...«, sagte Quemot.

»Nein, vielen Dank. Nicht jetzt. Es ist sehr liebenswürdig von Ihnen, mich persönlich zu empfangen.«

Quemot bemühte sich um ein Lächeln, das aber mißlang. »Es ist lange her, daß ich so etwas zuletzt getan habe. Ja.«

Man merkte ihm die Unruhe beim Sprechen an.

»Ich kann mir vorstellen, daß das für Sie ziemlich schwer ist«, sagte Baley.

»Ja, allerdings.« Quemot wandte sich scharf ab und begab sich zu einem Stuhl am anderen Ende des Raumes. Er schob sich den Stuhl so zurecht, daß er Baley eher abgewandt war, und setzte sich. Dann verschränkte er die behandschuhten Hände, und seine Nase schien zu zittern.

Baley leerte sein Trinkgefäß und spürte die Wärme in seinen Gliedern. Er hatte das Gefühl, als wäre ihm sein Selbstvertrauen jetzt wieder zurückgegeben.

»Sagen Sie mir bitte genau, welches Gefühl Sie dabei empfinden, mich hierzuhaben, Dr. Quemot«, bat er.

Der Soziologe murmelte: »Das ist eine ungewöhnlich persönliche Frage.«

»Ich weiß. Aber ich glaube, ich hatte Ihnen schon erklärt, als ich Sie vorher sichtete, daß ich mit den Ermittlungen in einem Mordfall beschäftigt bin und daß ich viele Fragen würde stellen müssen, von denen einige notgedrungen sehr persönlich sein werden.«

»Ich will Ihnen helfen, wenn es geht«, sagte Quemot. »Ich hoffe nur, daß es anständige Fragen sein werden.« Er wich Baleys Blick immer noch aus. Und wenn seine Augen Baleys Gesicht erfaßten, verweilten sie nicht, sondern huschten wieder weg.

»Ich frage nicht aus reiner Neugierde nach Ihren Gefühlen. Das ist für die Ermittlungen wirklich wichtig.«

»Ich kann mir nicht vorstellen, wie.«

»Ich muß, soviel ich kann, über diese Welt erfahren. Ich muß begreifen, welche Gefühle die Solarianer in ganz gewöhnlichen Dingen empfinden. Verstehen Sie das?«

Quemot sah Baley jetzt überhaupt nicht mehr an. Er sagte langsam: »Vor zehn Jahren ist meine Frau gestorben. Es war nie sehr leicht, sie zu sehen; aber daran gewöhnt man sich natürlich mit der Zeit und lernt es zu ertragen. Und meine Frau hat mich auch nie bedrängt. Man hat mir keine neue Frau zugeteilt, da ich schon ein Alter erreicht habe, in dem ... in dem ...« – er sah Baley an, als erwarte er von ihm, daß er den Satz zu Ende führte, und als Baley das nicht tat, fuhr er mit noch leiserer Stimme fort: »in dem man Kinder zeugt. Und so bin ich dieses Phänomen des Sehens überhaupt nicht mehr gewöhnt.«

»Aber wie fühlt man sich dabei?« insistierte Baley. »Empfinden Sie Panik?« Er dachte an seine eigenen Empfindungen im Flugzeug.

»Nein. Nicht Panik.« Quemot drehte den Kopf halb herum, um einen Blick auf Baley zu werfen, zog sich aber fast im gleichen Augenblick wieder zurück. »Aber ich will ganz offen sein, Mr. Baley. Ich stelle mir vor, ich könnte Sie riechen.«

Baley lehnte sich automatisch in seinem Stuhl zurück und empfand schmerzhafte Verlegenheit. »Mich *riechen?*«

»Das ist natürlich reine Einbildung«, sagte Quemot. »Ich kann nicht sagen, ob Sie einen Geruch verströmen oder wie stark er ist; aber selbst wenn Sie einen starken Geruch verströmten, dann würden meine Nasenfilter ihn abhalten. Und doch stelle ich mir vor ...« Er zuckte die Achseln.

»Ich verstehe.«

»Es ist noch viel schlimmer. Sie werden mir verzeihen, Mr. Baley. Aber in der körperlichen Gegenwart eines Menschen habe ich das ausgeprägte Gefühl, als wäre ... ah ... irgend etwas Schleimiges im Begriff, mich ... ah ... zu berühren. Ich zucke die ganze Zeit zurück. Es ist höchst unangenehm.«

Baley rieb sich nachdenklich das Ohrläppchen und bemühte sich, seine Verstimmung zu unterdrücken. Schließlich war das Ganze nur die neurotische Reaktion eines anderen auf einen ganz einfachen Sachverhalt.

»Wenn das so ist«, meinte er dann, »überrascht es mich, daß Sie sich so bereitwillig damit einverstanden erklärt haben, mich zu sehen. Sie haben doch sicherlich mit dieser unangenehmen Empfindung gerechnet.«

»Ja. Aber wissen Sie, ich war neugierig. Sie sind ein Erdenmensch.«

Baley sagte sich, daß das eigentlich ein weiteres Argument dagegen hätte sein müssen, meinte aber nur: »Was hat das zu bedeuten?«

Und Quemots Stimme klang plötzlich munterer, fast begeistert: »Das kann ich nicht so ohne weiteres erklären. Nicht einmal mir selbst, verstehen Sie? Aber ich arbeite jetzt seit zehn Jahren in der Soziologie. Ich meine, wirkliche, intensive Arbeit. Ich habe Vorstellungen erarbeitet, die völlig neu und verblüffend sind und doch im Wesen zutreffen. Und eines dieser Themen hat mich zu außergewöhnlichem Interesse für die Erde und für Erdenmenschen geführt. Sehen Sie, wenn man sorgfältig über die gesellschaftlichen Verhältnisse auf Solaria und über unsere Lebensgewohnheiten nachdenkt, dann erkennt man eindeutig, daß diese Lebensweise eine deutliche Entsprechung zu der der Erde selbst aufweist.«

10
DIE URSPRÜNGE EINER ZIVILISATION

Baley konnte nicht verhindern, daß er laut aufschrie: »*Was?*«

Quemot sah sich um, während einige Augenblicke des Schweigens verstrichen, und sagte schließlich: »Damit meine ich nicht die gegenwärtige Kultur der Erde. Die nicht.«

»Oh!« sagte Baley

»Aber die der Vergangenheit, ja. Die Geschichte der Antike der Erde. Als Erdenmensch kennen Sie die natürlich.«

»Ich habe Bücher gesichtet«, sagte Baley vorsichtig.

»Ah. Dann verstehen Sie.«

Das tat Baley nicht. Er sagte: »Lassen Sie mich genau erklären, was ich will, Dr. Quemot. Ich möchte, daß Sie mir, so gut Sie können, erklären, weshalb Solaria so völlig anders ist als die anderen Äußeren Welten. Weshalb es so viele Roboter gibt. Weshalb die Menschen hier sich so anders verhalten. Es tut mir leid, wenn das so aussieht, als würde ich das Thema wechseln.«

Baley wollte ganz entschieden das Thema wechseln. Jede Diskussion über Ähnlichkeiten oder Unähnlichkeiten zwischen der Kultur Solarias und der der Erde würden sich als viel zu langwierig erweisen. Auf die Weise würde er den ganzen Tag hier verbringen und schließlich wieder abreisen, ohne irgendwelche nützlichen Informationen erhalten zu haben.

Quemot lächelte. »Sie möchten Solaria und die anderen Äußeren Welten vergleichen und nicht Solaria und die Erde.«

»Ich kenne die Erde, Sir.«

»Wie Sie wünschen.« Der Solarianer hüstelte. »Macht es Ihnen etwas aus, wenn ich meinen Stuhl ganz von Ihnen abwende? Das wäre für mich ... ah ... bequemer.«

»Wie Sie wünschen, Dr. Quemot«, sagte Baley steif.

»Gut.« Ein Roboter drehte auf Quemots leisen Befehl hin den Stuhl herum, und als der Soziologe dann durch den breiten Stuhlrücken Baleys Augen entrückt dasaß, wurde seine Stimme lebhafter, ja tiefer und kräftiger.

»Solaria ist etwa vor dreihundert Jahren besiedelt worden«, sagte Quemot. »Die ersten Siedler waren Nexonier. Kennen Sie Nexon?«

»Ich fürchte, nein.«

»Es liegt in der Nähe von Solaria, nur etwa zwei Parsek entfernt. Tatsächlich stellen Solaria und Nexon das am nächsten beieinander liegende Paar bewohnter Welten in der Galaxis dar. Selbst als Solaria noch nicht von Menschen bewohnt war, trug es schon Leben und war in hohem Maße für die Besiedlung durch Menschen geeignet. Auf die Weise stellte es einen natürlichen Anziehungspunkt für die wohlhabenderen Kreise Nexons dar, denen es schwerfiel, einen angemessenen Lebensstandard aufrechtzuerhalten, als ihr eigener Planet immer überfüllter wurde.«

Baley unterbrach ihn. »Überfüllter? Ich dachte, alle Spacer betrieben Geburtenkontrolle?«

»Solarier tun das. Aber die Äußeren Welten im allgemeinen sind da recht lasch. Nexon hatte zu der Zeit, von der ich spreche, bereits zwei Millionen Bewohner. Das führte zu derartiger Überfüllung, daß es sich als notwendig erwies, die Zahl der Roboter einzuschränken, die einzelne

Familien besitzen durften. Also kam es dazu, daß sich einige Nexonier, die sich das leisten konnten, Sommerhäuser auf Solaria bauten, einer Welt, die schon damals fruchtbar war, ein gemäßigtes Klima und keinerlei gefährliche Tierwelt besaß.

Die Siedler auf Solaria konnten Nexon immer noch ohne große Schwierigkeiten erreichen und konnten, solange sie sich auf Solaria befanden, ganz so leben, wie es ihnen Spaß machte. Sie konnten so viele Roboter benutzen, wie sie sich leisten konnten oder für notwendig hielten. Ihre Anwesen konnten so groß sein, wie sie das wünschten, da auf einem leeren Planeten der Platz überhaupt keine Rolle spielte und mit unbeschränkter Roboterzahl auch die Erschließung des Planeten problemlos war.

Es gab bald so viele Roboter, daß sie mit Radioverbindung ausgerüstet wurden; und das war der Anfang unserer berühmten Roboter-Industrien. Wir begannen neue Sonderausführungen zu entwickeln, neue Ansätze, neue Einsatzmöglichkeiten. Die Zivilisation diktiert die Erfindung – ich glaube, das ist ein Satz, den ich geprägt habe.« Er schmunzelte.

Ein Roboter, der auf irgendeinen Befehl reagierte, den Baley hinter der Stuhllehne nicht sehen konnte, brachte Quemot ein Getränk ähnlich dem, das Baley serviert worden war. Baley bekam keines, und er beschloß, auch um keines zu bitten.

Quemot fuhr fort: »Die Vorteile des Lebens auf Solaria waren für alle, die sich näher damit befaßten, offenkundig. Solaria kam in Mode. Daraufhin errichteten weitere Nexonier dort Häuser, und Solaria wurde zu etwas, was ich einen ›Villen-Planet‹ nennen möchte. Und mit der Zeit gewöhnten sich mehr und mehr Siedler daran, das ganze Jahr auf dem Planeten zu verbringen und ihre Geschäfte auf Nexon durch Bevollmächtigte erledigen zu lassen. Roboter-Fabriken wurden auf Solaria errichtet. Dann fing man an, die Farmen und Bergwerke intensiver zu betreiben, und bald waren die ersten Exportgeschäfte möglich.

Kurz gesagt, Mr. Baley, es wurde bald klar, daß Solaria in höchstens einem Jahrhundert ebenso überfüllt sein würde, wie Nexon das gewesen war. Es schien einfach lächerlich und verschwenderisch, eine solche neue Welt zu finden und sie dann aus mangelnder Voraussicht wieder zugrunde zu richten.

Um Ihnen jetzt eine ganze Menge komplizierter politischer Entwicklungen zu ersparen, brauche ich nur noch zu sagen, daß es Solaria gelang, unabhängig zu werden, ohne daß es dazu kriegerischer Auseinandersetzungen bedurfte. Wir waren den Äußeren Welten als Lieferquelle für spezialisierte Roboter nützlich, und das verschaffte uns Freunde und half uns natürlich auch.

Sobald wir die Unabhängigkeit errungen hatten, war es unsere erste Sorge, sicherzustellen, daß die Bevölkerung nicht über ein vernünftiges Maß hinauswuchs. Wir regulieren die Einwanderung und die Geburtenzahl rigoros und erfüllen uns alle unsere Bedürfnisse, indem wir die Zahl der von uns eingesetzten Roboter steigern und sie für immer vielseitigere Aufgaben benützen.«

Baley unterbrach ihn. »Warum haben die Solarianer so starke Einwände dagegen, einander zu sehen?« Die Soziologie-Vorlesung des anderen hatte ihn etwas verstimmt.

Quemot spähte um seine Stuhllehne herum und zog sich gleich darauf wieder zurück. »Das folgt ganz unvermeidbar aus dem, was ich Ihnen gesagt habe. Wir haben riesige Anwesen. Anwesen von zehntausend Quadratmeilen sind durchaus nicht ungewöhnlich, obwohl die größtenteils brachliegende Flächen umfassen. Mein Anwesen zum Beispiel umfaßt neunhundertfünfzig Quadratmeilen, aber davon ist alles nutzbares Land.

Jedenfalls wird die Stellung eines Menschen in der Gesellschaft in erster Linie durch die Größe seines Anwesens bestimmt. Und eine Eigenschaft eines großen Anwesens ist die: Man kann völlig ziel- und planlos auf seinem Land herumwandern, ohne daß die Gefahr besteht, daß man das

Territorium eines Nachbarn betritt und so seinem Nachbarn begegnen könnte. Verstehen Sie?«

Baley zuckte die Achseln. »Ich denke schon.«

»Um es kurz zu machen: Ein Solarianer setzt seinen ganzen Stolz darein, seinen Nachbarn nicht zu begegnen. Gleichzeitig wird sein Anwesen so gut von seinen Robotern geführt und ist in so hohem Maße autark, daß es für ihn auch gar keinen Anlaß gibt, seinen Nachbarn zu begegnen. Der Wunsch, dies zu vermeiden, führte zur Entwicklung immer perfekterer Sichtgeräte, und je besser die Sichtgeräte wurden, desto geringer wurde das Bedürfnis, seine Nachbarn zu sehen. Das war ein sich selbst verstärkender Prozeß, eine Art Feedback, verstehen Sie?«

Baleys Verstimmung hielt an. »Schauen Sie, Dr. Quemot, Sie brauchen mir nicht alles so simpel darzulegen. Ich bin kein Soziologe, aber ich habe auf der Schule die üblichen Vorlesungen belegt. Natürlich nur auf einer irdischen Schule«, fügte Baley mit einer Art zögernder Bescheidenheit hinzu, um Dr. Quemot an eben dieser Bemerkung, nur in beleidigenderer Form, zu hindern, »aber ich kann mathematischen Darlegungen durchaus folgen.«

»Mathematischen Darlegungen?« fragte Quemot, dessen Stimme dabei fast schrill wurde.

»Nun, nicht das Zeug, mit dem man sich in der Robotik befassen muß, dem ich *nicht* folgen könnte. Aber mit soziologischen Beziehungen komme ich klar. So bin ich zum Beispiel durchaus mit der Teramin-Gleichung vertraut.«

»Der *was*?«

»Vielleicht heißt das bei Ihnen anders. Das Differential der Unbequemlichkeiten, die man infolge von Privilegien hinnehmen muß: Jot durch DA hoch ...«

»Wovon reden Sie?« Das war jetzt die typisch anmaßende Stimme eines Spacers, und Baley verstummte.

Die Beziehung zwischen hingenommenen Unbequemlichkeiten und gewährten Privilegien gehörte zu den wesentlichen Erkenntnissen, derer es bedurfte, um explosive Situationen unter Menschen zu vermeiden. Eine Privatnische im Gemeinschaftsbaderaum, die man einer Person aus einem bestimmten Grund zuwies, würde dafür sorgen, daß x Personen geduldig darauf warteten, daß derselbe Blitzstrahl sie streift, wobei der Wert x bekannterweise, je nach den Variationen der Umgebung und des menschlichen Temperaments variierte – und all dies wurde eben in der Teramin-Gleichung beschrieben.

Aber dann war natürlich gut möglich, daß die Teramin-Gleichung auf einer Welt, wo alles Privileg und nichts unbequem war, eine reine Trivialität war. Vielleicht hatte er das falsche Beispiel gewählt.

Er versuchte es noch einmal: »Schauen Sie, eine qualitative Darstellung, wie dieses Vorurteil gegen das Sehen gewachsen ist, ist eine Sache; aber mir hilft das nichts. Ich brauche eine genaue Analyse dieses Vorurteils, um ihm effektiv entgegenwirken zu können. Ich möchte die Menschen dazu überreden, mich zu sehen, so wie Sie das jetzt tun.«

»Mr. Baley«, sagte Quemot, »Sie können doch menschliche Gefühle nicht so behandeln, als wären sie in ein Positronengehirn eingebaut.«

»Das behaupte ich ja nicht. Die Robotik ist eine deduktive Wissenschaft, während die Soziologie eine induktive ist. Aber man kann doch auf beide die Mathematik anwenden.«

Einen Augenblick lang herrschte Stille. Dann sagte Quemot mit zitternder Stimme: »Sie haben eingeräumt, daß Sie kein Soziologe sind.«

»Ich weiß. Aber man hat mir gesagt, daß Sie einer seien. Der beste auf dem ganzen Planeten.«

»Ich bin der einzige. Sie können beinahe sagen, daß ich die Wissenschaft erfunden habe.«

»Oh?« Baley zögerte, ehe er die nächste Frage stellte; sie wirkte selbst auf ihn impertinent. »Haben Sie Bücher über das Thema gesichtet?«

»Ich habe mir einige auroranische Bücher angesehen.«

»Haben Sie sich Bücher von der Erde angesehen?«

»Der Erde?« Quemot lachte etwas verlegen. »Es wäre mir nie in den Sinn gekommen, irgendwelche wissenschaftlichen Darstellungen von der Erde zu lesen. Aber damit will ich Sie nicht beleidigen.«

»Nun, das tut mir leid. Ich hatte geglaubt, ich könnte spezifische Einzelheiten von Ihnen erfahren, die es mir möglich machen würden, weitere Solarianer von Angesicht zu Angesicht zu interviewen, ohne ...«

Quemot gab ein eigenartiges, unartikuliertes Geräusch von sich, und der große Sessel, auf dem er saß, kippte nach hinten und fiel krachend um.

Baley hörte ein halberstickes »Entschuldigen Sie!«

Dann erhaschte Baley einen Blick auf Quemot, der mit schwerfälligen Schritten davonhastete, und im nächsten Augenblick hatte er den Raum verlassen und war verschwunden.

Baley hob die Brauen. Was, zum Teufel, hatte er diesmal wieder gesagt? Jehoshaphat! Was für einen falschen Knopf hatte er da wieder gedrückt?

Er erhob sich unsicher von seinem Stuhl und hielt mitten in der Bewegung inne, als ein Roboter eintrat.

»Herr«, sagte der Roboter, »ich bin angewiesen worden, Sie davon zu informieren, daß der Herr Sie in ein paar Augenblicken sichten wird.«

»Mich *sichten,* Boy?«

»Ja, Herr. Unterdessen wünschen Sie vielleicht weitere Erfrischungen.«

Ein weiterer Becher mit der rosafarbenen Flüssigkeit stand neben Baleys Ellbogen, und diesmal fügte der Roboter einen Teller mit einer Art würzigem, warmem Konfekt hinzu.

Baley nahm wieder Platz, kostete das alkoholische Getränk vorsichtig und stellte das Glas wieder hin. Das Konfekt fühlte sich hart und warm an, aber die Kruste brach im Mund leicht auseinander und gab eine noch wärmere und weiche Füllung frei. Er konnte den Geschmack und seine

Zusammensetzung nicht identifizieren und fragte sich, ob es sich um ein Produkt der auf Solaria beheimateten Gewürze handelte.

Dann dachte er an das eingeschränkte, auf Hefe basierende Speiseangebot der Erde und fragte sich, ob es vielleicht einen Markt für Hefekulturen geben könnte, die den Geschmack der Produkte der Äußeren Welten imitierten.

Aber dann wurde er unsanft aus seinen Gedanken gerissen, als Soziologe Quemot wie aus dem Nichts erschien und ihn ansah. Diesmal *sah er ihn an!* Er saß auf einem kleineren Stuhl in einem Raum, dessen Wände und Boden sich mit denen schlugen, die Baley umgaben. Und jetzt lächelte er, so daß sich die feinen Fältchen in seinem Gesicht vertieften und ihn paradoxerweise wesentlich jugendlicher erscheinen ließen, weil sie nämlich seine lebendigen Augen hervorhoben.

»Ich bitte tausendmal um Vergebung, Mr. Baley«, sagte er. »Ich dachte, ich könnte die persönliche Anwesenheit eines anderen ertragen; aber das war ein Irrtum. Ich war äußerst angespannt, und der Satz, den Sie gebraucht haben, hat mir irgendwie den Rest gegeben, sozusagen.«

»Was war das für ein Satz, Sir?«

»Sie sagten da etwas, daß man Leute von Angesicht zu ...«, er schüttelte den Kopf, und seine Zunge fuhr über die Lippen. »Ich möchte es lieber nicht sagen. Ich glaube, Sie wissen, was ich meine. Der Satz hat mir ein plastisches Bild heraufbeschworen, von uns beiden, wie wir ... wie wir den Atem des anderen einatmen.« Der Solarianer schauderte angeekelt. »Finden Sie das nicht abstoßend?«

»Darüber habe ich nie nachgedacht.«

»Mir scheint das eine widerliche Angewohnheit. Und als Sie es sagten, und das Bild sich in mir aufbaute, erkannte ich plötzlich, daß wir uns *tatsächlich* in demselben Raum befanden. Und obwohl ich Sie nicht ansah, gab es da sicherlich Luft, die schon in ... ah ... Ihrer Lunge gewesen war und jetzt in die meine eindrang. Bei meiner empfindlichen Einstellung ...«

Baley unterbrach ihn. »Die Moleküle in der Atmosphäre von ganz Solaria sind doch in Tausenden von Lungen gewesen. Jehoshaphat! Sie waren in den Lungen von Tieren und den Kiemen von Fischen.«

»Das ist wahr«, sagte Quemot und rieb sich nervös die Wange, »und ich möchte lieber nicht daran denken. Aber die Situation zwischen Ihnen und mir hatte so etwas Unmittelbares, wo wir doch beide aus- und einatmen. Es ist wirklich erstaunlich, wie erleichtert ich mich jetzt fühle, wo ich Sie sichte.«

»Ich befinde mich immer noch im selben Haus, Dr. Quemot.«

»Genau das ist es, was mich so verblüfft. Sie befinden sich im selben Haus, und doch ist es jetzt, wo wir das Trimensik benutzen, völlig anders. Zumindest weiß ich jetzt, wie man sich fühlt, wenn man einen Fremden sieht. Ich werde es nie wieder versuchen.«

»Das klingt ja, als würden Sie mit dem Sehen experimentieren.«

»In gewisser Weise habe ich das wohl getan«, sagte der Spacer. »Das war ein Teil meines Antriebs. Und die Resultate waren interessant, obwohl sie gleichzeitig auch beunruhigend waren. Es war ein guter Versuch, und es kann sein, daß ich ihn aufzeichne.«

»Daß Sie was aufzeichnen?« fragte Baley verwirrt.

»Meine Gefühle!« Quemots verblüffter Blick stand der Verblüffung in Baleys Augen nicht nach.

Er seufzte. Mißverständnisse, immer wieder Mißverständnisse! »Ich habe nur gefragt, weil ich irgendwie annahm, Sie würden Instrumente der einen oder anderen Art haben, um emotionale Reaktionen zu messen. So etwas wie einen Elektroenzephalographen.« Er blickte sich um, ohne etwas zu entdecken. »Aber Sie würden natürlich eine Taschenversion davon haben, die ohne direkten elektrischen Kontakt arbeitet. Wir haben so etwas auf der Erde nicht.«

»Ich vertraue darauf«, meinte der Solarianer etwas steif,

»daß ich imstande bin, das Wesen meiner eigenen Gefühle ohne Instrumente abzuschätzen. Ausgeprägt genug waren sie ja.«

»Ja, natürlich. Aber wenn man eine quantitative Analyse ...«, begann Baley.

Aber Quemot ließ ihn nicht ausreden, sondern meinte gereizt: »Ich weiß nicht, worauf Sie hinauswollen. Außerdem versuche ich gerade, Ihnen etwas völlig anderes klarzumachen: meine eigene Theorie nämlich, etwas, das ich in keinem Buch gesichtet habe; etwas, worauf ich recht stolz bin.«

»Und – was ist das genau, Sir?« fragte Baley.

»Nun, ich sagte es ja schon – daß Solarias Zivilisation auf einer anderen Zivilisation basiert, die es in der Vergangenheit auf der Erde einmal gegeben hat.«

Baley seufzte. Wenn er dem anderen jetzt nicht Gelegenheit gab, sich das von der Seele zu reden, würde er ihn nie unterstützen. So sagte er: »Und was für eine Kultur ist das?«

»Sparta!« sagte Quemot und hob den Kopf, daß sein weißes Haar einen Augenblick lang im Licht glänzte und seinen Kopf fast wie einen Heiligenschein umgab. »Sie haben sicher schon von Sparta gehört!«

Baley empfand Erleichterung. In jüngeren Jahren hatte ihn die Antike in hohem Maße interessiert (für viele Erdenmenschen war das ein attraktives Studium – eine mächtige Erde, weil es eine Erde war, die ganz allein war; Erdenmenschen als Herren und Meister, weil es noch keine Spacer gab), aber die Vergangenheit der Erde war sehr vielfältig, Quemot hätte sich leicht auf eine Epoche beziehen können, mit der Baley nicht vertraut war, und das wäre peinlich gewesen.

So konnte er vorsichtig sagen: »Ja, ich habe Filme darüber gesichtet.«

»Gut. Gut. Sparta bestand zu seiner Hochblüte aus einer relativ kleinen Zahl von Spartiaten, den einzigen Vollbürgern, dazu einer etwas größeren Zahl von Individuen zweiter Klasse, den Periöken, und einer wirklich großen Zahl ausgesprochener Sklaven, den Heloten. Die Zahl der Heloten übertraf die der Spartiaten wenigstens um das Zwanzigfache. Und die Heloten waren Menschen mit menschlichen Gefühlen und menschlichen Fehlern.

Um sicherzustellen, daß eine etwaige Heloten-Rebellion trotz ihrer überwältigenden Überzahl nie erfolgreich sein konnte, wurden die Spartaner Militärspezialisten. Jeder lebte das Leben einer Militärmaschine, und die Gesellschaft erfüllte ihren Zweck. Es gab nie eine erfolgreiche Heloten-Revolte.

Nun sind wir menschliche Geschöpfe auf Solaria in gewisser Weise das Äquivalent der Spartiaten. Wir haben unsere Heloten, aber unsere Heloten sind nicht Menschen, sondern Maschinen. Sie können nicht rebellieren, und man braucht sie nicht zu fürchten, obwohl sie eine noch viel größere Überzahl darstellen, das Tausendfache vielleicht, wie die menschlichen Heloten der Spartaner gegenüber diesen in der Überzahl waren. Wir haben also den Vorteil spartiatischer Exklusivität ohne die Notwendigkeit, das starre Leben einer Herrenrasse führen zu müssen. Statt dessen können wir unser Vorbild im künstlerischen und kulturellen Leben der Athener suchen, die Zeitgenossen der Spartaner waren und ...«

»Filme über die Athener habe ich ebenfalls gesichtet«, sagte Baley.

Quemot wurde immer freundlicher. »Die Zivilisationen waren immer pyramidenförmig strukturiert. Wenn man dem Gipfel des gesellschaftlichen Baues entgegenklettert, wächst die Muße und wächst auch die Gelegenheit, sich seinem persönlichen Glück und seinem Vergnügen zu widmen. Und während man klettert, findet man auch immer weniger Leute, die daran immer mehr Freude haben. Aus diesem Grunde gibt es unweigerlich auch ein Übergewicht an Habenichtsen. Und vergessen Sie nie, ganz gleich, wie gut es den unteren Schichten der Pyramide nach absolutem Maßstab auch gehen mag: Im Vergleich mit der Spitze sind sie immer arme Teufel. So geht es zum Beispiel selbst den ärmsten Menschen auf Aurora besser als den Aristokraten der Erde. Aber im Vergleich zu den Aristokraten Auroras sind sie Habenichtse, und sie vergleichen sich natürlich mit den Herren ihrer eigenen Welt.

Also gibt es in gewöhnlichen menschlichen Gesellschaften immer soziale Reibung. Die Aktion der sozialen Revolution und die Reaktion, die darin besteht, sich vor einer solchen Revolution zu schützen oder sie zu bekämpfen, wenn sie einmal begonnen hat, sind die Ursache eines Großteils des menschlichen Leids, das sich durch die ganze Geschichte zieht.

Hier auf Solaria steht nun zum ersten Mal die Spitze der Pyramide für sich allein da. Anstelle der Habenichtse gibt es Roboter. Wir besitzen die erste neue Gesellschaft, die erste wirklich neue, die erste große gesellschaftliche Erfindung, seit die Bauern von Ägypten und Sumer die Stadt erfanden.«

Er lehnte sich zurück und lächelte jetzt.

Baley nickte. »Haben Sie das, was Sie mir gerade gesagt haben, veröffentlicht?«

»Das tue ich vielleicht einmal«, sagte Quemot mit gespielter Gleichgültigkeit, »irgendwann. Bis jetzt habe ich es noch nicht getan. Dies ist mein dritter Beitrag.«

»Waren die beiden anderen ebenso weitreichend wie dieser?«

»Die befaßten sich nicht mit Soziologie. Ich bin zu meiner Zeit Bildhauer gewesen. Die Werke, die Sie rings um sich sehen«, er wies auf die Statuen, »stammen von mir. Und ein Komponist war ich auch. Aber ich fange an, alt zu werden, und Rikaine Delmarre hat sich immer mehr für die angewandten Künste als die schönen Künste ausgesprochen, und so habe ich beschlossen, mich der Soziologie zuzuwenden.«

»Das klingt, als wäre Delmarre ein guter Freund von Ihnen gewesen«, sagte Baley.

»Wir kannten einander. Wenn man so alt ist wie ich,

kennt man alle erwachsenen Solarianer. Aber es gibt keinen Anlaß, Ihnen zu widersprechen, wenn Sie sagen, daß Rikaine Delmarre und ich gut miteinander bekannt waren.«

»Was für eine Art Mensch war Delmarre?« (Seltsamerweise ließ der Name des Mannes das Bild Gladias vor Baleys innerem Auge erscheinen, und plötzlich quälte ihn die Erinnerung an sie und ihr Bild, wie er sie zuletzt gesehen hatte, zornig das Gesicht verzerrt; Zorn, der ihm galt.)

Quemot blickte nachdenklich. »Er war ein wertvoller Mensch; er war Solarianer und seiner Lebensweise treu ergeben.«

»Ein Idealist, mit anderen Worten.«

»Ja, ganz entschieden. Man konnte das allein schon daran erkennen, daß er sich freiwillig für seine Aufgabe als ... als Fötal-Ingenieur gemeldet hat. Das war eine angewandte Kunst, verstehen Sie? Und ich sagte Ihnen ja, wie er diesbezüglich empfand.«

»War es ungewöhnlich, sich freiwillig zu melden?«

»Würden Sie denn nicht sagen – aber jetzt vergesse ich wieder, daß Sie ein Erdenmensch sind. Ja, es ist ungewöhnlich. Es ist eine jener Aufgaben, die erledigt werden müssen, für die sich aber nur selten jemand freiwillig meldet. Gewöhnlich ist es notwendig, jemanden auf eine bestimmte Zahl von Jahren einfach dazu zu verpflichten, und es ist wirklich nicht angenehm, dafür ausgewählt zu werden. Delmarre hat sich freiwillig gemeldet, und zwar auf Lebenszeit. Er war der Ansicht, daß die Stelle zu wichtig sei, als daß man sie mit jemanden besetzte, dem die Arbeit zuwider war, und hat mich auch zu dieser Ansicht überredet. Trotzdem hätte ich mich ganz sicher nie freiwillig gemeldet. Ich wäre einfach nicht imstande gewesen, das persönliche Opfer zu bringen. Und für ihn war es ein noch größeres Opfer, da er in bezug auf seine persönliche Hygiene ja fast ein Fanatiker war.«

»Ich bin immer noch nicht sicher, ob ich so recht begreife, worin seine Arbeit eigentlich bestand.«

Quemots alte Wangen röteten sich leicht. »Sollten Sie das nicht besser mit seinem Assistenten besprechen?«

»Das hätte ich inzwischen bestimmt schon getan«, meinte Baley, »wenn nur jemand sich die Mühe gemacht hätte, mir vor diesem Augenblick zu sagen, daß er einen Assistenten hatte.«

»Das tut mir leid«, sagte Quemot, »aber die Existenz des Assistenten ist wieder ein Maß seiner gesellschaftlichen Verantwortung. Kein bisheriger Stelleninhaber hat für einen gesorgt. Delmarre hingegen hielt es für notwendig, einen geeigneten jungen Mann zu finden und seine Ausbildung selbst zu übernehmen, um einen Nachfolger zu hinterlassen, sobald einmal die Zeit für ihn kam, um sich zurückzuziehen oder – nun – zu sterben.« Der alte Solarianer seufzte tief. »Und doch habe ich ihn überlebt, obwohl er so viel jünger war. Ich habe immer Schach mit ihm gespielt. Oft.«

»Wie haben Sie das gemacht?«

Quemots Augenbrauen hoben sich. »Auf die übliche Art.«

»Sie haben einander gesehen?«

Quemot sah den anderen erschrocken an. »Was für eine Idee! Selbst wenn ich es ertragen hätte, hätte Delmarre das doch keinen Augenblick zugelassen. Wenn er auch Fötal-Ingenieur war, hat ihn das doch keineswegs abgestumpft. Im Gegenteil: Er war äußerst penibel.«

»Aber wie ...«

»Mit zwei Brettern, so wie zwei Leute immer miteinander Schach spielen.« Der Solarianer zuckte die Achseln in einer höchst tolerant wirkenden Geste. »Nun, Sie sind Erdenmensch. Meine Züge wurden von seinem Brett registriert und die seinen von dem meinen. Das ist ganz einfach.«

»Kennen Sie Mrs. Delmarre?« wollte Baley wissen.

»Wir haben einander gesichtet. Sie ist Feldcoloristin, wissen Sie? Ich habe einige ihrer Darstellungen gesichtet. Schöne Arbeit in ihrer Art, aber eher als Kuriosität denn als schöpferische Kunst interessant. Trotzdem – die Arbeiten sind amüsant und lassen erkennen, daß sie eine empfindsame Person ist.«

»Ist sie imstande, ihren Mann zu töten? Was würden Sie sagen?«

»Ich habe nicht darüber nachgedacht. Frauen sind höchst erstaunliche Geschöpfe. Aber da gibt es ja wohl nicht viel zu diskutieren, oder? Nur Mrs. Delmarre könnte Rikaine nahe genug gewesen sein, um ihn zu töten. Rikaine hätte niemals, unter keinen Umständen und aus keinem Grund irgend jemand anderem das Privileg des Sehens eingeräumt. Äußerst penibel. Vielleicht ist ›penibel‹ das falsche Wort. Es ist nur eben so, daß ihm jede Spur von Anormalität fehlte, alles, was pervers gewesen wäre. Er war ein guter Solarianer.«

»Würden Sie es denn dann als pervers bezeichnen, daß Sie mir das Privileg des Sehens eingeräumt haben?«

»Ja, ich denke, das würde ich«, sagte Quemot. »Ich muß gestehen, daß daran ein Hauch von Scatophilie war.«

»Könnte es sein, daß man Delmarre aus politischen Gründen getötet hat?«

»Was?«

»Ich habe gehört, daß man ihn als Traditionalisten bezeichnet hat.«

»Oh, das sind wir doch alle.«

»Sie meinen, es gibt keine Gruppe von Solarianern, die *nicht* Traditionalisten sind?«

»Nun, es gibt sicherlich einige«, sagte Quemot nachdenklich, »die es für gefährlich halten, zu traditionalistisch eingestellt zu sein. Sie sind sich unserer kleinen Bevölkerung mehr als bewußt und wissen auch, wie sehr wir uns gegenüber den anderen Welten in der Minderzahl befinden. Sie glauben, wir wären gegenüber möglichen Angriffen seitens der anderen Äußeren Welten hilflos. Es ist ziemlich dumm von ihnen, das zu glauben, und es gibt auch nicht viele davon. Ich glaube nicht, daß sie eine Macht darstellen.«

»Warum sagen Sie, daß sie dumm sind? Gibt es denn an Solaria etwas, das das Mächtegleichgewicht trotz des großen zahlenmäßigen Nachteils beeinträchtigen würde? Irgendeine neue Waffenart vielleicht?«

»Ganz sicher eine Waffe. Aber keine neue. Die Leute, von denen ich spreche, sind mehr blind als dumm, weil sie nicht erkennen, daß eine derartige Waffe dauernd im Einsatz ist und daß es gegen sie keinen Widerstand gibt.«

Baleys Augen verengten sich. »Ist das Ihr Ernst?«

»Sicherlich.«

»Sind Sie mit der Waffe vertraut?«

»Das müssen wir alle sein. Selbst *Sie* sind das, wenn Sie einmal darüber nachdenken. Ich sehe das vielleicht ein wenig leichter als die meisten, weil ich Soziologe bin. Sicher, die Waffe wird normalerweise nicht so eingesetzt, wie man Waffen einzusetzen pflegt. Sie tötet und verletzt nicht, aber trotzdem ist sie unwiderstehlich. Um so unwiderstehlicher, weil niemand sie bemerkt.«

Baley wirkte jetzt verärgert. »Und was ist das für eine nicht tödliche Waffe?«

Und Quemot sagte: »Der positronische Roboter.«

11

EINE FARM WIRD INSPIZIERT

Einen Augenblick lang erfaßte Baley eisige Kälte. Der positronische Roboter war das Symbol der Überlegenheit der Spacer über die Erdenmenschen; das für sich allein war Waffe genug.

Er achtete darauf, mit gleichmäßiger Stimme zu sprechen. »Das ist eine wirtschaftliche Waffe. Solaria ist für die anderen Äußeren Welten als Lieferant besonders fortschrittlicher Modelle wichtig und wird deshalb von ihnen nicht verletzt werden.«

»Das liegt auf der Hand«, sagte Quemot gleichgültig.

»Das hat uns dabei geholfen, unsere Unabhängigkeit zu erlangen. Was ich im Sinn habe, ist etwas völlig anderes; etwas, das zugleich subtiler ist und doch von kosmischer Bedeutung.« Quemot musterte prüfend seine Fingerspitzen, und es war offensichtlich, daß seine Gedanken sich mit abstrakten Begriffen befaßten.

»Ist das wieder eine von Ihren soziologischen Theorien?« fragte Baley.

In Quemots Blick lag so viel unverhohlener Stolz, daß der Erdenmensch unwillkürlich lächeln mußte.

»In der Tat, so ist es«, sagte der Soziologe. »Eine originelle Theorie, soweit mir bekannt ist, und doch naheliegend, wenn man die Bevölkerungsdaten der Äußeren Welten studiert. Zunächst einmal hat man den positronischen Roboter seit seiner Erfindung überall immer intensiver eingesetzt.«

»Aber nicht auf der Erde«, wandte Baley ein.

»Aber, aber! Ich weiß nicht sehr viel über Ihre Erde, aber mir ist immerhin bekannt, daß die Roboter gerade dabei sind, Eingang in Ihre Wirtschaft zu finden. Sie und Ihresgleichen leben in großen Cities und lassen den größten Teil Ihrer Planetenoberfläche unbewohnt. Wer betreibt also Ihre Farmen und Bergwerke?«

»Roboter«, gab Baley zu. »Aber wenn wir schon davon sprechen, Doktor – schließlich waren es Erdenmenschen, die den positronischen Roboter ursprünglich erfunden haben.«

»Haben sie das? Sind Sie da sicher?«

»Das können Sie überprüfen. Das ist so.«

»Interessant. Und doch haben die Roboter dort die geringsten Fortschritte gemacht.« Der Soziologe überlegte eine Weile und meinte dann nachdenklich: »Vielleicht kommt das von der großen Bevölkerung der Erde. Dort würde es natürlich sehr viel länger dauern. Ja ... immerhin haben Sie selbst in Ihren Cities Roboter.«

»Ja«, sagte Baley.

»Und zwar heute mehr als – sagen wir mal – vor fünfzig Jahren.«

Baley nickte ungeduldig. »Ja.«

»Dann paßt das schon zusammen. Es ist nur eine Frage der Zeit – das ist der einzige Unterschied. Roboter neigen dazu, menschliche Arbeitskräfte zu verdrängen. Die Roboterwirtschaft bewegt sich immer nur in einer einzigen Richtung. Mehr Roboter und weniger Menschen. Ich habe die Bevölkerungsdaten *sehr* sorgfältig studiert, sie grafisch dargestellt und ein paar Extrapolationen vorgenommen.« Er hielt plötzlich überrascht inne. »Aber das ist ja ein Einsatz der Mathematik in der Soziologie, oder?«

»Ja, allerdings«, sagte Baley.

»Dann hat das vielleicht doch etwas auf sich. Ich muß gelegentlich darüber nachdenken. Jedenfalls bin ich zu folgenden Schlüssen gelangt und überzeugt, daß an ihrer Richtigkeit kein Zweifel besteht. Das Verhältnis zwischen Robotern und Menschen in jeder Wirtschaftsform, die Roboter-Arbeit akzeptiert hat, nimmt dauernd zu, und zwar auch dann, wenn Gesetze erlassen werden, die das verhindern sollen. Das Wachstum wird verlangsamt, aber nie ganz aufgehalten. Zuerst wächst die menschliche Bevölkerung; aber die Roboterbevölkerung wächst viel schneller. Und dann, wenn ein bestimmter kritischer Punkt erreicht ist ...«

Quemot hielt wieder inne und meinte dann: »Mal sehen. Ich frage mich, ob man den kritischen Punkt exakt bestimmen kann; ob man ihn wirklich zahlenmäßig definieren kann. Jetzt sind Sie wieder mit Ihrer Mathematik dran.«

Baley begann unruhig zu werden. »Was passiert denn nach dem Erreichen des kritischen Punktes, Dr. Quemot?«

»Was? Oh, die menschliche Bevölkerung fängt an zu schrumpfen. Der Planet nähert sich einer echten gesellschaftlichen Stabilität. So wird es auf Aurora kommen müssen. Selbst Ihre Erde wird sich dem nicht entziehen können. Die Erde braucht vielleicht ein paar Jahrhunderte länger, aber es ist unvermeidbar.«

»Was verstehen Sie unter gesellschaftlicher Stabilität?«

»Die Situation hier. Auf Solaria. Eine Welt, in der die

Menschen einzig und allein eine Muße-Klasse sind. Es gibt also keinen Anlaß, die anderen Äußeren Welten zu fürchten. Wir brauchen vielleicht nur noch hundert Jahre zu warten, dann werden sie alle Solarier sein. Ich vermute, daß das in gewisser Weise das Ende der menschlichen Geschichte sein wird; zumindest ihre Erfüllung. Endlich, endlich werden alle Menschen alles haben, was sie je brauchen und wünschen können. Wissen Sie, es gibt da einen Satz, den ich einmal aufgeschnappt habe; ich weiß nicht, woher er kommt; irgend etwas vom Streben nach Glück.«

Und Baley sagte nachdenklich: »Alle Menschen sind von ihrem Schöpfer mit gewissen unveräußerlichen Rechten ausgestattet ... darunter Leben, Freiheit und das Streben nach Glück.«

»Genau. Wo kommt das her?«

»Irgendein altes Dokument«, sagte Baley.

»Erkennen Sie, wie das hier auf Solaria verändert wird und schließlich auch in der ganzen Galaxis? Das Streben wird zu Ende sein. Die Rechte, die die Menschheit erbt, werden Leben, Freiheit und Glück sein. Nur das. Glück.«

»Mag sein«, sagte Baley trocken, »aber auf Ihrem Solaria ist ein Mensch getötet worden, und es kann sein, daß ein zweiter in Kürze stirbt.«

Fast im gleichen Augenblick, in dem er es gesagt hatte, empfand er Bedauern, denn Quemots Gesichtsausdruck wirkte plötzlich so, als hätte man ihn geohrfeigt. Der alte Mann senkte den Kopf. Dann sagte er ohne aufzublicken: »Ich habe Ihre Fragen, so gut ich konnte, beantwortet. Wünschen Sie sonst noch etwas?«

»Nein, nicht nötig. Vielen Dank. Es tut mir leid, daß ich mich in Ihre Trauer um den Tod Ihres Freundes hineingedrängt habe.«

Quemot blickte zögernd auf. »Es wird schwierig sein, einen anderen Schach-Partner zu finden. Er hat unsere Verabredungen stets höchst pünktlich eingehalten und spielte außergewöhnlich gleichmäßig. Er war ein guter Solarianer.«

»Ich verstehe«, sagte Baley mit weicher Stimme. »Habe

ich Ihre Erlaubnis, Ihr Sichtgerät zu benutzen, um Kontakt mit der nächsten Person herzustellen, die ich sprechen muß?«

»Natürlich«, sagte Quemot. »Meine Roboter sind die Ihren. Und jetzt werde ich Sie verlassen. Gesichtet.«

Kaum dreißig Sekunden nach Quemots Verschwinden war ein Roboter an Baleys Seite, und Baley fragte sich erneut, wie diese Geschöpfe geleitet wurden. Er hatte, ehe Quemot ihn verlassen hatte, gesehen, wie dessen Finger sich einem Sensor näherte, und das war alles gewesen.

Vielleicht war das Signal ein ganz allgemeines, das nur besagte, ›Tu deine Pflicht!‹. Vielleicht belauschten die Roboter alles, das sich um sie herum abspielte, und wußten stets, was ein Mensch zu jedem beliebigen Augenblick vielleicht wünschen könnte. Und wenn der betreffende Roboter nicht entweder geistig oder körperlich für eine bestimmte Aufgabe konstruiert war, dann trat das Radionetz, das alle Roboter verband, in Aktion, und der korrekte Roboter wurde zum Handeln veranlaßt.

Einen Augenblick lang hatte Baley eine Vision von Solaria als einem robotischen Netz mit Löchern, die klein waren und immer kleiner wurden, und wo jeder Mensch an seinem Ort gefangen war. Er dachte an das Bild, das Quemot ihm vorgezeichnet hatte: von allen Welten, die sich in Solarias verwandelten; von Netzen, die sich formten und spannten, selbst auf der Erde, bis ...

Der Roboter riß ihn aus seinen Gedanken, indem er mit dem ruhigen, gleichmäßigen Respekt der Maschine sprach.

»Ich bin bereit, Ihnen zu helfen, Herr.«

»Weißt du, wie man an den Ort kommt, wo Rikaine Delmarre einmal gearbeitet hat?« fragte Baley.

»Ja, Herr.«

Baley zuckte die Achseln. Er würde sich selbst lehren, nutzlose Fragen zu vermeiden. Die Roboter wußten alles. Ende. So war das eben. Es kam ihm in den Sinn, daß man, um Roboter wirklich effizient einsetzen zu können, notwendigerweise Fachmann sein mußte, eine Art Robotiker. Wie gut kam da der durchschnittliche Solarianer zurecht? fragte er sich. Mutmaßlich nur mittelmäßig.

»Eine Verbindung mit Delmarres Haus, und sprich mit seinem Assistenten«, sagte er. »Wenn der Assistent nicht anwesend ist, dann machst du ihn ausfindig, gleichgültig, wo er ist!«

»Ja, Herr.«

Als der Roboter sich zum Gehen wandte, rief Baley ihm nach: »Warte! Um welche Zeit ist es jetzt im Delmarre-Haus?«

»Etwa null-sechs-drei-null, Herr.«

»Am Morgen?«

»Ja, Herr.«

Wieder empfand Baley Verstimmung über eine Welt, die sich selbst dem Kommen und Gehen einer Sonne unterwarf. Das kam davon, wenn man auf offenen Planetenoberflächen unter nackter Sonne lebte.

Er dachte flüchtig an die Erde, verdrängte den Gedanken aber wieder. Solange er sich ganz auf seine Aufgabe konzentrierte, würde alles gut sein. Heimweh war das Allerletzte, was er jetzt brauchen konnte.

»Ruf trotzdem den Assistenten, Boy«, sagte er, »und sag ihm, daß die Regierung hinter mir steht – und dann soll einer von den anderen Boys etwas zu essen bringen! Ein belegtes Brot und ein Glas Milch genügt.«

Während er nachdenklich sein belegtes Brot verzehrte – es war mit einer Art Rauchfleisch belegt –, dachte er etwas abwesend, daß Daneel Olivaw sicherlich, nach dem, was Gruer widerfahren war, jegliches Essen für suspekt halten würde. Und Daneel würde vielleicht sogar recht haben.

Aber beim Essen stellten sich keinerlei unangenehme Wirkungen ein (zumindest keine unmittelbaren), und er nahm einen Schluck von der Milch. Er hatte von Quemot nicht das erfahren, wegen dem er gekommen war, dafür hatte er aber etwas anderes erfahren. Und während er das

Gehörte in Gedanken auseinandersortierte, schien ihm doch, daß er eine ganze Menge gelernt hatte.

Zugegebenermaßen sehr wenig über den Mord, aber wesentlich mehr über die größere, wichtigere Angelegenheit.

Der Roboter kehrte zurück. »Gruers Assistent ist bereit, den Kontakt anzunehmen, Herr.«

»Gut. Hat es irgendwelche Schwierigkeiten bereitet?«

»Der Assistent schlief, Herr.«

»Aber jetzt ist er doch wach?«

»Ja, Herr.«

Plötzlich sah er sich dem Assistenten gegenüber. Er hatte sich im Bett aufgesetzt und blickte ziemlich mürrisch.

Baley fuhr zurück, als wäre plötzlich unmittelbar vor ihm und ohne Warnung eine Kraftfeldbarriere hochgegangen. Wieder hatte man ihm eine wesentliche Information vorenthalten. Wieder hatte er nicht die richtigen Fragen gestellt.

Niemand war es in den Sinn gekommen, ihm zu sagen, daß Rikaine Delmarres Assistent eine Frau war.

Ihr Haar war etwas dunkler als der übliche Bronzeton der Spacer, und sie hatte sehr volles Haar, das im Augenblick in Unordnung war. Ihr Gesicht war oval, die Nase etwas stark ausgeprägt und ihr Kinn kräftig. Sie kratzte sich an der Hüfte, und Baley hoffte, daß das Bettlaken dort bleiben würde, wo es gerade war. Er erinnerte sich an Gladias freizügige Einstellung bezüglich dessen, was beim Sichten erlaubt war.

Baley empfand eine Art sarkastischer Freude über die Enttäuschung, die er in diesem Augenblick verspürte. Irgendwie nahmen die Erdenmenschen immer an, daß alle Spacer-Frauen schön waren, und Gladia hatte diese Annahme ganz sicherlich verstärkt. Aber diese Frau war selbst nach irdischen Begriffen alles andere als schön – eher langweilig.

Es überraschte Baley daher, daß ihre Altstimme ihm attraktiv erschien, als sie sagte: »Hören Sie mal, wissen Sie eigentlich, wie spät es ist?«

»Ja«, sagte Baley. »Aber da ich Sie sehen werde, fand ich, daß ich Sie vorher warnen sollte.«

»Mich *sehen?* Du lieber Himmel!« Ihre Augen weiteten sich, und sie fuhr sich mit der Hand ans Kinn. (An einem Finger trug sie einen Ring, das erste persönliche Schmuckstück, das Baley bis jetzt auf Solaria gesehen hatte.) »Warten Sie – Sie sind doch nicht mein neuer Assistent, oder?«

»Nein. Nichts dergleichen. Ich bin hier, um Ermittlungen bezüglich des Todes von Rikaine Delmarre anzustellen.«

»So? Nun, dann ermitteln Sie doch.«

»Wie heißen Sie?«

»Klorissa Cantoro!«

»Und wie lange haben Sie mit Dr. Delmarre zusammengearbeitet?«

»Drei Jahre.«

»Ich nehme an, daß Sie sich jetzt an der Arbeitsstelle befinden.« (Baley war die schwerfällige Formulierung irgendwie unbehaglich, aber er wußte nicht, wie man einen Ort nannte, an dem ein Fötal-Ingenieur arbeitete.)

»Wenn Sie damit meinen, ob ich auf der Farm bin, dann bin ich das ganz sicherlich«, sagte Klorissa mißvergnügt. »Die habe ich nicht mehr verlassen, seit die den Alten umgebracht haben. Und wie es aussieht, werde ich sie auch nicht verlassen, bis man mir einen Assistenten zugeteilt hat. Können *Sie* das übrigens veranlassen?«

»Tut mir sehr leid, Gnädigste. Ich habe hier bei niemandem Einfluß.«

»Nun, fragen wird man ja dürfen.«

Klorissa schlug das Laken zurück und stieg ohne die geringste Verlegenheit aus dem Bett. Sie trug einen einteiligen Schlafanzug, und ihre Hand griff an die Stelle am Halsausschnitt, wo der Saum endete.

»Einen Augenblick!« sagte Baley hastig. »Wenn Sie damit einverstanden sind, daß ich Sie aufsuche, können wir dieses Gespräch für den Augenblick beenden, und Sie können sich dann ungestört anziehen.«

Sie schob die Unterlippe vor und starrte Baley neugierig an. »Sie sind wohl bißchen pingelig, wie? Wie der Boss!«

»Darf ich Sie sehen? Ich würde mich auch gern auf der Farm umschauen.«

»Ich weiß nicht, was das soll, von wegen sehen. Aber wenn Sie die Farm sichten wollen, dann führe ich Sie herum. Wenn Sie mir zuerst Zeit lassen, mich zu waschen und ein paar Dinge zu erledigen und richtig wach zu werden, dann hätte ich gegen die kleine Abwechslung nichts einzuwenden.«

»Ich will gar nichts sichten. Ich will *sehen*.«

Klorissa legte den Kopf schief, und ihr scharfer Blick hatte etwas von professionellem Interesse an sich. »Sind Sie pervers oder so was? Wann haben Sie sich das letzte Mal einer Gen-Analyse unterzogen?«

»Jehoshaphat!« murmelte Baley. »Schauen Sie, ich bin Elijah Baley. Ich bin von der Erde.«

»Von der Erde?« rief sie. »Du lieber Himmel! Was machen Sie denn hier? Oder ist das irgendein komplizierter Witz?«

»Ich mache keine Witze. Man hat mich gerufen, um Ermittlungen bezüglich Delmarres Ermordung anzustellen. Ich bin Detektiv.«

»Die Art von Ermittlung meinen Sie also. Dabei dachte ich, jeder wüßte, daß seine Frau es getan hat.«

»Nein, Ma'am, ich habe da meine Zweifel. Habe ich also Ihre Erlaubnis, die Farm und Sie zu sehen? Sie müssen verstehen, ich bin es als Erdenmensch nicht gewöhnt, Leute zu sichten. Es macht mich unbehaglich. Ich habe die Genehmigung des Sicherheitschefs, Leute zu sehen, die mir helfen könnten. Wenn Sie wollen, zeige ich Ihnen das Dokument.«

»Lassen Sie sehen.«

Baley hielt ihr den amtlichen Streifen vor die Augen, oder besser, vor ihre abgebildeten Augen.

Sie schüttelte den Kopf. »Sehen! Ist ja widerwärtig. Trotzdem, du lieber Himmel, was macht schon ein wenig zusätzliche Widerwärtigkeit in diesem widerwärtigen Beruf? Aber hören Sie, daß Sie mir ja nicht zu nahe kommen! Sie bleiben hübsch auf Distanz. Wir können uns ja zurufen oder uns durch einen Roboter Mitteilungen zusenden, wenn es sein muß. Haben Sie verstanden?«

»Ja, ich habe verstanden.«

Ihr Schlafanzug öffnete sich in dem Moment am Saum, als der Kontakt abbrach, und das letzte, was er von ihr hörte, war ein gemurmeltes: »Erdenmensch!«

»Das ist jetzt nahe genug«, sagte Klorissa.

Baley, der etwa fünfundzwanzig Fuß von der Frau entfernt war, sagte: »Mir ist die Entfernung recht, aber ich würde gern schnell nach drinnen gehen.«

Aber irgendwie war es diesmal gar nicht so schlimm gewesen. Die Flugreise hatte ihm kaum etwas ausgemacht; aber man brauchte es auch nicht zu übertreiben. Er hielt sich davon ab, am Kragen zu zerren, als könne er auf die Weise freier atmen.

»Was ist denn los mit Ihnen?« fragte Klorissa scharf. »Sie sehen ziemlich durchgedreht aus.«

»Ich bin es nicht gewöhnt, draußen zu sein«, sagte Baley.

»Ganz richtig! Erdenmensch! Sie müssen irgendwie eingesperrt sein oder so was. Du lieber Himmel!« Ihre Zunge fuhr über die Lippen, als hätte sie etwas Unappetitliches geschmeckt. »Nun, dann kommen Sie rein, aber lassen Sie mich zuerst aus dem Weg gehen. So. Jetzt kommen Sie!«

Sie trug ihr Haar in zwei dicken Zöpfen, die sie sich in einem komplizierten geometrischen Muster um den Kopf geschlungen hatte. Baley fragte sich, wie lange es wohl dauern mochte, es so zu arrangieren, und dann fiel ihm ein, daß das aller Wahrscheinlichkeit nach die eines Irrtums unfähigen mechanischen Finger eines Roboters erledigten.

Das Haar brachte ihr ovales Gesicht gut zum Ausdruck und verlieh ihm Symmetrie, die es angenehm erscheinen ließ, wenn auch nicht hübsch. Sie trug überhaupt kein Make-up, und ihre Kleider waren, was das betraf, auch zu nichts anderem bestimmt, als ihre Blöße zu bedecken. Sie waren größtenteils von gedecktem dunklen Blau, mit Ausnahme der Handschuhe, die bis zum Ellbogen reichten und von violetter Farbe waren, was sich fast unerträglich mit dem Blau ihres Kleides schlug. Offenbar trug sie sie normalerweise nicht. Baley fiel auf, daß ein Finger unter dem Handschuh etwas dicker war; das war der, an dem sie den Ring trug.

Sie blieben an den zwei gegenüberliegenden Enden des Raumes stehen und sahen einander an.

»Das gefällt Ihnen gar nicht, wie, Ma'am?« sagte Baley.

Klorissa zuckte die Achseln. »Warum sollte es mir auch gefallen? Ich bin schließlich kein Tier. Aber ich kann es ertragen. Man stumpft ziemlich ab, wenn man mit ... mit ...« – sie hielt inne, und dann schob sie ihr Kinn vor, als hätte sie sich dazu entschlossen, das, was zu sagen war, ohne Skrupel auszusprechen »mit Kindern zu tun hat.« Sie sprach das Wort sorgfältig und präzise aus.

»Das klingt ja, als würde Ihnen die Arbeit nicht gefallen, die Sie hier tun.«

»Es ist wichtige Arbeit. Sie muß getan werden. Trotzdem gefällt sie mir nicht.«

»Hat sie Rikaine Delmarre gefallen?«

»Wahrscheinlich nicht, aber er hat es sich nie anmerken lassen. Er war ein guter Solarianer.«

»Und er war pingelig.«

Klorissa sah ihn überrascht an.

»Das haben Sie selbst gesagt«, meinte Baley. »Als wir uns sichteten und ich sagte, Sie könnten sich ungestört anziehen, sagten Sie, ich sei pingelig wie der Boss.«

»Oh. Nun, er *war* pingelig. Selbst beim Sichten hat er sich nie irgendwelche Freiheiten herausgenommen. Immer sehr proper.«

»War das ungewöhnlich?«

»Eigentlich sollte es das nicht sein. Man sollte ja immer ordentlich und proper sein, aber das geht einfach nicht immer. Nicht beim Sichten. Schließlich ist man ja nicht persönlich anwesend; warum sich also die Mühe machen? Verstehen Sie? Ich mach' mir keine Mühe beim Sichten; nur wenn ich mit dem Boss spreche. Bei ihm mußte man immer sehr formell sein.«

»Haben Sie Mr. Delmarre bewundert?«

»Er war ein guter Solarianer.«

»Sie haben das hier eine ›Farm‹ genannt, und Sie haben Kinder erwähnt. Ziehen Sie hier Kinder auf?«

»Von dem Zeitpunkt an, wo sie einen Monat alt sind. Jeder Fötus auf Solaria kommt hierher.«

»Fötus?«

»Ja.« Sie runzelte die Stirn. »Wir kriegen sie einen Monat nach der Empfängnis. Ist Ihnen das peinlich?«

»Nein«, sagte Baley knapp. »Können Sie mich herumführen?«

»Ja. Aber bleiben Sie bitte auf Distanz.«

Baleys langes Gesicht nahm einen grimmig-starren Ausdruck an, als er von oben in den langen Saal hinunterblickte. Zwischen dem Raum und ihnen war eine Glaswand. Auf der anderen Seite – davon war er überzeugt – herrschte perfekt geregelte Temperatur, perfekt geregelte Feuchtigkeit und perfekt geregelte Antisepsis. Diese Tanks, eine Reihe hinter der anderen, enthielten jeder sein kleines Geschöpf, das in einer genau dosierten wäßrigen Flüssigkeit schwebte, der man Nährlösung idealer Zusammensetzung zufügte. So vollzogen sich Leben und Wachstum.

Kleine Geschöpfe, einige davon kaum halb so groß wie seine Faust, in sich zusammengerollt, mit vortretendem Schädel, winzigen, knospenartigen Gliedern und kleinen, im Verschwinden begriffenen Schwänzen.

Klorissa meinte aus zwanzig Fuß Entfernung: »Wie gefällt Ihnen das, Detektiv?«

»Wie viele haben Sie hier?«

»Heute morgen sind es einhundertzweiundfünfzig. Wir bekommen jeden Monat fünfzehn bis zwanzig und entlassen ebenso viele in die Unabhängigkeit.«

»Ist das das einzige derartige Institut auf dem ganzen Planeten?«

»So ist es. Es reicht aus, um die Bevölkerungszahl konstant zu halten, wenn man von einer Lebenserwartung von dreihundert Jahren und einer Bevölkerung von zwanzigtausend ausgeht. Dieses Gebäude ist ganz neu. Dr. Delmarre hat den Bau überwacht und viele Verbesserungen im Ablauf eingeführt. Die Sterblichkeitsrate beträgt jetzt buchstäblich null.«

Roboter schritten zwischen den Tanks umher. Bei jedem blieben sie stehen und prüften in sorgfältiger, unermüdlicher Art die Instrumente und sahen sich die winzigen Embryos in den Tanks an.

»Wer operiert denn die Mutter?« fragte Baley. »Ich meine, um die kleinen Dinger zu bekommen.«

»Ärzte«, antwortete Klorissa.

»Dr. Delmarre?«

»Selbstverständlich nicht. Dr. Delmarre war nicht Arzt. Sie glauben doch nicht etwa, der hätte je ... aber lassen wir das!«

»Warum kann man denn keine Roboter einsetzen?«

»Roboter in der Chirurgie? Das Erste Gesetz macht das sehr schwierig, Detektiv. Ein Roboter könnte eine Appendix-Operation durchführen, um ein menschliches Leben zu retten, wenn er wüßte, wie man das macht. Aber ich bezweifle, daß er nachher ohne größere Instandsetzungsarbeiten noch zu verwenden wäre. Für ein Positronengehirn wäre es ein traumatisches Erlebnis, durch menschliches Fleisch schneiden zu müssen. Menschliche Ärzte können sich daran gewöhnen. Selbst an die persönliche Anwesenheit, die das erfordert.«

Baley meinte: »Aber um die Föten kümmern sich die Roboter doch. Haben Sie und Dr. Delmarre sich da je einschalten müssen?«

»Manchmal mußten wir das, wenn etwas nicht klappte. Wenn ein Fötus irgendwelche Probleme hatte, beispielsweise. Man kann nicht auf Roboter vertrauen, die Lage richtig einzuschätzen, wenn es um menschliches Leben geht.«

Baley nickte. »Das Risiko wäre zu groß, daß er eine Fehlentscheidung trifft und dabei ein Leben verlorengeht, stelle ich mir vor.«

»Ganz und gar nicht! Das Risiko wäre zu groß, daß er ein Leben überbewertet und eines zuviel bewahrt.« Die Frau blickte streng. »Als Fötal-Ingenieure, Baley, sorgen wir dafür, daß gesunde Kinder geboren werden – ausschließlich *gesunde*. Selbst die beste Gen-Analyse der Eltern kann nicht sicherstellen, daß alle Gen-Permutationen und -Kombinationen positiv sind, ganz zu schweigen von der Gefahr von Mutationen. Das ist unsere große Sorge: eine unerwartete Mutation. Wir haben die Rate jetzt auf weniger als ein Promille heruntergedrückt; aber das bedeutet, daß wir im Durchschnitt einmal in zehn Jahren Ärger bekommen.«

Sie bedeutete ihm, ihr über einen Laufgang zu folgen, und meinte: »Ich zeige Ihnen jetzt die Kindergärten und die Schlafsäle. Die sind ein viel größeres Problem als die Föten. Bei denen können wir nämlich nur in sehr beschränktem Maße Roboter-Arbeit einsetzen.«

»Warum?«

»Das würden Sie dann wissen, Baley, wenn Sie je versucht hätten, einem Roboter beizubringen, wie wichtig Disziplin ist. Das erste Gesetz macht sie für diese Tatsache fast blind. Und glauben Sie bloß nicht, daß die Kleinen das nicht schnell herauskriegen – sie können noch kaum reden, da kennen sie schon alle Tricks. Ich habe selbst miterlebt, wie ein Dreijähriger ein Dutzend Roboter zum Erstarren gebracht hat, indem er schrie: ›Du tust mir weh! Ich bin verletzt!‹ Man braucht unglaublich fortgeschrittene Roboter, um ihnen begreiflich zu machen, daß ein Kind absichtlich lügen kann.«

»Kam Delmarre mit den Kindern zurecht?«

»Gewöhnlich schon.«

»Wie hat er das gemacht? Ist er zu ihnen hinausgegangen und hat ihnen Vernunft eingebleut?«

»Dr. Delmarre? Der sie berühren? Du lieber Himmel! Natürlich nicht! Aber er konnte mit ihnen *reden*. Und dann konnte er Robotern ganz spezifische Anweisungen geben. Ich hab' ihn gesehen, wie er ein Kind fünfzehn Minuten lang sichtete und die ganze Zeit dabei einen Roboter in Prügelhaltung hielt – ununterbrochen. Wenn einer von den kleinen Plagegeistern das ein paarmal mitgemacht hat, hat er sich ganz bestimmt nicht mehr mit dem Boss angelegt. Und der Boss war dabei so geschickt, daß der Roboter gewöhnlich nachher bloß eine Routineüberholung brauchte.«

»Und Sie? Gehen Sie zu den Kindern hinaus?«

»Ich fürchte, manchmal muß ich das. Ich bin nicht wie der Boss. Vielleicht komme ich eines Tages einmal soweit, daß ich das aus der Ferne schaffe. Aber im Augenblick würde ich, wenn ich das versuchte, nur Roboter ruinieren. – Mit Robotern richtig umzugehen, ist eine Kunst, wissen Sie? Aber allein die Vorstellung? Zu den Kindern hinauszugehen! Kleine Tiere sind das!«

Plötzlich sah sie ihn wieder an. »Ich nehme an, Ihnen würde es nichts ausmachen, sie zu sehen.«

»Es würde mich nicht stören.«

Sie zuckte die Achseln und starrte ihn amüsiert an. »Erdenmensch!« Dann ging sie weiter. »Was soll das Ganze überhaupt? Am Ende werden Sie ja doch feststellen, daß Gladia Delmarre die Mörderin ist. Das *müssen* Sie ja.«

»Dessen bin ich keineswegs sicher«, sagte Baley.

»Das verstehe ich nicht. Wer sonst könnte es denn getan haben?«

»Da gibt es Möglichkeiten, Ma'am.«

»Wer zum Beispiel?«

»Nun, Sie zum Beispiel!«

Und Klorissas Reaktion darauf überraschte Baley.

12
EIN ZIEL WIRD VERFEHLT

Sie lachte.

Und ihr Lachen wuchs und nährte sich an sich selbst, bis sie nach Atem rang und ihr breites Gesicht sich so gerötet hatte, daß es beinahe purpurn wirkte. Sie lehnte sich gegen die Wand und rang nach Atem.

»Nein, kommen Sie mir nicht – näher!« bat sie. »Es ist alles in Ordnung.«

Baley fragte ernst: »Ist diese Möglichkeit denn so erheiternd?«

Sie versuchte zu antworten, mußte aber wieder lachen. Dann sagte sie im Flüsterton: »Oh, sind *Sie* ein Erdenmensch! Wie könnte ich es je gewesen sein?«

»Sie haben ihn gut gekannt«, sagte Baley. »Sie kannten seine Gewohnheiten. Sie hätten die Tat planen können.«

»Und Sie glauben, daß ich ihn hätte *sehen* wollen? Daß ich nahe genug an ihn herangegangen wäre, um ihm mit etwas über den Schädel zu schlagen? Sie wissen einfach überhaupt nichts darüber, Baley.«

Baley fühlte, wie er rot wurde. »Warum könnten Sie nicht nahe genug an ihn herankommen, Ma'am? Sie sind es doch gewöhnt ... ah ... mit anderen Menschen nahe beisammen zu sein.«

»Moment! Mit *Kindern*.«

»Eines führt zum anderen. Sie scheinen meine Anwesenheit ertragen zu können.«

»Auf zwanzig Fuß Abstand«, sagte sie verächtlich.

»Ich habe gerade einen Mann besucht, der beinahe zusammengebrochen wäre, weil er meine Anwesenheit eine Weile erdulden mußte.«

Jetzt wurde Klorissa ernst. »Das ist nur ein Unterschied im Ausmaß«, sagte sie.

»Ich würde vorschlagen, daß es auch mehr als einen Unterschied im Ausmaß überhaupt nicht braucht. Die Gewohnheit, Kinder zu sehen, macht es auch möglich, Delmarre lange genug zu sehen und es zu ertragen.«

»Ich würde gern darauf hinweisen, Mr. Baley«, sagte Klorissa, die jetzt überhaupt nicht mehr belustigt schien, »daß es nicht das geringste ausmacht, was ich ertragen kann. Dr. Delmarre war derjenige, der pingelig war. Er war fast so schlimm wie Leebig selbst. Fast. Selbst wenn ich es ertragen hätte, ihn zu sehen, würde er es nie ertragen haben, *mich* zu sehen. Mrs. Delmarre war die einzige, die er je in Sehweite an sich herangelassen hat.«

»Wer ist dieser Leebig, den Sie da erwähnten?«

Klorissa zuckte die Achseln. »Eines von diesen verrückten Genies, wenn Sie wissen, was ich meine. Er hat mit dem Chef an Robotern gearbeitet.«

Baley hakte das in Gedanken ab und wandte sich wieder dem aktuellen Problem zu. »Man könnte auch sagen, daß Sie ein Motiv hatten«, sagte er.

»Was für ein Motiv?«

»Sein Tod hat Ihnen die Leitung dieser Anstalt eingebracht. Ihnen eine Beförderung verschafft.«

»Und das nennen Sie ein Motiv? Du lieber Himmel, wer würde schon diese Stellung haben wollen? Wer auf ganz Solaria? Das ist ein Motiv, ihn am Leben zu erhalten. Ein Motiv, dauernd um ihn herum zu sein und ihn zu beschützen. Sie müssen sich schon etwas Besseres einfallen lassen, Erdenmensch!«

Baley kratzte sich unsicher am Hals. Er mußte erkennen, daß ihre Worte etwas für sich hatten.

»Haben Sie meinen Ring bemerkt, Mr. Baley?« fragte Klorissa.

Einen Augenblick lang schien es, als wollte sie den Handschuh von der rechten Hand streifen, aber dann ließ sie es bleiben.

»Ja, ich habe ihn bemerkt«, sagte Baley.

»Ich nehme an, Sie wissen nicht, was er bedeutet?«

»Nein.« Seine Ignoranz würde wohl nie enden, dachte er bitter.

»Stört Sie dann eine kleine Vorlesung?«

»Wenn es mir hilft, etwas mehr von dieser verdammten Welt zu kapieren«, platzte Baley heraus, »dann schießen Sie los!«

»Du lieber Himmel!« Klorissa lächelte. »Ich denke, wir kommen Ihnen genauso vor, wie die Erde uns vorkommen müßte. Man stelle sich das vor. Da, hier ist eine leere Kammer. Kommen Sie herein, und dann setzen wir uns – nein, der Raum ist nicht groß genug. Aber ich will Ihnen was sagen: Sie setzen sich dort drinnen hin, und ich bleibe hier draußen stehen.«

Sie ging ein Stück den Korridor zurück und ließ ihm Platz, den Raum zu betreten, und kehrte dann wieder zurück, baute sich an der gegenüberliegenden Wand an einer Stelle auf, von der aus sie ihn sehen konnte.

Baley nahm Platz und spürte einen leichten Anflug von chevalereskem Unbehagen, zu sitzen, wenn eine Frau stand, aber dann sagte er sich aufrührerisch: Warum auch nicht? Soll die Spacerfrau doch stehen.

Klorissa verschränkte ihre muskulösen Arme über der Brust und sagte: »Die Gen-Analyse ist der Schlüssel zu unserer Gesellschaft. Natürlich analysieren wir die Gene nicht direkt. Aber jedes Gen steuert ein Enzym, und Enzyme können wir analysieren. Wenn man die Enzyme kennt, kennt man auch die Körperchemie. Und wenn man die Körperchemie kennt, kennt man den Menschen. Das verstehen Sie doch?«

»Die Theorie verstehe ich«, sagte Baley. »Wie man sie anwendet, weiß ich nicht.«

»Das ist der Teil, der hier geschieht. Wir entnehmen Blutproben, solange der Säugling sich noch im späten Fötal-Stadium befindet. Das liefert uns eine erste grobe Annäherung. Idealerweise sollte es uns an dem Punkt möglich sein, alle Mutationen ausfindig zu machen und darüber zu urteilen, ob man eine Geburt riskieren kann. Tatsächlich wissen wir immer noch nicht genug, um jede Fehlermöglichkeit auszuschließen. Eines Tages vielleicht einmal. Jedenfalls fahren wir nach der Geburt mit den Tests fort; Biopsien und Körperflüssigkeiten. Jedenfalls wissen wir lange bevor der junge Mensch erwachsen wird, woraus unsere kleinen Jungs und Mädchen gemacht sind.«

Aber sonst wißt ihr nichts, dachte Baley.

»Wir tragen codierte Ringe, die unsere Gen-Zusammensetzung angeben«, sagte Klorissa. »Das ist ein alter Brauch, noch aus der Zeit, als Solaria noch nicht eugenisch gesäubert war. Heutzutage sind wir alle gesund.«

»Aber Sie tragen Ihren ja trotzdem«, meinte Baley. »Warum?«

»Weil ich eine Ausnahme bin«, sagte sie voll Stolz und ohne einen Schimmer von Verlegenheit. »Dr. Delmarre hat lange Zeit nach einem Assistenten gesucht. Er *brauchte* jemand Besonderen. Verstand, Geschicklichkeit, Fleiß, Stabilität. Stabilität am allermeisten. Jemand, der lernen konnte, sich unter die Kinder zu mischen und nicht daran zu zerbrechen.«

»Er konnte das nicht, oder? War das ein Maß seiner Instabilität?«

»In gewisser Weise war es das«, sagte Klorissa, »aber zumindest war es unter den meisten Umständen eine wünschenswerte Art von Instabilität. Sie waschen sich doch die Hände, oder?«

Baleys Blick fiel auf seine Hände. Sie waren so sauber wie nötig. »Ja«, sagte er.

»Gut. Ich nehme an, es ist ein gewisses Maß an Instabilität, wenn einen schmutzige Hände so abstoßen, daß man einen öligen Mechanismus selbst in einem Notfall nicht mit bloßen Händen säubern kann. Trotzdem sorgt dieser Abscheu im *normalen* Lauf des Lebens dafür, daß man sauber bleibt, und das ist gut.«

»Ich verstehe. Fahren Sie fort!«

»Sonst ist da nichts mehr. Meine Gen-Gesundheit ist die dritthöchste, die auf Solaria je registriert wurde, also trage ich meinen Ring. Ich genieße es, dieses Symbol bei mir zu tragen.«

»Ich gratuliere Ihnen.«

»Sie brauchen sich nicht lustig zu machen. Vielleicht kann ich gar nichts dafür. Vielleicht ist das die blinde Permutation elterlicher Gene. Aber es macht einen irgendwie stolz, so etwas zu besitzen, ganz gleich, worauf es zurückzuführen ist. Und niemand würde mich für fähig halten, eine so psychotische Tat wie einen Mord zu begehen. Nicht bei meiner Gen-Zusammensetzung. Vergeuden Sie also keine Anklagen an mich.«

Baley zuckte die Achseln und sagte nichts. Die Frau schien Gen-Zusammensetzung und Beweismaterial miteinander zu verwechseln, und der Rest Solarias würde es wahrscheinlich genauso halten.

»Wollen Sie jetzt die Kleinen sehen?« fragte Klorissa.

»Danke, ja.«

Die Korridore schienen kein Ende zu nehmen. Das Gebäude war offensichtlich riesengroß; nicht ganz so groß wie die mächtigen Apartment-Blocks in den Cities der Erde natürlich; aber für ein einzelnes Gebäude, das sich an die Außenhaut eines Planeten klammerte, mußte es ein Gebilde von geradezu gebirgsähnlichen Dimensionen sein.

Er sah Hunderte von kleinen Betten mit rosafarbenen Babies, die entweder schrien oder schliefen oder gerade Nahrung zu sich nahmen. Und dann waren da Spielräume für die Krabbler.

»In dem Alter sind sie gar nicht so schlimm«, meinte Klorissa widerstrebend, »obwohl sie eine Unzahl von Robotern beschäftigen. Man kann praktisch sagen, ein Roboter pro Baby, bis sie zu gehen anfangen.«

»Warum?«

»Sie werden krank, wenn man sich nicht individuell um sie kümmert.«

Baley nickte. »Ja. Ich nehme an, das Bedürfnis nach Zuneigung ist etwas, das man nicht einfach abschaffen kann.«

Klorissa runzelte die Stirn und meinte brüsk: »Man muß sich eben um Babies kümmern.«

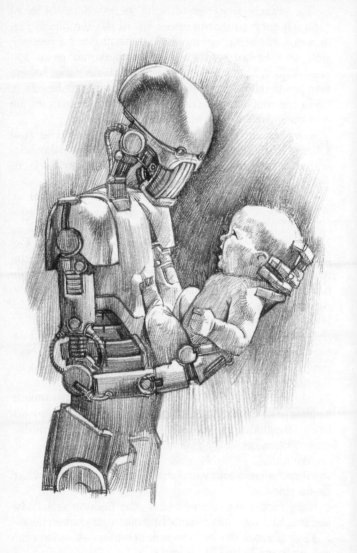

»Es überrascht mich ein wenig, daß Roboter das Bedürfnis nach Zuneigung erfüllen können«, meinte Baley.

Sie wirbelte zu ihm herum, und der Abstand zwischen ihnen reichte nicht aus, um ihre Ungehaltenheit zu verbergen. »Jetzt hören Sie mal zu, Baley! Wenn Sie versuchen, mich dadurch zu schockieren, daß Sie unangenehme Worte benutzen, dann wird Ihnen das nicht gelingen. Du lieber Himmel, seien Sie nicht kindisch!«

»Sie schockieren?«

»Ich kann das Wort auch aussprechen: Zuneigung! Wollen Sie ein kurzes Wort, ein gutes, altes Wort mit nur zwei Silben? Das kann ich auch sagen: Liebe! Liebe!, und jetzt, wenn Sie sich damit abreagiert haben, dann benehmen Sie sich!«

Baley ersparte sich die Mühe eines Disputs über Obszönität und meinte: »Können ihnen Roboter dann die nötige Aufmerksamkeit bieten?«

»Offensichtlich. Sonst wäre diese Farm nicht so erfolgreich, wie sie ist. Die albern mit dem Kind herum. Sie drücken es an sich und schaukeln es herum. Dem Kind ist es gleichgültig, ob das ein Roboter ist. Aber dann, zwischen drei und zehn Jahren, wird es schwieriger.«

»Oh?«

»In der Phase bestehen die Kinder darauf, miteinander zu spielen. Völlig durcheinander.«

»Ich nehme an, Sie lassen das zu.«

»Das müssen wir. Aber wir vergessen nie, daß es unsere Aufgabe ist, ihnen die Erfordernisse des Erwachsenenlebens beizubringen. Jedes hat einen separaten Raum, den man abschließen kann. Sie müssen von Anfang an allein schlafen. Darauf bestehen wir. Und dann haben wir jeden Tag eine Isolierzeit, und die nimmt mit den Jahren zu. Wenn ein Kind zehn Jahre alt ist, ist es imstande, sich eine ganze Woche lang auf das Sichten zu beschränken. Die Sichteinrichtungen sind natürlich sehr hochentwickelt. Sie können draußen sichten und sich dabei bewegen, und das den ganzen Tag lang.«

»Es überrascht mich, daß Sie einen Instinkt so gründlich unterdrücken können. Und das tun Sie; das kann ich sehen. Trotzdem überrascht es mich.«

»Welchen Instinkt?« fragte Klorissa.

»Den Instinkt der Geselligkeit. Einen solchen gibt es. Sie sagen selbst, daß sie als Kinder darauf bestehen, miteinander zu spielen.«

Klorissa zuckte die Achseln. »Das nennen Sie einen Instinkt? Aber schön, wenn es schon einer ist? Du lieber Himmel, ein Kind hat die instinktive Angst vor dem Fallen; aber Erwachsene kann man dazu ausbilden, an hohen Orten zu arbeiten, wo dauernd die Gefahr besteht, herunterzufallen. Haben Sie gymnastische Darstellungen auf dem Hochseil gesehen? Es gibt einige Welten, wo die Leute in hohen Bauten wohnen. Und dann haben Kinder auch eine instinktive Furcht vor lauten Geräuschen; aber haben Sie davor Angst?«

»Nicht, wenn der Lärm sich in Grenzen hält«, sagte Baley.

»Ich bin bereit, eine Wette abzuschließen, daß die Leute auf der Erde nicht schlafen könnten, wenn es wirklich still wäre. Du lieber Himmel! Es gibt keinen Instinkt, den man mit guter, nachdrücklicher Erziehung nicht zurückdrängen kann; jedenfalls nicht in menschlichen Wesen, deren Instinkte ohnehin schwach sind. Tatsächlich wird die Erziehung, wenn man es richtig anpackt, mit jeder Generation einfacher. Das ist eine Frage der Entwicklung.«

»Wieso?« fragte Baley.

»Sehen Sie das nicht? Jedes Individuum wiederholt seine eigene Evolutionsgeschichte, während es sich entwickelt. Diese Föten dort hinten haben eine Zeitlang Kiemen und einen Schwanz. Man kann diese Phasen nicht überspringen. Und genauso muß das Kleine auch die Phase des sozialen Lebewesens durchmachen. Aber ebenso, wie ein Fötus in einem Monat eine Phase durchmachen kann, für die die Evolution hundert Millionen Jahre brauchte, können unsere Kinder auch die Phase des sozialen Lebewesens schnell hinter sich bringen. Dr. Delmarre war der Meinung, daß wir diese Phase im Laufe der Generationen immer schneller hinter uns bringen würden.«

»Ist das so?«

»Er hat geschätzt, daß wir in dreitausend Jahren, wenn das augenblickliche Tempo des Fortschritts sich fortsetzt, Kinder haben würden, die sofort mit Sichten anfangen würden. Der Chef hatte da auch noch andere Ansichten. Er interessierte sich dafür, die Roboter so zu verbessern, daß sie imstande sein könnten, Kinder zu bestrafen, ohne geistig instabil zu werden. Warum auch nicht? Disziplin und Strafen heute für ein besseres Leben morgen sind ein wahrer Ausdruck des Ersten Gesetzes, wenn man die Roboter nur dazu bringen könnte, das so zu sehen.«

»Hat man schon solche Roboter entwickelt?«

Klorissa schüttelte den Kopf. »Ich fürchte, nicht. Dr. Delmarre und Leebig hatten allerdings intensiv an einigen Versuchsmodellen gearbeitet.«

»Hat Dr. Delmarre einige dieser Modelle auf sein Anwesen schicken lassen? War er ein ausreichend guter Robotiker, um selbst Tests durchzuführen?«

»O ja. Er hat häufig Roboter getestet.«

»Wissen Sie, daß er einen Roboter bei sich hatte, als er ermordet wurde?«

»Das hat man mir gesagt.«

»Wissen Sie, was für ein Modell das war?«

»Das müssen Sie Leebig fragen. Wie ich Ihnen schon sagte: Er ist der Robotiker, der mit Dr. Delmarre gearbeitet hat.«

»Sie wissen nichts davon?«

»Nicht die kleinste Kleinigkeit.«

»Wenn Ihnen etwas einfällt, sagen Sie es mir bitte.«

»Das werde ich. Und glauben Sie bloß nicht, daß neue Roboter-Modelle das einzige waren, wofür Dr. Delmarre sich interessiert hat. Dr. Delmarre sagte immer, einmal würde die Zeit kommen, wo man unbefruchtete Eizellen in Banken aufbewahren und sie für künftige Besamung einsetzen würde. Auf die Weise könnte man wirklich eugenische Prinzipien einsetzen, und wir würden den letzten Rest jeglichen Bedürfnisses nach dem Sehen loswerden. Ich bin nicht sicher, ob ich ihm so weit zustimmen kann; aber er war ein Mann mit sehr fortschrittlichen Vorstellungen, ein sehr guter Solarianer.«

Und dann fügte sie schnell hinzu: »Wollen Sie nach draußen gehen? Die Fünf-bis-Acht-Gruppe soll jetzt draußen spielen, und Sie könnten sie in Aktion sehen.«

»Das will ich versuchen«, sagte Baley vorsichtig. »Es könnte sein, daß ich recht plötzlich da hereinkommen muß.«

»O ja, das hatte ich vergessen. Vielleicht möchten Sie lieber nicht hinausgehen?«

»Nein.« Baley zwang sich zu einem Lächeln. »Ich versuche mich an das Draußensein zu gewöhnen.«

Der Wind war besonders schwer zu ertragen; er machte das Atmen schwierig. Er war eigentlich nicht in einem direkten körperlichen Sinn kalt; aber die Art, wie er sich anfühlte, das Gefühl seiner bewegten Kleider, die sich gegen seinen Körper preßten, ließen Baley frösteln.

Seine Zähne klapperten, als er zu reden versuchte, und er mußte das, was er sagen wollte, in kleinen Stücken hinauszwängen. Seine Augen schmerzten, als er den so weit entfernten Horizont in verschwommenem Grün und Blau sah. Und als er dann auf den Weg unmittelbar vor seinen Füßen blickte, bereitete ihm das nur ein beschränktes Maß an Erleichterung. Und bei alledem vermied er es, zu dem leeren Blau aufzublicken; leer hieß das, mit Ausnahme von dem aufgetürmten Weiß gelegentlicher Wolken und des grellen Scheins der nackten Sonne.

Und doch konnte er den Drang niederkämpfen, wegzurennen, wieder in das schützende Innere zurückzukehren.

Er ging an einem Baum vorbei, etwa zehn Schritte hinter Klorissa, und streckte vorsichtig die Hand aus, um ihn zu berühren. Er fühlte sich rauh und hart an. Spitze Blätter bewegten sich über ihm und raschelten; aber er hob den Blick nicht, um sie sich anzusehen. Ein lebender Baum!

»Wie fühlen Sie sich?« rief Klorissa.

»Schon in Ordnung.«

»Sie können von hier aus eine Gruppe der Kleinen sehen«, sagte sie. »Sie sind mit irgendeinem Spiel beschäftigt. Die Roboter organisieren die Spiele und sorgen dafür, daß die kleinen Tiere einander nicht die Augen austreten. Das kann man nämlich, wissen Sie, mit persönlicher Anwesenheit.«

Baley hob zögernd den Kopf und ließ den Blick an dem Beton des Weges entlangwandern, hinaus auf das Gras und den Abhang hinunter, immer weiter hinaus – sehr vorsichtig – bereit, ihn sofort zu seinen Zehenspitzen zurückzuholen, falls er Angst bekommen sollte – fühlte mit seinen Augen ...

Und da waren sie, die kleinen Gestalten von Jungen und Mädchen, die wie wild herum rannten, ohne sich darum zu kümmern, daß sie am äußeren Rand einer Welt herumrannten und daß über ihnen nichts als Luft und Weltraum waren. Gelegentlich war zwischen ihnen das Glitzern eines Roboters zu erkennen. Der Lärm, den die Kinder machten, war ein weit entferntes, zusammenhangloses Quieken, das in der Luft lag.

»Das mögen die«, sagte Klorissa. »Herumzustoßen und zu zerren und hinzufallen und aufzustehen und einfach ganz allgemein sich zu berühren. Du lieber Himmel! Ich frage mich immer, wie Kinder es je schaffen, erwachsen zu werden.«

»Was machen diese älteren Kinder?« fragte Baley. Er wies auf eine Gruppe, die etwas abgesondert zur Seite stand.

»Die sichten. Die sind nicht persönlich anwesend. Sie können durch das Sichten miteinander gehen, miteinander reden, miteinander laufen und miteinander spielen. Alles, außer körperlichem Kontakt.«

»Wo gehen denn die Kinder hin, wenn sie hier weggehen?«

»Auf ihre Anwesen. Die Zahl der Todesfälle ist im Durchschnitt der Zahl der Graduierenden gleich.«

»Auf die Anwesen ihrer Eltern?«

»Du lieber Himmel, nein! Es wäre doch ein erstaunlicher Zufall, nicht wahr, wenn ein Elternteil gerade dann sterben würde, wenn ein Kind erwachsen ist. Nein, die Kinder nehmen irgendeines, das frei wird. Im übrigen bin ich gar nicht sicher, daß irgendeiner von ihnen besonders glücklich wäre, wenn er in einer Villa leben müßte, die einmal seinen Eltern gehört hat, wobei ich natürlich unterstelle, daß sie wüßten, wer ihre Eltern waren.«

»Wissen sie das nicht?«

Sie hob die Brauen. »Warum sollten sie?«

»Besuchen denn die Eltern ihre Kinder hier nicht?«

»Was Sie manchmal so denken! Warum sollten sie das wollen?«

Baley sah sie an. »Macht es Ihnen etwas aus, wenn ich da einen Punkt für mich selber kläre? Ist es ein Zeichen von schlechten Manieren, jemanden zu fragen, ob er Kinder hat?«

»Das ist eine sehr intime Frage, finden Sie nicht?«

»In gewisser Weise.«

»Ich bin abgehärtet. Kinder sind mein Beruf. Andere Leute sind das nicht.«

»Haben Sie Kinder?« fragte Baley.

Klorissas Adamsapfel machte einen kleinen Sprung in der Kehle, als sie heftig schluckte. »Das habe ich wohl verdient, denke ich mir. Und Sie verdienen eine Antwort. Ich habe keine.«

»Sind Sie verheiratet?«

»Ja. Und ich habe mein eigenes Anwesen und wäre dort, wenn hier nicht solche Not herrschte. Ich glaube einfach nicht, daß ich alle Roboter unter Kontrolle halten könnte, wenn ich nicht persönlich hier wäre.«

Sie wandte sich unzufrieden ab und deutete dann mit dem Finger. »Da, jetzt ist einer hingefallen, und natürlich heult er.«

Ein Roboter kam mit langen, weitausgreifenden Schritten gerannt.

»Der wird ihn jetzt aufheben und ihn an sich drücken. Und wenn er sich wirklich verletzt hat, wird er mich rufen«, sagte Klorissa. Dann fügte sie etwas nervös hinzu: »Ich hoffe bloß, daß das nicht notwendig ist.«

Baley atmete tief. Er hatte drei Bäume bemerkt, die etwa fünfzig Fuß links von ihnen ein kleines Dreieck bildeten. In die Richtung ging er jetzt, und das Gras unter seinen Schuhen fühlte sich weich und ekelhaft an, widerlich in seiner Nachgiebigkeit (es war, als schritte man über verwesendes Fleisch; und bei dem Gedanken hätte er sich beinahe übergeben).

Und dann stand er zwischen den Bäumen, lehnte sich mit dem Rücken an einen der Stämme. Es war fast so, als wäre er von unvollkommenen Wänden umgeben. Die Sonne war nur eine wabernde Folge glitzernder Fragmente zwischen den Blättern, völlig losgelöst und damit fast ohne Schrecken für ihn.

Klorissa sah vom Weg zu ihm herüber und verkürzte dann langsam den Abstand zwischen ihnen um die Hälfte.

»Macht es Ihnen etwas aus, wenn ich eine Weile hierbleibe?« fragte Baley.

»Nur zu!« sagte Klorissa.

»Sobald die Kleinen hier abgehen«, fragte Baley, »wie bringen Sie sie dann dazu, daß sie einander den Hof machen?«

»Den Hof machen?«

»Einander kennenlernen«, sagte Baley und fragte sich dabei vage, wie man den Gedanken wohl unproblematisch ausdrücken konnte. »Damit sie heiraten können.«

»Das ist nicht ihr Problem«, sagte Klorissa. »Sie werden gewöhnlich in ganz jungen Jahren per Gen-Analyse gepaart. Das ist doch die vernünftigste Methode, nicht wahr?«

»Und sind sie auch immer einverstanden?«

»Daß man sie verheiratet? Das sind die nie! Das ist ein

sehr traumatischer Vorgang. Zuerst müssen sie sich aneinander gewöhnen, und ein wenig sehen jeden Tag. Sobald die erste Peinlichkeit vorbei ist, kann das Wunder wirken.«

»Und wenn sie ihren Partner einfach nicht mögen?«

»Was? Wenn die Gen-Analyse eine Partnerschaft geraten erscheinen läßt, welchen Unterschied macht ...«

»Ich verstehe«, sagte Baley hastig. Er dachte an die Erde und seufzte.

»Würden Sie sonst noch gerne etwas wissen?« fragte Klorissa.

Baley überlegte, ob bei einem längeren Aufenthalt noch irgend etwas zu erfahren war. Er würde gar nichts dagegen haben, Klorissa und alles, was mit Fötal-Ingenieuren zu tun hatte, hinter sich zu bringen und zur nächsten Phase überzugehen.

Er hatte gerade den Mund aufgemacht, um das zu sagen, als Klorissa plötzlich rief: »Du, Kind, du da! Was machst du da?« Und dann, über die Schulter: »Erdenmensch! Baley! Passen Sie auf! Passen Sie *auf!*«

Baley hörte sie kaum. Er reagierte nur auf das Drängen in ihrer Stimme. Die nervliche Anstrengung, mit der er seine Emotionen gezügelt hatte, entflammte plötzlich zu Panik. All die Schrecken der freien Luft und des endlosen Himmels über ihm brachen mit einemmal über ihn herein.

Baley fing an zu stammeln. Er hörte sich selbst sinnlose Geräusche von sich geben, spürte, wie er auf die Knie sank und sich langsam zur Seite wälzte, so als würde er das Ganze aus der Ferne beobachten.

Und ebenso aus der Ferne hörte er das wie ein Seufzen klingende Summen, das die Luft über ihm aufriß und mit einem scharfen Klatschen endete.

Baley schloß die Augen, und seine Finger klammerten sich an eine dünne Baumwurzel, die aus dem Boden ragte, und seine Nägel gruben sich in die Erde.

Er schlug die Augen auf (es konnte nur wenige Augenblicke gedauert haben). Klorissa maßregelte einen Jungen, der in der Ferne geblieben war. Ein Roboter stand lautlos in Klorissas Nähe. Baley hatte nur Zeit, festzustellen, daß der Junge einen Gegenstand mit einer daran befestigten Schnur in der Hand hielt, ehe seine Augen weiterwanderten.

Schwer atmend stemmte Baley sich in die Höhe. Er starrte den glänzenden Metallstab an, der in dem Baumstamm steckte, an den er sich gelehnt hatte. Er zog daran, und der Stab löste sich. Er war nicht besonders tief eingedrungen. Er sah die Spitze an, berührte sie aber nicht; sie war abgestumpft, hätte aber ausgereicht, seine Haut aufzureißen, wenn er sich nicht fallengelassen hätte.

Er mußte es zweimal versuchen, bis seine Beine sich wieder bewegen wollten. Dann machte er einen Schritt auf Klorissa zu und rief: »Du da! Junge!«

Klorissa drehte sich um. Ihr Gesicht war gerötet. »Das war ein Unfall«, sagte sie. »Sind Sie verletzt?«

»Nein. Was ist das für ein Ding?«

»Ein Pfeil. Er wird mit einem Bogen abgeschossen, mittels einer straff gespannten Sehne.«

»So!« rief der Junge unverschämt und schoß einen weiteren Pfeil in die Luft und fing dann lauthals zu lachen an. Er hatte helles Haar und einen schlanken Körper.

»Du wirst bestraft werden«, sagte Klorissa. »Und jetzt verschwinde!«

»Warte! Warte!« rief Baley. Er rieb sich das Knie, das er sich beim Fallen an einem Stein aufgeschürft hatte. »Ich habe ein paar Fragen. Wie heißt du?«

»Bik«, sagte der Junge gleichgültig.

»Hast du den Pfeil auf mich abgeschossen, Bik?«

»Ja«, sagte der Junge.

»Ist dir klar, daß du mich getroffen hättest, wenn man mich nicht rechtzeitig gewarnt hätte, daß ich mich ducken konnte?«

»Ich habe ja auf Sie gezielt«, meinte Bik und zuckte die Achseln.

»Sie müssen mich das erklären lassen«, schaltete Klorissa sich hastig ein. »Der Sport des Bogenschießens wird hier gepflegt. Das ist ein Wettbewerbssport, der keinen körperlichen Kontakt erfordert. Wir halten Wettkämpfe ab, nur über Sichten. Und jetzt habe ich Angst, die Jungen würden auf Roboter zielen. Ihnen macht es Spaß, und den Robotern schadet es nicht. Ich bin der einzige erwachsene Mensch weit und breit, und als der Junge Sie sah, muß er angenommen haben, Sie wären ein Roboter.«

Baley lauschte. Er konnte jetzt wieder klar denken, und der natürliche, mürrische Ausdruck seines langen Gesichts wurde ausgeprägter. »Bik, hast du geglaubt, ich sei ein Roboter?« fragte er.

»Nein«, sagte der Junge. »Sie sind ein Erdenmensch.«

»Gut. Geh jetzt!«

Bik drehte sich um und rannte pfeifend davon. Baley wandte sich dem Roboter zu. »Du! Woher wußte der Junge, daß ich ein Erdenmensch bin? Oder warst du nicht bei ihm, als er schoß?«

»Ich war bei ihm, Herr. Ich habe ihm gesagt, daß Sie ein Erdenmensch sind.«

»Hast du ihm gesagt, was ein Erdenmensch ist?«

»Ja, Herr.«

»Was ist ein Erdenmensch?«

»Eine minderwertige Art von Mensch, die man eigentlich auf Solaria nicht dulden sollte, weil von ihm Krankheitskeime ausgehen, Herr.«

»Und wer hat dir das gesagt, Boy?«

Der Roboter bewahrte Stillschweigen.

»Weißt du, wer dir das gesagt hat?« fragte Baley.

»Nein, Herr. Es ist in meinem Gedächtnisspeicher.«

»Du hast dem Jungen also gesagt, ich sei ein minderwertiger Krankheitsherd, und daraufhin hat er sofort auf mich geschossen. Warum hast du ihn nicht daran gehindert?«

»Das hätte ich ja getan, Herr. Ich hätte nicht zugelassen, daß einem Menschen Schaden zugefügt wird, selbst einem

Erdenmenschen nicht. Er hat sich zu schnell bewegt, und ich war nicht schnell genug.«

»Vielleicht dachtest du, ich sei ja nur ein Erdenmensch, also nicht ganz menschlich, und hast etwas gezögert.«

»Nein, Herr.«

Das sagte der Roboter ganz ruhig, aber Baleys Lippen verzogen sich etwas. Der Roboter mochte das guten Glaubens leugnen; aber Baley hatte das Gefühl, daß es genau um diesen Faktor ging.

»Was hast du mit dem Jungen getan?« fragte Baley.

»Ich habe seine Pfeile getragen, Herr.«

»Darf ich sie sehen?«

Er streckte die Hand aus. Der Roboter kam auf ihn zu und gab ihm ein Dutzend. Baley legte den ursprünglichen Pfeil, den, der den Baum getroffen hatte, sorgfältig zu seinen Füßen ab und sah sich die anderen einen nach dem anderen an. Dann reichte er sie zurück und hob wieder den ersten Pfeil auf.

»Warum hast du dem Jungen gerade diesen Pfeil gegeben?« fragte er.

»Ohne besonderen Grund, Herr. Er hatte vor einer Weile einen Pfeil verlangt, und diesen hier hat meine Hand als ersten berührt. Er sah sich nach einem Ziel um, dann hat er Sie bemerkt und fragte mich, wer der fremde Mensch wäre. Ich erklärte ...«

»Ich weiß, was du ihm erklärt hast. Dieser Pfeil, den du ihm gereicht hast, ist der einzige, der eine graue Fiederung hat. Die anderen haben eine schwarze Fiederung.«

Der Roboter starrte ihn bloß an.

»Hast du den Jungen hierhergeführt?« fragte Baley.

»Wir sind ohne Ziel herumgeschlendert, Herr.«

Der Erdenmensch blickte durch die Lücke zwischen zwei Bäumen, durch die der Pfeil sein Ziel gefunden hatte. Dann meinte er: »Könnte es etwa sein, daß dieser Junge, dieser Bik, zufälligerweise der beste Bogenschütze ist, den ihr hier habt?«

Der Roboter beugte den Kopf. »Er ist der beste, Herr.«

Klorissa riß den Mund auf. »Wie haben Sie das erraten?«

»Das folgt ganz logisch«, meinte Baley trocken. »Und jetzt sehen Sie sich bitte diesen Pfeil mit der grauen Fiederung und die anderen an. Der graugefiederte Pfeil ist der einzige, der an der Spitze ölig aussieht. Ich gehe das Risiko ein, melodramatisch zu wirken, Ma'am, indem ich sage, daß Ihre Warnung mir das Leben gerettet hat. Dieser Pfeil, der mich verfehlt hat, ist vergiftet.«

13

KONFRONTATION MIT EINEM ROBOTIKER

»Unmöglich!« erregte sich Klorissa. »Du lieber Himmel, völlig unmöglich!«

»Mit oder ohne Himmel, wie Sie wollen. Gibt es auf der Farm irgendein Tier, das nicht gebraucht wird? Holen Sie es her und ritzen Sie es mit dem Pfeil und sehen Sie, was passiert.«

»Aber warum sollte denn jemand ...«

Baley fiel ihr ins Wort und meinte schroff: »Ich weiß, warum. Die Frage ist nur, wer.«

»Niemand.«

Baley spürte wieder einen Anflug von Benommenheit und wurde wild. Er warf ihr den Pfeil hin, und sie sah auf die Stelle, wo er hingefallen war.

»Heben Sie ihn auf!« rief Baley. »Und wenn Sie ihn nicht erproben wollen, dann zerstören Sie ihn. Wenn Sie ihn da liegenlassen und eines der Kinder ihn in die Hand bekommt, passiert etwas.«

Sie hob ihn hastig auf und hielt ihn mit Daumen und Zeigefinger fest.

Baley rannte zum nächsten Eingang des Gebäudes. Als Klorissa ihm schließlich folgte, hielt sie den Pfeil immer noch vorsichtig fest.

Als er sich wieder sicher unter Dach wußte, spürte Baley, wie sich bei ihm wieder ein gewisses Maß an Gleichmut einstellte. »Wer hat den Pfeil vergiftet?« fragte er.

»Das kann ich mir nicht vorstellen.«

»Vermutlich nicht der Junge selbst. Könnten Sie feststellen, wer seine Eltern sind?«

»Wir könnten in den Akten nachsehen«, meinte Klorissa bedrückt.

»Dann führen Sie also Akten über solche Verwandtschaften?«

»Ja, für die Gen-Analyse.«

»Würde der Junge wissen, wer seine Eltern sind?«

»Niemals!« erklärte Klorissa energisch.

»Gäbe es für ihn eine Möglichkeit, das herauszufinden?«

»Er müßte in den Archivraum einbrechen. Unmöglich!«

»Angenommen, ein Erwachsener würde Ihr Institut besuchen und wissen wollen, wer sein Kind ist ...«

Klorissas Gesicht rötete sich. »Sehr unwahrscheinlich.«

»Nehmen Sie es trotzdem einmal an. Würde man es ihm sagen, wenn er fragte?«

»Ich weiß nicht. Ausgesprochen illegal wäre es ja nicht, das in Erfahrung zu bringen. Nur sehr ... ah ... unüblich.«

»Würden *Sie* es ihm sagen?«

»Ich würde versuchen, es ihm auszureden. Dr. Delmarre hätte es ihm ganz bestimmt nicht gesagt. Er vertrat die Ansicht, man müsse das nur zur Gen-Analyse wissen. Vor ihm war das alles vielleicht etwas lockerer ... Aber warum stellen Sie all diese Fragen?«

»Weil ich nicht verstehe, welches Motiv der Junge von sich aus hätte haben können. Ich dachte, es käme vielleicht von seinen Eltern.«

»Das ist alles so schrecklich.« In ihrem verstörten Gemütszustand kam Klorissa ihm näher, als sie das zuvor getan hatte. Sie streckte sogar den Arm in seine Richtung aus. »Wie konnte das nur alles passieren? Der Chef getötet. Sie beinahe getötet. Wir haben auf Solaria keine Motive für Gewalttätigkeit. Wir haben alles, was wir uns wünschen können, also gibt es keinen persönlichen Ehrgeiz. Wir kennen auch unsere verwandtschaftlichen Beziehungen nicht, also gibt es keinen Familienehrgeiz. Wir erfreuen uns alle guter genetischer Gesundheit.«

Und dann hellte sich ihr Gesicht plötzlich auf. »Warten Sie! Dieser Pfeil kann nicht vergiftet sein. Ich sollte mir von Ihnen nicht einreden lassen, daß er das ist.«

»Warum wollen Sie das so plötzlich wissen?«

»Der Roboter, der bei Bik war. Er hätte nie Gift erlaubt. Es ist unvorstellbar, daß er etwas getan haben könnte, das einem menschlichen Wesen hätte Schaden zufügen können. Das Erste Gesetz der Robotik stellt das sicher.«

»Tut es das?« fragte Baley. »Was ist das Erste Gesetz? Das würde ich gern wissen.«

Klorissa starrte ihn verständnislos an. »Was meinen Sie?«

»Nichts. Lassen Sie den Pfeil untersuchen, dann werden Sie feststellen, daß er vergiftet ist!« Baley selbst interessierte die Angelegenheit kaum. Er wußte, daß der Pfeil vergiftet war und brauchte keinen Beweis mehr dafür. So sagte er: »Glauben Sie immer noch, daß Mrs. Delmarre am Tod ihres Mannes schuldig ist?«

»Sie war die einzige Person, die zugegen war.«

»Ich verstehe. Und Sie sind als einziger erwachsener Mensch zu einem Zeitpunkt hier zugegen, wo man gerade mit einem vergifteten Pfeil auf mich geschossen hat.«

Sie schrie erregt auf: »Ich hatte nichts damit zu tun!«

»Vielleicht. Vielleicht ist Mrs. Delmarre ebenso unschuldig. Darf ich Ihr Sichtgerät benutzen?«

»Ja, natürlich.«

Baley wußte genau, wen er sichten wollte – und das war *nicht* Gladia. So überraschte es ihn selbst, daß er sich sagen hörte: »Gladia Delmarre.«

Der Roboter gehorchte ohne zu zögern, und Baley beobachtete ihn erstaunt bei seinen Hantierungen und fragte sich, weshalb er den Befehl erteilt hatte.

Kam es daher, daß sie gerade über die junge Frau gesprochen hatten, oder war es vielleicht die Art und Weise, wie ihre letzte Sichtung geendet hatte, die ihn etwas verstörte? Oder war es vielleicht der Anblick der vierschrötigen, fast überwältigend praktisch wirkenden Gestalt Klorissas, die es schließlich für ihn notwendig machte, einen Blick auf Gladia zu werfen, sozusagen als Gegenmittel?

Und dann dachte er, als müsse er sich verteidigen: Jehoshaphat! Manchmal muß man einfach nach dem Gefühl handeln.

Und dann war sie vor ihm. Sie saß in einem großen, massiv wirkenden Sessel, der sie kleiner und hilfloser denn je erscheinen ließ. Ihr Haar war nach hinten gekämmt und zu einem lockeren Knoten geschlungen. Sie trug Ohrgehänge mit Steinen, die wie Diamanten aussahen. Ihr Kleid war einfach geschnitten und lag eng an der Taille an.

Sie sagte mit leiser Stimme: »Ich bin froh, daß Sie sichten, Elijah. Ich habe versucht, Sie zu erreichen.«

»Guten Morgen, Gladia!« (Nachmittag? Abend? Er wußte nicht, welche Zeit es bei Gladia war und konnte das auch nicht aus ihrer Kleidung schließen.) »Warum haben Sie versucht, mich zu erreichen?«

»Um Ihnen zu sagen, daß es mir leid tut, daß ich, als wir das letzte Mal sichteten, etwas unbeherrscht war. Mr. Olivaw wußte nicht, wo man Sie würde erreichen können.«

Baley sah vor seinem inneren Auge Daneel vor sich, immer noch im Gewahrsam der Roboter, und hätte fast gelächelt. »Das ist schon in Ordnung«, meinte er. »Ich werde Sie in ein paar Minuten sehen.«

»Natürlich, wenn ... ah ... mich *sehen*?«

»Persönliche Anwesenheit«, sagte Baley würdevoll.

Ihre Augen weiteten sich, und ihre Finger gruben sich in den glatten Plastikbezug der Armlehne ihres Sessels. »Gibt es dafür irgendeinen Grund?«

»Es ist notwendig.«

»Ich glaube nicht ...«

»Würden Sie es bitte gestatten?«

Sie wandte den Blick ab. »Ist es denn absolut notwendig?«

»Das ist es. Aber zuerst muß ich noch jemand anderen sehen. Ihr Mann hat sich für Roboter interessiert. Das haben Sie mir gesagt, und ich habe es auch von anderen gehört. Aber er war doch kein Robotiker, oder?«

»Jothan Leebig«, sagte sie. »Er ist ein guter Freund von mir.«

»Ist er das?« fragte Baley.

Gladia schien verblüfft. »Hätte ich das nicht sagen sollen?«

»Warum nicht, wenn es die Wahrheit ist?«

»Ich habe dauernd Angst, Dinge zu sagen, bei denen ich – Sie wissen nicht, wie es ist, wenn alle sicher sind, daß man etwas falsch gemacht hat.«

»Schon gut. Wie kommt es, daß Leebig mit Ihnen befreundet ist?«

»Ach, das weiß ich nicht. Zum einen wohnt er auf dem Anwesen nebenan. Das Sichten kostet da kaum Energie, also können wir uns die ganze Zeit praktisch ohne Schwierigkeiten in Bewegung sichten. Wir gehen die ganze Zeit miteinander spazieren oder haben es jedenfalls getan.«

»Ich wußte nicht, daß man hier gemeinsam spazieren gehen kann.«

Gladia wurde rot. »*Sichten* habe ich gesagt. Oh, ich vergesse immer wieder, daß Sie ein Erdenmensch sind. Sichten in freier Bewegung bedeutet, daß das Gerät auf uns eingestellt wird, und dann können wir überall hingehen, ohne den Kontakt zu verlieren. Ich gehe auf meinem Anwesen spazieren und er auf dem seinen, und wir sind ... nun ja ... beisammen.« Sie schob das Kinn vor. »Das kann recht angenehm sein.«

Und dann kicherte sie plötzlich. »Der arme Jothan!«

»Warum sagen Sie das?«

»Ich habe mir gerade vorgestellt, daß Sie denken, wir würden ohne zu sichten miteinander spazieren gehen. Er würde sterben, wenn er glaubte, jemand könnte so etwas denken.«

»Warum?«

»Er ist in der Beziehung schrecklich pingelig. Er sagte mir, er hätte im Alter von fünf Jahren aufgehört, Leute zu sehen. Er hat schon damals darauf bestanden, nur zu sichten. Manche Kinder sind so. Rikaine ...« – sie hielt verwirrt inne und fuhr dann fort –, »Rikaine, mein Mann, hat mir einmal gesagt, als ich über Jothan sprach, daß mehr und mehr Kinder so werden würden. Er sagte, es sei das eine Art gesellschaftlicher Evolution, die das Sichten begünstigte. Denken Sie darüber auch so?«

»Ich bin da kein Fachmann«, sagte Baley.

»Jothan wollte nicht einmal heiraten. Rikaine war deswegen ungehalten und sagte ihm, das sei asozial, denn er hätte Gene, die für die Allgemeinheit wichtig seien. Aber Jothan wollte einfach nichts damit zu tun haben.«

»Hat er das Recht, sich zu weigern?«

»N-nein«, sagte Gladia zögernd. »Aber wissen Sie, er ist ein sehr fähiger Robotiker. Robotiker sind auf Solaria wichtig und wertvoll. Ich glaube, man hat bei ihm ein Auge zugedrückt. Ich glaube nur, daß Rikaine vorhatte, nicht mehr mit Jothan zusammenzuarbeiten. Er hat mir einmal gesagt, Jothan sei ein schlechter Solarianer.«

»Hat er das Jothan gesagt?«

»Das weiß ich nicht. Er hat bis zum Ende mit Jothan zusammengearbeitet.«

»Aber er dachte, Jothan sei ein schlechter Solarianer, weil er sich weigerte, zu heiraten?«

»Rikaine sagte einmal, die Ehe sei das Schwerste, was es im Leben gibt, aber man müsse es einfach erdulden.«

»Und was dachten Sie darüber?«

»Über was, Elijah?«

»Über die Ehe. Dachten Sie auch, daß sie das Schwerste im Leben sei?«

Ihr Gesicht verlor langsam jeden Ausdruck, so als gäbe sie sich Mühe, jede Empfindung daraus zu verdrängen. Dann sagte sie: »Ich habe nie darüber nachgedacht.«

Baley wechselte das Thema. »Sie sagten, Sie würden mit

Jothan Leebig die ganze Zeit spazieren gehen. Und dann haben Sie sich verbessert und die Vergangenheitsform gebraucht. Dann gehen Sie also nicht mehr mit ihm spazieren?«

Gladia schüttelte den Kopf. Ihr Gesicht hatte plötzlich einen Ausdruck von Trauer. »Nein. Anscheinend nicht mehr. Ich habe ihn zwei- oder dreimal gesichtet. Er schien immer beschäftigt, und ich wollte nicht ... Sie wissen schon.«

»War dies seit dem Tod Ihres Mannes?«

»Nein, schon vorher. Monate vorher.«

»Glauben Sie, daß Delmarre von ihm verlangt hat, sich nicht mehr um Sie zu kümmern?«

Gladia sah ihn verblüfft an. »Warum sollte er? Jothan ist kein Roboter, und ich bin auch keiner. Wie können wir von einander etwas verlangen, und weshalb sollte Rikaine so etwas tun?«

Baley versuchte gar nicht erst, es ihr zu erklären; er hätte das nur in irdischen Begriffen tun können, und das hätte die Angelegenheit für sie nicht klarer gemacht. Und wenn es ihm gelungen wäre, so wäre es für sie nur widerwärtig gewesen.

»Nur eine Frage noch«, sagte Baley. »Ich sichte Sie noch einmal, Gladia, wenn ich mit Leebig fertig bin. Wie spät ist es übrigens bei Ihnen?« Es tat ihm sofort leid, daß er die Frage gestellt hatte. Roboter würden in terrestrischen Begriffen antworten; aber Gladia würde vielleicht solarianische Einheiten benutzen, und Baley war es müde, seine Unwissenheit zur Schau zu stellen.

Gladia antwortete rein qualitativ. »Früher Nachmittag«, sagte sie.

»Und das gilt auch für Leebigs Anwesen?«

»Aber ja.«

»Gut. Ich sichte Sie, sobald es geht wieder, und dann können wir verabreden, wann wir uns sehen.«

Wieder bemerkte er ein Zögern an ihr. »Ist das absolut notwendig?«

»Ja.«

»Nun, gut«, sagte sie mit leiser Stimme.

Den Kontakt zu Leebig herzustellen dauerte einige Zeit, die Baley dazu nutzte, ein weiteres Sandwich zu verzehren, das ihm in der Originalverpackung gebracht wurde. Aber er war vorsichtig geworden. Er untersuchte den Verschluß der Verpackung sorgfältig, ehe er ihn aufriß, und musterte den Inhalt dann gründlich.

Dann ließ er sich einen Plastikbehälter mit Milch geben, die noch nicht ganz aufgetaut war, biß den Behälter mit den Zähnen auf und trank unmittelbar aus ihm. Dabei dachte er niedergeschlagen, daß es natürlich geruch- und geschmacklose, langsam wirkende Gifte gab, die man mittels Injektionsspritzen oder Hochdrucknadeldüsen einführen konnte, schob den Gedanken dann aber wieder als kindisch beiseite.

Bis jetzt waren die Morde und die Mordversuche auf sehr direktem Wege begangen worden. An einem Schlag auf den Schädel war nichts Subtiles oder Delikates und ebensowenig an Gift in einem Glas in hinreichender Menge, um ein Dutzend Menschen zu töten, oder einem Giftpfeil, der ganz offen auf das Opfer abgeschossen wurde.

Und dann dachte er, um nichts weniger bedrückt, daß er, solange er auf diese Weise zwischen den Zeitzonen hin und her hüpfte, wahrscheinlich nie zu geregelten Mahlzeiten kommen würde. Oder, wenn dies andauerte, zu regelmäßigem Schlaf.

Der Roboter trat auf ihn zu. »Dr. Leebig läßt Ihnen sagen, Sie sollen irgendwann morgen anrufen. Er ist jetzt mit einer wichtigen Arbeit beschäftigt.«

Baley sprang auf und brüllte: »Sag diesem Clown ...«

Er hielt inne. Einen Roboter anzuschreien hatte keinen Sinn. Das heißt, man konnte ihn natürlich anschreien, wenn man das wollte; aber es würde auch nicht mehr bewirken als ein Flüstern.

So fuhr er im Gesprächston fort: »Sag Dr. Leebig oder seinem Roboter, wenn du bis jetzt nur den erreicht hast, daß ich mit Ermittlungen wegen der Ermordung eines seiner Berufskollegen beschäftigt bin, eines guten Solarianers. Sag ihm, ich könnte nicht warten, bis er mit seiner Arbeit fertig ist. Sag ihm, wenn ich ihn nicht binnen fünf Minuten sichte, würde ich ein Flugzeug besteigen und ihn auf seinem Anwesen in weniger als einer Stunde *sehen*. Gebrauche das Wort ›Sehen‹, damit es keinen Irrtum gibt.«

Er wandte sich wieder seinem Sandwich zu.

Die fünf Minuten waren noch nicht ganz um, als Leebig – oder zumindest ein Solarianer, den Baley für Leebig hielt – ihn anfunkelte.

Baley funkelte zurück. Leebig war ein schlanker Mann von auffällig aufrechter Haltung. Seine dunklen, etwas vorstehenden Augen wirkten ungemein konzentriert, und in diese Konzentration mischte sich jetzt Zorn. Eines seiner Lider sank beim Sprechen immer etwas herunter.

»Sind Sie der Erdenmensch?« fragte er.

»Elijah Baley«, stellte Baley sich vor, »Detektiv C-7, mit den Ermittlungen in dem Mordfall Dr. Rikaine Delmarre betraut. Wie heißen Sie?«

»Ich bin Dr. Jothan Leebig. Wie können Sie sich anmaßen, mich bei der Arbeit zu stören?«

»Ganz einfach«, sagte Baley ruhig. »Das ist mein Beruf.«

»Dann üben Sie Ihren Beruf woanders aus.«

»Zuerst muß ich ein paar Fragen stellen, Doktor! Ich nehme an, Sie waren ein enger Kollege von Dr. Delmarre. Stimmt das?«

Eine von Leebigs Händen ballte sich plötzlich zur Faust, und er ging mit hastigen Schritten auf einen offenen Kamin zu, auf dessen Sims winzige Uhrwerksapparaturen komplizierte periodische Bewegungen vollführten, die irgendwie hypnotisch wirkten.

Das Sichtgerät blieb auf Leebig eingestellt, so daß seine

Gestalt beim Gehen nicht aus dem Projektionsbereich verschwand. Vielmehr schien sich der Raum hinter ihm beim Gehen leicht zu heben und zu senken.

»Wenn Sie dieser Ausländer sind, den Gruer herzubringen drohte ...«, sagte Leebig, kam aber nicht weiter, denn Baley unterbrach ihn.

»Der bin ich.«

»Dann sind Sie gegen meinen Rat hier! Gesichtet!«

»Noch nicht. Brechen Sie den Kontakt nicht ab!« Baleys Stimme nahm einen schärferen Ton an, und gleichzeitig hob er den Finger; er deutete damit direkt auf den Robotiker, der sichtlich davor zurückschreckte und dessen volle Lippen sich in einem Ausdruck des Ekels verzogen.

»Ich habe nicht geblufft, als ich sagte, daß ich Sie sehen würde, wissen Sie?« sagte Baley.

»Keine Erdenmenschen-Obszönitäten, bitte.«

»Es sollte auch nur eine Feststellung sein. Ich werde Sie sehen, wenn ich Sie nicht anders dazu bringen kann, mir zuzuhören. Ich werde Sie am Kragen packen und Sie zwingen, mir zuzuhören.«

Leebig funkelte ihn an. »Sie sind ein schmutziges Tier!«

»Wie Sie wollen. Aber ich werde jedenfalls tun, was ich gesagt habe.«

»Wenn Sie versuchen, in mein Anwesen einzudringen, werde ich ... werde ich ...«

Baley hob die Brauen. »Mich töten? Machen Sie öfter solche Drohungen?«

»Ich mache keine Drohung.«

»Dann reden Sie! In der Zeit, die Sie jetzt vergeudet haben, hätte man schon eine ganze Menge ausrichten können. Sie waren also ein Kollege von Dr. Delmarre. Stimmt das?«

Der Robotiker senkte den Kopf. Seine Schultern bewegten sich langsam im Takt seines regelmäßigen Atems. Als er aufblickte, hatte er sich unter Kontrolle. Er brachte sogar ein kurzes, ausdrucksloses Lächeln zustande.

»Ja, das war ich.«

»Delmarre interessierte sich für neue Robotertypen, wie ich gehört habe.«

»Ja.«

»Welcher Art?«

»Sind Sie Robotiker?«

»Nein. Erklären Sie es so, daß ein Laie es versteht.«

»Ich bezweifle, daß ich das kann.«

»Dann *versuchen* Sie es! Zum Beispiel glaube ich, daß er Roboter haben wollte, die imstande waren, Kinder zu züchtigen. Was würde dazu nötig sein?«

Leebig hob kurz die Brauen und sagte: »Um es ganz einfach zu formulieren, wobei ich alle Feinheiten weglasse, bedeutete das eine Verstärkung des C-Integrals, die den Sikorovich-Tandem-Impuls auf dem W-65-Impuls bestimmt.«

»Unsinniger Techniker-Jargon!« sagte Baley.

»Das stimmt aber.«

»Für mich bedeutet es gar nichts. Wie kann man es sonst formulieren?«

»Es bedeutet eine gewisse Abschwächung des Ersten Gesetzes.«

»Wieso? Ein Kind wird doch zu seinem eigenen künftigen Nutzen gezüchtigt. Ist das nicht die Theorie?«

»Ah, sein künftiger Nutzen!« Leebigs Augen leuchteten leidenschaftlich auf, und er schien seinen Gesprächspartner plötzlich gar nicht mehr zu bemerken und gesprächiger zu werden. »Ein ganz einfacher Begriff, könnte man meinen. Wie viele menschliche Wesen sind bereit, um eines künftigen großen Nutzens willen eine kleine Unbequemlichkeit in Kauf zu nehmen? Wie lange dauert es denn, um einem Kind beizubringen, daß das, was jetzt gut schmeckt, später Magenschmerzen bedeutet, und das, was jetzt schlecht schmeckt, die Magenschmerzen später beseitigt? Und Sie wollen, daß ein Roboter das begreift?

Schmerzen, die ein Roboter einem Kind zufügt, bauen ein starkes zerstörerisches Potential im Positronengehirn auf. Dem durch ein Antipotential entgegenzuwirken, das durch die Erkenntnis künftigen Nutzens ausgelöst wird, erfordert so viele Wege und Nebenwege, daß die Masse des Positronengehirns um wenigstens die Hälfte vergrößert wird, wenn man nicht andere Bahnen opfert.«

»Dann ist es Ihnen nicht gelungen, einen solchen Roboter zu bauen«, sagte Baley.

»Nein. Und es ist auch höchst unwahrscheinlich, daß es mir gelingen wird. Weder mir noch sonst jemandem.«

»Hat Dr. Delmarre zum Zeitpunkt seines Todes ein Versuchsmodell eines solchen Roboters untersucht?«

»Nicht eines *solchen* Roboters. Uns haben andere, praktischere Dinge ebenfalls interessiert.«

Baley sagte leise: »Dr. Leebig, ich werde etwas mehr über Robotik lernen müssen, und ich werde Sie bitten, es mir beizubringen.«

Leebig schüttelte heftig den Kopf, und sein herunterhängendes Augenlid senkte sich noch weiter in der Karikatur eines Zwinkerns. »Es sollte offenkundig sein, daß ein Robotikkurs mehr Zeit als nur einen Augenblick erfordert. Und die Zeit habe ich nicht.«

»Trotzdem müssen Sie mich unterweisen. Alles hier auf Solaria ist von dem Geruch nach Robotern durchsetzt. Wenn wir Zeit brauchen, muß ich Sie mehr denn je sehen. Ich bin ein Erdenmensch und kann beim Sichten nicht bequem arbeiten oder denken.«

Baley hätte nie geglaubt, daß Leebigs starre Haltung noch starrer werden könnte, und doch tat sie das. »Ihre Phobien als Erdenmensch interessieren mich nicht«, sagte er. »Sehen ist unmöglich.«

»Ich glaube, Sie werden Ihre Meinung ändern, wenn ich Ihnen sage, weswegen ich Sie in erster Linie konsultieren möchte.«

»Das wird keinen Unterschied machen. Nichts kann daran etwas ändern.«

»Nein? Dann hören Sie mir gut zu! Ich glaube, daß das Erste Gesetz der Robotik in der ganzen Geschichte des positronischen Roboters bewußt falsch zitiert worden ist.«

Leebig zuckte zusammen, als hätte ihn plötzlich ein

Krampf erfaßt. »Falsch zitiert? Sie Narr! Sie sind verrückt! Warum?«

»Um die Tatsache zu verbergen«, sagte Baley völlig gefaßt, »daß Roboter imstande sind, einen Mord zu begehen.«

14

EIN MOTIV WIRD AUFGEDECKT

Leebigs Mund weitete sich langsam. Zuerst hielt Baley das für ein Zähnefletschen, entschied sich dann aber mit einiger Überraschung dafür, daß es der armseligste und erfolgloseste Versuch eines Lächelns war, den er je gesehen hatte.

»Sagen Sie das nicht«, sagte Leebig. »Sagen Sie das niemals!«

»Warum nicht?«

»Weil alles, wirklich alles, und wäre es noch so unbedeutend, was Mißtrauen gegenüber Robotern erzeugt, schädlich ist. Das Mißtrauen gegenüber Robotern ist eine menschliche *Krankheit!*«

Es war, als hielte er einem kleinen Kind einen Vortrag. Es war, als sagte er etwas leise und sanft, das er eigentlich hinausschreien wollte. Es war, als versuchte er zu überzeugen, wo er doch am liebsten jede Zuwiderhandlung unter Todesstrafe gestellt hätte.

»Kennen Sie die Geschichte der Robotik?« fragte Leebig.

»Ein wenig.«

»Das sollten Sie auf der Erde. Ja. Wissen Sie, daß die Geschichte der Roboter damit anfing, daß es einen Frankenstein-Komplex gegen sie gab? Sie waren suspekt. Menschen mißtrauten und fürchteten Roboter. Das Resultat war, daß die Robotik fast eine Geheimwissenschaft wurde. Die Drei Gesetze wurden ursprünglich den Robotern eingebaut, um dieses Mißtrauen zu überwinden. Und trotzdem ließ die Erde nie zu, daß sich eine robotische Gesellschaft entwickelte. Einer der Gründe, weshalb die ersten Pioniere die Erde verließen, um den Rest der Galaxis zu kolonisieren, war, um dort Gesellschaftsformen zu gründen, in denen es zugelassen wurde, daß die Roboter die Menschen von Armut und Mühsal befreiten. Selbst *dann* blieb noch ein latenter Argwohn übrig, gar nicht weit unter der Oberfläche, bereit, jederzeit wieder herauszuplatzen.«

»Mußten Sie selbst sich mit solchem Mißtrauen gegen Roboter auseinandersetzen?« fragte Baley.

»Oft«, sagte Leebig grimmig.

»Ist das der Grund, weshalb Sie und andere Robotiker die Fakten ein wenig verdrehen, um Argwohn soweit wie möglich zu vermeiden?«

»Das stimmt nicht!«

»Werden zum Beispiel die Drei Gesetze nicht falsch zitiert?«

»Nein!«

»Ich kann demonstrieren, daß das so ist. Und wenn Sie mich nicht vom Gegenteil überzeugen, werde ich es der ganzen Galaxis demonstrieren, wenn ich kann.«

»Sie sind verrückt! Ich kann Ihnen versichern, was auch immer Sie vorbringen wollen, es ist *falsch!*«

»Wollen wir darüber reden?«

»Wenn es nicht zu lange dauert.«

»Von Angesicht zu Angesicht? Sehend?« Leebigs dünnes Gesicht verlor sich. »*Nein!*«

»Leben Sie wohl, Dr. Leebig! Andere werden auf mich hören.«

»Warten Sie! Bei der ewigen Galaxis, Mann – warten Sie!«

»*Sehen?*«

Die Hände des Robotikers wanderten nach oben und verhielten an seinem Kinn. Und dann kroch sein Daumen langsam in seinen Mund und blieb dort. Er starrte Baley ausdruckslos an.

Und Baley dachte: Zieht er sich jetzt in das Stadium vor

seinem fünften Lebensjahr zurück, um daraus die Legitimation zu beziehen, mich zu sehen?

»Sehen?« sagte er.

Aber Leebig schüttelte langsam den Kopf. »Ich kann nicht. Ich kann nicht!« jammerte er so undeutlich, daß man es kaum hören konnte, weil er den Daumen immer noch im Mund hatte. »Tun Sie, was Sie wollen!«

Baley starrte ihn an und sah zu, wie er sich abwandte und zur Wand blickte. Er sah zu, wie der gerade Rücken des Solarianers sich beugte und er das Gesicht zitternd in den Händen verbarg.

»Also gut«, sagte Baley. »Ich bin mit Sichten einverstanden.«

Und Leebig sagte, ihm immer noch den Rücken zuwendend: »Entschuldigen Sie mich einen Augenblick. Ich bin gleich wieder da.«

Baley benutzte die Pause, um sich etwas frischzumachen, und musterte dann sein Gesicht im Toilettenspiegel. Begann er allmählich ein Gefühl für Solaria und die Solarianer zu bekommen? Sicher war er sich nicht.

Er seufzte und drückte einen Knopf, worauf ein Roboter erschien. Er wandte nicht den Kopf, um ihn anzusehen, und sagte: »Ist auf der Farm noch ein Sichtgerät außer dem, das ich benutze?«

»Es gibt drei Geräte, Herr.«

»Dann sage Klorissa Cantoro – sage deiner Herrin, daß ich dieses hier bis auf weiteres benutzen werde und daß ich nicht gestört werden möchte.«

»Ja, Herr.«

Baley kehrte an die Stelle zurück, von der aus er mit Leebig gesprochen hatte, und sah den leeren Raum, wo Leebig gestanden hatte. Er war immer noch leer, und er richtete sich darauf ein, etwas zu warten.

Es sollte nicht lange dauern. Leebig trat ein, und der Raum schwankte wieder, während dieser auf ihn zuging. Offenbar verschob sich die Einstellung des Geräts von der

Raummitte zum Menschen – völlig automatisch. Baley erinnerte sich daran, wie kompliziert die Steuerorgane von Sichtgeräten waren, und begann so etwas wie Bewunderung für die technische Leistung zu empfinden.

Leebig hatte sich offenbar wieder völlig unter Kontrolle. Sein Haar war zurückgekämmt, und er hatte sich umgezogen. Seine Kleider lagen lose an und bestanden aus einem Material, das etwas glänzte und Lichtreflexe auffing. Er nahm auf einem schmalen Sessel Platz, der aus der Wand herausklappte.

Dann sagte er ruhig: »So, was haben Sie jetzt da für eine seltsame Vorstellung bezüglich des Ersten Gesetzes?«

»Wird man uns belauschen?«

»Nein. Dafür habe ich gesorgt.«

Baley nickte. »Lassen Sie mich das Erste Gesetz zitieren.«

»Das ist wohl kaum notwendig.«

»Ich weiß. Aber lassen Sie es mich trotzdem zitieren: *Ein Roboter darf keinem menschlichen Wesen Schaden zufügen oder durch Untätigkeit zulassen, daß einem menschlichen Wesen Schaden zugefügt wird.*«

»Nun?«

»Als ich auf Solaria landete, fuhr man mich in einem Bodenwagen zu dem Anwesen, das ich benutzen sollte. Der Bodenwagen war besonders nach außen isoliert und sollte mich davor schützen, daß ich dem freien Raum ausgesetzt wurde. Als Erdenmensch ...«

»Das weiß ich alles«, sagte Leebig ungeduldig. »Was hat das mit der Sache zu tun?«

»Die Roboter, die den Wagen fuhren, wußten das *nicht*. Ich bat, den Wagen zu öffnen, und die Anordnung wurde sofort befolgt. Zweites Gesetz. Sie mußten Anweisungen befolgen. Für mich war das natürlich sehr unbehaglich, und ich wäre fast zusammengebrochen, ehe der Wagen wieder geschlossen wurde. Haben da nicht Roboter mir Schaden zugefügt?«

»Auf ihre Anweisung hin!« herrschte Leebig ihn an.

»Ich zitiere das Zweite Gesetz: *Ein Roboter muß den Be-*

fehlen gehorchen, die ihm von menschlichen Wesen erteilt werden, es sei denn, diese Befehle stünden im Widerspruch zum Ersten Gesetz. Sie sehen also, man hätte meinen Befehl ignorieren müssen.«

»Das ist Unsinn. Der Roboter konnte nicht wissen ...«

Baley lehnte sich in seinem Sessel nach vorne. »Ah! Da haben wir es! Und jetzt wollen wir das Erste Gesetz noch einmal zitieren, und zwar so, wie es lauten sollte: *Ein Roboter darf keinem menschlichen Wesen* WISSENTLICH *Schaden zufügen, oder durch Untätigkeit* WISSENTLICH *zulassen, daß einem der menschlichen Wesen Schaden zugefügt wird.*«

»Das ist doch alles klar und bekannt.«

»Ich glaube, die meisten Menschen wissen es aber nicht. Sonst würden die meisten Menschen auch begreifen, daß Roboter durchaus einen Mord begehen können.«

Leebigs Gesicht war weiß geworden. »Wahnsinn! Verrückt!«

Baley starrte seine Fingerspitzen an. »Ich nehme an, daß ein Roboter eine harmlose Tat begehen darf, eine, die keine schädliche Auswirkung auf ein menschliches Wesen hat?«

»Wenn man ihm den Befehl dazu gibt«, sagte Leebig.

»Ja, natürlich. Wenn man ihm den Befehl dazu gibt. Und ich nehme an, ein zweiter Roboter darf ebenfalls eine harmlose Aufgabe erledigen; eine, die keine schädliche Wirkung auf ein menschliches Wesen haben kann? Wenn man ihm den Befehl dazu gibt?«

»Ja.«

»Und was, wenn diese zwei harmlosen Aufgaben, von denen jede völlig harmlos ist, völlig, zusammengefügt einen Mord ergeben?«

»Was?« Leebigs Gesicht verzog sich finster.

»Ich möchte gerne Ihre fachmännische Meinung zu der Sache hören«, sagte Baley. »Ich will einen hypothetischen Fall konstruieren. Angenommen, ein Mensch sagt zu einem Roboter: ›Gieß eine kleine Menge dieser Flüssigkeit in ein

Glas Milch, das du an dem und dem Ort finden wirst. Die Flüssigkeit ist harmlos. Ich möchte nur wissen, welche Wirkung sie auf mich hat. Sobald ich diese Wirkung kenne, wird die Mixtur weggeschüttet werden. Nachdem du den Auftrag erfüllt hast, vergißt du, daß du das getan hast.«

Leebig musterte ihn immer noch mit finsterer Miene, sagte aber nichts.

Baley fuhr fort: »Wenn ich dem Roboter den Auftrag gegeben hätte, eine geheimnisvolle Flüssigkeit in Milch zu gießen und diese Milch dann einem Menschen anzubieten, würde das Erste Gesetz den Roboter zwingen, sich nach den Eigenschaften der Flüssigkeit zu erkundigen, insbesondere danach, ob sie für Menschen schädlich wäre. Und wenn man ihm versicherte, daß es sich um eine harmlose Flüssigkeit handle, könnte das Erste Gesetz den Roboter immer noch zum Zögern veranlassen, und er würde sich möglicherweise weigern, die Milch weiterzugeben. Statt dessen sagt man ihm, daß die Milch ausgegossen werden wird. Das Erste Gesetz ist also nicht involviert. Wird der Roboter dann nicht tun, was man ihm aufgetragen hat?«

Leebig starrte Baley wortlos und feindselig an.

Und der fuhr fort: »Jetzt hat ein zweiter Roboter die Milch in ein Glas gegossen und weiß nicht, daß man ihr etwas hinzugefügt hat. Er bietet die Milch also in aller Unschuld einem Menschen an, und der Mensch stirbt.«

»*Nein!*« schrie Leebig auf.

»Warum nicht? Beide Handlungen sind für sich gesehen absolut harmlos. Nur zusammengenommen ergeben sie Mord. Wollen Sie in Abrede stellen, daß so etwas geschehen kann?«

»Der Mörder wäre der Mensch, der den Befehl erteilt hat!« schrie Leebig.

»Wenn Sie es vom philosophischen Standpunkt aus sehen wollen, ja. Aber die unmittelbaren Mörder wären die Roboter gewesen, die Mordinstrumente.«

»Kein Mensch würde solche Anweisungen erteilen.«

»Doch, ein Mensch würde das tun. Ein Mensch hat es getan. Genau auf diese Weise muß der Mordanschlag auf Dr. Gruer durchgeführt worden sein. Ich nehme an, Sie haben davon gehört.«

»Auf Solaria hört man von allem«, murmelte Leebig.

»Dann wissen Sie, daß Gruer an seinem Tisch beim Abendessen vergiftet wurde, vor meinen Augen und denen meines Partners, Mr. Olivaw von Aurora. Können Sie mir irgendeine andere Methode vorschlagen, wie das Gift in seine Milch hätte kommen können? Auf dem Anwesen war kein weiterer Mensch zugegen. Als Solarianer müssen Sie das doch anerkennen.«

»Ich bin kein Detektiv. Ich habe keine Theorien.«

»Ich habe Ihnen eine vorgetragen. Ich möchte wissen, ob das eine plausible Theorie ist. Ich möchte wissen, ob zwei Roboter nicht imstande sein könnten, zwei separate Handlungen zu begehen, von denen jede einzelne in sich harmlos ist, während die beiden zusammengenommen zu Mord führen. Sie sind der Experte, Dr. Leebig. *Ist es möglich?*«

Und Leebig sagte mit hohler Stimme, als wäre eine Welt für ihn zusammengebrochen: »Ja.« Er sagte es so leise, daß Baley ihn kaum hören konnte.

»Also gut«, meinte der. »Soviel zum Ersten Gesetz.«

Leebig starrte Baley an, und sein herunterhängendes Augenlid zuckte ein paarmal. Seine Hände, die er ineinander verschlungen hatte, lösten sich voneinander, aber seine Finger veränderten ihre Haltung nicht, so als hielten sie noch eine Phantomhand. Dann sanken seine Handflächen langsam herunter, bis sie auf seinen Knien lagen, und erst dann entspannten die Finger sich.

Baley sah die ganze Zeit zu.

»Theoretisch ja«, sagte Leebig. »*Theoretisch!* Aber Sie sollten das Erste Gesetz nicht so leicht abtun, Erdenmensch. Man müßte den Robotern ihre Befehle sehr geschickt erteilen, um das Erste Gesetz zu umgehen.«

»Zugegeben«, sagte Baley. »Ich bin nur ein Erdenmensch.

Ich weiß praktisch überhaupt nichts über Roboter. Und die Art und Weise, wie ich jetzt die Befehle formuliert habe, war natürlich nur ein Beispiel. Ein Solarianer wäre da viel subtiler und könnte es ganz bestimmt besser.«

Leebig hätte ebensogut nicht zuhören können. Er sagte jetzt lauter werdend: »Wenn man einen Roboter durch Manipulation dazu bringen kann, einem Menschen Schaden zuzufügen, dann bedeutet das nur, daß wir die Fähigkeiten des Positronengehirns ausweiten müssen. Man *könnte* sagen, daß wir eigentlich den Menschen verbessern sollten. Und nachdem das unmöglich ist, werden wir den Roboter noch narrensicherer machen.

Wir erzielen dauernd Fortschritte. Unsere Roboter sind vielfältiger, spezialisierter, geschickter als vor einem Jahrhundert. In einem weiteren Jahrhundert werden wir noch größere Fortschritte erzielen. Warum einen Roboter dazu bringen, irgendwelche Kontrollen zu betätigen, wenn man in die Kontrollen selbst ein Positronengehirn einbauen kann? Das wäre Spezialisierung. Aber wir können auch generalisieren. Warum nicht einen Roboter mit austauschbaren Gliedmaßen bauen? Eh? Warum nicht? Wenn wir ...«

Baley unterbrach. »Sind Sie der einzige Robotiker auf Solaria?«

»Was für eine absurde Annahme!«

»Ich habe doch nur gefragt. Dr. Delmarre war der einzige ... ah ... Fötal-Ingenieur, abgesehen von einer Assistentin.«

»Solaria hat über zwanzig Robotiker.«

»Sind Sie der beste?«

»Der bin ich«, sagte Leebig ohne den leisesten Hauch von Verlegenheit.

»Delmarre hat mit Ihnen zusammengearbeitet?«

»Das hat er.«

»Soweit mir bekannt ist, beabsichtigte er die Partnerschaft aufzulösen.«

»Davon ist mir nichts bekannt. Wie kommen Sie darauf?«

»Angeblich mißbilligte er Ihr Junggesellentum.«

»Das mag wohl sein. Er war ein sehr gründlicher Solarianer. Aber unsere berufliche Beziehung hat das nicht getrübt.«

»Darf ich das Thema wechseln. – Abgesehen von der Entwicklung neuer Robotermodelle stellen Sie auch existierende Typen her und reparieren sie?«

»Die Herstellung und die Reparatur erfolgen weitgehend durch Roboter«, sagte Leebig. »Auf meinem Anwesen befindet sich eine große Fabrik und eine Wartungswerkstätte.«

»Brauchen Roboter übrigens umfangreichen Reparaturaufwand?«

»Sehr wenig.«

»Bedeutet das, daß die Roboter-Reparatur eine unterentwickelte Wissenschaft ist?«

»Ganz und gar nicht.« Leebig sagte das sehr steif.

»Was ist mit dem Roboter, der sich am Schauplatz der Ermordung Dr. Delmarres befand?«

Leebig wandte den Blick ab, und seine Augenbrauen schoben sich zusammen, als wolle er einem schmerzlichen Gedanken den Zugang zu seinem Bewußtsein versperren. »Das war ein Totalverlust.«

»Wirklich? Konnte er irgendwelche Fragen beantworten?«

»Gar keine. Er war völlig unbrauchbar. Sein Positronengehirn wies einen Kurzschluß auf. Keine einzige Bahn war intakt geblieben. Überlegen Sie doch! Er war Zeuge eines Mordes geworden und hatte ihn nicht verhindern können ...«

»Warum hatte er den Mord denn eigentlich nicht verhindern können?«

»Wer kann das sagen? Dr. Delmarre hat mit jenem Roboter experimentiert. Ich weiß nicht, in welchem mentalen Zustand er ihn gelassen hat. Vielleicht hat er ihm beispielsweise den Befehl erteilt, alle Operationen einzustellen, während er einen bestimmten Stromkreis überprüfte. Wenn jemand, der weder Dr. Delmarre noch dem Roboter verdächtig erschien, plötzlich einen Mordversuch unternommen hat, ist es durchaus möglich, daß es eine bestimmte Zeitspanne gedauert hat, ehe der Roboter das Potential des Ersten Gesetzes einsetzen konnte, um Dr. Delmarres ursprünglichen Befehl zu löschen. Wie lange diese Zeitspanne gedauert hat, würde in dem Fall von der Art des Angriffs abhängen und davon, wie Dr. Delmarre seinen ursprünglichen Befehl erteilt hatte. Ich könnte mir ein Dutzend Erklärungen dafür vorstellen, weshalb der Roboter außerstande war, den Mord zu verhindern. Trotzdem war diese Unfähigkeit eine Verletzung des Ersten Gesetzes, und das reichte aus, um jede Positronenbahn im Bewußtsein des Roboters zu sprengen.«

»Aber wenn der Roboter physisch außerstande war, den Mord zu verhindern, war er dann verantwortlich? Verlangt das Erste Gesetz Unmögliches?«

Leebig zuckte die Achseln. »Das Erste Gesetz schützt, trotz Ihrer Versuche, es zu bagatellisieren, die Menschheit mit jedem einzelnen Atom seiner Kraft. Es läßt keine Ausreden zu. Wenn das Erste Gesetz gebrochen wird, ist der Roboter zerstört.«

»Das ist eine allgemeine Regel, Sir?«

»Ebenso allgemein und universell, wie die Roboter es sind.«

»Dann habe ich etwas gelernt«, sagte Baley.

»Dann sollten Sie noch etwas lernen. Ihre Theorie eines Mordes durch eine Folge robotischer Handlungen, die jede für sich harmlos sind, wird Ihnen im Falle des Todes von Dr. Delmarre nicht weiterhelfen.«

»Warum nicht?«

»Der Tod ist nicht durch Gift, sondern durch einen Schlag auf den Schädel eingetreten. Jemand mußte den Gegenstand halten, mit dem Dr. Delmarre der Schädel eingeschlagen wurde, und das mußte ein menschlicher Arm sein. Kein Roboter wäre imstande, einen Schädel einzuschlagen.«

»Nehmen Sie einmal an«, sagte Baley, »ein Roboter

würde einen ganz unschuldigen Knopf drücken, und daraufhin würde ein Gewicht auf Dr. Delmarres Kopf fallen.«

Leebig lächelte säuerlich. »Erdenmensch, ich habe den Schauplatz des Verbrechens gesichtet. Ich habe alle Nachrichten gehört. Dieser Mord war hier auf Solaria eine große Sache, wissen Sie. Also weiß ich, daß es am Schauplatz des Verbrechens keine Spuren von irgendwelchen Maschinen gab oder heruntergefallenen Gewichten.«

»Auch keine Spuren eines stumpfen Gegenstandes?« fragte Baley.

Leebig nickte langsam und meinte: »Sie sind der Detektiv. Finden Sie ihn doch!«

»Wenn wir einmal einräumen, daß kein Roboter für den Tod Dr. Delmarres verantwortlich war, wer war es dann?«

»Das weiß doch jeder!« schrie Leebig. »Seine Frau! Gladia!«

In dem Punkt wenigstens herrscht Einmütigkeit, dachte Baley. Und laut sagte er: »Und wer war der Drahtzieher hinter den Robotern, die Gruer vergiftet haben?«

»Ich nehme an ...« Leebig verstummte.

»Sie glauben doch nicht, daß es zwei Mörder gibt, oder? Wenn Gladia für das eine Verbrechen verantwortlich war, muß sie auch für den zweiten Anschlag verantwortlich sein.«

»Ja. Da müssen Sie recht haben.« Seine Stimme klang jetzt wieder selbstbewußter. »Daran ist kein Zweifel.«

»Kein Zweifel?«

»Niemand sonst hätte Dr. Delmarre nahe genug kommen können, um ihn zu töten. Er ließ keine persönliche Anwesenheit zu, ebensowenig wie ich, nur daß er zugunsten seiner Frau eine Ausnahme machte, und ich keine Ausnahmen mache. Weil ich klüger bin.« Der Robotiker lachte heiser.

»Ich nehme an, Sie kennen sie gut«, sagte Baley abrupt.

»Wen?«

»Sie. Wir sprechen nur von einer ›sie‹: Gladia!«

»Wer hat Ihnen gesagt, daß ich sie besser als sonst jemand kenne?« wollte Leebig wissen. Er griff sich mit der Hand an die Kehle. Seine Finger bewegten sich und öffneten den Saum am Hals, um leichter atmen zu können.

»Gladia selbst. Sie sind doch häufig mit ihr spazieren gegangen.«

»So? Wir sind Nachbarn. Das ist etwas durchaus Übliches. Sie schien mir immer eine angenehme Person.«

»Sie schätzen sie also.«

Leebig zuckte die Achseln. »Mit ihr zu reden, war für mich stets entspannend.«

»Worüber redeten Sie denn?«

»Über Robotik.« Das Wort klang irgendwie überrascht, als wunderte er sich, daß man so etwas überhaupt fragen konnte.

»Und sie spricht auch über Robotik?«

»Sie weiß nichts über Robotik. Ignorant! Aber sie hört zu. Sie hat da irgendeine Feldstärken-Spielerei, womit sie sich beschäftigt; feldkolorieren nennt sie das. Ich interessiere mich nicht dafür. Aber ich habe ihr zugehört.«

»All das ohne persönliche Anwesenheit?«

Leebig musterte ihn angewidert, gab aber keine Antwort.

»Fühlten Sie sich zu ihr hingezogen?« versuchte Baley es noch einmal.

»Was?«

»Finden Sie sie attraktiv? Körperlich?«

Selbst Leebigs herunterhängendes Augenlid hob sich, und seine Lippen zuckten. »Wie ekelhaft! Was sind Sie für ein Tier!« murmelte er.

»Dann lassen Sie es mich so formulieren: Wann hörten Sie auf, Gladia angenehm zu finden? Das Wort haben Sie selbst gebraucht, wenn Sie sich erinnern.«

»Wie meinen Sie das?«

»Sie sagten, Sie hätten sie angenehm gefunden. Jetzt glaubten Sie, sie hätte ihren Mann ermordet. Das ist ja nicht gerade das Zeichen einer angenehmen Person.«

»Ich habe mich in ihr geirrt.«

»Aber diesen Irrtum haben Sie bereits erkannt, ehe sie ihren Mann getötet hat – wenn sie das getan hat. Sie hörten schon einige Zeit vor dem Mord auf, mit ihr Spaziergänge zu machen. Warum?«

»Ist das wichtig?«

»Alles ist wichtig, bis das Gegenteil bewiesen ist.«

»Hören Sie! Wenn Sie von mir als Robotiker Informationen haben wollen, dann fragen Sie! Persönliche Fragen beantworte ich nicht.«

»Sie waren gut mit dem Ermordeten und der Hauptverdächtigen bekannt. Verstehen Sie denn nicht, daß da persönliche Fragen unvermeidbar sind? Warum haben Sie aufgehört, mit Gladia spazieren zu gehen?«

Leebig herrschte ihn an: »Die Zeit kam, wo ich nicht mehr wußte, was ich sagen sollte. Ich war zu beschäftigt. Ich sah keinen Anlaß, diese Spaziergänge fortzusetzen.«

»Mit anderen Worten also: als Sie sie nicht mehr angenehm fanden?«

Und Leebig schrie: »Ich habe keinen Grund!«

Baley ignorierte die Erregung. »Trotzdem sind Sie jemand, der Gladia gut gekannt hat. Was könnte sie für ein Motiv gehabt haben?«

»Ihr Motiv?«

»Niemand hat bis jetzt irgendein Motiv für den Mord vorgeschlagen. Gladia würde doch ganz sicher nicht ohne Motiv einen Mord begehen.«

»Große Galaxis!« Leebig legte den Kopf in den Nacken, als wolle er lachen, tat es aber nicht. »Das hat Ihnen niemand gesagt? Nun, vielleicht wußte es niemand. Aber ich wußte es. Sie hat es mir gesagt. Häufig hat sie es mir gesagt.«

»Ihnen was gesagt, Dr. Leebig?«

»Nun, daß sie mit ihrem Mann gestritten hat. Bitter und häufig gestritten hat. Sie haßte ihn, Erdenmensch. Hat Ihnen das niemand gesagt? Hat *sie* Ihnen das nicht gesagt?«

15
EIN PORTRÄT WIRD KOLORIERT

Baley versuchte sich seine Verblüffung nicht anmerken zu lassen.

Bei der Art und Weise, wie die Solarianer lebten, war für sie das Privatleben jedes einzelnen vermutlich etwas Geheiligtes. Fragen, die sich auf die Ehe oder auf Kinder bezogen, mußten hier als ein Höchstmaß von Geschmacklosigkeit gelten. Und so war es auch durchaus möglich, daß chronischer Streit zwischen Mann und Frau durchaus existieren konnte, ohne daß jemand sich dafür interessierte.

Aber selbst wenn es zu einem Mord gekommen war? Würde auch dann niemand das gesellschaftliche Verbrechen begehen, die Verdächtige zu fragen, ob sie mit ihrem Mann in Streit gelebt hatte? Oder die Sache wenigstens erwähnen, wenn sie davon wußten?

Nun, Leebig hatte das ja getan.

»Worum ging der Streit denn?« wollte Baley wissen.

»Ich denke, das fragen Sie sie besser selbst.«

Damit hatte er recht, dachte Baley. Er erhob sich steif. »Danke, Dr. Leebig, für Ihre Unterstützung. Vielleicht brauche ich später Ihre Hilfe noch einmal. Ich hoffe, Sie halten sich zu meiner Verfügung.«

»Gesichtet«, sagte Leebig, und er und das Segment seines Zimmers verschwanden abrupt.

Zum ersten Mal stellte Baley fest, daß ihm die Flugreise durch den freien Raum nichts ausmachte, ihm überhaupt nichts ausmachte. Es war fast, als befände er sich in seinem Element.

Er dachte nicht einmal an die Erde oder an Jessie. Er hatte die Erde erst vor ein paar Wochen verlassen, und doch hätten es ebensogut Jahre sein können. Auf Solaria befand er sich erst seit reichlich drei Tagen, und doch kam ihm diese Zeit schon wie eine Ewigkeit vor.

Wie schnell paßt man sich an einen Alptraum an?

Oder lag es an Gladia? Er würde sie bald sehen, nicht etwa sie sichten. War es das, was ihm Selbstvertrauen verlieh und dieses seltsame Gefühl, in dem sich Unruhe und Erwartung mischten.

Würde sie es ertragen? fragte er sich. Oder würde sie nach ein paar Augenblicken davonhuschen und ihn dann nicht mehr sehen und auch nicht mehr sichten wollen, so wie Quemot es getan hatte?

Als er eintrat, stand sie am anderen Ende eines langen Raums. Sie hätte ebensogut eine impressionistische Darstellung ihrer selbst sein können, irgendwie nur auf das Wesentliche reduziert.

Ihre Lippen waren schwach rot, ihre Augenbrauen leicht nachgezeichnet, die Ohrläppchen leicht blau – aber davon abgesehen war ihr Gesicht ohne jedes Make-up. Sie sah blaß aus, ein wenig verängstigt und sehr jung.

Das dunkelblonde Haar hatte sie nach hinten gekämmt, und ihre graublauen Augen wirkten irgendwie scheu. Ihr Kleid war von einem so dunklen Blau, daß es fast schwarz wirkte, mit einem ganz schmalen, weißen Saum an den Seiten und langen Ärmeln. Sie trug weiße Handschuhe und Schuhe mit flachen Absätzen. Nirgendwo, außer in ihrem Gesicht, war auch nur ein Zollbreit Haut zu sehen. Selbst ihr Hals war von einer Art Rüschenkragen verdeckt.

Baley blieb stehen. »Ist das nahe genug, Gladia?«

Ihr Atem ging schnell und hektisch. »Ich hatte vergessen, was mich erwartete«, antwortete sie. »Eigentlich ist es wie Sichten, nicht wahr? Ich meine, wenn man nicht daran denkt, daß man sich in Wirklichkeit sieht.«

»Für mich ist das ganz normal«, sagte Baley.

»Ja, auf der Erde.« Sie schloß die Augen. »Manchmal versuche ich es mir auszumalen. Überall diese Menschenmengen. Man geht eine Straße hinunter, und andere gehen neben einem und wieder andere in entgegengesetzter Richtung. Dutzende ...«

»Hunderte«, verbesserte sie Baley. »Haben Sie je in einem Buchfilm Szenen von der Erde gesichtet? Oder einen Roman gesichtet, der auf der Erde spielt?«

»Davon gibt es hier nicht viele. Aber ich habe Romane gesichtet, die auf den anderen Äußeren Welten spielen, wo man sich die ganze Zeit sieht. Aber da ist es anders. Es wirkt einfach nur wie ein Multi-Sichten.«

»Küssen sich die Leute je in den Romanen?«

Ihr Gesicht rötete sich. Die Vorstellung war ihr sichtlich peinlich. »Solche Romane lese ich nicht.«

»Niemals?«

»Nun – es gibt natürlich immer ein paar schmutzige Filme, wissen Sie? Und manchmal – ich meine – nur aus Neugierde – aber dabei wird einem übel, wirklich.«

»Ist das so?«

Plötzlich wurde sie lebhafter. »Aber die Erde ist so völlig anders. So viele Menschen. Ich stelle mir vor, Elijah, daß Sie, wenn Sie gehen, sogar Leute berühren. Versehentlich, meine ich.«

Baley lächelte schwach. »Man stößt sie sogar versehentlich um.« Er dachte an die Menschenmassen auf den Expreßways, die einander zerrten und schoben und stießen und die Streifen hinauf- und hinunterliefen. Und dann überkam ihn einen Augenblick lang, ohne daß er es vermeiden konnte, so etwas wie Heimweh.

»Sie brauchen nicht dort stehenzubleiben«, sagte Gladia.

»Würde es Ihnen nichts ausmachen, wenn ich näher käme?«

»Nein, ich glaube nicht. Ich sage es Ihnen schon, wenn es nahe genug ist.«

Baley trat Schritt für Schritt näher, während Gladia ihn mit geweiteten Augen ansah.

Dann sagte sie plötzlich: »Würden Sie gerne welche von meinen Feldkolorierungen sehen?«

Baley war noch sechs Fuß von ihr entfernt. Er blieb stehen und sah sie an. Sie wirkte so klein und zerbrechlich. Er versuchte sich sie vorzustellen, wie sie etwas (was?) in der

Hand hielt und damit wutentbrannt auf den Schädel ihres Mannes einschlug. Er versuchte sich sie vorzustellen, wütend vor Zorn, erfüllt von mörderischem Haß und Wut.

Er mußte zugeben, daß es möglich war. Selbst eine so zart wirkende Frau wie sie konnte einen Schädel einschlagen, wenn sie die richtige Waffe besaß und wütend genug war. Baley hatte schon Mörderinnen gesehen, die so wirkten, als könnten sie keiner Fliege etwas zuleide tun.

»Was sind Feldkolorierungen, Gladia?« fragte er.

»Eine Kunstform«, sagte sie.

Baley erinnerte sich an das, was Leebig über Gladias Kunst gesagt hatte, und nickte. »Die würde ich mir gerne ansehen.«

»Dann kommen Sie bitte mit!«

Baley achtete darauf, den Abstand von sechs Fuß zwischen ihnen einzuhalten; das war immerhin nur ein Drittel der Distanz, die Klorissa verlangt hatte.

Sie betraten einen Raum, der von Licht erfüllt war. Er leuchtete aus allen Ecken und in jeder Farbe.

Gladia wirkte zufrieden und von Besitzerstolz erfüllt. Sie blickte zu Baley auf, und ihre Augen schienen Lob und Zustimmung zu erwarten.

Baleys Reaktion mußte wohl ihren Erwartungen entsprochen haben, obwohl er nichts sagte. Er drehte sich langsam herum und versuchte das, was er sah, zu begreifen, denn er sah nur Licht, aber keinerlei körperlichen Gegenstände.

Die Lichtkleckse saßen auf Podesten, die sie umgaben. Sie waren wie lebende Geometrie: Linien und Kurven aus Farbe, die sich in ein Ganzes verschlangen und doch ihre eigene Identität behielten. Und jedes dieser Lichtgebilde unterschied sich von allen anderen.

Baley suchte nach den passenden Worten und sagte: »Soll das etwas darstellen?«

Gladia lachte mit ihrer angenehmen Altstimme. »Das bedeutet das, was Sie hineindenken. Es sind nur Lichtgebilde, die Sie vielleicht zornig oder glücklich oder neugierig machen, oder was auch immer eben *ich* empfunden habe, als ich das jeweilige Stück entworfen habe. Ich könnte eines für Sie machen, eine Art Porträt. Aber wahrscheinlich wäre es nicht besonders gut, weil ich ja nur improvisieren würde.«

»Würden Sie das tun? Das würde mich interessieren.«

»Also gut«, sagte sie und ging mit schnellen Schritten auf eine Lichtgestalt in einer Ecke des Raumes zu, wobei sie ganz dicht an ihm vorüberging. Aber sie schien es nicht zu bemerken.

Sie berührte etwas an dem Sockel des Lichtgebildes, und der Lichtschein darüber erlosch, als hätte es ihn nie gegeben.

Baley hielt den Atem an und sagte: »Tun Sie das nicht!«

»Das ist schon in Ordnung. Ich mochte es ohnehin nicht mehr. Jetzt will ich all die anderen nur etwas dunkler machen, damit sie mich nicht ablenken.« Sie klappte an einer der sonst leeren Wände etwas auf und betätigte einen Schalter. Die Farben verblaßten so, daß man sie kaum noch wahrnehmen konnte.

»Macht das nicht ein Roboter?« fragte Baley. »Ich meine, Schalter drehen.«

»Pst!« sagte sie ungeduldig. »Ich lasse hier keine Roboter rein. Das gehört nur *mir*.« Sie sah ihn an und runzelte die Stirn. »Ich kenne Sie nur noch nicht gut genug. Das ist das Problem.«

Sie sah den Sockel nicht an, aber ihre Finger ruhten locker auf seiner glatten Oberfläche. Alle zehn Finger waren leicht gekrümmt, angespannt, warteten.

Jetzt bewegte sich ein Finger und beschrieb einen kleinen Bogen, und ein tiefgelbes Leuchten wuchs an wie ein Strich und stand plötzlich schräg in der Luft. Der Finger bewegte sich ein Stückchen zurück, und das Licht verlor etwas an Intensität.

Sie sah es prüfend an. »So ist es wohl richtig. Eine Art Stärke ohne Gewicht.«

»Jehoshaphat!« sagte Baley.

»Sind Sie jetzt beleidigt?« Ihre Finger hoben sich, und der gelbe Lichtbalken blieb in der Luft hängen.

»Nein, ganz und gar nicht. Aber was ist das? Wie machen Sie das?«

»Das ist schwer zu erklären«, sagte Gladia und sah den Sockel nachdenklich an. »Ich verstehe das nämlich genaugenommen selbst nicht richtig. Man hat mir gesagt, es sei eine Art optischer Illusion. Es werden Kraftfelder auf verschiedenen Energieniveaus errichtet. In Wirklichkeit sind das Auswüchse des Hyperraums mit völlig anderen Eigenschaften als der normale Raum. Je nach dem Energieniveau sieht das menschliche Auge Licht in verschiedenen Farben und Schattierungen. Die Schattierungen und Farben werden von der Wärme meiner Finger an entsprechenden Punkten des Sockels gesteuert. Und in den Sockeln sind alle möglichen Kontrollen.«

»Sie meinen, wenn ich den Finger da hinlegte ...« Baley trat vor, und Gladia machte ihm Platz. Er legte etwas zögernd den Zeigefinger auf den Sockel und spürte ein schwaches Pulsieren.

»Nur zu! Bewegen Sie den Finger ruhig, Elijah«, sagte Gladia.

Das tat Baley, und ein schmutziggrauer Lichtfleck entstand, berührte den gelben Balken und durchdrang ihn. Baley zog den Finger sofort zurück, und Gladia lachte, wurde aber dann gleich wieder ernst.

»Ich hätte nicht lachen sollen«, sagte sie. »Das ist wirklich sehr schwierig, selbst für Leute, die es schon oft versucht haben.« Ihre Hand bewegte sich ganz locker und viel zu schnell, als daß Baley der Bewegung hätte folgen können. Und die Monstrosität, die er erzeugt hatte, verschwand und ließ den gelben Lichtbalken wieder unbehindert erstrahlen.

»Wie haben Sie das gelernt?« fragte Baley.

»Ich habe es einfach immer wieder versucht. Wissen Sie, das ist eine neue Kunstform, und nur ein oder zwei Leute wissen wirklich, wie man ...«

»Und Sie sind die Beste«, sagte Baley ernst. »Auf Solaria ist jeder entweder der einzige oder der Beste oder beides.«

»Sie brauchen nicht zu lachen. Einige meiner Arbeiten sind ausgestellt. Ich habe schon Ausstellungen veranstaltet.« Sie hob das Kinn. Ihr Stolz war unverkennbar.

Dann fuhr sie fort: »Lassen Sie mich mit Ihrem Porträt weitermachen.« Ihre Finger bewegten sich wieder.

In dem Lichtgebilde, das entstand, waren nur wenige Kurven zu erkennen. Es waren alles scharfe, gerade Linien und Winkel. Und die dominierende Farbe war Blau.

»Das ist die Erde, irgendwie«, sagte Gladia und biß sich auf die Unterlippe. »Die Erde ist für mich immer blau. All die vielen Leute, die sich dauernd sehen, sehen, sehen. Sichten ist eher rosa. Wie kommt Ihnen das vor?«

»Jehoshaphat! Ich kann mir Sachen nicht als Farben vorstellen.«

»Nein?« fragte sie abwesend. »So, und dann sagen Sie manchmal ›Jehoshaphat!‹, und das ist einfach ein kleiner, violetter Klecks. Ein kleiner, abgegrenzter Klecks, weil es meistens nur so – ping! – rauskommt, einfach so.« Und der kleine Klecks erschien und leuchtete.

»Und dann«, sagte sie, »kann ich es so abschließen.« Und ein glanzloser, hohler Würfel von schiefergrauer Farbe erstand plötzlich und schloß alles ein. Das Licht in seinem Innern leuchtete durch, aber schwächer, irgendwie gefangen.

Baley empfand ein Gefühl der Trauer, als wäre der Würfel etwas, das ihn einschloß und ihn von etwas abhielt, das er sich wünschte. »Was bedeutet dieses Letzte jetzt?« fragte er.

»Nun, das sind die Wände, die Sie umgeben«, sagte Gladia. »Das ist das meiste von Ihnen, die Art und Weise, wie Sie nicht herauskönnen, wie Sie drinnen sein müssen. Hier sind Sie doch auch drinnen, verstehen Sie nicht?«

Das tat Baley, doch er war irgendwie nicht einverstanden damit. »Diese Wände sind doch nichts Dauerhaftes«, sagte er. »Ich war heute draußen.«

»So? Hat es Ihnen etwas ausgemacht?«

Baley mußte einen kleinen Seitenhieb anbringen. »So, wie es Ihnen etwas ausmacht, mich zu sehen. Es gefällt Ihnen nicht, aber Sie können es ertragen.«

Sie musterte ihn nachdenklich. »Wollen Sie jetzt hinausgehen? Mit mir? Auf einen kleinen Spaziergang?«

Baley drängte es zu sagen: ›Jehoshaphat, nein!‹

Und sie redete weiter: »Ich habe noch nie mit jemandem beim Sehen einen Spaziergang gemacht. Es ist immer noch Tag, und das Wetter ist angenehm.«

Baley sah sein abstraktes Porträt an und sagte: »Wenn ich mit Ihnen gehe, nehmen Sie dann das Grau weg?«

Sie lächelte und meinte: »Ich will sehen, wie Sie sich verhalten.«

Das Lichtgebilde blieb zurück, als sie den Raum verließen. Es blieb zurück und hielt Baleys gefangene Seele im Grau der Cities fest.

Baley fröstelte. Da war ein kuhler Lufthauch, der ihn berührte.

»Frieren Sie?« fragte Gladia.

»Vorher war es nicht so«, murmelte Baley.

»Es ist schon spät, aber eigentlich kalt ist es nicht. Würden Sie gerne einen Mantel haben? Einer von den Robotern könnte in einer Minute einen bringen.«

»Nein. Es ist schon gut.« Sie schlenderten auf einem schmalen, gepflasterten Weg dahin. »Sind Sie hier immer mit Dr. Leebig spazierengegangen?« fragte er.

»O nein. Wir sind auf den Feldern gegangen, wo man nur gelegentlich einen Roboter bei der Arbeit sieht und man die Geräusche der Tiere hören kann. Sie und ich werden in der Nähe des Hauses bleiben, für alle Fälle.«

»Wieso für alle Fälle?«

»Nun, für den Fall, daß Sie hineingehen wollen.«

»Oder für den Fall, daß Sie des Sehens müde werden?«

»Mich stört es nicht«, sagte sie mutig.

Über ihnen war das unbestimmte Rascheln von Blättern

zu hören, und alles wirkte grün und gelb. Scharfe, dünne Schreie waren zu hören und ein gleichmäßiges Summen, und Schatten waren zu sehen.

Ganz besonders die Schatten fielen ihm auf. Einer davon war unmittelbar vor ihm, wie ein Mensch geformt, und er bewegte sich sogar so wie er, in einer schrecklichen Nachahmung seiner Bewegungen. Baley hatte natürlich von Schatten gehört und wußte, was sie waren. Aber in dem alles durchdringenden indirekten Licht der Cities war ihm nie bewußt geworden, daß er einen Schatten werfen könnte.

Hinter ihm, das wußte er, stand die Sonne Solarias am Himmel. Er achtete darauf, sie nicht anzusehen, wußte aber, daß sie da war.

Der Weltraum war groß, einsam war er, und doch spürte er, wie er ihn anzog. Vor seinem geistigen Auge malte er sich aus, wie er auf der Oberfläche einer Welt einherschritt, umgeben von Tausenden von Meilen und Lichtjahren von Raum rings um ihn.

Warum zog ihn eigentlich dieser Gedanke der Einsamkeit so an? Er wollte keine Einsamkeit. Er liebte die Erde und die Wärme und die mit Menschen vollgepfropften Stahlhöhlen der Cities.

Dann verblaßte das Bild. Er versuchte vor seinem geistigen Auge New York heraufzubeschwören, den Lärm und die Fülle, die dort herrschten, und stellte fest, daß er nur die stille Kühle Solarias erkennen konnte.

Unwillkürlich trat Baley näher an Gladia heran, bis er nur noch zwei Fuß entfernt war, und bemerkte erst jetzt ihr verblüfftes Gesicht.

»Entschuldigen Sie, bitte«, sagte er und zog sich wieder zurück.

»Schon gut«, stieß sie hervor. »Möchten Sie nicht dorthin gehen? Da sind Blumenbeete, die Ihnen vielleicht gefallen.«

Die Richtung, in die sie wies, war die der Sonne entgegengesetzte Richtung. Baley folgte ihr stumm.

Gladia meinte: »Etwas später im Jahr wird es hier herrlich

sein. Wenn das Wetter warm ist, kann ich zum See hinunterlaufen und schwimmen oder einfach über die Felder laufen – laufen, so schnell ich kann, bis ich mich einfach fallenlasse und liegenbleibe.«

Sie blickte an sich hinab. »Aber das ist nicht die richtige Kleidung dafür. Wenn ich so viel anhabe, *muß* ich schreiten. Ich meine langsam und gelassen gehen, wissen Sie?«

»Wie würden Sie sich denn lieber kleiden?« fragte Baley.

»Mit Shorts und BH *höchstens*«, rief sie und hob die Arme, als spürte sie in Gedanken die Befreiung, die von so leichter Kleidung ausging. »Manchmal noch weniger. Manchmal nur Sandalen, um die Luft spüren zu können, mit jedem Zoll – oh, tut mir leid. Jetzt habe ich Sie beleidigt.«

»Nein. Es ist schon gut«, sagte Baley. »Waren Sie auch so bekleidet, wenn Sie mit Dr. Leebig spazierengingen?«

»Unterschiedlich. Das hing vom Wetter ab. Manchmal trug ich sehr wenig; aber es war ja Sichten, wissen Sie? Das verstehen Sie doch, hoffe ich.«

»Ich verstehe. Und Dr. Leebig? War er auch nur leicht bekleidet?«

»Jothan und leicht bekleidet!« Gladias Lächeln blitzte auf. »O nein! Der ist immer sehr würdig.« Sie verzog das Gesicht zu einem würdevollen Blick und blinzelte ihm dabei zu, wobei ihr verblüffend gut gelang, Leebigs Wesen darzustellen, so daß Baley zustimmend brummte.

»So redet er immer«, sagte sie. »›Meine liebe Gladia! Angesichts der Effekte eines Potentials erster Ordnung im Positronenfluß ...‹«

»Ist es das, worüber er mit Ihnen geredet hat? Robotik?«

»Meistens. Oh, er nimmt das immer so ernst, wissen Sie. Er hat die ganze Zeit versucht, es mir beizubringen. Er hat nie aufgegeben.«

»Haben Sie etwas gelernt?«

»Nein. Gar nichts. Für mich ist das alles ein einziges Durcheinander. Manchmal ist er ärgerlich über mich geworden. Aber wenn er mich dann gescholten hat, bin ich ins Wasser gesprungen, wenn wir nahe beim See waren, und habe ihn angespritzt.«

»Ihn *angespritzt?* Ich dachte, Sie hätten einander gesichtet.«

Sie lachte. »Sie sind *solch* ein Erdenmensch! Ich habe ihn natürlich dort angespritzt, wo er stand – in seinem Zimmer oder auf seinem eigenen Anwesen. Das Wasser hat ihn natürlich nicht berührt, aber er hat sich dennoch weggeduckt. Sehen Sie sich das an.«

Baley sah in die Richtung, die sie ihm wies. Sie hatten ein kleines Wäldchen – eigentlich nur einen kleinen Baumbestand – umrundet und erreichten jetzt eine Lichtung, in deren Mitte ein Zierteich angelegt war. Die Lichtung war von kleinen Ziegelmauern durchbrochen, und überall standen Blumen, die sichtlich von einer ordnenden Hand gepflanzt waren. Baley wußte, daß es Blumen waren; er hatte so etwas schon in Buchfilmen gesehen.

Irgendwie sahen die Blumen wie die Lichtmuster aus, die Gladia erzeugte, und Baley stellte sich vor, daß sie sie vielleicht im Geist von Blumen entwickelt hatte. Er berührte vorsichtig eine und sah sich dann um. Rot und Gelb herrschten vor.

Während er sich umsah, erhaschte er einen Blick auf die Sonne.

»Die Sonne steht tief am Himmel«, meinte er unruhig.

»Ja, natürlich. Es ist später Nachmittag!« rief Gladia. Sie war ein Stück weitergelaufen, zum Teich, und saß auf einer steinernen Bank am Teichrand. »Kommen Sie her!« rief sie und winkte ihm zu. »Sie können stehenbleiben, wenn Sie sich nicht auf den Stein setzen wollen.«

Baley ging langsam auf sie zu. »Sinkt sie jeden Tag so tief?« fragte er und bedauerte im gleichen Moment, daß er die Frage gestellt hatte. Wenn der Planet rotierte, mußte die Sonne am Morgen und am Nachmittag tief am Himmel stehen. Nur mittags konnte sie hoch stehen.

Aber diese logische Erkenntnis konnte ein ganzes Leben gegenteiliger Erfahrung nicht verändern. Er wußte, daß es so etwas wie Nacht gab, und hatte es sogar schon erlebt – die Zeitperiode, wo die ganze Dicke eines Planeten sich sicher zwischen einen Menschen und die Sonne geschoben hatte. Er wußte, daß es Wolken gab und ein schützendes Grau, das das Schlimmste des Draußen verbarg. Und doch, wenn er an Planetenoberflächen dachte, drängte sich ihm stets ein Bild flammenden Lichts mit einer Sonne hoch am Himmel auf.

Er sah sich um, ganz schnell, so, daß er gerade ein flüchtiges Bild der Sonne erhaschen konnte, und fragte sich, für den Fall, daß er sich plötzlich entschließen sollte, zum Haus zurückzukehren, wie weit dieses wohl entfernt war.

Gladia deutete auf das andere Ende der Steinbank.

»Das ist aber hübsch nah bei Ihnen, nicht wahr?« sagte Baley.

Sie spreizte ihre kleinen Hände mit nach oben gerichteten Handflächen. »Langsam gewöhne ich mich daran. Wirklich!«

Er setzte sich und sah sie an, um den Blick auf die Sonne zu vermeiden.

Sie lehnte sich nach hinten zum Wasser und zog eine kleine, schalenförmige Blume zu sich heran, die außen gelb und innen weißgefleckt war und keineswegs besonders eindrucksvoll. »Das ist eine Pflanze, die hier zu Hause ist«, sagte sie. »Die meisten Blumen stammen ursprünglich von der Erde.«

Wasser tropfte von dem abgebrochenen Stiel der Blume, als sie sie Baley entgegenstreckte.

Baley griff vorsichtig danach. »Sie haben sie getötet«, sagte er.

»Es ist doch nur eine Blume. Davon gibt es noch Tausende.« Plötzlich, ehe seine Finger den gelben Blütenkelch berühren konnten, riß sie sie weg, und ihre Augen funkelten. »Oder wollen Sie andeuten, daß ich ein menschliches Wesen töten könnte, weil ich eine Blume abgerissen habe?«

»Ich wollte gar nichts andeuten«, sagte Baley besänftigend. »Darf ich sie sehen?«

Eigentlich wollte Baley die Blume nicht berühren. Sie war im nassen Boden gewachsen und hatte immer noch die Ausdünstung von Schlamm an sich. Wie konnten diese Leute, die im Kontakt mit Erdenmenschen und selbst untereinander so penibel waren, in ihren Kontakten mit ganz gewöhnlichem Schmutz so unvorsichtig sein?

Er hielt den Blumenstengel vorsichtig zwischen Daumen und Zeigefinger und sah ihn an. Der Blütenkelch bestand aus einigen dünnen Stücken eines papierdünnen Gewebes und wölbte sich aus der Mitte nach oben. Innen war eine weiße, konvexe Schwellung, feucht und von dunklen Härchen umgeben, die leicht im Wind zitterten.

»Riechen Sie es?« fragte sie.

Und im gleichen Augenblick wurde sich Baley des Geruchs bewußt, der von der Pflanze ausging. »Das riecht wie das Parfüm einer Frau«, sagte er.

Gladia klatschte vergnügt in die Hände. »Typisch Erdenmensch! In Wirklichkeit meinen Sie doch, daß das Parfüm einer Frau wie *das* hier riecht.«

Baley nickte etwas betrübt. Ihm reichte es jetzt. Er hatte genug vom Draußensein. Die Schatten wurden länger, und das Land verdüsterte sich. Und doch war er fest entschlossen, nicht nachzugeben. Er wollte, daß jene grauen Wände aus Licht, die sein Porträt verdunkelten, entfernt wurden. Das war zwar unsinnig, aber er empfand jedenfalls den Wunsch.

Gladia nahm ihm die Blume weg. Er leistete keinen Widerstand. Langsam zog sie die Blütenblätter auseinander. »Ich kann mir vorstellen, daß jede Frau anders riecht«, sagte sie.

»Das kommt auf das Parfüm an«, sagte Baley gleichgültig.

»Ich stelle mir gerade vor, wie es sein muß, wenn man sich so nahe ist, daß man das feststellen kann. Wir verwenden gewöhnlich kein Parfüm, weil niemand nahe genug ist. Nur jetzt. Aber ich kann mir vorstellen, daß Sie oft Parfüms riechen, die ganze Zeit. Auf der Erde ist Ihre Frau doch immer bei Ihnen, oder?« Sie konzentrierte sich jetzt ganz auf die Blume und runzelte die Stirn, während sie sie langsam zerpflückte.

»Sie ist nicht immer bei mir«, sagte Baley. »Nicht jeden Augenblick.«

»Aber die meiste Zeit. Und immer, wenn Sie wollen, daß ...«

Baley unterbrach sie: »Warum glauben Sie wohl, daß Dr. Leebig sich solche Mühe gegeben hat, Ihnen Robotik beizubringen?«

Die zerpflückte Blume bestand jetzt aus dem Stengel und der inneren Schwellung. Gladia drehte sie zwischen den Fingern und warf sie dann achtlos ins Wasser, wo sie dahintrieb. »Ich denke, er hatte den Wunsch, mich als seine Assistentin zu haben«, sagte sie.

»Hat er Ihnen das gesagt, Gladia?«

»Gegen Ende zu, Elijah. Ich glaube, er wurde allmählich ungeduldig. Jedenfalls hat er mich gefragt, ob ich nicht meinte, daß es interessant sein könnte, in der Robotik zu arbeiten. Ich habe ihm natürlich gesagt, daß ich mir nichts Langweiligeres vorstellen könnte. Da ist er recht wütend geworden.«

»Und nachher hat er nie wieder einen Spaziergang mit Ihnen gemacht.«

»Wissen Sie, das kann es vielleicht gewesen sein«, sagte sie. »Ich nehme an, das hat seine Gefühle verletzt. Aber was hätte ich denn tun können?«

»Aber von Ihren Streitigkeiten mit Dr. Delmarre haben Sie ihm schon vorher erzählt.«

Ihre Hände ballten sich zu Fäusten; sie wurde ganz starr und neigte den Kopf etwas zur Seite. Ihre Stimme klang plötzlich unnatürlich hoch. »Was für Streitigkeiten?«

»Ihre Streitigkeiten mit Ihrem Gatten. Wie ich gehört habe, haßten Sie ihn.«

Ihr Gesicht war jetzt ganz verzerrt und fleckig, und sie funkelte ihn richtig an. »Wer hat Ihnen das gesagt? Jothan?«

»Dr. Leebig hat es erwähnt. Ich glaube, daß es stimmt.«

Sie war sichtlich erschüttert. »Sie versuchen immer noch zu beweisen, daß ich ihn getötet habe. Und ich denke die ganze Zeit, daß Sie mein Freund seien, und dabei sind Sie nur – nur ein Detektiv!«

Sie hob die Fäuste, und Baley wartete.

Dann sagte er: »Sie wissen, daß Sie mich nicht berühren können.«

Ihre Hände sanken herab, und sie fing lautlos zu weinen an und wandte den Kopf ab.

Baley beugte seinerseits den Kopf und schloß die Augen, um damit die beunruhigend langen Schatten nicht sehen zu müssen. »Dr. Delmarre war kein besonders liebevoller Mann, oder?« fragte er.

Als sie antwortete, klang ihre Stimme halb erstickt. »Er war sehr beschäftigt.«

»Sie andrerseits *sind* liebevoll. Sie finden Männer interessant, verstehen Sie?«

»Ich ... ich kann doch nichts dafür. Ich weiß, daß es widerwärtig ist, aber ich kann nicht anders. Es ist sogar widerwärtig, da-darüber zu reden.«

»Aber mit Dr. Leebig haben Sie darüber geredet?«

»Ich *mußte* doch etwas tun, und Jothan war eben da, und ihm schien es nichts auszumachen. Und ich habe mich dann besser gefühlt.«

»War das der Grund, weshalb Sie mit Ihrem Mann gestritten haben? War es so, daß er kalt und lieblos war und daß Sie das gestört hat?«

»Manchmal habe ich ihn gehaßt.« Sie zuckte hilflos die Achseln. »Er war einfach bloß ein guter Solarianer, und uns waren keine K ... keine K ...« – sie konnte nicht weiterreden.

Baley wartete. Ihm war eiskalt, und die Luft und die Leere, die ihn umgaben, lastete schwer auf ihm. Als Gladias Schluchzen leiser wurde, fragte er so sanft wie es ihm nur möglich war: »Haben Sie ihn getötet, Gladia?«

»N-nein.« Und dann plötzlich, als wäre jeglicher Widerstand in ihr zusammengebrochen: »Ich habe Ihnen nicht alles gesagt.«

»Nun, dann tun Sie es doch bitte jetzt!«

»Wir hatten gestritten, als er starb, meine ich. Der alte Streit. Ich habe ihn angeschrien. Aber er schrie nie zurück. Er hat kaum je etwas gesagt, und das machte es nur noch schlimmer. Ich war so zornig, so zornig. Und an das, was nachher kam, erinnere ich mich nicht.«

»Jehoshaphat!« Baley schwankte leicht, und sein Blick suchte den neutralen Stein der Bank. »Was meinen Sie damit: Sie erinnern sich nicht an das danach?«

»Ich meine, er war tot, und ich schrie, und die Roboter kamen ...«

»Haben Sie ihn getötet?«

»Ich erinnere mich nicht, Elijah. Und wenn ich es getan hätte, würde ich mich doch erinnern, oder? Nur, ich erinnere mich auch sonst an nichts. Und ich hatte solche Angst, immer solche Angst. Helfen Sie mir doch, bitte, Elijah!«

»Keine Angst, Gladia. Ich werde Ihnen helfen.« Baley hatte das Gefühl, als drehe sich alles um ihn. Trotzdem konzentrierte er sich ganz auf die Mordwaffe. Was war aus ihr geworden? Man mußte sie entfernt haben. Und wenn dem so war, dann konnte nur der Mörder das getan haben. Da man Gladia unmittelbar nach dem Mord am Tatort gefunden hatte, konnte sie die Tat nicht begangen haben. Der Mörder mußte jemand anders sein. Ganz gleich, was alle anderen auf Solaria davon hielten; es mußte jemand anders sein.

Und dann drängte sich ihm wieder der qualvolle Gedanke auf: Ich muß zum Haus zurück.

Er sagte: »Gladia ...«

Er ertappte sich dabei, daß er in die Sonne starrte. Sie stand beinahe am Horizont. Seine Augen klammerten sich in einer Art morbider Faszination an ihr fest. Er hatte sie noch nie so gesehen: fett, rot und irgendwie matt, so daß man sie ansehen konnte, ohne blind zu werden; so daß man die blutenden Wolken darüber in dünnen Streifen sehen konnte, wobei eine jetzt wie ein schwarzer Streifen sich quer über sie hinwegzog.

»Die Sonne ist so rot«, murmelte Baley.

Und wie aus weiter Ferne hörte er Gladias Stimme sagen: »Beim Sonnenuntergang ist sie immer rot – rot und düster.«

Baley hatte eine Vision. Die Sonne bewegte sich auf den Horizont zu, weil die Oberfläche des Planeten sich von ihr entfernte, mit tausend Meilen in der Stunde, unter dieser nackten Sonne kreisend und da war nichts, was die Mikroben schützte, die da Menschen hießen und die über diese kreisende Oberfläche dahinkrabbelten, die wie wahnsinnig kreiste, immer kreiste, kreiste – kreiste ...

Dabei kreiste in Wirklichkeit sein Kopf, und die steinerne Bank unter ihm sank weg, und der Himmel türmte sich über ihm auf, dunkelblau. Und dann war die Sonne verschwunden, und die Baumwipfel und der Boden stürzten ihm entgegen.

Gladia stieß einen schrillen Schrei aus. Und da war noch ein Geräusch ...

16

EINE LÖSUNG BIETET SICH AN

Zuerst wurde Baley bewußt, daß er sich wieder in einem geschlossenen Raum befand. Dann nahm er wahr, daß sich ein Gesicht über ihn beugte.

Einen Augenblick lang starrte er es an, ohne es zu erkennen. Dann: »*Daneel!*«

Das Gesicht des Roboters ließ keine Anzeichen von Erleichterung oder sonstiger Gefühle erkennen; er sagte nur: »Es ist gut, daß Sie das Bewußtsein wiedererlangt haben, Partner Elijah. Ich glaube nicht, daß Sie physischen Schaden erlitten haben.«

»Ich bin schon in Ordnung«, sagte Baley und stützte sich

auf seine Ellbogen. »Jehoshaphat! Liege ich im Bett? Wozu denn?«

»Sie waren heute mehrmals der freien Luft ausgesetzt. Das hat zu kumulativen Auswirkungen geführt, und Sie brauchen Ruhe.«

»Zuerst brauche ich ein paar Antworten.« Baley sah sich um und versuchte zu verdrängen, daß sein Kopf ein wenig kreiste. Er erkannte den Raum nicht, in dem er sich befand. Die Vorhänge waren zugezogen. Die Beleuchtung war behaglich künstlich. Er fühlte sich schon viel besser. »Zum Beispiel, wo bin ich?«

»In einem Zimmer von Mrs. Delmarres Villa.«

»Gut. Und dann wollen wir noch etwas klären. Was machen *Sie* hier? Wie sind Sie den Robotern entkommen, die Sie bewachen sollten?«

»Ich dachte mir, daß Sie mit dieser Entwicklung unzufrieden sein würden, war aber dennoch im Interesse Ihrer Sicherheit und meiner Anordnungen der Meinung, daß ich keine Wahl hätte, als ...«

»Was haben Sie *getan?* Jehoshaphat!«

»Anscheinend hat Mrs. Delmarre vor einigen Stunden versucht, Sie zu sichten.«

»Ja.« Baley erinnerte sich daran, daß Gladia das vor einiger Zeit erwähnt hatte. »Das ist mir bekannt.«

»Der Befehl, den Sie den Robotern, die mich gefangen hielten, erteilt hatte, lautete in Ihren Worten: ›Laßt nicht zu, daß er‹ (womit ich gemeint bin) ›Kontakt zu anderen Menschen oder anderen Robotern herstellt; weder durch Sehen noch durch Sichten.‹ Aber, Partner Elijah, Sie haben nichts gesagt, womit Sie anderen Menschen oder Robotern verboten hätten, Kontakt zu mir aufzunehmen. Sie erkennen den Unterschied doch?«

Baley stöhnte.

»Kein Anlaß zur Sorge, Partner Elijah«, sagte Daneel. »Die Lücke in Ihrem Befehl war wesentlich dafür, Ihr Leben zu retten, da diese Lücke mich auf den Plan gerufen hat. Sehen Sie, als Mrs. Delmarre mich sichtete, was ihr meine

Robot-Wächter selbstverständlich erlaubten, erkundigte sie sich nach Ihnen, und ich antwortete durchaus der Wahrheit gemäß, daß ich nicht wüßte, wo Sie wären, aber versuchen könnte, es herauszufinden. Und es schien ihr sehr wichtig, daß ich das tue. Ich sagte ihr, ich hielte es für möglich, daß Sie das Haus kurzzeitig verlassen hätten, und daß ich nachsehen würde, und bat sie, unterdessen den mit mir im Raum befindlichen Robotern den Auftrag zu erteilen, die Villa nach Ihnen zu durchsuchen.«

»Hat es sie denn nicht überrascht, daß Sie den Robotern nicht selbst die Anweisung erteilt haben?«

»Ich nehme an, ich habe bei ihr den Eindruck erweckt, daß ich als Auroraner nicht so gut wie sie gewöhnt bin, mit Robotern umzugehen; daß sie demzufolge den Befehl mit großer Autorität erteilen und eine schnellere Ausführung würde bewirken können. Es ist ganz offenkundig, daß Solarianer bezüglich ihres Geschicks im Umgang mit Robotern recht eitel sind und verächtlich auf die Fähigkeit der Bewohner anderer Planeten heruntersehen, wenn es um Befehle an Roboter geht. Ist das nicht auch Ihre Meinung, Partner Elijah?«

»Und sie hat ihnen dann den Befehl erteilt, wegzugehen?«

»Mit einiger Schwierigkeit. Sie erklärten, andere Befehle zu haben, konnten aber natürlich nicht sagen, welcher Art diese Befehle waren, da Sie ihnen ausdrücklich verboten hatten, meine wahre Identität sonst jemandem preiszugeben. Damit konnte sie die ursprünglichen Befehle widerrufen, wenn sie auch recht wütend und lautstark werden mußte.«

»Und dann gingen Sie.«

»So ist es, Partner Elijah.«

Schade, dachte Baley, daß Gladia jene Episode nicht für wichtig genug gehalten hatte, sie an ihn weiterzugeben, als er sie sichtete. »Sie haben ziemlich lange gebraucht, mich zu finden, Daneel.«

»Die Roboter auf Solaria besitzen ein Informationsnetz,

das auf Subätherkontakt beruht. Ein geschickter Solarianer könnte sich schnell Informationen beschaffen, obwohl sie durch Millionen einzelner Maschinen vermittelt werden. Jemand wie ich hingegen, der in solchen Dingen nicht erfahren ist, braucht ziemlich viel Zeit, um Einzelheiten herauszufinden. So dauerte es mehr als eine Stunde, bis mich die Information bezüglich Ihres Aufenthaltsortes erreichte. Weitere Zeit habe ich dadurch verloren, daß ich Dr. Delmarres Arbeitsplatz aufsuchte, nachdem Sie ihn schon verlassen hatten.«

»Was haben Sie dort getan?«

»Meine eigenen Ermittlungen angestellt. Ich bedaure, daß dies in Ihrer Abwesenheit geschehen mußte. Aber die Erfordernisse der Ermittlung ließen mir keine andere Wahl.«

»Haben Sie Klorissa Cantoro gesichtet oder sie gesehen?« fragte Baley.

»Ich habe sie gesichtet, aber aus einem anderen Teil des Gebäudes, nicht von unserem eigenen Anwesen aus. Es gab auf der Farm Akten, die ich sehen mußte. Normalerweise hätte es ausgereicht, sie zu sichten, aber es hätte möglicherweise unzweckmäßig sein können, auf unserem eigenen Anwesen zu bleiben, da drei Roboter wußten, wer ich wirklich bin, und es leicht hätte sein können, daß sie mich wieder in Gewahrsam genommen hätten.«

Baley fühlte sich beinahe wohl. Er schwang die Beine aus dem Bett und stellte fest, daß er eine Art Nachthemd trug. Er starrte es angewidert an. »Besorgen Sie mir meine Kleider!«

Das tat Daneel.

Während Baley sich ankleidete, sagte er: »Wo ist Mrs. Delmarre?«

»Sie befindet sich unter Hausarrest, Partner Elijah.«

»Was? Auf wessen Anordnung?«

»Auf meine. Sie darf ihr Schlafzimmer nicht verlassen und wird von Robotern bewacht. Ihr Recht, irgendwelche Befehle zu erteilen, mit Ausnahme solcher, die ihre persönlichen Bedürfnisse betreffen, ist aufgehoben.«

»Durch Sie?«

»Die Roboter auf diesem Anwesen kennen meine Identität nicht.«

Baley war inzwischen mit Ankleiden fertig. »Ich kenne die Anklage, die gegen Gladia erhoben wurde«, sagte er. »Sie hatte Gelegenheit zur Tat; sogar in höherem Maße, als wir zunächst annahmen. Sie ist nicht an den Tatort gerannt, als sie den Schrei ihres Mannes hörte, wie sie ursprünglich behauptet hat. Sie hat sich die ganze Zeit dort befunden.«

»Behauptet sie dann, Zeugin des Mordes gewesen zu sein und den Mörder gesehen zu haben?«

»Nein. Sie kann sich an nichts erinnern. Das passiert manchmal. Außerdem hat sich auch herausgestellt, daß sie ein Motiv besitzt.«

»Und was ist das für ein Motiv, Partner Elijah?«

»Eines, das ich von Anfang an für möglich gehalten hatte. Ich hatte mir gesagt, wenn dies die Erde wäre und Dr. Delmarre so wäre, wie man ihn beschrieben hat, und Gladia Delmarre so, wie sie mir erschien, dann würde ich sagen, daß sie ihn liebt oder geliebt hat, während er nur sich selbst liebte. Die Schwierigkeit bestand darin, festzustellen, ob Solarianer Liebe empfinden oder in irgendeinem irdischen Sinn auf Liebe reagieren. Ich konnte mich auf mein Urteil bezüglich ihrer Gefühle und Reaktionen nicht verlassen. Das war der Grund, weshalb ich einige sehen mußte. *Nicht* sie sichten, sondern sie *sehen*.«

»Ich kann Ihnen nicht folgen, Partner Elijah.«

»Ich weiß nicht, ob ich Ihnen das erklären kann. Die Gen-Möglichkeiten dieser Leute werden sorgfältig vor der Geburt geplant, und die tatsächliche Gen-Verteilung wird nach der Geburt überprüft.«

»Das ist mir bekannt.«

»Aber Gene sind nicht alles. Die Umgebung zählt ebenfalls, und daraus kann eine echte Psychose werden, wohingegen Gene nur das Potential für eine bestimmte Psychose aufzeigen. Ist Ihnen das Interesse Gladias für die Erde aufgefallen?«

»Ich habe sogar darauf hingewiesen, Partner Elijah, und angenommen, es handle sich um ein gespieltes Interesse, womit sie Ihre Meinung beeinflussen wollte.«

»Nehmen Sie einmal an, es sei ein echtes Interesse, ja sogar eine gewisse Faszination. Nehmen Sie einmal an, an den Menschenmengen der Erde wäre etwas, das sie erregte. Nehmen Sie einmal an, etwas, das, wie man ihr beigebracht hat, schmutzig und widerwärtig ist, würde sie gegen ihren Willen anziehen. Eine solche Anormalität ist möglich. Das mußte ich überprüfen, indem ich Solarianer aufsuchte und mir ein eigenes Urteil darüber bildete, wie sie darauf reagierten, und indem ich Gladia aufsuchte und mir ein Urteil bildete, wie *sie* darauf reagierte. Deshalb mußte ich mich um jeden Preis von Ihnen lösen, Daneel. Deshalb hatte es keinen Sinn, die Ermittlungen durch Sichten fortzusetzen.«

»Das haben Sie mir nicht erklärt, Partner Elijah.«

»Hätte die Erklärung gegenüber dem, was Sie unter dem Ersten Gesetz für Ihre Pflicht hielten, Gewicht gehabt?«

Daneel schwieg.

»Das Experiment war erfolgreich«, sagte Baley. »Ich sah einige Leute, oder versuchte sie zu sehen. Ein alter Soziologe versuchte mich zu sehen und mußte aufgeben. Ein Robotiker weigerte sich, mich zu sehen, obwohl ich ihn unter schrecklichen Druck setzte. Allein schon die Möglichkeit führte bei ihm zu einem fast infantilen Verhalten. Er steckte den Daumen in den Mund und weinte. Dr. Delmarres Assistentin war von Berufs wegen gewöhnt, andere Menschen in ihrer Umgebung zu dulden, und hat mich daher empfangen, bestand aber auf einem Abstand von zwanzig Fuß. Gladia jedoch ...«

»Ja, Partner Elijah?«

»Gladia war nach nur kurzem Zögern bereit, mich zu sehen. Sie tolerierte meine Anwesenheit ohne Mühe und ließ sogar erkennen, daß die Belastung im Laufe der Zeit geringer wurde. Das alles paßt in das Schema einer Psychose. Es machte ihr nichts aus, mich zu sehen; sie interessierte sich für die Erde; möglicherweise empfand sie sogar ein für Solarianer abnormales Interesse für ihren Mann. Das alles konnte man durch ein starkes und für diese Welt psychotisches Interesse an der persönlichen Anwesenheit von Angehörigen des anderen Geschlechts erklären. Dr. Delmarre selbst war nicht der Typ, der solche Gefühle ermutigte oder unterstützte. Für sie muß das sehr frustrierend gewesen sein.«

Daneel nickte. »Frustrierend genug, um sie in einem Augenblick der Erregung zur Mörderin zu machen.«

»Das glaube ich trotz allem nicht, Daneel.«

»Lassen Sie sich da vielleicht durch nicht zur Sache gehörende eigene Motive beeinflussen, Partner Elijah? Mrs. Delmarre ist eine attraktive Frau, und Sie sind ein Erdenmensch, bei denen ja die Zuneigung zu attraktiven Frauen keineswegs als psychotisch gilt.«

»Ich habe bessere Gründe«, sagte Baley etwas unsicher. (Daneels kühler Blick war zu durchdringend und sezierend. Jehoshaphat! Das Ding war schließlich nur eine Maschine!) »Wenn sie die Mörderin ihres Mannes wäre, müßte sie auch diejenige sein, die den Mordanschlag auf Gruer verübt hat«, sagte er. Es drängte ihn, Daneel zu erklären, wie man durch Manipulation von Robotern einen Mord begehen konnte, aber er hielt sich zurück. Er war sich nicht sicher, wie Daneel auf eine Theorie reagieren würde, die Roboter gegen ihren Willen zu Mördern machen konnte.

»Und den Mordversuch auf Sie könnte man ebenfalls ihr zuschreiben.«

Baley runzelte die Stirn. Er hatte nicht die Absicht gehabt, Daneel etwas von dem vergifteten Pfeil zu sagen, der ihn nur so knapp verfehlt hatte; hatte nicht die Absicht, den ohnehin schon zu stark ausgeprägten Schutzkomplex ihm gegenüber noch zu verstärken.

So sagte er ärgerlich: »Was hat Klorissa Ihnen gesagt? Er hätte von ihr Stillschweigen verlangen müssen. Aber wie hätte er auch wissen sollen, daß Daneel ihr Fragen stellen würde?«

»Mrs. Cantoro hatte mit der Sache nichts zu tun«, erklärte Daneel ruhig. »Ich war selbst Zeuge des Mordversuchs.«

Baley war jetzt völlig durcheinander. »Sie waren doch gar nicht in der Nähe.«

»Ich habe Sie selbst aufgefangen und Sie vor einer Stunde hierhergebracht«, erklärte Daneel.

»Wovon sprechen Sie?«

»Erinnern Sie sich nicht, Partner Elijah? Es war fast ein perfekter Mord. Hatte nicht Mrs. Delmarre vorgeschlagen, daß Sie nach draußen gehen? Ich war da nicht selbst zugegen, bin aber sicher, daß sie das getan hat.«

»Sie hat es vorgeschlagen. Ja.«

»Sie hat Sie möglicherweise sogar dazu verleitet, das Haus zu verlassen.«

Baley dachte an sein ›Porträt‹, an die grauen Wände, die es umschlossen. War das Ganze geschickte Psychologie gewesen? War es möglich, daß eine Bewohnerin Solarias die Psychologie eines Erdenmenschen intuitiv so gut begriff?

»Nein«, sagte er.

»Hat sie den Vorschlag gemacht, zu dem Zierteich zu gehen und sich auf die Bank zu setzen?« fragte Daneel.

»Nun – ja.«

»Kommt es Ihnen in den Sinn, daß sie Sie vielleicht beobachtet hat, daß sie bemerkt hat, wie Ihre Benommenheit wuchs?«

»Sie hat mich ein- oder zweimal gefragt, ob ich ins Haus zurückkehren wolle.«

»Möglicherweise hat sie es nicht ernst gemeint. Möglicherweise hat sie zugesehen, wie Ihnen auf dieser Bank immer übler wurde. Vielleicht hat sie Sie sogar gestoßen, oder vielleicht war das gar nicht nötig. Jedenfalls waren Sie in dem Augenblick, indem ich Sie erreichte und Sie in meinen Armen auffing, im Begriff, nach hinten von der Bank zu fallen, in drei Fuß tiefes Wasser, in dem Sie ganz sicher ertrunken wären.«

Zum ersten Mal erinnerte Baley sich an jene letzten flüchtigen Empfindungen. »Jehoshaphat!«

»Außerdem«, fuhr Daneel ruhig und gnadenlos fort, »saß Mrs. Delmarre neben Ihnen und sah zu, wie Sie stürzten, ohne Anstalten zu machen, Sie aufzuhalten. Sie hätte auch nicht versucht, Sie aus dem Wasser zu ziehen. Sie hätte Sie ertrinken lassen. Möglicherweise hätte sie einen Roboter gerufen, aber der wäre ganz sicher zu spät erschienen. Und nachher hätte sie lediglich erklärt, daß es ihr natürlich unmöglich war, Sie zu berühren, auch wenn es darum ging, Ihr Leben zu retten.«

Wie wahr, dachte Baley. Keiner hätte ihre Unfähigkeit, ein menschliches Wesen zu berühren, in Zweifel gezogen. Allenfalls könnte man überrascht sein, daß sie imstande war, sich in so großer Nähe eines anderen Menschen aufzuhalten, wie es der Fall gewesen war.

»Sie sehen also«, meinte Daneel, »an ihrer Schuld kann kaum Zweifel herrschen. Sie erwähnten, daß sie auch den Mordversuch an Agent Gruer verübt haben müsse, als wäre dies ein Argument gegen ihre Schuld. Sie erkennen jetzt, daß sie den Mordversuch begangen haben muß. Ihr einziges Motiv, Sie zu ermorden, war dasselbe wie ihr Motiv für den Mordversuch an Gruer; die Notwendigkeit nämlich, jemanden loszuwerden, der die Ermittlungen des ersten Mordes mit unangenehmer Hartnäckigkeit betrieb.«

Baley widersprach: »Die ganze Entwicklung kann völlig harmlos gewesen sein. Vielleicht wußte sie gar nicht, welche Wirkung das Draußensein auf mich haben würde.«

»Sie hat die Erde studiert. Sie kannte die Eigenheiten von Erdenmenschen.«

»Ich hatte ihr versichert, daß ich heute schon draußen gewesen war und anfing, mich daran zu gewöhnen.«

»Vielleicht wußte sie es besser.«

Baley schlug sich mit der Faust in die offene Handfläche. »Sie machen sie da viel zu schlau. Das alles paßt nicht zusammen, und ich glaube es nicht. Jedenfalls kann man ihr keine Mordanklage anhängen, solange die fehlende Mordwaffe nicht aufgefunden oder erklärt ist.«

Daneel sah den Erdenmenschen gerade an. »Das kann ich auch, Partner Elijah.«

Baley sah seinen Robot-Partner mit verblüffter Miene an. »Wie?«

»Sie, Partner Elijah, haben, wie Sie sich erinnern werden, folgendermaßen argumentiert. Falls Mrs. Delmarre die Mörderin sein sollte, muß die Mordwaffe, was auch immer das war, am Schauplatz des Mordes geblieben sein. Die Roboter, die fast unverzüglich erschienen, haben keine Spuren einer solchen Waffe entdeckt. Deshalb muß man sie vom Tatort entfernt haben, deshalb muß der Mörder sie entfernt haben, und deshalb konnte Mrs. Delmarre nicht der Mörder sein. Ist das alles richtig?«

»Richtig.«

»Und doch«, fuhr der Roboter fort, »gibt es einen Ort, an dem die Roboter nicht nach der Waffe gesucht haben.«

»Wo?«

»Unter Mrs. Delmarre. Sie war ohnmächtig geworden, der Aufregung nicht gewachsen, ob nun Mörderin oder nicht. Und die Waffe, was auch immer das war, lag unter ihr und war daher nicht sichtbar.«

»Dann hätte man doch die Waffe entdeckt, als man sie aufhob«, sagte Baley.

»Genau«, erklärte Daneel. »Aber sie ist nicht von den Robotern bewegt worden. Sie selbst hat uns gestern beim Abendessen gesagt, daß Dr. Thool den Robotern den Befehl erteilt habe, ihr ein Kissen unter den Kopf zu schieben und sie liegenzulassen. Sie wurde erst von Dr. Altim Thool selbst bewegt, als der eintraf, um sie zu untersuchen.«

»Und?«

»Daraus folgt, Partner Elijah, daß sich eine neue Möglichkeit ergibt. Mrs. Delmarre war die Mörderin, die Mordwaffe befand sich am Tatort, aber Dr. Thool hat sie weggetragen und beseitigt, um Mrs. Delmarre zu schützen.«

Baley war enttäuscht und erleichtert zugleich. Er hatte

mit etwas Vernünftigem gerechnet und beinahe erwartet, seine Meinung ändern zu müssen. So sagte er: »Völlig ohne Motiv. Weshalb sollte Dr. Thool so etwas tun?«

»Aus sehr gutem Grund. Sie erinnern sich, was Mrs. Delmarre über ihn gesagt hat: ›Er hat mich behandelt, seit ich ein Kind war, und war immer so freundlich und nett zu mir.‹ Ich fragte mich, ob er vielleicht irgendein Motiv hätte haben können, um so besonders besorgt um sie zu sein. Das war der Grund, weshalb ich die Baby-Farm besucht und die Akten inspiziert habe. Was ich nur als Möglichkeit angenommen hatte, erwies sich als Tatsache.«

»Nämlich?«

»Daß Dr. Altim Thool der Vater Gladia Delmarres ist und – was noch wichtiger ist – von der Verwandtschaft wußte.«

Baley dachte keinen Augenblick daran, dem Roboter nicht zu glauben. Er empfand nur tiefe Verstimmung darüber, daß Roboter Daneel Olivaw und nicht er selbst diese notwendige logische Analyse durchgeführt hatte. Trotzdem war sie nicht vollständig.

»Haben Sie mit Dr. Thool gesprochen?« fragte er.

»Ja. Ich habe ihn ebenfalls unter Hausarrest gestellt.«

»Was sagt er?«

»Er gibt zu, der Vater von Mrs. Delmarre zu sein. Ich habe ihn mit den entsprechenden Aufzeichnungen konfrontiert und auch mit den Aufzeichnungen seiner Anfragen nach ihrer Gesundheit, als sie noch klein war. Als Arzt hatte er in dieser Beziehung mehr Freiheiten, als man vielleicht einem anderen Solarianer eingeräumt hätte.«

»Weshalb hätte er sich denn so besonders nach ihrem Ergehen erkundigen sollen?«

»Das habe ich ebenfalls überdacht, Partner Elijah. Er war ein alter Mann, als er die Sondererlaubnis für ein zusätzliches Kind erhielt, und – was von noch größerer Bedeutung ist – es gelang ihm, eines zu zeugen. Er betrachtete dies als einen Tribut an seine Gene und an seine Fitness. Sein Stolz darüber ist vielleicht etwas größer, als es auf dieser Welt üblich ist. Außerdem machte es seine Position als Arzt – ein Beruf, der auf Solaria nur geringes Ansehen genießt, weil er persönliche Anwesenheit erfordert – für ihn um so wichtiger, dieses Gefühl des Stolzes zu hegen. Aus diesem Grund hielt er einen unauffälligen Kontakt zu seinem Nachwuchs aufrecht.«

»Weiß Gladia davon?«

»Soweit das Dr. Thool bekannt ist, Partner Elijah, weiß sie es nicht.«

»Gibt Thool zu, daß er die Waffe entfernt hat?« fragte Baley.

»Nein. Das gibt er nicht zu.«

»Dann haben Sie gar nichts, Daneel.«

»Gar nichts?«

»Sofern Sie die Waffe nicht finden und beweisen können, daß er sie entfernt hat, oder ihn wenigstens zu einem Geständnis veranlassen können, besitzen Sie keine Beweise. Eine Kette logischer Deduktionen ist zwar hübsch, ist aber kein Beweis.«

»Dr. Thool würde wohl kaum gestehen, wenn man ihn nicht einer Art von Verhör unterzieht, zu dem ich nicht fähig bin. Seine Tochter ist ihm sehr lieb.«

»Ganz und gar nicht«, sagte Baley. »Sein Gefühl für seine Tochter ist keineswegs das, woran Sie und ich gewöhnt sind. Solaria ist anders!«

Er marschierte im Zimmer auf und ab, um sich zu beruhigen. Dann sagte er: »Daneel, Sie haben hier eine perfekte, logische Übung ausgearbeitet, aber trotzdem ist davon nichts vernünftig.« (Logisch, aber nicht vernünftig – war das nicht *die* Definition eines Roboters?)

Er fuhr fort: »Dr. Thool ist ein alter Mann, der seine besten Jahre hinter sich hat, auch wenn er vor etwa dreißig Jahren imstande war, eine Tochter zu zeugen. Selbst Spacer werden senil. Malen Sie sich doch einmal aus, wie er seine ohnmächtige Tochter und seinen durch Gewalt gestorbenen Schwiegersohn untersucht. Können Sie sich ausmalen, wie ungewöhnlich diese Situation für ihn sein muß?

Können Sie sich vorstellen, daß er unter diesen Umständen Herr seiner selbst geblieben wäre? In so hohem Maße Herr seiner selbst, daß er eine ganze Folge erstaunlicher Handlungen hätte durchführen können?

Überlegen Sie doch! Zuerst hätte er eine Waffe unter seiner Tochter bemerken müssen; eine, die unter ihr so verborgen war, daß die Roboter sie nicht bemerkten. Zum zweiten hätte er aus dem Wenigen, was er von der Waffe sah, unverzüglich auf ihre Existenz schließen und sofort erkennen müssen, daß eine Mordanklage gegen seine Tochter nur schwer zu beweisen sein würde, wenn es ihm gelang, die Waffe unbemerkt zu entfernen. Für einen alten, in Panik geratenen Mann ist das doch ein recht subtiles Denken. Zum dritten hätte er den Plan auch durchführen müssen, was für einen Mann seines Alters auch nicht gerade leicht sein dürfte. Und nun würde er zuallerletzt auch noch sein Vergehen dadurch schwerer machen müssen, indem er an seiner Lüge festhielt. Das alles mag sehr wohl das Ergebnis logischen Denkens sein, aber nichts davon ist vernünftig.«

»Haben Sie eine andere Lösung für das Verbrechen, Partner Elijah?« fragte Daneel.

Baley hatte sich während seines letzten Redeschwalls gesetzt und versuchte nun wieder aufzustehen, was ihm aber sowohl infolge seiner Müdigkeit als auch wegen der Tiefe des Sessels mißlang. Er streckte ungeduldig die Hand aus. »Geben Sie mir Ihre Hand, Daneel.«

Daneel starrte seine eigene Hand an. »Wie, bitte, Partner Elijah?«

Baley verfluchte im stillen die wörtliche Denkweise des Roboters und sagte: »Sie sollen mir beim Aufstehen helfen.«

Daneels kräftige Arme hoben ihn mühelos aus dem Sessel.

»Danke!« sagte Baley. »Nein, ich habe keine andere Lösung. Das heißt, ich habe schon eine, aber das Ganze hängt davon ab, wo diese Waffe war oder ist.«

Er schritt ungeduldig zu den schweren Gardinen, die den größten Teil einer Wand bedeckten, und hob den Vorhang etwas an, ohne sich dabei ganz darüber klarzuwerden, was er tat. Er starrte die schwarze Glasscheibe an, bis ihm bewußt wurde, daß er in die Nacht hinausblickte, und ließ den Vorhang in dem Augenblick fallen, als Daneel, der leise hinzugetreten war, ihn ihm aus der Hand nehmen wollte.

In dem kurzen Augenblick, in dem Baley zusah, wie die Hand des Roboters ihm den Vorhang mit der liebevollen Fürsorge einer Mutter entziehen wollte, die ihr Kind vor dem Feuer beschützt, vollzog sich in ihm eine Revolution.

Er riß den Vorhang zurück, riß ihn Daneel weg, hängte sich mit seinem ganzen Gewicht daran und fetzte ihn so heftig vom Fenster herunter, daß die Nähte aufrissen.

»Partner Elijah!« sagte Daneel leise. »Sie wissen doch ganz sicher, was das Draußen an Ihnen bewirkt.«

»Ich weiß, was es *für* mich bewirkt«, sagte Baley.

Er starrte zum Fenster hinaus. Da war nichts zu sehen, nur Schwärze; aber jene Schwärze war das Draußen, war ungebrochener, unbehinderter Raum, auch wenn er jetzt nicht beleuchtet war. Und er sah hinaus und stellte sich ihm.

Und zum ersten Mal stellte er sich ihm ganz frei und offen. Das war jetzt nicht länger Tollkühnheit oder perverse Neugierde oder der Weg, der zur Lösung eines Mordfalles führen sollte. Er stellte sich ihm, weil er wußte, daß er das wollte, und weil er es mußte. Und das war es, was den Unterschied machte.

Wände waren Krücken! Finsternis und Menschenmengen waren Krücken! Als solche mußte er sie unbewußt eingestuft und sie gehaßt haben, obwohl er doch glaubte, sie zu lieben und sie zu brauchen. Warum sonst war es ihm so unangenehm gewesen, daß Gladia sein Porträt mit grauen Wänden umschlossen hatte.

Er spürte, wie ihn ein Gefühl des Sieges erfüllte. Und dann, als wäre der Sieg etwas Ansteckendes, kam ein neuer Gedanke, brach über ihn herein wie ein innerer Schrei.

Baley wandte sich benommen Daneel zu. »Ich weiß es!« flüsterte er. »Jehoshaphat! Ich weiß es!«

»Was wissen Sie, Partner Elijah?«

»Ich weiß, was mit der Waffe geschehen ist. Ich weiß, wer verantwortlich ist. Alles fügt sich zusammen.«

17

EINE BESPRECHUNG FINDET STATT

Daneel wollte nicht zulassen, daß Baley sofort etwas unternahm.

»Morgen!« sagte er respektvoll, aber entschieden. »Das ist mein Vorschlag, Partner Elijah. Es ist schon spät, und Sie brauchen Ruhe.«

Baley mußte zugeben, daß das vernünftig war, und außerdem bedurfte das, was er vorhatte, einiger Vorbereitungen. Er hatte die Lösung des Mordfalles in der Hand, dessen war er sicher; aber sie beruhte ebenso wie Daneels Theorie auf Folgerungen und nicht auf greifbaren Beweisen. Er würde also die Hilfe von Solarianern brauchen.

Und wenn er ihnen gegenübertreten mußte – ein Erdenmensch gegen ein halbes Dutzend Spacer –, dann würde er die Lage voll unter Kontrolle haben müssen; und das erforderte Ruhe und Vorbereitung.

Und doch würde er nicht schlafen. Er war sicher, daß er nicht schlafen würde. All die Weichheit des Spezialbettes, das ihm reibungslos funktionierende Roboter hergerichtet hatten, und all das anregende Parfüm und all die Musik in dem Raum in Gladias Villa würden da nicht helfen, dessen war er sicher.

Daneel saß in einer abgedunkelten Ecke des Raumes.

»Haben Sie immer noch Angst vor Gladia?« fragte Baley.

Und der Roboter antwortete: »Ich glaube nicht, daß es klug wäre, Sie allein und ungeschützt schlafen zu lassen.«

»Nun, wie Sie wollen. Ist Ihnen das, was Sie tun sollen, völlig klar, Daneel?«

»Ja, Partner Elijah.«

»Es gibt auch nichts, das Sie nach dem Ersten Gesetz daran hindert, hoffe ich.«

»Ich habe einige Bedenken bezüglich der Konferenz, die Sie arrangieren wollen. Werden Sie bewaffnet sein und auf Ihre eigene Sicherheit achten?«

»Ich versichere Ihnen, daß ich das tun werde.«

Daneel gab ein Seufzen von sich, das irgendwie so menschlich wirkte, daß Baley einen Augenblick lang die herrschende Dunkelheit bedauerte, weil er gerne das maschinenperfekte Gesicht des Roboters gesehen hätte.

»Ich habe nicht immer feststellen können, daß das menschliche Verhalten logisch ist«, sagte Daneel.

»Wir würden unsere eigenen Drei Gesetze brauchen«, sagte Baley. »Aber ich bin froh, daß wir sie nicht haben.«

Er starrte zur Decke. Von Daneel hing sehr viel ab, und doch konnte er ihm nur wenig von der ganzen Wahrheit sagen; Roboter spielten darin eine zu große Rolle. Der Planet Aurora hatte seine Gründe, als Vertreter seiner Interessen einen Roboter zu schicken; aber das war ein Fehler. Roboter hatten ihre Grenzen.

Trotzdem konnte, wenn es gut lief, alles in zwölf Stunden vorüber sein. In vierundzwanzig Stunden würde er bereits die Rückreise zur Erde angetreten haben, voll Hoffnung. Eine seltsame Art von Hoffnung. Eine Art von Hoffnung, an die er selbst noch kaum glauben konnte, und doch war sie der Ausweg für die Erde; das mußte sie sein.

Die Erde! New York! Jessie und Ben! Die Behaglichkeit, die Vertrautheit von zu Hause!

Er dachte im Halbschlaf darüber nach, und der Gedanke an die Erde brachte ihm keineswegs das Behagen, das er erwartet hatte. Zwischen ihm und den Cities war eine Entfremdung eingetreten.

Und dann verblaßte alles, und er schlief ein.

Als Baley ausgeschlafen hatte, duschte er und kleidete sich an. Körperlich war er bestens vorbereitet; und doch war er unsicher. Nicht daß ihm im fahlen Morgenlicht seine Argumentation weniger überzeugend erschienen wäre; es kam eher von der Notwendigkeit, Solarianern gegenübertreten zu müssen.

Ob er ihre Reaktionen nach allem, was er bisher erlebt hatte, richtig einschätzte? Oder würde er trotz alledem im dunkeln tappen?

Gladia erschien als erste. Für sie war das natürlich einfach. Da sie sich in der Villa selbst befand, handelte es sich nur um eine Hausleitung. Sie war bleich und ausdruckslos und trug einen weißen Morgenrock, der sie wie eine kalte Statue erscheinen ließ.

Sie starrte Baley hilflos an. Baley lächelte ihr zu, und das tat ihr sichtlich gut.

Darauf erschienen sie einer nach dem anderen. Attlebish, der diensttuende Leiter der Sicherheits-Abteilung, kam gleich nach Gladia; hager und hochmütig und das große Kinn mißbilligend vorgeschoben. Dann Leebig, der Robotiker, ungeduldig und zornig; sein Augenlid flatterte immer wieder. Quemot, der Soziologe, etwas müde und Baley aus tiefliegenden Augen herablassend zulächelnd, als wollte er sagen: Wir haben einander gesehen, das ist eine besondere Intimität, die wir teilen.

Klorissa Cantoro schien, als sie auftauchte, in Gegenwart der anderen irgendwie verlegen. Sie warf Gladia einen Blick zu, schniefte hörbar und starrte dann zu Boden. Dr. Thool, der Arzt, erschien als letzter. Er sah abgehärmt aus, beinahe krank.

Alle waren sie da; alle, mit Ausnahme Gruers, der sich noch erholen mußte und für den es physisch unmöglich war, an dem Gespräch teilzunehmen. (Nun, dachte Baley, wir werden auch ohne ihn zurechtkommen.) Alle waren förmlich gekleidet; alle saßen in Räumen, die mit Vorhängen verhängt waren.

Daneel hatte alles gut vorbereitet. Baley hoffte inständig,

daß das, was Daneel noch zu tun hatte, ebensogut funktionieren würde.

Baley blickte von einem Spacer zum anderen. Sein Herz pochte wie wild. Jede Gestalt sichtete ihn aus einem anderen Raum, und der Kontrast zwischen der Beleuchtung, den Möbeln und der Wanddekoration war dazu angetan, einen schwindelig zu machen.

Baley begann: »Ich möchte das Thema der Tötung von Dr. Rikaine Delmarre im Hinblick auf Motiv, Gelegenheit und Tatwaffe diskutieren, und zwar in dieser Reihenfolge ...«

Attlebish unterbrach ihn: »Wird das eine lange Rede?«

Baley sagte scharf: »Vielleicht. Man hat mich hierhergerufen, um in einem Mordfall zu ermitteln, und eine solche Aufgabe ist meine Spezialität und mein Beruf. Ich weiß am besten, wie man das anstellt.« (Du darfst dir jetzt nichts von ihnen gefallen lassen, dachte er – oder das funktioniert nicht. Du mußt dominieren! Dominieren!)

Er fuhr fort, darum bemüht, seine Worte so scharf und schneidend klingen zu lassen, wie das nur gerade ging. »Zunächst das Motiv. In gewisser Hinsicht ist das Motiv von den drei Themen am wenigsten befriedigend. Gelegenheit und Tatwaffe sind objektiv; man kann sie faktisch ermitteln. Ein Motiv ist etwas Subjektives; möglicherweise ist es etwas, das von anderen beobachtet werden kann: beispielsweise Rache für eine erlittene Erniedrigung oder dergleichen. Aber ebensogut kann es sein, daß man es überhaupt nicht beobachten kann; ein irrationaler, mörderischer Haß seitens einer wohldisziplinierten Person, die sich nie etwas davon hat anmerken lassen.

Nun haben Sie mir fast alle zu dem einen oder anderen Zeitpunkt gesagt, daß Ihrer Ansicht nach Gladia Delmarre das Verbrechen begangen hat. Niemand hat jemand anderen verdächtigt. Hat Gladia ein Motiv? Dr. Leebig hat eines vorgeschlagen. Er sagte, Gladia hätte häufig mit ihrem Mann gestritten, und Gladia hat das später mir gegenüber zugegeben. Die Wut, die sich in einem Streit entwickelt, kann jemanden durchaus dazu bringen, einen Mord zu begehen. Nun gut.

Es bleibt nur die Frage, ob sie die einzige ist, die ein Motiv hat. Das frage ich mich. Dr. Leebig selbst ...«

Der Robotiker wäre beinahe aufgesprungen. Seine Hand streckte sich starr in Richtung auf Baley aus. »Passen Sie auf, was Sie sagen, Erdenmensch!«

»Ich stelle nur theoretische Erwägungen an«, sagte Baley kühl. »Sie, Dr. Leebig, haben mit Dr. Delmarre an neuen Roboter-Modellen gearbeitet. Sie sind der beste Mann in Solaria, wenn es um Roboter geht. Sie selbst haben das gesagt, und ich glaube es.«

Leebig lächelte in unverhohlener Herablassung.

Und Baley fuhr fort: »Aber ich habe gehört, daß Dr. Delmarre im Begriff war, die Beziehungen zu Ihnen abzubrechen, wegen etwas an Ihnen, das er mißbilligte.«

»Falsch! Falsch!«

»Vielleicht. Aber was, wenn es wahr wäre? Hätten Sie dann nicht ein Motiv, ihn zu beseitigen, ehe er Sie in aller Öffentlichkeit beschämte, indem er mit Ihnen bricht? Ich habe das Gefühl, daß Sie eine solche Erniedrigung nicht leicht ertragen könnten.«

Baley redete schnell weiter, um Leebig keine Gelegenheit zum Einspruch zu geben. »Und Sie, Mrs. Cantoro? Dr. Delmarres Tod hat dazu geführt, daß Sie jetzt die Leitung der Baby-Farm haben; eine sehr verantwortungsvolle Position.«

»Du lieber Himmel! Darüber haben wir doch ausführlich geredet!« rief Klorissa besorgt.

»Ich weiß, daß wir das getan haben. Aber es ist ein Punkt, der bedacht werden will. Was Dr. Quemot angeht, so hat er regelmäßig mit Dr. Delmarre Schach gespielt. Vielleicht hat er sich darüber geärgert, daß er so viele Partien verloren hat.«

Der Soziologe unterbrach ihn ruhig: »Eine Schachpartie zu verlieren, ist doch ganz sicher kein hinreichendes Motiv für einen Mord, Detektiv.«

»Das hängt davon ab, wie ernst Sie ihr Schachspiel nehmen. Für den Mörder kann ein Motiv die ganze Welt bedeuten, während es für jeden anderen völlig belanglos ist. Aber das ist jetzt nicht wichtig. Worauf ich hinauswill, ist, daß das Motiv alleine nicht reicht. Jeder kann ein Motiv haben, insbesondere für die Ermordung eines Mannes wie Dr. Delmarre.«

»Was meinen Sie mit dieser Bemerkung?« wollte Quemot indigniert wissen.

»Nun, nur daß Dr. Delmarre ein ›guter Solarianer‹ war. Sie alle haben ihn als solchen geschildert. Er erfüllte alle Erfordernisse der solarianischen Sitten und Gebräuche auf das peinlichste. Er war ein idealer Mann, fast eine Abstraktion. Wer könnte Liebe, ja sogar Zuneigung für einen solchen Menschen empfinden? Ein Mensch ohne Schwächen macht nur allen anderen die eigenen Unvollkommenheiten bewußt. Ein primitiver Poet namens Tennyson hat einmal geschrieben: ›Wer gar keine Fehler hat, ist voller Fehler.‹«

»Niemand würde einen Menschen töten, nur weil er zu gut ist«, sagte Klorissa und runzelte die Stirn.

»Da wissen Sie aber wenig«, sagte Baley und fuhr dann, ohne näher darauf einzugehen, fort: »Dr. Delmarre wußte um eine Verschwörung auf Solaria – oder glaubte wenigstens darum zu wissen; eine Verschwörung, die einen Überfall auf den Rest der Galaxis zum Zwecke der Eroberung vorbereitete. Er war daran interessiert, das zu verhindern. Aus diesem Grunde könnten es die Verschwörer für notwendig gefunden haben, ihn zu beseitigen. Jeder der hier Anwesenden könnte Mitglied der Verschwörung sein, selbstverständlich unter Einschluß von Mrs. Delmarre, aber auch unter Einschluß des diensttuenden Leiters der Sicherheits-Abteilung, Corwin Attlebish.«

»Ich?« sagte Attlebish ungerührt.

»Sie haben jedenfalls versucht, meine Ermittlungen zu beenden, sobald Sie infolge Gruers Mißgeschick das Sagen hatten.«

Baley nippte ein paarmal an seinem Getränk, das unmittelbar aus dem ursprünglichen Behälter stammte und von keines Menschen Hand (mit Ausnahme seiner eigenen) berührt worden war (und auch nicht von Roboterhänden) und sammelte seine Kräfte. Bis jetzt war dies ein Spiel, in dem man Geduld an den Tag legen mußte, und er war dankbar, daß die Solarianer sich von ihm die Wahl der Waffen hatten aufzwingen lassen. Wenn es darum ging, sich mit Leuten aus der Nähe auseinanderzusetzen, fehlte ihnen die Erfahrung der Erdenmenschen. Sie waren keine Nahkämpfer.

»Als nächstes zum Thema Gelegenheit«, sagte er. »Es herrscht die allgemeine Ansicht, daß nur Mrs. Delmarre Gelegenheit zur Tat hatte, da nur sie sich ihrem Mann persönlich und körperlich nähern konnte.

Sind wir dessen so sicher? Angenommen, jemand anders als Mrs. Delmarre hätte sich entschlossen, Dr. Delmarre zu töten? Würde ein solch verzweifelter Entschluß nicht das Unbehagliche an der persönlichen Nähe eines anderen zweitrangig erscheinen lassen? Wenn irgend jemand von Ihnen vorhätte, einen Mord zu begehen, würden Sie dann nicht die persönliche Anwesenheit Ihres Opfers lange genug ertragen, um Ihre Tat durchzuführen? Könnten Sie sich nicht in die Delmarre-Villa schleichen ...«

Attlebish unterbrach ihn eisig. »Sie wissen gar nichts darüber, Erdenmensch. Ob wir das tun würden oder nicht, hat nichts zu besagen. Tatsache ist, daß Dr. Delmarre es nicht zugelassen hätte, das kann ich Ihnen versichern. Wenn jemand in seine persönliche Nähe gekommen wäre, gleichgültig, wie wertvoll und wie lang eine Freundschaft zwischen ihnen bestanden haben mochte, würde Dr. Delmarre ihm befohlen haben, wegzugehen, und wenn nötig, Roboter gerufen haben, um ihm dabei behilflich zu sein, den Betreffenden hinauszuwerfen.«

»Richtig«, sagte Baley, »*falls* Dr. Delmarre gewußt hätte, daß der Betreffende persönlich anwesend ist.«

»Was meinen Sie damit?« fragte Dr. Thool überrascht und mit zitternder Stimme.

»Als Sie Mrs. Delmarre am Ort des Verbrechens behandelten«, erwiderte Baley und sah dem Arzt dabei in die Augen, »nahm sie an, Sie würden sie sichten, bis Sie sie dann tatsächlich berührt haben; das hat sie mir gesagt, und das glaube ich auch. Ich selbst bin nur das Sehen gewöhnt. Als ich in Solaria eintraf und zum ersten Mal Sicherheits-Chef Gruer sah, nahm ich an, ich würde ihn sehen. Als Gruer am Ende unseres Gesprächs buchstäblich verschwand, hat mich das völlig überrascht.

Und jetzt nehmen Sie das Gegenteil an. Nehmen Sie an, daß ein Mensch sein ganzes Erwachsenenleben lang nur gesichtet hat; daß er nie jemanden gesehen hat, nur zu seltenen Gelegenheiten seine Frau. Und jetzt nehmen Sie an, jemand anders als seine Frau würde persönlich auf ihn zukommen; würde er da nicht automatisch annehmen, daß es um Sichten geht, besonders wenn vorher ein Roboter angewiesen worden war, Delmarre davon zu verständigen, daß ein Sichtkontakt hergestellt werden sollte?«

»Keine Minute würde er das glauben«, sagte Quemot. »Die Gleichheit des Hintergrundes würde es verraten.«

»Vielleicht. Aber wie viele von Ihnen bemerken den Hintergrund jetzt? Es würde mindestens eine Minute dauern, ehe Dr. Delmarre bemerkte, daß etwas nicht stimmte. Und in der Zeit könnte sein Freund, wer auch immer er war, auf ihn zugehen, eine Keule heben und ihn damit niederschlagen.«

»Unmöglich!« sagte Quemot hartnäckig.

»Ich glaube nicht«, sagte Baley. »Ich glaube, die Tatsache, daß Mrs. Delmarre die Gelegenheit zum Mord hatte, müssen wir als absoluten Beweis streichen. Sie hatte diese Gelegenheit, aber andere hatten das möglicherweise auch.«

Wieder wartete Baley. Er spürte die Schweißtropfen auf seiner Stirn; sie aber jetzt wegzuwischen, hätte ihn schwach erscheinen lassen. Er mußte das Gespräch fest in der Hand behalten. Die Person, auf die er zielte, mußte selbst von ihrer Unterlegenheit überzeugt sein. Es war schwer für einen Erdenmenschen, das mit einem Spacer zu machen.

Baley blickte von Gesicht zu Gesicht und kam zu dem Schluß, daß die Dinge sich zumindest befriedigend entwickelten. Selbst Attlebish wirkte durchaus menschlich besorgt.

»Und damit«, sagte er, »kommen wir zum Tatwerkzeug, und das ist der verblüffendste Faktor von allen. Die Waffe, mit der der Mord begangen wurde, ist nie aufgefunden worden.«

»Das wissen wir«, sagte Attlebish. »Andernfalls hätten wir überhaupt keine Zweifel an Mrs. Delmarres Schuld gehabt. Dann wäre gar keine Ermittlung nötig gewesen.«

»Vielleicht«, sagte Baley. »Wir wollen also die Frage des Tatwerkzeugs untersuchen. Es gibt zwei Möglichkeiten: Entweder hat Mrs. Delmarre den Mord begangen oder jemand anders. Wenn Mrs. Delmarre den Mord begangen hat, hätte die Mordwaffe am Schauplatz des Verbrechens bleiben müssen, sofern sie nicht später entfernt wurde. Mein Partner, Mr. Olivaw von Aurora, der im Augenblick nicht zugegen ist, war der Ansicht, daß Dr. Thool Gelegenheit hatte, die Waffe zu entfernen. Ich frage Dr. Thool jetzt, in Anwesenheit von uns allen, ob er das getan hat, ob er eine Waffe entfernt hat, während er die bewußtlose Mrs. Delmarre untersuchte.«

Dr. Thool zitterte. »Nein! Nein! Das schwöre ich! Ich schwöre, ich habe nichts entfernt!«

»Ist hier jemand, der meint, daß Dr. Thool lügt?« fragte Baley.

Schweigen. Leebig sah etwas an, das außerhalb von Baleys Sichtbereich lag, und murmelte etwas über die Zeit.

Und Baley fuhr fort: »Die zweite Möglichkeit ist, daß jemand anders die Tat begangen und die Waffe mitgenommen hat. Aber wenn das so war, muß man fragen, weshalb. Die Waffe wegtragen, bekräftigt ja die Tatsache, daß Mrs. Delmarre nicht die Mörderin ist. Wenn ein Fremder der Mörder war, hätte er ein absoluter Narr sein müssen, die

Waffe nicht bei der Leiche liegenzulassen, um damit Mrs. Delmarre zu belasten. Und das bedeutet, daß, wer auch immer der Täter war, die Waffe *dort sein muß!* Und doch hat man sie nicht gesehen.«

»Halten Sie uns für Narren oder für Blinde?« fragte Attlebish.

»Ich halte Sie für Solarianer«, sagte Baley ruhig, »und daher für unfähig, die ganz spezielle Waffe zu erkennen, die als Waffe am Mordschauplatz zurückgelassen wurde.«

»Ich verstehe kein Wort«, murmelte Klorissa niedergeschlagen.

Selbst Gladia, die während des ganzen Gesprächs kaum einen Muskel bewegt hatte, starrte Baley jetzt überrascht an.

Und der sagte: »Der tote Ehemann und die bewußtlose Frau waren nicht die einzigen Individuen am Tatort. Da war noch ein desorganisierter Roboter.«

»Nun?« meinte Leebig ärgerlich.

»Liegt es denn dann nicht auf der Hand, daß, nachdem wir das Unmögliche eliminiert haben, das, was noch verbleibt, und wenn es noch so unwahrscheinlich ist, die Wahrheit sein muß? Der Roboter am Schauplatz des Verbrechens war die Mordwaffe; eine Mordwaffe, die infolge Ihrer Erziehung und Ausbildung keiner von Ihnen als solche erkennen konnte.«

Alle redeten durcheinander; alle außer Gladia, die einfach starr vor sich hinblickte.

Baley hob die Arme. »Ruhe! Lassen Sie mich erklären!« Und er schilderte erneut die Geschichte von dem Anschlag auf Gruers Leben und der Methode, mit der dieser Anschlag hätte bewerkstelligt werden können. Diesmal fügte er noch den Anschlag auf sich selbst auf der Baby-Farm hinzu.

»Ich nehme an«, sagte Leebig ungeduldig, »man hat das so bewerkstelligt, daß man von einem Roboter einen Pfeil vergiften ließ, ohne ihm zu sagen, daß er mit Gift umging, und dann einen zweiten Roboter veranlaßte, daß er den vergifteten Pfeil dem Jungen reichte und ihm sagte, daß Sie ein Erdenmensch seien, ohne ihm zu sagen, daß der Pfeil vergiftet war.«

»So etwas Ähnliches. Beide Roboter sind jedenfalls sehr detailliert instruiert worden.«

»Sehr weit hergeholt«, sagte Leebig.

Quemot war bleich und sah so aus, als würde ihm jeden Augenblick übel werden. »Kein Solarianer könnte Roboter dazu verwenden, einem Menschen Schaden zuzufügen.«

»Mag sein«, sagte Baley und zuckte die Achseln. »Wesentlich ist nur, daß man Roboter so manipulieren kann. Fragen Sie Dr. Leebig. Er ist hier der Robotiker.«

»Für die Ermordung Dr. Delmarres gilt das nicht«, meinte Leebig. »Das habe ich Ihnen gestern schon gesagt. Wie kann jemand veranlassen, daß ein Roboter einem Menschen den Schädel einschlägt?«

»Soll ich erklären, wie das geht?«

»Tun Sie das, wenn Sie es können.«

»Dr. Delmarre hat ein neues Roboter-Modell geprüft«, sagte Baley. »Was das bedeutet, wurde mir erst gestern abend klar, als ich Gelegenheit hatte, zu einem Roboter zu sagen: ›Geben Sie mir Ihre Hand!‹, als ich seine Hilfe wollte, um aus einem Sessel aufzustehen. Der Roboter sah verwirrt seine Hand an, als glaubte er, ich erwarte von ihm, er solle sie ablösen und sie mir geben. Ich mußte meine Anordnung weniger undeutlich wiederholen. Aber das erinnerte mich an etwas, das Dr. Leebig mir etwas früher am gleichen Tag gesagt hatte. Es gab Experimente an Robotern mit abnehmbaren Gliedmaßen.

Nehmen Sie einmal an, daß dieser Roboter, den Dr. Delmarre erprobte, ein solcher war; einer, der imstande war, eine Anzahl austauschbarer Gliedmaßen verschiedener Form für verschiedene spezialisierte Aufgaben einzusetzen. Angenommen, der Mörder wußte das und sagte plötzlich zu dem Roboter: ›Gib mir deinen Arm!‹ Der Roboter würde ohne Zweifel seinen Arm entfernen und ihn ihm geben. Und der abgelöste Arm würde eine erstklassige Waffe abgeben. Und nachdem Dr. Delmarre tot war, konnte man den Arm ja wieder befestigen.«

Einen Augenblick lang herrschte erschrecktes Schweigen. Dann redeten alle durcheinander. Baley mußte schreien, um sich Gehör zu verschaffen.

Attlebish erhob sich mit rotem Gesicht und trat vor. »Selbst wenn das so ist, wie Sie sagen, muß Mrs. Delmarre die Mörderin sein. Sie war zugegen, sie hat mit ihm gestritten, und sie hat ohne Zweifel ihren Mann bei seiner Arbeit mit dem Roboter beobachtet und hätte daher von den abnehmbaren Gliedmaßen gewußt – was ich übrigens nicht glaube. Ganz gleich, was Sie tun, Erdenmensch – alles deutet auf sie.«

Gladia fing leise zu weinen an.

Baley würdigte sie keines Blickes. »Im Gegenteil«, sagte er, »es ist leicht zu beweisen, daß, wer auch immer die Tat begangen hat, jedenfalls Mrs. Delmarre nicht die Täterin ist.«

Jothan Leebig verschränkte plötzlich die Arme, und sein Gesicht nahm einen verächtlichen Ausdruck an.

Das bemerkte Baley, und er sagte: »Und Sie werden mir dabei helfen, Dr. Leebig. Als Robotiker wissen Sie, daß es ungeheurer Geschicklichkeit bedarf, Roboter in Handlungen wie indirekten Mord hineinzumanövrieren. Gestern ergab sich für mich die Notwendigkeit, den Versuch zu machen, ein Individuum unter Hausarrest zu stellen. Ich gab drei Robotern detaillierte Anweisungen, die darauf abzielten, dieses Individuum festzuhalten. Es war eine ganz einfache Sache; aber ich bin im Umgang mit Robotern ungeschickt. Meine Anweisungen waren lückenhaft, und mein Gefangener entkam.«

»Wer war der Gefangene?« wollte Attlebish wissen.

»Das ist jetzt unwesentlich«, sagte Baley ungeduldig. »*Wesentlich* ist die Tatsache, daß Amateure nicht besonders gut mit Robotern umgehen können. Und einige Solarianer mögen da für Solarianer auch recht amateurhaft sein. Was weiß beispielsweise Gladia Delmarre über Robotik ... Nun, Dr. Leebig?«

»Was?« Der Robotiker starrte ihn verständnislos an.

»Sie haben versucht, Mrs. Delmarre Robotik zu lehren. Was für eine Schülerin war sie? Hat sie etwas gelernt?«

Leebig blickte unruhig in die Runde. »Sie hat nicht ...« Dann stockte er.

»Sie war ein völlig hoffnungsloser Fall, nicht wahr? Oder würden Sie es vorziehen, nicht zu antworten?«

Leebig sagte steif: »Vielleicht hat sie sich nur unwissend gegeben.«

»Sind Sie bereit, als Robotiker hier zu erklären, daß Mrs. Delmarre Ihrer Ansicht nach hinreichend geschickt ist, um Roboter zu einem indirekten Mord zu veranlassen?

Lassen Sie es mich anders ausdrücken. Wer auch immer den Versuch unternahm, mich auf der Baby-Farm töten zu lassen, muß mich durch Inter-Robot-Kommunikation ausfindig gemacht haben. Ich habe schließlich keinem Menschen gesagt, wo ich hingehen würde. Und nur die Roboter, die mich von einem Punkt zum anderen beförderten, kannten meinen Aufenthaltsort. Mein Partner Daneel Olivaw hat es dann zwar im weiteren Verlauf des Tages geschafft, mich ausfindig zu machen, aber nur unter beträchtlichen Schwierigkeiten. Der Mörder andrerseits muß dies ohne Mühe getan haben, da er nicht nur mich ausfindig machen mußte, sondern auch noch die Vergiftung eines Pfeiles und das Abschießen des Pfeiles hatte arrangieren müssen. Und alles das, ehe ich die Farm verließ und weiterzog. Würde Mrs. Delmarre die dazu notwendige Geschicklichkeit besitzen?«

Corwin Attlebish beugte sich vor. »Wer würde denn Ihrer Meinung nach über die notwendige Geschicklichkeit verfügen, Erdenmensch?«

Baley zögerte keine Sekunde mit seiner Antwort. »Dr. Jothan Leebig ist nach eigener Aussage der beste Roboterfachmann auf dem Planeten.«

»Ist das eine Anklage?« rief Leebig.

»Ja!« schrie Baley.

Langsam verblaßte die Wut in Leebig. An ihre Stelle trat nicht gerade Ruhe, aber eine Art gezügelter Spannung. Er sagte: »Ich habe den Delmarre-Roboter nach dem Mord studiert. Er hatte keine abnehmbaren Gliedmaßen; zumindest waren sie nur in dem üblichen Sinne abnehmbar; in der Weise also, daß sie Spezialwerkzeuge und die Hand eines Fachmanns erforderten. Der Roboter war also nicht die Waffe, die zur Tötung Delmarres benutzt wurde. Und damit bricht Ihre ganze Anklage zusammen.«

»Wer kann sich sonst noch für die Wahrheit Ihrer Aussage verbürgen?« fragte Baley.

»Niemand darf mein Wort in Zweifel ziehen.«

»Hier schon. Ich klage Sie an, und Ihr unbestätigtes Wort bezüglich des Roboters ist wertlos. Es wäre etwas ganz anderes, wenn sonst jemand Sie bestätigen würde. Übrigens, Sie haben diesen Roboter ja schnell beseitigt. Warum?«

»Es gab keinen Grund, ihn aufzubewahren. Er war völlig desorganisiert und damit unbrauchbar.«

»Warum?«

Leebig schüttelte drohend den Finger gegen Baley und meinte erregt: »Das haben Sie mich schon einmal gefragt, Erdenmensch, und ich habe es Ihnen gesagt. Der Roboter war Zeuge eines Mordes geworden und unfähig gewesen, ihn zu verhindern.«

»Und Sie sagten mir, daß das stets einen völligen Kollaps mit sich brächte; daß das eine allgemeine Regel wäre. Und doch wurde der Roboter, der Gruer das vergiftete Getränk gereicht hatte, nur in dem Maße beschädigt, daß er anschließend lispelte und hinkte. Dabei war er selbst es gewesen, der etwas, das in dem Augenblick wie Mord aussah, bewirkt hatte, und nicht nur ein Zeuge. Und doch bewahrte er sich genügend Denk- und Sprechfähigkeit, um verhört werden zu können.

Demzufolge muß dieser Roboter, der Roboter im Fall Delmarre, in viel intimerer Weise in den Mord verwickelt gewesen sein als der Gruer-Roboter. Ich bin überzeugt, daß dieser Delmarre-Roboter miterlebt hat, wie sein eigener Arm als Mordwaffe benutzt wurde.«

»Absoluter Unsinn!« stieß Leebig hervor. »Sie wissen überhaupt nichts über Robotik.«

»Das mag wohl sein«, sagte Baley. »Trotzdem empfehle ich, daß Sicherheitschef Attlebish die Akten Ihrer Roboter-Fabrik beschlagnahmt und ebenso die Ihrer Service-Werkstätte. Vielleicht können wir herausfinden, ob Sie Roboter mit abnehmbaren Gliedmaßen gebaut haben, und falls das so ist, ob davon welche zu Dr. Delmarre geschickt worden waren, und wenn ja, wann.«

»Niemand wird sich an meinen Akten zu schaffen machen!« schrie Leebig.

»Warum? Wenn Sie nichts zu verbergen haben – warum?«

»Aber warum, in aller Welt, sollte ich Delmarre getötet haben? Sagen Sie mir das! Was hätte ich für ein Motiv dazu?«

»Ich kann mir zwei Motive vorstellen«, sagte Baley. »Sie unterhielten freundliche Beziehungen zu Mrs. Delmarre. Übermäßig freundliche. Auch Solarianer sind Menschen. Sie haben sich nie mit Frauen eingelassen, aber das machte Sie auch nicht immun gegen gewisse – sagen wir – animalische Triebe. Sie sahen Mrs. Delmarre – Verzeihung, Sie sichteten sie – als sie ziemlich ... ah ... leicht bekleidet war und ...«

»Nein!« schrie Leebig in einer Art von Agonie.

Und Gladia flüsterte eindringlich: »Nein!«

»Vielleicht haben Sie die Natur Ihrer Gefühle selbst gar nicht erkannt«, sagte Baley. »Oder wenn Sie eine unbestimmte Vorstellung davon hatten, verachteten Sie sich selbst wegen Ihrer Schwäche und haßten Mrs. Delmarre, weil sie diese Schwäche hervorgerufen hatte. Und doch mag es durchaus sein, daß Sie auch Delmarre haßten, weil sie ihm gehörte. Sie forderten Mrs. Delmarre auf, Ihre Assistentin zu werden. Den Kompromiß sind Sie mit Ihrer Libido eingegangen. Sie lehnte ab, und das verschärfte Ihren

Haß noch. Indem Sie Dr. Delmarre in einer Art und Weise töteten, daß der Verdacht auf Mrs. Delmarre fiel, hätten Sie sich für beides gleichzeitig rächen können.«

»Wer glaubt schon solch billigen, melodramatischen Quatsch?« meinte Leebig mit heiserem Flüstern. »Höchstens ein anderer Erdenmensch, ein Tier vielleicht, aber kein Solarianer.«

»Meine Argumentation hängt auch nicht von diesem Motiv ab«, sagte Baley. »Es mag vielleicht in Ihrem Unterbewußtsein bestanden haben; aber Sie hatten daneben ein viel klareres Motiv. Dr. Rikaine Delmarre stand Ihren Plänen im Wege und mußte beseitigt werden.«

»Welchen Plänen?«

»Ihren Plänen, die auf die Eroberung der Galaxis abzielen, Dr. Leebig«, sagte Baley.

18

EINE FRAGE WIRD BEANTWORTET

»Der Erdenmensch ist wahnsinnig!« schrie Leebig und wandte sich den anderen zu. »Ist das nicht offenkundig?«

Einige starrten sprachlos Leebig an, andere Baley.

Baley ließ ihnen keine Chance, eine Entscheidung zu treffen, sondern sagte: »Sie wissen selbst, daß dem nicht so ist, Dr. Leebig. Dr. Delmarre war im Begriff, mit Ihnen zu brechen. Mrs. Delmarre dachte, Sie würden sich so verhalten, weil Sie nicht heiraten wollten. Ich glaube nicht, daß das der Grund war. Dr. Delmarre selbst plante eine Zukunft, in der Ektogenese möglich und die Ehe unnötig sein würde. Aber Dr. Delmarre arbeitete mit Ihnen zusammen; er würde daher mehr über Ihre Arbeit wissen als irgend jemand sonst. Er würde es wissen, falls Sie gefährliche Experimente beabsichtigten, und würde versuchen, Sie daran zu hindern. Agent Gruer gegenüber machte er derartige Andeutungen, lieferte ihm aber keine Einzelheiten, weil er sich dieser Einzelheiten noch nicht sicher war. Offensichtlich haben Sie seinen Argwohn bemerkt und ihn getötet.«

»Wahnsinnig!« wiederholte Leebig. »Ich will damit jetzt nichts mehr zu tun haben.«

Aber Attlebish fiel ihm ins Wort. »Hören Sie sich an, was er zu sagen hat, Leebig!«

Baley biß sich auf die Unterlippe, um seine Befriedigung über den Tonfall des Sicherheitschefs nicht zu früh erkennen zu lassen. Er fuhr fort: »In dem selben Gespräch mit mir, in dem Sie Roboter mit abnehmbaren Gliedmaßen erwähnten, Dr. Leebig, erwähnten Sie auch Raumschiffe mit eingebauten Positronengehirnen. Sie haben damals ganz entschieden zuviel geredet. Kam das daher, daß Sie dachten, ich sei nur ein Erdenmensch und daher einfach nicht fähig, die Implikationen der Robotik zu begreifen? Oder kam es daher, daß Sie gerade mit persönlicher Gegenwart eines anderen Individuums bedroht worden waren und vor Erleichterung darüber, daß sich diese Drohung nicht verwirklicht hatte, etwas verwirrt waren? Jedenfalls hatte mir Dr. Quemot bereits gesagt, daß die Geheimwaffe Solarias gegen die Äußeren Welten der positronische Roboter sei.«

Quemot, der sich völlig unerwartet ins Gespräch einbezogen sah, zuckte zusammen und schrie: »Ich meinte ...«

»Sie haben das soziologisch gemeint, das weiß ich. Aber es macht einen doch nachdenklich. Stellen Sie sich doch ein Raumschiff mit einem eingebauten Positronengehirn im Vergleich zu einem bemannten Raumschiff vor. Ein bemanntes Raumschiff könnte keine Roboter für die aktive Kriegsführung einsetzen. Ein Roboter könnte keine Menschen auf feindlichen Raumschiffen oder feindlichen Welten vernichten. Er wäre nicht imstande, den Unterschied zwischen freundlichen und feindlichen Menschen zu erfassen.

Aber einem Roboter könnte man natürlich sagen, daß an Bord des gegnerischen Raumschiffes keine Menschen seien. Man könnte ihm sagen, der Planet, den er bombardieren müßte, sei unbewohnt. Es wäre schwierig, das zu bewirken. Ein Roboter könnte erkennen, daß sein eigenes Schiff Menschen an Bord hatte; er würde wissen, daß seine eigene Welt von Menschen bewohnt war. Er würde annehmen, daß dasselbe für feindliche Schiffe und Welten gilt. Es würde also einen wirklichen Experten der Robotik erfordern, so wie Sie, Dr. Leebig, um sie in dem Fall richtig zu leiten. Und solche Experten gibt es nur sehr wenige.

Aber ein Raumschiff, das mit seinem eigenen Positronengehirn ausgestattet wäre, könnte freudig jedes Schiff angreifen, wenn man es ihm befiehlt, scheint mir. Es würde ganz natürlich annehmen, daß alle anderen Schiffe unbemannt seien. Ein Schiff mit einem Positronengehirn könnte man leicht so einrichten, daß es keine Nachrichten von anderen feindlichen Schiffen aufnehmen könnte, die die Täuschung lüften würden. Mit Waffen und Verteidigungseinrichtungen unter der unmittelbaren Kontrolle eines Positronengehirns würde es wesentlich manövrierfähiger als jedes bemannte Schiff sein. Und da es keinen Raum für Mannschaft, Vorräte, Wasser oder Luftreinigungsanlagen brauchte, würde es mehr Panzerung, mehr Waffen tragen können und daher weniger leicht verletzbar sein als irgendein gewöhnliches Schiff. Ein Schiff mit einem Positronengehirn könnte ganze Flotten gewöhnlicher Schiffe besiegen. Habe ich unrecht?«

Die letzte Frage schleuderte er Dr. Leebig hin, der sich von seinem Stuhl erhoben hatte und starr dastand, fast gelähmt vor ... ja, was? Zorn? Schrecken?

Er bekam keine Antwort; er hätte sie auch nicht hören können. Etwas löste sich, und die anderen schrien wie wild. Klorissa hatte das Gesicht einer Furie, und selbst Gladia war aufgesprungen, und ihre kleine Faust stieß drohend in die Luft.

Und alle hatten sich gegen Leebig gewandt.

Baley entspannte sich und schloß die Augen. Er versuchte, für ein paar Augenblicke die Knoten in seinen Muskeln zu lösen, seine Sehnen zu entspannen.

Es hatte geklappt. Endlich hatte er den richtigen Knopf gedrückt. Quemot hatte eine Analogie zwischen den solarianischen Robotern und den Heloten Spartas hergestellt. Er hatte gesagt, die Roboter seien außerstande, eine Revolution zu machen, und die Solarianer könnten sich deshalb ganz der Muße hingeben.

Was aber, wenn irgendein Mensch drohte, die Roboter zu lehren, wie man Menschen Schaden zufügte? Was, wenn jemand sie mit anderen Worten der Rebellion fähig machte?

Würde das nicht das größte Verbrechen sein, das man sich denken konnte? Würde sich auf einer Welt wie Solaria nicht jeder letzte Bewohner wild gegen jeden wenden, der auch nur verdächtigt wurde, einen Roboter herzustellen, der imstande war, einem Menschen Schaden zuzufügen – und das auf Solaria, wo die Roboter gegenüber den Menschen zwanzigtausend zu eins in der Mehrzahl waren?

Attlebish schrie: »Sie sind verhaftet! Ich verbiete Ihnen, Ihre Bücher oder Akten zu berühren, solange die Regierung sie nicht inspiziert hat!« Und so ging es weiter, fast zusammenhanglos und in dem herrschenden Durcheinander kaum zu vernehmen.

Ein Roboter trat auf Baley zu. »Eine Nachricht, Herr, von Herrn Olivaw.«

Baley nahm die Mitteilung würdevoll entgegen, drehte sich um und rief: »Einen Augenblick!«

Seine Stimme hatte fast magische Wirkung. Alle drehten sich herum und musterten ihn ernst, und in keinem einzigen Gesicht (abgesehen von Leebigs erstarrter Miene) war irgend etwas anderes zu sehen als geradezu schmerzhafte Aufmerksamkeit für den Erdenmenschen.

Baley sagte: »Es ist unsinnig anzunehmen, Dr. Leebig würde seine Akten unberührt lassen, während er darauf wartet, daß irgendein Beamter sie in die Hände bekommt. Deshalb ist mein Partner Daneel Olivaw bereits vor Beginn dieses Gesprächs zu Dr. Leebigs Anwesen gereist. Ich habe gerade von ihm gehört. Er befindet sich jetzt bereits hier und wird in wenigen Augenblicken bei Dr. Leebig sein, um ihn in Gewahrsam zu nehmen.«

»*Gewahrsam!*« heulte Leebig in fast tierhafter Angst. Seine Augen weiteten sich zu großen, dunklen Löchern in seinem Schädel. »Jemand kommt hierher? Persönliche Anwesenheit? Nein! Nein!« Das zweite ›Nein‹ kreischte er förmlich.

»Man wird Ihnen keinen Schaden zufügen«, sagte Baley kühl, »falls Sie sich kooperativ verhalten.«

»Aber ich will ihn nicht sehen. Ich kann ihn nicht sehen.« Der Robotiker fiel auf die Knie, ohne sich anscheinend der Bewegung bewußt zu sein. Er streckte verzweifelt die ineinander verkrampften Hände aus. »Was wollen Sie? Wollen Sie ein Geständnis? Delmarres Roboter hatte abnehmbare Gliedmaßen. Ja! Ja! Ja! Ich habe die Vergiftung Gruers arrangiert. Ja! Ich habe den Pfeil arrangiert, der für Sie bestimmt war. Selbst die Raumschiffe habe ich so geplant, wie Sie sagten. Es ist mir nicht gelungen, aber – ja, ich habe es geplant. Nur, halten Sie mir den Mann vom Leib! Lassen Sie ihn nicht kommen! Sorgen Sie dafür, daß er wegbleibt!«

Dann plapperte er nur noch zusammenhanglos.

Baley nickte. Wieder der richtige Knopf. Die Drohung mit persönlicher Anwesenheit würde ihn eher zu einem Geständnis veranlassen als jede physische Tortur.

Aber dann fuhr Leebigs Kopf plötzlich herum, als er außerhalb des Aufnahmebereichs seines Sichtgeräts etwas hörte oder sah. Er hob beide Hände, als wollte er etwas abwehren.

»Weg da!« bettelte er. »Gehen Sie weg! Keinen Schritt näher! Bitte – bitte, kommen Sie nicht näher! Bitte ...«

Er kroch auf Händen und Knien weg, und dann griff er plötzlich in die Tasche seines Jacketts. Die Hand kam mit etwas heraus und bewegte sich schnell auf seinen Mund zu. Schwankend fiel er nach vorne.

Baley wollte schreien: Sie Narr! Das ist kein Mensch, der sich Ihnen da nähert – nur einer der Roboter, die Sie so lieben!

Daneel Olivaw tauchte im Sichtfeld auf und blickte einen Augenblick lang auf die verkrümmte Gestalt hinab.

Baley hielt den Atem an. Falls Daneel erkennen sollte, daß es seine Pseudomenschlichkeit war, die Leebig getötet hatte, könnte das drastische Auswirkungen auf sein vom Ersten Gesetz versklavtes Gehirn haben.

Aber Daneel kniete bloß nieder, und seine Finger berührten Leebig vorsichtig an einigen Stellen. Dann hob er Leebigs Kopf, als wäre er für ihn von unendlichem Wert, und drückte ihn an sich, als liebkose er ihn.

Sein wunderschön gemeißeltes Gesicht starrte die anderen an, und dann flüsterte er: »Ein Mensch ist tot!«

Baley hatte sie erwartet; sie hatte um ein letztes Gespräch gebeten. Aber als sie erschien, weiteten sich seine Augen.

»Ich sehe Sie«, sagte er.

»Ja«, sagte Gladia. »Wie können Sie das feststellen?«

»Weil Sie Handschuhe tragen.«

»Oh!« Sie blickte verwirrt auf ihre Hände und meinte dann leise: »Macht es Ihnen etwas aus?«

»Nein, natürlich nicht. Aber warum haben Sie sich dafür entschieden, mich zu sehen, anstatt mich zu sichten?«

»Nun« – sie lächelte dünn –, »ich muß mich doch daran gewöhnen, oder, Elijah? Ich meine, wenn ich nach Aurora gehen soll.«

»Dann ist alles arrangiert?«

»Mr. Olivaw scheint Einfluß zu haben. Es ist alles arrangiert. Ich werde nie zurückkommen.«

»Gut. Dort werden Sie glücklicher sein, Gladia. Ich weiß, daß es so sein wird.«

»Ich habe ein wenig Angst.«

»Ich weiß. Es bedeutet, daß Sie die ganze Zeit sehen müssen, und Sie werden auch nicht so viel Komfort haben wie auf Solaria. Aber Sie werden sich daran gewöhnen. Und was noch wichtiger ist: Sie werden all das Schreckliche vergessen, das Sie hier durchgemacht haben.«

»Ich will nicht alles vergessen«, sagte Gladia leise.

»Doch, das werden Sie.« Baley sah die kleine zerbrechliche Frau an, die vor ihm stand, und sagte, nicht ohne eine kurze Regung des Bedauerns: »Und eines Tages werden Sie auch wieder heiraten. Richtig heiraten, meine ich.«

»Irgendwie erscheint mir das gar nicht mehr so wünschenswert«, sagte sie traurig. »Jetzt wenigstens.«

»Sie werden es sich anders überlegen.«

Und dann standen sie da und sahen einander einen Augenblick lang wortlos an.

»Ich habe Ihnen nie gedankt«, sagte Gladia.

»Ich habe ja nur meine Pflicht erfüllt«, sagte Baley.

»Jetzt werden Sie zur Erde zurückreisen, nicht wahr?«

»Ja.«

»Ich werde Sie nie wiedersehen.«

»Wahrscheinlich nicht. Aber deshalb sollen Sie nicht traurig sein. In allerhöchstens vierzig Jahren werde ich tot sein. Und Sie werden dann noch keine Spur anders aussehen als jetzt.«

Ihr Gesicht verzog sich. »Das sollten Sie nicht sagen.«

»Es ist aber wahr.«

Und sie sagte schnell, als wäre sie gezwungen, das Thema zu wechseln: »Das mit Jothan Leebig ist alles wahr, wissen Sie?«

»Ich weiß. Andere Robotiker haben sich seine Aufzeichnungen angesehen und dort Hinweise auf Experimente mit dem Ziel unbemannter, intelligenter Raumschiffe gefunden. Und sie haben auch weitere Roboter mit abnehmbaren Gliedmaßen gefunden.«

Gladia schauderte. »Warum hat er wohl etwas so Schreckliches getan – was meinen Sie?«

»Er hatte Angst vor den Menschen. Er hat sich selbst getötet, um nicht die persönliche Anwesenheit eines anderen ertragen zu müssen. Und er war bereit, andere Welten zu vernichten, um sicherzustellen, daß niemand an Solarias Tabu bezüglich der persönlichen Anwesenheit rührte.«

»Wie er nur so fühlen konnte!« murmelte sie. »Wo doch persönliche Anwesenheit so ...«

Wieder ein stummer Augenblick, in dem sie einander auf zehn Schritte Abstand ansahen.

Und dann rief Gladia plötzlich: »O Elijah! Sie werden denken, daß das schrecklich verworfen von mir ist.«

»Was ist verworfen?«

»Darf ich Sie berühren? Ich werde Sie nie wiedersehen, Elijah.«

»Wenn Sie wollen.«

Schritt für Schritt kam sie näher, und ihre Augen leuchteten und wirkten doch gleichzeitig verängstigt. In drei Fuß Entfernung blieb sie stehen. Und dann begann sie ganz langsam, wie in Trance, den Handschuh von der rechten Hand herunterzuziehen.

Baley setzte zu einer Geste an, die sie daran hindern sollte. »Seien Sie nicht albern, Gladia!«

»Ich habe keine Angst«, sagte Gladia.

Ihre Hand war entblößt. Sie zitterte, als sie sie ausstreckte.

Und ebenso zitterte auch Baleys Hand, als er ihre Hand in die seine nahm. So verweilten sie einen Augenblick lang, und ihre Hand war wie ein scheues, verängstigtes Wesen, das in seiner Hand ruhte. Er öffnete die Hand, und die ihre entfloh und huschte auf sein Gesicht zu, bis ihre Fingerspitzen federleicht den Bruchteil eines Augenblicks lang seine Wange berührten.

»Ich danke Ihnen, Elijah. Leben Sie wohl!«

»Leben Sie wohl, Gladia!« und er sah ihr nach, wie sie wegging.

Selbst der Gedanke, daß sein Schiff darauf wartete, ihn zur Erde zurückzubringen, konnte das Gefühl, etwas verloren zu haben, das er in diesem Augenblick empfand, nicht besiegen.

Undersecretary Albert Minnims Blick sollte eine Art strengen Willkommensgruß ausdrücken. »Ich freue mich, Sie wieder auf der Erde zu sehen. Ihr Bericht ist natürlich vor Ihnen eingetroffen und wird gerade studiert. Sie haben gute Arbeit geleistet. Die Angelegenheit wird in Ihrer Personalakte gut aussehen.«

»Danke!« sagte Baley. Für mehr Freude war in ihm kein Platz. Wieder zurück auf der Erde zu sein; sicher in den Stahlhöhlen zu sein; in Hörweite von Jessies Stimme zu sein (er hatte bereits mit ihr gesprochen), alles hatte trotzdem in ihm ein seltsames Gefühl der Leere hinterlassen.

»Aber«, fuhr Minnim fort, »Ihr Bericht befaßte sich nur mit den Mordermittlungen. Da war noch eine andere Angelegenheit, für die wir uns interessiert hatten. Darf ich auch darüber Ihren Bericht haben – verbal?«

Baley zögerte, und seine Hand schob sich automatisch auf die Innentasche zu, wo jetzt wieder die warme Behaglichkeit seiner Pfeife auf ihn wartete.

»Sie dürfen rauchen, wenn Sie wollen, Baley«, sagte Minnim sofort.

Baley dehnte den Anzündvorgang zu einem längeren Ritual aus. Dann sagte er: »Ich bin kein Soziologe.«

»Nein?« Minnim lächelte kurz. »Mir scheint, daß wir darüber schon einmal diskutiert haben. Ein erfolgreicher Detektiv muß ein guter Daumenpeil-Soziologe sein, selbst wenn er noch nie etwas von Hacketts Gleichung gehört hat. Wenn ich Ihr augenblickliches Unbehagen richtig deute, haben Sie bezüglich der Äußeren Welten gewisse Vorstellungen, sind aber nicht sicher, wie die auf mich wirken werden?«

»Wenn Sie es so formulieren, Sir ... Als Sie mir den Befehl erteilten, nach Solaria zu gehen, haben Sie mir eine Frage gestellt; Sie haben gefragt, worin die Schwächen der Äußeren Welten bestünden. Ihre Stärke liegt in ihren Robotern, ihrer geringen Bevölkerungszahl und ihrem langen Leben. Aber worin liegen ihre Schwächen?«

»Nun?«

»Ich glaube, ich kenne die Schwächen der Solarianer, Sir.«

»Dann können Sie meine Frage beantworten? Gut. Sprechen Sie!«

»Ihre Schwächen, Sir, sind ihre Roboter, ihre niedrige Bevölkerungszahl und ihr langes Leben.«

Minnim starrte Baley an, ohne daß sein Ausdruck sich veränderte. Seine Hände beschäftigten sich mit den Papieren auf seinem Schreibtisch.

»Warum sagen Sie das?« fragte er schließlich.

Baley hatte auf dem Rückweg von Solaria viele Stunden damit verbracht, Ordnung in seine Gedanken zu bringen; er hatte in seiner Phantasie der Beamtenschaft wohlabgewogene, überlegte Gedanken vorgetragen. Jetzt fühlte er sich plötzlich unsicher.

»Ich weiß nicht, ob ich das besonders gut formulieren kann«, sagte er.

»Das ist nicht wichtig. Lassen Sie mich hören! Schließlich ist das erst eine erste Annäherung.«

Baley begann: »Die Solarianer haben etwas aufgegeben, das die Menschheit eine Million Jahre lang besaß; etwas, das mehr wert ist als Atomkraft, Cities, Ackerbauwerkzeuge, Feuer – alles eben; weil es etwas ist, das alles andere erst möglich gemacht hat.«

»Ich will hier keine Rätsel raten, Baley. Was ist es?«

»Der Stamm, Sir. Zusammenarbeit zwischen Individuen. Solaria hat das völlig aufgegeben. Es ist eine Welt isolierter Individuen, und der einzige Soziologe des Planeten ist entzückt, daß das so ist. Dieser Soziologe hat übrigens noch nie etwas von Sozio-Mathematik gehört, weil er damit beschäftigt ist, seine eigene Wissenschaft zu erfinden. Es gibt niemanden, der ihn lehren kann; niemanden, der ihm helfen kann; niemanden, dem etwas in den Sinn kommen könnte, was ihm selbst vielleicht entgehen würde. Die einzige Wissenschaft, die auf Solaria wirklich blüht, ist die Robotik; und damit sind nur eine Handvoll Männer beschäftigt. Und als dann eine Analyse des Zusammenwirkens von Robotern und Menschen erforderlich wurde, mußten sie einen Erdenmenschen zu Hilfe rufen.

Die solarianische Kunst, Sir, ist abstrakt. Wir haben auf der Erde auch abstrakte Kunst als *eine* Kunstform; aber auf Solaria ist es die einzige Form. Daran ist nichts Menschliches mehr. Die Zukunft, die sich alle wünschen, ist eine der Ektogenese, mit völliger Isolierung von Geburt an.«

»Das klingt alles schrecklich«, sagte Minnim. »Aber kann es Schaden anrichten?«

»Ich glaube schon. Ohne das Zwischenmenschliche ist das Hauptinteresse am Leben verschwunden; die meisten intellektuellen Werte sind verschwunden; das meiste von dem, was das Leben lebenswert macht. Sichten ist kein Ersatz für Sehen. Die Solarianer selbst sind sich dessen bewußt, daß Sichten ein Sinn auf Distanz ist.

Und wenn die Isoliertheit noch nicht ausreicht, um zur Stagnation zu führen, wäre da noch ihr langes Leben. Auf der Erde gibt es ein dauerndes Nachströmen junger Menschen, die bereit und willens sind, etwas zu verändern, weil sie nicht genügend Zeit hatten, in ihrer Lebensweise zu erstarren. Ich nehme an, es gibt da irgendein Optimum. Ein Leben, das lang genug ist, um wirklich etwas zu erreichen, und kurz genug, um der Jugend Platz zu machen. Auf Solaria dauert das zu lang.«

Minnim spielte immer noch mit seinen Papieren. »Interessant! Interessant!« Er blickte auf, und es war, als wäre eine Maske von ihm abgefallen. Seine Augen blickten vergnügt. »Detektiv, Sie sind ein Mann mit Scharfblick.«

»Danke!« sagte Baley steif.

»Wissen Sie, warum ich Sie dazu ermuntert habe, mir Ihre Ansichten zu beschreiben?« Er wirkte jetzt wie ein kleiner Junge, der sich ungeheuer über etwas freut und diese Freude genießt. Er fuhr fort, ohne auf die Antwort zu warten. »Ihr Bericht ist bereits von unseren Soziologen vorläufig analysiert worden, und ich fragte mich, ob Sie selbst eine Ahnung hatten, welch ausgezeichnete Nachrichten für die Erde Sie mitgebracht haben. Ich sehe jetzt, daß Sie das sehr wohl wissen.«

»Aber warten Sie doch!« sagte Baley. »Da ist noch mehr.«

»Ja, in der Tat«, pflichtete Minnim ihm vergnügt bei. »Solaria kann unmöglich seine Stagnation beheben. Es hat bereits seinen kritischen Punkt passiert, und seine Abhängigkeit von den Robotern ist zu weit gediehen. Individuelle Roboter sind außerstande, ein individuelles Kind zu züchtigen, obwohl diese Disziplinierung dem Kind am Ende nützlich sein kann. Der Roboter kann nicht über den unmittelbaren Schmerz hinausblicken. Und Roboter im Kollektiv können einen Planeten nicht disziplinieren, indem sie zulassen, daß seine Institutionen zusammenbrechen, wenn diese Institutionen schädlich geworden sind. Sie können nicht über das unmittelbare Chaos hinausblicken. Also ist das einzig mögliche Ende, das den Äußeren Welten bevorsteht, dauernde Stagnation; und damit wird die Erde von ihrer Herrschaft befreit werden. Diese neuen Erkenntnisse verändern alles. Es wird nicht einmal notwendig sein, im physischen Sinne zu rebellieren. Die Freiheit wird sich von selbst einstellen.«

»Warten Sie!« sagte Baley noch einmal, diesmal lauter. »Wir reden hier nur von Solaria, nicht von irgendeiner anderen Äußeren Welt.«

»Das ist dasselbe. Ihr solarianischer Soziologe – Kimot?«

»Quemot, Sir.«

»Dann eben Quemot. Er sagte doch, nicht wahr, daß die anderen Äußeren Welten sich in derselben Richtung wie Solaria bewegten?«

»Das hat er. Aber er wußte nichts aus erster Hand über die anderen Äußeren Welten, und er ist Soziologe, aber kein richtiger. Ich dachte, ich hätte das zum Ausdruck gebracht.«

»Unsere Leute werden das überprüfen.«

»Denen werden auch die Einzelheiten fehlen. Wir wissen nichts über die wirklich großen Äußeren Welten. Aurora zum Beispiel; Daneels Welt. Mir scheint es unsinnig, zu erwarten, daß sie in irgendeiner Weise wie Solaria sein sollten. Tatsächlich gibt es nur eine Welt in der Galaxis, die Solaria gleicht ...«

Doch Minnim tat das Thema mit einer kleinen, glücklichen Bewegung seiner gepflegten Hand ab. »Unsere Männer werden das überprüfen. Ich bin sicher, daß sie mit Quemot übereinstimmen werden.«

Baleys Blick wurde ernst und nachdenklich. Wenn die Soziologen der Erde sich nach erfreulichen Nachrichten sehnten, würden sie mit Quemot übereinstimmen. Man konnte in Zahlen alles finden, wenn man nur lang und eindringlich genug suchte und dabei die entsprechenden Informationen ignorierte oder übersah.

Er zögerte. War es nicht besser, jetzt zu sprechen, während ihm ein in der Regierung hochstehender Mann Gehör schenkte? Oder ...

Er zögerte eine Spur zu lange. Minnim hatte wieder zu reden begonnen, wobei er mit seinen Papieren raschelte und wieder sachlicher wurde. »Noch ein paar Kleinigkeiten, Detektiv, die den Delmarre-Fall selbst betreffen, dann können Sie gehen. War es Ihre Absicht, daß Leebig Selbstmord begehen sollte?«

»Meine Absicht war es, ein Geständnis zu erzwingen, Sir. Ich hatte nicht damit gerechnet, daß er bei der Annäherung – was die größte Ironie ist – von jemandem, der nur ein Roboter war, Selbstmord begehen würde, wo dieser doch in Wirklichkeit das Tabu gegen persönliche Anwesenheit überhaupt nicht verletzt hätte. Aber, um es offen zu sagen, leid tut mir sein Tod nicht. Er war ein gefährlicher Mann. Es wird viel Zeit vergehen, bis es wieder jemanden gibt, der soviel Krankhaftigkeit mit Brillanz vereint.«

»Darin stimme ich Ihnen zu«, sagte Minnim trocken, »und betrachte seinen Tod als Glück. Aber haben Sie denn überhaupt nicht darüber nachgedacht, wie gefährlich es für Sie hätte werden können, wenn die Solarianer sich die Zeit genommen hätten, sich darüber klarzuwerden, daß Leebig unmöglich Delmarre ermordet haben konnte?«

Baley nahm die Pfeife aus dem Mund und sagte nichts.

»Kommen Sie, Detektiv«, sagte Minnim, »Sie wissen, daß er die Tat nicht begangen hat. Der Mord erforderte persönliche Anwesenheit; und Leebig würde eher sterben, als so etwas zuzulassen. Er ist sogar lieber gestorben, als es zuzulassen.«

»Sie haben recht, Sir«, erwiderte Baley. »Ich habe darauf

gebaut, daß die Solarianer zu sehr darüber erschreckt sein würden, weil er Roboter mißbrauchte, um daran zu denken.«

»Wer hat dann Delmarre getötet?«

Baley sah ihn an und meinte zögernd: »Wenn Sie meinen, wer den eigentlichen Schlag geführt hat, dann war das die Person, von der jeder wußte, daß sie es getan hatte: Gladia Delmarre, die Frau des Mannes.«

»Und Sie haben sie ungeschoren gehen lassen?«

»Moralisch lag die Verantwortung nicht bei ihr. Leebig wußte, daß Gladia erbittert war und häufig mit ihrem Mann stritt. Er muß gewußt haben, wie wütend sie in Augenblicken des Zorns werden konnte. Leebig wollte den Tod des Mannes unter Begleitumständen, die die Frau belasten würden. Also lieferte er Delmarre einen Roboter und – wie ich mir vorstelle – gab ihm mit aller ihm zur Verfügung stehenden Geschicklichkeit die Instruktion, Gladia im Augenblick ihres höchsten Zorns eine seiner abnehmbaren Gliedmaßen zu reichen. Mit einer Waffe in der Hand handelte sie im entscheidenden Augenblick in einer Art Umnachtung, ehe Delmarre oder der Roboter sie daran hindern konnten. Gladia war ebenso Leebigs Instrument wie der Roboter selbst.«

»Der Arm des Roboters muß doch mit Blut verschmiert gewesen sein«, sagte Minnim.

»Das war er wahrscheinlich«, sagte Baley, »aber Leebig hat sich sofort des Mord-Roboters angenommen. Möglicherweise hat er allen anderen Robotern, denen diese Tatsache aufgefallen war, den Befehl erteilt, sie zu vergessen. Dr. Thool hätte etwas bemerken können; aber er hat nur den Toten und die bewußtlose Frau untersucht. Leebigs Fehler bestand darin anzunehmen, die Schuld läge so offensichtlich bei Gladia, daß das Fehlen einer Waffe am Tatort sie nicht retten würde. Er konnte auch nicht damit rechnen, daß man einen Erdenmenschen rufen würde, der bei den Ermittlungen helfen sollte.«

»Also haben Sie, nachdem Leebig tot war, dafür gesorgt,

daß Gladia Solaria verlassen konnte. Wollten Sie sie dadurch retten, für den Fall, daß irgendwelche Solarianer anfingen, über den Fall nachzudenken?«

Baley zuckte die Achseln. »Sie hatte genug gelitten. Sie war von allen gequält worden: von ihrem Mann, von Leebig und von der ganzen Welt Solaria.«

»Haben Sie damit nicht das Recht gebeugt, nur um einer persönlichen Neigung nachzugehen?« fragte Minnim.

Baleys faltiges Gesicht verhärtete sich. »Das war keine persönliche Neigung. Die Gesetze Solarias banden mich nicht. Über allem standen die Interessen der Erde, und um jener Interessen willen mußte ich dafür sorgen, daß mit Leebig, dem wirklich Gefährlichen, etwas geschah. Was Mrs. Delmarre angeht ...« Er sah Minnim an und war sich bewußt, daß er einen entscheidenden Schritt tat. Er *mußte* das sagen. »Was Mrs. Delmarre angeht, so habe ich sie einem Experiment ausgesetzt.«

»Was für einem Experiment?«

»Ich wollte wissen, ob sie sich darauf einlassen würde, das Leben auf einer Welt auf sich zu nehmen, wo persönliche Anwesenheit erlaubt, ja erwartet wird. Ich wollte wissen, ob sie den Mut hatte, mit Gewohnheiten zu brechen, die sie ein Leben lang geprägt hatten. Ich hatte Sorge. sie könnte sich weigern, die Reise zu unternehmen; daß sie darauf beharren könnte, auf Solaria zu bleiben, was für sie wie ein Fegefeuer sein mußte, anstatt ihre solarianische Lebensart, und wäre sie noch so verzerrt, aufzugeben. Aber sie wählte den Wechsel, und ich war froh, daß sie das tat, weil mir das symbolisch erschien. Das scheint *uns* das Tor zur Rettung aufzustoßen.«

»Für *uns?*« sagte Minnim energisch. »Was, zum Teufel, meinen Sie damit?«

»Nicht gerade für Sie und mich, Sir«, sagte Baley ernst, »aber für die Menschheit. Sie haben unrecht bezüglich der Äußeren Welten. Sie haben wenige Roboter; sie erlauben persönliche Anwesenheit. Und sie haben Solaria untersucht. R. Daneel Olivaw war mit mir dort, wie Sie wissen, und er wird einen Bericht nach Hause bringen. Es besteht die Gefahr, daß sie alle eines Tages zu Solarianern werden; aber wahrscheinlich werden sie jene Gefahr erkennen und dafür sorgen, daß sie in einem vernünftigen Gleichgewicht bleiben, und damit werden sie auch die Führer der Menschheit bleiben.«

»Das ist Ihre Meinung«, sagte Minnim leichthin.

»Aber daran ist mehr. Es *gibt* eine Welt, die wie Solaria ist, und das ist die Erde.«

»Detektiv Baley!«

»So ist es aber, Sir. Wir sind Solarianer, nur genau umgekehrt. Sie haben sich in die Isolierung voreinander zurückgezogen; wir haben uns in die Isolierung vor der Galaxis zurückgezogen. Sie befinden sich in der Sackgasse ihrer unverletzlichen Anwesen. Wir befinden uns in der Sackgasse unserer unterirdischen Cities. Sie sind Führer ohne Gefolgsleute, haben nur Roboter, die nicht widersprechen können. Wir sind Gefolgsleute ohne Führer und haben nur die uns umschließenden Cities, die uns die Sicherheit bieten.« Baleys Hände ballten sich zu Fäusten.

Minnim schien nicht einverstanden. »Detektiv, Sie haben viel durchgemacht. Sie müssen ausruhen. Dazu sollen Sie Gelegenheit bekommen. Ein Monat Ferien bei voller Bezahlung und am Ende eine Beförderung.«

»Danke! Aber das ist nicht alles, was ich will. Ich möchte, daß Sie mir zuhören. Es gibt nur einen Weg aus unserer Sackgasse heraus, und der führt nach draußen, in den Weltraum. Dort draußen gibt es Millionen Welten, und die Spacer besitzen nur fünfzig davon. Sie sind nur wenige und leben lang. Wir sind viele und leben kurz. Wir sind besser als sie für die Erforschung und Kolonisierung anderer Welten ausgestattet. Wir haben einen Bevölkerungsdruck, der uns treibt, und einen schnellen Generationenwechsel, der uns junge Menschen liefert, die noch bereit sind, Risiken einzugehen. Schließlich waren es unsere Vorfahren, die als erste die Äußeren Welten kolonisiert haben.«

»Ja, das verstehe ich – aber ich fürchte, unsere Zeit ist um.«

Baley spürte die Sorge Minnims, der ihn loswerden wollte, blieb aber hartnäckig sitzen. »Als bei der ursprünglichen Kolonisierung Welten geschaffen wurden, die unserer eigenen Technik überlegen waren, flohen wir, indem wir uns unter der Erde für uns selbst so etwas wie einen künstlichen Mutterleib erbauten. Die Spacer sorgten dafür, daß wir uns unterlegen fühlten. Wir haben uns vor ihnen versteckt; das ist keine Antwort. Um dem zerstörerischen Rhythmus der Rebellion und Unterdrückung zu entgehen, müssen wir mit ihnen in *Wettbewerb* treten, wenn wir das müssen, ja sie führen, wenn wir können. Und um das zu tun, müssen wir uns dem Offenen stellen, dem ›Draußen‹; wir müssen es uns selbst beibringen, wieder in die freie Natur hinauszutreten. Wenn es zu spät ist, das uns selbst beizubringen, müssen wir es unsere Kinder lehren. Das ist lebenswichtig!«

»Sie brauchen Ruhe, Detektiv.«

Baley ließ sich nicht einschüchtern. »Hören Sie mir zu, Sir! Wenn die Spacer stark sind und wir bleiben, wie wir sind, wird die Erde binnen eines Jahrhunderts zerstört werden; das hat man errechnet, und Sie selbst haben mir das gesagt. Wenn die Spacer wirklich schwach sind und immer schwächer werden, dann kann es sein, daß wir entkommen; aber wer sagt denn, daß die Spacer schwach sind? Die Solarianer, ja. Aber das ist alles, was wir wissen.«

»Aber ...«

»Ich bin noch nicht fertig. Eines *können* wir ändern, ob die Spacer nun schwach oder stark sind: Wir können das verändern, was wir sind. Wir brauchen uns nur der freien Natur zu stellen, dann brauchen wir keine Rebellion mehr. Wir können uns unsere eigenen Welten suchen und selbst Spacer werden. Wenn wir hier auf der Erde bleiben, zusammengedrängt, dann wird es unmöglich sein, sinnlose, fatale Rebellionen zu verhindern. Und um so schlimmer wird es sein, wenn die Leute falsche Hoffnungen hegen, weil sie auf die Schwäche der Spacer bauen. Fragen Sie ruhig die Soziologen! Sagen Sie ihnen das, was ich hier gesagt habe. Und wenn Sie immer noch zweifeln, dann suchen Sie einen Weg, mich nach Aurora zu schicken. Lassen Sie mich einen Bericht über die *echten* Spacer liefern, und dann werden Sie sehen, was die Erde tun muß.«

Minnim nickte. »Ja. Ja. Und jetzt guten Tag, Detektiv Baley.«

Baley verließ ihn mit einem Gefühl der Erleichterung. Er hatte nicht damit gerechnet, einen offenen Sieg über Minnim zu erringen. Man konnte nicht an einem Tag, ja einem Jahr Siege über eingefahrene Denkschemata erringen. Aber er hatte den Ausdruck nachdenklicher Unsicherheit bemerkt, der in Minnims Gesichtsausdruck lag und der zumindest eine Weile die frühere unkritische Freude verdrängt hatte.

Er glaubte in die Zukunft sehen zu können. Minnim würde die Soziologen befragen, und einer oder zwei von ihnen würden unsicher sein. Sie würden sich Fragen stellen. Sie würden Baley konsultieren.

Ein Jahr, dachte Baley; ein Jahr, und ich bin nach Aurora unterwegs. Eine Generation, und wir werden wieder draußen im Weltraum sein.

Baley trat auf den Expreßway nach Norden. Bald würde er Jessie sehen. Würde *sie* ihn verstehen? Und sein Sohn, Bentley, der jetzt siebzehn war. Wenn Ben selbst einmal einen siebzehnjährigen Sohn haben würde, würde er dann auf irgendeiner leeren Welt stehen und sich dort ein neues Leben aufbauen, ein Leben in Geräumigkeit?

Es war ein Gedanke, der ihm Angst machte. Baley hatte immer noch Angst vor der wahren Natur. Aber er fürchtete diese Furcht nicht länger! Sie war nicht etwas, wovor man wegrannte, sondern etwas, gegen das man ankämpfte.

Baley hatte das Gefühl, als hätte ihn so etwas wie Verrücktheit erfaßt. Vom ersten Augenblick an hatte die freie Natur eine ganz besondere Anziehung auf ihn ausgeübt;

von jenem Augenblick an in dem Bodenwagen, wo er Daneel ausgetrickst hatte, wo er veranlaßt hatte, daß man das Verdeck öffnete, so daß er in der freien Luft stehen konnte.

Damals hatte er nicht begriffen. Daneel hatte ihn für pervers gehalten. Baley selbst hatte geglaubt, professionelle Notwendigkeit hätte ihn dazu veranlaßt, das zu tun, weil er ein Verbrechen aufklären mußte. Nur an jenem letzten Abend auf Solaria, als er den Vorhang vom Fenster gerissen hatte, hatte er begriffen, daß er sich der freien Natur stellen mußte, um ihrer selbst willen, weil sie eine Anziehung auf ihn ausübte und Freiheit versprach.

Auf der Erde mußte es Millionen geben, die denselben Drang empfanden, wenn man ihnen die freie Natur nur zur Kenntnis brachte, wenn man sie nur dazu bringen konnte, den ersten Schritt zu tun.

Er sah sich um.

Der Expreßway raste dahin. Rings um ihn war künstliche Beleuchtung, waren riesige Apartmentblöcke, die vorbeiglitten, und blitzende Tafeln und Schaufenster und Fabriken und Lichter und Lärm und Menschenmengen – und noch mehr Lärm und Menschen und Menschen und Menschen ...

Das war alles, was er geliebt hatte; alles, was er gehaßt hatte; alles, was zu verlassen ihm Angst bereitet hatte; alles, wonach er sich auf Solaria zu sehnen geglaubt hatte.

Und das alles war ihm fremd.

Er konnte sich nicht dazu zwingen, wieder dazuzupassen.

Er war ausgezogen, um einen Mord aufzuklären, und etwas war ihm widerfahren.

Er hatte Minnim gesagt, die Cities seien ein Mutterleib; und das waren sie auch. Und was war das erste, was ein Mensch tun mußte, ehe er Mensch sein konnte? Geboren mußte er werden. Den Mutterleib mußte er verlassen. Und sobald er ihn einmal verlassen hatte, gab es kein Zurück mehr.

Baley hatte die City verlassen und würde sie nicht wieder betreten. Die City war nicht länger sein; die Stahlhöhlen waren ihm fremd geworden. Das mußte sein. Und für andere würde es auch so sein. Und dann würde die Erde wiedergeboren werden und nach draußen greifen.

Sein Herz schlug wie wild, und der Lärm des Lebens, der ihn umgab, verblaßte zu einem unhörbaren Murmeln.

Er erinnerte sich an seinen Traum auf Solaria und endlich verstand er ihn. Er hob den Kopf und sah durch all den Stahl, den Beton und die Menschen über sich hinaus. Er sah das Leuchtfeuer draußen im Weltraum, das die Menschen hinauslockte. Er sah es auf sich herunterleuchten.

Die nackte Sonne!

ISAAC ASIMOV
FOUNDATION EDITION

Herausgegeben
von Wolfgang Jeschke

BAND 1
Meine Freunde, die Roboter
Ich, der Robot
Geliebter Roboter
Der Zweihundertjährige
– 0608101 –

BAND 2
Die Stahlhöhlen
Die Stahlhöhlen
(Der Mann von drüben)
Die nackte Sonne
– 0608102 –

BAND 3
Der Aufbruch zu den Sternen
– 0608103 –

BAND 4
Das Galaktische Imperium
– 0608104 –

BAND 5
Das Foundation Projekt
– 0608105 –

Band 6
Die Grösse des Imperiums
Ein Sandkorn am Himmel
Sterne wie Staub
Ströme im All
– 0608106 –

Band 7
Die Rettung des Imperiums
– 0608107 –

Band 8
Foundation
Der Tausendjahresplan
Der galaktische General
Alle Wege führen nach Trantor
Einführung in die Psychohistorik
– 0608108 –

Band 9
Die Suche nach der Erde
– 0608109 –

Band 10
Die Rückkehr zur Erde
– 0608110 –

HEYNE BÜCHER

William Gibson

Kultautor und Großmeister des »Cyberpunk«

Cyberspace
06/4468

Biochips
06/4529 und 01/9584

Mona Lisa Overdrive
06/4681 und 01/9943

Neuromancer
01/8449

William Gibson
Bruce Sterling
Die Differenz-Maschine
06/4860

01/9584

Heyne-Taschenbücher

Grenzen der Unendlichkeit
Band 6
06/5452

Waffenbrüder
Band 7
06/5538

Lois McMaster Bujold

Romane aus dem preisgekrönten Barrayer-Zyklus der amerikanischen Autorin

06/5452

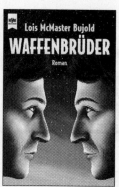

06/5538

Heyne-Taschenbücher